他山之石

Sinologists and Contemporary Chinese Literature to the West

汉学家与中国现当代文学的英语传播

朱振武 著

上海交通大学出版社
SHANGHAI JIAO TONG UNIVERSITY PRESS

内容提要

本书主要研究周氏二兄弟、张爱玲、沈从文、路翎以及钱锺书等中国现代文学重要作家作品和莫言、苏童、严歌苓、吉狄马加、余华、迟子建、洛夫、叶兆言、王小波和麦加等中国当代文学重要作家作品在英语世界的有效传播,对从事中国现当代文学研究和译介活动的 21 位英语世界的汉学家进行全方位考察,跟踪和研究这些汉学家的成长背景、汉学生涯、英译历程、移译理念、价值认同、相关影响及存在问题,为跨文化跨学科背景下的翻译研究和翻译学科的建立提供理论参照和实践样例,也为讲好中国故事和实现文明互鉴略尽绵薄。

图书在版编目(CIP)数据

他山之石 :汉学家与中国现当代文学的英语传播 /
朱振武著. — 上海 :上海交通大学出版社,2022.11
　　ISBN 978 - 7 - 313 - 25838 - 0

　　Ⅰ.①他… 　Ⅱ.①朱… 　Ⅲ.①中国文学-现代文学-英语-文学翻译-研究②中国文学-当代文学-英语-文学翻译-研究 　Ⅳ.①I206.6②H315.9

中国版本图书馆 CIP 数据核字(2022)第 064761 号

他山之石——汉学家与中国现当代文学的英语传播
TASHAN ZHI SHI——HANXUEJIA YU ZHONGGUO XIANDANGDAI WENXUE DE YINGYU CHUANBO

著　　者:朱振武			
出版发行:上海交通大学出版社	地　　址:上海市番禺路 951 号		
邮政编码:200030	电　　话:021 - 64071208		
印　　刷:上海文浩包装科技有限公司	经　　销:全国新华书店		
开　　本:710mm×1000mm　1/16	印　　张:28.75		
字　　数:437 千字			
版　　次:2022 年 11 月第 1 版	印　　次:2022 年 11 月第 1 次印刷		
书　　号:ISBN 978 - 7 - 313 - 25838 - 0			
定　　价:128.00 元			

国家哲学社会科学重点项目

"当代汉学家中国文学英译的策略与问题研究"

（项目编号：17AWW003）结项成果

目录

绪言

中国文学英译研究现状透视

　　随着中国经济、政治力量的不断增强，其在世界上的地位显著提高，而中国文化也越来越受到世界各地人们的关注。出于增强与世界各国的交流互信以及扩大中国文化的影响力这一目的，中国文化走出去就成了目前亟须关注的问题。所以，中国文学外译就成了一个热门话题。目前，英语已经成为世界性语言，使用的人群也非常广泛，因此，中国文学的英译也就成为重中之重。中国政府为此也是煞费苦心，付出了许多精力和财力。20 世纪八九十年代，由著名翻译家杨宪益主持的"熊猫丛书"（Panda Books）①计划，推出了 195 部文学作品。但是，规模庞大的"熊猫丛书"并未获得预期的效果。除个别译本获得英美读者的欢迎外，大部分译本并未在他们中间产生多大反响。②1995 年正式立项的"大中华文库"是我国历史上首次系统地、全面地向世界推出外文版中国文化典籍的国家重大出版工程。该工程计划从

---

①　"熊猫丛书"计划共翻译出版了 195 部文学作品。其中包括小说 145 部，诗歌 24 部，民间传说 14 部，散文 8 部，寓言 3 部，戏剧 1 部。该计划始于 1981 年，止于 2000 年。

②　耿强：《文学译介与中国文学"走向世界"——"熊猫丛书"英译中国文学研究》，上海外国语大学 2010 年博士学位论文，第 134 页。

我国先秦至近代文化、历史、哲学、经济、军事、科技等领域最具代表性的经典著作中选出 100 种,由专家对选题和版本详细校勘、整理,由古文译成白话文,再从白话文译成英文。"大中华文库"自 21 世纪启动以来,翻译项目也是声势浩大,当时共出版了一百七八十种图书。"然而除个别几个选题被国外相关出版机构看中购买走版权外,其余绝大多数已经出版的选题都局限在国内的发行圈内,似尚未真正'传出去'"①。近年的中华学术外译影响确实不小,调动了很多学者的积极性,外译成果都由目标语出版社出版,相信在不久的将来会有较好的反馈,但目前还很难说。

中国文化走出去的良好愿望与现实状况形成了强烈的反差,这就促使众多专家学者探求问题的症结所在,并开出有益于中国文学外译的良方。对于中国文化如何走出去,以及走出去所应关注的问题,众多专家学者纷纷建言献策,给出了自己的独到见解。《中国比较文学》为此在 2014 年的第 1 期上专辟中国文学走出去研究特辑,讨论所面临的问题以及解决问题所需要的对策。本著作的目的,是通过梳理近些年来众多专家学者对中国文学英译的研究状况,来发现问题,总结规律,并提出有益于中国文学英译的见解。

(一)宏观与微观相结合

中国文学英译研究呈现出宏观上的"线"与微观上的"点"相结合、整体与部分相结合的情况。以《红楼梦》的英译研究状况为例,每当到了某个该对《红楼梦》英译研究状况总结的时间段,就会出现一些以时间为线索的"英译史"研究,时间跨度从十年、二十年甚至一百年不等,

---

① 谢天振:《中国文学走出去:问题与实质》,《中国比较文学》,2014 年第 1 期,第 2 页。

而且其中不乏博士学位论文。"点"的累积,势必成为"线"的前提条件,而"线"的出现,也就成了对"点"的总结与反思。除了这种带有总结性质的英译史研究,还有不同译本的比较分析。比如对杨宪益、戴乃迭的合译本与霍克思、闵福德的合译本的比较分析。不管是英译史研究还是译本对比分析,它们都是从宏观上或者整体上对《红楼梦》英译的观照。

　　与这种整体性研究相对照的是整体内部不同部分的探讨分析。最常见的就是从不同的视角所进行的微观研究。研究者把《红楼梦》的整体进行拆分,然后逐个突破。比如对其章回题目的英译研究、诗词曲赋英译研究、死亡委婉语英译研究、"痴"字英译研究、菜名英译研究、中医药文化英译研究、亲属称谓语的英译研究、"把字句"英译对比分析、服饰英译评析,等等,名目众多,不一而足。其他作品的英译研究也呈现出这种特点,比如关于《水浒传》的英译研究,有《二十年来的〈水浒传〉英译研究》《国内〈水浒传〉英译研究三十年》《从〈水浒传〉英译活动看中西文化交流》,有《〈水浒传〉两译本的翻译策略》《从译者价值观分析〈水浒传〉的两英译本》《〈水浒传〉四英译本翻译特征多维度对比研究——基于平行语料库的研究范式》,有《试谈沙译〈水浒传〉中方言词汇的英译》《沙博理英译〈水浒传〉中的习语研究》《认知语言学视角下〈水浒传〉中人物绰号的英译对比研究》,等等。关于《三国演义》的英译研究,英译史方面的文章有《国内〈三国演义〉英译研究:评述与建议》《最近十年国内〈三国演义〉英译研究评述》等;文本对比方面的文章有《〈三国演义〉英译本赏析》《目的论视角下〈三国演义〉两个英译本的对比研究》;分析译本不同部分的文章有《罗慕士译〈三国演义〉对容量词的英译及问题》《关联视角下的〈三国演义〉中称谓语的英译》,等等。

　　角度各异、名目繁多的英译研究体现出的是研究者对研究对象的高涨热情,同时也反衬出其他作品英译研究的冷清。英译史的研究在展示研究者宏大视野与开阔胸襟的同时也反衬出研究者的局促情绪与一窝蜂的不良倾向。以《红楼梦》英译研究为例,据中国知网(CNKI)统计,从 2000 年到 2020 年,仅对《红楼梦》"英译史"研究的有关论文数量就高达 12 篇,具体如表 1 所示:

表 1　与《红楼梦》"英译史"研究有关的论文信息

题名	作者	来源	发表时间
《红楼梦》英译述要	李露	《西安教育学院学报》	2000-06-30
难忘的历程——《红楼梦》英译事业的描写性研究	陈宏薇、江帆	《中国翻译》	2003-09-15
二十来年的《红楼梦》英译研究	闫敏敏	《外语教学》	2005-07-06
他乡的石头:《红楼梦》百年英译史研究	江帆	复旦大学博士论文	2007-04-12
《红楼梦》英译史及其在英语文学中地位初探	陈曦	《湖北成人教育学院学报》	2007-05-25
十年来《红楼梦》英译研究的调查报告——从研究方法的角度分析	唐晓云	《时代文学》(理论学术版)	2007-09-15
《红楼梦》早期英译百年(1830——1933)——兼与帅雯雯、杨畅和江帆商榷	郑锦怀	《红楼梦学刊》	2010-01-15
国内《红楼梦》英译研究回眸(1979——2010)	文军、任艳	《中国外语》	2012-01-01
道阻且长:《红楼梦》英译史的几点思考	[美]葛锐,李晶(译)	《红楼梦学刊》	2012-03-15

题名	作者	来源	发表时间
《红楼梦》英译研究回顾与展望	刘迎娇	《湖南科技大学学报》	2013-05-20
邦斯尔译本及之前的《红楼梦》译本	刘艳红、张丹丹	《红楼梦学刊》	2014-05-15
节译与改写的交织:《红楼梦》英译史上的一篇轶文	郑中求	《红楼梦学刊》	2017-01-15

如果是从不同的研究思路或者不同的研究角度对《红楼梦》进行考察,无论是研究数量还是研究成果,都是可喜的。但是这种对英译史扎堆研究的状况却令人担忧。如此高密度的研究,对科研资源是一种浪费。

(二) 热度与名望正相关

随着作家知名度的提高,尤其是当其作品获得国际大奖时,国内的研究者对此关注度陡然提高,研究成果也节节攀升。对莫言的研究就是最明显的例子。1985 年,莫言因在《中国作家》杂志上发表中篇小说《透明的红萝卜》而一举成名,第二年在《人民文学》杂志上发表中篇小说《红高粱》引起文坛轰动,此后几年莫言虽然佳作迭出,但并没有走出国门,更不用说国内外学者对其作品的英译研究了。莫言真正扬名海外始于 1992 年在美国出版的第一部英译本中篇小说《爆炸及其他故事》(*Explosions and Other Stories*),译者为魏贞恺(Janice Wickeri)和邓肯·休伊特(Duncan Hewitt)。1993 年,由葛浩文(Howard Goldblatt)翻译的《红高粱家族》(*Red Sorghum：A Novel of China*)英译本在欧美出版,引发热烈反响。随后,葛浩文翻译的《天堂蒜薹之歌》(*The Garlic Ballads：A Novel*)、《酒国》(*The Republic of Wine：A Novel*)、《师傅越来越幽默》(*Shifu，You'll Do Anything for a Laugh*)、《丰乳肥臀》(*Big Breasts and Wide Hips：A Novel*)、《生死疲劳》(*Life and Death Are Wearing Me Out：A Novel*)、《变》(*Change*)、《四十一炮》(*Pow！*)、《檀香刑》(*Sandalwood Death：A Novel*)等作品相继出版,直到 2012 年 10 月 11 日,瑞典文学院宣布中国作家莫言获得 2012 年诺贝尔文学奖。随着莫言的名声越来越响,对其作品的英译研究也越来越多。在中国知网(CNKI)以"莫言英译"为关键词的搜索显示,近十年内国内学术期刊上发表的关于莫言作品英译的研究在总体上呈逐年递增趋势(见表 2)。

表 2 莫言作品的英译研究的总体趋势

年份	2011	2012	2013	2014	2015	2016	2017	2018	2019	2020
数量	76	117	338	499	472	555	635	618	593	393

由这些数据可以得知,在这十年中莫言作品的英译研究数量总体上是递增的,且在 2012 年到 2017 年间增势最为明显,2017 年达到顶峰。"如果一个作家的作品翻译语种多、作品数量多、再版次数多,必然会产生研究成果多的效应,这些作家往往也是在国内被经典化了的作家"①。所以,研究数量是与作家作品的知名度呈正相关的。作品获得国际大奖无疑是对作品质量的高度认可,而研究者对获奖作家的作品进行研究也表明其研究行为是有重大意义的,但是这种研究免不了泥沙俱下,也从一个侧面反映出某些研究者,尤其是初涉研究领域之研究者的"跟风"心理。

---

① 刘江凯:《本土性、民族性的世界写作——莫言的海外传播与接受》,《当代作家评论》,2011 年第 4 期,第 26 页。

（三）范围广泛类型多样

中国文学英译研究的范围是非常广泛与多样的，这首先得益于国内外翻译家的辛勤耕耘。独木不成林，一花难成春。文类丰富、风格各异的中国文学英译不仅体现出中国文学的历史性与多样性，还体现出中国文化的博大精深，这对于中国文化走出去，让目标语读者从多个方面、不同层次了解中国，了解中国文化，是大有裨益的。英译研究者的视野关注在诸如诗词曲赋、武侠小说、戏剧典籍、现当代诗歌等多个文学类型上。比如对诗歌的英译研究，在专著方面，有刘华文的《汉诗英译的主体审美论》、黄鸣奋的《英语世界中国古典文学之传播》、江岚的《唐诗西传史论》，还有吕叔湘编纂的《中诗英译比录》、汪榕培编著的《陶渊明诗歌英译比较研究》等，刘重德甚至在《文学翻译十讲》中专辟章节谈诗歌的翻译。在论文、评述方面，闻一多先生早在1926年6月3日的《北平晨报》上就曾就小畑薰良（Shigeyoshi Obata）英译的《李白诗集》(*The Works of Li Po，the Chinese Poet*)进行了论述，"纠错批评的倾向依然在这篇文章中体现了出来，不谈译文的审美性或不上升到非纯形式意义上的审美层次是这个时期评论译诗的论风"①。到了20世纪八九十年代，不同译本的比较分析是其主要评论模式，裘克安的《李白〈送友人〉一诗的英译研究》和高健的《再评〈送友人〉的几种英译》就是典型的例子。系统全面的英译研究还有江岚和罗时进的《早期英国汉学家对唐诗英译的贡献》与《唐诗英译发轫期主要文本辨析》、胡筱颖的《国内唐诗英译研究回顾与反思（1980—2011）》、文军和李培甲的《杜甫诗歌英译研究在中国（1978—2010）》、杨秀梅和包通法

---

① 刘华文：《汉诗英译的主体审美论》，上海：上海译文出版社，2005年，第4页。

的《中国古典诗歌英译研究历史与现状》、夏荣的《王维诗歌英译研究述评》、章国军的《许渊冲译〈唐诗三百首〉之音韵美及意象美赏析》、鄢佳的《中国现当代诗歌英译述评（1935—2011）》、李德凤和吴均的《论鲁迅诗歌英译与世界传播》，等等；又比如，对戏曲的英译研究也是颇为大观，有顾秀丽的《中国传统戏曲越剧英译研究》、杨慧仪的《中国戏曲的英语翻译及研究》、王宏的《〈牡丹亭〉英译考辨》、魏城壁的《论〈牡丹亭〉英译策略的运用和局限》、曹广涛的《传统戏曲英译的翻译规范刍议》与《戏曲英译百年回顾与展望》，等等。综上可知，中国文学英译研究已经形成了宏观与微观相结合的局面，且广泛与多样，使国内对中国文学英译研究达到了一个全面的、开放的格局。

（四）古典与现当代并进

中国文学英译研究总体上达到了古典文学与现当代文学并重的局面。只重视古典文学而忽视现当代文学的研究是不健全的，只谈现当代文学而抛却古典文学也是不正确的。古典文学拥有现当代文学无法取代的文化传统与人文精神，现当代文学也承载着古典文学所没有的现代性的思想文化内涵与精神面貌。只有两者并重，不偏不倚，才能让英语国家的读者了解到一个统一的、具有传承性的中国文化。否则，只会如盲人摸象般，对中国文化留有片面的甚至是负面的印象。可喜的是，中国文学英译从一开始就注重并落实了古典与现当代并重的问题。比如，由国家主导译介的"熊猫丛书"计划的主要目的是"将中国现当代文学译成英、法（另有少量的德、日）两种语言，推向西方世界，扩大中国文学在西方世界的影响"①。至 2009 年，据相关数据，"熊

---

① 耿强：《文学译介与中国文学"走向世界"——"熊猫丛书"英译中国文学研究》，上海外国语大学博士学位论文，2010 年，第 44 页。

猫丛书"共出版英文版图书149种,有少量的古代作品,大部分都是现当代名家名作。① 耿强的多篇学术论文诸如《中国文学走出去政府译介模式效果探讨——以"熊猫丛书"为个案》和《文学译介与中国文学"走向世界"——"熊猫丛书"英译中国文学研究》等就是对"熊猫丛书"诸问题进行的探讨与分析。季进更直接地把中国文学放入世界文学的生态体系中,并以当代文学的英译为例,"总结了当代文学英译与传播三个方面的转向,提出了当代文学走向世界所面临的问题与挑战"②。他指出,"中国文学应该以平常心平等地对待世界文学共同体中的不同的'他者',并在与他者的交往中,保持和发展自己的文化审美个性,以独特的实践参与到世界文学的进程之中"。③

　　"熊猫丛书"在起初的几年出版的是在《中国文学》杂志上已经翻译过的、但是还没结集出版的作品,后来才选择新的作品并组织翻译出版。说到《中国文学》,就不得不提一下它本身所具有的特点,这些特点恰恰体现出了中国文学英译过程中对古典文学与现当代文学的重视程度。《中国文学》不同于一般书籍,它作为一种由政府主导的期刊,刊载内容驳杂,出版周期短。其登载的内容涉及古典文学、"五四"以来的现代文学、当代文学和文艺学等,开设的栏目也是多种多样,包括小说、诗歌、戏剧、寓言、作家札记、歌曲和通讯报道等。所以,研究这样一种颇具代表性的期刊,是很能说明问题的。至于其传播效果如何,那是另一个维度的问题。郑晔在其文章中也开门见山地指出,其研究目的是"总结中国文学在走出去过程中的经验教训,为'文化走出

① 详细目录可以参考外文局民间刊物《青山在》2005年第4期所载徐慎贵《中国文学出版社熊猫丛书简况》。

② 季进:《作为世界文学的中国文学——以当代文学的英译与传播为例》,《中国比较文学》,2014年第1期,第27页。

③ 同上。

去'国家战略提供理论支持和策略参考"①。除了《中国文学》杂志与"熊猫丛书"计划,还有进入 21 世纪以来启动的"大中华文库"丛书计划。该计划从 1996 年到 2000 年为第一阶段,2000 年到 2005 年为第二阶段。它选取了中华民族 5000 年文明中文学、历史、哲学、政治、经济和科学技术等方面最具代表性的经典著作。首批入选的有《老子》《周易》《孙子兵法》《论语》《礼记》《庄子》《孟子》《大学》《中庸》……《封神演义》《老残游记》等 100 种。② 谈及翻译出版"大中华文库"的初衷,杨牧之写道:"西学仍在东渐,中学也将西传。各国人民的优秀文化正日益迅速地为中国文化所汲取,而无论西方和东方,也都需要从中国文化中汲取养分。"③

（五）规范性、严谨性增强

众多研究者以翻译家的眼光对作品的英译状况或者是翻译方法进行策略性探讨分析,并提出利于翻译实践的精到见解。这里所说的"规范性"当然不是指那种很僵硬的、晦涩难懂的理论术语,而是那种来自译者本身实践得出的原汁原味的翻译心得,正所谓"批五岳之图,以为知山,不如樵夫之一足"④。纵观翻译史,我们会获得许多宝贵的翻译经验。严复在《〈天演论〉译例言》中提出的"信、达、雅"说,是最早被我国翻译界公认为翻译标准的。简单地说,忠实于原著即准确,译文明白晓畅,文字典雅,即所谓"信、达、雅"。继"信、达、雅"说之后,获

---

① 郑晔:《国家机构赞助下中国文学的对外译介——以英文版〈中国文学〉(1951—2000)为个案》,上海外国语大学博士学位论文,2012 年,第 3 页。
② 详细目录可参见《对外大传播》,1996 年 Z2 期,第 63 页。
③ 杨牧之:《让世界了解中国——〈大中华文库〉总序》,《海内与海外》,2007 年第 6 期,第 55 页。
④ 魏源:《魏源集》,北京:中华书局,2009 年,第 7 页。

得广泛赞同的要数著名翻译家傅雷提出的"神似"论了。他认为,"以效果而论,翻译应当像临画一样,所求的不在形似而在神似"①。但是在实际操作中,翻译要比临画难多了。即使是非常优秀的译文,其中所含的韵味较之原作仍难免过或不及。"翻译是只能尽量缩短这个距离,过则求其勿太过,不及则求其勿过于不及"②。钱锺书对翻译也有自己精深的见解,他认为"译本对原作应该忠实得以至于读起来不像译本,因为作品在原文里绝不会读起来像翻译出来的东西"③。所以他认为文学翻译的最高理想是"化"。"把作品从一国文字转变成另一国文字,既不能因语文习惯的差异而露出生硬牵强的痕迹,又能完全保存原作的风味,那就算得入于'化境'"④。许渊冲在吸收诸名家的养分的基础上结合自己的翻译实践,把中国学派的文学翻译理念总结为"美化之艺术,创优似竞赛"⑤十个字,这是高度的凝缩,进一步可阐释为"三美论、三之论、三化论、优势论、竞赛论"。

以上名家都是站在本土化的立场上对翻译的标准、境界和方法等问题进行阐发,针对的是外国作品的汉译。虽然如此,其中所涉及的翻译策略对中国文学的英译同样是非常重要的,正如胡允恒所言,"汉译英虽然较英译汉难度要大,但说起其中规律性的东西,其实是一样的,仍然有一个从理解到表达的过程"⑥。不管是文学作品的译入还是译出,道理皆然。

王建开有自己独到的看法,认为"中国文学英译应当利用英语文

---

① 张经浩、陈可培:《名家名论名译》,上海:复旦大学出版社,2005 年,第 114 页。
② 同上。
③ 钱锺书:《钱锺书集·七缀集》,北京:生活·读书·新知三联书店,2011 年,第 82 页。
④ 同上。
⑤ 许渊冲:《汉英对照唐诗三百首》,北京:高等教育出版社,2000 年,第 13 页。
⑥ 胡允恒:《悟与创——〈译海求珠〉》,北京:生活·读书·新知三联书店,2013 年,第 234 页。

学知识的普及度,借用其名言名句并将中西文学加以类比,使英语读者产生联想,赢得认同并引起共鸣,以此进一步扩大中国文学在海外的接受面"①。另外,还有研究者运用传播学理论,以译介学为支撑,探讨中国文学走出去的"译介模式"。鲍晓英在其博士学位论文中就运用了这种方法。她以莫言的作品在美国的译介为例,探讨中国文学英译的有效译介模式,以期"实现其在译入语文化尤其是西方强势文化的传播"②。她指出:

> 译本的接受和传播受到国家外交关系、意识形态、诗学、翻译规范、赞助人、翻译政策、读者期待和传播渠道等因素的制约。文学译介要考察的不仅是翻译文本是否达到目标语国家的语言要求、文本内容是否符合目标语主流意识形态和诗学,更要看文本的传播各环节是否有效,传播往往是文学译介成功与否的关键。③

以上是从大的方面着手所进行的宏观把握,有方向性的指导作用,当然也不乏具体而微的针对某一文学类型的英译策略而提出的建设性意见。韩巍在其博士学位论文中对平行原则下的唐诗英译研究进行了细致的探讨,认为,"形式让唐诗出众,形式上的规矩让唐诗具有了美妙的声音和工整对仗的精妙词句"④,并从"唐诗形式结构原则

① 王建开:《借用与类比:中国文学英译和对外传播的策略》,《外文研究》,2013年第1期,第91页。
② 鲍晓英:《中国文学"走出去"译介模式研究——以莫言英译作品美国译介为例》,上海外国语大学博士学位论文,2014年,第1页。
③ 同上。
④ 韩巍:《平行原则下的唐诗英译研究》,上海外国语大学博士学位论文,2013年,第1页。

入手,从众多中西方理论探讨中抽象出'平行原则'作为唐诗结构的关键特征"①,认为应该把"平行原则"作为评判唐诗英译质量的标准之一。从以上论者的论述中可以得知,中国文学英译研究已经达到了很深入的程度,已非常规范并且颇具规模。

(六)译家和作品双中心

探讨中国文学英译的研究者往往从两个大方面进行研究:一方面是以翻译家为主体,围绕该译者的译著生发开来,主要谈论翻译家的成就与贡献;或者以作品为主,谈论该作品的英译状况、技巧等诸方面的内容,同时,在讨论该作品的英译情况时也不自觉地会在文章的论述中削弱作家的主体地位。比如王春在其博士学位论文中研究了李文俊的文学翻译,指出李文俊作为著名翻译家所翻译的著名作家阵容强大,比如卡夫卡、福克纳、海明威、塞林格、麦卡勒斯、艾略特、爱丽丝·门罗等,尤其是对福克纳的翻译,对中国的读者和作家的创作产生了重要影响。然而截至 2014 年,鲜有研究者对李文俊的文学翻译进行深度研究,为此,王春试图"在一定程度上填补这一缺憾……为学界的进一步穷其精髓,提供有价值的参考"②。另一个方面的研究状况主要存在于古典文学作品中,比如对《诗经》《唐诗三百首》《红楼梦》《三国演义》《西游记》和《聊斋志异》等作品的研究。这些作品要么作者众多,要么作者身份不可考,甚至是集体的创作,要么就是作者一生创作中的最为知名的著作。

在众多研究文章中,几乎没有以诸如"曹雪芹作品英译研究""罗

---

① 韩巍:《平行原则下的唐诗英译研究》,上海外国语大学博士学位论文,2013 年,第1 页。

② 王春:《李文俊文学翻译研究》,上海外国语大学博士学位论文,2014 年,第 i 页。

贯中英译""吴承恩作品在海外""蒲松龄英译百年研究"为主题的研究论文。有的是比如《〈红楼梦〉章回题目英译研究》《〈红楼梦〉死亡委婉语及其英译》《最近十年国内〈三国演义〉英译研究评述》《论〈三国演义〉英译研究中的主要问题及建议》《〈西游记〉百年英译的描述性研究》《〈西游记〉中叠音拟声词及其英译探究——以詹纳尔译本为例》等诸如此类主题的研究。李文俊是致力于引进外国文学为目的的翻译家,而像曹雪芹、吴承恩等人是中国本土作家,层面会不一样。也有很多研究是以中国本土作家为中心展开的,比如《鲁迅诗歌英译与世界传播》《鲁迅小说英译研究》《试论王安忆英译作品的出版与传播》《中国当代文学作者英译之旅》《王蒙意识流小说的语言变异与英译》等。这也算是目前国内研究者在做中国文学英译研究时所体现的一个规律,这个规律受到作家的作品数量、作品知名度、文学类型、时代环境等综合因素的影响。

(七) 存在问题及反思

文学英译研究种类多样,方法各异,成果迭出。这一方面体现出研究者的自觉性不断增强,研究热情持续高涨,但另一方面也提示我们,必须保持敏锐的目光,看透其中存在的问题,"知己知彼,百战不殆",唯其如此,我们才能创造出良好的研究环境,维护健康的学术生态。

相对于中国文学英译,中国文学英译研究具有一定的"滞后性"。作品首先要外译出去,经过出版、发行和接受,才谈得上对中国文学的英译研究。这种时间差提醒我们,不要急于对刚外译不久的文学作品进行研究,因为作品的传播与接受要有一个过程,这个过程会形成一种"积淀",在这个"积淀"的过程中,国外读者的接受状况、翻译的质量问题就会逐渐显现。正所谓"日久见人心",拉开一定的时间距离,会让研究者看得更清楚。当然,对于那些意图研究某部英译作品的翻译技巧、语词的转换得失、审美方面的增减等问题的研究者来说,可以不必在意时间差的问题。正是这种"滞后性",使得一些质量高、外译时间短的作品,一朝一夕之内很难让外国读者口耳相传,也很难形成大的影响力,所以对其英译的研究自然也会落后一步。

一个半世纪以来,中国文学英译都存在不平衡现象,所以,中国文学英译研究也会出现不平衡的问题。《诗经》《史记》和唐诗宋词元曲,《红楼梦》《水浒传》《三国演义》《西游记》等,大家耳熟能详,家喻户晓,所以倾注的热情就会多很多。而诸如汉大赋、魏晋的抒情小赋及众多文化文学经典的移译则少得可怜。中国现当代文学更是存在这个问题。中国作家协会到 2021 年 12 月已经拥有超过 13000 名会员,其中作品被翻译成英文的作家有北岛、巴金、方方、古华、格非、贾平凹、金庸、马原、莫言、王安忆、王朔、阎连科、余华、张承志、张天翼、张贤亮、周立波、张抗抗、苏童、林夕、宗璞、舒婷等,虽然"中国当代文学在对外译介方面已经取得了一定的成效,但与当代文学创作的实际成就相比还有相当差距:目前已经译介的作家作品仅占我国当代优秀作家作品很小的比例"[①]。出现这种情况的原因有很多,比如,"外国人选择翻译的中国作品为了满足其国内读者的阅读需要带有相当的片面性局限性"[②];中国国内高水平的翻译人才还不能满足实际需要,以致造成翻译现状的巨大空缺;翻译者在翻译市场上的报酬低廉;我国外译的文学作品的推广与宣传还有待考量,等等。所以,知名作品译本多,研究者众;非知名作品译本少(甚至无),研究者少,就不足为奇了。但是,研究者的视野也必须宏大起来,而不能仅仅关注那些耳熟能详的

---

① 李朝全:《中国当代文学对外译介成就概述》,《文学报》,2007 年 11 月 6 日,第 3 版。

② 同上。

作品;研究者还应是个发现者、探索者和引领者,对翻译界保持足够的敏感性,及时发现优秀的译本,发掘优秀的译者,给予客观公正的评价,进而推动翻译事业进一步发展。所以,针对相应的问题,就必须提出相应的对策,才能改变这种现状。

看来,中国文学英译研究现状既有可喜的一面,也有令人担忧的一面。喜在很多研究者的学术自觉性越来越高,不管是对英译作品从宏观上进行把握还是从微观上进行论述,都能提出自己独创性的、有建设意义的见解;忧的一面是目前对中国文学英译研究的论文的质量参差不齐。这也是目前整个论文写作中存在的问题,而如何摆脱现状,还有很长的路要走。随着中国文化走出去的程度逐渐加深,随着翻译队伍不断壮大,随着中国文学英译数量的不断增长和研究者自身的学术涵养的不断厚实,特别是随着译者和研究者们的民族自信、文化自觉、翻译自觉和服务自觉的不断加强,中国文学英译研究势必取得更加丰硕的成果,为中国文学文化真正走出去指明方向和路径。

他山之石,可以攻玉。本书在绪言部分从七个方面对中国文学英译研究做了现状透视。主体部分一方面对中国现代文学英译进行追踪,逐一研究美国汉学家莱尔译鲁迅、英国汉学家卜立德译周氏二兄弟、美国汉学家金介甫译沈从文、美国汉学家邓腾克译鲁迅和路翎、美国汉学家金凯筠译张爱玲、英国汉学家蓝诗玲译鲁迅,以及美国汉学家雷勤风译钱锺书。另一方面对中国当代文学英译历程进行追踪,首先逐一研究美国汉学家葛浩文译莫言、加拿大汉学家杜迈可译苏童、澳大利亚汉学家杜博妮译阿城、英国汉学家韩斌译严歌苓和美国汉学家梅丹理译吉狄马加;其次逐一研究英国汉学家白亚仁译余华、美国汉学家徐穆实译迟子建、陶忘机译洛夫、琼斯译余华,以及罗鹏译连科余华;最后再逐一研究英国汉学家狄星译严歌苓、美国汉学家白睿文译安忆兆言、陶建译王小波,以及米欧敏译麦家。在结语部分,本书结合汉学家中国文学英译的经验,对中国学者文学英译的困顿与出路给予诊断和分析。书中的汉学家是按照出生的先后排列顺序的。

中国文学外译是个非常复杂的问题,也是非常值得研究的课题,而汉学家们的中国文学的译介工作为我们反观文化走出去提供了参照。本书的研究对象是 21 位在中国文学英译中做出重要贡献的汉学家,重点研究其成长背景、心路历程、文化认同、译介发生、译介理念、译介策略、存在问题及产生影响等,旨在通过另一个视角对中国文学走出去进行反思和总结,为讲好中国故事献言献策,为实现文明互鉴略尽绵薄。

说到中国现代文学，我们可以用群星璀璨去形容，但一下子能够想到的可能就是"鲁巴茅郭老曹"（鲁迅、巴金、茅盾、郭沫若、老舍和曹禺）这个文学并称，想到这六位中国现当代文学巨匠。从英语世界汉学家的译介情况来看，鲁迅的影响正如上面这个并称一样，也是排在最前面的。当然研究和翻译鲁迅，自然就落不下他的兄弟周作人，而忘掉老舍也是不太可能的。

金介甫喜欢沈从文是从学生时代就开始的，学位论文写他，后来又译他，1977 年以《沈从文笔下的中国》获得哈佛大学博士学位，后来又将论文修订改编成了《沈从文传》一书，被誉为海外沈从文研究第一人，真算是"从一而终"了。

邓腾克研究和翻译鲁迅很容易理解，翻译和研究路翎，有点让人意外。可以说，邓腾克是在好奇心的作用下喜欢上路翎的作品的。张爱玲在传统的中国现代文学史上也是见不到名字的，但她的作品确实打动人，再加上夏志清的颂扬，遂声名越来越显赫。

钱锺书生于 1910，卒于 1998，说得上是现代作家，因此对他的英译研究也放在这一章。在学习汉语后，天性幽默的美国汉学家雷勤风强烈地感受到"中文是一种玩文字游戏的极好语言"。以雷勤风的性格，与钱锺书产生化学反应，喜欢上钱锺书的著作，是合情合理的。

第一章　汉学家与中国现代文学的英语传播

夫"不孝有三无后为大",而"若敖之鬼馁而",也是一件人生的大哀,所以他那思想,其实是样样合于圣经贤传的,只可惜后来有些"不能收其放心"了。

——鲁迅《阿Q正传》

Now bear in mind, gentle reader, *Of three things which do unfilial be / The worst is to lack posteritie*. And then too, if you also remember how the classics tell of the exemplary concern of Ziwen, in those days of yore, lest *the ghosts of the Ruo'ao clan go hungry, woman and man*—a great human tragedy, indeed! —then you'll see right off quick that Ah Q's thinking was, as a matter of fact, thoroughly in accord with the sagacious morality of our classical tradition. Unfortunately, however, after his thoughts started galloping off in this direction, Ah Q *completely lacked the art to rein in his unbridled heart*.

—"Ah Q—The Real Story", trans. by William A. Lyell

一 品猫城方家莱尔
读狂人才子去矣
——美国汉学家莱尔译鲁迅

美国汉学家
威廉·莱尔
William A. Lyell
1930-2005

威廉·莱尔（William A. Lyell，1930—2005）是美国乃至国外汉学界普遍认可的翻译家，是研究鲁迅和老舍的权威专家，曾在斯坦福大学中国语言文学专业执教多年。他不仅是全译老舍的讽刺小说《猫城记》（Cat Country：A Satirical Novel of China in the 1930's）的第一人，还翻译了鲁迅的全部短篇小说，其译本被尊为"翻译的典范"。他的主要作品有六部，包括四部中国现代文学翻译作品以及两部鲁迅研究著作。威廉·莱尔个性鲜明，热情幽默，从教三十余载，始终诲人不倦，恪尽职守。莱尔以其中西贯通的学识和出色的中英双语驾驭能力，恰如其分地再现和传承了鲁迅等中国现代文学作品独具特色的语言与风格，并别出心裁地添加了详尽的引言及注释，使其译本亦"信"亦"达"亦"神似"，匠心独运，别具"译"格。

（一）机缘巧合，开启译介之旅

威廉·莱尔于 1930 年 6 月 29 日出生于美国东北部素有"花园州"美称的新泽西州拉卫城（Rahway，New Jersey）。莱尔祖上曾参加过美国独立战争，父亲对此深以为傲，不仅从小教导莱尔要学习祖先开拓进取的精神，还培养其高度的社会责任感。莱尔在美国佛罗里达州的罗林学院（Rollins College）学习法语和英语文学并获得学士学位。毕业后,莱尔原本期望加入美国空军,成为一名飞行员,却因突出的语言天赋而被派往耶鲁大学学习中文。在耶鲁大学,他刷新了该校有史以来的得分纪录,以优异的成绩修完了所有汉语课程。①

退伍后,威廉·莱尔继续在芝加哥大学攻读博士学位。在那里,他不仅收获了知识,也得到了爱情——他结识了让他一见倾心的心理学研究生露丝·格兰涅兹(Ruth Granetz)。有了爱情的滋润和恋人的支持,莱尔以更大的热情投入到学习和研究之中。随着中文水平的提升以及对中国文化了解的深入,他越来越钟情于这个蕴含着悠久文明的东方古国。求学期间,莱尔幸运地获得了一笔奖学金,这使他得以前往中国台湾进行为期三年的中国哲学和文学的专业学习。莱尔十分珍惜这个学习中文的机会。他求知若渴,让自己完全沉浸在中文的语言环境中。在台湾大学就读时,他不仅认真听课,还利用住宿之便不断与当地学生交流、学习,汉语进步很快。1956年,此时的莱尔中文已经非常地道。当赴台湾地区学习中文的斯坦福大学名誉教授阿尔·迪恩(Al Dien)遇到他时,他正在向一名当地教师请教如何准确地发出"额"(eh)这个音。迪恩回忆道:"他一遍遍地练习,一直练到他和那名教师都满意为止。他那种追求完美、精益求精的精神无论在学习还是研究中都展现得淋漓尽致。"②这次的交流学习对莱尔的帮助很大,他的中文读、写、说、译的水平在这段时间修炼得日臻纯熟。之后,莱尔回到芝加哥大学,终于在1961年与露丝步入婚姻殿堂。此后两人互相支持,彼此陪伴,一同走过了44年的婚姻生活。芝加哥大学不仅成为莱尔事业腾飞的起点,还成为他幸福家庭开始的地方。婚后,莱尔和露丝育有两双儿女,四个孩子的先后降临给这个家庭不断

① Stanford University,"Memorial Resolution:William A. Lyell". 2009-2-25. http://news.stanford.edu/news/2009/february25/william-lyell-memorial-resolution-022509.html.

② Stanford University,"Chinese language Professor Emeritus William Lyell dead at 75". 2005-9-14. http://news.stanford.edu/news/2005/september14/obitlyell-091405.html.

地增添活力与欢笑。莱尔是爱尔兰人的后裔，而露丝是犹太人，但是他们决定让儿子们信奉犹太教，让女儿们皈依天主教。在这一点上，莱尔彰显了他的与众不同。按照惯例孩子们应该随母亲信教，但莱尔夫妇更希望他们的孩子学会了解和宽容别人，于是他们才有了上面的安排。"莱尔是提倡兼爱的。"[①]在这一点上，莱尔与鲁迅的精神高度契合。和谐温馨的家庭氛围给予了莱尔极大的支持，也让他得以专心于学术与研究。

1971 年，威廉·莱尔获得芝加哥大学东方语言文学博士学位，其后一直致力于中国文学的研究，还翻译了大量中文作品。莱尔这段来华求学经历让他能够长期沉浸在中文环境中，得以多方面接受译语文化潜移默化的熏陶；而学生阶段练就的纯熟的中文水平及扎实的中国现代文学的功底为他今后译介中国文学打下了坚实的基础。他得以深入了解中国社会现状及其主流意识形态，更能准确把握读者需求，而这些都极大地影响了他此后翻译和研究对象的选择及翻译策略的实施。

获得博士学位以后，威廉·莱尔就投身于他所钟情的教育事业，而教学之余的时间，则全部奉献给了翻译和研究。他的研究和大部分著译都侧重于中国现代文学，特别是鲁迅和老舍。长期从事中国文学相关专业的教学工作使得莱尔对中国和美国两种文化都非常熟悉，并且积累了丰富的翻译理论及实战经验。这不仅为他今后成为鲁迅及老舍的研究专家埋下伏笔，更助推了他翻译事业的腾飞。

（二）译介老舍，传承口语风格

可能与特定的时代背景有关，威廉·莱尔将研究方向转向中国作家老舍，并致力于译介老舍的小说《猫城记》，成为第一位将《猫城记》全译本奉献给英语读者的汉学家。《猫城记》在中国现代文学史上占

---

① 寇志明：《纪念美国鲁迅研究专家威廉·莱尔》，《鲁迅研究月刊》，2006 年第 7 期，第 88 页。

有重要地位,其外译数量在老舍的作品中仅次于其最具代表性的作品《骆驼祥子》。早在 1964 年,詹姆斯·杜(James Dew)就翻译过《猫城记》。然而,这位翻译家认为老舍的原作存在一些重复描述及结构问题,便采用了删节的策略,结果他的译本仅保留了原著三分之二的内容。可以说,詹姆斯·杜翻译的《猫城记》是节译本,而莱尔在 1970 年献给英语读者的则是《猫城记》全译本。正是莱尔使这部当时在中国备受争议的作品在国外实现了从节译到全译的转变。

1970 年,莱尔的《猫城记》全译本由美国俄亥俄大学出版社出版。截至 2013 年,该书已被 370 家图书馆收藏,其馆藏量是詹姆斯·杜译本的 7 倍,这表明全译本在目标语国或全世界各地的传播范围显然更为广泛。① 而莱尔之所以选择重译《猫城记》并采用全译方式向目标语读者客观全面地介绍该作品,则是出于对其题材与体裁的考虑。

在题材方面,《猫城记》一针见血地讽刺了 20 世纪初至 30 年代的中国社会现状,其蕴含的批判现实主义精神符合当时目标语社会主流意识形态的需要。《猫城记》一改老舍委婉、以幽默处理讽刺的文风,虚构火星猫人的故事,采用斯威夫特式(Swiftian)的笔法来讽刺当时的中国社会。正如莱尔所说:"除了文学价值,小说还具有记录 20 世纪 30 年代早期中国境况的社会文献价值。"②

《猫城记》不仅能反映出中国现代文学新的形式和现状,还能够使文学读者尤其是专业学生了解中国真实的社会状况。译者莱尔站在文学研究的立场上,高度肯定了老舍对中国现代文学发展做出的贡献,对其作品的"幽默、鲜活的比喻以及方言口语在现代文学中的体现"③大加称赞。

莱尔不仅将《猫城记》全译本贡献于世,还为该译本写了一篇精彩的引言。这篇引言从老舍其人、老舍的作家身份以及老舍和《猫城记》

① 李越:《老舍作品英译研究》,北京:知识产权出版社,2013 年,第 189 页。

② William A. Lyell, "Introduction", *Cat Country: A Satirical Novel of China in the 1930's*, Columbus: Ohio State University Press, 1970, p. 12.

③ 李越:《老舍作品英译研究》,北京:知识产权出版社,2013 年,第 189 页。

这三个部分展开,把作者的生平、作品的时代背景等向读者一一道来。美国著名汉学家葛浩文认为威廉·莱尔的论述"贯彻了'深入浅出'这一原则,做了值得称道的工作"①。此外,从译作中添加的注释可以看出,译者莱尔怀着极其严谨的学术精神做了许多调查研究工作。这些注释的添加为目标语读者提供了很大便利,既有助于读者更准确地理解当时中国的政治和社会环境,指出讽刺的目标所在,也能帮助读者理解小说中许多有特色的、口语化的表达,从而在一定程度上缩小了文化鸿沟。

关于莱尔的《猫城记》译本,美国汉学家葛浩文给予了颇高的评价:"莱尔的《猫城记》译本是现有老舍小说英译本中的最佳之作,且该书是所有现代中国小说译本中最耐人研读的作品之一。"②虽然葛浩文也坦言莱尔在选词和运用比喻时偶尔也有佶屈聱牙之处,但瑕不掩瑜,"其结果仍不失为一部经得起推敲的译作"③。由此可见,莱尔的《猫城记》译本不仅有着较广的受众范围,在翻译界也备受认可。

在全译本《猫城记》取得成功后,莱尔着手研究鲁迅并翻译了鲁迅的全部短篇小说。此外,他还以极大的热忱投入到更多的中国短篇小说翻译中。1997 年,他翻译出版了中国作家张恨水的小说选集《上海快车:张恨水三十年代小说选》(*Shanghai Express*:*A Thirties Novel*)。1999 年,他翻译出版了《草叶集:老舍短篇小说选》(*Blades of Grass*:*The Stories of Lao She*),包括了 14 篇短篇小说和 2 篇自传体散文。这部译作中,莱尔从受众的角度出发,从作品

①　霍华德·戈德布拉特:《评沃勒·兰伯尔的〈老舍与中国革命〉一书及小威廉·莱尔的〈猫城记〉译本》,李汝仪译,《徐州师范学院学报》(哲学社会科学版),1985 年第 1 期,第 120 页。

②　同上。

③　同上。

的题材入手,悉心甄选翻译材料。《老字号》和《老年的浪漫》这两部短篇小说讲述了中国传统商业经营模式,以及中国人如何看待亲情和爱情,与老舍在1949年之前文学创作的人生和社会的基本主题非常契合。因此,莱尔从译作目标读者的角度出发,以颇具作家主题的代表性作品为切入点,选择翻译这两篇作品,既满足了受众的需求,也使其成为传播中国文化的重要渠道。此外,莱尔在译文中比较忠实地移译出了老舍幽默、口语化的风格,将老舍的作品原汁原味地展现在读者面前。

(三)鲁迅研究,著译相得益彰

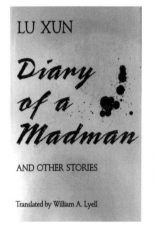

作为"中国现代文学之父",鲁迅是中国现代文学史上最重要的作家之一。威廉·莱尔对鲁迅这位中国20世纪文坛巨匠深有研究,不仅翻译了《〈狂人日记〉及其他小说》(*Diary of a Madman,and Other Stories*),还撰写著作《鲁迅的现实观》(*Lu Hsün's Vision of Reality*)和语言教材《鲁迅选读》(*A Lu Hsün Reader*)。莱尔的译作和他的《鲁迅的现实观》均成为美国学界公认的权威之作,而他本人也因此被公认为美国的鲁迅研究专家。

1990年,美国夏威夷大学出版社出版了莱尔翻译的《〈狂人日记〉及其他小说》。该译本是鲁迅小说的完整译本之一,其中收录了《呐喊》《彷徨》中所有的25篇短篇小说,以及鲁迅最早的短篇小说《怀旧》。虽然在莱尔之前,鲁迅的很多小说已经有了不止一个译本,且许多为翻译大家所译,但莱尔仍然坚持自己的翻译。他决定翻译鲁迅的这些小说主要是因为其对鲁迅作品的浓厚兴趣及与"鲁迅

精神"的高度契合。首先,莱尔与鲁迅有着相似的生活背景。鲁迅曾
"弃医从文",莱尔也曾"弃军从文"。其次,莱尔与鲁迅有着相似的价
值观。莱尔提倡兼爱,崇尚中国古代的墨家哲学;而鲁迅是位伟大的
文学家、改革家、创新家,提倡用白话文写作,旨在用简单明了的语言
来唤醒广大中国读者。因此,信仰相似的莱尔力求传承鲁迅的精神,
在翻译时既大胆地改革创新,也注重其社会效应。最后,就像文学大
师鲁迅一样,莱尔对语言也有着高超的驾驭能力。于是,莱尔不畏前
路漫漫,靠着信心、细心和恒心,完成了鲁迅小说的翻译。在这个译本
的《序言》中,莱尔这样写道:

> "这个集子中的所有小说此前都被很好地翻译过(就我
> 所知,由我第一个翻译的只有《兄弟》一篇,刊登在 1973 年
> 《翻译》的创刊号上)。……1981 年杨宪益夫妇又出版了《呐
> 喊》和《彷徨》的全译本,但他们所使用的是英国英语(British
> English),所以我可以不谦虚地说我是第一个把鲁迅的全部
> 小说译成美国英语(American English)的。"①

莱尔的译本在国外受到广泛关注,获得了广大外国读者的青睐,
如在亚马逊网站上读者对该译本也是好评不断。事实上,莱尔重译鲁
迅的许多小说与其前几个版本相比较都有新的突破。他别具一格的
翻译风格也得到了澳大利亚悉尼新南威尔士大学寇志明(Dr. Jon
Eugene von Kowallis)的赞赏:

> "在我看来(或许鲁迅先生不这么认为),这部小说的翻
> 译能否取得成功不仅仅在于语言表述的准确性,其对原作中
> 辛辣的讽刺风格的再现,独到的语言的运用,以及个性鲜明
> 的人物形象的刻画则更为关键。在这些方面,莱尔相较于其

---

① William A. Lyell, "Introduction", in *Diary of a Madman, and Other Stories*,
Honolulu: University of Hawaii Press, 1990, pp. 41-42.

他译者有着更为周全的考虑。"①

　　莱尔译本不仅忠实通顺,还带有鲜明的美国口语化风格,将对话翻译得生动传神。值得一提的是,莱尔译本中详尽的引言和注释所传达的大量文化信息是之前的译本所难以媲美的。鲁迅的许多小说如《阿Q正传》《祝福》等都具有辛亥革命时期的农村生活的社会背景,因此小说中包含了大量的文化背景知识和带有乡土气息的口语化表达。这些文化信息的处理对于目标语读者来说,显得尤为关键。为了尽可能地缩小文化差异,令目标语读者既能准确地领会原文的思想,又能品尝到原汁原味的异国文化,莱尔从受众的角度出发,将译作的第一部分设为引言,详尽、系统地介绍作者其人及该作品的时代背景,并辅以有趣的细节,增强引文的可读性及趣味性。在译作中,译者还添加了大量的注释(随文注释、脚注、尾注),内容确切细致。莱尔在《阿Q正传》这一篇译文中就加了多达67条脚注,为读者清晰地介绍了原作的文化背景知识。这样的译本,既具有学术性,又能为普通大众所接受。"译本中内容丰富的注解,向英语读者介绍了大量的中国文化、民俗背景知识。莱译的出现,让英语读者得以更深入地了解鲁迅先生所描述之辛亥革命前后的旧中国,也为译界注入了新鲜的血液。"②因此,莱尔的译本实现了让更多的读者全面、系统地了解鲁迅的创作的目的,有效地促进了以鲁迅为代表的中国现代文学在英语世界的传播。

① 此处的原文为:"My own feeling (and Lu Xun might disagree) is that the success or failure of such an undertaking ought to be measured not so much on the basis of literal accuracy, but on the reproduction of the acerbic wit of his style and his ingenious employment of language, as well as the poignancy of the image he creates. No translator has been as attentive to these consideration as Lyell." (Jon Kowallis,"Review of *Diary of a Madman and Other Stories*", *The China Quarterly*, March, 1994, No. 137, pp. 283-284.)

② 刘影、陈垣光:《文化交汇,丰彩灿然——喜读〈阿Q正传〉莱尔英译本》,《中国翻译》,2002年第4期,第83页。

除了翻译鲁迅的短篇小说，威廉·莱尔还撰写了两部研究鲁迅的作品，分别是《鲁迅的现实观》和《鲁迅选读》。在芝加哥大学深造期间，威廉·莱尔的老师大卫·洛埃(David Roy)对中国现代文学素有研究，曾撰写过郭沫若传记。莱尔继其衣钵并攀登新的高峰，攻读鲁迅。1971年，他完成了博士学位论文《鲁迅短篇小说的戏剧性》("The Short Story Theatre of Lu Hsün")。之后，他将自己的论文进行改写、扩充，最终于1976年著成并出版了《鲁迅的现实观》一书。这部研究专著被公认为美国鲁迅研究的权威之作，对于推动鲁迅作品走向海外以及中国现代文学"走出去"功不可没。有学者认为："莱尔功夫下得很大，学问很严谨……这是让读者接近鲁迅的世界的一个起步。这本书为英语世界的学者探索了一条明亮的道路，有永久的价值。"[1]

《鲁迅选读》是1967年由耶鲁大学远东丛刊出版的由威廉·莱尔编选的集子，其中收录了鲁迅的《狂人日记》《呐喊自序》《阿Q正传》《孔乙己》《随感录三十五》《肥皂》和《随感录四十》等七篇作品。该书的编排方式是先中文原文，其后是详细的英文注解。这个集子没有提供完整的英文翻译，只是为帮助美国学生了解鲁迅和学习中文而编纂的语言教材。

（四）匠心独运，彰显不俗译技

威廉·莱尔作为美国译界的著名翻译家，其译本既忠实顺畅，又追求"神似"，被尊为"翻译的典范"[2]。他翻译时懂得灵活变通，对原著的口语化风格拿捏得恰到好处，最大化地再现了原著的信息、风格和语体，彰显了译者的主体性和译者风格。莱尔的翻译作品风格独到、质量上乘，如经过悉心打磨和雕琢的艺术品一般，值得细细玩味，且受众较广，备受认可。

---

[1]　寇志明：《纪念美国鲁迅研究专家威廉·莱尔》，《鲁迅研究月刊》，2006年第7期，第88页。

[2]　李越：《老舍作品英译研究》，北京：知识产权出版社，2013年，第134页。

美国一些知名大学的出版社不完全以市场为导向，而是尽力满足文学及教育的需求，因此主要由大学出版社出版的莱尔的译作基本都遵循"忠实顺畅"的翻译原则，十分忠实于原文，最大化地再现了原著的信息、风格和语体。不过，莱尔并不局限于这一种翻译方法。在莱尔看来，所谓的"忠实"并非只是词语、句子之间的忠实转换，也不是形式上的完全一致，而是善于发挥译者主体性，以"神似"为重要的衡量标准，充分考虑目标语读者的接受能力，力求灵活变通，增加译作的流畅性及可读性。因此，在忠实原文的基础之上，除了姓名之外，莱尔很少采用直译或音译等翻译策略，而是常常借用英文中相近或相似的表达，对原作进行翻译或是进行解释性翻译，使译作更能符合译入语的表达习惯，读起来自然通顺，更能为目标语读者所接受。

莱尔善用口语化的翻译风格，在老舍和鲁迅的小说中有诸多体现。莱尔的翻译拒绝平实和一味地直译，在他看来，有些译者为了追求直译甚至采取疏远读者的方式，其结果必然南辕北辙。鉴于老舍和鲁迅的小说中常有许多中国方言词语以及乡土化的表达，莱尔以直译加注为首要翻译方法，根据具体情况间以意译或解释性翻译，以生动、活泼、日常的口语化语言风格将小说中怪异又独特的人物描写重现眼前，从而向读者展现出一幅地道的、栩栩如生的农民生活图景。

威廉·莱尔以其高超的语言驾驭能力和对原作风格的高度还原使其翻译作品为学者和大众所广泛认可。葛浩文在谈及莱尔的《猫城记》译本时，认为"该小说本身即为社会现代政治史上各类作品中的里程碑，而莱尔译笔之高明又使该译著成为未来从事翻译者的一个范例"①。由此可见，莱尔在忠实于原文的基础上，还十分注重原文语言风格的再现，通过使用简洁、生动、充满幽默感的词语和目标语中非正式文体的常见表达来延续原著作者的风格，将读者带入原汁原味的意境之中。莱尔以其堪称典范的翻译为中国现代文学的外译添上了浓墨

---

① 霍华德·戈德布拉特：《评沃勒·兰伯尔的〈老舍与中国革命〉一书及小威廉·A.莱尔的〈猫城记〉译本》，李汝仪译，《徐州师范学院学报》，1985 年第 1 期，第 120页。

重彩的一笔,为中国现代文学在英语世界的广泛传播做出了卓越贡献。

(五) 教学相长,成就语言巧匠

威廉·莱尔一生钟情于教育事业。他先在芝加哥师范学院(Chicago Teachers' College)教授了一年的汉语,而后九年(1963—1972)任教于俄亥俄州立大学的亚洲语言和文学系,其间他曾荣获该校"卓越教师奖"。自1972年起,他来到斯坦福大学的亚洲语言系,教授中国文学与语言以及东亚文明。其间,他还受聘于北京大学,为学生教授现代中国文学。莱尔对教学事业十分热忱,投身教育三十余载间,恪尽职守,对待学生更是诲人不倦。尽管莱尔在2000年宣布退休,但他依然在亚洲语言系任教。他爱好广泛,为人真诚、率真,深受学生们的喜欢和同事们的爱戴。2005年8月28日,幽默、乐观的莱尔因食管癌并发肺炎走完了生命的最后一程,享年75岁。

此后,寇志明撰写了一篇纪念莱尔的回忆录,讲述了莱尔学术上的成就及其为人处世,字里行间流露出一片真诚。寇志明回忆道,"莱尔曾住在斯坦福大学外较为贫穷的地区,房子前面停着几部老爷车,堆满了废弃物,房子里也乱得可爱,是一个典型的知识分子的家"①。莱尔曾经的梦想是做一名空军飞行员,虽然化为了泡影,但他从没真正放弃过最初的梦想。一直热爱飞行事业的莱尔利用业余时间学习飞行,并购买了一架小型二手飞机,时常邀请同事和朋友一起翱翔于蓝天。然而由于飞机太过老旧,同事们坐得胆战心惊,便不敢再去享受,可是莱尔却乐此不疲。在寇志明眼中,莱尔乐于帮助年轻人的精神与鲁迅也是高度契合。莱尔并未正式教授过寇志明,但却给予了他很多的帮助。每次寇志明在美国亚洲研究学会会议(AAS)上做报告都很紧张,莱尔就既捧场又助阵,给他增强信心。他还常常把他翻译的鲁迅作品和旧派诗人的诗歌以及论文拿给他的这个学生看。许多

① 寇志明:《纪念美国鲁迅研究专家威廉·莱尔》,《鲁迅研究月刊》,2006年第7期,第89页。

看似细小的举动却着实给寇志明以心理鼓励,令他回忆起来仍记忆犹新,心怀感激。

莱尔有超凡的语言天赋,他的中文流利、自然且地道,还能用爱尔兰土腔(爱尔兰口音的英语)来讲故事和歌唱,更能以一口纯正的京腔讲述老北京的故事。寇志明曾评论道:"莱尔说中国话的能力不亚于加拿大相声演员大山"①。讲中文对莱尔来说是一件自然而然的事情,他不时会在英文中不知不觉地加入一些中文,让教日文的同事们常常听得"似懂非懂"。加利福尼亚大学伯克利分校的日语名誉教授苏珊·马蒂索芙(Susan Matisoff)回忆道:"莱尔经常沉浸在思考当中,以至于我们在走廊上碰见时,他竟用中文跟我打招呼。我就是在这种情况下第一次学会'我不会说汉语'这句中文。"②

威廉·莱尔既是一名"传道、授业、解惑"的师者,又是一名"术业有专攻"的学者。莱尔曾在《鲁迅的现实观》一书第十一章中评价鲁迅是"故事的建筑师,语言的巧匠"。莱尔不仅学识渊博,中英双语兼通,且教书育人三十余载,因此用"教育的园丁,语言的巧匠"来评价他也是实至名归。

莱尔乐天达观,幽默随和,富有人格魅力。在事业上,他耕耘译坛数十载,著译颇丰。他的大部分著译都侧重于中国现代文学,特别是20世纪的作家如鲁迅和老舍。虽前有大家之作,但他没有亦步亦趋,而是独树一帜,让译作既忠实传神又别具一格,充分彰显其独运匠心。莱尔以其融贯中西的学识和勤勤恳恳的付出为学界留下很多权威之作,又凭借忠实且传神的译文赢得了翻译典范的赞誉,为中国现代文学在英语世界的传播和发扬做出了贡献。

---

① 寇志明:《纪念美国鲁迅研究专家威廉·莱尔》,《鲁迅研究月刊》,2006年第7期,第89页。

② Stanford University,"Chinese language Professor Emeritus William Lyell dead at 75". 2005-9-14. http://news.stanford.edu/news/2005/september14/obitlyell-091405.html.

威廉·莱尔主要汉学著译年表

1967	*A Lu Hsün Reader*（《鲁迅选读》），New Heaven：Far Eastern Publications，Yale University
1970	*Cat Country：A Satirical Novel of China in the 1930's*（《猫城记》），Colurnbus：The Ohio State Wniresity Press
1971	"A Book Review of The Malice of Empire"（《清宫怨》），Literature East & West，No. 2，pp. 316-318. "The Short Story Theatre of Lu Hsün"（《鲁迅短篇小说的戏剧性》），Chicago：Chicago University
1976	*Lu Hsün's Vision of Reality*（《鲁迅的现实观》），California：University of California Press
1980	"Li Tzu-ch'eng：A Fork in the Road Requires a Decision"（《李自成》），in *Literature of the People's Republic of China：Movie Scripts，Dialogues，Stories，Essays，Opera，Poems，Plays*，Bloomington：Indiana University Press
1990	*Diary of a Madman and Other Stories*（《〈狂人日记〉及其他小说》），Honolulu：University of Hawaii Press
1994	"Cooper"（《箍》），in *Two Lines 1：Battlefields*
1997	*Shanghai Express：A Thirties Novel*（《上海快车：张恨水三十年代小说选》），Honolulu：University of Hawaii Press
1999	*Blades of Grass：The Stories of Lao She*（《草叶集：老舍短篇小说选》），Honolulu：University of Hawaii Press
2000	"Eyes of the Traveler"（《旅人的眼睛》），*Taiwan Literature：English Translation Series*，No. 7，pp. 3-11 "March Madness"（《三月三让三》），*Taiwan Literature：English Translation Series*，No. 8，pp. 51-61

2001	"Auntie Tiger"（《虎姑婆》），*Taiwan Literature：English Translation Series*，No. 9，pp. 19-23
	"The Duck King"（《鸭母王》），*Taiwan Literature：English Translation Series*，No. 9，pp. 75-86
	"The Turkeys and the Peacocks"（《火鸡与孔雀》），*Taiwan Literature：English Translation Series*，No. 10，pp. 21-31
	"Children's Literature and I"（《童话和我》），*Taiwan Literature：English Translation Series*，No. 10，pp. 85-88

　　诚宜开张圣听，以光先帝遗德，恢宏志士之气，不宜妄自菲薄，引喻失义，以塞忠谏之路也。宫中府中，俱为一体，陟罚臧否，不宜异同。若有作奸犯科及为忠善者，宜付有司论其刑赏，以昭陛下平明之治，不宜偏私，使内外异法也。

——诸葛亮《出师表》

　　Your Majesty should be truly open minded and attentive if he is to build upon the late Emperor's legacy and put heart into men of honour, he should not demean himself and draw on false analogies in order to put a stop to loyal remonstration. The palace and the Chief Minister's office are one body: there should be no difference between them over promotions and demotions, favour and disgrace. If there be cases of trickery and misdemeanour on the one hand, and good and loyal service on the other, the matter of punishment and reward should be left to the responsible department of state, in order to demonstrate Your Majesty's fairness and impartiality. No favouritism should be shown, no different rules for the palace and the ministries.

—"To Lead out the Army", trans. by David E. Pollard

二 似散却凝习古典
似繁却精聚二周
——英国汉学家卜立德译周氏二兄弟

英国汉学家
卜立德
David E. Pollard
1937–

国学大师王国维曾说过："凡一代有一代之文学：楚之骚、汉之赋、六代之骈语、唐之诗、宋之词、元之曲，皆所谓一代之文学。"①正是有了这些风格迥异的文学作品，才使得我们的文化呈现出百花齐放、竞相争艳的繁华景象。对于国人来说，品读经典文学作品，不仅可以提升自身的文学修养，还需从这些作品中体味、感悟人生，充实自己的精神，并最终将其所包含的传统文化、精神内核等发扬光大。对于外国读者来说，通过阅读感悟异域文化不失为了解他国文化的一种行之有效的办法。但囿于语言的不通，文学的交流或是文化的传播显得荆棘重重。英国汉学家卜立德（David Edward Pollard，1937— ）正是以此为契机，运用自己深厚的汉语言功底与文学修养，为中西方文学的互通建立了一座桥梁。

（一）对中国古典散文的理解——博古通今，似散却凝

卜立德1937年6月出生于英国泰晤士河畔的金斯顿，1961年获得剑桥大学中国语言文学专业学士学位，1970年获得伦敦大学中国语言文学专业博士学位。1962年至1989年，他在伦敦大学东方与非洲

---

① 王国维：《宋元戏曲史》，上海：商务印书馆，1929年，第1页。

研究学院任教,先后任讲师、教授;1989 年至 1997 年任香港中文大学翻译系教授;1998 年任香港城市大学中文、翻译与语言学系教授;1999 年至 2000 年,在牛津大学圣休学院做访问学者;2000 年起,担任香港中文大学翻译研究中心的研究员,后为《译丛》(*Renditions*)的顾问编辑。

卜立德在中国现代语言文学和翻译研究领域发表了大量著作,是一位学贯中西的汉学家。他翻译了大量中国古典和现代文学作品,尤其以散文居多,如译作《古今散文英译集》(*The Chinese Essay*, 1999)、《周作人散文选》(*Selected Essays of Zhou Zuoren*, 2006)、《阅微草堂笔记》(*Real Life in China at the Height of Empire*: *Revealed by the Ghosts of Ji Xiaolan*, 2014)等。除了翻译著作,卜立德还花了几十年

的时间研究中国散文,特别是研究鲁迅和周作人的一些作品,著作如《一个中国人的文学观——周作人的文艺思想》(*A Chinese Look at Literature*: *the Literary Values of Chou Tzo-jen in Relation to the Tradition*, 1973)、《鲁迅正传》(*The True Story of Lu Xun*, 2002)。除此之外,他独自编写了《翻译与创造》(*Translation and Creation*: *Readings of Western Literature in Early Modern China*, 1998),与人合作编写了《日常汉语》(*Colloquial Chinese*, 1982)和《翻译百科》(*An Encyclopedia of Translation*: *Chinese-English*, *English-Chinese*, 1995)。他不仅汉语言功底及文学修养深厚,翻译理论知识也很渊博,发表相关论文 60 余篇。

卜立德对中国语言、文学和文化有很深的研究,尤其对中国的散文,有着独到的视角与理解。1999 年出版的《古今散文英译集》收录了 36 位作家的 74 篇作品,其中古代作家有 15 位 29 篇,现当代作家 21 位 45 篇。不论是中国古代的文人墨客,如诸葛亮、陶渊明、韩愈、欧阳修、苏轼等,还是近当代的文学大家如鲁迅、周作人、叶圣陶、余秋雨等,卜立德对他们的文章均有所涉猎,并且对每一位作家做了详尽介

绍。从某种程度上说，卜立德的《古今散文英译集》就是一部跨越中国古典与现代的合集。比如在介绍诸葛亮时，卜立德指出诸葛亮是一个传奇人物，是智慧的代名词，更是忠诚的杰出代表，他写道："Loyalty was the principle he lived by：no loyalty，no Zhuge Liang."（忠诚是诸葛亮一生坚守的原则：没有忠诚，也就没有诸葛亮。）①可见，卜立德不仅深入细致地了解了那一段历史背景，也对诸葛亮这一尽人皆知的历史名人做了精细研究。因此，在翻译诸葛亮的《前出师表》时，他既没有用华丽的辞藻，也没有用复杂的句式，而是用质朴的语言、简洁的句子打动人心，更加贴合诸葛亮为实现先帝的遗愿而流露出的"鞠躬尽瘁，死而后已"的气魄以及胸怀蜀汉天下的坦荡胸襟。

《古今散文英译集》不仅向读者展示了人们日常生活中的片段，带领读者去感受过去的世界，更揭示了作者们的思想，以及他们是如何看待自身所处的世界的。卜立德无疑为西方汉学界研究中国散文打开了一扇大门，同时，也让中国的散文走进了西方万千读者的生活。散文形散而神不散，是我们对散文的一贯定义，创作不易，翻译更难。卜立德花了很长时间研究中国散文，并做了精心地挑选，从诸葛亮的《出师表》到韩愈的《祭鳄鱼文》，从柳宗元的《始得西山宴游记》到归有光的《项脊轩志》，以及鲁迅的《夏三虫》、周作人的《苦雨》、叶圣陶的《天井里的种植》和丰子恺的《秋》等，这些名篇佳作都在中国散文的发展进程中具有一定的代表性。卜立德在将这些作品译成英语时，还为每位作者写了详细的评论，有的篇目甚至还写了译者说明或译者后记，《古今散文英译集》的这种独特体例也为从事翻译研究的人们提供了很大的帮助。

与英国汉学家翟理斯（Herbert Allen Giles，1845—1935）的《古文选珍》（*Gems of Chinese Literature*，1883）不同，卜立德更倾向于文化方面的交流。作为英国人，卜立德从自身的角度出发，用贴近原文的自然、质朴的语言来翻译，以期让不懂汉语和对中国不太了解的西方

---

① 卜立德：*The Chinese Essay*（《古今散文英译集》），Hong Kong：The Chinese University Press，1999 年，第 25 页。

读者能够了解不同时期中国人的语言、生活和思想等方面的特点与变化。他在《古今散文英译集》的序言中介绍,中国的历史经历了历朝历代的兴衰更替,最终归为一统,但文化的传承自始至终未曾中断。正是由于这种文化的传承,让中国的文学作品在各个时期都大放异彩。

20世纪初,欧洲文学作品中的一些散文被译介到中国,但囿于当时的文学界尚未形成对散文这种文体的普遍认识,因此将其称为小品文或随笔。直至清末,作品的语言逐渐由文言文转变为白话文,这种文体上的区别才日渐明晰。卜立德在其1998年出版的《翻译与创造》一书中,对"古文""文言""白话"几种文体作了区分,以期更为清晰地为读者展现中国文学作品文体的分类。诸如柳宗元的《小石潭记》、欧阳修的《醉翁亭记》和张岱的《西湖七月半》等均为散文体,虽然中国古代文学作品的语言皆为文言文,且语言模式相对固定,但只要不属于韵文的文体都归于散文范畴。因此,中国古代散文所包含的范围比现当代散文的概念要广泛。

卜立德还在《翻译与创造》的引言中,讨论了中国古代与现当代的散文所表现出来的时代特征及其发展变化。"五四"以来,中国的知识分子开始重新审视文言文在新文学兴起之时所暴露出的弊端,同时开始思考并接受西方文学,涌现出如鲁迅、周作人、郁达夫和朱自清等一批文学大家,其作品对当代文学的发展产生巨大的推动,对散文的创作同样影响深远。

《翻译与创造》一书描述了1840年至1918年这一特殊历史时期中国对西方文学作品的接受以及翻译的情况。从鸦片战争到辛亥革命,中国受到了西方世界器物、制度和思想等不同方面的影响,中国的学者逐渐关注起了西方文学作品,也正是在这一时期,中国的学者开始重视翻译这项工作。翻译同时需要理解与表达的能力,由于当时缺乏这方面的人才,所以当时的翻译工作是由了解中国的外国译者用通俗的语言进行解释,然后再用优雅的书面语言或是易读的语言进行转述,这也是我国早期翻译工作的特点之一。

（二）对中国现当代文学的理解——另辟蹊径，似繁却精

鲁迅是中国现代文学史上举足轻重的文学家，同时又是伟大的思想家和革命家。鲁迅的小说视角独特，取材多来自病态社会的不幸的人们，同时又始终关注着病态社会里知识分子和农民的精神"病苦"。[1] 鲁迅笔下的祥林嫂、孔乙己等正是这些"不幸的人们"的一个缩影，鲁迅讲述这些人物身上故事的同时，揭露出封建旧社会黑暗压迫的本质。鲁迅的杂文包含了他大部分生命与心血，极具批判性，语言富有创造力，打破了传统语言的束缚，气势与张力十足；鲁迅的散文语言朴实，感情真挚，引人入胜。卜立德表示，鲁迅生活在思想封建、信息相对闭塞的环境中，

> "他周围的群众天真而又残暴，随波逐流而又赶不上时代，都关在同一个牢狱里，被有知识、有财富、有影响的人欺骗和苛待，同时又互相欺骗和苛待。对待这些人，反讽或许是唯一的办法。鲁迅的反讽是多种多样的，有时沉重，有时挖苦，有时开玩笑，它隐藏着同时又揭示一种爱恨交缠的复杂感情，这给予他的作品以很深的情感，是至今无人可比的"[2]。

卜立德是西方世界鲁迅研究的重要专家。与被尊为"翻译的典范"的威廉·莱尔相比，卜立德则更多地倾向鲁迅背后的故事。《鲁迅正传》是第一部用英语写成的关于鲁迅的生活经历与作品创作的传记。由于书中所描写的人物的生活也处于 20 世纪初期，该书满足了同时期西方世界对中国的好奇心。卜立德在翻译鲁迅作品时没有过

---

① 钱理群、温儒敏、吴福辉、王超冰：《中国现代文学三十年》，北京：北京大学出版社，2012 年，第 30 - 37 页。

② 卜立德：《〈呐喊〉的骨干体系》，《鲁迅研究月刊》，1992 年第 8 期，第 25 页。

多地关注鲁迅笔下所涉及的意识形态或文学问题,而是采用一种以读者为主的轻松愉悦的笔调,结合诸如鲁迅的日记和回忆录等相关中文资料进行移译。

此外,卜立德在《鲁迅的两篇早期翻译》①一文中,从鲁迅选择文章的意图到鲁迅翻译时对语言及文化方面的处理,分析了鲁迅的两篇早期翻译终归以败笔居多的原因。鲁迅选择《月界旅行》(又译《从地球到月球》,法语名:*De la Terre à la Lune*,1865)和《地底旅行》(又译《地心游记》,法语名:*Voyage au centre de la Terre*,1864)两篇科幻小说进行翻译,这两部作品的作者是法国人儒勒·凡尔纳(Jules Gabriel Verne,1828—1905)②。首先,鲁迅是根据两部小说的日语译本转译的,由于日译本在翻译原作时已经出现对情节的"改译"和"编译"等情况,使得鲁迅汉译本不论是语言还是情节都与原作相去甚远。其次,鲁迅受"优孟之衣冠"③的影响,擅写章回体小说,因此造成"章回小说编一回算一回,需求一时生动活泼,唯恐平淡乏味,因而不顾大局"④的荒诞局面。再者,鲁迅自己也提到对原作小说采用"编译"的方式,"意思是边译边改,改的目的一是节略,二是适合中国读者的胃口"⑤。由此看来,鲁迅的两篇早期翻译终归是"硬伤"较多了。但两篇译文发表的时候,翻译标准还未形成定论,而且当时社会上真正懂外语的人非常少,翻译得好不好大多人不清不楚,就连严复提出的"信、达、雅"在当时的人们看来也是不清楚的。

"实际上好就是好在译文好读,它与原文的即与离远远

---

① 卜立德:《鲁迅的两篇早期翻译》,《鲁迅研究月刊》,1993 年第 1 期,第 27 - 34 页。
② 儒勒·凡尔纳,法国小说家、剧作家及诗人。代表作有《格兰特船长的儿女》《海底两万里》等。
③ 鲁迅:《〈月界旅行〉辨言》,载《鲁迅全集》(第 11 卷),北京:九州出版社,2019 年,第 42 页。
④ 卜立德:《鲁迅的两篇早期翻译》,《鲁迅研究月刊》,1993 年第 1 期,第 32 页。
⑤ 同上书,第 28 页。

在其次,在这种情况,鲁迅没有任意更改日译本原文,语义上也没有犯错,已经是一项成就了。他后来悟到形式的重要,改用直译方式,虽然实行起来过分了,但也足以表明他自己不满意这个早期试作。"①

虽然在当时鲁迅的译作还存在很多瑕疵,但卜立德对鲁迅的译作还是持肯定的态度,尤其在文章最后指出"一般人只知道二十世纪初在巴黎有超现实主义派,不知道东方已有个鲁迅抢先"。② 可以看出,鲁迅当时的译作已开创先河。

在《鲁迅的杂文与中国寓言之关系》③一文中,卜立德指出鲁迅对中国小说作了系统的研究,将有关旧小说的原始资料搜罗殆尽,包括不少笔记、寓言、笑话之类的作品,有了这项专门知识,对古往今来,雅俗正邪之事都了如指掌,写起文章来便可信手拈来。鲁迅爱用动物打比方,而且运用得很成功。鲁迅杂文中的动物比喻跟中国寓言一脉相承,从故事中悟出道理,也为他的杂文画上点睛之笔。

卜立德在剑桥大学教授崔瑞德(Denis C. Twitchett)④和爱丁堡大学中文高级讲师秦乃瑞(John Derry Chinnery)⑤的建议下,于1961年开始正式研究周作人的著作。由于某些历史原因,周作人一直受到普遍的冷遇。然而,作为中国现代文学的一位大家,他将现代的理性主义与中国古老的封建旧思想融为一体,而他的散文也蕴含着丰富细腻的人文情怀。《一个中国人的文学观》经复旦大学出版社版权引进后译成中文于2001年在中国大陆出版。这是一部具有较高学术含量的著作,卜立德"选择性地关注周作人一生经历中的中年时期,这个时

---

① 卜立德:《鲁迅的两篇早期翻译》,《鲁迅研究月刊》,1993年第1期,第33页。

② 同上书。

③ 卜立德:《鲁迅的杂文与中国寓言之关系》,《鲁迅研究月刊》,1986年第11期,第35–40页。

④ 崔瑞德,英国汉学家,代表作有《剑桥中国史》《唐代官修史学》等。

⑤ 秦乃瑞,英国汉学家,代表作有《鲁迅的生命和创作》等。

期他已从国家大事中急流勇退,更多地沉浸在对艺术和文化遗产问题的研究中"①。同时,"在周作人的散文中,言及'平淡'的颇为多见,但没有一处他是尝试去定义该词,这仍是由于他与读者分享着一个共有的文化背景,并且因为他的目的过多地与一种乐趣联系在一起,而不是去制订文学理论"②。因此,卜立德通过对周作人作品中"平淡""自然"和"趣味"等特点进行探讨③,对其创作时"即兴""偶成"和"简单"的状态进行挖掘④,揭示出其文艺思想的独特之处,给后来的学者研究周作人的文艺思想带来一定的启示。

得益于对中文的熟稔把握和对中国文学以及文化的深刻理解,卜立德萌生了汉语言教学的想法。1982 年,卜立德与佟秉正合作的《日常汉语》是汉语学习者的理想入门课程。该课程对汉语的发音、词汇和语法进行了细致的介绍,旨在帮助学习者在课程结束时,可以在复杂的环境下用中文自信地交流。对于那些希望将自己的语言技能提升到更高水平的人来说,该课程在当时是不二之选。1996 年,卜立德还编写了一部教中国人学英语的著作——《如是我文——洋教授教英文》。在书中,卜立德用轻松的语句、生动的文笔针对中国人学习英语中存在的差错进行纠偏,字里行间充满英式幽默,风格颇为活泼。书中的文章篇幅通常短小精悍,在简单的话语中就把中国人在英语学习中遇到的常见问题一针见血地指了出来,还针对问题给出了相应的解答,这对英语学习者来说是不可多得的好书。

(三) 对中国志怪小说的理解——细致入微,"似是而非"

卜立德在中国古代及现当代小说和翻译领域有着漫长而卓越的

---

① 卜立德:《一个中国人的文学观》,陈广宏译,上海:复旦大学出版社,2001 年,前言第 21 页。
② 同上书,第 98 页。
③ 同上书,第 81 - 97 页。
④ 同上书,第 111 - 116 页。

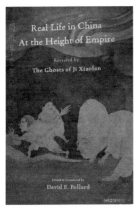

职业生涯。退休之后,他开始翻译和研究清代学者纪晓岚的《阅微草堂笔记》。2014年出版的英文版《阅微草堂笔记》①向西方读者介绍了纪晓岚的五部关于世俗世界和精神世界互动的奇闻轶事集,融合了世俗生活的故事和事件,主要记述狐鬼神怪的故事,有喜剧,也有悲剧。故事涉及的人物有农民、仆人、商人、君王和大臣。故事发生在整个清朝,主题关涉残忍和善良、腐败和正直、博学和无知。有些故事用鬼魂来讽刺人的举止;有些则直截了当地审视人的信仰和行为,意在劝善惩恶。

纪晓岚是清朝乾隆年间的大学士,其聪明才智使他颇受皇帝的青睐,被委任《四库全书》的编纂工作,但他本人也曾几次被牵连进相关的文字狱中。卜立德指出尽管纪晓岚在官场上春风得意,但他从来不与世俗争高下。清朝严酷的科举考试制度使一些人得宠失宠常常在一念之间。同时,伴君如伴虎,即使是家境相对优越的官员,也极有可能在人生的某个关头失宠并被流放至偏远地区。中国古代封建社会暴露出诸多问题,然而并没有多少人像纪晓岚一样细心研究它。正是他深刻又敏锐的眼光,加上他讽刺社会的能力,使他的《阅微草堂笔记》具有如此的吸引力,这是卜立德翻译这部作品的原因之一。

但是,对于西方文学界来说,诸如《阅微草堂笔记》这类书的体裁,并没有与之相对应的文体,因此,也就使得像纪晓岚等作家的名字和作品并不为西方所知,就连汉学家们对其也是知之甚少。卜立德挑选了纪晓岚创作的五部奇闻轶事集中的160余则故事进行翻译,并对其中的鬼怪、官场等做了一些解释性的介绍。在介绍中,卜立德不遗余力地与西方文化进行类比,用中国佛教、科举制度和儒家思想等知识对文章进行阐释,为西方引入了一种全新的奇闻怪诞的故事集的同时,也为西方读者领略中国古代的社会生活景象、宗教习俗与人们的

① 卜立德:*Real Life in China at the Height of Empire*:*Revealed by the Ghosts of Ji Xiaolan*,Hong Kong:The Chinese University Press,2014.

精神世界提供了丰富的参考。

　　卜立德一生成果丰硕，对中国古代以及现当代的文学作品均有涉猎。其译文语言轻快活泼，通俗易懂，朗朗上口，对古典文学作品的语言风格把握得非常准确，对现当代文学作品独具慧眼，另辟蹊径；其汉语及英语的教学风格也独树一帜。无论是对中国古代散文和志怪小说，还是对现当代文学作品，卜立德以学贯中西的学识涵养和对翻译认真负责的态度为学界留下多部译作，不仅为学界提供了宝贵的资料，也为中国文学在英语世界的传播做出了贡献。

卜立德主要汉学著译年表

1973	*A Chinese Look at Literature：Literary Values of Chou Tzo-jen in Relation to the Tradition*（《一个中国人的文学观——周作人的文艺思想》），Berkeley，CA：University of California Press
1982	*Colloquial Chinese*（《日常汉语》，与 Ping-Cheng T'ung 合编），New York：Routledge & Kegan Paul
1995	*An Encyclopedia of Translation：Chinese-English，English-Chinese*（《翻译百科》，与 Chan Sin-wai 合编），Hong Kong：The Chinese University Press
1998	*Translation and Creation：Readings of Western Literature in Early Modern China*，1840-1918（《翻译与创造——近代中国早期的西方文学读物，1840—1918 年》），Philadelphia，PA：John Benjamins Publishing Company
1999	*The Chinese Essay*（《古今散文英译集》），Hong Kong：The Chinese University Press 《如是我文》，香港：书林出版有限公司
2002	*The True Story of Lu Xun*（《鲁迅正传》），Hong Kong：The Chinese University Press
2006	*Selected Essays of Zhou Zuoren*（《周作人散文选》），Hong Kong：The Chinese University Press
2014	*Real Life in China at the Height of Empire：Revealed by the Ghosts of Ji Xiaolan*（《阅微草堂笔记》），Hong Kong：The Chinese University Press

　　诗人们在一件小事上写出一整本整部的诗;雕刻家在一块石头上雕得出骨血如生的人像;画家一撇儿绿,一撇儿红,一撇儿灰,画得出一幅一幅带有魔力的彩画,谁不是为了惦着一个微笑的影子,或是一个皱眉的记号,方弄出那么些古怪成绩?

——沈从文《边城》

　　Poets could spin out books of poetry from a small incident. Sculptors could carve the living image of a person in a piece of stone, and painters could turn out one magical painting after another from streaks of green, red, and grey. Who among them was not inspired by the memory of a smile, or a frown?

—*Borden Town*, trans. by Jeffrey C. Kinkley

三 他乡得遇真知己
彼岸终逢心爱人
——美国汉学家金介甫译沈从文

美国汉学家
金介甫
Jeffrey C. Kinkley
1948–

提起《边城》,人们总会想起沈从文,然而说到沈从文,人们却很少知道《沈从文传》①(*The Odyssey of Shen-Congwen* ,1987)的作者就是美国汉学家金介甫(Jeffrey C. Kinkley,1948—)。人们常说金介甫是沈从文的"异域知己",其实,金介甫更是中国文化的"知心爱人"。他从 1972 年开始研究沈从文及中国文化,迄今已逾 50 载。50 年,在历史的长河里不过是弹指一挥间,可对于人的一生来说,不可谓不长,更何况他还是一位生长在异国他乡的美国人。

(一)横看成岭侧成峰——曲线人生

美国汉学家金介甫 1948 年 7 月 13 日出生于美国伊利诺伊州的香平市。他是纽约圣若望大学历史系终身教授,美中学术交流委员会委员。受《红楼梦》影响,他少年时期就对东方文学有浓厚的兴趣。他 1969 年获得芝加哥大学学士学位,1971 年获哈佛大学硕士学位,1977 年获哈佛大学博士学位,先后师从美国著名汉学家费正清(John K.

---

① 本书中文版于 2018 年重新更名、校订出版,新书名为《他从凤凰来:沈从文传》。此处采用早期版本的译名。

Fairbank，1907—1991）和史华慈（Benjamin I. Schwartz，1916—1999）①。在中美正式开展学术交流之前，他曾于 1973 年至 1974 年在中国台湾地区学习中文。他的夫人康楚楚生长在台湾地区，于 1972 年到了美国，二人于 1981 年结婚；1993 年，两人的爱情结晶——一个男孩诞生，金介甫为他取名金惟修，以象征中美友谊。

　　说美国不了解中国，那只限于普通民众之间。事实上，在美国的高级知识分子当中，有很多"中国通"，而金介甫就是其中一位。在美国汉学家中，他是将中国近代文化介绍给西方读者并取得成功的人。他对中国，尤其是中国现当代文学有着深入的研究。1977 年，金介甫获得博士学位之后一直在美国纽约圣若望大学任历史系教授。随后在哈佛大学历史系担任两年讲座教授，此后又先后在哥伦比亚大学、罗格斯大学任客座教授，并在湖南省的吉首大学任名誉客座教授。他在大学课堂上讲述以莫言为首的中国作家，包括张炜、苏童、余华、李锐、王安忆等。金介甫一直很欣赏这些作家，因为他们不仅仅搞创作，更书写历史，而且具有批评精神。他跟学生讲这些中国作家的作品，讲他们的人生经历。很多人把这些中国作家的著作称作"新历史小说"。金介甫认为他们当中最有特色的"新历史小说"当属莫言在 1986 年出版的《红高粱家族》、张炜在 1986 年出版的《古船》和苏童在 1988 年出版的《1934 年的逃亡》等作品。20 世纪 80 时代的很多中国作家都算是先锋派，其作品大都比较短小，内容不好读，多是荒诞的或者各种各类的现实主义作品，而金介甫则比较钟情于研究这些新历史小说中的长篇小说。在他看来，中国文学从 1989 年到 1991 年碰到了一种危机，那时的作家在寻找一条新的文学路，不少作品比如说莫言的《酒国》就是在那个时候写成的。

---

① 　本杰明·史华慈是第二次世界大战以后的国际汉学史上的杰出人物，美国当代著名汉学家，哈佛大学费正清东亚研究中心教授。他在近 50 年的学术生涯中，从事过中国近现代史、中国近代思想史、中国先秦思想史的研究，在三个领域内都留下了影响较大的著作。代表作有《中国的共产主义运动与毛泽东的崛起》《寻求富强：严复和西方》和《古代中国的思想世界》等。

金介甫得到很多中国作家的喜爱。著名作家施蛰存①眼中的金介甫说得一口流利的中国话：

> 一个国家的文学作品，外国人说好，未必都好。例如中国的旧小说《玉娇梨》，在十九世纪中，不知怎么传到了欧洲，欧洲文学界就纷纷谈论，以为杰作。但这部书在中国只算第三流的才子佳人小说。金介甫读了沈从文的作品，急欲到湘西去看看。这是说明：一个成功的文学作品对读者的感染力，是不分本国外国的。②

同为沈从文研究专家的糜华菱也写过关于沈从文的传记。他与金介甫经常联系并对他有着较为深入的了解，曾发表文章专门讲述金介甫以书相赠的事情。糜华菱提及由于常和金介甫交流研究沈从文的资料，金介甫总会在其出版沈从文译著时，赠予他一本，其中最具纪念价值的便是《沈从文传》。该书是金介甫荣升教授的重要砝码，对其意义重大，但他却将样书送给了糜华菱。因此糜华菱格外珍视这本书，对他而言，这是中美两国民间文化交流的纪念物。

（二）天涯也能觅知己——"发现"从文

提起金介甫与中国历史和文化，就不得不说到一个人——沈从文。"海内存知己，天涯若比邻。"金介甫即是沈从文的天涯知己。20世纪七八十年代，当国内很多人还在质疑沈从文的时候，金介甫却从一片质疑声中"发现"了沈从文。他研究沈从文，逐步了解沈从文，进而与沈从文成为忘年交，后来爱上中国文化，从而开启了一段跨越大

---

① 施蛰存(1905—2003)，原名施德普，字蛰存，中国现代派作家、著名文学家、翻译家。

② 施蛰存：《施蛰存全集·第4卷北山散文集·第3辑》，上海：华东师范大学出版社，2011年，第1400页。

洋的爱恋。

金介甫与沈从文有着很深的缘分。事实上,早在1972年,还在哈佛大学读书的金介甫就在老师的推荐下开始阅读沈从文的《边城》。当时有一个名为"以文学资料看中国近代现代史"的研讨会。与会人员用沈从文的文学资料、湘西军阀的回忆录和一些传教士的回忆录,来写民国时期的中国历史。不过,金介甫那时主要是从历史的角度来研究沈从文。他的博士学位论文就是研究沈从文的。由于当时资料不足,他到哈佛大学、斯坦福大学的图书馆寻找关于沈从文的雪泥鸿爪和蛛丝马迹。

沈从文从不轻易接受他人采访。20世纪60年代曾有一位日本汉学家想把他的生平写成传记,被他一口拒绝了。1973年,沈从文的学生虽然曾访问过他,但他也不愿谈及文学方面的话题。但是,金介甫却能数次见到沈从文①。不仅如此,古稀之年的沈从文还带着金介甫去游览了北京的香山、天坛和长城。到底是什么样的魅力,让沈从文接受了这位来自大洋彼岸的年轻学者呢?1977年,29岁的金介甫以《沈从文笔下的中国社会与文化》获得哈佛大学博士学位。也正是这一本沉甸甸的博士学位论文,才让沈从文对这个异国他乡的美国小伙青眼有加。

> 在写博士学位论文的时候,金介甫觉得大概这一生都不
> 会见到沈从文了,但没想到几年之后,事情就有了转机。
> 1979年,金介甫给沈从文写了一封中文长信,并附上了自己
> 的博士论文,过了一段时间,沈从文的回信到了。1980年,金

---

① 他之所以同意见金介甫,而且在1980年6月至7月间接受了金介甫的12次深入
访问,一是因为,金介甫那本以他为题的厚厚的专著让他感动;二是因为,金介甫
是通过中美之间的学术交流协议来到中国的,在北京的"单位"是中国社会科学
院。虽然只是访问学者,但是也算他的同事。这让沈从文比较放心。

介甫以访问学者的身份来到北京，真正见到了沈从文。①

1981 年夏天，借到中国度蜜月之际，金介甫第二次拜访了沈从文。1986 年，时任中国作家协会主席的王蒙举办了一场中国文学国际研讨会，邀请了包括金介甫在内的很多国内外的翻译家和研究者。研讨会之际，金介甫第三次拜访了沈从文。当时，沈从文因患有脑出血而身体不佳，那是两人最后一次见面。

起初沈从文也不愿意对金介甫提及自己的文学作品。随着二人越来越熟悉，关系越来越密切，沈从文不时谈起自己的文学创作。金介甫认为沈从文的小说文字很美，描写的是一种简单的田园式生活。比如《边城》里的翠翠，越看越让人觉得有很多象征。其实就连沈从文自己也承认，《边城》里面有些弗洛伊德的象征。可见二人"心有灵犀"。金介甫认为沈从文的作品不仅成功地运用了弗洛伊德精神分析学，同时也尝试了现代派手法。从这点上说，沈从文可谓是当时中国文人中的先锋派，开拓了中国文学的荒地。

金介甫被称为"国外沈从文研究第一人"，最主要的依据在于他征得沈从文本人同意撰写了《沈从文传》。这是他研究沈从文的重要成果。这部著作的完成意味着金介甫的沈从文研究开始从"历史研究"过渡到"文学研究"。这本书被称为西方研究沈从文最权威的著作之一。

长期以来，因政治上的误解、创作阐释中理论的偏差，造成了大量的对沈从文及其创作的异读，而这种异读在许多人头脑中形成的思维定式又是如此严重。真正将沈从文形象从沉渊中"打捞"出来，并为其洗涤泥污，显现真容，并将其推向中国和世界眼前的首功之人，就是美国学者金介甫。②

---

① 李媛：《金介甫："国外沈从文研究第一人"》，《广州日报》，2013 年 2 月 23 日，第 B8 版。

② 凡平：《天涯知己——略论金介甫之沈从文研究的典范意义》，《东方艺术》，2007 年第 ZL 期，第 84 页。

金介甫的沈从文研究深入而独特，这得益于他的历史专业出身和社会学派研究方法的运用，以及这些因素与沈从文创作特点的契合。他的《沈从文传》，严格地说应该算评传，但书中对沈从文的生平的叙述只占了很小的篇幅，而大部分内容是对沈从文论著的评论文章，数量达近千篇，且篇篇都有详细考证，着实让人惊叹。严家炎曾经盛赞金介甫及其《沈从文传》："确实有助于读者进一步了解二十世纪的中国：它的社会矛盾，它的政治动荡，它的外患内忧，它的深重灾难"①。事实上，为写好《沈从文传》，金介甫曾说自己投入了 30 年的精力。著名学者汪曾祺先生曾这样评价他：

　　金介甫先生是一位治学严谨的年轻学者(他岁数不算太小，但是长得很年轻，单纯天真地像一个大孩子，我希望金先生不致因为我这些话而生气)，他花了很多时间，搜集了大量资料，多次到过中国，到过湘西，多次访问了沈先生，坚持不懈，写出了这本长达几十万字的传记。他在沈从文身上所倾注的热情是美丽的，令人感动的。②

　　金介甫还采访了沈从文的亲朋好友，获得了大量一手资料，仅采访用的卡片，就有 6000 多张。

　　金介甫先生为写《沈从文传》搜集传记史料费了很大力气。前后经历十年时间，正文共计 262 页，而用小体排印的注释文体却有 166 页之多，超过正文的一半以上。像这样的

① 　严家炎：《为谜样的传主解读》，《读书》，1993 年第 5 期，第 12 页。
② 　汪曾祺：《汪序》，载金介甫《沈从文传》，北京：国际文化出版公司，2005 年，第 1页。

学术著作,注释比重这么高,实属罕见。①

他除了多次拜访沈从文外,还多次去湘西实地考察,并充分利用自己历史方面的特长,对湘西的历史进行探寻,为日后的进一步研究打下了基础。

金介甫还发表了五篇有影响力的沈从文研究论文。第一篇为其博士学位论文《沈从文笔下的中国》("Shen Congwen's Vision of Republican China")。1994 年,由华东师范大学出版社版权引进后出版的简体中文版《沈从文笔下的中国社会与文化》即收录了这篇文章。第二篇是《沈从文谈民主》("Shen Congwen on Democracy"),收录在《永远的从文——沈从文百年诞辰国际学术论坛文集》中。此文曾于1999 年刊登在《苗侗学刊》上。第三篇是《屈原、沈从文、高行健比较研究》("A Comparative Study of Qu Yuan, Shen Congwen and Gao Xingjian")发表在《吉首大学学报》(社会科学版)2003 年第三期上。第四篇是《东亚两种田园诗——沈从文的〈边城〉与三岛由纪夫的〈潮骚〉》("East Asian Idylls, Shen Congwen's *Borden Town* and Misiha Yukio's *The Sound of Waves*"),发表在《从文学刊》第一辑上。第五篇是刊登在《吉首大学学报》(社会科学版)2005 年第四期的《沈从文与三种类型的现代主义流派》("Shen Congwen and Three Kinds of Modernism")。

(三) 初会便已许平生——情迷汉学

金介甫上本科时,其中文学科讲授的是文言文。当时中文被不少人当成是一种"死"语言。后来他去密歇根大学深造,才学习了当代汉语的表述方式。20 世纪 70 年代,美国汉学界开始重新审视中国现代文学和作家。由于资料有限,加上语言障碍,研究沈从文难度着实不

① 安国鹏:《金介甫与沈从文》,《江夏文艺专集 沈从文素描》,1997 年,第 69 页。

小。为此，金介甫费尽周折。

著名作家叶永烈先生有过这样的描述：

> 对于洋人来说，学汉语、识中文如同论证哥德巴赫猜想一般艰难。大抵用脑过度，他步入不惑之年已明显谢顶了。据他自讲，先在美国哈佛大学学汉语，留学中国台湾，结识了台湾大学经济管理系学生康楚楚小姐，组成异国家庭。康成为其"家庭教师"。①

金介甫的汉语学习对日后的研究也起到了重要促进作用，使他可以直接通过汉语获取第一手资料。后来，他还给自己起了这个中文名字——金介甫，从中可以看出他的文化功底。乍一看他的名字，不知情的人还以为他是一位中国人。

除了在美国圣若望大学担任教授，教授东亚史和中国当代史等课程外，他还对20世纪的中国文学史和作家颇有研究。

> 编了8卷本《小说选》中的第2和第3两卷中国部分（译其中陆文夫、张辛欣的小说）和《1978—1981年的中国文学和社会》（哈佛大学出版社，1985），还与海尔莫特·马丁一起编写了《当代中国作家随笔集》；他还组织过几次有关中国文学的学术会议，发表了长篇论文《中国的犯罪小说》。②

2002年以后，他再度来到中国，访问了不少法制文学作家，同时，他还去一些法制文学刊物的编辑部与编辑聊天。到了20世纪90年代，金介甫开始阅读中国的"反腐小说"，读过陆天明的《苍天在上》，也

---

① 叶永烈：《骑车来访的洋教授》，载《叶永烈相约名人：文学与艺术专辑》，北京：科学普及出版社，2012年，第123页。

② 金介甫：《有缺陷的天堂——沈从文小说集（序）》，余凤高译，《海南师范大学学报》（社会科学版），1995年第1期，第93页。

读过张平的《抉择》,他认为反腐小说比官场小说更深刻。

金介甫对诺奖也有着很准确的预测。早在 20 世纪 80 年代,金介甫等多个地区的专家学者几次提名沈从文为诺贝尔文学奖的候选人,沈从文曾两度进入终审名单。[①] 2012 年诺贝尔文学奖获得者莫言早在 1999 年就与金介甫相识。金介甫喜欢莫言的小说,最佩服《酒国》。他介绍莫言认识了很多美国的汉学家,还有其他一些专家,宣传他的作品。他还把莫言引进到华美学窀社,来做《酒国》的发布会。可以说他为中国文化进英语世界做了不少的工作。

(四)衣带渐宽终不悔——遵从异化

金介甫在翻译方面也很有建树。他的译作含金量很高,保留了很多中国文化中传统的内容,为很多人称颂。他的译作主要收入美国夏威夷大学出版社 1995 年出版的《不完美的乐园》(*Imperfect Paradise*)一书。该书是由金介甫先生编辑、标明献给沈从文的译文集,全书选译了 26 篇沈从文的作品,译者共有五人,其中金介甫翻译了将近一半

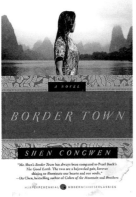

的篇目,分为"新与旧、乐园与失乐园""原始的活力""军队生活""乡下人""革命与都市病""后期对乡下人的悲歌与沉思""现代主义作品"以及附录"非小说作品"八个部分。金介甫翻译的《边城》于 2009 年由美国著名出版商哈珀柯林斯出版集团出版,该书是当时最新的一个版本。该书从一个侧面反映了他对沈从文以及中国南方文学的深入了解。金介甫有着别人所不可能同时具备的得天独厚的条件和

优点:

---

① 金介甫从 1982 年始,联合夏志清,连续三次向瑞典文学院提名推荐沈从文为诺贝尔文学奖候选人,沈从文才进入诺奖评委马悦然的视野并得到高度评价。经马悦然推荐,沈从文两度进入诺贝尔奖的终审名单,但终因 1988 年离世而与诺奖失之交臂。

有着前辈的英译作基础;有着一个湘西亲历者对沈从文笔下人事物景的亲切;有着一个美国汉学家对汉语和英语的敏感;有着一个沈从文传记作者对沈氏生平的熟稔;有着一个历史学家对中国近现代史的了解;有着一个沈从文评论家对沈氏文体特征的体察。①

在《边城》的翻译中,金介甫主要采取了异化为主和归化为辅的翻译方法。《边城》中的有文化特色的专有名词基本采用的是异化的翻译策略。比如:

茶峒—Chadong　　西水—You Shui　　四川—Sichuan
翠翠—Cuicui　　　天保—Tianbao　　傩送—nuosong
吊脚楼—dangling-foot houses　端午节—Dragon Boat Festival
沅水—the River Yuan　　中秋节—Mid-autumn Festival

金介甫经常采用直译加注的翻译方法,这样既可以保留源语的内容,又能最大限度地保留源语的本质,让译入语读者接触到更真实的中国文化。

原文:由于边地风俗淳朴,便是妓女,也永远那么浑厚,遇不相熟的人,做生意时得先交钱,再关门撒野,人既相熟后,钱便在可有可无之间了。(第339页)②

译文:Folkways in a border district are so straightforward and unsophisticated that even the prostitutes retained their everlasting honesty and simplicity. With a new customer, they got the money in advance; with business settled, they got the

①　金介甫:《永远的"希腊小庙"——英译〈边城〉序》,安刚强(译),《吉首大学学报》(社会科学版),2010年第4期,第3页。
②　张秀枫:《边城》,载《沈从文小说精选》,北京:北京工业大学出版社,2012年,第339页。本文中关于《边城》的引用均出自此书,随文标明页码,不再一一注明。

door and the wild oats were sown. If they knew the customer, payment was up to him. (p. 24)①

原文中的"撒野"是比较有中文特色的词语，金介甫把它译为 the wild oats were sown。采取这种翻译策略主要还是想保存中国文化的原汁原味。这是金介甫对中国文化的一种偏爱。再如：

原文："你个悖时砍脑壳的！"（第 347 页）
译文："Damned low-life! You're headed for the executioner！"（p.43）

原文的"砍脑壳"是湖南地区一种比较委婉的骂人方式，金介甫将其译为 head for the executioner，字面意思是"去见刽子手"，即执行死刑（砍脑壳），生动地表现了翠翠当时的羞愤。

此外，他在译文当中也适当发挥了译者的主体性。再看下例：

原文：撑渡船的笑了。"口气同哥哥一样，倒爽快呢。"这样想着，却那么说："二老，这地方配受人称赞的只有你，人家都说你好看！'八面山的豹子，地地溪的锦鸡，'全是特为颂扬你这个人好处的警句！"（第 364 页）
译文：The ferryman smiled. "He talks just like his elder brother—says exactly what's on his mind，" he thought to himself. But he said，"No.2, you are the only one in these parts who deserves that praise. Everybody says you're handsome! Folks have made up epithets to acclaim your virtues：the Leopard of Bamian Mountain，the Golden Pheasant of Didi Stream！"（p. 78）

① Jeffrey C. Kinkley，*Borden Town*，New York：Harper Collins Press，2009，p. 24. 本文中关于 *Borden Town* 的引用均出自此书，随文标明页码，不再一一注明。

这里原文当中有一句谚语,用来称赞人好,叫"八面山的豹子,地地溪的锦鸡",这句话金介甫先生的翻译是"the Leopard of Bamian Mountain,the Golden Pheasant of Didi Stream!"这其实也是发挥了译者的主体性翻译出来的。这句话刻意违反常规,使用了直译的翻译方法,有利于保留原文的原汁原味,让读者读来更加地道。

　　金介甫"发现"了沈从文,将沈从文的作品推向英语读者;他关注以莫言为首的"新历史小说家",传播宣传他们的作品。虽然已经年事已高,但金介甫对中国文学的研究还远未止步。他的研究散发着独特的魅力。说他是中国文化的"知心爱人",真是不能算过。

金介甫主要汉学著译年表

1977	"Shen Congwen's Vision of Republican China"（博士学位论文《沈从文笔下的中国》），Boston：Harvard University
1985	*After Mao：Chinese Literature and Society*，1978-1981（《1978—1981年的中国文学和社会》），Cambridge：Harvard University Asia Center
1987	*The Odyssey of Shen Congwen*（《沈从文传》），Stanford：Stanford University Press
1990	《回声：丁玲作品中的高尔基》，《江海学刊》，第1期，第179-181页
1994	*Traveler Without a Map*（《未带地图的旅人：萧乾回忆录》），Stanford：Stanford University Press
1995	*Imperfect Paradise*（《不完美的天堂》），Hawaii：University of Hawaii Press
1997	*Modern Chinese Writers：Self-Portrayals*（《当代中国作家自画像》），New York：Routledge
2004	*Selected Short Stories of Shen Congwen*（《沈从文短篇小说选》），香港：香港中文大学出版社
2005	《沈从文与三种类的现代主义流派》，《吉首大学学报》（社会科学版），第26卷，第4期，第1-14,36页
2006	《东亚两种田园诗——沈从文的〈边城〉与三岛由纪夫的〈潮骚〉》，载《从文学刊》（第一辑），北京：中国文史出版社，第144-150页 *On Shen Congwen*（《沈从文论》），天津：天津人民出版社 《沈从文：20年代的"京漂族"》，《人物》，第2期，第13-16页
2009	*Border Town*（《边城》），New York：Harper Collins Press

（续表）

| 2015 | *Visions of Dystopia in China's New Historical Novels*（《中国新历史小说中的反乌托邦想象》），New York：Columbia University Press |

但我总希望这昏乱思想遗传的祸害，不至于有梅毒那样猛烈，竟至百无一免。即使同梅毒一样，现在发明了六百零六，肉体上的病，既可医治；我希望也有一种七百零七的药，可以医治思想上的病。这药原来也已发明，就是"科学"一味。

——鲁迅《热风：随感录 38》

But I keep hoping that the harm inherited from this muddled thought will be less severe than that of syphilis and ultimately present no real risk. We have discovered a 606 medicine to cure syphilis of the body. I hope that there is also a 707 to cure the disease of mind. Indeed，this medicine has already been discovered，it is science.

—"Impromptu Reflections No. 38：On Conceitedness and Inheritance"，trans. by Kirk A. Denton

四 拔群慧眼斑窥豹
论世元机史证文
——美国汉学家邓腾克译鲁迅和路翎

美国汉学家
邓腾克
Kirk A. Denton
1955-

美国汉学家柯克·丹顿（Kirk A. Denton，1955—　），中文名邓腾克，1988年取得加拿大多伦多大学中国现当代文学专业博士学位，后于美国俄亥俄州立大学东亚语言文学系任教。邓腾克在大学里开设了有关中国现当代文学、中国电影和流行文化的课程，其主要研究方向为中国现代文学与当代大中华的博物馆文化和历史记忆，也出版过相关的专著。此外，邓腾克还在现代中国文化文学研究与推介方面有着突出贡献。他主编的杂志《中国现代文学与文化》（*Modern Chinese Literature and Culture*，MCLC）和创办的网站"中国现代文学文化资源中心"（MCLC Resource Center），是美国汉学界乃至西方汉学界关于现当代中国文学、文化、音乐、电影和绘画等方面的重要研究阵地。

（一）初识中国现当代文学

1955年3月，邓腾克出生于加拿大多伦多。尽管只在当地生活了10年，他仍视多伦多为自己的故乡，可见那段时光对他是美好而难忘

按：邓腾克从路翎等被埋没的作家入手研究中国现当代文学文化，可谓独具慧眼，窥豹一斑，其研究范式为文化研究，不拘于特定学科，故曰"史证文"。

的。岁月倏忽，23年弹指而过，邓腾克大学毕业了。和很多年轻人一样，他站在命运的关口，开始面对现实的窘境。由于大学时学习的是法语专业，他在当时很难找到对口的工作，只得在芝加哥附近的家具厂干了一年的搬运工。这份工作为他提供了宝贵的经验，但邓腾克也时刻感到精神世界的困顿和对知识的渴求。

时代成就命运。时值中美邦交正常化之际，电视上常常播放着有关中国的新闻。在这些新闻的影响下，邓腾克渐渐对这个远在大洋彼岸的国家产生了好奇。受兴趣驱使，他决定前往伊利诺伊大学攻读中文硕士学位。在伊利诺伊大学学习期间，邓腾克十分认真刻苦，在15个月内就修完了为期三年的中文课程，并于1980年秋季学期远渡重洋，来到复旦大学留学。他也是改革开放以来第一批赴中留学的美国学生。在中国的经历给邓腾克留下了深刻的印象。在上海学习期间，他去过北京、昆明和苏州三地旅游。一路上，中国的风土人情感染并打动着他。邓腾克暗暗下定决心，要继续在这条路上走下去。回到复旦大学后，他立马报考了多伦多大学的博士研究生，并拿到了录取通知书。

1982年，从伊利诺伊大学毕业后，邓腾克进入多伦多大学攻读博士学位。读博期间，他发奋用功，因此受到的启发也颇多。一次偶然的机会，邓腾克在夏志清所著的《中国现代小说史》(*A History of Modern Chinese Fiction*，1971)中读到了一个从未听闻的名字——路翎。在好奇心的作用下，他找来了路翎的作品细细研读。在阅读路翎的代表作《饥饿的郭素娥》时，邓腾克发现，路翎在刻画主人公的心理世界时常常采取内窥视角，并且很喜欢运用间接自由论述的叙事技巧。这样的叙事视角与技巧，"使人产生叙述人的讲述与郭素娥的主观感觉混在一起的错觉"①。他敏锐地觉察到，路翎对于人物内心世界的探索已经深入到了非理性的领域，这与他之前读过的中国文学作品似乎都有所不同。

<hr>

① Denton Kirk："Lu Ling's Literary Art：Myth and Symbol in *Hungry Guo Su'e*". *Modern Chinese Literature*，Vol. 2，1986，p. 208.

发现了路翎作品的特点以后，邓腾克开始思考这类文学作品的政治性。与西方一些为艺术而艺术的论调不同，邓腾克发现这一问题后，并没有闻政治而色变，从此对中国文学敬而远之。相反，他表示自己十分欣赏中国文学的"政治性"，认为"中国文学中最好的作品正是具有宏大政治性的作品"[①]。邓腾克给这种"政治性"做了定义："政治性是指试图探究具有政治隐喻的社会、文化和道德问题。"[②]

邓腾克认为，中国的文学知识分子实际上一直"为在文学场域中发挥自身主体性的信念所驱动，他们的动机既是文学性的，又是社会性的"[③]。在他看来，虽然路翎小说的内窥视角十分独特，但他的小说也和中国主流文学一样，具有探究社会问题的特点和希望借此改造社会的目的。只是主流文学往往只表现人物积极理性的一面，和路翎小说关注的重点不同而已。意识到中国现当代文学普遍具有"政治性"后，邓腾克开始反思西方的文学教育在这方面的不足。他认为自己以往所受的教育，往往过于强调非政治性的西方现代文学经典，而忽略了中国这类现当代文学作品，不得不说是一种遗憾。中国现当代文学的"政治性"特点深深吸引着邓腾克，他开始关注路翎等中国现当代知识分子的创作，并着手研究他们的作品与政治、与传统文化的关系。

（二）究"文""论"聚焦现代性

循着"政治性"这一线索，邓腾克发现中国现当代文学其实与传统联系紧密，而现当代知识分子对待传统的态度，也都反映在他们的作品中。可以说，传统是中国现当代文学的根基所在。中国文学的现代性，也需回归到传统中去找寻。邓腾克认为，中国文学的现代性不仅体现在"五四"文学反传统的新型叙事手法层面上，也存在于路翎等作

---

① 王桂妹、罗靓：《北美汉学家 Kirk Denton（邓腾克）访谈录》，《武汉大学学报》（人文科学版），2011 年第 6 期，第 5 页。

② 同上书，第 6 页。

③ 同上书，第 6 页。

家对于传统的符号系统的别样运用中。这些作家以反讽的态度使用传统的文学符号,迫使读者对其所生活的世界产生新的感受。可以说,路翎这类作家的现代性,正是从传统文学内部生长出来的。

　　1998年,在这种思考的启发下,邓腾克写出了《现代中国文学中的"自我"问题:胡风与路翎》(*The Problematic of Self in Modern Chinese Literature:Hu Feng and Lu Ling*)一书。这部著作分为两部分,主要讨论了胡风与路翎两位作家及其作品,并借此探讨了当代中国知识分子和传统思想的关系,体现出邓腾克对当代中国知识分子及其社会职能的关注。蒋一之曾针对《现代中国文学中的"自我"问题:胡风与路翎》的第一部分最后一章《传统思想与胡风的主观主义》做了细致分析。她认为邓腾克在此提出的问题是,胡风思想与儒家传统是否有潜在的同一性。蒋一之在文章指出:

　　　　他认为当代中国知识分子与传统的联系并非个案,而是传统与现代之间纠结知识分子们的一个缩影。作为现代知识分子,胡风的现代性是由源于传统认识论中的责任与承担所铸就的。即使是与传统决裂了,中国的知识分子依然以相当传统的方式审视现代的问题和疑难。①

　　如同邓腾克在这部著作中所言:"我的初衷是从传统问题的角度来观照现代性,但这种观照不是理解现代在中国的意义的终极批评方案,而是探求一种可能性的宝贵精神。"②邓腾克对胡风、路翎两位作家创作的个例研究,其实是他探究中国文学现代性与传统关系的一部分。通过证明胡风等当代知识分子与传统存在着联系,可以顺利推进人们对于中国文学现代性的认识。这也是这部著作的主要意义所在。

---

① 蒋一之:《文艺对政治的反向作用——从英语世界胡风研究谈起》,《安徽文学》,2013年第11期,第153页。

② Denton Kirk:*The Problematic of Self in Modern Chinese Literature:Hu Feng and Lu Ling*. Stanford:Stanford University Press,1998,p.25.

邓腾克更为中国学者所知的身份，应该是中国现代文论领域的研究专家。1996年，他主持编译了《中国现代文学思想：文学论作》（*Modern Chinese Literary Thought：Writings on Literature 1893－1945*），此举为中国现代文论的翻译做出了很大贡献。这部作品将中国现代批评史断代为五个时间段，收录了鲁迅、胡适、王国维、茅盾、梁启超和林纾等名家的文章的译文。邓腾克也为这本书翻译了九篇文章，

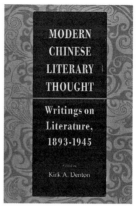

延续了他对中国现代知识分子的一贯关注。他在序言中指出，中国现代文论是知识分子们上溯传统，下寻现代性的产物，是中国文学传统的重要组成部分。在这种情况下，翻译中国现代文论，也是探索中国文学现代性的方法之一。在他看来，中国现代文论中体现出的现代性，虽受到西方话语的直接影响，却也有其内在的传承脉络，而后者往往被西方世界所忽略。因此，他希望"重新关注（中国现代文论）对于传统的存续"①，"让大家关注中国文学现代性发生过程中，传统的持续性能量"②，将真实的中国现代文论和现代性文论介绍给西方读者。在他看来，中国文学的现代性不该被简单概括为叙事手法和技巧，而应该挖掘它与传统文学的复杂渊源。单单编纂一部文论集显然不够满足这种希望，因此邓腾克的下一步研究，就是追源溯流，"重写文学史"。

（三）溯现代"重写文学史"

邓腾克从不认为中国文学的现代性是凭空冒出来的。他一直有

① Denton Kirk：*Modern Literary Thought：Writings on Literature 1893－1945*. Stanford：Stanford University Press，1996，p. 2.
② 王桂妹、罗靓：《北美汉学家 Kirk Denton（邓腾克）访谈录》，《武汉大学学报》（人文科学版），2011 年第 6 期，第 7 页。

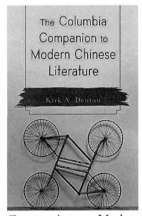

意打破"传统"与"现代"的界限，试图挑战学界盛行的五四分期论。出于此种想法，邓腾克决定重新梳理中国现代文学史的脉络，追溯中国文学现代性的真正来源。2016 年，邓腾克主编并出版了一部中国现当代文学史——《哥伦比亚中国现代文学指南》(The Columbia Companion to Modern Chinese Literature，简称"指南")。这部作品是基于 2003 年版的《哥伦比亚现代东亚文学指南》(The Columbia Companion to Modern East Asian Literature)所做的增补和修订版本。近年来，这部《指南》在国内外学界均引起了一定的反响。全书近五百页，分为两个部分，共五十七个章节。《指南》以专题文章开篇，论述了文学史写作的政治与伦理、典籍的形成，以及文学机构与社群的作用等。其后的文章着重于作者、作品以及与之相关的流派，以中英文对照的方式介绍关键的人名、书名和术语，并收录了梁启超、鲁迅、沈从文、张爱玲、金庸、莫言和王安忆等作家的文章。全书脉络清晰，断代分明，选文丰富，可谓包罗万象。

邓腾克在《指南》的开篇《历史概述》("Historical Overview")中，把中国现代文学史分为从晚清文学到消费主义文学的八个历史阶段，外加港台文学两个部分。此举直接把中国文学现代性的缘起定位在晚清时期。他在文章中写道，"许多中国学者已经开始质疑中国现代性的起源，试图寻找五四以外的非正统答案"①。同时，邓腾克也肯定了以往的文学史所做的工作。他认为搭建文学史框架是十分困难的，在这方面，中国的主流文学史有着很强的借鉴意义。只是任何史学的划分都不能脱离政治和意识形态方面的影响。对此，邓腾克只能尽力抽丝剥茧，从文学自身的规律出发，在梳理这部"非主流"文学史的同时，思考"主流"文学史的形成原因。

---

① Denton Kirk："Historical overview". *The Columbia Companion to Modern Chinese Literature*，New York：Columbia University Press，2016，p. 4.

国内学者甚为关注《指南》在"重写文学史"方面的贡献。苏州大学教授季进在他两篇有关文学史的文章中都提到了这部著作。他指出,《指南》是近年来国内"重写文学史"大潮在海外的回响。在他看来,"邓腾克正在尝试以另一种可能性来进行对中国现代文学史的书写,即以碎片化的形式来重建对文学史整体性的要求"①。《指南》虽"不具文学史之名,却有文学史之实"②。其新颖的文学史构建方式对大陆学界重写文学史的实践有积极的借鉴意义。马栋宇就这部作品写过专门的评论文章。他在评论文章中提到,"重新探索文学史书写的办法,可能恰恰正是 20 世纪中国文学研究不得不回应的问题"③。在马栋宇看来,《指南》的话题选择既广且精,比较典型,广泛地吸取了最新的研究成果。同时,每章所附的参考书目中都列出了这些研究成果,具有较高的学术价值。

康奈尔大学荣休教授、著名汉学家耿德华(Edward Mansfield Gunn)也为《指南》写过书评,并于 2016 年 7 月发布在邓腾克创始的MCLC 网站上。他指出邓腾克编撰这部作品的目的是满足大学教育的需要,而《指南》最终呈现出的效果显然已经达成了这个目标。尽管《指南》还存在一些不足和缺陷,却也是"一本非常具有启发性的中国现代文学指南""一部里程碑式的著作"④。耿德华指出:

> 《指南》对熟悉的话题做了新鲜的评论,并向学生们开辟了这么多学术研究中较新的、有前途的新方向,从文学界、场域史学、近代古典诗词,到侨民文学、华语文学、性少数文学、言情小说、武侠小说,以及网络科幻小说和幻想小说。没有

① 季进:《无限弥散与增益的文学史空间》,《南方文坛》,2017 年第 5 期,第 40 页。
② 同上书,第 39 页。
③ 马栋予:《文学史实与研究视野并重——评〈哥伦比亚现代华语文学手册〉》,《现代中文学刊》,2018 年第 6 期,第 116 页。
④ 参见 Edward Gunn Mansified, "Book Review" on MCLC Resource center, https://u.osu.edu/mclc/book-reviews/gunn2/, 2021 年 3 月 15 日。

一部专著能涉及范围如此之广的中国文学作品。无论是作为教师还是作为研究学者,我们都不应该忽视这部作品在这一领域的贡献。①

中外学者对于《指南》的评价颇高,而这部作品也真正做到了内容和形式上的双重创新。以邓腾克为代表的一批研究者,在《指南》中表现出了他们敢于挑战主流文学史的勇气,展现了他们对于中国文学现代性的深沉思考,为"重写文学史"大潮交上了一份崭新的答卷。

(四)重文风译笔巧传神

邓腾克的翻译主要有两大特点,一是翻译的作品体裁广泛,二是翻译的目的性强,实用价值高。由于邓腾克具有跨学科的视野,兴趣又十分广泛,因此他翻译的作品虽然体量不大,却涉及诗歌、戏剧和随笔等诸多形式体裁。除翻译作品的体裁广泛外,邓腾克还能做到适时而译、适事而译。多年前,夏志清先生书中的一段话勾起了邓腾克对路翎的好奇,让他了解到了这位在西方较为小众的作家,并由此开启了他的汉学研究之路。也许是受这一经历的启发,邓腾克总是随着研究和教学的需要进行翻译。他研究中国现代文论,就主持编译了《中国现代文学思想:文学论作》;研究台湾文学,就去翻译台湾诗人杨华的作品;研究鲁迅,就去翻译他的随笔;研究中国电影,又去翻译戴锦华的影评……此外,在本科教学中,邓腾克发现,学生即使是花费四年的时间学习中文,也未必能够通读文本。这给教学带来了很大的难度。因此在课堂上,邓腾克大多会用英文翻译的方式来教中国文学。这也在一定程度上实现了他翻译的目的性和实用价值。

对于翻译,邓腾克还有更深层次的思考。他始终考虑的是中国文学的现代性应该如何在翻译中体现。以鲁迅的作品为例,邓腾克向来

① 参见 Edward Gunn Mansified,"Book Review"on MCLC Resource center, https://u.osu.edu/mclc/book-reviews/gunn2/,2021 年 3 月 15 日。

欣赏鲁迅作品的现代性,认为他的作品具有深刻的反讽精神和平等的对话意识。在邓腾克看来,讽刺的文风是鲁迅作品现代性的精髓之一。要想在翻译中体现鲁迅小说的现代性,最重要的就是要抓住鲁迅的文风。

1990 年,邓腾克翻译了鲁迅的随笔《随感录 38:自负与继承》("Impromptu Reflections No. 38:On Conceitedness and Inheritance")。邓腾克很看重这篇文章与鲁迅其他小说的指涉关系,认为这篇随笔解释了"狂人"的救世精神和"阿 Q"精神,延续了鲁迅一贯的辛辣文笔,是对上述两篇小说中的典型人物的现实批判。阅读这篇随笔,也有助于读者理解《狂人日记》和《阿 Q 正传》。邓腾克还认为,鲁迅在这篇随感里展现的思想,不仅是他在这一时期的典型思想,也代表了五四作家群体在这一时期的典型思想。但鲁迅的独特之处,正在于他讽刺性的文风和嘲弄的语调,这与他批判黑暗现实的思想互为表里,不可拆分。因此在翻译时,邓腾克尽量采取了异化的翻译手法,以期在最大程度上保留鲁迅文章中的讽刺元素。比如将"合群的爱国的自大"翻译成 self-aggrandizement of mass patriotism[1],这个短语中的 mass 就用得十分巧妙,既符合"合群"的意思,又译出了鲁迅暗讽他们是"乌合之众"的话外音。又如鲁迅写道:"他们把国里的习惯制度抬得很高;他们的国粹,既然这样有荣光,他们自然也有荣光了。"[2]邓腾克在这里将"国粹"翻译为"national essence"[3],并且特地打上了引号来强调"国粹"一词的讽刺性。因为这种"国粹"不过是精神上的国粹,而打着"国粹"旗号招摇过市的"自大狂"们,也不过是一群惯用"精神胜利法"的阿 Q 罢了。类似的妙译在这篇短文中随处可见,足见邓腾克真正领会到了鲁迅作品的精髓,努力还原了文中语句的言外之意。

---

[1] Denton Kirk trans.:"Impromptu Reflections No. 38:On Conceitedness and Inheritance",by Lu Xun,*Republican China*,Vol. 9,1990,p. 89.

[2] 鲁迅:《热风》,北京:人民文学出版社,1978 年,第 33 页。

[3] Denton Kirk trans.:"Impromptu Reflections No. 38:On Conceitedness and Inheritance",by Lu Xun,*Republican China*,Vol. 9,1990,p. 90.

对鲁迅小说讽刺性文风的关注,也体现在邓腾克对鲁迅小说英译本的批评上。一般来说,鲁迅小说在西方世界的英译本有杨宪益、戴乃迭夫妇二人合译本和威廉·莱尔翻译的版本①。而大部分人对这两种译本的批评,仅仅是在强调鲁迅崇高的文学地位,没有把目光真正地放到译文上。相比之下,邓腾克不会刻意把鲁迅的文学地位放在批评的中心,而是以分析译文为主,深入文本内部去比较译文的优缺点。在对比莱尔和杨氏夫妇的译文后,邓腾克指出,杨氏夫妇的译本虽然以准确流畅著称,却不及莱尔创造性地还原了鲁迅的文风。莱尔用北美方言来翻译,这种翻译策略也更加贴近目标群体的阅读习惯。② 但邓腾克对莱尔译本的赞誉也有夸大的嫌疑,语气不够公正客观,因此有研究者推测,他的目的应是借此激发读者的阅读兴趣,树立莱尔译本的经典地位。③

(五)新媒体彰显新视野

除了翻译、教学、编撰文学史的工作外,邓腾克还担任杂志主编一职。由他主编的《中国现代文学与文化》是美国最重要的中国现当代文学与文化研究刊物,该刊为国内的中国文学研究提供了更加开阔的海外视野。它的前身是由著名汉学家葛浩文创办的文学研究杂志《中国现代文学》(*Modern Chinese Literature*)。自 1998 年接手《中国现代文学》以来,邓腾克就锐意改革。从 1999 年第 11 卷开始,他将《中国现代文学》杂志正式更名为《中国现代文学与文化》;虽然只增加了

---

① 邓腾克在这里的比较对象是外文出版社出版的杨氏夫妇的早期译本或戴乃迭编译的《无声的中国》和威廉·莱尔的译著《〈狂人日记〉及其他小说》(*Diary of a Madman and Other Stories*。)

② Denton Kirk:"Review". *Chinese Literature:Essays,Articles,Reviews*,Vol. 13.1993,p. 175.

③ 王逊佳:《文学评论与经典重构——西方书评人眼中的鲁迅小说英译本》,《东岳论丛》,2019 年第 10 期,第 155 页。

"文化"一词,却为杂志带来了新的研究视野与更开阔的关注领域。更名后的杂志在保持一贯犀利的观察与评论风格的同时,涉及的主题更加多样,从经典的文学文本延展到了电影艺术、音乐艺术、建筑艺术、媒体研究和视觉文化等领域。在邓腾克的带领下,

> 新一代学者在继承老一辈学者优良传统的同时继续寻求办刊突破与创新,努力从"理论中国"真正走向"现实中国",在力求在更贴近现代中国的情境中进行中国现代文学研究,这使杂志在现代诗歌研究选题和法上都增添了不少与时俱进的新变化,更加突出了国际化、多元化和本土性融于一体的视域特色。①

国内有多篇专门研究《中国现代文学与文化》的论文,刘江凯在其著作《认同与延异——中国当代文学的海外接受》中,将《中国现代文学与文化》作为中国当代文学海外接受的典型案例进行了较为全面的分析。郭恋东也曾提及《中国现代文学与文化》杂志改名后的转向,认为与《中国现代文学》相比,邓腾克主编的《中国现代文学与文化》更加具有全球化的视野,也更加能够反映海外对中国文学文化研究的新动向。他评价道:

> 这一转变在 MCLC 的全部内容及特刊中都有体现,近期愈加明显。借由对 MCLC 特刊内容的翻译、总结和分析,其所体现出的加强中国现当代文学与视觉文化之间的联系,以及推动文学研究进入科学研究与人文学科之间的交叉领域、体现跨学科研究方法在文学文化研究中的优势等倾向,都预示着未来英文学界对中国文学及文化研究的基本方向

---

① 张晓帆:《国际化、多元化、本土性视域下的中国现代诗歌研究——美国英文学术期刊〈中国现代文学与文化〉及其中国现代诗歌研究》,《科教导刊》,2013 年第 11 期,第 163 页。

和趋势。①

　　邓腾克曾在访谈中提到，他希望通过新媒体来扩大期刊的影响力。于是他创办了 MCLC 资源中心。MCLC 资源中心是研究中国现代文学文化的网站，该网站有着十分详尽的论文索引，涉及中国现代文学研究、作品翻译、视觉艺术和教育等方面。网站收录的大多是英文资料，使西方学者可以较为轻松地积累前期资料，方便他们后续开展研究工作。MCLC 资源中心也为《中国现代文学与文化》杂志的电子化提供了空间。自 2000 年以来，编辑们把原来在刊物上出版的书评移到了网上，至今已搬运书评 90 余篇。与此同时，邓腾克还组织创建了 MCLC 电子邮件组。截至 2016 年，MCLC 电子邮件组已经发出了 13000 余条邮件，形成了十分完整的讨论链条。《中国现代文学与文化》的杂志、网站与邮件组"三足鼎立"，为促进中西研究者的交流贡献了一份力量。

　　邓腾克的汉学研究，真正做到了用现代的眼光看待中国。他始终关心当下中国的文学文化，致力于用最新的媒介促进中美文学文化的交流；他乐于接触各种新事物，研究目光从不局限于文学经典。例如他对中国博物馆的研究，就已经进入了文化研究的领域；他从来不惮于跨越学科间的界限，总是游走在几个相邻学科之间。在他开设的流行文化课程中，常常会涉及其他门类的艺术，其涉猎之广，兴趣之深，让人赞叹。纵观邓腾克的研究生涯，我们始终能够感受到他对文学、对文化、对艺术以及对世界的热爱。相信这份热爱也会影响更多的人，为现代中国文学文化在海外的译介和传播注入新的能量。

---

① 郭恋东：《基于英文学术期刊的中国现当代文学与文化研究——以 *Modern Chinese Literature and Culture* 的 18 个特刊为例》，《当代作家评论》，2017 年第 6 期，第 198 页。

邓腾克主要汉学著译年表

1986	"Lu Ling's Literary Art: Myth and Symbol in Hungry Guo Su'e" (《路翎的文学艺术:〈饥饿的郭素娥〉中的神话与符号》), *Modern Chinese Literature*, Vol. 2, No. 2, pp. 197-209
1987	*Drama in the People's Republic of China* (《新中国的戏剧》), Buffalo: State University of New York Press
1989	"Lu Ling's Children of the Rich: The Role of Mind in Social Transformation" (《路翎的〈地主家底儿女们〉:社会变革时期的思想方式》), *Modern Chinese Literature*, Vol. 5, No. 2, pp. 209-292
1991	"Impromptu Reflections No. 38: On Conceitedness and Inheritance" (《随想录 38 号:自负与继承》), *Republican China*, No. 1, pp. 89-97
1992	"The Distant Shore: Nationalism Theme in Yu Dafu's 'Sinking'" (《遥远的支柱:郁达夫〈沉沦〉中的民族主义主题》), *Chinese Literature: Essays, Articles, and Reviews*, Vol. 14, pp. 107-123
1996	*Modern Chinese Literary Thought: Writings on Literature*, 1893-1945 (《中国现代文学思想:文学论作》), Stanford: Stanford University Press
1998	*The Problematic of Self in Modern Chinese Literature: Hu Feng and Lu Ling* (《现代中国文学中的自我问题:胡风与路翎》), Stanford: Stanford University Press
2000	"Visual Memory and the Construction of a Revolutionary Past: Paintings from the Museum of the Chinese Revolution" (《视觉记忆和革命历史的构建:中国革命博物馆里的画作》), *Modern Chinese Literature and Culture*, Vol. 12, No. 2, pp. 203-235

2001	"Human，Woman，Demon：A Woman's Predicament"（《〈人，鬼，情〉——一个女性的困境》），in Jing Wang and Tani E. Barlow eds，*Cinema and Desire：Marxist Feminist and Cultural Politics in the Work of Dai Jinhua*，London：Verso Press，pp. 151-171
2003	*The Columbia Companion to Modern East Asian Literature*（《哥伦比亚版东亚文学指南》与乔舒亚·莫斯托台编），New York：Columbia University Press，pp. 57-102
2005	"Museums，Memorials，and Exhibitionary Culture in the People's Republic of China"（《中华人民共和国的博物馆，记忆和文化展览》），*The China Quarterly*，No. 183，pp. 565-586
2008	*Literary Societies of Republican China*（《民国时期的文学学会》），New York：Lexington Books *China：A Traveler's Literary Companion*（《中国：旅人的文学指南》），Berkeley：Whereabouts Press
2016	*The Columbia Companion to Modern Chinese Literature*（《哥伦比亚中国现代文学指南》），New York：Columbia University Press
2021	*The Landscape of Historical Memory：The Politics of Museums and Memorial Culture in Post-Martial Law Taiwan*（《历史记忆的景观：后戒严时期台湾的博物馆政治与纪念文化》），Hong Kong：Hong Kong University Press

　　也许每一个男子全都有过这样的两个女人，至少两个。娶了红玫瑰，久而久之，红的变了墙上的一抹蚊子血，白的还是"床前明月光"；娶了白玫瑰，白的便是衣服上沾的一粒饭黏子，红的却是心口上一颗朱砂痣。

——张爱玲《红玫瑰与白玫瑰》

　　Maybe every man has had two such women—at least two. Marry a red rose and eventually she'll be a mosquito-blood streak smeared on the wall，while the white one is "moonlight in front of my bed." Marry a white rose, and before long she'll be a grain of sticky rice that's gotten stuck to your clothes；the red one，by then，is a scarlet beauty mark just over your heart.

—Love in a Fallen City，trans. by Karen S. Kingsbury

五 倾城恋迷二金锁
半生缘聚一爱玲
——美国汉学家金凯筠译张爱玲

美国汉学家
金凯筠
Karen S. Kinsbury
1961-

传奇女子张爱玲,中国现代小说史上一颗璀璨的明珠,当时年仅20的她便在上海文坛大放光彩。华裔汉学家夏志清编撰的英文著作《中国现代小说史》(*A History of Modern Chinese Fiction*,1961)对张爱玲长达40页的笔墨挥洒更是吸引了海内外无数学者的眼球,掀起了一股张爱玲文学创作的研究热潮。夏志清在这部著作中开篇便直言不讳地肯定张爱玲为今日中国最优秀、最重要的作家之一,可同我们已熟知的国内外文学大家相提并论,甚至在某些方面恐怕还要高明一筹。夏志清史无前例的评鉴促使处于边缘位置的张爱玲迈入学术的殿堂,从而开启了"张学"的研究大门。提到张爱玲小说的海外研究,就不得不提起美国新生代汉学家,长期醉心于张爱玲小说翻译的金凯筠(Karen S. Kingsbury,1961——)。金凯筠,1961年出生在加利福尼亚州北部的一个风景宜人的山区小镇——萨特克里克。她自20世纪90年代初首次翻译张爱玲的《封锁》(*Sealed Off*)后便一发不可收拾。

金凯筠凭借着其严谨的治学态度收获了累累硕果。2006年,她翻译的《倾城之恋》(*Love in a Fallen City*)由美国以选好书为标杆的、小而美的专业出版机构纽约书评出版社(The New York Review of Books,NYRC)出版,次年该书便跃入畅销书的行列。此事被刘绍铭评为"张爱玲作品'出口'一盛事"①。随后，
2007 年，金凯筠翻译的英文版《倾城之恋》被收
入著名的"企鹅现代经典文库"（Penguin
Modern Classics），其中包括《沉香炉——第一
炉香》（"Aloeswood Incense：The First
Brazier"）、《茉莉香片》（"Jasmine Tea"）、《倾城
之恋》（"Love in a Fallen City"）和《金锁记》
（"The Golden Cangue"，此篇系张爱玲自译）四
个中篇小说，以及《封锁》（"Sealed Off"）和《红
玫瑰与白玫瑰》（"Red Rose，White Rose"）两
个短篇。由此，张爱玲成为继钱锺书之后第二个被选入"企鹅现代经
典文库"的现当代中国作家。同年，企鹅出版社还出版了金凯筠与时
热汉学家蓝诗玲合译的《色戒及其他故事》（*Lust，Caution and Other
Stories*）；2014 年继续隆重推出金凯筠翻译的《半生缘》（*Half a
Lifelong Romance*）。上述译作均收获了热烈的反响，使得张爱玲及其
作品受到美国学者和读者更广泛的关注，这恰与金凯筠翻译的初衷相
符——使张爱玲为更多英语国家的读者所喜爱，而对张爱玲作品的翻
译更是让金凯筠名声大震，两者相辅相成，相得益彰。

（一）卿本良师，好学不怠

金凯筠，美国新生代汉学家、著名现当代中国文学翻译家以及张
爱玲文学研究专家，其名之韵味如其人般优雅。但凡看过她 2015 年
年底在北京参加翻译家研修活动现场的照片的，都不禁为她由内而外
散发出来的知性典雅和干练端庄所着迷。金凯筠本科毕业于惠特曼
学院，硕士和博士均毕业于哥伦比亚大学。在获得英语学士学位一年
之后，她开始学习中文，所学中文后来成为其终生的追求。金凯筠曾
在采访中笑道，成人后开始系统地学习汉语以及中国文学文化，这增

---

① 刘绍铭：《到底是张爱玲》，上海：上海书店出版社，2007 年，第 90 页。

添了她作为文学翻译者的优势,使她成为中国文学作品的忠实读者。金凯筠博士期间研修比较文学,师从夏志清教授,研究张爱玲的博士学位论文还得到了知名美籍华裔汉学家王德威(David Der-wei Wang)的指导。

自 2011 年 8 月起,金凯筠在美国宾夕法尼亚州的查塔姆大学担任教授一职,主要研究亚洲文化和世界文学。在那里,她孜孜不倦地投身教育事业,以学生为中心,引导他们以更为宏观、开阔的视角看待事物,更深入地了解自身及他人,用更坚定的信念去为社会谋福利。站在学生的角度来看,人们不禁赞叹:得此一良师,实属三生幸。2007年至 2011 年她在南卡来罗纳州的长老会学院英文系担任"妇女研究"项目负责人,教授"中国文学及电影"和"世界妇女文学"等课程。此前,她还在西雅图、纽约、伦敦、台北和台中等城市生活过许多年。她是当时为数不多的曾在中国工作和求学过的汉学家之一,求学兼教学之旅长达二十年。金凯筠最初于 1983 年至 1984 年随"惠特曼中国行"项目来到重庆,那时她本科刚毕业不久;后来,她赴台北学习汉语,并于 1992 年至 2006 年在台中市的东海大学教授英语语言文学。在中国教书与求学的经历,使她与汉语和中国文学结下了不解之缘,即便后来因为孩子的教育问题不得不告别此次长途之旅,返回美国定居,也未中断此番情缘。这情缘就像窖藏的美酒,愈久愈香醇。回国后的这些年,金凯筠的生活一直很充实,她一边投身汉学研究,一边向学生传播亚洲文学,引导更多人接触汉学并享受学习汉语的乐趣。

(二) 得遇爱玲,潜心研学

在金凯筠读博期间,夏志清极力推荐她研究张爱玲的小说,并为她提供了巨大的帮助。众所周知,张爱玲在 20 世纪 70 年代后逐渐与外界断绝联络,不希望被他人打扰,就连对她有"知遇之恩"的夏志清教授给她写信,她偶尔都会时隔三年之久才回复,其他人想与张爱玲取得联系的难度不言自明,但读者和学者对她的热情却与之形成极大反差。师从夏志清这份便利让金凯筠在 1991 年有幸获知张爱玲的联系方式,由此表达对她的敬仰之情,诉说关于研究和翻译其作品的愿望。当时,张爱玲的作品,除了自译和英文创作作品之外,其他的很少被翻译,因此当得知金凯筠对张爱玲的作品有着浓厚的兴趣后,夏志清倍感欣慰,并在后来几次向张爱玲引荐金凯筠及其译作。

金凯筠受夏济安①先生的学生刘绍铭的邀请翻译了张爱玲的小说《封锁》②,并经夏志清牵线搭桥,几番辗转通信后,终于征得张爱玲的同意,将其刊登发表。彼时金凯筠正在东海大学教英文,收到张爱玲的回信之后欣喜不已。该短篇小说的英译版最终被收录在刘绍铭和葛浩文合作的《哥伦比亚当代中国文学选集》(*The Columbia Anthology of Modern Chinese Literature*,1995)里。金凯筠因夏志清得以与张爱玲"亲密接触",后来逐渐成为其"知音"并潜心研究"张学"。金凯筠通过夏志清的《中国现代小说史》对张爱玲的生平及其作品有了更深入的了解,收获颇丰的她后来在国内外的影响也为人清晰所见。夏志清作为良师和引路人,对金凯筠前途的影响由此可见一斑。

2007 年 6 月,个体书商和出版商在美国联合举办了名为"阅读世界"(Read the World)的活动,旨在呼吁更多的美国人关注非英语文学作品。活动期间,金凯筠接受了书评家斯科特·埃斯波西托(Scott Esposito)的采访,讲述了她与张爱玲的作品结缘的过程。在攻读博士学位期间,金凯筠广泛阅读中国现代文学作品,有时会阅读原著,但以译作居多,同时还时刻留心那些会吸引英语世界读者的文学作品。当时阅读中文原著对她来说并非易事,但这并未削弱她对中国文学的一腔热情。张爱玲的《倾城之恋》最先抓住了她的眼球,此书戏剧性的情节、精妙的讽刺及独特的表现手法皆使她拍案叫绝。她坚信张爱玲非

---

① 夏济安(1916—1965),夏志清的哥哥,台湾大学外语系教授,其学生刘绍铭 1966 年获得美国印第安纳大学比较文学博士学位,对"张学"颇有研究。

② 刘绍铭邀请金凯筠翻译《封锁》时,最初将小说名拟译为"Blockade",后来金凯筠在她的书里将其译成"Sealed Off"。

凡的才华应该为外界所知,其作品值得被翻译出来以飨英语世界的读者。① 自此,金凯筠便开始了张爱玲文学研究及译介之旅。她称自己当时正忙于搜集毕业论文的材料,兴趣使然,迫切地希望将张爱玲的小说译成英文,因此她在准备论文的同时还着手翻译张爱玲的小说,虽然异常忙碌却也乐在其中。时隔十年,她在一篇文章中提到"张爱玲的作品除了怡情之外更富于高度的教育性,必能丰富美国人的生命,影响力自不限于对中国读者而已,可惜的是现在欠缺一份完整的英文译本"②。透过金凯筠对张爱玲作品高度欣赏的态度,我们不难想象她有多少个日夜在孜孜不倦、伏案疾书地研究张爱玲的文学。她所做的这些只为让国外读者一睹张爱玲小说的精彩绝伦,仿佛国外读者不认识张爱玲或者没有读过其作品便是他们的一大损失。

(三)译著翩跹,内外斐然

在 20 世纪,张爱玲自译过两部小说,一本是她于 50 年代创作的《赤地之恋》(*Naked Earth*),另一本是她于 40 年代创作的《金锁记》。张爱玲在移居美国后曾为其英译本寻求过出路,但总是遭到出版社的无情拒绝。她的中文版《金锁记》于 1943 年首次出版后便吸引了众多学者的关注和研究,夏志清更是称其为"中国从古以来最伟大的中篇小说"③。而张爱玲自译的英文版《金锁记》于 1971 年在美国出版,其接受情况却并不乐观,这与中文版在国内产生的巨大反响形成了鲜明对比,也与后来金凯筠译本出版的接受盛况迥然不同。21 世纪初,金

---

① 金凯筠在接受采访中的原话如下: *Love in a Fallen City* was the first piece of modern Chinese literature that really grabbed me. I stumbled through the story, pulled along by the sheer power of the drama, the fantasy, and the ironic undercutting. I soon became so convinced that Chang's stories should be translated. 文中引用内容来源于 "Reading the World: Karen S. Kingsbury Interview", Scott Esposito's blog. June 14, 2007.

② 杨泽:《阅读张爱玲》,桂林:广西师范大学出版社,2003 年,第 211 页。

③ 夏志清:《中国现代小说史》,上海:复旦大学出版社,2005 年,第 261 页。

凯筠相继翻译了张爱玲的多篇小说,陆续由各大知名出版社出版发行。此后,各类网站和媒体对金凯筠的译本评价斐然,呼声极高,其中既有知名学者亦不乏普通读者。以下是摘自《纽约时报书评》(*New York Times Book Review*)和《西雅图时报》(*The Seattle Times*)的几条评论,其中金凯筠译介的张爱玲小说在美国的接受度可见一斑。

《纽约时报书评》曾给出如下评价:

> 《倾城之恋》以奢华的风格写成,它包含的四个中篇以及两个短篇小说探索了战争及欧化对小说中人物的家庭生活的影响。张爱玲在小说中引出了系列对立的概念,比如:东方和西方、传统与欧化、灵魂之爱与物欲之爱,然后又巧妙地削弱它们以揭示其中微妙的张力。小说的美感很大程度上来源于其音乐性,正如译者金凯筠从中文翻译过来的那样。①

《西雅图时报》曾如下评价:

> 这几个短篇小说都植根于 20 世纪 40 年代的上海和香港,难懂但富有感染力,因为记录了那些贪婪的、工于心计的女主角的命运,极具影视作品的吸引力。西雅图翻译家金凯筠做了主要的工作,使得英译本读起来如同张爱玲中文创作

---

① *New York Times Book Review*:"In lush and lavish style,the four novellas and two short stories in *Love in a Fallen City* explore the effects of war and westernization on her characters' domestic lives. Chang establishes many oppositions—East vs. West,tradition vs. westernization,spiritual love vs. physical love—and then artfully undermines them to reveal subtler tensions. The beauty of her fiction derives a great part from musical quality,as translated from the Chinese by Karen S. Kingsbury and the author." Andrew Ervin, "Fiction Chronical", *New York Times*,Feb.,18th,2007.

一般，人物形象丰满，语言辛辣。①

金凯筠早在 1997 年用中文撰写的文章《张爱玲的"参差的对照"与欧亚文化的呈现》（"Eileen Chang' Uneven Comparison and The Presentation of Eurasian Culture"）收录于杨泽编写的《阅读张爱玲》一书中。在这篇文章中，金凯筠用了一定的篇幅来分析张爱玲的自译及其英文创作在国外接受状况不理想的原因，如："张爱玲的英文作品虽然证明了她在英文写作上的实力，但却无法与她的中文作品的篇幅、弹性及极尽巧妙安排的语气、押韵相比"②，"张爱玲作品的英译本无法将其作品的创造力及其运用语言的才能展现出来"③。我们从张爱玲自译的《金锁记》中选择一例来分析：

> 原文：（七巧）咬着牙道："钱上头何尝不是一样？一味的叫我们省，省下来让人家拿出去大把的花！我就不伏这口气！"（227）④
>
> 译文：She said between clenched teeth，"Isn't it the same with money？We're always told to save，save it so others can take it out by the handful to spend. That's what I

---

① *The Seattle Times*："This collection of short fiction dating from the 1940s is set in Shanghai and Hong Kong. And it's one tough，seductive little book as it tracks the fates of grasping，calculating heroines who brim over with film-noir appeal... Seattle translator Karen S. Kingsbury has done a stellar job of making Chang's prose read as lushly and acerbically in English as it presumably does in Chinese." Michael Upchurch，"Two from the archives：Chinese noir，Austrian nihilism." *The Seattle Times*，Dec.，29th，2006.

② 杨泽：《阅读张爱玲》，桂林：广西师范大学出版社，2003 年，第 213 页。

③ 同上。

④ 张爱玲：《倾城之恋》，北京：北京十月文艺出版社，2012 年，第 227 页。本文引用《倾城之恋》原文均出自此书，随文标明页码，不再一一注出。

can't get over."(537)①

　　张爱玲将"不伏这口气"译作 get over，太过书面化，而且未能传达
出原文中七巧说这句话时的愤怒之情。刘绍铭在其著作中表示，用更
口语化的表达或许会更好，比如：That's what I can't swallow!②

　　欧阳桢对此句翻译评价道：take it out by the handful（大把地花
钱）不符合西方人的语言表达习惯，他们通常会这样说，so that others
could spend it like there's no tomorrow（因此他们挥霍钱财，就像没
有明天似的），这样会更显语言的夸张和生动。③

　　张爱玲的娴熟英文表达能力是她自己后天苦练出来的，所以她的
自译中有些措辞不是很地道，不符合西方人的表达习惯，这也导致了
金凯筠在最初阅读张爱玲自译的《金锁记》时并未为之所动，甚至认为
夏志清教授对张爱玲的写作能力有过度推崇之嫌，直到细读中文版
本，这种印象才得以改观。金凯筠在其发表的文章中表示，西方人早
已将他们对中国事物的兴趣表露无遗，然而考虑到张爱玲所处的社会
年代，他们在接受外来的中国文化时的情绪是复杂的，掺杂着尊敬、憎
恨和调侃。此外，彼时张爱玲作品的英译版本极其有限，多半刊载于
文学选集或杂志上，因此阅读对象集中于对中国文化已有接触的学生
及学者，而非大众读者。然而金凯筠等学者却不甘心如此优秀的作品
在国外鲜有问津，于是更积极地投身其中，以改变张爱玲小说在国外
沉寂的现状。他们期待时局改变，等待时机成熟，届时便一把抓住千
载难逢的机会，将更多优秀的译作呈现给国外读者，这便有了后来的

---

①　Joseph Lau & C. T. Hsia，eds. *Modern Chinese Stories and Novellas*，1919—
　　1949，New York：Columbia University Press，1981，p. 537.

②　刘绍铭：《到底是张爱玲》，上海：上海书店出版社，2007 年，第 116 页。

③　欧阳桢原话为："take it out by the handful" is not idiomatic；the native speaker
　　would more naturally have said，"so that others could spend it like there's no
　　tomorrow"—more hyperbolic and more vivid；"handful" connotes an old-
　　fashioned image，as if money were still in gold coins.

金凯筠与知名汉学家蓝诗玲合译的《色戒》，金凯筠独自翻译的《倾城之恋》《沉香屑——第一炉香》《红玫瑰与白玫瑰》《封锁》和《半生缘》等佳作，继而掀起了又一轮"张爱玲热"。夏志清曾谦称，他的工作只是引起大家注意张爱玲，之后便是她自己的成功与胜利，但是，如若没有他的开山辟路，王德威、李欧梵等学者的潜心研究和金凯筠、蓝诗玲等妙笔生花的翻译，又怎会有张爱玲文学在海外流光溢彩的盛况呢？

（四）漫谈译事，传奇女子

金凯筠认为，翻译在本质上是对原文的一种改写，变化和再创造在所难免。传统的译学理念中向来强调译者的"任务"，但优秀的译者定不会满足于只做文字的"搬运工"，对原作的亦步亦趋也难以成就佳作，只会被文字束缚。比起佶屈聱牙的译文，西方读者更偏爱读优美的、流畅的英语文本。

所以说，"忠实"原文固然是翻译的一大标准，但绝非唯一标准。为了提高跨国文学作品在异域的接受程度，偶尔的"不忠实"也不失为一种有效的途径。她还强调，译者在"改写"时要小心谨慎，不可过度随心所欲；要抓住原文本的本质和核心内容，每一个细微的"改写"都须忠实地传达原文的"精神"，在两种不同的文化中寻找一种和谐，以将原文的韵味更好地呈现给读者。

金凯筠多次受邀参加翻译研讨盛会，在这些会议中，来自世界各地的翻译界专家、学者汇聚一堂，共讨翻译之发展。如 2012 年 8 月 28 日，她受中国作家协会邀请，与来自 11 个国家的 15 位国际汉学家齐聚天津，进行学术交流，围绕"全球视野下的中国文学翻译"这一话题展开了为期两天的深入研讨。2015 年 12 月 14 日至 20 日，她受邀参加中国外文局和中国翻译研究院在首都北京主办的"2015 首期国际翻译家研修活动"，就"全球化时代的中译外"这一主题展开讨论，和中外知名翻译家一起探讨了中国当代社会和文明发展的状况，分析了中国对外传播和翻译面临的机遇和挑战。

金凯筠十分珍惜参加这种翻译研讨会的机会，在与爱好者分享经

他山之石——汉学家与中国现当代文学的英语传播

验时,更将张爱玲小说《红玫瑰与白玫瑰》中的经典语句脱口而出:"娶了红玫瑰,久而久之,红的成了墙上的一抹蚊子血,白的还是床前明月光;娶了白玫瑰,白的便是衣服上的一粒饭黏子,红的却是心口上的一颗朱砂痣。"①因为爱,所以熟稔,牢记于心;因为爱,所以渴望与人分享。在接受中国网专访时,她回忆并畅谈了翻译《倾城之恋》的过程以及个人对翻译题材的选择,并在采访中说道,"《倾城之恋》会吸引读者,是因为小说中有生动的语言、深厚的哲学思想、丰富的社会环境、性格鲜明的人物和结构完整的故事"②。她还介绍了"在小说中,男女主人公的爱情经历以及故事所处的时代背景,这些方面与美国好莱坞三四十年代的一些电影和文化有很大的相似之处,文化的共性也是《倾城之恋》被认可的原因"③。张爱玲的文风自成一派,充斥着"新旧文字的糅合,新旧意境的交错","既有清贞决绝的矜持,也不乏锦上添花的耽溺"④,溢美之词不胜枚举。张爱玲自小善于把玩文字,成年之后更善于通过文字传达深刻的精神内涵,这大概就是金凯筠迷上她的小说数十载无法自拔的原因吧。

金凯筠就之前与中国作者和文学研究者的深入交流表达了诚挚的谢意。她说:"交流能帮助我们知道哪些作者和作品最具有代表性,作者和作品之间的联系是什么,译者从而更加了解一个作品是在怎样的话语背景下产生的。"⑤新旧更替的特殊时代和复杂的家庭环境造就了奇女子张爱玲,这些都在其作品中表现得淋漓尽致。张爱玲在现实生活中处处感到痛苦,唯有从文字中寻求慰藉。在文字里,她是凌

---

① 张爱玲:《红玫瑰与白玫瑰》,北京:北京十月文艺出版社,2012年,第51页。

② 文中引用内容来源于《张爱玲小说译者金凯筠:我对翻译题材的选择》,http://www.china.org.cn/chinese/catl/2015-12/20/content_37359643.htm,2015年12月20日。

③ 同上。

④ 刘绍铭等:《再读张爱玲》,济南:山东画报出版社,2004年。

⑤ 此段引用内容来源于《张爱玲小说译者金凯筠:我对翻译题材的选择》,http://www.china.org.cn/chinese/catl/2015-12/20/content_37359643.htm,2015年12月20日。

空出世的天才,是当之无愧的宠儿。张爱玲的作品文学技巧精致,文字似旧还新,意象丰富、雅俗同炉,译者翻译之难可想而知。然而,译事本身便是一个因难见巧的过程,金凯筠治学严谨,孜孜矻矻,唯恐不能详尽地表情达意,其译作恰印证了这一点。金凯筠表示语义内容是中文与英文主要的不同,这正是翻译的难点之所在,"中文选择某一字或词,可能是因为它在孟子时期就已经被采用。比如'义'和'礼',这些字使用了 2000 多年,而英文没有在年代上可以相对应的如此古老的字词,这在翻译中有相当大的难度"①。

2007 年,金凯筠在接受斯科特·埃斯波西托的采访时,还对翻译的过程及其翻译观进行了详细的介绍。她赞美张爱玲是世界级的天才,称其独特风格是翻译的价值所在,而这正是翻译中最难准确表达出来的地方:对人物心理的洞见、丰富的感官运用、整体的人生哲学、复杂的人物称呼和关系、典故和双关语等,都使译者不得不耗时细细推敲出其中的所以然来。金凯筠在译作中的处理不能说精妙绝伦,却也可谓恰到好处,我们可以看看以下例子:

> 原文:死生契阔,与子相悦,执子之手,与子偕老。(187)
>
> 译文:Facing life, death, distance
>
>   Here is my promise to thee—
>
>   I take thy hand in mine:
>
>   We will grow old together.(149)②

上例来自张爱玲的白话文小说《倾城之恋》,男主人公在向受教育

① 此段引用内容来源于《张爱玲小说译者金凯筠:我对翻译题材的选择》,http://www.china.org.cn/chinese/catl/2015-12/20/content_37359643.htm,2015 年 12 月 20 日。

② Eileen Chang, *Love in a Fallen City*, trans. by Karen S. Kingsbury, London: Penguin Modern Classics, 2007, p. 149. 本文引用原文均出自此书,随文标明页码,不再一一注出。

程度不高的白流苏表明心意的对话中引用了出自《诗经》的文言。为了表示时间上的距离,金凯筠有意选择了一些古英语词,如 thee、thy,从而使"不可译"的诗歌不仅跨越了时间和空间,还跨越了文化的边界。译文虽通俗易懂,却能向西方读者传达出原文所含的"山盟海誓,情比金坚"的意蕴。

> 原文:三爷道:"你别动不动就拿法律来吓人,法律呀,今天改,明天改,我这天理人情,三纲五常,可是改不了! 你生是他家的人,死是他家的鬼,树高千尺,落叶归根——。"(161)

> 译文:"Don't you try to scare us with the law," Third Master warned. "The law is one thing today and another tomorrow. What I'm talking about is the law of family relations, and that never changes! As long as you live you belong to his family, and after you die your ghost will belong to them too! The tree may be a thousand feet tall, but the leaves fall back to the roots."(113)

这一段是三爷劝白流苏回去的话,"天理人情,三纲五常"是特定时代背景下的词语,直译出来较为繁杂,而且普通的英语读者也难以体会其中所蕴含的文化内涵,因此金凯筠巧妙地将其简译为 the law of family relations,以便读者理解。后一句俗语"树高千尺,落叶归根"的翻译则采取了异化的翻译策略,直接准确地传达了原作的信息,使读者对这一俗语有了大概的了解。

在翻译过程中是倾向于把读者带向原作还是使读者忘记他们正在阅读一本译作,当谈到这一问题时,金凯筠的回答是只求译出自己在阅读原作时所获得的每一寸细微意义和感觉,其他的顺其自然即可。她表示自己曾过分关注语法而成为其奴隶,尝试复制出汉语中的措辞,但这并非明智之举,纽约书评经典系列书籍(New York Review of Books Classics Series)的编辑埃德温·弗兰克(Edwin Frank)引导着她既见树木,又见森林,从而避免了过分生硬的表达。① 正如刘绍铭所言,"她中文苦学得来,翻译时自然一板一眼,不肯或不敢像霍克思那样化解原文,在不扭曲原意中自出机杼"②。金凯筠肯定了一点,张爱玲小说中的世界离她译作读者的现实生活太远,因此他们显然清楚自己在读一部外国文学作品,领略的是异域文化。金凯筠还认为译作在理论上可以和原作一样好,实践上也偶有所得,依据不同的评判标准,译作的价值有时甚至可以超过原作。时间充足、准备充分,再加一点运气,是足够酝酿出佳作的。

金凯筠在采访中还提出了系列形象的比喻。比如,她将译者喻为钢琴师。汉字对于读者而言,就如密密麻麻的曲线和点构成的乐谱,陌生得使人无所适从,钢琴师凭借其高超的技艺将乐谱演奏出来,使听众得以领略一场听觉盛宴,欣赏它,并渐渐解其韵味。而且,听众的理解又往往受钢琴师的影响,特别是遇到模糊难解之处。此外,她认为做文学翻译就如拿起一部小说,先在脑海中放映出电影画面,然后用全新的文字将这些影像材料转化为书面的故事。优秀文学作品自身的视觉和听觉意象极为丰富,张爱玲的小说尤甚,因此金凯筠称这些比喻之间是互补的关系,值得我们去深入研究。

在采访将近尾声时,金凯筠肯定了阅读翻译作品的价值和必要性。著名翻译理论家谢天振在其多部著作中专门讨论过翻译文学长期以来未被文学界重视的问题,并为翻译文学所处的尴尬地位申诉:"事实上,地球上各个民族的许多优秀文学作品正是通过翻译才得以世代相传,也正是通过翻译才得以走向世界,为各国人民所接受。"③在这一点上,金凯筠的观点与之不谋而合。她认为翻译作品能让她更多地了解世界文学,就如同公平贸易一般,阅读翻译作品作为一种认识世界的方式,它便宜、便利又环保。翻译不仅可以延长作品的生命,

① 文中引用内容来源于"Reading the World: Karen S. Kingsbury Interview", Scott Esposito's blog. June 14, 2007.

② 刘绍铭:《到底是张爱玲》,上海:上海书店出版社,2007年,第95页。

③ 谢天振:《比较文学与翻译研究》,上海:复旦大学出版社,2011年,第132页。

而且还能赋予它第二次生命。翻译作品丰富了世界文学宝库,源源不断地为其注入新鲜血液。对译作的阅读占金凯筠阅读总量的30%～40%,这使她有机会接触拉美、欧洲等母语为非英语国家的文学,也为她翻译中国文学提供了便利,从而在译途上越走越顺。她把文学译著当作外国读者了解中国文化的一扇窗,并竭力为他们打开这扇窗,系统地译出张爱玲的小说,使外国读者有机会尽情欣赏这"窗外美景"。

金凯筠作为新生代的汉学家,成年之后始学汉语非科班出身的她在汉学之路上所遇到的困难我们不得而知,但她多年来致力于张爱玲小说的研究与翻译,所取得的成就却是令人瞩目的。就如张爱玲在写给胡兰成的情书中所言,"因为爱过,所以慈悲;因为懂得,所以宽容",金凯筠等"张学"研究者们何尝不是如此。他们历尽译事艰难终无怨无悔,甘于译途之寂寞清苦,为"一名之立,旬月踟蹰",无不是因为"情"的投入——林纾翻译《黑奴吁天录》时的"且泣且译,且译且泣",鲁迅的"从别国窃得火来煮自己的肉",朱生豪更是倾其毕生精力专译莎士比亚。刘宓庆在其著作《翻译美学理论》的导读部分如是说:"失去了情感的滋润,翻译就会变成作坊里枯燥的劳作,文字也会变成干瘪的符号"[1],对于金凯筠而言亦是如此。翻译大概如同钢琴演奏,每一个跳动的音符都是她真情实感的流露。因为爱好中国文学,因为喜欢张爱玲的作品,所以投身译介之旅,纵然困难迭出,她也能苦中作乐,心甘情愿地将研究与翻译进行到底,只为将优秀的作品译出来与众分享。金凯筠在首期国际翻译家研修活动期间曾透露,她正在进行一部张爱玲传记的英文创作,这将为英语读者更清晰地了解张爱玲的生平及创作提供更大的便利。每读张爱玲小说英译本,便为金凯筠对难点的处理所折服,脑海中便跃出她那娇柔的背影,在荧荧孤灯下,为译出一段、一句乃至一字而绞尽脑汁,在外行看来的偏执痴狂却是她的理所应当。文学研究无国界,翻译作为一种行之有效的理解、沟通、诠释和表达的途径,推动着文学的跨国传播与发展。金凯筠、葛浩文、

---

[1] 刘宓庆、章艳:《翻译美学理论》,北京:外国教学与研究出版社,2011年,第 XVI 页。

蓝诗玲等汉学家是可敬的,他们以一己之力推动文学研究事业的蒸蒸日上,忠于文学翻译乐此而不疲。对那些译途上铺路者们所取得的瞩目成就,自知虽不得至,然心向往之。

金凯筠主要汉学著译年表

2003	"Eileen Chang's Uneven Comparison and the Presentation of Eurasian Culture"（《张爱玲的"参差的对照"与欧亚文化的呈现》），载《阅读张爱玲》，南宁：广西师范大学出版社，第 211-224 页
2007	*Love in a Fallen City*（《倾城之恋》），London：Penguin Classics
	Lust，Caution and Other Stories（《〈色·戒〉及其他故事》），London：Penguin Classics
2009	"Eileen Chang's Shanghainese Life and Writing"（《张爱玲的上海人生活与写作》），*Royal Asiatic Society of Shanghai*，May 28
2011	*Red Roses，White Roses*（《红玫瑰与白玫瑰》），London：Penguin Press
2014	"Modern China's Diva of Desolation：Eileen Chang."（《张爱玲：当代中国的凄凉天后》），*Chatham Faculty Lecture Series*，Feb. 20
	"Zhang Ailing"（《张爱玲人物简介》），in *Berkshire Dictionary of Chinese Biography*，Vol. 4.，Great Barrington MA：Berkshire Publishing Group.，pp. 528-533
2016	"Eileen Chang's Visibility Problem in English"（《张爱玲在英语中的关注度问题》），College of Arts，Tunghai University. May 10
2018	"Building Bridges Between Eileen Chang and（Middle）American Readers"（《搭建张爱玲与美国读者之间的桥梁》），in *The Rediscovery of Eileen Chang*，Taiwan：Lianjing Publishing Co.，Ltd.，pp. 297-304

脸上淡妆，只有两片精工雕琢的薄嘴唇涂得亮汪汪的，娇红欲滴，云鬓蓬松往上扫，后发齐肩，光着手臂，电蓝水渍纹缎齐膝旗袍，小圆角衣领只半寸高，像洋服一样。领口一只别针，与碎钻镶蓝宝石的"纽扣"耳环成套。

——张爱玲《色·戒》

Her makeup was understated, except for the glossily rouged arcs of her lips. Her hair she had pinned nonchalantly back from her face, then allowed to hang down to her shoulders. Her sleeveless cheongsam of electric blue moiré satin reached to the knees, its shallow, rounded collar standing only half an inch tall, in the Western style. A brooch fixed to the collar matched her diamond-studded sapphire button earrings.

—Lust, Caution, trans. by Julia Lovell

六 马桥词典连色戒
故事新编系诗玲
——英国汉学家蓝诗玲译鲁迅

英国汉学家
蓝 诗 玲
Julia Lovell
1975–

古往今来,作为一个实力雄厚、神秘悠久的国家,"中国"这个名字散发着无穷的魅力,吸引着无数的海外学者,从最初的传教士到如今各个专门领域的汉学家,中国正一步步地进入全球的视野。随着近年来中国综合实力的不断提升,世界对中国的关注度越来越高,尤其在中国作家莫言问鼎诺贝尔文学奖后,世界对中国文学、文化的研究兴趣更是愈发浓厚。在把中国文学、文化介绍给西方读者的过程中,一个个优秀的汉学家的名字为我们耳熟能详,蓝诗玲(Julia Lovell,1975—   ,音译为朱丽亚·拉佛尔)这个名字也渐渐出现在汉学界的舞台上。她是《色戒》的英译者之一,是美国第二届纽曼华语文学奖(Newman Prize for Chinese Literature)获得者韩少功的提名者及其获奖作品的英译者,也是将鲁迅的全部33篇小说整体翻译成英文出版并使该作品进入"企鹅现代经典文库"丛书的第一人。除此之外,蓝诗玲还完成了众多译作,出版了多部著作,发表了多篇论文,可谓成就卓越。蓝诗玲这个美丽的名字正在为更多人所熟知。

(一) 成长之路

蓝诗玲,一个极富韵味与诗意的中文名字,这个美丽的名字属于一位来自英国伦敦大学伯贝克学院(Birkbeck College,University of

London)的教授、中国文学学者和翻译家蓝诗玲。她本人也如同她的名字一般美丽飘逸,富有魅力。蓝诗玲生于 1975 年,主要研究现当代中国文学,是英国新生代汉学家、著名的文学翻译家。正值春秋鼎盛之年的她,汉学成就卓越,译著等身,甚至可与美国翻译家葛浩文并称为中国当代文学英译的双子星座。

从本科阶段开始,蓝诗玲一直就读于剑桥大学伊曼纽尔学院(Emmanuel College,University of Cambridge),最终获得现当代中国文学方向的博士学位。1998 年本科毕业后,她曾在南京大学—约翰斯·霍普金斯大学中美文化研究中心(The Johns Hopkins University-Nanjing University Center for Chinese and American Studies)交换学习一年。完成学业后,她任教于剑桥大学皇后学院(Queens' College),担任高级研究员,主要讲授中国历史与文学;自 2007 年起,任教于伦敦大学伯贝克学院,担任高级讲师,主要讲授现当代东亚史、中国现当代历史与文学、亚洲民族主义及中国与西方冲突的历史等课程。①

每个海外学者对中国产生兴趣的原因都有所不同,都各自有各自与中国结缘的故事。蓝诗玲学习中文并爱上中文,用她的话说,是个美丽的偶然,是个率性的决定。蓝诗玲在英国乡村长大,父母都是高中老师。作为土生土长的英国人,一直到高中,她在学校学习的外语都是法语、西班牙语、拉丁语和德语,总之都是英国学生常见的标准的欧洲语言和文化。在读大学之前,她对中国可以说完全没有印象。在 20 世纪 90 年代初,英国的大学里大部分学生学习的东方语言是日语,对中文也没有过多的接触。那时的蓝诗玲还是一名初入剑桥大学的本科女生,当时也还并没有使用"蓝诗玲"这个中文名字。大学第一年的圣诞节前夕,她在家观看英国系列谍战片"007",有一集讲到影片主人公特工詹姆斯·邦德到了日本,当被问到他是怎么学习日语这些东

---

① 参见伦敦大学伯贝克学院官方网站。此处为笔者译,原文为:modern East Asia, 20th-century China, modern Chinese Literature, Asian nationalism and the history of encounters between China and the West.

方语言的时候,邦德回答:"我在剑桥就学了!"蓝诗玲当时就被震惊到了,她和神奇的特工、代号为"007"的邦德终于有了共同点,那就是他们都在剑桥大学学习东方语言!或许正是这种偶像的力量,促使她对中文这种东方语言也兴趣大增。① 与此同时,她正在攻读历史学位,读了两本讲中国历史的书后,对太平天国的历史产生了浓厚的兴趣,认为这是个值得花些心思的科目,而为了更好地研究中国历史,就要学习中国的语言。于是,这样一个从没到过中国的小女生便率性地下定决心去学习中文。也是在这一阶段,她的中文课老师给她起了这个中文名字"蓝诗玲",后来一直被她沿用至今。谈及当初的那段经历,她表示虽然当初的考虑实在是有欠周全,但她从不为此后悔。

　　1997年,22岁的蓝诗玲到南京大学交换学习了一年,从此便与中国和中国文学文化结下了情缘。最初到南京读书时,她还没有认真学习中国文学,去书店时也常常不知道要买什么书。在有限的中文储备里,她只对韩少功这个人名和《马桥词典》这个书名有些基本印象,那也是南京大学的老师曾向她推荐过的缘故。她真正阅读并爱上这本书却是在回到剑桥大学继续攻读研究生的阶段,而这样一个看起来极其简单的契机,可能也成了她日后翻译这部作品并走上翻译之路的原因。也是在南京读书的这一阶段,她对中国有了更为直观的了解,继而确定了自己的博士学位论文题目,即研究中国作家的诺贝尔奖情结。

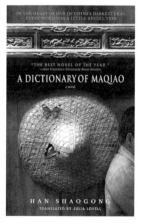

　　为了做博士学位论文,2000年,蓝诗玲再次来到中国。在这期间,她写信给韩少功,表达了想翻译《马桥词典》的意愿。韩少功收到信后感到非常意外,但意外之余也表示同意并提醒说,由于有太多的湖南方言,翻译将会相当困

① 李梓新:《专访英国翻译家朱丽亚·拉佛尔:把鲁迅和张爱玲带进"企鹅经典"》,《外滩画报》,2009年12月16日,第8-9版。

难。为了译好这部作品,蓝诗玲甚至跟随韩少功去湖南乡村看了马桥的原型,并在韩少功的帮助下跨越了方言的障碍,最终完成了她的首部译作。2003 年 8 月,《马桥词典》英文版 *A Dictionary of Maqiao* 由美国哥伦比亚大学出版社出版。该译作一经面世便引起了西方世界的广泛关注,也让韩少功的知名度在西方读者中迅速提升。这也是开启蓝诗玲将中国文学作品英译到西方世界的一把钥匙。蓝诗玲就这样开启了中国文学的译介之旅。

(二)译介之旅

蓝诗玲既是大学教师,又是作家,同时还是文学翻译家。在这三个既相互关联又各自不同的角色之中,她认为自己最喜欢的还是做翻译。蓝诗玲认为翻译使她感到无比自由,比自己写东西要自由多了,翻译的时候她能够深入体会作者的心情,能够体验其他人丰富多彩的生活。

或许多数人最初知道蓝诗玲这个名字是由鲁迅的作品而起。蓝诗玲作为一位异国他乡的年轻女士,能把鲁迅小说全集翻译成功并送入"企鹅现代经典文库"出版系列丛书,实属不易。她也是第一位把鲁迅的所有 33 篇小说整体翻译成英文介绍给西方读者的译者。这些译作包括《呐喊》《彷徨》《故事新编》以及鲁迅在 1911 年写作的古文小说《怀旧》。但其实在很早之前,蓝诗玲便热心于翻译中国文学作品,只不过不为中国大众所知而已。

蓝诗玲翻译中国小说的念头萌发于她在做中国作家的诺贝尔情结这一博士学位论文之时。在她看来,要想研究中国作家对诺贝尔文学奖的追求,就要先了解中国作家以及中国文学,而中国文学对于西方研究者或者读者来说,最大的阅读障碍在于缺少译本,于是蓝诗玲便开始亲自翻译中国文学作品。

2000 年,蓝诗玲开始着手翻译《马桥词典》,她认为这对她的想象力是很大的挑战,也正因为如此,她非常喜欢这部小说。此后她跟随韩少功去了《马桥词典》里"马桥"的原型地湖南省汨罗市天井乡,也就是韩少功当年插队的地方。天井乡的前身是天井公社,后来才改了名,此地在韩少功居住的八景乡附近。"马桥"这个地方其实是虚构的,是作者对天井乡的几个村庄的结合。对于一个到了陌生国度的英国人来说,蓝诗玲其实是分不清"八景"和"天井"这些名字的,后来接受采访时还也表示要回去看笔记才能确认。她还见到了《马桥词典》里的一些人物原型,只是想不起见到的究竟是谁。其实这些都是情有可原的,毕竟这部作品与这位英国女士的个人经验有着很大的距离。由于不同的生活背景和难懂的湖南方言,蓝诗玲在做翻译时经常要向韩少功请教,这从某种程度上来说也减轻了她在翻译过程中的难度。她说:"小说的结构就是词典,就是给词做解释,韩少功的解释、分析,是用普通话写的,这解释、分析对我而言就是很好的翻译。"①有时碰到太难翻的词,要用大量的注释,对英国读者而言会很难读,于是蓝诗玲就向韩少功征求是否可以把这些词去掉。在获得许可之后,蓝诗玲便以译文的可读性为目标进行翻译,最终于 2003 年完成并出版了《马桥词典》的英译本。

从 2003 年翻译韩少功的《马桥词典》这一著作开始,随后的几年,蓝诗玲译作频出,几乎可以说是平均每年翻译一部中国当代(或海外华裔)作家的作品,而且其翻译质量很高,每部译作的出版发行都受到当地媒体和读者的好评。随后蓝诗玲翻译的主要作品有朱文的《我爱美元》(*I Love Dollars and Other Stories of China*,2007)、张爱玲的《色戒》(*Lust, Caution*,2007)、薛欣然的《中国证人》(*China Witness*,2008,与韩斌和狄星合译)、阎连科的《为人民服务》(*Serve the People*,2008)、鲁迅的《阿 Q 正传及其他中国故事——鲁迅小说全集》(*The Real Story of Ah-Q and Other Tales of China:The Complete*

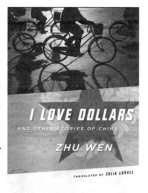

① 徐长云:《汉学家蓝诗玲:"喜欢乡村,喜欢自行车"》,《潇湘晨报》,2012 年 6 月 12 日,第 06 版。

Fiction of Lu Xun，2009，简称"《鲁迅小说全集》"）、朱文的《达马的语气》（*The Matchmaker：The Apprentice and the Football Fan*，2013）。此外，蓝诗玲还完成了《西游记（节选）》（*The Journey to the West*）的重译工作，交由企鹅出版社出版。在她翻译的诸多作品中，《我爱美元》于2008年入围"桐山环太平洋图书奖"（Kiriyama Prize）最终候选名单，《色·戒》和《鲁迅小说全集》还进入了在西方知名度与门槛都非常高的"企鹅现代经典文库"丛书。在此之前，中国现当代作品中，只有钱锺书的《围城》英文版于2005年被该丛书收录。

不难发觉，除了张爱玲之外，蓝诗玲翻译的几乎都是男性作家的作品，而且那些男性作家的个性似乎都和她本人差别很大。但是对她来说，这就是一种很愉快的个性解放。她说：

> 我喜欢中国作家的作品，每个作家的作品都能满足我对文学的不同需求：鲁迅爱国的焦虑，对知识分子尖锐的批判，对生活的强烈干预；张爱玲笔下动人的爱情故事；韩少功以轻松幽默的语气谈论严肃的生活话题……我愿意通过自己的努力，把中国现当代文学的经典作品和文学的丰富性介绍给英语读者，通过文字背后的故事体验另外一个民族普通人民的生活和情趣。①

从韩少功到张爱玲再到鲁迅，这是一种风格迥异的跳跃，也是对译者很大的挑战。之所以选择韩少功和《马桥词典》，或许第二届纽曼华语文学奖上蓝诗玲对两者的评论能说明这个问题：

---

① 苏向东：《英国汉学家蓝诗玲：开心尝试重译〈西游记〉》，http://www.hygx.org/article-5838-1.html，2018年8月14日。

韩少功是"一位以其卓越的艺术性和独创性将本土视角和全球视角完美结合的中国作家。他的创作生涯是 1976 年以来中国文坛所经历的创造性革命的典范"。她说,《马桥词典》是一本不平凡的书,不仅因为"它结合了虚构体、回忆体和散文体",而且"因为它的叙事充满幽默与人性,因为它不动声色地刻画了贫困农民的生存状态,因为它举重若轻地叙述了现代中国的悲剧,也因为它的实验形式以及对中国文化、语言、和社会的深刻洞察力"。①

而翻译张爱玲和鲁迅的作品,蓝诗玲认为这两位作家很有意思,他们代表了中国现代文学的两种主流,张爱玲稍微内向化,不过多谈论国家命运,代表了 20 世纪 40 年代的城市文化;而鲁迅则刚好完全相反,代表了当时国家和个人身上背负的强烈的矛盾冲突。

对鲁迅小说全集的翻译让蓝诗玲名声大噪,而很巧合的是,她人生中阅读的第一部中文作品正是鲁迅的短篇小说。对鲁迅作品的翻译,给了她一个很好的机会去重读鲁迅。在她看来,鲁迅是集查尔斯·狄更斯和詹姆斯·乔伊斯于一身的作家,他的辛辣讽刺、黑色幽默和超现实主义非常吸引人。虽然鲁迅小说中那些黑色的故事经常让她觉得悲伤,不忍卒读,但蓝诗玲认为鲁迅代表了一个愤怒、灼热的中国形象,在他身上体现了知识分子和政治之间的矛盾挣扎,任何一个想研究中国现当代文学的人都无法跳过鲁迅。虽然鲁迅及其作品在当今受到了中国年轻人的冷落,但鲁迅始终是中国 20 世纪文学史和思想史上一面标志性的旗帜。而这也正是蓝诗玲希望英语读者能够了解到的。

蓝诗玲在英国的全国性综合内容日报《卫报》(*The Guardian*)上撰文说,想要了解中国人的基本情绪,就应该去读鲁迅的小说。她指出,西方媒体对中国审查制度的指责和喧嚣往往淹没了事情的真相,

---

① 王胡:《韩少功以〈马桥词典〉获 2011 年纽曼华语文学奖》,《中华读书报》,2010 年 10 月 22 日,第 04 版。

20 世纪的中国文学的世界性并不输给英国或美国文学。① 然而,尽管近来西方媒体对中国多有关注,但西方报道中国最多的还是政治、经济,甚至电影,中国文学在英语文化中的地位并不乐观。西方传统的观念认为中国文学是枯燥的宣传工具,而且英语读者缺少对中国文学一脉相承的认识,中国文学的翻译作品对母语为英语的大众来说始终不易接受,中国文学作品在西方仍然处于边缘化的存在。蓝诗玲说,"你若到剑桥这个大学城浏览其最好的学术书店,就会发现中国文学古今(跨度 2000 年)所有书籍也不过占据了书架的一层而已,其长度不足一米。虽然中国的评论家、作家们以及西方的译者都不懈努力,现代中国文学取得主流认可的步伐依旧艰难。"②尤其是对鲁迅的作品来说,此前英国读者对鲁迅知之甚少。因此,蓝诗玲说她翻译《鲁迅小说全集》的目的,就是要把鲁迅在中国的经典地位介绍给普通英语读者,而不仅是汉学研究的学术圈。她要让普通英语读者了解到,鲁迅是一个富有创造力的文学家和思想家,他的文学观超越了他所处的社会政治环境。基于这样的目的,蓝诗玲在翻译时以归化策略为主,注重中英之间的语言和文化差异,注重译文的可读性和可接受性,"重视研究翻译中的内外部因素,洞悉翻译之'忠实性再创造'的本质,注重辨析英汉语言差异和进行文体风格考量,考虑翻译中的文化差异和译语读者的接受视域"③。同时,她之所以翻译优秀中国文学作品并促使该译作进入"企鹅现代经典文库",一方面给想要看中国现代文学的西方读者带来方便,另一方面也有意推动了中国文学走向世界,促使其在英语出版中占据一席之地。正如阎连科所说,"蓝诗玲是帮我带来英语读者的第一人,是因为她的译本和《为人民服务》的特殊性,

---

① 参见 Julia Lovell,"China's Conscience" in *The Guardian* on Jun., 12th, 2010, www. theguardian. com/books/2010/jun/12/rereading-julia-lovell-lu-xun, 2016 年 5 月 13 日。

② 孙敬鑫:《蓝诗玲:英国新生代汉学家》,《对外传播》,2012 年第 6 期,第 61 页。

③ 覃江华:《英国汉学家蓝诗玲翻译观论》,《长沙理工大学学报》,2010 年第 5 期,第 121 页。

让读者注意到中国有个奇怪的作家叫阎连科"①。蓝诗玲的译作使中国的多位优秀作家走出国门,在世界文坛上崭露头角。

蓝诗玲的翻译充分考虑到西方读者的接受度,译文可读性强,加上《卫报》的巨大影响力以及闻名世界、拥有众多读者的企鹅出版社的推动作用,其译作一经出版便获得广泛关注和热议,收获诸多好评,而译作的原著者在西方的知名度也得到了提高,受到了西方读者的认可。美国汉学家华志坚在《时代》(Time)周刊上撰文评论说,鲁迅是"不可缺失的作家",是中国的奥威尔,《鲁迅小说全集》的推出是"有史以来出版的最重要的一部企鹅经典"②。国内对鲁迅小说的英译研究也不仅限于杨宪益和戴乃迭夫妇的译本,对蓝诗玲译本的关注度也在不断提高,其翻译策略也得到极大的认可。蓝诗玲曾于2010年8月受邀来中国参加中国作家协会举办的"汉学家文学翻译国际研讨会"。会上,她和来自十几个国家的汉学家以及中国作家和翻译家们一道,就当代中国文学翻译的现状与经验、中国当代文学在世界的传播、文学翻译在跨文化交流中的作用等话题进行了交流和讨论。不得不说,蓝诗玲对中国文学作品走出去起到了重要的推动作用。

(三) 研究之况

除翻译中国现当代文学作品之外,蓝诗玲主要从事现代中国文学与文化史、西方对中国的认识史等方面的研究,主要集中在文化(具体来说,包括文学、建筑、史学和运动)与中国现代国家建设之间的关系。她现在主要研究毛泽东思想的全球发展史,探讨20世纪40年代后毛泽东思想是如何在亚洲、非洲、美洲、欧洲等地区成为国际政治力量的。

2006年,蓝诗玲对自己博士学位论文修改完善,出版了个人专著《文化资本的政治:中国对诺贝尔文学奖的追求》(The Politics of

---

① 高方、阎连科:《精神共鸣与译者的"自由"——阎连科谈文学与翻译》,《外国语》,2014年第3期,第20页。

② Jeffrey Wasserstorm,"China's Orwell",Time,Dec.,7th,2009.

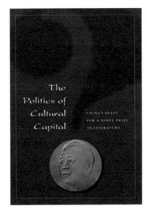

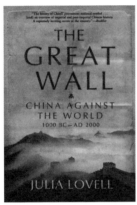

Cultural Capital：*China's Quest for a Nobel Prize in Literature*）。在研究中国文学的诺贝尔情结时，蓝诗玲认为诺贝尔情结其实是很荒诞的。在她看来，中国今天还在讨论中国作家该不该获得诺贝尔文学奖，这是没有必要的。中国有那么多的读者，作家们并不需要专门去考虑几个评委的意见。这个诺贝尔情结其实是非理性的。中国作家已经不需要诺贝尔奖作为一个标准衡量，当然他们的水平也需要继续提高。她认为，中国在 20 世纪无疑就有一些就质量而言能与某些诺贝尔文学奖作品相媲美的著作，且有一部分这样的作品已经很好地被翻译成了西方语言。虽然中国文学要在英语出版中取得一席之地还需要付出更多的努力，但是目前这个现状正在逐渐发生改变，越来越多的出版商开始关注中国文学，中国文学走向世界，只是一个时间和投资的问题。除此之外，她还出版了专著《长城：中国与世界关系3000 年》（*The Great Wall*：*China Against the World 1000 BC‐AD 2000*，2006），主要讲述长城作为中国的文化象征是如何影响中国数千年来的社会心理和民族性格，探究了中国人通过构筑围墙以防患于未然的热情。该作品已被翻译成多种外语在欧洲出版发行。

2011 年，皮卡多出版社（Picador Books）推出了蓝诗玲的专著《鸦片战争：毒品、梦想与中国的涅槃》（*The Opium War*：*Drugs*，*Dreams and the Making of China*）。2012 年，蓝诗玲凭借该著作获得瑞士简·米哈尔斯基文学奖（Jan Michalski Prize for

Literature）。她认为,鸦片和鸦片战争是 20 世纪中国历史上非常突出和复杂的标志性事件。一方面,它们是西方对付中国的样板之一,被当作中国人民的战斗口号,时刻提醒着中国人被西方凌辱的痛苦,并号召人们致力于实现中国强盛和现代化"崛起"。另一方面,关于鸦片与鸦片战争的记忆同样能够激起中国人民强烈的羞耻感和自省,这段记忆是中国愤怒与羞耻感的原因之一。① 通过对鸦片战争的研究,蓝诗玲对中国的"国耻教育"提出了自己的看法。她认为中国完全应该纪念百年国耻。她觉得英国人不够了解这段历史。人们若想要理解当代中国与西方的冲突,则必须了解这段历史。但她也有些疑虑,如中国的教科书对近两百多年的历史描述不太平衡,用很多篇幅去纪念百年国耻,但 1949 年以后的历史却较少提及。

此外,蓝诗玲还是《卫报》《泰晤士报》（The Times）、《经济学人》（The Economist）和《泰晤士文学副刊》（The Times Literary Supplement）等国外著名报刊的专栏撰稿人;2008 年,在《国际体育史》（International Journal of the History of Sport）上发表文章《北京 2008：当代中国民族主义杂谈》（"Beijing 2008：The Mixed Messages of Contemporary Chinese Nationalism"）;2010 年,在《全球中国文学》（Global Chinese Literature）上发表文章《全球标准下的华语文学：对认可的追求》（"Sinophone Literature in the Global Canon：The Quest for Recognition"）;2012 年,在《亚洲研究期刊》（Journal of Asian Studies）上发表文章《寻找一席之地：21 世纪的中国文学》（"Finding a Place：Chinese Literature in the 2000s"）。此外,蓝诗玲还在《诗歌评论》和《中国评论》等期刊上发表了一系列有关中国文学与文化的论文。

（四）生活之趣

无论是从报纸杂志上看到蓝诗玲的照片,还是观看对她的访谈,

---

① 潘晶:《蓝诗玲:认识这个国家的愤怒与羞耻》,《看历史》,2012 年第 3 期,第 8 页。

或许人们都有些难以想象这是翻译过那么多风格迥异的作品的翻译家，因为那些作品的风格确实与她本人差异有些大。蓝诗玲人如其名，一如照片上所表现出的样子：彰显端庄稳重的裙子，白色上衣，脖子上系着白围巾，笑容温暖，斯文优雅。作家阿乙在 2012 年 4 月的伦敦书展上与蓝诗玲有过接触，说"她是属于内心高贵而外表谦和的知识分子，对外界充满善意，同时保持自己内心的超然，绝不会盲从于突然喧嚣的时尚或事情"①。

蓝诗玲从小就跟随父母一起在乡村度过，一直生活到 16 岁。她说，"父母经常搬家，北部，西南部，东部……住的地方都很美，对于小孩来说，可以自由玩耍。"②乡村孕育着宁静而简单的生活方式，陶冶人的性情，这样的成长环境对她产生了重要的影响。她热爱乡村生活，喜欢乡村的自由和宁静，不喜欢大城市，因此，尽管如今她在大都市伦敦工作，却还一直居住在生活了十几年的剑桥大学。那里是学术氛围浓厚的静谧之地，剑桥大学的数据库为她创作非虚构作品帮了不少忙。剑桥非常小，不能开车，便利的出行方式是骑自行车，而这正是她所喜欢的。她还表示，等孩子成年了，她和先生可能会离开剑桥回乡村生活。

基于这样的生活态度，与大都市北京相比，蓝诗玲可能还是喜欢南京多一些。她认为南京是个"恰到好处"的城市，节奏不太快，比较静谧，对于英国乡村长大的她来讲，南京是个比较合拍的城市。在南京时，她去过几次中山陵，也到过鸦片战争后中英两国签订《南京条约》的地方，还观看了谢晋导演的《鸦片战争》。她参观了《南京条约》史料陈列馆。一件件展品，一个个标题，使她感觉到了一个民族经受过的屈辱与愤怒，也使她对中国的历史了解得更为深刻。

作为学者和翻译家，蓝诗玲有不少机会到北京，而每次来到北京，她都觉得不能浪费这难得的机会，会做很多事情。做采访，见朋友，吃

---

① 徐长云：《汉学家蓝诗玲："喜欢乡村，喜欢自行车"》，《潇湘晨报》，2012 年 6 月 12 日，第 06 版。

② 同上。

饭，看戏……她喜欢北京的食物，声称在北京没有吃过难吃的东西，凡是中国菜对她来说都是美味。她也在王府井的首都剧场看过话剧，认为那是很珍贵的记忆。她总是尽可能地去了解中国当代的现状。而随着这些年与中国多次的亲密接触，她也从最初那个除了"馒头"连菜名都不会说的留学生，成长为中文水平大为精进且有多部译著的著名汉学家和学者。

抛开那些外表光鲜亮丽的头衔，蓝诗玲也是一位优秀的母亲。如同传统的英国人，她非常重视家庭。在学术研究和翻译作品的同时，她也不曾怠慢自己的两个孩子。她会按时送孩子们去上学，学表演，她会用足够的时间陪孩子们玩耍，绝不会把孩子丢给先生就任性地独自出去。或许一方面受整个社会环境的影响，一方面受到母亲的影响，蓝诗玲的孩子都有自己的中国朋友，最喜欢的食物是饺子。对两个孩子来说，中国人和中国文化已经成为他们日常生活的一部分，这让蓝诗玲感到非常高兴。

热爱生活，内心柔软的人，做得好学问，又做得好文学翻译。蓝诗玲恰恰就是这样的人——对简单生活充满着热爱，对中国文化充满着向往，对翻译事业充满着激情。作为一位新生代汉学家，蓝诗玲在译界崭露头角，目前在中国的知名度还有限，但是，蓝诗玲确实在中国文学文化"走出去"的道路上发挥着重要的作用。随着中国对本土文化走出去进程的不断推进，蓝诗玲定会在汉学界大放异彩。

蓝诗玲主要汉学著译年表

2001	"From Satire to Sensationalism Chinese Fiction in the 1990s"（《从讽刺到耸人听闻的手法：20世纪20年代的中国小说》），China *Review Magazine*，No. 20，pp. 28-32
2003	*A Dictionary of Maqiao*（《马桥词典》），New York：Columbia University Press
2006	*The Politics of Cultural Capital：China's Quest for a Nobel Prize in Literature*（《文化资本的政治：中国对诺贝尔文学奖的追求》），Honolulu：University of Hawaii Press *The Great Wall：China Against the World*，1000 *BC-AD* 2000（《长城：中国与世界关系 3000 年》），California：Grove Press
2007	*I Love Dollars and Other Stories of China*（《我爱美元》），New York：Columbia University Press *Lust，Caution*（《色戒》），New York：Anchor Books
2008	*China Witness*（《中国证人》），London：Chatto & Windus *Serve the People*（《为人民服务》），New York：Black Cat "Beijing 2008：The Mixed Messages of Contemporary Chinese Nationalism"（《北京 2008：当代中国民族主义杂谈》），*The International Journal of the History of Sport*，Vol. 28，No. 7，pp. 758-778
2009	*The Real Story of Ah-Q and Other Tales of China：The Complete Fiction of Lu Xun*（《〈阿Q正传〉及其他中国故事——鲁迅小说集》），New York：Penguin
2010	"Sinophone Literature in the Global Canon：The Quest for Recognition"（《全球标准下的华语文学：对认可的追求》），*Global Chinese Literature*，Vol. 3，pp. 197-217

2011	*The Opium War：Drugs，Dreams and the Making of China*（《鸦片战争：毒品、梦想与中国的涅槃》），London：Picador
2012	*Splendidly Fantastic：Architecture and Power Games in China*（《精彩绝伦：中国的建筑与权力游戏》），Moscow：Strelka Press "Finding a Place：Chinese Literature in the 2000s"（《寻找一席之地：21 世纪的中国文学》），*Journal of Asian Studies*，Vol. 71，No. 1，pp. 7-32
2013	*The Matchmaker，The Apprentice and the Football Fan*（《达马的语气》），New York：Columbia University Press
2019	*Maoism：A Global History*（《毛泽东思想全球发展史》），London：Bodley Head/Knopf
2021	*Monkey King：Journey to the West*（《猴王：西游记》），New York：Penguin

　　我们希望它来，希望它留，希望它再来——这三句话概括了整个人类努力的历史。在我们追求和等候的时候，生命又不知不觉地偷度过去。也许我们只是时间消费的筹码，活了一世不过是为那一世的岁月充当殉葬品，根本不会享到快乐。

——钱锺书《写在人生边上》

　　We long for happiness to come，long for it to stay，and long for it to come again—these three phrases sum up the history of mankind's endeavors. As we pursue happiness or await its arrival，life slips by unnoticed. Perhaps we are no more than tickers counting the passage of time. Perhaps to live a lifetime is but to serve as a funerary object for the years of that lifetime without any prospect of happiness.

　　—*Written in the Margins of Life*，trans. by Christopher G. Rea

七 北美雷锋勤喜剧
国学泰斗选哲良
——美国汉学家雷勤风译钱锺书

美国汉学家
雷勤风
Christopher G. Rea
1977–

克里斯托弗·G.瑞（Christopher G. Rea，1977— ）是美国新生代汉学家代表人物之一。大学期间，克里斯托弗常因勤恳好学、助人为乐，被老师和同学们亲切地称呼为"北美雷锋"。后来进入汉学研究，他便给自己取名"雷勤风"，逢人介绍时总不免向他人逗趣一番，说自己"就爱为人民服务"。雷勤风从小看巨蟒剧团（Monty Python）和马尔克斯兄弟（Marx Brothers）的喜剧节目长大。荧幕上那些令人忍俊不禁的搞怪幽默，傻里傻气的插科打诨，诙谐智慧的奇思妙语，在幼年的雷勤风心中，幻化为一颗热爱喜剧的种子。正是这颗宝贵的兴趣之种，成了他日后学术路上永久的动力源泉。

可以说，雷勤风所有的汉学研究与翻译活动都从对喜剧的探究而起。在西方人眼中，中国人因长期受到传统儒家思想的影响，极其注重礼仪。到西方留学或工作的中国人又常常因埋头努力工作，言谈严肃、举止拘谨而给人留下不苟言笑、缺少幽默感和娱乐精神的刻板印象。雷勤风在学习汉语后，强烈地感受到"中文是一种玩文字游戏的极好语言"①。他开始了一系列打破陈规的思考:既然存在文字游戏,那么中国人也一定有属于自己的游戏方式和娱乐精神,中国人的幽默感究竟如何?中国人的幽默形式又有哪些?中国是否有类似于巨蟒剧团的喜剧表演?带着种种好奇,雷勤风开启了一场属于自己的汉学研究之旅。他希望以自己微薄的力量,拂去西方偏见的旧尘,为中国的"笑"文化研究书写新的篇章。

(一) 初入汉门,译介华影

　　雷勤风生于美国加州旧金山湾区东岸的伯克利市(City of Berkeley),他的祖上从未与中国有任何联系。他真正接触到中国文化,已是进入大学之后。从小成绩优异的他考入了美国常春藤联盟名校之一的达特茅斯学院(Dartmouth College)。在校就读期间,他曾有幸研修过知名甲骨文研究专家艾兰和古文字学家李学勤等著名学者的课程。和蔼可亲的中国教授、源远流长的中国历史、博大精深的中国文化,以及书写奇特的中国文字都给他留下了深刻印象。

　　1999年,他本科毕业。与众多毕业生一样,雷勤风对自己的职业发展迷茫惆怅,最后选择了一个在家人看来稳当而体面的行业——银行业。在美联储洛杉矶分行就职期间,他因放不下对中国文学文化的执念与热爱,最后放弃了这份安逸的"铁饭碗"。断然辞职后,他考上了世界顶级研究型学府——哥伦比亚大学(Columbia University),开始攻读他梦寐以求的中国现代文学专业。硕士研究生毕业时,他以学位论文《旧鬼话与新文化——〈何典〉的五四接受史》("The Afterlife of a Ghost Novel:*He Dian*'s Reception in the Late Qing and the May Fourth Era")向自己和导师交出了一份满意的毕业答卷。顺利升入博士生研究阶段后,他心无旁骛地投入到汉学研究之中,其博士

---

① 参见 Ian Johnson:"Interview with Christopher Rea:Finding a Rich Vein of Humor in China's Past", https://u.osu.edu/mclc/2016/11/16/interview-with-chris-rea/,2021年11月16日。

学位论文《中国现代文学中的笑声：晚清到民国时期》（"A History of Laughter：Comic Culture in Early Twentieth-Century China"）即是后来荣获 2017 年"列文森奖"（Joseph Levenson Prize）①的《大不敬的年代：中国新笑史》（*The Age of Irreverence：A New History of Laughter in China*，2015）一书的初稿。

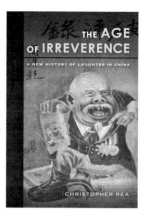

回顾读书生涯，雷勤风坦言自己最初正是出于好奇，开始思考中国是否与西方一样有着类似的喜剧。为此，他看了不少中国华语电影，试图从中搜寻中国人的喜剧片段或是幽默表达。也正因为出于纯粹的兴趣，雷勤风学习之余开始乐此不疲地翻译中国电影字幕。截至 2022 年，他已翻译了 20 余部早期经典黑白华语电影，并将自己翻译的影片无偿上传到美国视频分享网站"油管"（YouTube）上，开设了中国电影经典（Chinese Film Classics）频道，以此服务研究现代中国文化的学者和对中国文化和中国电影感兴趣的西方观众。

雷勤风翻译的电影作品有著名导演费穆的《小城之春》（*Spring in a Small Town*，1948），赵明和严恭导演的《三毛流浪记》（*Wanderings of Three-Hairs the Orphan*，1949），桑弧导演、张爱玲编剧的《不了情》（*Love Everlasting*，1947）和《太太万岁》（*Long Live the Missus*，1947），世界动画大师万氏兄弟万籁鸣与万古蟾导演的动画电影《铁扇公主》（*Princess Iron Fan*，1941），卜万苍导演的《木兰从军》（*Hua*

---

① 列文森奖是为纪念中国近代史研究巨擘、美国 20 世纪五六十年代中国学研究领域最主要的学术代表人物约瑟夫·列文森（Joseph R. Levenson）而设立的，每年表彰以英语写作的优秀中国研究著作，是国际汉学界的重要奖项之一。该奖每年由亚洲研究协会颁发，一年只有两部汉学研究著作能获此殊荣。

Mu Lan，1939)与《桃花泣血记》（*The Peach Girl*，1931)、袁牧之编导的《马路天使》（*Street Angels*，1937)，以及马徐维邦导演的《夜半歌声》（*Song at Midnight*，1937)等。这些作品无一例外都是中国电影发展史上的奠基之作，堪称华语黑白电影的经典。从该频道的主页数据来看，他的电影字幕翻译相当成功，最受欢迎的要数《木兰从军》和《三毛流浪记》，这两部电影的观看次数已过上万。功夫不负有心人，在多年孜孜不倦的字幕翻译积累与对电影的观赏和思考后，雷勤风对中国电影的认知和理解也逐步加深。2021年，其专著《中国电影经典，1922—1949》（*Chinese Film Classics*，*1922‑1949*)顺利出版。著名华裔导演李安曾对此书作出如下评价：

> 对我来说，这些电影代表了中国电影的曙光。同时，这些电影在书中也通过可视化的方式再现了我的文化根源。它们展现的是古老中国在现代化世界中迅速崛起时的电影觉醒。雷勤风对这些电影的敏感解读，富有见地而又充满趣味。①

在书中，雷勤风一共介绍了14部中国电影，从中国无声时代的喜剧片和情节剧到20世纪三四十年代的有声电影和音乐剧，从中展现了1922年至1949年中国电影的独特性和复杂性。同时，雷勤风在书的每一章中对电影的艺术性进行了评价，比如对电影的形式、摄影剪辑、音乐性等做了深入浅出的分析。此外，他也将这一时期的中国电影放在全球化的背景下进行考察，客观剖析了电影场景中反映的中国历史、经济与社会状况，为中国电影艺术史研究提供了新视野。

值得一提的是，在哥伦比亚大学就读期间，雷勤风的导师是国际知名文学评论家王德威教授。雷勤风在其译著《人·兽·鬼：钱锺书的故事与散文》（*Humans*，*Beasts*，*and Ghosts*：*Stories and Essays by*

---

① 参见亚马逊官网上此书主页面上的名人推荐，https://www.amazon.com/Chinese-Film-Classics-1922-1949-Christopher/dp/0231188129，2021年2月8日。

Qian Zhongshu,2011)的前言中特别感谢了这位来自中国的学者,说他是"改变了自己一生的重要人物,是无人可比的精神导师"①。由此可见,无论是人生还是学术,王德威教授都对他产生了十分重要的影响,雷勤风对此时常心怀感激。博士研究生毕业后,他携家人前往加拿大,在英属哥伦比亚大学(University of British Columbia)亚洲研究学院顺利谋得教职。雷勤风根据自己的研究方向在校开设了

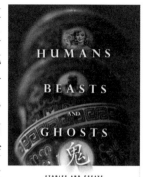

不同课程,比如中国现代文学、中国电影经典、现代翻译文学作品鉴赏等。他开设的课程广受学生好评。雷勤风获"列文森奖"时,他的个人简介上写的还是英属哥伦比亚大学副教授,但很快他就已经是一名独具慧眼、深受学生喜爱的教授和博士生导师了。

(二)苦铸笑史,乐写笑匠

2017年,雷勤风的著作《大不敬的年代:中国新笑史》获得汉学界重要奖项——"列文森奖"。该奖主要以作品能否"增进世界对中国历史、文化、社会、政治或经济的了解,促进中国学术界与更广泛的知识界对话"为考察标准。美国亚洲研究协会将此奖颁给雷勤风,正是对其研究中国的独特视角和杰出贡献做出的最佳褒奖。在雷勤风之前,著名汉学家翟理斯在其《中国札记》(*Chinese Sketches*,1875)一书的前言中就曾提到,"在中国八年的经历告诉我,中国人是一个勤劳、清醒、乐天的民族"②。为了证明这一点,翟理斯开始翻译中国古代民间笑话集——《笑林广记》,并希望能通过展示中国人智慧与幽默的一面,

① Christopher G. Rea:*Human*,*Beasts*,*and Ghosts*:*Stories and Essays by Qian Zhongshu*,New York:Columbia University Press,2011,p. 15.

② Herbert Allen Giles:*Chinese Sketches*,London:Trubner & Co.,Ludgate Hill,1876,p. 1.

第一章 汉学家与中国现代文学的英语传播

115

打破欧洲人认为的中国人性情沉默、不懂幽默的刻板印象。然而除此之外,西方汉学界对于中国人的"笑"文化研究和幽默作品的翻译仍十分稀少。据此,雷勤风笃信自己的研究值得一做。

雷勤风做《大不敬的年代:中国新笑史》研究时,苦下功夫。他花费多年时间从中国、新加坡、澳大利亚、法国、英国、德国、美国和加拿大等各个国家搜集展现中国人幽默和喜剧元素的不同作品,并从各个层面去挖掘、审视和分析这些材料。经过一番调查,他发现从"笑"文化这一角度来审视中国社会的研究非常少。提到中国的幽默,西方学者可能只粗略地谈及老舍、鲁迅和林语堂等人,但是对于中国的整个幽默谱系却从未有人做过详细考察,这不禁引起了他进一步的研究热忱。他希望通过自己的努力告诉西方学界,中国人是一个富有幽默感的民族,中国人对于喜剧的理解有其独特之处,中国与西方的幽默感大有不同,在各个时代中有着多种多样的呈现。正如雷勤风在《大不敬的年代:中国新笑史》一书的前言中提到,

> 书中追溯了作家、艺术家、企业家和观众如何通过更广泛的"不敬"文化来塑造现代中国。长久以来,西方认为中国人的幽默感是有限、单一甚至是静态的,而书中展现出的多样性一定会让人困惑地吃一惊。最重要的是,这是对笑本身的诗学和修辞学研究,是从一个全新的角度探索汉语史的又一篇章。①

雷勤风从中国的幽默谱系中总结出五种笑的文化表达方式,即"jokes"(笑话)、"play"(游戏)、"mockery"(嘲讽)、"farce"(滑稽)和"humor"(幽默)。他从这五个关键词出发,生动描述了中国人"笑"的演变过程,深入探讨了中国人在动荡的历史时代中如何将笑声作为

---

① Christopher G. Rea:*The Age of Irreverence*:*A New History of Laughter in China*,Berkeley:University of California Press,2015,p. X.

"晴雨表"来衡量个人、群体以及整个人类社会。[1] 雷勤风在书中着重分析了中国人呈现幽默的语言方式、文化价值观及历史意义。他说，"我的新笑史的历史观，不只是往过去看，也看向未来。一般人会把笑当作对已经发生的事情的反应。但'笑'也是一种想象未来可能性的方法"[2]。由此可见，雷勤风对中国的文学文化发展总是报以积极乐观的态度，他的研究目光并不停留在过去和当下，而是投向中国文化发展的未来。

至于雷勤风为何后来会研究中国著名滑稽大师徐卓呆（原名徐博霖），也是源于他做"笑"文化研究期间的一次偶然契机。大约 10 年前，雷勤风在苏州举办的中国现代文学学术会议中结识了当时的苏州大学文学院教授、博士生导师范伯群。两人一见如故，相谈甚欢。当范伯群知晓雷勤风的研究兴趣为中国喜剧和幽默时，他随即向雷勤风讲述了笑匠徐卓呆的趣事，建议雷勤风可以将其作为他的研究对象，丰富他"笑"文化的研究内容。

那是雷勤风第一次听到"徐卓呆"这个名字，他兴奋不已，直呼他就是"中国的卓别林"。回国后，雷勤风立马着手搜集有关徐卓呆的资料。在研究过程中，他发现徐卓呆不仅是一位喜剧表演艺术家，还是一位"文化企业家"（cultural entrepreneur）。徐卓呆早年曾赴日本留学，就读于当地一所体操大学。后来，徐卓呆回到中国，也如火如荼地办起了体操学校，还在话剧演出、小说创作和电影行业有所涉猎，在文化领域留下遍地足迹。围绕徐卓呆展开的一系列研究触发了雷勤风对"文化企业家"这一新名词的相关研究。2015 年，雷勤风出版了《文化事业：1900—1965 年中国及东南亚的文化企业家》（*The Business of Culture：Cultural Entrepreneurs in China and Southeast Asia，1900 -1965*）一书，并陆续发表了数篇有关文化企业家的论文。

---

[1]　参见亚洲研究网对雷勤风的介绍，https://www.asianstudies.org/asianow-speaks-with-christopher-rea/，2021 年 5 月 30 日。

[2]　姚佳琪：《2017 年列文森奖得主、加拿大英属哥伦比亚大学副教授雷勤风：用幽默理解中国》，《文汇报》，2017 年 3 月，第 5 版。

待时机成熟后，雷勤风才开始着手翻译徐卓呆的喜剧故事，之后于 2019 年出版了《中国的卓别林：徐卓呆的喜剧故事与闹剧》（*China's Chaplin：Comic Stories and Farces by Xu Zhuodai*）一书。雷勤风在书的前言和作品翻译中流露出对徐卓呆个人的欣赏和喜爱。他在书中总结了徐卓呆的生平事迹，并解释了徐卓呆才华横溢、风趣幽默的原因。同时，他也对徐卓呆在写作、喜剧、电影和其他创作领域取得的巨大成功和贡献进行了批判性评价。对于其中喜剧作品的翻译，他则极力地将徐卓呆的幽默原汁原味地呈现在西方读者面前。雷勤风的这本书在为西方读者了解中国幽默提供丰富内容的同时，也为他们了解具有国际大都市称号的中国城市上海打开了一扇别样的窗。加拿大华裔作家协会执行会长梁丽芳曾引用夏志清对中国现代文学的相关论述，评价"雷勤风教授研究的领域另辟蹊径，将大有作为，对扩大中国文学在英语世界的影响甚有贡献"①。雷勤风怀揣着对喜剧的热爱，开辟了一条从喜剧幽默元素来理解中国文学文化的道路。

（三）偏译"骗经"，钟情"锤书"

除了徐卓呆的相关研究，雷勤风在为《大不敬的年代：中国新笑史》的研究搜集材料时还发现，中国古典文学中有将骗术作为故事组成部分的传统。骗子时常在滑稽小说中担当主角，起着引人发笑的重

---

① 参见明声报官网中"华裔作家协会举办的文学月会"专讯报道，http://www.mingshengbao.com/van/article.php？aid＝530619，2021 年 11 月 20 日。

要作用。在与骗术有关的艺术作品中，最著名的要数明代平民知识分子张应俞创作的《骗经》（也称《杜骗新书》，该书全称为《江湖历览杜骗新书》）。于是，他便与同事阮思德（Bruce Rusk）合作，着手翻译《骗经》。2017 年，《骗经：晚明选集》（*The Book of Swindles：Selections from a Late Ming Collection*）顺利出版。

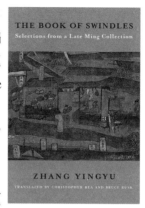

《骗经》是张应俞所作的一本笔记体小说，这是中国文学史上第一部以诈骗行为为主题的短篇小说集。据考，"小说故事大致是根据万历年间的传闻加工而成，可信度较高，情节生动，以诈骗为中心真实地展示了晚明社会生活的现实状况"①。该小说模仿当时公案小说的写作方法，围绕"骗"与"被骗"的故事情节展开，趣味横生，可读性强。作者在每篇小说文末附上的简单评论为整部书增添了教育意义。此外，由于作者在写作时兼用文言文和古白话，降低了阅读门槛，因此该书广为流传。至于为何选择翻译此书，除了考虑到阅读趣味性、语言风格和传播广度外，雷勤风还提到，"诈骗是一个很丰富的故事题材，我希望从中点出中国文化与文学史上的一些新的脉络"②。因此，雷勤风翻译此书不仅是为了给西方读者带去新的中国文学故事，他也希望能在翻译过程中积累素材，为中国文学文化研究找到新的视野。

在翻译方法上，雷勤风主要采取的策略是归化译法。例如在《骗经》的第一篇《假马脱缎》（"Stealing Silk with a Decoy Horse"）中，主人公陈庆在被骗后，向布店老板解释时说："那人不知何方鬼。"③雷勤

① 张佳妮：《明代万历年间社会经济对文言小说的影响研究》，中南大学硕士学位论文，2011 年，第 47 页。

② 姚佳琪：《2017 年列文森奖得主、加拿大英属哥伦比亚大学副教授雷勤风：用幽默理解中国》，《文汇报》，2017 年 3 月，第 5 版。

③ 张应俞：《骗经》，桂林：广西师范大学出版社，2008 年，第 1 页。

风将其译作"I have no idea what rock that fellow crawled out from under"①。雷勤风并没有将句子中的"鬼"死板地按照字面意思译成"ghost",可见他准确地判断出句中的"鬼"正是那个骗子,因此他灵活地用"fellow"来对应"鬼"一字,再使用西方读者熟悉的"crawl out from under the rock"这一英语习语来表示"不知从哪儿冒出来的"含义,既贴合了小说人物被骗之后感到莫名其妙的无奈心情与语气,同时也迎合了西方读者的语言风格和阅读习惯。

除了《骗经》翻译,雷勤风同样也因喜剧的研究,对钱锺书本人及其作品发生兴趣。孔庆茂在为钱锺书作传时写道,"钱锺书是个幽默大师,他健谈善辩,口若悬河,舌燦莲花,隽思妙语,常常令人捧腹"②。钱锺书的散文集《写在人生边上》、短篇小说集《人·兽·鬼》和长篇小说《围城》中都有着不少钱式独特的幽默语言和讽刺场景,这自然而然引起了雷勤风的关注。令雷勤风感到可惜的是,珍妮·凯利(Jeanne Kelly)与茅国权(Nathan K. Mao)合作翻译的《围城》(*Fortress Besieged*)英译本虽然早在 1979 年就已出版,出版后在西方学界也引起了广泛反响,但在其后的 20 余年中,钱锺书的其他文学作品却迟迟未被完整地译介到西方世界。

实际上,早在 2004 年,雷勤风在台北市做学术交流时,他就已经小试牛刀,开始着手翻译钱锺书的第一部散文集——《写在人生边上》中的某些片段。但当时雷勤风做翻译仅仅是为了撰写博士学位论文《笑的历史:20 世纪早期中国的喜剧文化》而积累素材。后来,雷勤风意识到学界缺少对钱锺书作品的了解。因此,他将此前所作的译稿经过精心打磨和修改后与丹尼斯·胡(Dennis T. Hu)等人的《人·兽·鬼》中四个短篇小说译文收录到一起,于 2011 年出版了英文版《人·兽·鬼:钱锺书的故事与散文》。他在采访中说,此举是为了"将钱锺

---

① Christopher Rea and Bruce Rusk：*The Book of Swindles*：*Selection from a Late Ming Collection*，New York：Columbia University Press，2017，p. 39.

② 孔庆茂：《钱锺书传》,南京:江苏文艺出版社,1992 年,第 8 页。此句引文中的"燦",现已规范为"灿",此处原文即如此。

书的早期作品集合到一起，让英语世界的读者有机会读到它们"①。在雷勤风看来，"钱锺书并不是通过冗长的哲理或让人痛苦的说教来表达他的文学理想，而是通过一种每一段都能产生最大乐趣的喜剧散文风格来表达"②。他希望通过翻译，将钱锺书的这种"喜剧散文风格"传递给西方读者，让他们看到中国文人在语言上的幽默与机智。张隆溪在读过此书后曾特意作了一篇书评，认为"雷勤风在引言中为（西方）读者理解钱锺书的文章提供了有价值的时代背景和作者介绍……总体上来说，雷勤风在翻译的忠实性方面做得相当好"③。

但人无完人，译更无完译，书中的小错误也在所难免。比如，《写在人生边上》中有一篇文章是《论文人》，而雷勤风则将此文标题翻译为"On Writers"（论作家）。"作家"和"文人"并不是同一个概念，文人应译作"Men of Letters"。另外，该篇文章中的第一句话"文人是可嘉奖的，因为他虚心，知道上进，并不拿身分（份），并不安分"④。而雷勤风译为"The writer is commendable for his modesty：while knowing how to get ahead in the world，he refrains from hankering after social position and eschews complacency with his lot"⑤。钱锺书的原文简单，利落，让人一看就懂，并且因为句中的"心""进""分（份）"和"分"四字押韵而读起来朗朗上口，但英译除了在内容上没能有效传达原意，在音韵和形式上也有些差强人意。如果对英文译文进行回译，则成了"这位作家的谦虚值得称赞：他知道如何在世界上取得成功，但

① 参见"油管"上雷勤风对《人·兽·鬼：钱锺书的故事与散文》一书介绍的视频，https://www.youtube.com/watch？v=c8wawbJ-NjA，2021年1月18日。

② Christopher G. Rea：*Humans，Beasts，and Ghosts：Stories and Essays by Qian Zhongshu*，New York：Columbia University Press，2011，p. 2.

③ Zhang Longxi："Review of Rea trans. Humans，Beasts，Ghosts"，*Chinese Literature：Essays，Articles，Reviews*，Vol. 35，2013，p. 225.

④ 钱锺书：《钱锺书集：写在人生边上》，北京：生活·读书·新知三联书店，2001年，第49页。

⑤ Christopher Rea：*Humans，Beasts，and Ghosts：Stories and Essays by Qian Zhongshu*，New York：Columbia University，2011，p. 70.

他不追求社会地位，也不为自己的命运沾沾自喜"①。如此与原文对照，瑕瑜立现。对此，张隆溪也在文末抱着期待写道，"希望像这样的错误未来能够得以纠正，此书也将变得更好"②。

除了从翻译作品的选择上，我们可以看出雷勤风对钱锺书的耿耿衷情。在雷勤风其他散见的文章中，我们也看到了这位金发碧眼的汉学家对钱锺书的钦慕之情。在钱锺书先生 100 周年诞辰之际，雷勤风在《文艺争鸣》上特地用中文发表了一篇文章，用以纪念钱锺书。言语之中无不透露出他对钱锺书的敬佩和赏识。他认为，

> 在我看来，钱锺书写在《围城》前的几篇作品所表现的作家姿态，可谓是知识贵族，因为钱锺书不仅传承了中国的古典学术传统，也把它延伸到西方文学的广阔场域中……钱锺书固执要保持宏观的批评视野，特别是他对那个时代的思想和政治趋势的冷淡态度，证明他是一个独立的思想家。③

雷勤风用"知识贵族"和"独立思想家"来形容钱锺书，并认为钱锺书在散文和小说中流露出的幽默是一种"百科全书式的笑"，可见其对钱锺书本人及幽默的评价之高。他认为"钱锺书的散文和短篇小说中的动力之一，是一种像电流一般的笑声。就像《围城》一样，这些作品中有数不胜数的异想天开的警句、妙语、明喻以及语言笑话"④。阅读钱锺书和翻译钱锺书使雷勤风对中国文人展现幽默的理解和看法得到了极大丰富和加深，为他撰写《大不敬的年代：中国新笑史》拓宽了思路。

钱锺书晚年曾宣称自己想过隐士一般的生活，不想被外人打扰，甚至对一位要求访问的学者写信说："假如你吃了一个鸡蛋，觉得不

---

① Zhang Longxi, "Review of Rea Trans. Humans, Beasts, Ghosts", *Chinese Literature：Essays，Articles，Reviews*，Vol. 35，2013，p. 227.

② Ibid.

③ 雷勤风：《钱锺书的早期创作》，《文艺争鸣》，2010 年第 21 期，第 84 页。

④ 同上书，第 85 页。

错,何必要认识那下蛋的母鸡呢?"①这个故事在雷勤风的《钱锺书的早期创作》一文中曾被提及,"在私人生活中和文章中,他从来不向人讨好……自我边缘化是钱锺书自给自足的思想空间,让自己的读书癖得到纵容"②。其实,雷勤风也正是这样的人,总是极力使自己远离琐碎的生活,保证自己学术研究的纯粹性。他十分强调公私分明,秉持工作与生活绝不混淆的原则。雷勤风曾在回信中声称一到节假日"敝人坚持'不查邮件,不回邮件'的个人原则"③。当问及个人生活时,他幽默地回复"我没有时间写自传",还是希望别人能多多关注他的作品本身。他曾如此自况,"非论文不写,非废话不说,居下临高,好不幽默"④。这一点,与钱锺书的脾性真是十分相像。

从译介中国华语电影经典、撰写《大不敬的年代:中国新笑史》,到研究上海滑稽名家徐卓呆,再到翻译《骗经》及钱锺书的《写在人生边上》等作品,雷勤风的研究和翻译活动始终围绕中国的"笑"文化展开,为西方读者了解中国文学文化提供了别样的路径和叙述方式。

---

① 杨绛:《记钱锺书与〈围城〉》,载《杨绛作品集》(卷 II),北京:中国社会科学出版社,1993 年,第 128 页。

② 雷勤风:《钱锺书的早期创作》,《文艺争鸣》,2010 年第 21 期,第 84 页。

③ 笔者曾与雷勤风取得邮件联系,这句话是他在邮件中的原话。他因假日期间陪伴家人没有及时回复邮件而向笔者真诚致歉,字里行间透露出他是一个彬彬有礼、讲原则、爱家人、幽默又机智的人。

④ 参见三民书店官网中对《大不敬的年代:中国新笑史》一书和雷勤风的介绍,https://www.sanmin.com.tw/product/index/006747249,2021 年 6 月 18 日。

雷勤风主要汉学著译年表

2005	"I Envy You Your New Teeth and Hair：Humor，Self-Awareness，and Du Fu's Poetic Self-Image"（《我羡慕你的新牙和头发：幽默、自我意识与杜甫的自我形象》），*T'ang Studies*，Vol. 23，pp. 47-89
2006	《从客厅到战场论丁西林的抗战喜剧〈妙峰山〉》，《当代作家评论》，第 1 期，第 124-131 页
2008	"Comic Visions of Modern China：Introduction"（《现代中国的喜剧视野：导论》），*Modern Chinese Literature and Culture*，Vol. 20，No. 2，pp. 5-18 "Comedy and Cultural Entrepreneurship in Xu Zhuodai's Huaji Shanghai'"（《徐卓呆"上海滑稽"中的喜剧与文化企业》），*Modern Chinese Literature and Culture*，Vol. 20，No. 2，pp. 40-91
2009	"Book Review：*Chinese Shakespeares：Two Centuries of Cultural Exchange*"（《评〈中国的莎士比亚：两个世纪的文化交流〉》），*China Review International*，Vol. 110，No. 3，pp. 209-212
2010	《钱锺书的早期创作》，《文艺争鸣》，第 21 期，第 82-87 页 "Opening Up 'Modern Chinese Literature'：A Conversation with David Der-wei Wang"（《开启"中国现代文学"：与王德威的对话》），*Chinese Literature Today*，Vol. 1，No. 1，pp. 88-93
2011	*Humans，Beasts，and Ghosts：Stories and Essays by Qian Zhongshu*（《人·兽·鬼：钱锺书的故事与散文》，与 Dennis T. Hu 等人合译），New York：Columbia University Press *Yang Jiang*（《杨绛》），Hong Kong：The Chinese University of Hong Kong University

	"To Thine Own Self Be True'：One Hundred Years of Yang Jiang"（《真实面对自己：杨绛百年》），*Renditions*，No. 76，pp. 7-15
	"Yang Jiang's Conspicuous Inconspicuousness：A Centenary Writer in China's 'Prosperous Age'"（《杨绛引人注目的不起眼：中国'盛世'百年作家"》），*China Heritage Quarterly*，No. 26，pp. 1-3
2012	"The Critic at Large"（《普通批评家》），*China Heritage Quarterly*，No. 30，pp. 1-8
	"The Critical Eye"（《批眼》），*China Heritage Quarterly*，No. 31，pp. 3-12
	"On Lun"（《论》），*China Heritage Quarterly*，No. 31，pp. 2-10
	《与时代笑成交响乐团：评余华〈兄弟〉》，《现代中文学刊》，第 3 期，第 99-103 页
2014	"Great Books and Free Wine（in memory of C. T. Hsia）"（《好书与免费的酒（为纪念夏志清而作）》），*Chinese Literature Today*，Vol. 4，No. 1，pp. 111-112
2015	*The Business of Culture：Cultural Entrepreneurs in China and Southeast Asia，1900–1965*（《文化事业：1900—1960 年中国及东南亚的文化企业家》），Vancouver，BC：UBC Press
	China's Literary Cosmopolitans：Qian Zhongshu，Yang Jiang and the World of Letters（《中国的文学世界主义者：钱锺书、杨绛及文学世界》），Leiden and Boston：Brill
	The Age of Irreverence：A New History of Laughter in China（《大不敬的年代：中国新笑史》），Oakland，CA：University of California Press

2017	*The Book of Swindles：Selections from a Late Ming Collection*（《骗经：晚明选集》，与 Bruce Rusk 合译），New York，NY：Columbia University Press "When Fish were Fish"（《当鱼是鱼》），*China Revie International*，Vol. 25，No. 1，pp. 1-8 "Feng Menglong's Treasury of Laughs：A Seventeenth-Century Anthology of Traditional Chinese Humour"（《冯梦龙的笑料宝库：17 世纪中国传统幽默选集》），*Ming Studies*，Vol. 2017，No. 76，pp. 107-109
2018	*Imperfect Understanding：Intimate Portraits of Chinese Celebrities*（《不完美的理解：中国现代名人的亲密写照》），NY：Cambria Press
2019	*China's Chaplin：Comic Stories and Farces by Xu Zhuodai*（《中国的卓别林：徐卓呆的喜剧故事与闹剧》），Ithaca，NY：Cornell East Asia Series "Hoax as Method"（《恶作剧》），*Prism：Theory and Modern Chinese Literature*，Vol. 16，No. 2，pp. 236-259
2021	*Chinese Film Classics，1922－1949*（《中国电影经典，1922－1949》），New York：Columbia University Press

本章结语

    本章研究了莱尔译鲁迅、老舍,卜立德译鲁迅和周作人这周氏二兄弟,邓腾克译鲁迅和路翎,蓝诗玲译鲁迅,金凯筠译张爱玲,以及雷勤风译钱锺书。这些汉学家的译介基本上都始于对中国文学文化的爱好,然后走上研究之路,最后才确定一到两个中国作家作为主要译介和研究对象。

    总体来看,汉学家的年龄都小于源语作者,成就也都低于源语作者,因此对源语普遍都不光有足够的敬重,甚至还有仰慕之情。但他们并不是盲目地选择名气大、地位高的中国文学家,而是凭着自己的研究兴趣和能力做出选择,往往都是"一名之立,旬日踟蹰",基本上都是"增删多次,批阅十载",甚至倾注多年精力吃透一种文本或一位作家。这种精神和境界很令人敬佩。他们的译介总体上说非常忠实于原文,但因具体的文本特点和译者的个性特征有所不同,没有愚忠源语,没有死译硬译,没有过度归化或异化,因此其译本都有各自的语言性格和审美特征,在目标语中都有较好的接受度。

    我们这里强调汉学家们大多忠实于源语文本,基本上都是忠实于翻译中国文学,想强调的是:汉学家们的译作越是忠于源语,就越是证明中国作家的独特艺术魅力所在。同时,汉学家们的翻译也都存在这样那样的问题,有汉学水平问题、文化操控问题、翻译技巧问题、个人好恶问题、审美差异问题和意识形态问题,等等。这给我们的另一个重要启示就是,中国当代文学要想真正走出去,真正讲好中国故事,就要摒弃单纯的文学思维和放弃政治因素的幼稚想法,完全依据和满足目标语读者需求的想法是不可取的,不顾目标语读者的接受习惯和思维方式、不考虑市场因素的一厢情愿的做法也是要纠正的。

从这一章开始,我们探讨汉学家对中国当代文学的英译历程,第二、第三和第四三章主要按照源语作者的出生年龄先后顺序而定。这一章集中研究葛浩文、杜迈可、杜博妮、韩斌和梅丹理的译介历程。

葛浩文作为中国文学英译的头号功臣和"巨无霸",肯定是绕不开的话题。网上盛传葛浩文随意增、改、删莫言的作品,这话是有失公允的。说葛浩文随意增、改、删莫言的作品,这话主要是源于葛浩文给莫言的一封信。葛浩文在信中说:"莫言先生,您的《丰乳肥臀》有的词我想删掉,有几个地方要改一下,有几句可能要采取增译的办法,你看行不行?"莫言说:"这和我没关系,你想怎么翻就怎么翻。"结果,大家就把这个当作葛浩文随意增、改、删莫言作品的铁证。但是事实是,大家应该反过来看,由于葛浩文是个非常严谨的翻译家,他稍要增、改、删都要征求原作者的同意,而这正说明什么?说明葛浩文非常严谨,轻易不会增、改、删。仔细调研了葛浩文的英译历程和翻译策略,我们就会完全改变对他的看法,尽管我们能够找到增、改、删的例子,但我们会更加佩服葛浩文的翻译中对原文的精准把握和巧妙移译,佩服他的译文所取得的文学的、美学的效果。

其实,不光是葛浩文,杜迈可翻译苏童、杜博妮翻译阿城、韩斌翻译严歌苓和梅丹理翻译吉狄马加等,其翻译理念及其译文所达到的阅读效果都是非常相似的。这里探讨的几位汉学家涉及美国、英国、加拿大和澳大利亚,都比较具有代表性。当然,他们的译本都有这样那样的问题,都有漏译、错译或种种失当之处,但总体的倾向性都是好的,都是可以接受的,毕竟他们翻译的动机是服务于目标语读者,是为目标语国家文学文化的繁荣做贡献的。

第二章 汉学家与中国当代文学的英语传播(上)

　　那些黑脸的猫红脸的猫花脸的猫大猫小猫男猫女猫配合默契地不失时机地将一声声的猫叫恰到好处地穿插在义猫响彻云霄的歌唱里，并且在伴唱的过程中，从戏箱里拿出了锣鼓家什还有那把巨大的猫胡，各司其职地、有节有奏地、有板有眼地敲打演奏起来。

——莫言《檀香刑》

As if by design, all the black-faced cats red-faced cats multihued cats big cats small cats male cats female cats embellished Justice Cat's cloud-bursting aria with cat cries inserted in all the right places, with perfect timing, all the while reaching into the storage chest to deftly extract gongs and drum and other stage props, including an oversized cat fiddle, each actor expertly adding the sound of his instrument in perfect orchestral fashion.

—Sandalwood Death, trans. by Howard Goldblatt

一 诺奖助推成谟业
文学引进数浩文
——美国汉学家葛浩文译莫言

美国汉学家
葛浩文
Howard Goldblatt
1939–

2014 年 10 月，一部讲述民国传奇女作家萧红的跌宕人生与爱恨情仇的文艺片——《黄金时代》上映。萧红，这位曾经被长期湮没在历史烟尘中的才女作家再次引起了关注。然而提到萧红，就不得不提到一位美国人的名字，他就是被夏志清赞誉为"公认的中国现代、当代之首席翻译家"①的葛浩文（Howard Goldblatt，1939— ）。也正是葛浩文担当了"伯乐"的角色，将从前隐藏在浩荡文学长河中的萧红"发掘"出来，使其在中国文学史中得到了应有的地位。甚至有的学者说，"没有葛浩文对萧红的研究，就没有后来中国大陆的'萧红热'"②。而后，从萧红到莫言，从近代到现代，从汉语学习到翻译研究，从高密东北乡的高粱谷子到斯德哥尔摩的咖啡红酒，葛浩文一路走来，助推了中国文学外译的发展，也被中国文学的外译所成就。细看葛浩文近年的图片资料，虽然他已古稀之年，却精神矍铄，灰蓝色的眼睛深邃而沉静，眼角和额头上爬满细细的沟壑，恬然而睿智。中国古语有"文如其人，相由心生"的说法，葛浩文早年彷徨，而后奋发，与中国文学相遇相知，与文学翻译难分难舍，从操刀练译到提炼译观，这所有的人生选择、人生际遇和人生经验，磨砺着葛浩

---

① 舒晋瑜：《十问葛浩文》，《中华读书报》，2005 年 8 月 31 日，第 013 版。

② 蒋书丽：《葛浩文与萧红》，《书屋》，2014 年第 2 期，第 68 页。

文愈加成熟的文学研究和文学翻译之笔，炼成了今日的"葛浩文"。

（一）何以换得"浪子"回？ ——与中国文学的相遇

葛浩文出生于美国加利福尼亚州，他说自己年轻的时候"是个糟糕透顶的学生，不学无术，无所事事"①。要不是他当时就读的加利福尼亚州立大学长堤分校生源不足，他早被开除了。最耐人寻味的是，葛浩文在这所大学退掉的唯一课程竟然是亚洲史。当时老师在黑板上写汉字，葛浩文想："谁学这个呀，我英语都没学好！"②大学毕业后，他意识到自己身无所长，于是弃笔从戎，参加了美国海军。葛浩文认为这在当时是个蠢到无可救药的决定，然而正是这个偶然而看似愚蠢的决定，开启了葛浩文与中国文学绵延不断的缘分。那时正处于越南战争时期，在海军军官学校进行十六周训练后，葛浩文没有被派到海上却被派到中国台湾地区当通信官，虽然他当时甚至分不清楚"台湾"和"台北"的区别，但是中国依然对他打开了大门。在台湾地区的日子无忧无虑，工作很轻。起初葛浩文被调到日本横须贺，准备送到越南，葛浩文又主动申请重返中国的台湾。后来他在接受采访时说，"如果越战期间我像其他同学一样被送到海军，而不是台湾，我不可能走得像现在这么远"③。虽然葛浩文最初学习中文是"出于自身生命和生活安全的需要，是一种毫无选择的选择，是被迫性行为"④，但他却借中文之舟驶入了中国文学之海。此时的中国文学对这个曾经年少轻狂的异国青年产生了谜一样的吸引力，最终换得"浪子"回。葛浩文开

① Aimee Levitt，"Howard Goldblatt's Life in Translation"，*Chicago Reader*，April 11，2013.

② Andrea Lingenfelter，"Howard Goldblatt on How the Navy Saved His Life and Why Literary Translation Matters"，Issue 2 the Summer 2007 issue of *Full Till*.

③ Stephen Sparks，"Translating Mo Yan：An interview with Howard Goldblatt"，*Los Angeles Review of Books*，May 26，2013.

④ 霍源江：《为何几乎只有葛浩文在翻译中国当代文学》，《文学报》，2015 年 6 月 18 日，第 021 版。

始第一次踏踏实实看书读书,再后来他开始认认真真地学习中文,并且发现自己特别有学习汉语的天赋,也能理解当地人独特的幽默方式。于是,葛浩文的汉语生涯真正开始了,"从《三字经》《礼记》开始学起"①,"看见路牌、广告、商号什么的就念,不懂就问。(我)学习态度很认真,每天不停"②。退伍之后,他没有立刻返回美国,而是在"台湾师范大学"国语教学中心认认真真学习了一年中文。随着对中文和中国文化的喜爱日益增长,葛浩文表示,曾经有段时间自己"特别希望能变成中国人,于是穿中国人常穿的衣服,背中国人常说的话,直到有一天他意识到这样的想法有多荒谬"③,于是放弃了。直到获悉父亲身患绝症,葛浩文才匆匆从台湾地区返回美国。

回到美国之后,葛浩文发现自己又回到了从前迷茫的状态,不知道未来何去何从。得到一名老师的建议后,葛浩文决定继续深造,学习中国文学。葛浩文几乎给当时所有美国开设中国文学硕士专业的大学投递了申请,最后只有旧金山州立大学将其录取。葛浩文对这所学校的感激之情溢于言表,表示,"如果当时是其他任何一所别的学校录取了我,我不可能会挑到当年的毕业论文题目,也不能发掘出当时名不见经传的萧红了"④。1971 年,葛浩文毕业后做过一年汉语教师,然后进入印第安纳大学攻读博士学位,师从柳亚子的哲嗣柳无忌,钻研中国古典小说、元杂剧、鲁迅和左翼作家的作品。根据柳无忌的散文《萧红如何在美国成名》的记载,当初是他建议葛浩文在其所感兴趣的东北作家群中挑中了"天涯孤女有人怜"的萧红,葛浩文很快在其传记文学班中写完了《萧红传略》的文学报告,又在 1974 年完成博士学位

---

① Goldblatt Howard, "Memory, Speak", *Chinese Literature Today*, Vol. 2, No. 1, 2012, p. 94.

② 孟祥春:《"我只能是我自己"——葛浩文访谈》,《东方翻译》,2014 年第 3 期,第 46 页。

③ Aimee Levitt, "Howard Goldblatt's Life in Translation", *Chicago Reader*, April 11, 2013.

④ Stephen Sparks, "Translating Mo Yan: An interview with Howard Goldblatt", *Los Angeles Review of Books*, May 26, 2013.

论文《萧红》并于 1976 年编入"世界作家丛书"。当时葛浩文为了撰写好这篇论文,遍读手边所有可以找到的资料,"两度到中国香港、台湾地区和日本,见到许多萧红的朋友和崇拜她的读者;讨论她的生平与创作,并且继续读她的作品;同时写文章做深入的研究;更翻译了她的小说"①。值得一提的是,正是因为当时英文版萧红的作品和资料一无所有,葛浩文才开始初涉翻译领域,自那时起便再也没有停止过。1985 年,该书以《萧红评传》为题被译成中文出版发行,成为萧红研究者的必读之作。

1978 年,他与殷张兰曦合作翻译了陈若曦的小说《尹县长》(*The Execution of Mayor Yin and Other Stories from the Great Proletarian Cultural Revolution*),随后出版社邀约他翻译了张洁的《沉重的翅膀》。葛浩文敏感地意识到,这就是他未来想要从事的工作,也是他擅长的工作。葛浩文的翻译之旅自此扬帆远航。据不完全统计,截至 2022 年 6 月,葛浩文的译作多达六十余部,主要是小说,也有部分散文和少许诗歌,其中包括萧红的《〈生死场〉和〈呼兰河传〉》(*The Field of Life and Death and Tales of Hulan River*:*Two Novels*,1979)、《萧红短篇小说选》(*The Dyer's Daughter*:*Selected Stories of Xiao Hong*,1982)和《商市街》(*Market Street*:*A Chinese Woman in Harbin*,1986),杨绛的《干校六记》(*Six*

---

① 葛浩文:《萧红传》,上海:复旦大学出版社,2011 年,第 169 页。

Chapters from My Life "Downunder", 1984)、
陈若曦的《尹县长》,张洁的《沉重的翅膀》,贾
平凹的《浮躁》(*Turbulence：A Novel*, 1991)、
莫言的《红高粱家族》(*Red Sorghum：A
Novel*, 1993)、《天堂蒜薹之歌》(*The Garlic
Ballads*, 1996)、《酒国》(*The Republic of Wine*,
2000)、《师傅越来越幽默》(*Shifu，You'll Do
Anything for a Laugh*, 2002)、《丰乳肥臀》(*Big
Breasts and Wide Hips：A Novel*, 2004)、《生死
疲劳》(*Life and Death Are Wearing Me Out*,
2008)和《檀香刑》(*Sandalwood Death：A
Novel*, 2013),白先勇的《孽子》(*Crystal Boys*,
1990),苏童的《米》(*Rice*, 1995)、《我的帝王生
涯》(*My Life as Emperor*, 2005)、《碧奴》(*Binu
and the Great Wall*, 2007)和《河岸》(*The Boat
to Redemption*, 2010),姜戎的《狼图腾》(*Wolf
Totem*, 2008),王安忆的《富萍》(*Fu Ping*,
2019)以及毕飞宇的《青衣》(*The Moon Opera*,
2009)和《玉米》(*Three Sisters*, 2010),还计划着
手重译老舍的《骆驼祥子》。此外,他还选编了
部分中国文学选集,如《漫谈中国新文学》《弄
斧集》等。可以说,"葛浩文的翻译书单如同一
张中国当代作家的'名人录',不仅译品数量众
多,选择精细,而且翻译功力深厚,文学性
强"①。他对"中国文学走出去"所投入的时间
之多、产出之大、效率之高以及热情之诚让人

① 覃江华、刘军平:《一心翻译梦,万古芳风流——葛浩文的翻译人生与翻译思想》,
《东方翻译》,2012年第6期,第42页。

第二章 汉学家与中国当代文学的英语传播（上）

感动。那个曾经被中国文学拉了一把的"浪子"如今开始"反哺",经他手翻译的中国文学作品在国际上开始崭露头角,获得诸多奖项:1989年,葛浩文翻译的贾平凹小说《浮躁》获得美孚飞马文学奖(Mobil Pegasus Prize for Literature);2000 年,由他和夫人林丽君合作翻译的朱天文的小说《荒人手记》(*Notes of a Desolate Man*, 1999)获得美国2000 年度国家翻译奖(National Translation Award);2007 年,他所翻译的姜戎的小说《狼图腾》获得首届曼式亚洲文学奖(Man Asian Literary Prize);2009 年,《生死疲劳》获得首届纽曼华语文学奖(Newman Prize for Chinese Literature);2012 年莫言更是问鼎当年诺贝尔文学奖,葛浩文与有功焉。

(二)文学之路,始于萧红——与中国文学的相知

"文学翻译除了需要译者对源语和目标语均应精通之外,还要对两种语言的文学、文化包括民族思维方式等方面的知识都十分熟稔。"①葛浩文的翻译之旅恰好证明了这个观点:身为汉学家和翻译家的葛浩文对中国现当代文学的研究与他从事的翻译研究息息相关,可以说,他"对中国现当代文学的研究极大地推动了他的翻译事业,同时他的翻译实践反过来又加深了他对中国现当代文学更深刻的见解"。②

20 世纪 70 年代,葛浩文在大学图书馆偶然翻到萧红的《呼兰河传》,从此之后便对萧红一见钟情,且"再见永倾心",以至于其博士学位论文也选择萧红作为研究对象,才有了后来的《萧红评传》。葛浩文也称萧红为"隔世的恋人",并且在成名之后的各种场合公开表达中国最令他魂牵梦萦的地方就是东北,因为东北是萧红出生和成长的地

① 朱振武:《导读:一部医治初涉译事者"心病"的翻译著作》,载兰德斯《文学翻译实用指南》,上海:上海外语教育出版社,2008 年,第 2 页。
② 吕敏宏:《葛浩文小说翻译叙事研究》,北京:中国社会科学出版社,2011 年,第 40页。

方。1980年，葛浩文第一次来到中国大陆，拜访的第一站就是哈尔滨。当飞机降落的那一刻，他的眼泪忽地就流下来了，也是因为萧红。在哈尔滨，葛浩文见到了一批中国作家如萧军、萧乾等。他提出要去萧红的老家呼兰河看看。经过几番坎坷，葛浩文成为新中国成立后第一个去呼兰河的外国人。学者王观泉在《葛浩文文集》序言《葛浩文与东北作家》中写道：

> 我曾听人说过，一个人恋爱入骨髓时，就会犯傻。我想老葛对于萧红就傻到这个程度：当他写到萧红躺在医院中无助到快咽最后一口气时，他竟然扔下笔，匆匆跑出家门，在户外游荡，久久不敢走进家门，更不忍推门而入握笔写下去，似乎不进门、不坐在桌前、不动笔，萧红就能活下去——看官，你说他傻不傻？[①]

此外，在葛浩文的私人藏书室中，他收藏了几乎所有萧红的作品，包括同一作品的不同版本。以萧红成名作《生死场》为例，"有香港1958年中流出版社的版本、该社1979年的版本，以及1980年的人民文学版本和1981年的黑龙江人民出版社的版本，共计五本"[②]；还收藏各种关于萧红的传记类著作，有骆宾基的《萧红的译介历程》（增订本）（天地图书有限公司，1991），丁言昭的《爱路跋涉——萧红传》（台湾业强出版社，1991），丁言昭的《萧萧落红情依依——萧红的情与爱》（四川文艺出版社，1995），有王小妮的《人鸟低飞——萧红流离的一生》（长春出版社，1995），有铁峰的《萧红文学之路》（哈尔滨出版社，1991），有曹革成的《跋涉生死场的女人——萧红》（华艺出版社，

---

① 王观泉：《葛浩文与东北作家》，《东吴学术》，2014第3期，第51页。
② 蒋书丽：《葛浩文与萧红》，《书屋》，2014年第2期，第68页。

2002），还有尾坂德司的日文版的《萧红传》(燎原书店，1983)。①

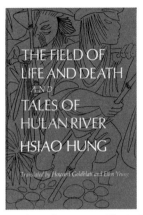

都说，关心则乱。葛浩文对萧红却是"关心亦不乱"。翻看葛浩文撰写的萧红的《生死场评介》，他主要从小说对当时读者抗战的鼓舞之力度和小说的文笔及效果客观分析这部小说的意义和地位。葛浩文通过对比小说各个章节字数安排的比例、小说叙述的群体和事件发展的步骤，得出一个迥异于当时很多国内文学家观点的结论：《生死场》并不是一个单纯以宣传抗日为目的的小说，而"只是想将个人日常观察和生活体验中的素材——她家乡的农民生活以及他们在生死边缘挣扎的情景，以生动的笔调写出"②。或许是葛浩文身为局外人，超出了当时历史时期的范畴，站在更客观、更真实的角度给《生死场》重新划定了意义，不仅指出其文笔清新可读，篇章扣人心弦的特点，也客观地指出其结构和修辞的局限，甚至直接犀利地指出"书中以迂回甚至是牵强的手法去描绘当时日寇侵略的事实"③，更难能可贵的是，葛浩文还分析出该小说出现这种缺陷的原因在于作者个人经历的影响。葛浩文不因个人好恶，始终以冷静客观的笔触评介《生死场》，体现了一位学者应有的涵养。而在葛浩文英译本《〈生死场〉和〈呼兰河传〉》的前言部分，他更是写了一篇"译者的简介"，相当于对萧红这两部作品的导读和分析，全面地分析了《生死场》和《呼兰河传》这两部小说的意义。他指出：《生死场》这本书一直以来都被中国的评论家看作反日题材类中重中之重的作品，而其实反日主题绝对不是其占主导地位的主题。对当代读者而言，我们更能切身体会到的是作者对中国东北农民生活的悲苦心酸和哀其不幸、怒其不争的痛心之感。而在对《呼兰河传》的解读当中，葛浩文更是直接否定了茅盾和其他文

① 参见蒋书丽：《葛浩文与萧红》，《书屋》，2014年第2期，第68页。

② 葛浩文：《萧红传》，上海：复旦大学出版社，2011年，第37页。

③ 同上。

学评论家的"寂寞思乡论"。他认为,萧红在《呼兰河传》中对于一些事件、人物和风景的描写构成了她早期的生活画面,而这些画面绝非只是浅眼一看那么简单。例如第五章对于小团圆媳妇儿残酷经历的描写,葛浩文认为这是萧红对旧社会残酷、自私、愚昧和迷信的人最有力的抨击和批判,因此,萧红的这两部作品寓意深刻、主题多重。葛浩文不仅对中国现当代文学作品敢于坚持自己的独特见解,还能不断为中国现当代文学学术界提供新的研究灵感和思路。他认为,在《生死场》中,整个故事并没有核心人物,作者的笔触转来换去,从来不在某一个人物上过多停留,却依然能让读者觉得人物和故事生动形象跃然纸上。然而萧红的这种高超的写作技巧和精妙的构思长期以来都被研究者忽略了;他认为,《生死场》中动物的形象所赋予的深刻内涵也值得深度挖掘。作为一个外国人,葛浩文能如此细细揣摩出中国现当代文学作品中甚至连母语翻译家都可能忽略掉的特质,足见其中文功底之深厚、文化理解之深刻和文字造诣之高超。

　　葛浩文研究萧红是出于对其作品的爱,而这种爱屋及乌也使得他想方设法接近所有萧红曾经亲近过的人。葛浩文与萧军、端木蕻良及萧红弥留之际陪伴在侧的骆宾基都有结交。他曾经亲自拜访过萧军,并将自己的《萧红传》交给他,请他斧正。萧军过世后,葛浩文在怀念萧军的文章《信徒不必当和尚——记萧军先生》中写道:"我想像萧军这样不怕死的人,是不会死的,似乎还应有很多战役要打。挂上电话后,我才痛感中国文坛确实失去一个难得的人才,而我也失去了一位在我这 20 年来的生活中有相当影响的人。"①葛浩文更是数次被端木蕻良邀请至家中做客,15 年来一直与其书信来往,保持良好的朋友关系。在端木蕻良过世之时,葛浩文还为后来出版的《端木蕻良传》做过序文,以表追思。

　　可以说,"没有他(葛浩文)与萧红的一见钟情,也就没有了后来葛

---

① 　葛浩文:《信徒不必当和尚——记萧军先生》,《东北作家》,1988 年第 4 期,第 163 页。

浩文与中国现当代文学的长相厮守"①。葛浩文因为对萧红作品的喜爱扩展到对萧军,对东北作家群,甚至对整个中国现当代文学作品的喜爱。他曾经在接受采访时这样直白简单地表达对中国作家和中国文学的支持,"我无法说我最喜欢哪个作品。基本上,我没有不喜欢的中国作家"②。早在 20 世纪 70 年代,葛浩文就撰写过《文学与翻译家》和《当代中国文学与新〈文艺报〉》等文章。然而,葛浩文对于中国文学的偏爱并不影响其对中国文学的客观评价和研究。改革开放以来,中国当代文学经历了伤痕文学、改革文学、寻根文学、新写实主义文学、先锋派文学和魔幻现实主义文学等种种流派,取得了长足的发展。但是葛浩文认为,"在西方人的心目中,中国占据着一个特殊,近乎神秘的位置。然而,其文学总体来说令人失望。中国当代作家教条化,政治化,缺乏想象力,在国外几乎没有产生任何影响"③。这话当然失之严谨,但中国文学的海外传播始终非常弱势,确是事实。20 世纪 70 年代以前,以美国为例,中国现当代文学作品英译本数量几乎为零;关于中国现当代文学的学术活动、学术文章几乎为零;美国大学开设的有关中国文学的课程也极其少见。随着中美建交和中国开始走向改革开放,中国现当代文学在美国乃至世界上的热度才有所增温,直到莫言 2012 年获得诺贝尔文学奖,中国现当代文学终于在走向世界的路途中迈出了重要一步。然而,这是否就意味着中国文学从此摆脱了在世界文学中边缘化的地位呢?当然不是。葛浩文在接受很多采访、演讲的时候,十分直白地表示,"中国小说如同韩国小说,在西方并不特别受欢迎,至少在美国是这样"④。在他的文章《中国文学如何走出去》中,除开翻译问题,就作家与其作品的角度,他十分中肯地分析了以下几点原因:第一,中国小说中的人物缺乏深度,缺少国际性,无法

① 蒋书丽:《葛浩文与萧红》,《书屋》,2014 年第 2 期,第 68 页。
② 舒晋瑜:《十问葛浩文》,《中华读书报》,2005 年 8 月 31 日,第 013 版。
③ 覃江华、刘军平:《一心翻译梦,万古芳风流——葛浩文的翻译人生与翻译思想》,《东方翻译》,2012 年第 6 期,第 43 页。
④ 葛浩文:《中国文学如何走出去?》,《文学报》,2014 年 7 月 3 日,第 018 版。

把自己和中国以外的现代世界连接起来,以至于忽略了文学创作的一个要点——小说要好看;第二,中国小说过于冗长,传统文学的结构与写作方式对当代作家影响很大,一些写法在中国作家和读者看来理所当然,但是放到西方就变成一种缺失;第三,市场因素,中文小说鲜少有脍炙人口的开头,难以吸引外国读者。可以说对于想要实现"走出去"目标的中国当代文学作品和作家而言,葛浩文的这三点既是原因也是建议,十分具有参考价值。葛浩文还提出,"任何一位学者于中国现代文学的研究,不论是对作家,或是对作品,乃至于翻译,绝不是仅凭着个人的好恶,其选定必然经过多方面的考虑"①。具体而言要遵循以下四个基本原则:第一,这个作家的成就;第二,这部作品的水准和风格;第三,这部作品翻译后是否有相当的读者;第四,当前世界的文学思潮。这四点已经成为葛浩文研究中国现当代文学和翻译中国现当代文学的统一标准。

(三)移译不怠,成于莫言——与文学翻译的难分难舍

葛浩文的翻译与他对中国现当代文学的研究相辅相成,《萧红传》一书就是明证。然而葛浩文的名字真正在中国变得家喻户晓,是在2012年莫言获得诺贝尔文学奖之后。事实上,葛浩文发表的第一篇译作最早可以追溯到萧军的《羊》,第一本书便是与殷张兰熙合译的《尹县长》。这本小说在出版之后风靡美国,好评连连,《纽约时报》等极具影响力的刊物纷纷发表评论。许多人也正是通过这本书记住葛浩文的名字。后来葛浩文先后翻译了中国当代作家张洁、白先勇等人的作品。如果说翻译《尹县长》让葛浩文在美国译界崭露头角,那么翻译莫言的作品就让葛浩文在世界范围内声名鹊起。莫言的《红高粱家族》是近十年来在美国销路最好的中国当代小说,一直未曾绝版,还被选入选修中国当代文学课程学生的必读书目。而后来莫言凭借《红高粱家族》斩获2012年诺贝尔文学奖,则可以说是意味着葛浩文的翻译事

---

① 舒晋瑜:《十问葛浩文》,《中华读书报》,2005 年 8 月 31 日,第 013 版。

业到达了顶峰。葛浩文曾经说过在他的翻译旅途中,曾经"获得许多帮助和不止一点点的好运"①。由于这样的好运,葛浩文发现了莫言:1985 年身在东北的葛浩文正在撰写论文,闲暇之余随手看了一本名为《中国小说 1985》(*Chinese Fiction in 1985*)的图书,其中就收录了莫言的作品。当时葛浩文就被莫言奇幻诡谲的故事深深震撼。两三年后,葛浩文的朋友从香港带回一本莫言的书《天堂蒜薹之歌》。葛浩文读完后立刻写信给莫言,表示要翻译这本书。莫言欣然同意。后来葛浩文去台湾地区,因为生病,待在朋友家,看书打发时间,恰好读到了莫言的另一本书《红高粱家族》。葛浩文当机立断:我们得翻这本书,这本书一定能打开中国文学通向西方的道路。② 于是,《红高粱家族》成了葛浩文与莫言的首次合璧之作。

在翻译了莫言的两三部作品之后,葛浩文与莫言终于有了第一次见面。莫言曾经大度地对葛浩文说:"这小说不是我的了,是你的。虽然这上面印着我的名字我的版权,但它现在是你的了。"③这话无疑给葛浩文吃了一颗定心丸。在翻译之前,葛浩文习惯先读原著,但是很少超过两遍。他认为多读几遍原著可能有助于欣赏和理解作品,但是不一定有助于翻译。在阅读过程中,即使没有读完,葛浩文一旦发现有巧妙的用词就会先记下来,注意结构,在心中先打个腹稿。在具体翻译中,莫言表示,葛浩文"经常为了一个字,为了我(指莫言)在小说中写到他不熟悉的一件东西,而与我反复磋商,我为了向他说明,不得不用我的拙劣的技术为他画图"④。可见,葛浩文在翻译过程中态度认真,作风严谨。刘绍铭曾经这样夸赞葛浩文英译版本的《红高粱家

① Stephen Sparks, "Translating Mo Yan: An Interview with Howard Goldblatt", *Los Angeles Review of Books*, May 26, 2013.

② Sophia Efthimiatou, "Interview: Howard Goldblatt", *Granta*, December 11, 2012.

③ Stephen Sparks, "Translating Mo Yan: An Interview with Howard Goldblatt", *Los Angeles Review of Books*, May 26, 2013.

④ 葛浩文:《中国文学如何走出去?》,《文学报》,2014 年 7 月 3 日,第 018 版.

族》："葛浩文出道垂二十年，译的多是小说，其中自有不少作品与译笔搭配匹配的，但以想象之奇、风格之诡异、文字之澎湃、令译者不得不使出浑身解数去应付的，只有《红高粱家族》一部，所谓旗鼓相当，指的就是这点。"①这自然是刘绍铭的一家之言，实际上葛浩文的许多译本都与原著"旗鼓相当"。为此，莫言在演讲时曾经公开表达对葛浩文的谢意：

> 如果没有他（葛浩文）杰出的工作，我的小说也可能由别人翻成英文在美国出版，但绝对没有今天这样完美的译本，许多既精通英语又精通汉语的朋友对我说：葛浩文教授的翻译与我的原著是一种旗鼓相当的搭配，我更愿意相信，他的译本为我的原著增添了光彩。②

我们就简单举一书名的译法来欣赏葛浩文译本如何为原著增添光彩。莫言的中篇小说《师傅越来越幽默》讲述了一个工厂老工人丁师傅被迫下岗之后再创业时，遭遇的各种辛酸经历。其中"师傅越来越幽默"这句话是丁师傅的徒弟在经历丁师傅制造的一场虚惊之后，做出的回应。这句话初看觉得非常简单易译，然而葛浩文将其翻译成了 *Shifu，You'll Do Anything for a Laugh*。我们仔细推敲，便觉得十分精妙。这里的幽默并不是普通的"humorous"，而是一种类似于哗众取宠的"黑色幽默"，它传达的是徒弟对丁师傅制造出的一场虚惊的不满和讽刺。透过寥寥数字，读者可以感觉到丁师傅竭力为自己辩驳"没有说谎"，但是被他人认为是在"故意幽默"后的尴尬与无奈之感。这种貌似不忠实的改译其实更贴合原文所暗含的意味，讽刺之情溢于言表。因此有人说，葛浩文的改译来自莫言的启发，而不是擅自做主。③葛浩文对汉语深刻的理解能力和对母语精准的表达能力在此可见一斑。

①　杨杨：《莫言研究资料》，天津：天津人民出版社，2005年，第505页。
②　莫言：《我在美国出版的三本书》，《小说界》，2000年第5期，第170页。
③　张箭飞：《看得见的译者：葛浩文的莫言》，《粤海风》，2013年第1期，第40页。

莫言的《红高粱家族》在美国的知名度很高,出版近 20 年来长盛不衰。正如英国伦敦大学汉学家贺麦晓说过的那样:"莫言主要是在资深翻译家葛浩文的帮助下,逐渐打开英文图书市场的。"①除《红高粱家族》之外,

> 白先勇的《孽子》,在同志书店卖得特别好。阿来的《尘埃落定》也销得不赖。美国读者觉得葛浩文的译作人物生动,个性复杂,富戏剧效果,又不失真实感。苏童的《我的帝王生涯》,莫言的《丰乳肥臀》也都得到不少好评。②

2008 年葛浩文翻译的另一本畅销书《狼图腾》获得首届曼式亚洲文学奖。所有这一切一方面扩大了中国文学作品在海外的影响,另一方面也成为葛浩文翻译之旅的多座标志性丰碑,提高了葛浩文的知名度。国外学者对于葛浩文的其他翻译作品也是赞赏有加。英国汉学家卜立德在英国伦敦大学出版社出版的一本杂志的翻译评论中写道:"(《〈生死场〉和〈呼兰河传〉》翻译)比较好,不仅仅是准确,而且不时有地方可以成为用英语写作的绝佳范例。整部作品只发现了一处错误。"③下面举该译本中的一处妙译:

> 原文:团圆媳妇的婆婆,差一点没因为心内的激愤而流了眼泪。她一想十吊钱一帖,这哪里是抽帖,这是抽钱。④
>
> 译文:The child bride's mother-in-law was nearly

---

① 蔡华:《当莫言遇到葛浩文》,《英语世界》,2014 年第 8 期,第 90 页。
② 罗屿:《葛浩文:美国人喜欢唱反调的作品》,《新世纪周刊》,2008 年第 10 期,第 120 页。
③ David E. Pollard, "Reviewed Work: *The Field of Life and Death* by Hsiao Hung, Howard Goldblatt, Ellen Yeung; *Tales of Hulan River* by Hsiao Hung, Howard Goldblatt", *Bulletin of the School of Oriental and African Studies*, University of London Press, Vol. 44, No. 2, 1981, p. 409.
④ 萧红:《呼兰河传》,浙江:浙江文艺出版社,2009 年,第 289 页。

moved to tears by the anger welling up inside. These thoughts made her feel that this was not so much drawing lots as it was *paying some sort of tax*.①

"抽钱"直译成"draw money",似乎与葛浩文的"pay tax"出入甚大。细细评品,大有深意:首先,用"pay tax"重释"draw money",避免读者单纯地将"抽钱"理解成一个动作,原文不是强调"抽"这个动作,而是强调抽签救命的那"十吊钱"对吝啬和虚伪的团圆媳妇婆婆来说是一笔何等巨大的款项,暗讽当时社会钱贵命贱的残酷现实。其次,用"tax"而不是直接用"money",葛浩文也是颇费思量。美国赋税较高,以至于当代美国人经常会理直气壮地以"乱花纳税人的钱"为名批评政府的某项政策。② 将"money"变换为"tax",有助于美国读者根据自己的经验,感悟到区区"十吊钱"在团圆媳妇婆婆眼里变成了数额巨大的税款,体会到其一毛不拔的吝啬之态。最后,"pay tax"和"抽钱"都是被迫,与团圆媳妇婆婆的不情不愿更加契合。

而与《呼兰河传》同一时期翻译的、同样是萧红作品的《商市街》,《现代世界文学》刊登的文章给予了这样的评论:"葛浩文《商市街》细腻而忠实的翻译,传达了个人自传中的怀旧之意。"③

作为汉学家的葛浩文不仅善于翻译,还能用汉语写作,是少有的精通英汉双语写作的学者和译者。葛浩文对于汉语的运用能力正如曾为其作序的刘绍铭所言:"'老外'辈中汉语修养奇高的大有人在,但能以写中文稿赚烟酒钱的,只有老葛一人,他的白话文虽未到诈娇撒

---

① Howard Goldblatt, *The Field of Life and Death and Tales of Hulan River*, Boston: Cheng & Tsui Company, 2002, p. 209.

② 2004年4月17日《人民日报》(海外版)第7版报道:美国公民对政府某项政策提出批评时,往往理直气壮地说这是花我们纳税人的钱。开始不知道美国人究竟纳多少税,为什么总以纳税人自居。到了美国才知道美国的税的确很重。

③ Michael S. Duke, "Reviewed Work: *Market Street: A Chinese Woman in Harbin by Xiao Hong*", *World Literature Today*, Vol. 61, No. 2, The Diary as Art, Spring, 1987, p. 348.

野的程度,但确已到随心所欲的境界。"①堪称一绝的英汉双语功力,为葛浩文的翻译实践和文学研究铺平了道路。

(四) 授人以鱼,更授人以渔——从译文到译观

在翻译实践中,葛浩文逐渐形成了自己的翻译思想。虽然葛浩文曾表示,"文学翻译是可以传授的,但理论不能挡道"②,但事实上他也读过理论书籍,早在 1976 年还专门撰文阐述其翻译观。尽管葛浩文并没有专门出版其理论专著,但是从其发表的演讲或者接受采访时所谈到的内容中我们可以发现,"他在翻译文学的社会功能、文化通约性与可译性、翻译的文本选择、文学翻译的本质、译者的社会地位、翻译出版商和编辑的权力干预和译文读者的接受视阈等方面都有过深入思考。"③

下文主要简单介绍葛浩文就翻译活动本身的观点。在 2002 年葛浩文曾经专门在《华盛顿邮报》(*The Washington Post*)上发表一篇题为《写作人生》("The Writing Life")的文章阐述自己的翻译观点。文章一开始就给译者下了个定义:世界上没有什么好翻译。最好的翻译也会犯最可怕的错误。翻译即背叛(译者即反叛的人)。这句话意味着,翻译从来就不可能百分之百完美,苛求译者其实毫无意义。"忠实"一词,是无法解释翻译和译者的"背叛"的。接着葛浩文引用普希金的话:译者是人类精神的传递者。这意味着葛浩文认为译者的工作和地位是很崇高的,然而现状并非如此,葛浩文对译者社会地位低下

---

① 刘绍铭:《情到浓时》,上海:上海三联书店,2000 年,第 172 页。

② 葛浩文、史国强:《我行我素:葛浩文与浩文葛》,《中国比较文学》,2014 年第 1 期,第 42 页。

③ 覃江华、刘军平:《一心翻译梦,万古芳风流——葛浩文的翻译人生与翻译思想》,《东方翻译》,2012 年第 6 期,第 49 页。

的现状十分不满。① 对译者进行定义后,葛浩文将译者同作者对比,借用博尔赫斯的一句话阐释翻译和写作的关系:译者的工作比作者更细致微妙,更文明。很明显译者排在作者后面,翻译是比写作更高级的层次。因为"作者总是在写他熟悉的东西,而译者不同,他写的是他不怎么熟悉的东西,要读它、理解它,然后再创造性地改写"②,这大概也解释了为何这篇文章取名"写作人生"而不是"翻译人生"了吧。葛浩文拿自己的翻译经验作佐证,认为大多数作家至少应该去容忍译者将其作品进行改写,因为翻译的实质就是"改写"。幸运的是,与葛浩文合作的几位中国作者莫言和毕飞宇等似乎都挺"大度",莫言甚至遵从葛浩文的建议将《天堂蒜薹之歌》的结尾重新写了一遍。最后,葛浩文引用了斯泰纳(George Steiner)的话,"百分之九十的翻译都是不完全的(inadequate)"③,因为无论如何当一种语言转换成另外一种语言的时候,总有一部分信息会变形或者缺失。葛浩文的翻译观可以总结为:翻译即背叛;翻译的实质是改写;翻译不是单纯的忠实。

最能直接体现葛浩文翻译观的莫过于其翻译策略。现下学界对于葛氏的翻译策略研究有一个热词——"创造性"(creative),诸如"创造性叛逆""创造性误读"和"创造性重构"等。一开始葛浩文本人对"creative"一词的评价是有所顾虑的,他不清楚这里的"creative"是褒义还是贬义,直到有人告之这是一种褒奖。其实,所谓的"创造性"指译者出于接受的考虑对文本进行的一种有意而为之的"误译"。具体来说,就是"极个别的地方没有照译原文,但与原文相比,效果并未稍减,有些译法较之原文更符合逻辑"④。除开葛浩文的"创造性",就是

① Michael S. Duke, "Reviewed Work: *Market Street*: *A Chinese Woman in Harbin by Xiao Hong*", *World Literature Today*, Vol. 61, No. 2, 1987, p. 348.

② 樊丽萍、黄纯一:《"连译带改"风格遭质疑,未来翻译将忠实原著:莫言作品英译者选择"妥协"》,《文汇报》,2013 年 10 月 24 日,第 006 版。

③ Howard Goldblatt, "The Writing Life". *The Washington Post*. April, 28th 2002.

④ 史国强:《葛浩文的"隐"与"不隐":读英译〈丰乳肥臀〉》,《当代作家评论》,2013 年第 1 期,第 80 页。

老生常谈的归化异化之争。"葛氏的归化译法几乎见于他的每一部翻译作品"①,但是"葛浩文的翻译是紧扣原文的。所谓归化的译法,在他那里不过是不得已而为之,而且用得极少"②。总体上看,葛浩文的翻译策略不拘于归化和异化的窠臼,蕴含着鲜明的"创造性"特色。

要讨论葛浩文翻译观的变化发展,就必须提到葛浩文的妻子——来自中国台湾的林丽君,他们堪称中国现当代文学翻译的"梦之队"组合。林丽君倾向用地道的英文使得译文更加流畅透明,而葛浩文更倾向于保留原文特色,所以两人在合作的时候会时有协商。从前葛浩文会保留更多的所谓"异国特色",但是在林丽君的影响下,现在也越来越不那么直译了。事实上,近来许多作品"虽然署名只有葛浩文一人,但他多次在书的致谢部分和访谈中提到妻子的佐译贡献"③。如在英译本《檀香刑》里《译者的话》中,葛浩文是这么致谢妻子的:"当然,还有我最好的读者,最敏锐的批评者,也时常是我的粉丝——林丽君。"④林丽君对葛浩文在翻译上的影响可见一斑。而根据 2000 年至2012 年中国当代文学外译作品世界收藏图书馆数量排名的数据显示,署名葛浩文与林丽君合译的书籍就有三部,分别是《尘埃落定》《青衣》和《玉米》。葛浩文和林丽君在访谈中表示,合作翻译可以在诸多方面使译文受益。葛浩文称:"即便是我自己单独署名的翻译,每次也必定要丽君帮我看过之后,才会交给编辑……现在的方式很好,她帮我修订错漏或者提出建议。"⑤"可以说,真正好的翻译是汉学家与中国学

① 胡安江:《中国文学"走出去"之译者模式及翻译策略研究——以美国汉学家葛浩文为例》,《中国翻译》,2010 年第 6 期,第 15 页。

② 史国强:《葛浩文的"隐"与"不隐":读英译〈丰乳肥臀〉》,《当代作家评论》,2013 年第 1 期,第 80 页。

③ 王颖冲、王克非:《中文小说英译的译者工作模式分析》,《外国语文》,2013 年 4 月第 2 期,第 120 页。

④ Howard Goldblatt,"Translator's Note",in *Sandalwood Death*,Norman:University of Oklahoma Press,2013,p. ix.

⑤ 李文静:《中国文学英译的合作、协商与文化传播——汉英翻译家葛浩文与林丽君访谈录》,《中国翻译》,2012 年第 1 期,第 57 页。

者合作的产物。汉学家葛浩文和他的中国太太林丽君的组合就是最好的证明。"①

　　葛浩文认为,译者总是现身的,也总是隐身的。其实译者的"现"与"隐"并不只单纯存在于文本之中,历史亦是如此。后人往往忽略《敕勒歌》中那句妇孺皆知的"天苍苍,野茫茫,风吹草低见牛羊"背后有个译者。然而我们实不能"隐藏"葛浩文这位"中国现当代文学的活化石"。他的那句"我译故我在",就是他对个人价值的认同,彰显了他投身于中国文学翻译事业的热忱与执着。他的名字应伴随萧红、莫言等人永存历史。多年前那个放浪形骸的弱冠少年,在两种语言文化的浸润之下,人生之路逐渐明晰和宽阔。而我们,亦可从其人其事其译中,困惑其困惑,思考其思考,欣赏其欣赏。

---

① 张毅、綦亮:《从莫言获诺奖看中国文学如何走出去——作家、译家和评论家三家谈》,《当代外语研究》,2013 年第 7 期,第 57 页。

葛浩文主要汉学著译年表

1976	*Hsiao Hung*（《萧红》），Boston：G. K. Hall & Co.
1978	*The Execution of Mayor Yin and other Stories from the Great Proletarian Cultural Revolution*（《尹县长》），Bloomington：Indiana University Press
1979	*The Field of Life and Death and Tales of Hulan River：Two Novels*（《〈生死场〉和〈呼兰河传〉》），Bloomington：Indiana University Press
1980	*The Drowning of an Old Cat and Other Stories*（《溺死一只猫》），Bloomington：Indiana University Press
	《漫谈中国新文学》，香港：香港文学研究社
	"Book Review on *The Wounded：New Stories of the Cultural Revolution*"（《书评〈伤痕〉》），*Chinese Literature：Essays，Articles，Reviews*，Vol. 2，No. 2，pp. 293-294
	"The Rural Stories of Hwang Chun-ming"（《黄春明的乡土故事》），in Jeannette L. Faurot ed，*Chinese Fiction from Taiwan：Critical Perspective*，Bloomington：Indiana University Press，pp. 110-133
	"Book Review on *Chiang Kuei* by Timothy A. Ross and *The Whirlwind* by Chiang Kuei and Timothy A. Ross"（《书评〈姜贵〉及〈旋风〉》），*Chinese Literature：Essays，Articles，Reviews*，Vol. 2，No. 2，pp. 284-288
1981	《弄斧集》，台北：学英文化事业公司
	"Book Review on *Unwelcome Muse：Chinese Literature in Shanghai and Peking*"（《书评〈被冷落的缪斯〉》），*The Journal of Asian Studies*，Vol. 40，No. 3，pp. 584-585

1982	《萧红短篇小说选》(*The Dyer's Daughter：Selected Stories of Xiao Hong*)，北京：中国文学出版社
1984	*Six Chapters from My Life "Downunder"*(《干校六记》)，Seattle：University of Washington Press
1985	《萧红评传》，哈尔滨：北方文艺出版社 "Life as Art：Xiao Hong and Autobiography"(《生活的艺术：萧红及其自传》)，*Woman and Literature in China*
1986	*The Butcher's Wife*(《杀夫》)，San Francisco，California：North Point Press *Market Street：a Chinese Woman in Harbin*(《商市街》)，Seattle：University of Washington Press "Book Review on *Trees on the Mountain：An Anthology of New Chinese Writing* by Stephen C. Soong and John Minford"(《评〈山木：新中文作品集〉》)，*The China Quarterly*，Vol. 105，pp. 168-169
1988	《红夜》(*Red Nights*)，北京：中国文学出版社
1989	*Heavy Wings*(《沉重的翅膀》)，New York：Grove Weidenfeld 《萧红新传》，香港：三联书店
1990	*Crystal Boys*(《孽子》)，San Francisco，California：Gay Sunshine Press *Red Ivy，Green Earth Mother*(《绿度母》)，Salt Lake City：Peregrine Smith Books "Book Review on *Drama in the People's Republic of China* by Constaintine Tung and Colin Mackerras"(《书评〈戏剧在中国〉》)，*Journal of the American Oriental Society*，Vol. 111，No. 3，pp. 558-559

1991	*Turbulence*：*A Novel*（《浮躁》），Baton Rouge：Louisiana State University Press
1993	*Red Sorghum*：*A Novel*（《红高粱家族》），New York：Viking Adult *Black Snow*（《黑的雪》），New York：Grove Press
1995	*Blood Red Sunset*：*A Memoir of the Chinese Cultural Revolution*（《血色黄昏》），New York：Viking *Rice*（《米》），New York：W. Morrow and Co
1996	*The Garlic Ballads*（《天堂蒜薹之歌》），New York：Viking Press *Virgin Widows*（《贞女》），Honolulu：University of Hawaii Press
1997	*Playing for Thrills*（《玩的就是心跳》），New York：William Morrow *Silver City*：*A Novel*（《旧址》），New York：Metropolitan Books
1998	*Rose，Rose，I Love You*（《玫瑰玫瑰我爱你》），New York：Columbia University Press *Daughter of the River*（《饥饿的女儿》），New York：Grove Press
1999	*Notes of a Desolate Man*（《荒人手记》），New York：Columbia University Press *Ward Four*：*A Novel of Wartime China*（《第四病房》），San Francisco：China Books and Periodicals "Book Review on *The Rice-Sprout Song* and *The Rouge of the North* by Chang Eileen"（《评张爱玲的〈秧歌〉和〈怨女〉》），The China Quarterly，*Vol*.159，*pp*.760-761 "Why I Hate Arthur Waley? Translating Chinese in a Post-Victorian Era"（《我为什么讨厌亚瑟·威利？后维多利亚时期的汉语翻译》），*Translation Quarterly*，No.13/14，*pp*.33-47

	《流逝》(*Lapse of Time*)，北京：中国文学出版社
2000	*The Republic of Wine*（《酒国》），London：Hamish Hamilton
	Please Don't Call Me Human（《千万别把我当人》），New York：Hyperion Books
	"Forbidden Food：The 'Saturnicon' of Mo Yan"（《莫言的"阴郁的"禁食》），*World Literature Today*，Vol. 72，No. 3，pp. 477-485
	"The Other Shore"（《彼岸》），*World Literature Today*，Vol. 74，No. 3，pp. 801
2001	*Green River Daydreams：A Novel*（《苍河白日梦》），New York：Grove Press
	The Taste of Apples（《苹果的滋味》），New York：Columbia University Press
2002	*Red Poppies*（《尘埃落定》），Boston：Houghton Mifflin
	Shifu，You'll Do Anything for a Laugh（《师傅越来越幽默》），London：Methuen Publishing Ltd.
	"The Writing Life"，*Washington Post*
2003	*Retribution：The Jiling Chronicles*（《吉陵春秋》），New York：Columbia University Press
2004	*Beijing Doll：A Novel*（《北京娃娃》），New York：Riverhead Books
	Big Breasts and Wide Hips：A Novel（《丰乳肥臀》），New York：Arcade Publishing
2005	*My Life as Emperor*（《我的帝王生涯》），New York：Hyperion East
	City of the Queen：A Novel of Colonial Hong Kong（《香港三部曲》），New York：Columbia University Press

2007	*The Old Capital*：*A Novel of Taipei*（《古都》），New York：Columbia University Press *Binu and the Great Wall*（《碧奴》），Edinburgh & New York：Canongate 《紫鹭湖的忧伤》(*The Sorrows of Egret Lake*：*Selected Stories* by Duanmu Hongliang)，香港：香港中文大学出版社
2008	*Life and Death Are Wearing Me Out*（《生死疲劳》），New York：Arcade Publishing *Wolf Totem*（《狼图腾》），New York：Penguin Press
2009	*The Moon Opera*（《青衣》），New York：Houghton Mifflin Harcourt
2010	*Three Sisters*（《玉米》），New York：Houghton Mifflin Harcourt *The Boat to Redemption*（《河岸》），London：Doubleday
2012	*Pow !*（《四十一炮》），London：Seagull Books London Ltd.
2013	*Sandalwood Death*：*A Novel*（《檀香刑》），Oklahoma：University of Oklahoma Press *The Song of King Gesar*（《格萨尔王传》），New South Wales：Allen & Unwin
2014	*Trivialities About Me and Myself*（《我与我自己的二三事》），Singapore：Epigram Books *I Did Not Kill My Husband*（《我不是潘金莲》），New York：Arcade Publishing
2015	*Frog*（《蛙》），New York：Viking Press 1988：*I Want to Talk with the World*（《1988：我想和这个世界谈谈》），Washington：Amazon Crossing

	The Cook，the Crook，and the Real Estate Tycoon：A Novel of Contemporary China（《我叫刘跃进》），New York：Arcade Publishing
2016	*Apricot's Revenge：A Crime Novel*（《杏烧红》），New York：Minotaur Books
2019	*Fu Ping*（《富萍》），New York：Columbia University Press

　　仓房里堆放着犁耙锄头一类的家具，齐齐整整倚在土墙上，就像一排人的形状。那股铁锈味就是从它们身上散出来的。这是我家的仓房，一个幽暗的深不可测的空间。老奶奶的纺车依旧吊在半空中，轱辘与叶片四周结起了细细的蛛网。演义把那架纺车看成一只巨大的蜘蛛，蜘蛛永恒地俯瞰着人的头顶。随着窗户纸上的阳光渐渐淡薄，一切杂物农具都黯淡下去，只剩下模糊的轮廓……

——苏童《罂粟之家》

The storehouse was full of rakes, hoes, ploughs, and other such agricultural implements, all stacked neatly up against the mud walls like a row of people. A smell of rusty metal came from their bodies. It was my family's storehouse: a deep, dark, unfathomable space. Grandmother's spinning wheel was still hanging there in the air, the wheel and the spokes wrapped all around in the webs of gossamer. Yanyi thought of that spinning wheel as a huge spider, a spider forever looking down at the tops of people's heads. The sunlight gradually dimmed on the paper covering the window; all the farm implements and other miscellaneous items darkened, leaving only vague silhouettes.

—Opium Family, trans. by Michael S. Duke

二 弱冠柔翰读放翁
天命之年挂红灯
——加拿大汉学家杜迈可译苏童

加拿大汉学家
杜 迈 可
Michael S. Duke
1940–

杜迈可（Michael S. Duke，1940—　），著名汉学家、翻译家，有人根据其英文读音，译为杜迈可。他于 1975 年毕业于美国加州大学伯克利分校（University of California, Berkeley）。在校期间，杜迈可主攻中国古代文学，尤以研究陆游的诗见长。自 20 世纪 80 年代起，他逐渐将研究重心转向中国当代文学，并陆续发表专著和论文，以自己独到的视角阐释了对中国文学的见解。在翻译领域，他翻译了多部名家名作，如巴金的散文集《怀念萧珊》（"Remembering Xiao Shan"）、苏童的小说集《大红灯笼高高挂：三个中篇》（*Raise the Red Lantern：Three Novellas*）等。

从学生时代初识汉学，到 20 世纪八九十年代论著等身和随后的译介成名，再到退休后佳作频传，杜迈可倾注毕生精力专注汉学，为中国文学文化在英语世界的传播做了大量工作。

（一）初入汉学门，论著竟等身

杜迈可在校攻读期间，他的主要研究方向为中国古代文学，博士学位论文为《陆游》（"Lu You"）。该论文经修改完善后，以专著的形式

于 1977 年出版。① 该论文对陆游的作品进行了详细的品读与赏析,具有自己独到的见解,给读者提供了新的阅读视角。

1982 年,杜迈可从美国来到加拿大英属哥伦比亚大学,接替美国的胡志德(Theodore Huters)②在该校的岗位,担任亚洲研究系的中国文学教授,教授中国现当代文学。他执教数十载,培养出一批批热爱汉学的学生,使越来越多英语国家的人们了解到中国的文学与文化。1998 年,在英属哥伦比亚大学,杜迈可指导李天明③完成了《对鲁迅散文诗集〈野草〉的主题研究》这一论文。"论文概括了《野草》的思想和艺术价值,并推崇这部宏伟的诗集代表了鲁迅写作生涯的一个创作高峰,同时是二十世纪现代中国文学的一个伟大成就。"④退休之后,杜迈可获得"英属哥伦比亚大学中国文学与比较文学荣誉退休教授"称号。怀着对汉学极大的热情,他潜心钻研,退休之后仍继续着汉学研究与翻译事业。

杜迈可对中国文学的艺术与价值给予高度肯定。20 世纪 80 年代,西方社会对中国缺乏了解,有些评论家认为西方之所以吹捧中国新时期的文学家,注重的是其政治和社会方面的影响力而不是艺术特色,这无意间低估了中国文学的价值。这一观点与杜迈可的见解背道而驰。为了反驳上述观点,杜迈可在他编选的《当代中国文学》

① 梁丽芳:《加拿大汉学:从古典到现当代与海外华人文学》,《华文文学》,2013 年第 3 期,第 67 页。

② 胡志德,美国汉学家,加州大学洛杉矶校区东亚语言文化系教授、副系主任。1969 年在斯坦福大学获政治学学士学位;1972、1977 年分别获得斯坦福大学硕士、博士学位。胡志德九岁起移居香港,四年之后回到美国上学,在斯坦福大学三年级时开始学习中文。

③ 李天明,著有《难以直说的苦衷:鲁迅〈野草〉探秘》等。

④ 周令飞(主编):《鲁迅社会影响调查报告》,北京:人民日报出版社,2011 年,第 266 页。

（*Contemporary Chinese Literature*, 1985）中挑选了一批不同寻常的作品，以期彰显中国文学作品的价值与艺术，如"朦胧诗"。"朦胧诗"是比较自由的诗体，可以充分展现文学的价值与魅力，因此他在选集中收入了"朦胧诗"派最重要的诗人北岛的诗歌。

在西方汉学界，杜迈可是一位较早从古代文学转向中国当代文学领域研究的学者。他从早期对陆游的宋诗研究转向对中国当代文学的研究，发表过许多颇具影响力的中国当代文学作品与研究成果，对中国当代文学的翻译与研究做出了贡献。[①] 1985 年，杜迈可的英文专著《繁荣与竞争》（*Blooming and Contending*）面世，该书由印第安纳大学出版社出版。美国汉学家金介甫认为这是其第一部，也是十年来唯一专论 1976 年以来的文学作品的专著。[②] 这部著作主要论述了从 1977 年末至 1984 年春这一时期的中国当代文学现状，认为真正的中国当代文学从 1977 年开始展开，具有极强的艺术价值。

凭借对中国当代文学的热忱，杜迈可主编或参编过多部专著。刘江凯在《认同与"延异"：中国当代文学的海外接受》一书中提到：

> 杜迈可主编或参与编辑过多本中国当代文学书籍，有三本在西方很有影响，按照出版时间顺序分别是：1985 年纽约夏普出版社出版的《当代中国文学》（*Contemporary Chinese Literature*）。这本书只有 137 页，开篇是杜迈可的《1976 年以来的中国文学："批判现实主义"的回归》（"Chinese Literature in the Post-Mao Era：The Return of 'Critical Real-ism'"）一文。所选作品分为荒废（Ruins）、历史（History）、个人的世界（A World of Their Own）、追求光明和真理的知青（Intellectual Youth in Quest of Light and

---

① 刘江凯：《认同与"延异"：中国当代文学的海外接受》，北京：北京大学出版社，2012 年，第 177 页。

② 金介甫：《中国文学（一九四九——一九九九）的英译本出版情况述评》，查明建译，《当代作家评论》，2006 年第 3 期，第 71 页。

Truth)、妇女的过去与现在(Women Then and Now)、制度(The System)、边缘生活(Marginal Lives)七部分。从所选作家作品中可以看出,编者想努力全面地呈现当时中国文学的面貌,并特意编选了一些超出当时主流文学的作品,如涉及了宗教和个人的主题等。另一本是夏普出版社1989年出版的《当代中国女作家的评价》(*Modern Chinese Women Writers*:*Critical Appraisals*)。全书约290页,论述了被认为是最优秀中国当代女作家的作品,包括大陆、台湾及海外华文作家作品。这些作品一方面见证了中国当代妇女写作的质量,同时也试图阐明中国妇女生活的复杂问题。第三本是夏普出版社1991年版《当代中国小说大观》(*Worlds of Modern Chinese Fiction*)。此书共344页,收录了始发于1978—1989年的各种文学期刊、由17个译者翻译的25篇作品。内容涉及中国不同时代人际关系、都市社会、穷乡僻壤的内地生活,从遥远的天山到现代化的香港、从战争年代到当下生活,尽管译者试图给每部作品倾注它们独特声音,使这部选集成为汇集、展示中国当代文学的美丽平台。①

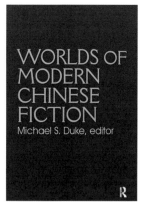

　　在杜迈可主编的选集《当代中国小说大观》(*Worlds of Modern Chinese Fiction*,1991)中,我们可以读到20世纪80年代中期中国出版的更独特、深刻的短篇小说。该文集收录的都是青年作家的作品,其写作在不同程度上受到了从卡夫卡(Franz Kafka,1883—1924)到中国原始文化等多方面的影响,特色鲜明,别具一格。

---

① 刘江凯:《认同与"延异":中国当代文学的海外接受》,北京:北京大学出版社,2012年,第178-179页。

（二）领略大家风范，专研中国文学

作为中国现代文学的奠基人，中国翻译文学的开拓者，鲁迅在中国文坛上有着无可替代的重要地位。杜迈可对鲁迅的作品也进行过系统的研究，尤其是对其散文《野草》的思考更为深入，见解更为独到。杜迈可对鲁迅的研究受夏志清教授的影响，甚至自认是夏志清的接班人。1998年，他还指导李天明完成了论文《对鲁迅散文诗集〈野草〉的主题研究》的写作。之后，李天明又循着这一方向继续钻研。2000年，李天明的论著《难以直说的苦衷：鲁迅〈野草〉探秘》由人民出版社出版。他在书上写道：

> 不仅因为它是鲁迅个人文学创作的辉煌成就，还因为它是现代中国文学不朽的经典之作。它的心智和美学价值被证明是重要和经久的，它永远提供给读者以人类意志的力量、想象和智慧以及个人情感和道德的真诚。虽然《野草》中的部分散文诗是抑郁甚至悲观的，读者在其中仍能体会到一种强烈的斗争精神。
>
> 杜迈可强调，鲁迅"受惠于那些'知其不可为而为之'的真正悲剧式的中国古代及近代知识分子的传统"，他说："就是这种反抗压制和不平的战斗精神……被视为鲁迅生活和著作最显著的遗产。"的确，《野草》中体现的战斗精神已成为激励读者的最宝贵的精神之一。[①]

莫言获得诺贝尔文学奖后，国内外掀起了对莫言文学作品的研究热潮。国外早期对莫言文学作品的研究可以追溯至20世纪90年代初期，当时《红高粱家族》英文版刚在海外出版。虽然杜迈可并没有参与莫言

---

① 李天明：《难以直说的苦衷：鲁迅〈野草〉探秘》，北京：人民出版社，2000年，第198页。

作品的翻译工作,但他很早就对莫言的作品进行过研究。1990 年,美国召开了一次名为"当代中国小说及文学传统"(Contemporary Chinese Fiction and Its Literary Antecedents)的会议,探讨 1976 年之后的中国当代文学与"五四"文学传统之间的关系。会议论文于 1993 年整理出版,其中收录了杜迈可与王德威分别撰写的两篇有关莫言早期作品的研究。熊鹰在《当莫言的作品成为"世界文学"时:对英语及德语圈里"莫言现象"的考察与分析》中也提到,杜迈可对莫言的小说评价很高,他认为莫言的作品中所描绘的农民形象和五四传统有着紧密的联系。与 1949 年至 1977 年出版的许多作品不同,莫言的小说描述了在特定的社会体制中农民痛苦的生活现状。他的小说描绘了 20 世纪 80 年代中国人民身体的、物质的、精神的和心理的世界,其中所包含的社会、政治和文化内容比一般的社会科学研究所能传递的还要多。

(三)译路再前行,勇敢攀高峰

　　杜迈可对中国文学作品的翻译起步于 1983 年,那时他翻译了中国现代名家巴金的散文《怀念萧珊》①。这篇散文是巴金为怀念亡妻而作,杜迈可用细腻的笔触将巴金的怀念之情娓娓道来,感人至深。到了 20 世纪 90 年代,杜迈可则潜心投入小说翻译。1993 年,他翻译了苏童的三篇小说《妻妾成群》(Wives and Concubines)、《1934 年的逃亡》(Nineteen Thirty-Four Escape)和《罂粟之家》(Opium Family),这三部中篇小说文学性很强,笔触细腻,语言灵动,在杜迈可的生花妙笔之下,合译为一本《大红灯笼高高挂:三个中篇》。

---

① Micheal S. Duke, *Remembering Xiao Shan*. In Mason Y. H. Wang, ed., *Perspectives in Contemporary Chinese Literature*, University Center, MI: Green River Press, 1983, pp. 113-131.

《大红灯笼高高挂：三个中篇》在杜迈可的翻译事业中具有里程碑式的意义。他之所以选择翻译苏童的这三部作品，一方面是由于后者在中国文坛的地位高，影响力巨大，另一方面是由于这三部作品是苏童的优秀代表作，文学价值很高。凭借着对英汉两种文化的深入了解和对英汉两种语言的熟练掌握，杜迈可所译作品也极具文学价值，深受读者喜爱。《出版人周刊》（*Publishers Weekly*）、《图书馆杂志》（*Library Journal*）和科克斯书评（*Kirkus Reviews*）都对杜迈可的译作进行了全方位的评析，认为《大红灯笼高高挂：三个中篇》能够反映出当时的中国现状，使西方读者可以了解这个神秘东方国度的历史与文化；第一人称和第三人称的叙述切换也对表情达意起到了助推作用。亚马逊网站上的读者对该译著的评分也较高：虽然是在观赏电影之后才来阅读这本书，但是很快就深深地喜欢上了这一译著。

杜迈可强调文学本身的价值，因此，他的译作在风格上极为忠实原文。对照之后我们发现，原本和译本在内容上可以做到段段对应，甚至是句句对应。在翻译手法的选择上，他更倾向于用异化的手法来阐释原文本。虽然杜迈可的译著中异化特点鲜明，但他深知任何翻译都不可能只采用一种翻译策略，如果译本完全异化，则会难以卒读。因此，杜迈可的异化翻译策略主要表现在语言处理的层面上。他在翻译时尽可能地将地道的汉语表达原汁原味地融入英语，让英语读者能够身临其境地感受到中国文学的美；同时遣词造句也很考究，既避免了误读与佶屈聱牙，又能把汉语的魅力展现得淋漓尽致。

提起《大红灯笼高高挂》，我们不免会联想到由中国顶级电影导演张艺谋执导的同名电影。的确，该作品的选题与这部电影有着千丝万缕的联系。据苏童所言：

> 我的第一部被翻译的作品是《妻妾成群》，大约在 1991 或者 1992 年，它们分别被翻译成法语和意大利语，因为这两部译著是在张艺谋的电影《大红灯笼高高挂》之前翻译出版的，所以书名仍然叫《妻妾成群》。英文版的翻译接洽其实也是在电影之前，但从接洽到出版的周期拖得很长，译著还未

出版时，恰好赶上改编电影在欧美大热，所以译著便搭乘顺风车出笼，书名自然也被改成了《大红灯笼高高挂》。①

改编后的电影先于小说在西方露面。影片的视觉冲击力和戏剧化场景吸引了大量西方观众，因此不少评论家质疑：原著能否像电影一样吸引西方读者。事实上，杜迈可对这部小说的翻译之精湛，可读性之强，扫除了他们内心的疑云。而且，电影的推动作用使得译著无形之中赢得了一大批读者。译本发行后，苏童收到了很多读者的来信，足见其作品在国外产生的轰动效应。

在翻译这三部作品的过程中，杜迈可仔细品读了原作的风格与特点，运用了非常细腻的笔触，尽可能地忠实原作。在译著的序言中，他强调，在翻译过程中要保留所有的意象和个性化语言，原汁原味地将苏童作品的风格与特色传达出来。但由于汉英两种语言在表达方面存在着些许差异，杜迈可对汉语中的一些隐含义做了进一步的挖掘，并用解释性的语言加以补充说明，从而使译文清晰易懂，符合英语阅读群体的阅读与理解习惯。②

虽然译著以《大红灯笼高高挂》为书名，但这并不意味着它是翻译出版的三部中篇小说中最出彩的。在这三部作品中，第三部《罂粟之家》的译文再现了原著的艺术复杂性，极具欣赏性和可读性。《1934年的逃亡》的译文也是独具匠心。可以说三部中篇的译本各具特色，各有千秋，难分伯仲。

（四）谈笑有鸿儒，往来无白丁

杜迈可不仅醉心汉学，热爱翻译，而且善结良友。他与众多名家

---

① 高方：《苏童："中国文学有着宿命般的边缘性"》，《中华读书报》，2013年5月3日，第08版。

② Su Tong, *Raise the Red Lantern*: *Three Novellas*, trans. by Micheal S. Duke, New York: Harper Perennial. 1993，pp. 5-6.

志士交流思想、研讨学术，追求精神上的志同道合，其中包括人们熟知的苏童、夏志清、蓝诗玲、金介甫、李欧梵和王德威等。

作为苏童三部中篇集的译者，杜迈可与苏童相交甚厚。在苏童访问美国期间，两人之间交往频繁，联系密切。在作品翻译时，杜迈可为了准确理解作品，提高翻译质量，常常主动联系苏童。他们会就某些词语、句子等细节问题认真探讨，以提高译文质量，苏童也积极地配合杜迈可的翻译工作。

在接受采访时，苏童曾就作者与译者的关系表示：

> 　　其实，翻译的过程，就是原作者与译者共同展示的过程，除了作者的那片天地，译者也不可避免地会在译本中泄露母语的天机，不仅是文字语言方面的，还有知识储备、思想教养方面的。一个优秀的译者，应该可以以母语的色彩，替原作的缺陷化妆。所以，译者与作者的良好沟通可以为优秀译作铺平道路，对双方而言，都是一个福音。①

的确，杜迈可对鲁迅的研究一定程度上受夏志清的影响。作为西方汉学界研究中国现代文学的先行者，夏志清对鲁迅的文学作品也有较好的研究。杜迈可虽然并未直接师从夏志清，却自称为夏志清的学生。在《谈文艺/忆师友》中，夏志清写道：

> 　　"五四"那天，杜迈可、金介甫、孙筑瑾(Cecile Sun)②都要在讨论会上宣读论文，若称之为我的学生，他们是不会否认的。杜、金二人勤奋为学，我也从他们著作里学到不少东西，我同他们只能以平辈身份兄弟相称。犹忆多年前金介甫刚

---

① 　高方：《苏童："中国文学有着宿命般的边缘性"》，《中华读书报》，2013年5月3日，第08版。

② 　孙筑瑾，美国匹兹堡大学(University of Pittsburgh)东亚研究系教授，研究范围以中国古典诗以及文学为主，包括中西比较诗学、中国文艺思想等。

拿哈佛博士学位，即把厚厚的一本沈从文论文寄给我，我翻看之下，大为惊奇，从无人研究湘西的地理历史如此透彻的。杜迈可治中国现代文学，的确受我影响，但我自己无暇专研八十年代的大陆小说，也就只好依赖他的判断了。①

可见夏志清对杜迈可也是评价颇高。在对鲁迅文学的研究中，杜迈可潜移默化地受到夏志清的影响，并继而影响自己的学生。对他而言，夏志清可以称得上是一位良师和引路人。

作为一位优秀的汉学家和翻译家，杜迈可与许多汉学家也是交往颇多，其中以英国汉学家蓝诗玲为代表。两人虽然年龄有差，国籍有别，但是对汉学的共同爱好使志同道合的他们互为知己。虽然两人在翻译观和翻译策略上的观点不尽相同，但是对中国文学与文化的热爱使两人有着共同的追求。同样，杜迈可与葛浩文等其他优秀汉学家也常在学术方面进行深入的交流，互通有无，共同促进。

杜迈可的交往范围不仅仅局限于上述作家和汉学家，还包括多位中国学者。20世纪90年代左右，"在芝加哥，以李欧梵为中心，聚集了一批中国学者，如甘阳、杜维明、杜毓生、杜迈可、郑树森、王德威等，大家经常聚集在芝加哥大学东亚图书馆进行讨论，从形式主义、雅各布森、布拉格学派到德里达、巴赫金以及福柯等，以至形成了一个小小的'芝加哥学派'。"②芝加哥大学东亚图书馆俨然成了他们交流思想、融会贯通的宝地。思想的交流与学识的融会贯通往往能碰撞出知识的火花，结交精神之友不仅使杜迈可的思维和眼界得到扩展、对汉学的理解进一步加深，同样令他更坚定不移地将毕生心血倾注于汉学研究和中国文学的翻译之中。

① 夏志清：《谈文艺/忆师友》，上海：上海书店出版社，2007年4月，第32-33页。
② 许子东：《许子东：一个越界者的炼成》，《南方日报》，2011年12月25日，第06版。

（五）文学走出热，译家来助推

可以说，杜迈可在汉学研究与中国文学翻译领域呕心沥血，倾注了毕生心血。从学生时期专研中国古代文学、主攻宋诗，到接任胡志德到英属哥伦比亚大学教授中国现当代文学，传道、授业、解惑，再到主编、参编多部中国文学著述，杜迈可可谓是成果颇丰。他对中国文学作品的翻译更是做出了不懈的努力。20 世纪 80 年代，杜迈可潜心翻译巴金的散文《怀念萧珊》，90 年代又着力翻译苏童的三部中篇小说。他成功地将中国作家的作品推向西方读者群体，促进了英语读者对中国文学作品的理解，使他们真正感受到中国文学的魅力。

好的翻译会增进汉语读者对原著和译作的兴趣。如今在中国，杜迈可这位著名汉学家的知名度越来越高，吸引了众多专家学者和翻译爱好者的注意。

杜迈可主要汉学著译年表

1977	*Lu You*（《陆游》），Boston：Twayne Publishers
1985	*Contemporary Chinese Literature*（《当代中国文学》），Armonk：M. E. Sharpe *Modern Chinese Women Writers：Critical Appraisals*（《中国当代女作家的评价》），Armonk：M. E. Sharpe *Blooming and Contending*（《繁荣与竞争》），Bloomington：Indiana University Press
1991	*Worlds of Modern Chinese Fiction*（《当代中国小说大观》），Armonk：M. E. Sharpe
1993	*Raise the Red Lantern：Three Novellas*（《大红灯笼高高挂：三个中篇》），New York：Harper Perennial
2006	论《天堂蒜薹之歌》，《当代作家评论》（与季进、王娟娟合著），第 6 期，第 55-61 页
2012	*China：A New Cultural History*（《万古江河》），New York：Columbia University Press
2021	*From Rural China to the Ivy League：Reminiscences of Transformations in Modern Chinese History*（《余英时回忆录》，与 Josephine Chiu-Duke 合译），New York：Cambria Press

你小小年纪，就有这般棋道，我看了，汇道禅于一炉，神机妙算，先声有势，后发制人，遣龙治水，气贯阴阳，古今儒将，不过如此。老朽有幸与你接手，感触不少，中华棋道，毕竟不颓，愿与你做个忘年之交。

——阿城《棋王树王孩子王》

You are a mere child，yet you have a true understanding of chess. I have witnessed how you fuse the Daoist and Chan schools. Your intuitive grasp of strategy is remarkable. You seize the initiative with a show of strength，and rally your reserves once your opponent has attacked. You dispatch your dragon to rule the waves，and your force traverses Yin and Yang. The scholar-generals of past and present could do no more than this. I am most fortunate that in my declining years you have stepped forward to take my place. It is of no small moment to me that art of chess has not wholly degenerated in China. I would hope that we may befriends despite the disparity in our years.

—*The King of Trees*，trans. by Bonnie S. McDougall

三 汉学立异植黄土
迻理标新传澳洲
——澳大利亚汉学家杜博妮译阿城

澳大利亚汉学家
杜博妮
Bonnie S. McDougall
1941–

南纬三十度清晨的地平线，总是闪耀着玫瑰色的金辉。当第一缕阳光喷薄而出，亲吻着翁翁郁郁的丛林和碧波浩荡的太平洋，地球南端的这一片神秘热土，像是沉睡了亿万年的巨人，终于展开舒缓而沉着的呼吸，伴着令人血脉偾张的生命搏动。

在南纬三十度的碧空下，清冽的海风拍打着朴素的、象牙白色的沙滩。像是上帝遗落于人间的珍域，澳大利亚这片古老而年轻的土地，稳稳屹立在浩渺烟波的怀抱，接受着来自无数追梦人的朝圣。从第一艘来自欧陆的航船在此停驻，到万千淘金者日夜不眠的狂热，时光的余晖，飘落那些雨季，漫过她的花季——有人说，这里是牧羊人的故乡，幽幽黄昏时，茵茵青草地，飘荡起悠扬的旋律；她更是水手精神的母亲，坚毅、勇敢、风雨无阻，从不停歇奔赴黎明的脚步。

几百年来，澳大利亚及其独特的澳洲风土人情在不断走向世界的同时，也以开放的胸怀包容着不同文明在此融会碰撞。多元的社会环境造就了多样的生活方式和良好的学术氛围，也培养了一代代学者前赴后继，身先士卒，承担起文化交流的历史使命——出生于悉尼市的澳大利亚本土汉学家杜博妮（Bonnie S. McDougall，1941— ）便是个中翘楚。

（一）旅程：万水千山

杜博妮，2015 年担任澳大利亚人文科学院①研究员（Fellow，Australian Academy of the Humanities）；2015 年至 2017 年，她担任悉尼大学语言文化学院名誉副教授（Honorary Associate，School of Languages and Cultures，University of Sydney），同时担任英国爱丁堡大学荣休教授（Emeritus Professor，University of Edinburgh）。杜博妮已经退休，但还是经常参加汉学会议，到中国参加文学翻译活动。她是第一代完全由澳大利亚培养的从事中国文学研究的学者，与葛浩文、德鲁（Flora Drew）等并称为"英语世界最优秀的中国当代文学翻译家"。②

遥望过去，流年游弋不歇，为记忆烙上些许斑驳的重影，却丝毫不曾蒙蔽杜博妮的传奇汉学人生。她的中国情缘与汉学生涯，绵长而隽永，一如牧羊人的执鞭吟唱，一轻一浅，宛转悠扬，掷地有声。杜博妮于 1941 年出生于澳大利亚，1958 年高中毕业后，她来到中国学习中文，这段非同寻常的经历成为杜博妮汉学研究的滥觞。事实上，杜博妮在来华之前从未学习过中文，想要在短时间内完全接受和掌握一门东方语言绝非易事。诚如杜博妮自己所言："北京大学的汉语课程对学生的要求很高。我并没有什么特别的学习汉语的秘诀，只知道必须要付出加倍的努力。但是中国历史文化源远流长，时时吸引着我，因此学习中文可谓富有乐趣的挑战。"③

---

① 澳大利亚人文科学院成立于 1969 年，是一家非营利组织，拥有众多人文社会科学领域的顶尖专家和学者。院区坐落在首都堪培拉的澳大利亚国立大学（ANU）校园内。据澳大利亚人文科学院官网显示，2015 年其新增设 23 位研究员，杜博妮名列其中。

② Lovell Julia，*The Politics of Cultural Capital：China's Quest for a Nobel Prize in Literature*，Honolulu：University of Hawaii Press，2006，p. 196.

③ 此为笔者根据对杜博妮本人的邮件采访翻译而来。

杜博妮颇具语言天赋，来华之前便已掌握了法语、日语和德语等数门语言。尽管只在北京大学学习了半年，天资聪颖的她已将自己的汉语水平提升到很高的境地，而这段快乐的学习时光也让杜博妮深深爱上了博大精深的中华文化。带着对汉语和中国文学的无限留恋和向往，回到故土的杜博妮在悉尼大学继续研习中文，并师从澳大利亚东方学会①创始人 A. R. 戴维斯(A. R. Davis)。1965 年至 1970 年，杜博妮先后获得悉尼大学的学士、硕士和博士学位。毕业后，杜博妮前往世界众多高等学府和汉学研究腹地，继续从事她所钟爱的汉学事业。1977 年至 1978 年，杜博妮担任哈佛大学费正清中心研究员，兼任中文课程的客座讲师(Visiting Lecturer on Chinese，Harvard University)。1987 年，杜博妮获聘挪威奥斯陆大学东亚系主任一职。就职期间，杜博妮不但教授中文，还多次策划了当代中国文化的研究项目，集结多位中国大陆的作家、学者或艺术家来奥斯陆大学客座讲课，分别介绍当代中国的文学理论、戏剧、诗歌、美术和电影，为世界汉学的发展做出了重要贡献。

　　虽然为自己的汉学之梦不停策马扬鞭，辗转于世界各地研究、讲学，杜博妮却始终心系中国，不时向这一方流淌着纯正华夏文明的热土投来殷切的目光。1980 年，杜博妮二度前往中国，成为北京外文局聘请的专家(1980—1983)，主要工作是翻译鲁迅的《两地书》，以及修改中国译者的各类翻译稿件；之后，她又到外交学院工作(1984—1986)。外文局和外交学院的工作不仅为杜博妮的汉学研究提供了更原始的土壤和更广阔的舞台，也让她结识了北岛、顾城、阿城等一批中国当代文学的干将，为其日后的中国当代文学研究和翻译事业积累了重要的经验和人脉。同时，杜博妮更加深刻而敏锐地捕捉到中国文化的最新动态，其对当时文学脉络和趋势的看法结晶在《突破：1976—1986 年的中国文学与艺术》("Breaking Through：Literature and the Arts in China，1976‑1986"，2008)一文中。2006 年，杜博妮第三次来

---

① 自 20 世纪 70 年代以来，澳大利亚的中国学研究开始发生转变。在 70 年代后期和 80 年代，诸如"东方学"之类的头衔纷纷更名为"亚洲研究"。

到中国,担任香港中文大学翻译研究中心执行主任(Acting Director, Research Centre for Translation, The Chinese University of Hong Kong,2006—2007)。在这段时间,她观察到香港人非常热爱阅读,无论城区还是郊区的公共图书馆和书店都有很多市民光顾。他们喜欢的书籍种类很广泛,无论是流行小说、爱情故事还是武侠传奇,他们都喜欢看。这样一个充盈着浓郁文化气息的生活和工作环境让杜博妮备受鼓舞,因而她更加潜心研究香港文学,不仅翻译了如董启章、李碧华、黄碧云、西西等多位香港作家的作品,更发表《恒久的着迷,天真的领悟:中欧情书对比》("Enduring Fascination, Untutored Understanding:Love Letters in China and Europe",2006)和《文学翻译的快乐原则》("Literary Translation:The Pleasure Principle",2007)两篇文章,将自己的汉学生涯推向新的高峰。

杜博妮是一位温文尔雅的女性学者,却凭借自己无比强大的内心和沉着坚定的脚步走出了别具一格的汉学之路。半个世纪以来,时光早已将她义无反顾的身影定格在跨越五洲四海的从容,在每一个辛勤付出的夜晚幻化为一纸灵动,向世人诉说着那个不曾改变的故事:万水千山皆走遍,唯系汉学在心间。

(二)耕耘:另辟蹊径

《今天》杂志的前任社长万之①与杜博妮可谓莫逆之交。20 世纪 80 年代,万之在挪威奥斯陆大学攻读戏剧学博士学位,研究其所敬仰的挪威著名戏剧家易卜生。在这期间,万之获得了杜博妮的大力支持,而后杜博妮还出资帮助《今天》杂志复刊,而万之也为杜博妮的翻译事业提供了诸多协助。在《聚散离合,都已成流水落花——追记〈今天〉海外复刊初期的几次编委会议》一文中,万之毫不吝惜对杜博妮的

① 即著名翻译家陈迈平,《今天》杂志的创办人之一。其担任过编辑,发表小说、剧本、译作多篇,包括《在世上做安娜:安娜·吕德斯泰德诗选》《13 岁的足球》《托马斯:一尊诗人的雕像》等。

溢美之词,认为杜氏最大的人格魅力便在于喜欢"标新立异"。

"标新立异"四个字,好似一盏明灯,照亮了杜博妮的中国文学译介之路。它引领杜博妮一次次突破世人的期待,将一篇篇饱含热忱与温情的译作馈赠给世界,成为她对这个时代最长情的告白。

作为"最早翻译当代中国作家的澳大利亚人"①,杜博妮如今已译著等身。然而在杜博妮学习中文,踏上译介中国文学之路的初期,也就是 20 世纪 70 年代末,中国的文化事业还百废待兴,现当代文学作品尚未在世界范围赢得一席之地,中国现当代作家也未取得较高的国际声望。因此,"文学批评家如夏志清、刘绍铭,对凡不是用古汉语写作的一切现代文学依然抱轻蔑态度"②,而"中外文化立场的差异、以西方为中心的偏见、强权意识形态的操纵,使得中国的现当代文学翻译出版很难进入西方主流市场"③。就连杜博妮自己也曾坦言:"多年来由于英国高校采用的中国文学教材翻译质量不高,导致了中文系学生对中国现当代文学不感兴趣,很少有人愿意致力于汉英文学翻译。"④事实上,杜博妮的故乡澳大利亚的汉学研究土壤也并不肥沃。1953 年,澳大利亚国立大学才设立第一个中文教授职位。澳大利亚汉学家雷金庆(Kam Louie)表示:"在澳大利亚开展中国文学研究的前 25 年,多数学者关注的是'传统'文化的诸方面,而不是当今时代的文学和艺术作品……"⑤人们似乎看不到中国现当代文学的研究价值和灿烂前景。在如此这般的困境下,杜博妮仍然迎难而上,身体力行,顽

---

① 欧阳昱:《澳大利亚出版的中国文学英译作品》,《四川大学学报》,2008 年第 4 期,第 112 页。

② 金介甫:《中国文学(一九四九——一九九九)的英译本出版情况述评》,查明建译,《当代作家评论》,2006 年第 3 期,第 69 页。

③ 曹文刚:《论中国现当代文学的对外译介与传播》,《湖北第二师范学院学报》,2015 年第 32 卷第 3 期,第 118 页。

④ 马会娟:《英语世界中国现当代文学翻译:现状与问题》,《中国翻译》,2013 年第 1 期,第 66 页。

⑤ 雷金庆:《澳大利亚中国文学研究 50 年》,刘霓摘译,《国外社会科学》,2004 年第 4 期,第 53 页。

强而执着地耕耘着自己心中那一亩汉学之田,将"标新立异"淋漓尽致地演绎为人生的境界。

在杜博妮长达数十载的翻译生涯中,中国作家北岛扮演了十分重要的角色。杜博妮与北岛两人缘分颇深,先是于20世纪80年代结识于北京外文局,后竟成为香港中文大学翻译研究院的同事。杜博妮曾一度成为北岛的私人英文教师,而北岛也为杜博妮翻译其诗歌提供了诸多意见和帮助。在《在中国这幅画的留白处》一文中,北岛无不伤时感怀地回忆着他与杜博妮的"革命友谊":

> 暮色四起,衬出海上点点灯光。我们谈到的往事,如杯中红酒有点儿涩……当年我们几乎每个周末都在杜博妮家做饭饮酒,彻夜长谈……从《黄土地》出发,他(陈凯歌)渐行渐远。我和杜博妮陷入沉默,那友情照亮的80年代沉入杯底……"①

1983年,杜博妮翻译出版了北岛的第一本诗集《太阳城札记》(*Notes from the City of the Sun：Poems by Bei Dao*),这成为两人深刻友谊的见证,也鼓舞杜博妮继续向西方世界传播当时所谓的"地下文学"。1985年至1992年,杜博妮翻译的北岛诗歌集《波动》(*Bodong*〔*Waves*〕)、《八月的梦游者》(*The August Sleepwalker*)、《旧雪》(*Old Snow*)相继出版。杜博妮的译文不但保证了逻辑和语法的通畅,

也注重原文修辞在译文中的重现,受到北岛本人的赞赏,称之为"本身就是伟大的成就"。

杜博妮的"标新立异""独辟蹊径"还表现在翻译实践与汉学研究

① 北岛:《在中国这幅画的留白处》,《财经》,2006年第15期,第122页。

的紧密结合。其早期代表便是 1976 年出版的《梦中之路：何其芳诗歌散文选》（*Paths in Dreams：Selected Prose and Poetry of Ho Ch'i-fang*）。为了研究何其芳创作风格和对自身身份认知的流变，书中选文只限于 1931 年至 1942 年的作品。杜迈可（Michael S. Duke）认为，杜博妮选文审慎而明断，译文质量高，充分展现了何其芳从一位新月派浪漫主义诗人向马克思主义文艺理论家的转变。① 此外，杜博妮于 2000 年翻译出版了鲁迅和许广平的书信集《两地书》（*Letters Between Two，by Lu Xun and Xu Guangping*），这一翻译实践为其后来对中国人隐私观的研究奠定了坚实的基础。2002 年，她与同为汉学家韩安德（Harry Anders Hansson）合著的《中国人的隐私观》（*Chinese Concepts of Privacy*）以及《情书与当代中国隐私：鲁迅与许广平的亲密生活》（*Love-Letters and Privacy in Modern China：The Intimate Lives of Lu Xun and Xu Guangping*）相继出版，杜博妮别具匠心、独树一帜的研究视角为西方汉学界注入了新鲜的血液，更让她的汉学思想形成了丰满的多维体系。

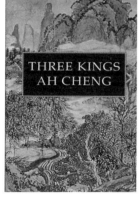

除了诗歌，杜博妮对中文小说、戏剧、影视剧本等多种文学体裁都饶有兴趣，并将之纳入翻译事业的蓝图。她先后翻译出版了郁达夫的《烟影》（*Smoke Shadow*，1978）、毛泽东的《在延安文艺座谈会上的讲话》（*Mao Zedong's Talks at the Yan'an Conference on Literature and Art*，1980）、萧乾的《栗子》（*Chestnuts*，1985）、阿城的"三王"系列

① Michael S. Duke，"Book Review of *Paths in Dreams：Selected Prose and Poetry of Ho Ch'i-fang* by Bonnie S. McDougall"，*Journal of Asian Studies*，No. 1，1984，p. 184.

他山之石——汉学家与中国现当代文学的英语传播

故事（*Three Kings：Three Stories from Today's China*，1990）、王安忆的《锦绣谷之恋》（*Brocade Valley*，1992）等 20 余部、50 余篇各类作品，因此称杜博妮为高产翻译家绝不为过。其中，最令杜博妮引以为豪的是翻译了陈凯歌导演的电影剧本《黄土地》（*The Yellow Earth：A Film by Chen Kaige*，1990）。电影《黄土地》根据珂兰的作品《深谷回声》改编而来，是中国电影"双峰"陈凯歌、张艺谋的"会师"之作。其"深深影响了整个第五代导演早期的叙事倾向和风格基调……让中国电影呈现了另一番不同的风貌，也标志着第五代视野不同于以往中国导演的历史视角"①。电影曾多次斩获西方电影大奖，获得海外广泛褒誉，想必与杜博妮的翻译不无关联。《黄土地》英译本作为文学作品至今仍在海外出版发行，受到西方读者的喜爱，成为世界了解中国特定历史文化的窗口。

在中国现当代文学英译领域，杜博妮堪居开创之功。然而多年来，其对待翻译活动从未懈怠。每值译事，必然研精致思，细针密缕，力求呈现佳作，展现了一名优秀学者严于治学、乐于付出的风度和情怀。

（三）牧歌：且行且吟

如果说英译中国现当代文学作品的相继问世成就了杜博妮宏伟汉学之梦的根基，那么其对翻译实践"形而上"的理论思索则更让她辛勤构建的汉学花园生机勃发。从《当代中国文学翻译的问题和可能性》（"Problems and Possibilities in Translating Contemporary Chinese Literature"，1991）到《文学翻译的快乐原则》（"Literary Translation：Happy Principle"，2007），再到西方汉学界中国当代文

---

① 饶曙光：《〈黄土地〉为第五代导演赢得国际声誉》，人民网，2014 年 9 月 18 日。

学英译的首部理论专著《当代中国翻译地带：威权命令与礼物交换》（*Translation Zones in Modern China*：*Authoritarian Command Versus Gift Exchange*，2011），杜博妮在汉学之路上一往无前，且行且吟，谱写出一首令人动容的轻云牧歌，完成了从翻译家向翻译理论家的华丽蜕变。

与葛浩文、金介甫等汉学家一样，杜博妮同属于"学者型翻译家"①，她对大众读者的阅读感受和接受倾向有着强烈的关怀。2007年，杜博妮发表了论文《文学翻译的快乐原则》，文中提到：

> 文学译作应以读者群为分析切入点，在尊重时代发展和读者阅读心理基础上，尽量传达原作的文学价值……如果汉语读者在阅读文学作品时体会到多种乐趣，汉英文学译作应同样使普通英语读者享受到阅读的快乐。因此，译者在翻译的过程中应充分信任读者……努力产出风格得体、可读性强的译作。②

因此在某种程度上，"杜博妮的翻译原则与奈达的议论一脉相承，是奈达理论的补充与发展"③。这一翻译观不仅在杜博妮自己的译作中得到印证，也对其他海外译者有着十分重要的现实指导意义。

2011年，纽约坎布里亚出版社（Cambria Press）推出了杜博妮的个人专著《当代中国翻译地带：威权命令与礼物交换》。该部专著称得上西方汉学界中国当代文学英译理论的"开山之作"。全书共列八章，分为三大板块：正式翻译——威权命令模式（Formal Translation—

---

① 覃江华、刘军平：《杜博妮的翻译人生与翻译思想——兼论西方当代中国文学的译者和读者》，《东方翻译》，2011 年第 2 期，第 52 页。

② Bonnie S. McDougall，"Literary Translation：The Pleasure Principle"，*Chinese Translators Journal*，No. 185，Vol. 28，Oct.，2007，p. 24.

③ 陈奇敏：《从文学翻译的快乐原则看〈归园田居（其一）〉英译》，《湖北社会科学》，2010 年第 2 期，第 134 页。

The Authoritarian Model)、非正式翻译——礼物交换模式（Informal Translation—The Gift-Exchange Model）及翻译力量（Translation Powers）。杜博妮结合自身在外文局的工作经历,考察了 20 世纪 80 年代前后的中国翻译史,集中体现了其对汉英文学翻译的目的与功能、过程与方法、传播与接受等众多方面的看法。该书视角新颖,观点独特,且文字深入浅出,资料丰富翔实,"虽在某些章节未能摆脱西方学术话语的局限,但该书的出版打破了汉英文学翻译理论专著长期以来乏善可陈的尴尬境地"①。杜博妮在书中所言极为自谦,"本研究仅旨在抛砖引玉"②。然而毋庸置疑,杜博妮不懈的努力为西方汉英翻译研究开拓了更宽阔的路径和更明朗的局面。

杜博妮在中国现当代文学研究领域也颇有建树。近年来,她推出《虚构的作者,想象的读者: 20 世纪当代中国文学》(*Fictional Authors, Imaginary Audiences: Modern Chinese Literature in the Twentieth Century*, 2003)、《20 世纪中国文学》(*The Literature of China in the Twentieth Century*, 1997)、《现代中国对西方文学理论的译介(1919—1925)》(*The Introduction of Western Literary*  *Theories into China*, 1919–1925, 1971) 及《中国流行文学与表演 (1949—1979)》(*Popular Chinese Literature and Performing Arts in the People's Republic of China*, 1949–1979, 1984)等文学理论专著,在学界引起强烈反响。"杜博妮对中国文学的研究有面有点,既注重整

① 覃江华:《中国当代文学英译的首部理论专著——〈当代中国翻译地带:威权命令与礼物交换〉评介》,《外国语》,2013 年第 1 期,第 88 页。
② Bonnie S. McDougall, *Translation Zones in Modern China: Authoritarian Command Versus Gift Exchange*, Amherst: Cambria Press, 2011, p. 21.

体也注重个案,都做到了深入而真实"。① 事实上,杜博妮的翻译实践、翻译理论研究和文学理论研究是三位一体,齐头并进的,翻译实践为理论研究提供了经验依据,而文学研究则为翻译实践提供了理论保障,其"三驾马车"般的研究模式于众多汉学家而言具有深刻的借鉴意义。

(四) 暮归:润物无声

多年来,杜博妮在向中华文化源源不断地汲取养分的同时,也致力于将这一蕴藏了千年光辉的瑰宝传向世界。在汉学家、翻译家的盛名之下,她始终不忘自己"教师"这一最为朴素的本职工作。此去经年,最让杜博妮恋恋不舍的,还是那一方三尺讲台。浸淫于中国文学数十载,她早已将传播、推介中华文化视为己任。也许就是怀抱着这样强烈的信念,她穿梭于哈佛大学、奥斯陆大学、悉尼大学、芝加哥大学和香港中文大学等众多高等学府,开设汉语、中国文学及汉英文学翻译课程,培养汉英文学翻译人才,以期中国文学在西方世界的真正崛起。同时她提出:

> 中国如果希望扩大自己的世界读者群,就应该多培养文学翻译家。这样的例子很多,中国作家越是熟悉中文的写作,越可能吸引更多的世界读者,中国作家应该对自己的译者有更多的理解和注释。②

杜博妮提出的一些翻译人才培养的模式,同样具有启发意义。如今的杜博妮,丝毫没有"隐退"之心,虽已至耄耋之年,但依然精神矍铄,本就文质彬彬、沉稳内敛的她在学术气质的映衬下显得尤为智慧

---

① 陈吉荣:《论中国现当代文学的历史真实性理论:澳大利亚的视角》,《当代文坛》,2010 年第 6 期,第 151 页。

② 李舫:《有一个故事,值得静静叙说——如何增强当代汉语写作的国际传播力和影响力》,《人民日报》,2010 年 11 月 19 日,第 17 版。

超然。这位为了汉学事业付出巨大努力与珍贵韶华的学者仍是各类中译外论坛、中英翻译培训班、世界汉学大会等学术会议的座上宾,她用每一个细节诠释了"牧羊人"的坚韧与执着。

纵观杜博妮的汉学生涯,无论是研究中国现当代文学,翻译文学作品,抑或教授中国语言文化,无不彰显了澳洲人引以为豪的民族气质,即牧羊人般辛勤劳作,水手般勇于探索。跨越弱冠到耄耋的不仅是半个多世纪的孜孜以求,笔耕不辍,更是经历岁月洗礼愈发灿烂明晰的赤子之心。她是中华文化的忠实拥趸,是中华文明走向世界桥梁的构建者,也是西方汉学界研究、译介中国现当代文学浪潮的引领者;她是异乡的牧神,以爱之名、以梦为马,将自己的汉学人生书写为一段值得铭记的流彩华章。

杜博妮主要汉学著译年表

1971	*The Introduction of Western Literary Theories into China*，*1919-1925*（《现代中国对西方文学理论的译介（1919—1925）》），Tokyo：Centre for East Asian Cultural Studies
1974	"The Search for Synthesis：T'ien Han and Mao Tun in the 1920s"，in *Search for Identity*：*Literature and the Creative Arts in Asia*（《研究综述：1920年代的田汉与茅盾》，载《身份研究：亚洲的文学与创作艺术》），Sydney：Angus & Robertson，pp. 225-254
1976	*Paths in Dreams*：*Selected Prose and Poetry of Ho Ch'i-fang*（《梦中之路：何其芳散文诗选》），Brisbane：University of Queensland Press
1977	"The Impact of Western Literary Trends"（《西方文学思潮的影响》），in *Modern Chinese Literature in the May Fourth Era*，Cambridge：Harvard University Press，pp. 37-61
1980	*Mao Zedong's Talks at the Yan'an Conference on Literature and Art*（《毛泽东在延安文艺座谈会上的讲话》），Ann Arbor：University of Michigan Center of Chinese Studies
1983	*Notes from the City of the Sun*：*Poems by Bei Dao*（《太阳城札记：北岛诗集》），Ithaca：Cornell University China-Japan Program
1984	*Popular Chinese Literature and Performing Arts in the People's Republic of China*，*1949–1979*（《中国流行文学与表演（1949—1979）》），Berkeley：University of California Press
1985	*Chestnuts*（《栗子》），Peking：Panda Books *Bodong*／［*Waves*］（《波动》），Hong Kong：Chinese University Press

1988	*The August Sleepwalker*（《八月的梦游者》），London：Anvil Press
1989	*King of the Children*（《孩子王》），London：Faber and Faber
1990	*Three Kings：Three Stories from Today's China by Ah Cheng*（《三王系列：阿城故事集》），London：Collins Harvill *The Yellow Earth：A Film by Chen Kaige*（《黄土地》），Hong Kong：Chinese University Press
1991	*Old Snow*（《旧雪》），North American edition，New York：New Directions
1992	*Brocade Valley*（《锦绣谷之恋》），New York：New Directions
1993	"The Anxiety of Out-fluence：Creativity，History and Postmodernity"（《影响之外的忧虑：创造性、历史与后现代》），in *Inside Out：Modernism and Postmodernism in Chinese Literary Culture*，Aarhus：Aarhus University Press，pp. 99-112
1997	*The Literature of China in the Twentieth Century*（《20 世纪中国文学》），London：Hurst & Columbia University Press
2000	*Letters Between Two，by Lu Xun and Xu Guangping*（《两地书》），Beijing：Foreign Languages Press "Literary Decorum or Carnivalistic Grotesque：Literature in the PRC after 50 Years"（《文学礼仪或狂欢的怪诞：50 年后的中国文学》），in *The People's Republic of China After 50 Years*，Oxford：Oxford University Press，pp. 161-170
2001	"Brotherly Love：Lu Xun，Zhou Zuoren and Zhou Jianren"（《手足之情：鲁迅、周作人和周建人》），in *China Inseinen Biographischen Dimensionen：Gedenkschrift für Helmut Martin*，Wiesbaden：Harrassowitz Verlag，pp. 259-276
2002	*Chinese Concepts of Privacy*（《中国人的隐私观》，与韩安德合著），Leiden：Brill

	Love-Letters and Privacy in Modern China：The Intimate Lives of Lu Xun and Xu Guangping（《情书与现代中国之隐私：鲁迅与许广平的亲密生活》，与韩安德合著），Oxford：Oxford University Press
2003	*Fictional Authors，Imaginary Audiences：Modern Chinese Literature in the Twentieth Century*（《虚构的作者，想象的读者：20世纪现代中国文学》），Hong Kong：Chinese University Press
2009	"Diversity as Value：Marginality，Post-Colonialism and Identity in Modern Chinese Literature"（《价值多样性：中国现代文学的边缘性、后殖民主义与身份》），in *Belief，History and the Individual in Modern Chinese Literary Culture*，Cambridge：Cambridge Scholars Publishing，pp. 137-165
2011	*Translation Zones in Modern China：Authoritarian Command Versus Gift Exchange*（《现代中国翻译地带：威权命令与礼物交换》），Amherst：Cambria Press
2012	*Atlas：The Archeology of an Imaginary City*（《地图集》），New York：Columbia University Press
2013	*Irina's Hat*（《伊琳娜的礼帽》），Portland：Merwin Asia
2015	"Infinite Variations of Writing and Desire：Love Letters in China and Europe"（《写作与欲望的无限变换：中欧情书对比》），in *A History of Chinese Letters and Epistolary Culture*，Leiden：Brill，pp. 546-581
2016	"Lu Xun Travels around the World：From Beijing，Oslo and Sydney to Cambridge Mass"（《鲁迅于世界中：从北京、奥斯陆、悉尼到麻省剑桥》），in *Lu Xun and Australia*，Sydney：Australian Scholarship，pp. 126-130

"*The Verse of Shao Xunmei：Heaven and Earth and May*（1927）
and Twenty-Five Poems（1936）by Shao Xiunmei（review）"（《评
邵洵美诗歌〈天堂、人间与五月〉和〈诗二十五首〉》），*China
Review International*，Vol. 23，No. 2，pp. 190-192

　　日本兵最后一进院子，进入他视野。他一手拿着手枪，牙齿咬在手榴弹的导火线上，拉开，默数到三下，第四下时，他轻轻把它扔出去。他要让这点炸药一点儿不浪费，所以手榴弹必须落在最佳位置爆破。

——严歌苓《金陵十三钗》

　　The Japanese soldiers arrived in the inner courtyard and came into view. He held the pistol in one hand and, with his teeth, pulled the pin out of the grenade, silently counted to three, and then lobbed it out on the count of four. He was anxious not to waste any of the explosives he had, so the grenade had to land in the best possible position.

—*The Flowers of War*, trans. by Nicky Harman

四 少恋西游迷华典
长专汉学醉金山
——英国汉学家韩斌译严歌苓

英国汉学家
韩斌
Nicky Harman
1950–

在众多知名国际翻译学术研讨会及翻译协会颁奖典礼上,有这样一个身影,总是能引起我们的关注。她身材纤秀,举止端庄,笑容里始终散发着一位成熟译者所特有的谦和与文雅。她就是韩斌(Nicky Harman,1950—),她钟情于中国文学,尤其是中国当代乡土文学。从事翻译数十载的她,已将研究与翻译中国当代文学当作自己的全部使命,并成为传播中国当代文学的重要使者。数十年来,她笔耕不辍,孜孜不倦,译作迭出,作品受到了广大中外读者的青睐与好评。从短篇小说到诗歌散文,她勇于尝试,悉心翻译。满怀着对中华文化的一腔热忱,她始终致力于译介中国当代乡土文学,展示华夏文明的博大精深。

(一) 翻译缘起,始于文学

韩斌,英国著名汉学家、翻译家,1950 年出生于英国威尔特郡,1972 年获利兹大学中文系学士学位,后任教于伦敦帝国理工学院,主讲科技与医学翻译。然而 2011 年她毅然辞去大学讲师一职,成为全职译者,一心一意研究并翻译中国现当代文学。

韩斌自幼对语言兴趣颇深,儿时学习过汉语、法语、意大利语和俄语,并在 20 岁时自学了西班牙语。自童年起,她就对汉语情有独钟,对中国文学作品一见倾心。无论是中国古典文学的深邃，还是现当代文学的韵味，它们的独特魅力始终吸引着韩斌，使她不断深入探索与领会中华文化的精髓。求学时期，她热爱中国古典名著，特别是《西游记》，称《西游记》对她的启发极大。此外，她也曾深深地着迷于古龙和金庸的小说。

韩斌在读大学时，满怀着对中国文学作品及中华文化的热爱，选择了攻读中文专业。大学期间，她接触到更多的文学作品，对中国文学有了更加丰富的认知。然而，当时西方反映中国当代问题的书籍较少，因此她的阅读范围有所局限，但大量的阅读还是使其汉语水平有了极大的提升。韩斌于利兹大学获得中文系学士学位后，在英国伦敦大学帝国理工学院担任翻译主管与讲师，负责教授翻译技巧与理论，培训从事中英翻译的人员。任教之余，她依然投入大量时间和精力去阅读中国文学作品，对中国文学作品有了更加深入的了解。

2000 年之后，中国文学在西方图书市场上的地位开始发生改变。在英国，几乎每年至少有一本反映当代问题的中文书被翻译成英文出版。自那时起，韩斌开始有机会大量接触到反映当代中国的文学作品，并在任教之余翻译中国当代小说。她第一部真正意义上的译作是与四川大学教授、著名学者赵毅衡合译的虹影的小说《K》（*K—The Art of Love*，2004）。韩斌之所以选择这部小说，主要在于这部作品的现实意义与讽刺意义。通过对文本的仔细研读，她认为虹影不但敏锐地捕捉到了男主人公的文化背景赋予的特质，在小说情节的安排上也十分巧妙，还影射了 20 世纪 30 年代的中国社会。此前，虹影的前夫赵毅衡也译过此书，但在西方并不畅销。韩斌在赵毅衡的指导下，以西方学者的思维重译此书，并使译本得以畅行。

（二）译路前行，披荆斩棘

与作家韩东的相识成了韩斌继续研究并翻译中国当代小说的动力。2003年，韩斌和先生到中国旅行，当时南京广播电台的一位朋友介绍韩东与她相识。读完韩东的小说《扎根》后，韩斌非常喜欢这部作品，并花了很长时间进行翻译。为了这本书，她亲自找了美国出版商出版此书。后来，韩斌几乎每年都会来一趟中国，同作家朋友见面，还能收到作家朋友们赠送的最新作品。之后，她会做出选择，判断哪些书可以在英国出版。有时，她也会通过一些文学会议邀请作家们去英国。但是更多时候，她会通过网络渠道结识作者。

2012年接受《外滩画报》的采访时，韩斌说道：

> 比如我今年翻译的几位20多岁的年轻作家的短篇作品，就是通过《天南》杂志在网上传给我的。他们的作品有一种想象力的释放。比如颜歌，我正在看她写的长篇小说《五月女王》，她才20多岁，写的却是父辈们的生活。还有孙一圣，我还没有见过他，但是他写的侦探小说却很有趣，所以我把他的作品推荐给了美国的一个杂志，并将在下个月出版。此外亚昂的作品也很有意思。我很庆幸我为自己打开了一扇了解中国当代文学的窗户，并且把这扇窗户展示给西方的出版商和读者。①

韩斌十分热爱读书，尤其喜爱中国当代文学作品。她家里几乎每个房间都摆满了书。韩斌的先生曾在绿党工作。2004年，因渴望亲近自然，夫妻俩在英国南部韦茅斯（Weymouth）的一个海港小镇上买了一块地，在广阔的麦田中央，建起了一栋可以望见一整片天空的房子。

---

① 王梆：《妮基·哈曼：几乎每间房间都是书房》，《外滩画报》，2012年第518期，第102页。

在这里,除了厨房之外,几乎每个房间都是书房,就连卧室和客厅里都有满满一墙的书架,摆满了各种各样的书。①这种宁谧的生活与书籍的滋养给了她很大的乐趣。

2004 年,韩斌与作家曹锦清相识,对其作品产生了极大兴趣。在中国友人的指导与帮助下,她花了很长时间翻译曹锦清的作品《黄河边的中国》(*China Along the Yellow River*,2004)。在韩斌看来,《黄河边的中国》属于社科类作品,并非小说体裁。经过一番努力,她最终寻求到出版商,可由于学术性太强,译作销量不佳。但她并未因此灰心丧气,也不感到遗憾。韩斌认为《黄河边的中国》是一部伟大的作品,在翻译过程中,她自己学习到了不少中国的历史与文化,并对中国的一些社会现状与社会问题有了更加深入的了解。通过仔细研读与翻译作品,韩斌不仅收获了许多乐趣,也坚定了通过翻译中国当代作品向西方传递更多中国文化的决心。

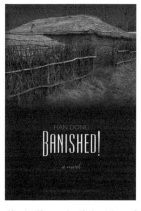

2009 年 1 月,韩斌翻译了作家韩东的作品《扎根》(*Banished！*)。该译作由夏威夷大学出版社(University of Hawaii Press)出版,获得美国笔会翻译基金奖(Pen Translation Fund Award),并入选英仕曼亚洲文学奖(Man Asian Literary Prize)。《扎根》是韩东的第一部长篇小说,语言简洁朴素。小说在故事创作上也体现了作家严肃的写作态度,与韩东一贯保持的独立写作形象一致。《扎根》一书的译作在英国十分畅销,受到西方读者的普遍欢迎,也让韩斌在翻译中国当代文学作品时获得了更多的自信,在汉语的使用与把握上也更加游刃有余。韩斌对韩东的小说兴趣颇深,对其诗歌也情有独钟。她认为,韩东的小说虽然语言朴实、简洁干净,但揭示的中国社会现象非常深刻,读来意味深长。就像一套最好的拳法,虽然招数简单,但一拳致

---

① 王梆:《妮基·哈曼:几乎每间房间都是书房》,《外滩画报》,2012 年第 518 期,第 102 页。

命。也就是说,韩东的小说简单而有力度,对于西方读者了解 20 世纪 60 年代的中国益处颇多。

韩东的诗看似通俗易懂,但要想翻译出原文的神采十分不易。对于韩斌而言,翻译韩东的作品恰似一场打坐修禅的过程,需要不断提高内在修为。①在翻译韩东的小说之余,她也翻译了他的诗歌《爱情故事》("Love Life",2012)、《冬天的荒唐景色》("Absurd Winter Scene",2012)、《疼》("Pain",2012)、《成长的错误》("Growing up Is a Mistake",2012)、《日子》("The Days of Our Lives",2012)、《木工》("Wood Work",2012)、《夏日窗口》("Summertime Window",2012)、《我们坐在街上》("We Sat on the Street",2012)、《一些人不爱说话》("Some People Don't Like to Talk",2012)、《这些年》("These Past Few Years",2012)、《在瓷砖贴面的光明中》("In White-Tiled Brightness",2012)、《起雾了》("It's Foggy",2012)、《绿树、红果》("Green Tree,Red Fruit",2012)、《一声巨响》("A Loud Noise",2012)、《来自大连的电话》("A Phone Call from Dalian",2012)、《工人的手》("The Worker's Hand",2012)、《卖鸡的》("The Chicken-seller",2012)、《火车》("The Train",2012)、《写这场雨》("Let Me Describe the Rainstorm",2012)、《记事》("Making a Note",2012)、《对话》("Dialogue",2012)、《消息》("News",2012)、《多么冷静》("So Dispassionate",2012)、《小姐》("Waitress",2012)、《横渡伶仃洋》("Crossing the Lingdingyang, the Lonely Sea",2012)、《在深圳——致一帮朋友》("In Shenzhen, to a Group of Friends",2012),并在 2012 年将这些诗歌收录在诗集《来自大连的电话》(*A Phone Call from Dalian*)中,该诗集由美国西风出版社(Zephyr Press)于 2012 年出版。此外,她于 2016 年翻译了韩东的诗歌《浴缸——武斗现场记》(*The Bathtub—Scene of a Struggle*),并将其发表在"纸托邦"(Paper Republic)网站上。

---

① 参见人民网文章《中国作家走英伦:诗人韩东作品翻译研讨会伦敦举行》,http://world.people.com.cn/n/2015/0424/c1002-26901698.html,2021 年 5 月 13 日。

2010 年 1 月，韩斌翻译了薛欣然的作品《中国母亲》（*Message from an Unknown Chinese Mother*：*Stories of Loss and Love*）。韩斌认为，薛欣然的作品在一定程度上反映了当代中国的问题与现状，将其作品译介到西方，有利于西方读者了解中国文化以及中国社会的真实面貌。

2011 年 12 月，韩斌的译作《金山》（*Gold Mountain Blues*）引起了读者巨大的反响。在翻译该作品时，韩斌不仅尊重原作的语言习惯及主题思想，同时也充分发挥了译者的主体性，将作品中的人物描写和故事情节淋漓尽致地翻译了出来。这部译作于 2011 年由企鹅出版集团出版发行，销量颇高。作为汉学家与翻译家，韩斌也得到了西方学界与西方读者的广泛认可。

（三）一心一译，初心不悔

2011 年底，韩斌做了一个重要的决定——毅然决然地辞去伦敦帝国理工学院讲师一职，成为一名自由译者，一心一意从事中国当代文学作品的研究与翻译工作，希望有机会让西方读者了解到更多优秀的中国文学作品，向西方世界更多地传播中国文化与精神。韩斌深知，自由译者会有更多的时间与精力来翻译中国当代优秀的文学作品。对她而言，辞去工作进入全新的领域，时机已到。

在接受采访时，她提到：

> 翻译是一项难以预测的行业，译者很难预料到自己是否能够通过从事这项行业得以谋生，有些译者的确可以，但有些人则不行。许多译者将翻译作为副业，但她不会。成为自由译者，不仅意味着翻译作品，也意味着要将作品内在的精神传达给读者，意味着开设相关课程，全心全意投入中国当

他山之石——汉学家与中国现当代文学的英语传播

代文学作品的译介之中。①

2012 年 1 月,韩斌翻译的严歌苓的《金陵十三钗》(*The Flowers of War*)在英国出版发行,并受到读者的热烈欢迎与广泛好评。韩斌认为,严歌苓的作品真实地反映了当时中国的情形。她笔触细腻独到,善于将人物的心理描写和故事情节紧密结合。翻译《金陵十三钗》这部作品有利于西方读者了解中国人民在抗战时期,特别是南京大屠杀这段历史时期的精神风貌与抗战精神。同年 4 月与 10 月,韩斌为

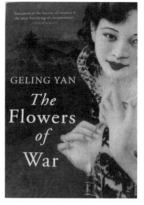

英国自由言论(Words Without Borders)文学网站撰稿,分别翻译了中国 70 后作家代表人物徐则臣的小说《弃婴》(*Throwing Out the Baby*)和中国当代自由作家陈希我的短篇故事集《带刀的男人》(*The Man with the Knife*)。之所以选择这两位作家的作品,主要是因为这些作品不仅真实地反映了当代中国的一些问题,而且思想深刻,令人深省。

后来,韩斌收到了来自《天南》杂志网络传输的几篇小说,其中当代年轻作家孙一圣的作品引起了她的关注。孙一圣作为《天南》文学杂志的特约作者之一,他的作品充满了独特、荒诞的因素,词语的使用带有梦境般的奇诡。韩斌认为孙一圣的侦探小说写得非常有趣。2012 年 12 月,她翻译了孙一圣的短篇故事《而谁将通过花朵望天空》(*The Shades Who Periscope Through Flowers to the Sky*),并将该译作发表于文学网站上,读者访问量颇高。这是一部犯罪题材的小说,对于该短篇小说,她这样评论道:"这个故事看起来很现实,但其实只是一个巧妙的超现实主义。这不仅仅是一部犯罪小说,它引导并激起读者的想象。我觉得孙一

① Li Hao,"Translation of Contemporary Chinese Literature in the English-speaking World: An Interview with Nicky Harman", *The ALITRA Review*, 2012, Vol. 4, p. 85.

圣具有很大的潜力。"①作家孙一圣在接受《南方日报》的采访时说道,韩斌已经将该小说吃透,对该篇小说的把握比他自己的把握要好。出于对孙一圣作品的喜爱,2013 年 3 月,韩斌又翻译了他的短篇故事《爸你的名字叫保田》(*Dad Your Name Is Field-Keeper*,2013)。

2014 年对于韩斌而言,又是一个多产之年。2014 年 3 月,她继续翻译了孙一圣的小说《牛得草》(*The Stone Ox That Grazed*,2014);同年 4 月,她翻译了自由作家陈冠中的小说《裸命》(*The Unbearable Dreamworld of Champa the Driver*,2014);5 月,她翻译了香港著名小说家谢晓虹的短篇小说集《雪与影》(*Snow and Shadow*,2014);10 月,她翻译了中国 80 后女作家颜歌的小说《白马》(*White Horse*,2014)。韩斌认为,颜歌的小说的独特魅力得益于她超凡的语言能力和架构小说意境的手笔。颜歌对叙事掌握得相当成熟,小说把温婉平静的笔调和情感涌动的潮汐恰到好处地结合了起来。于是,在翻译颜歌的作品时,她着重把握了小说的语言与意境,而且翻译得十分到位。2014 年底,韩斌翻译了自由作家陈希我的短篇故事集《冒犯书》(*The Book of Sins*,2014),得到了美国笔会翻译(PEN Translates)和笔会促进项目(PEN Promotes Programmes)的奖励。

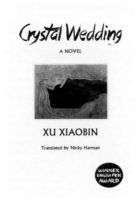

2015 年,韩斌翻译了谢晓虹的短篇故事《一月:桥》(*January:Bridges*)和颜歌的短篇小说《钟腻哥》(*Sissy Zhong*),并通过"纸托邦短读"发表。同年,她与米歇尔·德特(Michelle Deeter)合译了自由作家许知远的小说《纸老虎》(*Paper Tiger:Inside the Real China*),该译作获得美国笔会翻译奖项提名。2016 年,她翻译中国当代作家徐小斌的小说《晶婚》(*The Crystal Wedding*)也获得该奖项提名。

①　钟琳:《孙一圣:小说为我带来的是艰难的救赎》,《南方日报》,2013 年 1 月 13 日,第 A09 版。

他山之石——汉学家与中国现当代文学的英语传播

（四）以译为趣，孜孜不倦

十几年来，韩斌始终专注于文学翻译，译作等身，硕果累累。她不仅从事小说翻译，也不断突破自我，尝试散文与诗歌翻译。谈及翻译方法与翻译技巧，韩斌认为作品体裁至关重要。在翻译作品之前，译者应当判断作品体裁属于小说还是非小说，属于散文还是诗歌。在翻译时，她会在潜意识中考虑作品的语境、气氛以及色彩，并注重自己对作品的感受，而非机械地采用一些翻译方法或技巧。对于近几年来刚刚尝试诗歌翻译的韩斌而言，翻译诗歌是一个沉思的过程。在这一过程中，她能够全神贯注地去体会诗歌深层的内涵以及诗歌的节奏。

自从接触中文以来，韩斌从未停止过学习新的中文词语和表达方法。韩斌时常为汉语的博大精深所震撼，她喜欢收集和整理一些新的语言表达方式，并为其从事文学翻译奠定了良好的基础。相对于英语而言，韩斌对汉语的关注度有过之而无不及。她挚爱阅读，一直保持着每日阅读的好习惯，会随身携带一支钢笔，不管何时何地读到或听到一些好的汉语或英语表达，她都会迅速记在笔记本上，将新学到的知识存储起来。早期的学习经历使得韩斌不仅对英语语法的理解和使用得心应手，而且对英语的风格熟稔于心。她认为熟练把握与运用两种语言是成为优秀译者的基础。走上文学翻译的道路之后，她发现优秀的中国作家能在一定程度上帮助她提升汉语。不管是听广播还是听对话，只要听到令她印象深刻的词语或短语，她都会迅速记下来，有时甚至在夜半醒来时，脑海中依然会浮现出白天记下的表达。

韩斌认为，译者具有主体性，不同译者有不同的翻译口吻。同一文本由不同译者来翻译会产生风格各异的译本，不同的译本给读者带来的感受也不同。每位译者的语言选择都是独到的。原作内涵丰富，风格独特，译本可以在忠实原文的基础上多种多样。即使是在最基本的层面，中英文句法的不同意味着每位译者需要自己做出选择，所以在翻译同一作品时，每位译者会有自己的口吻。对于译者的"不可视性"，韩斌认为，关于译者"不可视性"的解读存在误读现象。"不可视性"通常意味着译者在目标语中对原作的重新创作非常流利生动,读起来就像源语一样。但韩斌认为,英汉两种语言在句法结构以及文化内涵上相差甚远,应当采取归化的策略,即尊重译入语的语言习惯及文化内涵。为了实现原作在译入语中的自然表达,在段落内重新编排句子结构或是在句子中变换单词结构有时是必需的。在这一过程中,译者就成了主动的再创作者。许多读者和出版商认为译者不应当超越"不可视性",应该紧贴原文。但韩斌认为他们误解了译者"不可视性"这一概念,译者应该充分发挥主体性,让自己的译作尽可能符合目标语国家读者的阅读习惯,同时又不失原作的本真和色彩。

在翻译的过程中,为了让译本更加真实和贴合原作,一方面,韩斌会在同一文本中采用不同的语言风格,从而让译本符合原作作者的写作意图。在翻译张翎的短篇小说《金山》时,韩斌意识到原作中男女主人公通信的语言相当正式,使用的是 19 世纪的汉语。而作品中的底层劳动者交谈时使用的却是广东方言,加拿大华裔后代说的却是当时的汉语以及加拿大英语。韩斌不得不采用各式各样风格的英语表达,以使这个家庭故事听起来更真实,从而实现译文风格与原作风格的一致。另一方面,在翻译中国当代作品的过程中,韩斌遇到了许多专业术语。这些术语涉及范围广泛,从日常生活中的工具用语到包含特定文化内涵的概念用语都有。这些术语都需要阐释清楚,这样读者才能对原作有更加清晰的了解。在翻译术语的过程中,她不仅保留其在原作中的内涵,还尽力将特定概念阐释清晰,以便于英语读者的理解。

韩斌是凭借直觉选择翻译作品的,这也是她所喜欢的方式。她意识到学术作品在翻译过程中极易出现争议,但她认为这种争议完全是浪费时间。虽然是凭直觉翻译,韩斌也会注重翻译理论和翻译技巧的学习与运用。她认为译者的责任心和对原作及原作者的忠实特别重要。同时,译者应当创造更多的机会与原作作者进行沟通。只有加深对原作及原作作者的了解,译本才能够更加符合原作的内涵与思想。此外,韩斌认为,译者在翻译文学作品时要心怀读者,要设身处地考虑读者的感受。如果在翻译作品时遇到神秘元素,译者应该充分发挥主体性,并在译入语中寻找对等语来帮助读者理解。她强调译本的精确性。神秘元素不应当给读者造成理解上的混乱。原作者在脑海里构思了一幅关于时间、地点、情绪以及人物沟通交流的画面。作为译者，韩斌关注到了这一点。所以翻译每一部作品时，她都一定会去深入了解原作者的所思所想，使译作不会出现混淆读者视听的表达。在翻译时，她不仅将原作的风格和意境传达给西方读者，还将原作者的所思所想真实地传达给读者。她认为，任何充满想象力的文本必定带有神秘元素，而这些神秘元素必须在翻译时重新加工，方便读者理解。

（五）为译劳碌，赞誉加身

如今，除自己翻译著作外，韩斌还组织与翻译相关活动，指导从事文学翻译新人。从 2009 年到 2011 年，她连续三年任英国文学翻译中心文学翻译暑期学校中的中英组组长。2011 年，她在伦敦自由文字中心任常驻翻译家。[1] 作为文学杂志《天南》和世界知名文学杂志网站自由言论的撰稿人，她组织了许多翻译大会。她不仅担任了 2012 年哈维尔·塞克青年翻译奖（Harvill Secker Young Translators Prize）的主要评审，也是 2015 年与 2016 年利兹大学白玫瑰中心汉译英翻译奖（The White Rose Centre Leeds University Chinese-to-English Translation Prize）的主要评委。

此外，韩斌也指导了许多年轻的译者。她经常会从动画片《美猴王》中选取一个小片段，和年轻译者一起合作翻译，并一起创作出富有创意的结尾。她告诉年轻译者，这种练习结束之后，他们便会具备翻译对话的能力。2010 年，韩斌文学翻译指导体系英国中心指导了一位年轻的优秀译者郝玉青（Anna Holmwood）。

作为纸托邦网站的主要撰稿人之一，韩斌于 2010 年在伦敦创办了中国小说俱乐部（China Fiction Book Club），为广大热爱中国文学和翻译文化的读者提供了交流空间。

---

[1] 参见人民网文章《中国作家走英伦：诗人韩东作品翻译研讨会伦敦举行》，http://world.people.com.cn/n/2015/0424/c1002-26901698.html，2021 年 5 月 13 日。

2008 年,韩斌以其译作《扎根》获得了美国笔会翻译基金奖,并入选英仕曼亚洲文学奖。2013 年,韩斌凭借她翻译的贾平凹的《倒流河》(*Backflow River*)获得当年中国当代优秀作品国际翻译大赛一等奖。2015 年,韩斌因在《人民文学》英文版《路灯》(*Pathlight*)上发表了翻译中国作家孙一圣的小说《猴者》(*Apery*)而获年度茅台杯人民文学奖①。

作为西方世界中翻译中国当代文学作品的重要译家,韩斌不仅始终心系中国文化与中国文学,也始终关注西方读者的阅读感受。她一直致力于传播中国现当代文学,为西方图书市场注入了新鲜的血液。她认为,西方译者在传播中国文化方面发挥了重要作用,但依然任重道远。优秀的译者应该充分发挥主观能动性,向西方译介更多更优秀的作品。从辞去工作成为全职译者的那一刻起,她便将翻译中国当代文学与传播中国文学当成了全部使命。相信韩斌一定能够译出更多更加优秀的作品。

---

① 参见纸托邦网站上韩斌个人主页信息,https://paper-republic.org/nickyharman/。

韩斌主要汉学著译年表

2002	*K—The Art of Love*（《K》），London：Marion Boyars
2004	*China Along the Yellow River*（《黄河边的中国》），London：Routledge
2006	"Foreign Culture，Foreign Style"（《外国文化，外国风格》），in *Perspectives：Studies in Translatology*，Vol. 14，No. 1，pp. 13-31
2008	*China Witness*（《见证中国》，与狄星、蓝诗玲合译），London：Chatto & Windus
2009	*Banished*！（《扎根》），Hawaii：University of Hawaii Press
2010	"What's that got to do with anything? Coherence and the translation of relative clauses from Chinese"（《那有什么关系？连贯性与中文关系从句的翻译》），*The Journal of Specialised Translation*，No. 13，pp. 100-110
	Message from Unknown Chinese Mother：Stories of Loss and Love（《中国母亲》），London：Chatto & Windus
2011	*Gold Mountain Blues*（《金山》），Toronto：Penguin Random House Canada
2012	*The Flowers of War*（《金陵十三钗》），London：Harvill Secker
	Goodbye to Anne（《告别薇安》），Hong Kong：Make-Do Publishing
	A Phone Call from Dalian（《来自大连的电话》），Brookline，MA：Zephyr Press
	Love Life（《爱情故事》），Brookline，MA：Zephyr Press
	Absurd Winter Scene（《冬天的荒唐景色》），Brookline，MA：Zephyr Press

Pain（《疼》），Brookline，MA：Zephyr Press

Growing Up Is a Mistake（《成长的错误》），Brookline，MA：Zephyr Press

The Days of Our Lives（《日子》），Brookline，MA：Zephyr Press

Wood Work（《木工》），Brookline，MA：Zephyr Press

Summertime Window（《夏日窗口》），Brookline，MA：Zephyr Press

We Sat on the Street（《我们坐在街上》），Brookline，MA：Zephyr Press

Some People Don't Like to Talk（《一些人不爱说话》），Brookline，MA：Zephyr Press

These Past Few Years（《这些年》），Brookline，MA：Zephyr Press

In White-Tiled Brightness（《在瓷砖贴面的光明中》），Brookline，MA：Zephyr Press

It's Foggy（《起雾了》），Brookline，MA：Zephyr Press

Green Tree, Red Fruit（《绿树、红果》），Brookline，MA：Zephyr Press

A Loud Noise（《一声巨响》），Brookline，MA：Zephyr Press

The Worker's Hand（《工人的手》），Brookline，MA：Zephyr Press

The Chicken-seller（《卖鸡的》），Brookline，MA：Zephyr Press

The Train（《火车》），Brookline，MA：Zephyr Press

Let Me Describe the Rainstorm（《写这场雨》），Brookline，MA：Zephyr Press

Making a Note（《记事》），Brookline，MA：Zephyr Press

Dialogue（《对话》），Brookline，MA：Zephyr Press

News（《消息》），Brookline，MA：Zephyr Press

	So Dispassionate（《多么冷静》），Brookline，MA：Zephyr Press
	Waitress（《小姐》），Brookline，MA：Zephyr Press
	Crossing the Lingdingyang，the Lonely Sea（《横渡伶仃洋》），Brookline，MA：Zephyr Press
	In Shenzhen，to a Group of Friends（《在深圳——致一帮朋友》），Brookline，MA：Zephyr Press
2014	*White Horse*（《白马》），London：Hope Road Publishing
	The Unbearable Dreamworld of Champa the Driver（《裸命》），New York：Doubleday
	The Stone Ox that Grazed（《牛得草》），Tai Pei：Asymptote
	The Man with the Knife（《带刀的男人》），Tai Pei：Asymptote
	Snow and Shadow（《雪与影》），Hong Kong：East Slope Publishing
	The Book of Sins（《冒犯书》），Hong Kong：Make-Do Publishing
2015	*Paper Tiger：Inside the Real China*（《纸老虎》），London：Head of Zeus
2016	*Crystal Wedding*（《晶婚》），London：Balestier Press
2017	*Happy Dreams*（《高兴》），Seattle：Amazon Crossing
2018	*The Chilli Bean Paste Clan*（《我们家》），London：Balestier Press
2019	*Broken Wings*（《极花》），London：ACA Publishing Ltd.

朝着黎明

走在已埋葬的岁月之上

幸存者不诉说回忆

心中的要塞

沉默如雷

生活永远始于今天

在应该结束的时候

重新开始!

————郑玲《幸存》

Over a period of life already buried

Survivors do not confide their recollections

In their hearts the strategic passes

Areas silent as thunder

Life forever begins with today

Just when it was supposed to

Conclude

It makes a new start!

—"Survivors", trans. by Denis Mair

五 玄机博证中西道
妙笔联吟英汉诗
——美国汉学家梅丹理译吉狄马加

美国汉学家
梅 丹 理
Denis Mair
1951-

2018 年元月,北京正是数九隆冬,气温骤降。此时,中国诗歌网的编辑部却是一片欢声笑语,温暖如春的景象。一位身高一米九、金发碧眼、年过花甲的美国人走进诗人和编辑中间,操着一口流利的普通话,爽朗而亲切地同他的中国友人畅聊诗歌,其间不时谈到《庄子》和《易经》、李白和杜甫。他喜欢中国的白酒,虽是地地道道的美国人,但谈吐间总带着一股中国北方人的豪迈和坚毅。他谈论美酒时的气质,让人不禁联想起杜子美的诗句"天子呼来不上船,自称臣是酒中仙"。这一天是中国诗歌网值得铭记的一天:美国诗人、汉学家丹尼斯·梅尔(Denis Mair,1951—)入驻中国诗歌网,成为该网站第一位美国诗人。他曾担任美国宾夕法尼亚大学(University of Pennsylvania)东亚语文系讲师、台湾天人研究院的讲师,担任云南大学艺术与设计学院访问教授、北京大学诗歌研究院研究员和台湾日月潭涵静书院院务委员。他不仅翻译了大量中国当代诗歌,而且还能灵活地运用汉语作诗,其作品兼具中国文化的朦胧感与美国自由诗体的豪放感。他的中文名字——梅丹理,已在中国《易经》研究界以及中国当代诗坛广为人知。

（一）诗歌与哲学的融会贯通：《易经》研究

1951 年，梅丹理出生于美国，年轻时，他就已经与中国文化结下深厚的缘分。最初梅丹理学习的是生物学。20 岁时，母亲病重，一直陪伴母亲的他在看护母亲之余开始阅读东方哲学，接触了《道德经》《庄子》和《易经》等书。其中最令他印象深刻的当数《庄子》和《易经》，这两部经典传达的宇宙观对他日后的学术研究及译介历程起到了重要作用。梅丹理对《易经》的英译与研究使他赢得汉学界的一致认可。后来，他广泛阅读唐诗宋词的英译本。汉语古诗词所传达出的朦胧蕴藉之美，让他对中国文学情有独钟。梅丹理发现，许多诗人传达出的生死观与西方宗教的彼岸价值完全不同。中国主要从自然角度理解生死，对于鬼神则讳莫如深，正所谓"不语怪力乱神"；西方则主要从宗教的角度看待生与死的问题。两者间的异同令梅丹理极为着迷。他觉得，要想深入了解中国文学文化，必须要学会汉语，阅读原典。于是在大学二年级时，梅丹理开始学习中文，并获得了俄亥俄州立大学的中文硕士学位。可以说，中国的哲学典籍与诗歌为梅丹理日后的译介与研究种下了一粒麦种；此后他一直围绕着这两个方面，开展了大量研究与翻译，为中国哲学以及中国当代诗歌在英语世界的进一步传播做出了重要贡献。

《易经》是梅丹理早年最主要的研究方向。年轻时为了深入钻研中国哲学，了解《易经》的文化背景，他曾居住在台湾天人修道院（后被称为天人研究院）修禅，并担任该院的讲师。梅丹理为该院翻译了大量关于儒道融合的文献典籍，同时多次参加国际道教研讨会，翻译了冯友兰的《三松堂全集自序》（*The Hall of Three Pines：An Account of My Life*，1999）和真华法师的《参学琐谭》（*In Search of the Dharma：Memoirs of a Modern Chinese Buddhist Pilgrim*，1992）。梅丹理撰写了大量《易经》研究文章，而且一直在翻译和解读《易经》。在访谈中，梅丹理曾谈及《易经》对其本人的重要影响：

研究《易经》培养了我对神话和诗歌意象的洞察力。在处于各文明源头的种子般的文本中,《易经》是唯一一个完全由意象组成的作品,或者说是完全由意象构成的母阵。它没有固定的推论式或叙述式的解释,但意象本身有着很强的象征意义,甚至连母阵结构都带有象征意义。通过研究传统注解,我学会了如何在没有理论预设的情况下探讨象征符号本身。因此,我养成了一个习惯,即用人类学的方法理解《易经》,并用这种方法理解《易经》以外的意象和符号。①

"昔者圣人之作易也,将以顺性命之理。"②《易经》是一部卜筮之作,"包括由八卦推衍出来的六十四卦的卦象、卦辞和三百八十四爻的爻辞"③。《易经》与《易传》合称为《周易》,是中国古代哲学的大成之作。在《易经》中,古人已经深知,人的主观意识在认识世界、改造世界的过程中起主导作用。人可以通过自身的道德修养、主观认知、行动作为,也就是所谓的"人谋",来扭转乾坤,逢凶化吉,获取有利于自我发展的形势和条件。一直以来,由于阶级史纲的批评视角以及大众文化的渲染和传播,《易经》要么就变成封建思想的毒草和糟粕,要么就是街头卜卦者营利的宣传书目和赚钱工具,而认真看待其精神内涵的人却少之又少。梅丹理另辟蹊径,从符号学、现象学和人类学等层面分析研读《易经》,为《易经》在新时代的传播和研究带来了新的视角。在解读中国诗歌时,梅丹理将《易经》中"象"的美学价值用于诗歌分析之中,这为他的解读增添了一分原型批评的意味。

关于《易经》中的"象",古往今来已有大量论述。唐代经学家孔颖达在《周易正义》中解释说:"《易》卦者,写万物之形象,故《易》者象

①　梅丹理、张媛:《〈易经〉研究与吉狄马加诗歌翻译——美国翻译家梅丹理先生访谈录》,《燕山大学学报》(哲学社会科学版),2014年第1期,第74页。

②　黄寿祺、张善文:《周易译注》,上海:上海古籍出版社,2000年,第428页。

③　叶朗:《中国美学史大纲》,上海:上海人民出版社,1985年,第64页。

也……以物象而明人事，若《诗》之比喻也。"①钱锺书说："《易》之有象，取譬明理也。"②《易经》的卦象和爻辞，都蕴含着极为复杂的世界观和象征含义；《易传》中诸如"立象以尽意""观物取象"等关于《易经》的评述都传达出《易经》中"象"的重要意义与美学价值。梅丹理由此延伸到诗歌的意象分析之中，认为无论是中国古代诗歌还是现当代诗歌，都可以透过《易经》卦象的文化内涵，对意象背后的文化符码和文化渊源进行阐释。

梅丹理的《易经》研究方法颇值得文学研究者和翻译工作者学习。他认为理解也是一种创造，诗人创造某类意象之后，留给读者和批评家去理解，而这一理解的过程其实正是再创造的过程。梅丹理的这一思考颇类似于接受美学的研究思路，这也印证了他深厚而扎实的文艺理论基础。他说："基于对《易经》的研究，我意识到可以将这两种理解符号的途径相结合来解释文本。我喜欢交替使用它们，有的时候甚至会让它们相互质疑。它们已经成了我的思维习惯，经常在我的思维中潜移默化地起作用。"③既用接受的方法去理解文本中的深层信息和潜文本，又以批评家的方式去合理想象与再创造，想必是每一个跨文化研究者在研究他者文化时所必须经历的研究过程，而这也与《易传》中"仰则观象于天，俯则观法于地"的审美观照方式如出一辙。正如著名学者叶朗所说，"艺术家不能只着眼于一个孤立的对象，不能局限于某一个固定的角度，而要着眼于宇宙万物，要仰观俯察，游目骋怀，只有这样，才能得到审美的愉悦"④。《易经》研究丰富了梅丹理的译介经历，也延展了他的学术思维和研究路径，也影响了他在诗歌方面的研究方法。

以《易经》为基点，将符号学和人类学的意象分析用于当代诗歌研

① 叶朗：《中国美学史大纲》，上海：上海人民出版社，1985年，第66页。
② 钱锺书：《管锥编》（第一册），北京：中华书局，1979年，第11页。
③ 梅丹理、张媛：《〈易经〉研究与吉狄马加诗歌翻译——美国翻译家梅丹理先生访谈录》，《燕山大学学报》（哲学社会科学版），2014年第1期，第74页。
④ 叶朗：《中国美学史大纲》，上海：上海人民出版社，1985年，第77页。

究之中,这种研究思路在梅丹理翻译解读彝族诗人吉狄马加的诗歌时尤为明显。《易经》中有许多爻辞本身就是诗歌,兼具《诗经》中的"赋""比""兴"三类手法,因而使得审美形象中的诗意更为突出。梅丹理抓住意象背后的象征符号,着重分析吉狄马加诗歌中的自然意象,例如岩石、河流等。吉狄马加出身彝族,他的诗歌固然与中原汉文化有着一定的差别。但就汉语本身的意象所承载的文化价值来看,其诗歌仍能清晰地展现少数民族的历史经验,以及汉文化和彝族文化间的共通与交融。梅丹理发现,吉狄马加经常使用岩石这一意象,这使他想起了《易经》中的"艮"(山)。这一符号和《易经》中的多数意象相仿,其所蕴含的不仅只是自然界层面的意义,而且还包含了"人的心理过程或社会过程的某些方面"①。梅丹理结合了佛教的"因果"观念,认为"艮"除了山地这类自然含义之外,其隐喻含义更是在指涉这一艰苦环境之下的历史变迁以及艰难境遇:

> "艮"是以《易经》的方式象征我们之前所经历的历史产生的结果……在吉狄马加的诗中,艰难的历史境遇形成的业障在这些山地人民的脸上留下了深深的印记……他们不得不面对历史带来的结果。他们变成了自己的障碍;同时,历史把它们变得坚硬,甚至顽固、不可改变。②

自然环境的"因",种下了生长在这片土地上的彝族在历史、文化、道德伦理等方面的"果"。彝族人不得不面对由于这些"因"所导致的各种"业障",亦即山地这一恶劣的环境影响之下的"果"。这一分析,先从客观的条件分析了自然环境的影响,又从彝族人的文化本身去研究诗歌意象所指涉的历史环境。梅丹理善于运用《易经》中的符号含义,把卦辞和爻辞化为一个又一个的符号模型,发挥其中的系统性和

---

① 梅丹理、张媛:《〈易经〉研究与吉狄马加诗歌翻译——美国翻译家梅丹理先生访谈录》,《燕山大学学报》(哲学社会科学版),2014 年第 1 期,第 74 页。

② 同上书,第 75 页。

联想力。这也是一种富有创造力的批评维度。

梅丹理的《易经》研究不仅拓展了传统《易经》研究与西方文学理论相结合的研究思路,拓展其文化视野与历史背景,而且一定程度上还在中国现当代诗歌的研究领域发现了新的维度。许多看似朦胧、艰涩的诗歌意象,其背后正是与《易经》中的意象相通的世界观,都是中国古代具有文化负载意义的能指。这种跨文化和跨学科的研究方法,值得许多文学研究者和翻译者学习领悟。

(二)“内心丘壑的跋涉”:当代汉语诗歌译介与研究

梅丹理如是论诗:“诗是对内心丘壑的长途跋涉,也是内心的一种很特殊的外在化。这种外在化的特殊,是因为它只能在别人的心中得到呈现。这种由内心通到内心的过程,是合乎人类灵性的本质,因此我觉得诗是一种发掘人类灵性的努力。”①翻译家在文化交流与传播层面上也正是在“发掘人类灵性”,他们将源语国的文化传播到目标语的文化圈层中,使多种文化、多种媒介相互交织,互相碰撞。在文学翻译中,诗歌翻译成为公认的难以攻克的堡垒。当一种富有节奏与韵律、充满哲思与思辨的诗歌用其他语言重新解读时,其中所流失的思想性、艺术性难以估量。但功夫不负有心人,像梅丹理这般打通中美诗歌、精通英汉双语的人才,正在不断地将中国当代的诗歌译介到英语世界,使中国诗歌得以和世界诗坛充分接轨,让英语世界的诗人们得以听到中国当代诗人的声音。

梅丹理的诗歌翻译可谓是硕果累累。他翻译的诗集包括台湾诗人麦城的《麦城诗集》(*Selected Poems of Mai Cheng*,2009)、黄贝岭的《旧日子》(*Bei Ling：Selected Poems*,*1980—1995*,2006)、吉狄马加的《黑色狂欢曲》(*Rhapsody in Black*,2014)、《火焰与词语——吉狄马加诗集》(*Words from the Fire：Poems by Jidi Majia*,2018)、《我,雪豹……》(*I，Leopard…*,2018)等。此外,他还编写了多部诗歌选集,

---

① 梅丹理:《慈月宫陈夫人赞》,《华语诗刊》,2015 年 8 月 28 日,第 1 版。

诸如《台湾前沿诗选》(*Frontier Taiwan：An Anthology of Modern Chinese Poetry*,2001)和《当代中文诗歌选》(*Contemporary Chinese Poetry*,2007)等,译作涉及的诗人有严力、伊沙、吉狄马加、黄贝岭、于坚、韩东、骆英等,囊括了国内中青年诗人主力。在美期间,他在大学里主要讲授中国诗歌,在美国西部《庙宇》(*The Temple*)诗刊担任副编辑。2004年,他参加并策划华盛顿州瓦拉瓦拉(Walla Walla)诗歌节。在中国,梅丹理也很活跃,广泛接触中国当代文学。1986年至1989年,梅丹理在北京的外文出版社工作,在此期间,接触到了当时在中国文坛引起轰动的先锋文学,阅读了王蒙、余华、马原、徐星和铁凝等人的作品,还试着翻译了部分作品。其中,王蒙的《蝴蝶》(*The Butterfly*,2014)和铁凝的《麦秸垛》(*Haystacks*,2014)已由外文出版社

出版。梅丹理并不理解为什么有的汉学家会贬低中国当代小说。他特别推崇马原的小说:"马原写的东西没办法用西方的流派来归类,他不属于魔幻现实主义,也不属于新小说派,但他有自己的深度。"①可见除了诗歌方面的研究与译介,梅丹理对于中国当代小说的评价相当之高,而且其评论的视野也极为宽广。1986年,国内举办了现代诗歌群体大展,梅丹理是唯一受邀出席的外国人。从这次举办的诗歌盛会可以明显看出,中国当代诗歌开始从初具现代性的朦胧诗转为众声喧哗、风格多样的后朦胧诗。梅丹理如此评价中国的当代诗歌:"有一些个人的心声是我在西方完全没有听到过的,有些人的个人感受,他们诗歌里体现的现代性,跟我在西方看到的现代性也是不一样的。"②进入21世纪,梅丹理开始广受国内文学艺术界的认可。2006年,梅丹理获得上海撒娇诗院的诗歌交流奖,2007年任南京艺事后素美术馆的驻馆顾问,2009年任北京上苑艺术馆驻馆诗人。2018年,梅丹理入驻中

① 倪宁宁:《梅丹理:中国有个诗江湖》,《现代快报》,2007年6月10日,第A23版。
② 同上。

国诗歌网,成为当时中国诗歌网唯一的美国学者、译者和诗人。国内外的各类翻译成果与实践活动,使得梅丹理的诗歌译介取得了越来越显著的成就。

梅丹理的诗歌英译本各有千秋,针对不同的诗歌风格,及时调整诗歌的节奏、韵律、音调,掌握好诗歌的音乐性,尽可能地直译以还原诗歌的语言美。这一点在翻译彝族诗人吉狄马加的诗作时尤为突出。梅丹理一直在关注少数族裔的文学创作。在美国他关注印第安部族的诗歌文化和口头文学;在中国他译介了摩梭僧人龙步喇嘛的自传与诗歌,还挖掘出了吉狄马加的诗歌,并将其译成英语。梅丹理试图比较吉狄马加的彝族诗歌传统与印第安人的诗歌传统,"吉狄马加的诗为我提供了一个对比基础,或者说给了我一个参照点,让我去思考在美洲印第安群体中发生了什么"①。他还试图比较吉狄马加和哈莱姆文艺复兴之间的异同。以他者文化观照自身传统,使得梅丹理有着极为宽阔的世界文学研究视野。

在译介吉狄马加的诗歌时,梅丹理特别注重音乐性的处理。当代诗人主要以自由体的诗歌形式进行创作,而自由体诗在诗歌的音乐性上可能大打折扣。梅丹理认为,虽然吉狄马加的诗是延展、拖长的自由体诗,但其音乐性表现为"观念的音乐性"(ideational musicality)②。在诗歌中,思维与话语两方面的音乐性相互重合,体现出"隐喻和情感的连续性"③。为此,梅丹理尽可能地还原诗歌中的节奏、乐感和韵律,以及语词间思想的流动。他广泛使用音译的方式,用罗马音为彝语做标注,将彝族语言中的文化负载词直接展现出来,力图保留原诗的表达方式和诗歌形式。尊重作者的创造性、陌生化语言,尊重不同文化的特殊性与独一性,这是梅丹理在译介少数族裔文学作品时给予翻译工作者的启示。

---

① 梅丹理、张媛:《〈易经〉研究与吉狄马加诗歌翻译——美国翻译家梅丹理先生访谈录》,《燕山大学学报》(哲学社会科学版),2014 年第 1 期,第 73 页。
② 同上书,第 75 页。
③ 同上书,第 76 页。

译介"5.12 大地震诗歌墙"①上的 20 首诗歌,是梅丹理颇受触动的一次翻译体验。在他眼中,翻译这些饱含真情、充斥血与泪的诗歌是一次"心灵的启迪与洗礼"②。这 20 首诗歌是从全国两万多首诗歌中选出的精品,每一首诗兼具思想性和艺术性,且满怀强烈的情感。梅丹理阅读之后大为感动,不但热诚地答应了《星星》诗刊的翻译请求,而且当即决定,不收一分翻译费。诗人严力深为感慨:"作为一个汉学家,一个翻译中国现代诗的汉学家,他不是为了稿费,而是以学习的态度而进行。所以,他阅读了很多中国现代诗,他甚至认为自己从中国现代诗歌中汲取的营养多于西方诗歌。"③梅丹理对中国的深厚感情,激发了他的诗歌热情,他译的 20 首诗歌,每一首都达到了很高的艺术水准。以郑玲的《幸存》为例,诗人对灾后重建家园的明天充满希望,整首诗洋溢着乐观、激昂、奋进的情绪,语言质朴流畅:

> ……朝着黎明走在已埋葬的岁月之上
>
> 幸存者不诉说回忆
>
> 心中的要塞
>
> 沉默如雷
>
> 生活永远始于今天
>
> 在应该结束的时候
>
> 重新开始!④

---

① "5.12 地震诗歌墙"是 2011 年 4 月 28 日在四川什邡市落成的关于"爱"与"重生"的诗歌墙,墙上共有 20 首诗歌,均从全国各地的 2 万多首地震诗歌中精选而出,包括苏善生的诗作《孩子,快抓紧妈妈的手》、王平久的诗作《生死不离》、龚雪敏的诗作《汶川断章》等。一直以来,"5.12 地震诗歌墙"受到各方广泛关注,梅丹理应《星星》诗刊邀请,将诗歌墙上的 20 首诗作译成英文。

② 杨帆:《美国诗人梅丹理:翻译这些诗歌是心灵洗礼》,《华西都市报》,2011 年 4 月 21 日,第 3 版。

③ 严力:谈谈美国诗人梅丹理,《诗歌月刊》,2017 年第 1 期,第 48 页。

④ 杨帆:《美国诗人梅丹理:翻译这些诗歌是心灵洗礼》,《华西都市报》,2011 年 4 月 21 日,第 3 版。

梅丹理的译文延续了这首诗的节奏感,同时强化了每一行诗行的韵律,使之朗朗上口:

> …
> Over a period of life already buried
> Survivors do not confide their recollections
> In their hearts the strategic passes
> **Areas** silent as thunder
> Life forever begins with today
> Just when it was supposed to
> **Conclude**
> It makes a **new start**[①]

译文保留了原作朴实有力的诗风,同时为了便于英语读者更快地进入语境,梅丹理酌情处理了部分较为含混、多义的意象。例如"沉默如雷",梅丹理增添了一个限定的空间"Areas",其明确含义指的是上一行的"要塞",在此处断句突出了节奏感;同时,"Areas"又指涉汶川这片受苦受难的地震灾区,具象化了"沉默"一词,使之符合英语诗歌具体、明晰的用词习惯。又如"Conclude"一词,原文中并没有将"结束"单独成行,但梅丹理这般处理,与下文的"new start"形成呼应,突出这样一个含义:结束之后即是开始。而且,"Conclude"亦有"总结""结论"之意,是一种满含思考、回顾过去的结束感。结束之后又是新生,恰好印证了重建家园的诗歌主题。看似突兀的断句,实际上是出色的"创造性叛逆",更胜原文一筹。梅丹理的诗歌译文之水准由此可见一斑。诗人严力曾如此评价梅丹理:

---

① 杨帆:《美国诗人梅丹理:翻译这些诗歌是心灵洗礼》,《华西都市报》,2011 年 4 月 21 日,第 3 版。

认识梅丹理是我的荣幸，作为一个美国诗人，一个汉学家，一个对中国的儒学、道学、易经、古典及现代诗都有研究的人，我认为他在这个世界上是独一无二的，独一无二并不是世俗世界成功的保证，他的成功在于完善了自己和这个世界的诗意关系。①

既关注中国当代诗坛的动态与发展，积极将中国诗人的诗作推向国际诗坛，又对目前中国发生的巨变记挂在心，抱着虚心学习的赤子之心来译介优秀的文化成果，这便是梅丹理对中国文化的突出贡献。

（三）沟通中美文化的桥梁：中英文诗歌创作

除却研究者与翻译家的双重身份，梅丹理本人更为重要的身份是诗人。他的诗歌启蒙来源于美国的自由体诗，那是惠特曼（Walt Whitman，1819—1892）带给美国现代诗人的无限财富，是艾伦·金斯堡（Alan Ginsberg，1926—1997）带给美国当代诗人的狂欢与宣泄。梅丹理说：

我很渴望表达人生周遭那么多、那么丰富的事以及内心体验，向往语言的那种结晶，于是做了诗的探索。读金斯堡等诗人的诗歌，使我追求思想的音乐性和它的律动线条、冥想中诗歌意象，但想法与表达毕竟不同。虽没有受过文学正规化的训练，没有读英文系，但没关系。可以冥想。它的不期而遇的音乐感，常常成了我写诗的契机。②

谈起美国诗人，梅丹理如数家珍，他广泛阅读惠特曼、加里·斯奈

① 严力：谈谈美国诗人梅丹理，《诗歌月刊》，2017 年第 1 期，第 48 页。
② 李天靖：《事物是他们自己的象征——美国诗人、翻译家 Denis Mair（梅丹理）访谈》，《诗歌报》，2005 年 5 月 19 日。

德(Gary Snyder,1930—　)、西尔维娅·普拉斯(Sylvia Plath,1932—1963)、艾伦·金斯堡和威廉·华兹华斯(William Wordsworth,1770—1850)等英美大家的作品,熟悉到可以脱口而出。他特别关注英语诗歌的发展,在美国的各项诗歌朗诵会上也经常能够看到梅丹理的身影。此外,中文诗歌的滋养也让他具备了独一无二的东方气质。实际上,自埃兹拉·庞德(Ezra Pound,1885—1972)以降,美国20世纪的许多诗人均受到中国哲学和中国诗歌的影响,但梅丹理不同于那些通过英文译文了解中国文化的诗人。他受中文原典的泽被,读唐诗背唐诗,在冥想中感悟诗性、激发灵感,透过方块字直接体悟其中的哲思。中美诗歌的交融碰撞,东西方的融会贯通,统统汇聚在梅丹理的诗歌创作之中。

梅丹理曾出版过一本诗集《木刻里的人》(*Man Cut in Wood*,2006),此外他还创作了大量关于中国文化的英文组诗,即使是英文诗歌,也颇具唐诗宋词的蕴藉之美。阴柔的意象之间饱含佛家的"大慈悲""大悲悯"。再如梅丹理于2017年成都国际诗歌周创作的诗歌《访武侯祠有感》("After Visiting Zhuge Liang's Shrine"),用词质朴流畅,直抒胸臆,慨叹今昔:

Because a man straddled the line between human and divine,

But his apotheosis happened in the past, and now this place

Has been restored as a venue for humanistic gatherings.

From human to divine to human, it was all an aesthetic process.

This kind of conversion gives a taste of the literati ethos,

Which is why joining in this salon felt like coming home.[1]

梅丹理的中文诗歌在中国当代诗坛也是颇有声望。与英文诗歌创作相仿,他主要采用自由体诗体,且大多融合中国古典诗词中的意象,或以精炼的诗行抒发情感,体现含蓄蕴藉之美;或汲取儒学、道学、佛学的思想,探讨自然、宇宙与人生的关系。诗歌《慈月宫陈夫人赞——金圣叹求女仙降坛》[2]借用金圣叹的典故,呈现出类似《离骚》和《九歌》中亡灵招魂的场景。梅丹理在此不仅表现"魂兮归来"式的巫术仪式,而且还以此类比诗神,如同柏拉图《斐德若篇》中所提及的"诗神附体",借诗神给予的灵感来激发创作:"芳魂,我明知你离我不远/请你来附体,让我拿起五彩妙笔/让世人都知道你的威力。"诗中的"芳魂"指代陈夫人,在此她已化身为附着在诗人心中的"诗神"。紧接着,儒、释、道的多种思想都出现在诗句中,梅丹理将与之相关联的古典文学意象铺陈开来。有《周易》中的乾坤:"你启发了我的志向,要著书立说/让世人知道文章里也有乾坤";有《水浒传》中的儒者:"梁山泊的绿林好汉也为儒者立教";有宫闱艳曲中极为微妙的佛家:"艳曲中的纯情少女/也能让我们了悟到/佛经所说的本心清净"。再如散文诗《坤德颂》[3],语言略有艰涩,但整首诗的意象铺陈紧凑,想象奇崛,巧妙地诉出了诗人的自然观、宇宙观、世界观。"你有卷须般的毛根,你像毛鬣毯般缠结的毡布""你是一百块布头缝成的被子"。《坤德颂》颇类似于汉赋的写作方式,广泛铺陈,笔法纵横恣肆。许多意象融合了生物学的内容,"你有相互联结的代谢圈,你让千百万种酶反应保持平

① 参见中国诗歌网文章《梅丹理成为中国诗歌网第一位美国注册诗人》,https://www.sohu.com/a/218705361_236612,2121 年 3 月 15 日。

② 以下引文参见梅丹理:《慈月宫陈夫人赞》,《华语诗刊》,2015 年 8 月 28 日,第 1 版。

③ 以下引文参见中国诗歌网梅丹理的《坤德颂》,http://www.zgshige.com/c/2018-01-24/5247731.shtml,2021 年 3 月 15 日。

衡"。"有时你把我们装进孵化箱,用你的丰富喂养我们的胚胎酵素"。这离不开梅丹理早年的生物学学习经历。此外,诗人又将现代事物纳入诗歌之中,古今熔为一炉,跳跃性极强。"你体内繁忙,就像电视屏幕上的雪花点一样"。诗风总体上呈现狂欢、陌生、诡异奇谲的特点;用缤纷繁杂的意境,去构建"坤德"这一虚无缥缈、含混复杂的哲学概念。这再一次印证了梅丹理中西贯通的诗学特征与方法实践。

梅丹理的中文诗得到很多中国诗人的高度认可,诗人梁平、严力都对此给予很高的评价。在问及为何用中文写诗时,梅丹理的一番回答令人印象深刻:"我所有的用中文直接写的诗,并不是想表明我的中文诗有多么了不得。我的每一首这样的诗,都是缘于与中国人用中文交谈之后获得的一些感受,或者觉得谈话还没有尽兴之后的延续,这种延续在语言学的逻辑上是中文的,所以更适合用中文来继续。"①梅丹理的诗歌为中国诗人和学者提供了一面文化互鉴的明镜,其创作既包含美国自由体诗的形式与风格,又借鉴了中国古代诗歌中的意境与格局,从思想和艺术两方面实现了中美诗歌的交流。他的诗歌值得更多的学者了解研究。

梅丹理依然活跃于诗坛和翻译界,仍然在推出新的作品与研究成果。无论是《周易》、道学和佛学等中国哲学思想的研究,还是中国当代诗歌的译介与研究,甚或是中英文诗歌的创作,梅丹理都在当代中国文学中留下了浓墨重彩的一笔。中国的哲学和诗歌如此复杂,如此宏伟,梅丹理在其中游刃有余。他打通二者的共通之处,将其放置在中国的文化语境之中,实现了跨文化、跨媒介、跨学科的比较视野。他的诗歌译介也在当代诗坛激起千层浪,让英语世界看到中国当代诗人的身影,听见中国当代诗歌的声音。梅丹理这番对于中国文学的热忱与激情,已经变作流动的主题旋律,在文学的理论建构和创作实践两方面不断反复、再现、变奏,成为当代中国翻译界、文学界最为独特的乐章。

---

① 严力:《谈谈美国诗人梅丹理》,《诗歌月刊》,2017年第1期,第49页。

梅丹理主要汉学著译年表

1992	*In Search of the Dharma*：*Memoirs of a Modern Chinese Buddhist Pilgrim*（《参学琐谭》），New York：State University of New York Press
1999	*The Hall of Three Pines*：*An Account of My Life*（《三松堂自序》），Honolulu：University of Hawaii Press
2006	*Bei Ling*：*Selected Poems*，*1980－1995*（《旧日子》），Boston：Tendency Inc. *Man Cut in Wood*（《木刻里的人》），New York：Walt Whitman Literature Fund
2007	*Contemporary Chinese Poetry*（《中国当代诗歌》），上海：上海文艺出版社
2009	*Selected Poems of Mai Cheng*（《麦城诗选》），Exeter：Shearsman Books
2012	*Reading the time*：*Poems of Yan Zhi*（《阅读时间：阎志的诗》），Paramus，NJ：Homa & Sekey Books
2014	*Rhapsody in Black*（《黑色狂欢曲》），Oklahoma：University of Oklahoma Press *The Butterfly*（《蝴蝶》），北京：外文出版社 *Haystacks*（《麦秸垛》），北京：外文出版社
2015	*Poems by Jidi Maja*（《吉狄马加的诗》），成都：四川文艺出版社
2016	《无题》（"No Title"），《作品》，第 10 期，第 136 页 《我和乔治》（"Me and George"），《作品》，第 10 期，第 137 页
2017	"After Visiting Zhuge Liang's Shrine"（《访武侯祠有感》），2017 年成都国际诗歌周

2018	*I，Leopard*……（《我，雪豹……（中英双语版）》），郑州：河南科学技术出版社
	Words from the Fire：Poems by Jidi Majia（《火焰与词语——吉狄马加诗集》），Honolulu：University of Hawaii Press
2019	*Safe Harbor：Life With My Old Lady*（《安全港湾》），New York：New Century Press
	《终于，白孔雀来了》（"Finally，the White Peacock Came"），《诗歌月刊》，2019 年第 8 期，第 67 页
	《孙儿阿蒙》（"Grandchild Armon"），《诗歌月刊》，2019 年第 8 期，第 67 页

本章结语

　　我们这样对汉学家们的文学英译历程进行研究,是建立在双语文学文本也就是源语文本和目标语文本的基础之上的,但不等于说单一的译本研究或者建立在译文基础上的研究就没有价值和意义。随着经济和政治等各方面实力的不断增强,中国在世界中的地位也显著提高,而中国文学文化也越来越受到世界各地人们的关注。值得一提的是,海外的个别汉学家也对此做了一些研究,并出版了研究成果,主要有澳大利亚汉学家雷金庆的《中国当代小说的翻译与批评(1945—1992)》和杜博妮的《中国现当代文学作品翻译:官方操作与版权交易》等,均从宏观的角度关照中国现当代文学作品的翻译市场。

　　中国文学特别是当代文学在国外研究的逐渐兴起离不开国外文学评论界与汉学家们的推介,近年则是对莫言的作品给予较多关注。"莫言研究书系"中宁明的《海外莫言研究》对此有过系统的评述和研究。但这些研究者大都不太懂中文,基本上都是将葛浩文的译本当作源文本,而且更少涉及翻译问题。截至2013年12月,在西方世界(以英文写作,并在国际刊物上)发表的有关莫言小说研究的文章已经100多篇,包含专著或论文集中的相关章节,其中艺术与人文科学引文索引(A & HCI)上有50多篇,国际权威数据库EBSCO上面有30多篇,尤以《今日世界文学》刊登最多。

　　就内地以外的大中华地区而言,中英文报纸上登载的有关莫言最新小说《生死疲劳》的文章报道有接近数百篇,对其他当代中国作家的关注也越来越多,但这些文章的侧重都不在汉学家的翻译实践、译介策略和理念及其学术贡献等问题上,至于这些翻译活动发生的深层原因、译介策略、存在的诸多问题及给中国文学走出去带来的启示意义则更是鲜有人问津。这也是我们集中讨论这个问题的原因之一。

记得一次在中国当代文学外译研究的峰会上，贾平凹问我为什么他的小说的译本没有莫言的影响大。我当时是这么回答的：他俩的小说绝对都是一流作品，都吸引人，具有很高的艺术价值。两者的区别在于，莫言的小说以讲故事见长，通过故事讲道理，《红高粱》《天堂蒜薹之歌》和《丰乳肥臀》等都是如此；贾平凹的小说是讲文化，玩的是文字游戏，像《古炉》《秦腔》《商州》等。故事和道理都容易翻译和把握，文字游戏和地方文化元素则很难忠实移译，存在较多的不可译性。余华的小说的故事讲得好，给人回味的余地，像《在细雨中呐喊》《活着》《兄弟》《许三观卖血记》都是非常好看的小说。余华之所以受白亚仁、琼斯和罗鹏等汉学家的一致喜欢，恐怕道理也在这里，就在于好译。

　　在众多汉学家中，徐穆实算是个特例。他长期逗留中国，做了很多田野调查。时间一久，他的汉译英竟然被美国同行说带有 Chinglish 味道，以至于不得不找同行润饰一遍，以减少中式英语的程度。这是个特例，但也确实说明一方面问题。

　　陶忘机曾任美国文学翻译家协会主席，既翻译台湾科幻小说、诗歌、儿童文学，也介绍大陆作家如金宇澄的《繁花》等作品。但给人印象深刻的还是他对台湾诗人洛夫的诗歌的出色翻译。杜克大学的罗鹏多年来主攻阎连科和余华，研究、译介两方面都做了很多工作。他和上海的关系比较密切，曾多次受邀来到上海各高校讲学，并借此与中国学者和作家建立了良好的关系。

第三章　汉学家与中国当代文学的英语传播（中）

　　这时候雨点下来了，我赶紧向前奔跑过去，我看到了远处突然升起一片火光，越来越大的雨点与那片火纠缠起来，燃烧的火不但没有熄灭，反而逐渐增大。就如不可阻挡的呼喊，在雨中脱颖而出，熊熊燃烧。

——余华《在细雨中呼喊》

　　Rain began to fall, and I ran ahead as fast as I could. Suddenly I saw flames in the distance. The rain grew heavier, pitting its strength against the fire, but the blaze, far from weakening, was crackling with even greater fury. It had asserted itself in the rain like an unstoppable cry, and now it was burning with a vengeance.

—Cries in the Drizzle, trans. by Allan H. Barr

一 古今文薮百无一
中西交汇自无一
——英国汉学家白亚仁译余华

英国汉学家
白亚仁
Allan H. Barr
1954–

在许多有关中国文学的研讨会上，人们常常能见到一位瘦高身材、金发碧眼、温文尔雅，还说着一口流利中文的"洋面孔"，他就是白亚仁（Allan H. Barr，1954— ）。他对中国文学的一往情深，源起于他对蒲松龄和《聊斋志异》的一见钟情。探古迹，阅古籍，这位孜孜不倦的英国博士已然成为海外蒲学研究的领军人物。通晓古今的白亚仁笔耕不辍，研究古典文学之余以翻译放松身心，译著不断，从长篇小说到随笔散文，不仅勇于尝试，而且应对自如。行走在中国灿烂的古今文化之间，白亚仁以学者严谨认真的姿态和译者包容古今的胸怀，诠释着自己眼中的多彩汉学。

（一）眼光独到，博古通今

白亚仁，英籍汉学家，牛津大学博士，生于加拿大蒙特利尔（Montreal），后在英国长大，现为美国加利福尼亚州波莫纳学院（Pomona College）①亚洲语言文学系教授。其妻是西班牙人，常跟随

按："百"无一，即是"白"；"自"无一，也是"白"。

① 波莫纳学院始建于1887年，现位于加利福尼亚州的克莱蒙特市，是美国最享誉盛名的文理学院之一，也是"克莱蒙特学院联盟"的创建者。

他来亚洲游学考察,目前也在美国教书①。

白亚仁热爱文学,喜学语言,中学时代就选修了法语、希腊语、拉丁语等语言课程。此后,悠久灿烂、丰富多彩的中国文学激发了这位英国学者的浓厚兴趣,于是大学时他选学中文。他的中文老师按其英文姓名发音,给他取了中文名字——白亚仁。白亚仁于 1977 年从剑桥大学毕业,偶然从香港购得一套路大荒整理的《蒲松龄集》,随即便对蒲松龄和《聊斋志异》产生了浓厚的兴趣。彼时,恰逢中英两国开展交换留学生项目,白亚仁积极报名,最终成为 15 名英国留学生中的一员。他来到中国,进入复旦大学修习中国古典文学,一年交流期满后重返英国,在剑桥大学继续攻读硕士学位。文言小说在国外相对冷门,他敏锐地发现了这一研究的价值,遂潜心钻研蒲松龄及其《聊斋志异》,而后成为英语世界聊斋学研究的代表人物。② 1983 年,白亚仁获得牛津大学明清文学博士学位,便决定去名校云集的美国一展拳脚,于是来到了历史悠久的波莫纳学院讲授中国明清文学。他的主要研究方向有两个:一个是明清文言小说,集中于《聊斋志异》和蒲松龄的其他作品;另一个是中国当代小说,以余华的作品为主。此外,他还在教书之余研究明末清初文学的代表作家王士禛的诗歌理论。③ 白亚仁研究汉学四十余载,为中国古代文言小说研究以及当代文学的译介做出了一定的贡献。

赴美任教后,白亚仁发现,和其他西方国家相比,美国在汉学研究方面投入力量较大,不仅有许多中文杂志,还有不少对中国文化感兴趣的学者同仁,因此他得以更全面地了解这一领域国际研究的动态。他说:"作为一个西方人,接触海外流散资料的机会要比中国国内的聊

---

① 参见马瑞芳:《学海见闻录》,北京:中国文联出版公司,1988 年,第 188 页。

② 李艾岭:《英语世界中的"聊斋学"研究述评》,《中外文化与文论》,2013 年第 3 期,第 85 页。

③ 张莉莉:《一位美国学者的心愿——记白亚仁教授》,《走向世界》,1995 年第 1 期,第 22 页。

斋学者大一些,这一长处很可能会填补学术研究上的空白。"①如20世纪80年代,他在哥伦比亚大学发现了一份中国人的家谱,堪称海外孤本。这个家谱对于理解蒲松龄的一首诗很有帮助。此外,美国大学紧凑的课程设置和在餐厅划分"外语餐桌"方便师生用外语交流等治学举措,都让白亚仁的中文水平在短时间内有了很大的提升,也坚定了他留在美国研究汉学的决心。

白亚仁用汉语授课,科目多种多样,有中国古代文学和现当代文学,也有古代汉语和现代汉语等课程。在课堂上,会将许多中国文学的优秀作品介绍给学生,比如莫言的《红高粱家族》、白先勇的《台北人》等。每年秋天,他都会给新生开一门研习中国经典名著《红楼梦》的课程,让学生们可以从这一部"中国文化的百科全书"中了解中国文化的特点,他还把它和美国文化联系起来,找出共同点,激发学生的阅读热情。② 在他的引导下,许多学生也对中国现当代文学产生了兴趣,纷纷前来中国留学,并完成了有关杨绛、莫言和阿城等作家作品的毕业论文。③

白亚仁这种"跨越古今文学的界限"的教学方法已经站在了当今国学教育思路的前沿。眼光独到的他,在努力让自己既精通古现代汉语又能从事现代文学科研教师的同时,也带领着自己的学生走向一条爱好文学的国际化道路。

(二)文化溯旅,缘起《聊斋》

带着性格中固有的严谨和认真,白亚仁喜欢运用历史学中考证溯源的方式研究文学。由于中国文学历史悠久,而古代文本传播条件有限,造成了许多文本遗漏和版本不一等情况,心细的白亚仁再次发现这一文学研究道路鲜有涉足,从《聊斋志异》开始了自己的中华文化溯旅。

---

① 陈秀萍:《中国文化画卷》,北京:海洋出版社,2006年,第99页。

② 马瑞芳:《学海见闻录》,北京:中国文联出版公司,1988年,第188页。

③ 杨义:《中国文学年鉴2007》,北京:中国社会科学出版社,2008年,第483页。

自 1977 年接触《聊斋志异》以来，白亚仁一直对此保持高度的研究热情，先后发表中英文相关论文近 30 篇。在其所有的著作与论文中，他都坚持对《聊斋志异》的各类文本及相关的中外文化与文论的原始资料加以考证，力求得出客观准确的结论。1984 年他在《哈佛亚洲研究》(*Harvard Journal of Asiatic Studies*)上发表了文章《〈聊斋志异〉的文本传播》("The Textual Transmission of *Liaozhai Zhiyi*")。这篇文章描述了当时流传的《聊斋志异》四个重要手抄文本的演变情况，并考证了《聊斋志异》的具体写作年代，更新了此前国内相关研究的成果。次年，他再次在《哈佛亚洲研究》上发表文章《〈聊斋志异〉早期故事与晚期故事的比较研究》("A Comparative Study of Early and Late Tales in *Liaozhai Zhiyi*")。这篇文章分析了蒲松龄最早写成的《考城隍》和最晚写成的《王者》的题材来源、情节设计和性格塑造等方面的差异。至此，白亚仁不仅确定了《聊斋志异》的成书时间，而且清楚地介绍了当时流传的各种手抄本的背景，追踪了其内在联系，为国内外聊斋学界都带来了耳目一新的观点。

同时白亚仁还认为，《聊斋志异》中的部分故事并非虚构，在现实历史事件中都能找到故事的原型和背景。通过考证，他撰写了一系列"故事源流补考"文章。以《〈林四娘〉故事源流补考》①为例，文章论证了林四娘这一康熙年间盛传一时的故事的文化背景，并呈现了涉及故事源流的重要材料，如清初许旭的《友人游青州归漫成二律赠之》与陈玉璂的《青州行》。同类的文章还有《〈田七郎〉与〈聂政传〉关系探源》②《论〈王者〉的由来》③《〈聊斋志异〉所涉及的"三藩之乱"事迹考》④等。白亚仁厘清了《聊斋志异》部分故事创作的题材来源，从史实的角度探究了看似虚拟故事背后的真实背景。

---

① 白亚仁:《〈林四娘〉故事源流补考》,《福州大学学报》,2008 年第 5 期,第 44－50 页。
② 白亚仁:《〈田七郎〉与〈聂政传〉关系探源》,《文史哲》,1992 年第 4 期,第 96－98 页。
③ 白亚仁:《论〈王者〉的由来》,《蒲松龄研究》,2000 年第 Z1 期,第 110－135 页。
④ 白亚仁:《〈聊斋志异〉所涉及的"三藩之乱"事迹考》,《聊斋学研究论集》,北京:中国文联出版社,2001 年,第 200－209 页。

《聊斋志异》的写作也受到前人或者同时代作家作品的影响,这些作家作品共同构成了蒲松龄创作的文学场,因此同时代的横向研究和历史前期的纵向对比都是他考察的重点。白亚仁于 2007 年刊登在《亚洲专刊》(*Asia Major*)上的《〈聊斋志异〉与〈史记〉》("*Liaozhai Zhiyi and Shiji*")①从《史记》在明末清初的知识阶层中受到普遍重视的史实出发,以史论结合的方法具体分析,详细考察了《史记》对《聊斋》创作所产生的重要影响;他在《略论李澄中〈艮斋笔记〉及其与〈聊斋志异〉的共同题材》②《略论谢肇淛的文言小说与〈聊斋志异〉的关系》③《略谈安致远〈青社遗闻〉及其与〈聊斋志异〉的关系》④等文章中都通过这样的考证方式,从作品内容和题材的研究出发,以作家生平事迹为线索,勾勒出蒲松龄与同时代作家的紧密联系,探寻出他们笔下作品相互产生的影响。

　　白亚仁的汉学研究远不止蒲松龄和《聊斋志异》,而是辐射到当时整个年代的文学作品。在更为广阔的中国明清文学领域,他的研究同样成绩斐然:刊载在《文献》上的论文《新见袁宏道佚文〈涉江诗序〉》⑤《谢肇淛〈虞初志序〉及其小说集〈麈馀〉》⑥《新见〈六十家小说〉佚文》⑦等篇章都是他翻阅大量古籍,对一些失传文章的作者和内容作出考证

---

① Allan H. Barr, "Liaozhai Zhiyi and Shiji", *Asia Major*, Third Series, Vol. 20, No. 1, 2007, pp. 133-153.

② 白亚仁:《略论李澄中〈艮斋笔记〉及其与〈聊斋志异〉的共同题材》,《蒲松龄研究》,2000 年第 1 期,第 46 - 55 页。

③ 白亚仁:《略论谢肇淛的文言小说与〈聊斋志异〉的关系》,《蒲松龄研究》,1995 年第 1 期,第 180 - 188 页。

④ 白亚仁:《略谈安致远〈青社遗闻〉及其与〈聊斋志异〉的关系》,《蒲松龄研究》,2002 年第 1 期,第 77 - 88 页。

⑤ 白亚仁:《新见袁宏道佚文〈涉江诗序〉》,《文献》,1992 年第 1 期,第 38 - 42 页。

⑥ 白亚仁:《谢肇淛〈虞初志序〉及其小说集〈麈馀〉》,《文献》,1995 年第 3 期,第 32 - 44 页。

⑦ 白亚仁:《新见〈六十家小说〉佚文》,《文献》,1998 年第 1 期,第 285 - 287 页。

后得到的成果。在《清史论丛》中的《清人笔下的"庄氏史案"》①一文中,他利用清初与此相关的诗歌,集中讨论了这桩"清代第一文字狱大案"最关键的阶段(顺治十八年至康熙二年)的若干细节,得出结论——"庄氏史案"中的人物遭遇实际上是康熙初年地方社会的一个万花筒式的写照。

从《聊斋志异》中的小故事到清代第一文字狱案,白亚仁凭借坚持不懈的毅力和博览群书的智慧,走出了一条属于自己的溯源之路,而他笔下新见不断的学术文章,正是他一路采撷的累累硕果。

(三)耕耘译坛,融通中西

在文学研究的范畴里,白亚仁融贯古今,让古现代文学擦出智慧的火花;在文学翻译的领域内,他合璧中西,让中西方文学发生经典的碰撞。从古典转向现代,白亚仁的翻译之旅,早在 2000 年就已扬帆起航。

作为汉学家,白亚仁的工作重心是中国明清文学研究,翻译只是二十多年来的副业。对此,白亚仁自称是"中国当代文学外国翻译家队伍中的较为少见的怪物"②。从 1983 年任教开始,前二十余年间,他的研究方向基本以明清文学文化为主,偶尔会阅读当代文学作品。2000 年以后,他逐渐转至中国当代小说翻译,原因之一是想换换口味,轻松一下。白亚仁在一份自述中表示研究明清文学相当辛苦。虽然对中文的掌握程度已经很高,但古文句读仍然是难题;文献又庞杂而分散,经常为了查证一条文献要跑好几个城市,工作效率低下。相比之下,翻译中国当代文学则省事很多,在家里,一台电脑,几本字典,加

① 白亚仁:《清人笔下的"庄氏史案"》,《清史论丛》(2010 年号),北京:中国国际广播出版社,2010 年,第 49‐85 页。

② 参见白亚仁在汉学家文学翻译国际研讨会上的讲座:《白亚仁:我是外国翻译家队伍中较为少见的怪物》,http://book.sina.com.cn/news/c/2010-08-14/1348271832.shtml,2021 年 4 月 8 日。

上一两个中国朋友的电话号码，就行了。有什么难题，和作者直接联系很容易。他还坦言做翻译给了他开放的机会，暂时可以逃脱严谨的学术研究。原因之二，他在教学过程中接触过一些当代文学作品的英文译本，对有些译者的译文有些不满，产生了一些"非分之想"，"觉得自己能翻得更好"，因此"偷懒和不自量相结合"①，这些都成了白亚仁开始翻译中国当代文学著作的初衷。白亚仁还将翻译当代文学作品比作来到当下的中国街道上看景阅人，而从事明清文化研究就仿佛置身故宫，古老珍贵，但是阒无人迹。②

　　之所以选择从余华的作品，他在自述中也提到，是因为在 2000 年初，从书店买了一本刚出版不久的余华短篇小说集《黄昏里的男孩》，读完后他就考虑将它翻译成英文。这部作品吸引他的原因首先是小说的可读性，故事幽默生动，语言简洁。另外，这部小说反映的中国社会，不是美国读者已经比较熟悉的曾经的中国，而是改革开放后的、开放的中国。故事和政治的距离拉得很远，表现的是美国人更容易认同的问题，如代沟、婚姻危机等，是一部政治色彩较淡而人情味较浓的小说集，这样一部亲切的作品应该会受到很多读者的关注。在翻译《黄昏里的男孩》的过程中，他结识了作家余华，并通过他和更多的出版商、编辑建立了联系，接触到一个更加完整的中国出版界。就这样白亚仁的翻译之旅正式展开了。

　　十年来，白亚仁的译著形式多样，内容均为反映中国社会特定历史时期的作品，主要有余华的长篇小说《在细雨中呼喊》（*Cries in the*

---

① 参见白亚仁在汉学家文学翻译国际研讨会上的讲座：《白亚仁：我是外国翻译家队伍中较为少见的怪物》，http://book.sina.com.cn/news/c/2010-08-14/1348271832.shtml，2021 年 4 月 8 日。

② 于丽丽：《白亚仁：接触一个"非虚构"的中国》，《新京报》，2012 年 8 月 25 日，C04-05 版。

第三章　汉学家与中国当代文学的英语传播（中）

229

Drizzle, 2007) 和《第七天》(*The Seventh Day*, 2015)，随笔集《十个词汇里的中国》(*China in Ten Words*, 2012) 和短篇小说集《黄昏里的男孩》(*Boy in the Twilight : Stories of the Hidden China*, 2014)。他还编译了韩寒的散文集《青春》(*This Generation : Dispatches from China's Most Popular Literary Star*, 2012)。

当《兄弟》一书的英文译本在美国出版时，余华刚好来到加利福尼亚州为自己的作品做宣传；白亚仁曾邀请余华到波莫纳学院来开办讲座，并为他定了演讲的题目：《一个作家的中国》。余华随性说了两个关于"人民"和"领袖"的小故事，讲毕即萌发了写十个关键词描绘中国的想法。白亚仁听说后很高兴地表示愿意承担此书的翻译工作，还建议将书名改为《十个词汇里的中国》。余华曾是《纽约时报》(*New York Times*) 的观点撰稿人。由于白亚仁和余华两人之间长久良好的合作关系，白亚仁便承担起了余华部分时政文章的翻译工作。得益于白亚仁的翻译，余华的文章也见诸美国各大主流英文报刊。如余华的《中国被遗忘的革命》("China's Forgotten Revolution") 一文经由白亚仁翻译后，刊登在 2009 年 5 月 3 日的《纽约时报》上。此后白亚仁翻译作品的形式和内容愈加多样化，翻译重点也逐渐转移到随笔散文和非虚构的现实文学。

现在的白亚仁已经从一个小试牛刀的译者，成长为中西方文化桥梁的构建者。他开始注重文化差异，在保留作品原貌的基础上努力减少甚至消除阅读障碍，探寻更易于让西方读者接受的方法和途径。在出版界编辑、原作者和读者之间，白亚仁也有着自己的平衡点，对作品负责的态度让他精益求精，译作也在不断修改完善之下，趋近完美。

（四）交流访学，以文会友

随着中国对外交流日益频繁，国外汉学家的学术观点和研究视角逐渐受到学界广泛的重视，一些重要的学术研究会议上也能常常见到国外汉学家们的身影。出于对中华文化的热爱，白亚仁一向不吝惜自己来华交流访学的时间；每有会议或是朋友相邀共商学术，他总是欣然前往,尔后满载而归。

作为一名成果丰硕的汉学家兼翻译家,白亚仁曾多次受邀来华参加各类研讨会和专题讲座。早在 1991 年的首届"国际聊斋学讨论会"上,白亚仁就热情现身山东淄博,并带来了自己关于《聊斋志异》和《史记》的研究心得。① 2001 年,他继续参加了第二届国际聊斋学讨论会,同时提交了文章《〈聊斋志异〉所涉及的"三藩之乱"事迹考》,文章得出"蒲氏同情当时的三藩叛乱,故其小说不投合官方意图"的结论。② 当时在上海大学工作的朱振武也受邀与会,与白亚仁匆匆会了一面,可惜未遑细聊。白亚仁还分别于 2006 年和 2010 年参与了在济南举办的"中国小说古今通识国际学术研讨会",就古今通识的概念阐述了自己的见解,并对小说讹误的情况做了具体分析。2010 年首届"汉学家文学翻译国际研讨会"在北京召开,白亚仁受邀参加。此后于 2012 年和 2014 年连续受邀参会并做了《漫谈非虚构作品的翻译和出版》和《文化差异与翻译策略》等主题演讲。此前,白亚仁还在 1994 年来到山东淄博参加"国际王渔洋学术研讨会",并做主题发言;③同年 8 月,山东曲阜召开了"国际儒学与文学研讨会",他在这次研讨会上谈到自己对古典小说中儒者形象塑造特点的见解。④ 2002 年,在重庆举行的"中国韵文学国际学术研讨会"上,白亚仁做了《纪念庄氏史案的诗辑录》的报告,报告中"将案件发生年代一部分较有特色的诗辑录起来,以反映当时部分文人对此文字狱的态度"⑤。2005 年 9 月,在北京休假的他,欣然接受著名蒲学专家袁世硕⑥的邀请参加了在江苏高邮举

① 一艮:《首届国际聊斋学讨论会综述》,《文史哲》,1992 年第 1 期,第 96 页。
② 王立、王琳:《第二届国际聊斋学讨论会综述》,《福州大学学报》,2001 年第 4 期,第 119 页。
③ 马瑞芳:《学海见闻录》,北京:中国文联出版公司,1988 年,第 188 页。
④ 参见《曲阜年鉴 1994—1995》,济南:齐鲁书社,1994 年,第 222 页。
⑤ 许伯卿:《"中国韵文学国际学术研讨会"综述》,《南京师范大学文学院学报》,2002 年第 4 期,第 31 页。
⑥ 袁世硕(1929),山东古典文学研究会会长、山东大学文学院教授、博士生导师,著有专著《孔尚任年谱》和《蒲松龄事迹著述新考》等。

行的全国第三届"蒲松龄学术研讨会";①同年 11 月,他再次来华参加在浙江绍兴召开的"纪念陆游诞辰 880 周年暨越中山水文化国际研讨会"并提交文章《清初诗集中的曹娥庙和曹娥碑》。② 2011 年 9 月,白亚仁参加了由武汉大学主办的"第八届科举制与科举学国际学术研讨会",还带来了自己的研究成果《从〈吴兴大事记〉看顺治丁酉顺天科场案》,指出这桩科场案并不是清廷"蓄意打压南方知识分子和士绅的行为",而是顺治皇帝有意整治科场积弊的举措。③

　　白亚仁来华交流除了参与学术研讨之外,他还以文会友。在研究《聊斋志异》的过程中,他也收获了不少亦师亦友的跨国友情,其中不乏对他提供了许多帮助的国内"聊斋学"和"蒲学"研究的大家,比如上文提到的袁世硕。在白亚仁还是一名交流生的时候,袁世硕就陪着他来到了蒲松龄的故里山东省淄川蒲家庄,并帮他收集了许多研究资料,两人因此结下了长达三十多年的友谊。在山东大学还有白亚仁的另一位老朋友,研究《聊斋志异》的著名专家,同时也是蒲松龄研究室的主要负责人之一的马瑞芳。1981 年读博期间,白亚仁选了蒲松龄作为博士学位论文的研究对象,因此他特地来山东大学考察。在马瑞芳教授的许可下,白亚仁得以连续五天在研究室查看资料。那时候寡言少语的白亚仁就给马瑞芳留下了深刻印象,回国后不久就传来他博士学位论文顺利发表的好消息。④ 五年后,白亚仁再次来到济南拜访好友,一番学术讨论之后两人一同前往灵岩寺;对着寺内的四十尊彩色泥塑,跑遍欧美各国的白亚仁叹为观止。⑤ 此外,对白亚仁帮助颇多

① 参见韩粉琴的文章《借蒲学东风扬高邮美名》,http://www.gytoday.cn/tb/20051007-1667.shtm,2021 年 5 月 13 日。

② 参见杨义:《中国文学年鉴 2007》,北京:中国社会科学出版社,2008 年,第 462 页。

③ 参见顾瑞雪:《科举文献整理与研究:第八届科举制与科举学国际学术研讨会在武汉大学召开》,《文学遗产》,2012 年第 1 期,第 159 页。

④ 马瑞芳:《学海见闻录》,北京:中国文联出版公司,1988 年,第 187 页。

⑤ 同上书,第 190 - 191 页。

的还有周先慎教授①。白亚仁从周先慎处得知一位引起当时中国文坛轰动的作家汪曾祺,于是立即找来他的《受戒》《故里三陈》等作品,爱不释手,回国后还在课堂上向学生推荐汪曾祺的作品。

在这些好友的带领和陪伴下,白亚仁对中国的实地考察也进行得更加顺利。为了深入研究《聊斋志异》、接触第一手资料,他曾五次来到山东淄博。② 为了研究王士禛诗歌中的山水人情,白亚仁特地来到山东恒台近距离感受当地的水土风貌;在进行儒学的研究项目时,他还去曲阜看了孔庙。③ 走过中国许多城市的白亚仁认为"百闻不如一见",读了中国史书和文学作品上的东西,再到现场看看会有一种特别的感受。

白亚仁在中国投身学术之余也不忘和广大读者书友们进行深入交流。2013 年 1 月,他做客四川文轩轩客会,以"漫谈中国当代文学在海外的翻译和传播"为题举行了一场书友会。同年 10 月,白亚仁为浙江外国语学院的师生们作了题为《中国小说在英美国家的翻译以及读者接受程度》的专题讲座,并着重从译著者的角度对比分析了中英两种语系本质上的差异,也阐述了对文学作品翻译的看法。2014 年 1 月,受乐山文化沙龙的邀请,他再次来到四川做了一场名为《聊斋奇女子》的主题讲座,为乐山文学爱好者们讲述了自己眼中另类独特、自由潇洒的聊斋女性。④

读万卷书,行万里路。爱好文学的他,也如此这般地爱上了赴华的旅程。

---

① 周先慎,著名学者,北京大学教授,长期从事宋元明清文学史的教学和研究工作。主要论著有《中国文学》《中国文学史参考资料简编》《古典小说鉴赏》等。

② 陈秀萍:《中国文化画卷》,北京:海洋出版社,2006 年,第 99 页。

③ 张莉莉:《一位美国学者的心愿——记白亚仁教授》,《走向世界》,1995 年第 1 期,第 22 页。

④ 潘媛媛:《美国汉学家在乐山讲述自己的中国文学旅程》,《三江都市报》,2014 年 1 月 13 日,第 A3 版。

（五）情系原作，文贵真实

亲历实景和文学阅读相结合，白亚仁心中已经有了对中国文学的整体印象。正是由于钟爱那生动流畅、跃于纸上的文字，他才会对译作愈加认真、挑剔。对其研究对象的评价，白亚仁从不吝惜自己的溢美之词，同时他对中国文坛也是一路看好。

白亚仁一直对 17 世纪中国明末清初文学很感兴趣，他说"那个时代的作者，写了很多充实、感人、生动的故事"①。他认为纵观中国文言小说的发展，在唐代，唐传奇是个高峰，后来走了下坡路；到明末清初白话小说达到另一个高峰，这应该归功于文言小说，而这其中，他最喜欢的就是《聊斋志异》。同时他评价道，这部作品也有感伤的成分，有时显露于外，有时则蕴含在情节发展与人物性格的深层，正是这含蓄的风格和深广的忧愤，赋予其独特的艺术感染力。② 的确，不管是内容还是创作手法，《聊斋志异》在世界文学史上都占据非常重要的地位。

当谈到笔下四部作品的原作者同时也是老朋友的余华时，白亚仁对他的健谈和幽默赞扬不已。他说，余华的作品句子结构并不复杂，小说语言也平易近人，但将余华的作品翻译成英文"并不是一件一帆风顺的事情，要花不少功夫才能翻得好"③。《在细雨中呼喊》是余华作品中风格最与众不同的一部。在这部作品中，作者余华技巧娴熟地向读者展示了 1976 年以后的青年一代和他们的"挽歌般童年"④。余

---

① 张莉莉：《一位美国学者的心愿——记白亚仁教授》，《走向世界》，1995 年第 1 期，第 22 页。

② 同上。

③ 汉学家文学翻译国际研讨会上的讲座：《白亚仁：我是外国翻译家队伍中较为少见的怪物》，http://book.sina.com.cn/news/c/2010-08-14/1348271832.shtml，2021 年 4 月 8 日。

④ Yu Hua, *Cries in the Drizzle*, trans. by Allan H. Barr, New York：Anchor Books，2007，p. VII.

华唯一的短篇小说集《黄昏里的男孩》以极简主义的手法,采用小品文的形式,重现了当代中国人的日常生活。这种喜剧手法和悲剧结局随着情节的铺陈显得相得益彰。① 白亚仁的译作《十个词汇里的中国》通俗易懂,文字生动流畅,是一部"有特色的非虚构作品,它不是简单的回忆录,也不是典型的社会、政治评论,而是二者的巧妙结合"②。

对于另一位作家韩寒,白亚仁认为,他是新一代中国青年的典型。他善于独立思考,不会人云亦云,同时他作品中的幽默也很有个人特色,有些时候靠谐音取笑一些社会现象,这些翻译起来有些难度。③

白亚仁对一些中国当代的非虚构作品也爱不释手,比如高尔泰的《寻找家园》以及野夫的《江上的母亲》。他认为这些纪实作品并不比虚拟小说逊色,很多都文采斐然,动人心弦。在莫言获得诺贝尔文学奖后,中国文学的国际地位有了提升,再加上日益强盛的中国经济实力引发了西方媒体的频繁报道,各国读者也普遍开始关注那些真实反映中国社会面貌的文学作品,在这一点上非虚构作品往往有着不可比拟的价值和力量。④

不过白亚仁也直言,中国文学还有提升的空间。有些小说主题过于沉重和黑暗,阅读乐趣减少,读者群就会相应减少。再加上有些译本质量不高,出版商没有做出相应的推广等外因,很多优秀作品就会被埋没。但可以肯定的是,中国肯定不缺具有获诺奖资格的优秀作家。白亚仁相信在国内外译者的共同努力下,中国文学"走出去"指日可待。

---

① Yu Hua, *Boy in the Twilight*: *Stories of the Hidden China*, trans. by Allan H. Barr, New York: Pantheon Books, 2014, p. Ⅶ.

② 白亚仁:《漫谈非虚构作品的翻译和出版》,载《翻译家的对话Ⅱ》,北京:作家出版社,2012 年,第 44 页。

③ 于丽丽:《白亚仁:接触一个"非虚构"的中国》,《新京报》,2012 年 08 月 25 日,C04-05 版。

④ 白亚仁:《漫谈非虚构作品的翻译和出版》,载《翻译家的对话Ⅱ》,北京:作家出版社,2012 年,第 44 页。

（六）赞誉加身，大放"译"彩

在译坛辛勤耕耘多年，白亚仁已经从业余走向了专业。为了把更多优秀的中国文学作品推向英语世界，他对待每部译著都始终如一地认真严谨，从编辑修改到作品定稿，从封面设计到上市时间，白亚仁事无巨细，样样把关。最终呈现在读者面前的译本，就仿佛是他精心培育的孩子，不失本色，富有活力。

在英语世界，白亚仁的译著基本都受到了广泛的肯定，其中认可度最高的是《黄昏里的男孩》。被《纽约时报》誉为"全球公共和学校图书馆员的收购圣经"的《书目》（*Booklist*）就曾对该书做过推荐，认为这本书描绘的是每一个普通民众在日常生活中经历的"挫折、欲望和困惑"，其中的亲切感会让人"读完之后产生强烈的共鸣"。① 依据联机计算机图书馆中心（Online Computer Library Center）全球图书馆收藏数据的资料显示，2014 年影响力最大的中国当代文学译作排名中，由白亚仁翻译，美国万神殿出版商出版的余华的作品《黄昏里的男孩》名列第二。②

白亚仁另一部备受好评的译著是《十个词汇里的中国》。据世界最大的联机书目库 WorldCat 数据显示，英译版《十个词汇里的中国》一书被全球 1152 所图书馆收录③，并广受美国媒体的关注，在《纽约时报》和《华盛顿邮报》（*The Washington Post*）等报刊上都有不少相关书

---

① Carol Haggas，"Boy in the Twilight：Stories of the Hidden China"，*Booklist*，2013，Vol. 110，No. 4，p. 15.

② 何明星：《中国文学国际影响力》，《人民日报海外版》，2014 年 12 月 02 日，第 7 版。

③ 参见 WorldCat Identities：Barr，Allan Hepburn，https://www.worldcat.org/identities/lccn-n87123893/，2021 年 4 月 8 日。

评。美国知名网络杂志《沙龙》(*Salon*)对此书的评论是："太引人入胜……余华有着细腻且具有国际范的讽刺艺术,在白亚仁这部灵动的译作中,他成了亚洲版的大卫·赛德瑞斯①和查尔斯·柯瑞尔特②"。这些评价当然有赖于原著较高的文学成就,不过也离不开白亚仁的优秀的译文。

白亚仁的另两部译作同样赢得了广泛关注。《出版者周刊》(*Publishers Weekly*)上就对他翻译的《在细雨中呼喊》点评道:随着回忆逐渐展开,梦想和现实相互交织,引导着我们和主人公孙光林一起,慢慢察觉"人活着不是立足于脚下的土地,而是推动着我们人生的时间"③;同时,文章也对白亚仁的翻译做出了评论:"尽管小说的叙述顺序与时间脱节,但是巴尔(白亚仁的姓是 Barr)的翻译完美地捕捉到了社会更迭的边缘变化"④。由他编译的散文集《青春》(*This Generation*),读者则呈现两极分化的态势:有些人看后表示很喜欢,但也有些在亚马逊网站上给出若干负面的评价,但不论是来自哪方面的声音,都是译本广泛传播的表现。在《消费导刊》(*Time Out*)策划的"2012 最佳中国图书"的活动中,《人民文学》英文版《路灯》的编辑刘欣对《青春》的推荐理由是:"这部作品是译者白亚仁从韩寒的时事博文中选出的精粹,并巧妙地

---

① 大卫·赛德瑞斯(David Sedaris,1956),美国著名幽默作家,曾获得瑟伯幽默文学奖,被《时代》周刊誉为"最幽默的人"。他曾先后出版过多部文集和短篇故事集,包括《我的语言梦》《用布条装饰你的家》等。

② 查尔斯·柯瑞尔特(Charles Kuralt,1934—1997),美国著名电视新闻记者,哥伦比亚广播公司《周日新闻》早报主播。

③ "Reviews:*Cries in the Drizzle*",*Publishers' Weekly*,Vol. 254,No. 31,2007,p. 168.

④ Ibid.

将其中所蕴含的讽刺性、喜剧性和愤慨之情呈现在我们眼前。"①可见，虽然存在争议，但是主流媒体还是对译本的翻译质量和译者的编译素养给予了积极的评价。

从事汉学研究几十年来，白亚仁一直活跃在文学界和翻译界，著作不断，同时也获得了各类荣誉称号和奖项，曾荣获美国国家人文基金会1990年至1991年度项目资助，1996年被英国科学院授予"客座教授"称号，2005年获得了中华文化研究项目资助等。② 可见，白亚仁的研究能力和学术成果已经为各国学界所认可。然而，相比较有些从事翻译为主的汉学家来说，潜心学术的白亚仁受到的关注度并不算多。在中国知网（CNKI）上以"白亚仁"为主题搜索，可得到12条结果。其中博士学位论文1篇，硕士学位论文3篇，期刊论文8篇。这种研究状况与他受到普遍认可的学术成就尚不成正比。尽管随着余华作品在海外市场逐渐打开局面，国内学界对白亚仁的研究在2019年以后出现了增长，但仍不显著。对于像白亚仁这样长期致力于将更多中国文化和作品介绍到外语世界的汉学家和翻译家们，应该得到国内说文化界给予更多的关注和鼓励。

不论外界的评价如何，白亚仁这位英国教授始终专注于自己的汉学事业，对访专家、览名胜的中国之行自是乐在其中，对说聊斋、谈翻译的文学之旅更是乐此不疲。白亚仁似乎与中国结下了不解之缘，已经从内心深处"爱上了这片古老美丽的土地"③。这位低调睿智的汉学使者，用自己的力量搭了一座中西文化交流的桥梁。

---

① 参见"*The Best China Books of 2012*" in *Timeout Shanghai*，http://www.timeoutshanghai. com/features/Books _ Film-Book _ features/8974/The-best-China-books-of-2012.html，2021年4月8日。

② 以上获奖数据来自波莫纳学院官网——白亚仁教授简历，https://my.pomona.edu/ICS/Academics/Academics_Homepage.jnz? portlet＝Faculty_Profiles_and_Expert_Guide&screen＝Results&screenType＝next&id＝75，2021年4月8日。

③ 张莉莉：《一位美国学者的心愿——记白亚仁教授》，《走向世界》，1995年第1期，第22页。

白亚仁主要汉学著译年表

1980	《〈猪嘴道人〉〈张牧〉作者亦非蒲松龄》,载《中华文史论丛》(一九八零年第四辑),上海:上海古籍出版社,第 318 页
1984	《谈〈听秋声馆钞书〉本〈聊斋文稿〉、〈聊斋诗草〉》,载《蒲松龄研究集刊》(第四辑),济南:齐鲁书社,第 352 - 361 页 "The Textual Transmission of *Liaozhai zhiyi*"(《聊斋志异》的文本转换),*Harvard Journal of Asiatic Studies*,Vol. 44,No. 2,pp. 515 - 562
1985	"A Comparative Study of Early and Late Tales in Liaozhai zhiyi"(《聊斋志异》早期故事和晚期故事的比较研究),*Harvard Journal of Asiatic Studies*,Vol. 45,No. 1,pp. 157 - 202 《蒲松龄〈袁太君苦节诗〉本事初探》,载《中华文史论丛》(一九八五年第四辑),上海:上海古籍出版社,第 155 - 174 页
1986	"Pu Songling and the Qing Examination System"(蒲松龄与清朝科举考试制度),*Late Imperial China*,Vol. 7,No. 1,pp. 87 - 111
1987	《〈聊斋志异〉中历史人物补考》,《中华文史论丛》
1988	《关于蒲松龄的两篇同名小说〈三生〉》,《文献》,第 3 期,第 63 - 72 页
1989	《评〈蒲松龄事迹著述新考〉》,《文学遗产》,第 2 期,第 128 - 131 页
1992	《新见袁宏道佚文〈涉江诗序〉》,《文献》,第 1 期,第 38 - 48 页 《〈田七郎〉与〈聂政传〉关系探源》,《文史哲》,第 4 期,第 96 - 98 页
1995	《略论谢肇淛的文言小说与〈聊斋志异〉的关系》,《蒲松龄研究》,第 Z1 期,第 180 - 188 页 《谢肇淛〈虞初志序〉及其小说集〈麈馀〉》,《文献》,第 3 期,第 32 - 44 页

1997	"The Wanli Content of The 'Courtesan's Jewel Box' Story"，（《杜十娘怒沉百宝箱》中的万历元素），*Harvard Journal of Asiatic Studies*，Vol. 57，No. 1，pp. 107 - 141
1998	《新见〈六十家小说〉佚文》，《文献》，第 1 期，第 285 - 287,257 页
2000	《论〈王者〉的由来》，《蒲松龄研究》，第 3 期，第 110 - 135 页 《略论李澄中〈艮斋笔记〉及其与〈聊斋志异〉的共同题材》，《蒲松龄研究》，第 1 期，第 46 - 55 页
2001	《〈聊斋志异〉所涉及的"三藩之乱"事迹考》，《聊斋学研究论集》
2002	《略谈安致远〈青社遗闻〉及其与〈聊斋志异〉的关系》，《蒲松龄研究》，第 1 期，第 41 - 68 页
2003	"Book Review of *Masculinity Besieged? Issues of Modernity and Male Subjectivity in Chinese Literature of the Late Twentieth Century*"，（评《被围困的阳刚气？20 世纪末中国文学中的现代性和男性主体意识》），*China Review International*，Vol. 10，No. 1，pp. 298 - 303
2005	"The Ming History Inquisition in Personal Memoir and Public Memory"，（《个人回忆录和公众记忆中的明朝历史考》），*Chinese Literature：Essays，Articles，Reviews*，Vol. 27，pp. 5 - 32
2006	"*Stories to Caution the World：A Ming Dynasty Collection*，Volume 2 by Yang Shuhui；Yang Yunqin；Feng Menglong"（《评冯梦龙著 杨曙辉、杨韵琴译〈警世通言：明朝本第二卷〉》），*China Review International*，Vol. 13，No. 2，pp. 520 - 521
2007	*Cries in the Drizzle*（《在细雨中呼喊》），New York：Anchor Books "*Liaozhai zhiyi* and *Shiji*"，（《〈聊斋志异〉与〈史记〉》），*Asia Major*，No1，pp. 133 - 135

2008	《试论陆棻〈逃人行〉的写作背景》,《南阳师范学院学报》,第 2 期,第 70 - 72 页
	《〈林四娘〉故事源流补考》,《福州大学学报》,第 5 期,第 44 - 50,112 页
	"The Background to, Development and Subsequent Uses of Literary Personae",(《文学人物的背景、发展及其后续运用》),*Journal of the Society for Ming Studies*, No. 1, pp. 72 - 78
2011	《钮琇〈觚剩·睐娘〉本事考》,《南京师范大学文学院学报》,第 2 期,第 55 - 60,18 页
	"*Qian Qianyi's Reflections on Yellow Mountain*：*Traces of a Late-Ming* Hatchet and Chisel by Stephen McDowall",(《评斯蒂芬·麦克德沃的〈钱谦益的黄山怀想:晚明的斧凿痕迹〉》),*China Review International*, Vol. 18, No. 3, pp. 380 - 382
2012	*China in Ten Words*（《十个词汇里的中国》）, New York：Pantheon Books
	This Generation：Dispatches from China's Most Popular Literary Star（《青春》）,New York：Simon & Schuster
	《〈林四娘〉故事源流再考》,《福州大学学报》,第 1 期,第 54 - 59 页
2013	"Marriage and Mourning in Early-Qing Tributes to Wives",(《前清悼亡妻词中的婚丧考》), *Nan Nu*, No. 1, pp. 137 - 178
2014	*Boy in the Twilight：Stories of the Hidden China*（《黄昏里的男孩》）,New York：Pantheon Books
2015	*The Seventh Day*（《第七天》）,New York：Pantheon Books
2016	《江南一劫:清人笔下的庄氏史案》,杭州:浙江古籍出版社
2018	*The April 3rd Incident：Stories*（《四月三日事件》）,New York：Pantheon Books
2021	《余华作品在美国的译介与传播——白亚仁教授访谈录,《东方翻译》(与汪宝荣合作),第 1 期,第 59 - 63,77 页

　　我是雨和雪的老熟人了，我有九十岁了。雨雪看老了我，我也把它们给看老了。如今夏季的雨越来越稀疏，冬季的雪也逐年稀薄了。它们就像我身下的已被磨得脱了毛的狍皮褥子，那些浓密的绒毛都随风而逝了，留下的是岁月的累累瘢痕。

——迟子建《额尔古纳河右岸》

A LONG-TIME confidante of the rain and snow，I am ninety years old. The rain and snow have weathered me，and I too have weathered them. Nowadays the summer rains are more and more sporadic，the winter snows lighter by the year. They're like my roedeerskin underbedding，which has shed its hairs from constant rubbing. Its thick undercoat has vanished with the wind，leaving behind scars accumulated over many moons.

—*The Last Quarter of the Moon*，trans. by Bruce Humes

二 额尔古纳追子建
民族文学看穆实
——美国汉学家徐穆实译迟子建

美国汉学家
徐穆实
Bruce Humes
1955–

他在中国生活了 30 余年，是名副其实的中国通；他是美国人，开口却是一腔流利地道的普通话；他常住中国，早已将中国视为自己的第二故乡；他接触过不少中国的文学作品，对描写中国少数民族的文学情有独钟。他就是徐穆实（Bruce Humes，1955— ），《末日》（"Doomsday"，2013）、《斯迪克金子关机》（"Sidik Golden Mob Off"，2013）、《后罩楼》（"Back Quarters at Number 7"，2014）以及第七届茅盾文学奖获奖作品《额尔古纳河右岸》（*Last Quarter of the Moon*，2012）等中国当代文学作品的英译者。

（一）为学语言：跨过大洋来此岸

徐穆实这个深沉而稳重的名字属于一位来自大洋彼岸的美国汉学家，而他本人，也如同这个名字一样，严谨、沉稳。1955 年，徐穆实出生于美国新泽西州的伊丽莎白市，在芝加哥的温内特卡长大。童年时期，母亲就教他基本的法语和德语，从 12 岁起就接触多种语言，称得上是一位"语言通"了。①

①　本文资料主要来自徐穆实先生对笔者问题的回答以及徐穆实先生之前所接受的采访。文中加引号的直接引语，均为本次采访时作者的答复。后文不再一一标注。

谈到与中国文化和文学的结缘，徐穆实说，他最早接触中国文学作品是在中学时代，读过林语堂的文章和《道德经》等文学作品，当然，都是英文版。虽然没有直接接触中文原作，但这些作品也在一点一滴影响着徐穆实，以至于他之后来到中国的原因之一就是"希望掌握文言文以便能阅读道家作品的原文"①。

在此之后，徐穆实进入宾夕法尼亚大学学习。本科期间，他主修远东系，但让他最感兴趣、花时间最多的却是人类学课程，因为他对不同民族如何应对现代化、全球化不可抵抗的潮流非常感兴趣。② 这样的兴趣点和研究方向也在一定程度上造就了后来的徐穆实，指引着他逐步对中国少数民族文学产生兴趣。在宾夕法尼亚大学求学期间，徐穆实还用两年半时间修了汉语课，这为他日后的中文阅读奠定了基础。也是从那时起，他开始真正接触中国文学作品。他曾读过一些毛泽东的文章，比如《实践论》和《湖南农民运动考察报告》。他说，这两篇文章读起来很过瘾，"让我觉得很有'革命家'的味道"。虽然它们都不是严格意义上的"文学作品"，但却让徐穆实与中国文学更近了一步。毕业时，徐穆实已经能说一口比较流利的汉语了。

从宾夕法尼亚大学毕业后，1978 年，徐穆实来到中国，居于台北。③ 也许连他自己也没有想到，这一住，就是 30 余年。④ 在这期间，徐穆实走过中国许多城市，也在许多地方生活过，比如上海、深圳、香港和台北等。

来到中国后，徐穆实又用了一年时间在台湾地区学习如何更顺畅地阅读中文，而后数次在香港与内地之间穿梭，用中文对中国的电子

① 原文为"A desire to master classical Chinese so that I could read Daoist writings in the original."参见 http://bruce-humes.com/archives/759，2021 年 1 月 19 日。
② 参见康慨:《从额尔古纳河右岸到大洋彼岸》，《中华读书报》，2013 年 1 月 23 日，第 04 版。
③ 1978 年至 1979 年徐穆实居于台北，1980 年至 1991 年居于香港，1992 年后一直居于大陆。
④ 徐穆实强调，这 30 年间，有 20 年左右居于大陆，2010 年至 2011 年先后居于香港和台湾。

业进行研究和采访。渐渐地,他可以勉强阅读中国现代小说了。在此期间,他读了《骆驼祥子》和台湾作家陈若曦的代表作《尹县长》,并且非常喜欢这两部小说。自此,无论是在阅读、写作还是口头表达上,徐穆实的中文水平都得到了进一步提高,对中文的运用也越来越熟练。后来,徐穆实还自学了如何用电脑输入汉字;2004 年至 2012 年,他举办了一百多场有关出口管理的研讨会,每一场都用汉语进行演讲并回答问题。

可以说,在中国这么多年的经历和对汉语的运用,徐穆实的汉语听说读写能力得到极大的提高,对汉语的运用更加驾轻就熟,这为此后他的文学翻译之路奠定了语言基础。更重要的是,经过二十多年在中国众多城市的辗转奔波与生活体验,徐穆实对中国的人情和语言内涵越来越了解,对中国的文化和当代文学的理解越来越深刻,为他后来的文学翻译奠定了良好基础。对于文学翻译而言,理解语言固然重要,因为理解语言是理解原作的基础。但比理解语言更重要的是理解文化,因为译者只有真正理解一个国家的文化和生活,才能真正读懂原作,译出来的作品才能真正将原作中的文化因素传达出来,才能原汁原味地表达原作的精髓。

(二)重磅出击:《额尔古纳河右岸》劳心力

尽管徐穆实对中文的使用已经得心应手,对中国文化的理解已经比较深刻,对文学和文学翻译的积累已经足够丰厚,但是在 1978 年至 1998 年的 20 年里,徐穆实并没有从事有关文学翻译的工作,而是仅仅把汉语当作一种谋生的手段:在新闻行业工作,为中国的电子工程师分析报道国际市场趋势;负责策划、推出针对中国高层管理阶层的媒体产品,包括中国领先的管理门户网站"世界经理人"。

徐穆实又接连翻译了描写中国传统文化艺术的书籍:高春明所著的《中国历代服饰艺术》(*Chinese Dress and Adornment Through the Ages:The Art of Classic Fashion*,2009),中青雄狮所著的《最美的中国古典绘画》(*The Most Beautiful Chinese Classical Paintings*,2007);

罗家霖所著的《中国茶书》(*The China Tea Book*,2012)。这些虽然不是中国当代文学作品,但这些作品的英译对于中国文化,尤其是中国传统文化,走出国门,走向世界,被更多国家的人熟知,是有着重要意义的。而作为译者的徐穆实,在中国传统文化走向世界舞台的过程中,也起到了不可忽视的作用。

《额尔古纳河右岸》是第七届茅盾文学奖的获奖作品,作者迟子建以鄂温克族最后一位酋长的口吻,以温情的抒情方式诗意地讲述了一个少数民族的顽强坚守和文化变迁。这部作品是第一部描述我国东北少数民族鄂温克人生存现状及百年沧桑的长篇小说,受到了读者的热切关注,在社会上引起了巨大反响。

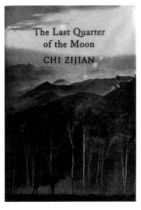

徐穆实被这部作品打动,顿时产生了翻译这部小说的想法:"书里的故事感动了我。读完原文,我真的很想把这关于养驯鹿的鄂温克族的悲剧故事介绍给西方的读者。"于是,徐穆实受出版公司的委托开始着手这部作品的翻译工作。整个翻译工作持续了约八个月,英译本《额尔古纳河右岸》(*The Last Quarter of the Moon*)于2013年1月由英国出版社哈维尔·塞克(Harvill Secker)出版。但是,翻译过程并不是那么一帆风顺。

开始真正"翻译"前,徐穆实先对小说中出现的鄂温克语进行了非常细致和深入的研究。《额尔古纳河右岸》以描写鄂温克族的生活为主,其中包含了150多个鄂温克语特有的词语、地名、人名等,而现有对鄂温克语的研究较少,这门语言已经濒临灭绝,怎样处理鄂温克族特有的词语,怎样地道地将原文中鄂温克族的风俗表达出来,怎样翻译这些词语,这些都成了翻译的难点和重点。研究鄂温克族和鄂温克语时,碍于经济和时间所限,徐穆实没能亲自去体验鄂温克族的风土人情,但幸运的是他可以利用网络等资源来研究这个民族及其语言。

他看过顾桃①拍摄制作的描写敖鲁古雅鄂温克部落的光盘,浏览过"北方狩猎民族"等几个中文、英文和俄文网站,仔细研读过《鄂温克地名考》一类的书目,做了大量的工作。这部作品的出版社哈维尔·塞克也很支持徐穆实的这个项目研究,专门为此提供了一小笔资金以供研究之用。

通过研究,徐穆实发现,鄂温克语不属于汉语语系,而属于通古斯语系,因此他决定在翻译这些特有的词语时不用汉语拼音,直接"音译"。在后来的翻译中,徐穆实对这些词语分别做了处理。地名的翻译,尽量按照鄂温克学者编的《鄂温克地名考》中的拉丁化名称。虽然英语读者也许会对有些拼法感到奇怪,但徐穆实认为这未必不好,他认为既不像英语也不像汉语才是对的,因为这是鄂温克族的空间。跟鄂温克文化有关的词,徐穆实找了中国社科院研究鄂温克语的专家,请他用国际音标写出来,然后徐穆实稍微改了某些拼法,让以英语为母语的读者能发出类似于鄂温克语的发音。人名的翻译,徐穆实主要是通过一位认识鄂温克语的汉族大学生的帮助,询问鄂温克名字的发音方式,然后音译。徐穆实还在研究中发现了有些人名是模仿俄语的名字,遇到这样的名字,徐穆实干脆用了俄语的发音,这样不仅更忠实于原文,也能更准确地说明鄂温克族的历史。

在进行研究的过程中,除了研读书目外,"物色"不同背景的专家以寻求帮助也是徐穆实在研究鄂温克语时一个重要的部分。除了已经提到的中国社科院研究鄂温克语的专家外,有一位在美国出生的塔吉克族人也给予了徐穆实帮助。这位塔吉克族朋友只有二十几岁,除塔吉克语和英语外,还会蒙古语和俄语,通过这样的语言基础来帮助徐穆实查阅俄罗斯语—鄂温克语词典。徐穆实还联系上了一位很友好的哈斯克族朋友,他有鄂温克族的朋友,熟悉俄罗斯地名,帮助徐穆实找到了某些俄罗斯领土内的地名。此外,徐穆实还找到了中文—蒙古语—鄂温克语词汇表的编辑并得到了他的帮助。

可以说,真正进行翻译之前,徐穆实在语言研究上下了相当大的

---

① 顾桃,中国独立纪录片导演,代表作有《敖鲁古雅·敖鲁古雅》《雨果的假期》等。

功夫:用整个翻译时间的三分之一来研究语言,将 350 多页的资料全部打印出来仔细研读。但徐穆实说,这些功夫下得很值,不仅是翻译需要,更是因为鄂温克语是一门濒危语言,而西伯利亚来的鄂温克族对西方读者来说也是一个很陌生的民族,所以自己很盼望把这项工作做好。功夫不负有心人,英文版《额尔古纳河右岸》出版后,在国内外得到了大量好评,《金融时报》(*Financial Times*)的编辑凯丽·福尔克纳(Kelly Falconer)称这本书是"对鄂温克人恰如其分的致敬"①。《独立报》(*The Independent*)称,"《额尔古纳河右岸》是一部关于生命和生活方式的小说,距离我们能够想象的生活很遥远。这部小说也绝不是英国读者所期待的那种中国小说。但是小说叙事简洁熟练,充满同情心,叙事口吻直接真实,读起来没有翻译痕迹,甚至不像虚构的小说"②。《卫报》称《额尔古纳河右岸》这部小说"情节引人入胜,反映了一个文化的衰落"③。而这一部小说的出版为中国文学作品,尤其是描写少数民族生活的文学作品走出国门、走向世界做出了重要贡献。英文版《额尔古纳河右岸》为这部小说其他语言版本的出版发行提供了不少帮助,值得强调的是,德文版的《额尔古纳河右岸》甚至是直接由英文版翻译而成,而非由中文译出,这也更加证实了徐穆实此部翻

---

① 原文为:"fitting tribute to the Evenki"。Falconer Kelly,"Independent Spirits",*Financial Times*,18th,Jan.,2013.

② 原文为"*The Last Quarter of the Moon* is about a life,and a lifestyle,as distant from ours as you can imagine;and entirely different from what English-readers might have come to expect of a Chinese novel. But the story is masterfully told,with simplicity and empathy,in a direct and credible voice that not only feels unlike a translation,but unlike a fiction at all."Hahn Daniel,"*The Last Quarter of the Moon*,By Chi Zijian,A distant life of 90 years is told in a day",*The Independent*,3rd,Feb.,2013.

③ 原文为"By the time the narrator's life has been brought more or less up to date,one senses that their culture,so enthrallingly evoked,is doomed."Housham Jane,"*The Last Quarter of the Moon* by Chi Zijian-review",*The Guardian*,10th,Jan.,2014.

译作品在西方读者和文学市场中的接受度和认可度。

徐穆实曾在采访中表示:"书里的故事感动了我。第一次阅读是这样,每一次阅读都是这样,我前后共读了四五次。其实对我来说,《额尔古纳河右岸》并不是一部完美的著作,但它的故事抓住了我的心,让我不得不看。迟子建做到了一件很惊人的事情:她让我觉得,鄂温克族在 20 世纪的悲惨命运,通过活生生的人物,发生在我面前。"①历经近一年,徐穆实深入研究在原作中出现的特有的文化现象,最终将这部小说尽可能原汁原味地翻译出来,成功介绍到西方并受到极大好评。这是对原作和原作者的馈赠,更是译者孜孜不倦、力求准确的翻译态度的体现和见证。

从古至今,从魏文帝改革到雍正帝倡导满汉一家,中国各民族之间的融合从未停止。在这个过程中,许多民族和他们的语言逐渐消亡。近代以来,发展经济等多重问题使得这一问题有越来越严重的趋势,保护其语言迫在眉睫。而徐穆实,一位译者,一位美国的汉学家,也投身其间。也许,译者和学者的区别之所在,就是从作品本身所辐射出去的责任感。徐穆实曾说,他希望读者了解这个民族和这种语言,他希望读者知道鄂温克语所属的语系,希望他们清楚,希望他们能够愿意花一点点时间去了解。也许,正是这样的责任感和使命感成就了徐穆实。

(三)译作迭出:民族文学作品放异彩

《额尔古纳河右岸》英译本的成功为徐穆实的文学翻译添上了浓墨重彩的一笔,也为他后来的翻译开拓了新局面。继《额尔古纳河右岸》,徐穆实又翻译了韩少功的短篇小说《末日》,于 2013 年 5 月 20 日发表于《路灯》杂志;翻译了维吾尔族作家阿拉提·阿斯木的短篇小说《斯迪克金子关机》,于 2013 年 6 月 14 日发表于《天南》(*Chutzpah!*)

---

① 康慨:《从额尔古纳河右岸到大洋彼岸》,《中华读书报》,2013 年 1 月 23 日,第 04 版。

杂志;翻译了满族作家叶广芩的短篇小说《后罩楼》,于 2014 年 6 月 1 日发表于《路灯》杂志。值得一提的是,《路灯》杂志也被誉为中国文学走向世界的路径,是英语翻译和海外传播的重要平台,更是沟通中国作家与英语读者的桥梁。

除了短篇小说的翻译,徐穆实还为西方出版公司翻译中国当代文学作品的样章。在中国当代文学作品全文翻译前,首先要向出版公司提供一个范例样章,而样章的成功与失败在一定程度上对整部作品能否继续英译、能否打开西方市场也起着非常重要的作用。因此,样章的翻译质量和译者的翻译功底至关重要。近年来,徐穆实为许多中国当代民族文学作品翻译了样章,其中包括霍达获得第三届茅盾文学奖的长篇小说《穆斯林的葬礼》(*Funeral of a Muslim*)、范稳的作品《大地雅歌》(*Canticle to the Land*)、张信刚的作品《大中东行纪》(*Reflections on the Greater Middle East*)以及实力作家红柯的作品《乌尔禾》(*Urho*)。这些民族文学作品样章的成功翻译让西方出版公司注意到更多中国当代民族文学作品,也为中国文学作品的英译工作以及日后在西方出版市场取得较大反响奠定了基础。

在当代中国,翻译少数民族作品的译者不多,致力于翻译这些作品的译者更少。徐穆实独辟蹊径,将中国少数民族作品翻译出来介绍给更多读者,尤其是西方读者,让他们有所了解和思考,这的确是十分有益的工作。

(四)"我行我素":四大标准译向前

徐穆实翻译了许多中国当代文学作品,但当谈及最满意的一部时,却表示,这个问题可能有好几个答案,若非要选一部完整的作品,那他最满意的应该还是《额尔古纳河右岸》的英译本。究其根本原因,它是作者真正发自内心写出来的作品,是可以真正打动读者的作品。随着徐穆实文学翻译作品的不断增加和名气的越来越大,越来越多的作者和出版社找到他。但在物色值得翻译的作品时,徐穆实首先要考虑:

（1）对这部作品"有感觉"吗？能打动自己吗？

（2）这部作品是否让人感觉"真实"，即是发自内心地写作吗？

（3）自己从文本中想象出来的世界，尤其是那些描写非汉族人物和内心的世界，是"可信的"吗？

（4）这类故事在西方有无市场？

任何一部作品，完全满足这四个标准实在不容易。不得不说，这些标准完全是个人的，是主观的。徐穆实认为，也许某部作品写得不错，但如果这部作品没有抓住他的眼球，那他就不适合来翻译这部作品。

此外，徐穆实认为真实性和可信度非常关键。目前，这类作品的作家中比较有名的是汉族作家。迟子建就是一个例子。她是汉族人，大胆地用了第一人称的方式写关于鄂温克族的文学作品《额尔古纳河右岸》，并且获得了茅盾文学奖。

相比于中国读者而言，西方读者和书评家可能更会琢磨：这些作者是站在什么立场写少数民族的生活？他们是不是在他们所描绘的民族中长大的？他们是否会说这民族的语言？总之，对作者来说，书中的少数民族人物是"他者"吗？

对徐穆实来说，这都是很有趣的话题，值得探索。但归根结底，他还是很主观地进行挑选，用最简单的话说就是，故事里的人物是否让他"服"了，让他觉得他们的行为和思维在作者虚构的世界里有一定的真实性。

也许很少有译者会这样去思考，这样去挑选。这不仅仅是个人偏好的问题，也不仅仅是主观的问题，更多的是一种负责的态度，对原作，更对读者，抱有一种责任感。真正发自内心写出来的作品才能真正打动读者内心，才能真正称得上是一部"作品"。缺失了真实性，文学作品就难以称为作品，这样的作品在世界文学舞台上更难以立足，这样走出去的中国文学不是中国文学，即使是，也是变了味的中国文学，是不足为信，更不值得一观的中国文学。中国文学走出去需要发自内心的作品，更需要这样有责任感的译者。

谈到将来的文学翻译之路，徐穆实表示，自己还是很希望能物色更多精彩的少数民族作家的作品，而且会优先翻译。原则上，少数民族作家笔下的世界应该更真实地反映非汉族人口在 21 世纪中国社会的现实。理想状态下，至少在翻译一部长篇小说时，译者应该去考察作品中所描述的民族和他们的风土人情。而在翻译《额尔古纳河右岸》时，碍于时间和经济条件，自己没能去实地体验，徐穆实深感遗憾，并表示若以后还有这样的机会，自己一定会尽力去考察和体验。

翻译民族作品的译者不多，将自己大部分精力都放在民族作品的译者更是少之又少。能够翻译几部作品，让它们走出国门的译者不少；但真正能够从译者的角度出发考虑，为政府提建议以促进中国文学走出去的译者却不多。徐穆实带着一份责任感继续前行在路上。也许，这是一种译观。也许，这是一种严谨。也许，这是一个译者的姿态。

从中学时代开始接触中国文学，到现在自己将中国文学作品翻译并带入西方读者市场，徐穆实为中国当代文学，尤其是民族文学走向世界所做出的贡献不可忽视。在徐穆实身上，我们看到了一位译者的严谨，看到了一位译者应有的姿态，更看到了一位译者对于文学翻译的热爱。也许就像徐穆实先生自己所说，毕竟，搞文学翻译的人虽发不了财，但我们最大的乐趣之一就是挑选要翻译（或者拒绝翻译）的作品。中国文学走出去需要这种挑选的乐趣，更需要这样严谨的译者。

徐穆实主要汉学著译年表

2007	*The Most Beautiful Chinese Classical Paintings*（《最美的中国古典绘画》），北京：中国青年出版社
2009	*Chinese Dress and Adornment Through the Ages：The Art of Classic Fashion*（《中国历代服饰艺术》），London：CYPI Press
2012	*The Last Quarter of the Moon*（《额尔古纳河右岸》），London：Harvill Secker *The China Tea Book*（《中国茶书》），北京：中国青年出版社
2013	"Doomsday"（《末日》），*Pathlight* "Sidik Golden Mob Off"（《斯迪克金子关机》），*Chutzpah！*
2014	"Back Quarters at Number 7"（《后罩楼》），*Pathlight*
2016	"Green Tara"（《绿度母》），*Pathlight*

我们一旦游进内陆

亚当河变成了滔滔的瘖哑

两岸草色凄迷

雾，比想像中更难掌控

早晨很淡

一到下午脸色多变，口齿不清

一路也不见激湍飞沫

体温渐失的河水

飘来几片落叶

————洛夫《漂木》

Once we swim upstream from the sea

The Adam's River becomes eloquently mute

The grassy banks dreary

The fog harder to control than ever imagined

So pale the morning

Changing by afternoon，speech slurred

The turbulent waters are gone

The river gradually grows colder

Leaves fall

—*Driftwood*，trans. by John Balcom

三 无迹可寻羚挂角
忘机相对鹤梳翎
——美国汉学家陶忘机译洛夫

美国汉学家
陶 忘 机
John Balcom
1956–

他"传道、授业、解惑";他译诗、译书、编译文集;他23岁开始学习中文,27岁发表首部译作;他一心一译,在大洋彼岸,辛勤地撒下一颗颗汉学种子,等待春暖花开的那一天。他就是美国著名汉学家、翻译家陶忘机(John Balcom,1956——),加利福尼亚州立大学富尔顿分校(California State University,Fullerton)历史文学学士,蒙特雷国际研究学院(Monterey Institute of International Studies)汉语文学学士,旧金山州立大学(San Francisco State University)汉语文学硕士。1993年获得华盛顿大学路易斯分校(Washington University,St. Louis)汉语与比较文学博士学位后,陶忘机一直任教于美国加州蒙特雷国际研究院高级翻译学院,曾任美国文学翻译家协会主席。他热爱中国当代文学,此前的翻译多为台湾文学,近年来逐步开始翻译大陆文学作品,三十余载,从诗歌、小说到编译文集,苦心孤诣,辛勤笔耕,为西方读者提供了截然不同的阅读体验。

按:用清人查慎行成句,赞其译文如羚羊挂角无迹可寻,另嵌入忘机二字。

（一）缘结中国

陶忘机，从名字来说，应该是一个淡泊宁静，随心随性之人。他是一位治学严谨、诲人不倦的教授，也是一名译作等身、孜孜以求的汉学家。1956 年，陶忘机出生于美国加利福尼亚州，年幼时，每每去到祖母家，看见祖母家墙壁上挂着的中国画，总能一连欣赏数小时。那时候，中国文化已在他的心中埋下了一颗小小的种子，但这颗种子真正萌芽却是在陶忘机的本科阶段。

1980 年，陶忘机就读于加利福尼亚州立大学历史系。在陶忘机选修的中国历史课堂上，教授介绍了中国古典哲学和中国古诗，并推荐了一些相关的英译本。读罢，陶忘机深深为之着迷，不禁想要一探究竟。对于主修历史的陶忘机来说，阅读中国文学能够帮助他更好地了解历史背景，于是，陶忘机萌生了一个改变他一生的想法。他决定学习中文，这样就能亲自揭开那层神秘的面纱，真真切切地品读中国文学。陶忘机毅然决然地选择了蒙特雷国际研究院开设的暑期汉语强化班，因成绩优异，顺利拿到中国台湾给予的留学生奖学金前往台湾深造。这次机会，让他亲身体会到了中华文化的博大精深。中国文学的魅力所在，也让他结识了许许多多活跃在台湾文坛的文人墨客，为他的文学翻译之路奠定了坚实的基础。

1984 年，陶忘机从蒙特雷国际研究院毕业后，进入旧金山州立大学继续研读中文。在那里，他遇见了对他一生影响巨大的老师，著名汉学家葛浩文。"葛浩文对我的翻译道路影响十分深远，他和他的作品都是我的榜样，我一直都在探索如何运用最忠实的语言保持最大化的可读性"[1]。现在的他们，亦师亦友，皆是中国文学外译长河中不可

① 引自笔者对陶忘机的邮件采访，原文为"He has done a lot to promote my career as a translator. Also his work has been a model for my own in terms of seeking maximum fidelity with maximum readability."。后文部分资料同样来自笔者邮件采访。

或缺的两大舵手。

1986 年，陶忘机取得了旧金山州立大学硕士研究生学位，至 1993 年取得博士学位前夕，他大部分时间都待在中国，辗转于几大城市。1988 年，陶忘机作为交流学者赴上海社会科学院访学；一年后，他应邀前往北京，担任"中国学习之旅"（CET Academic Programs）项目教务主任；项目结束后，他又马不解鞍地奔赴香港中文大学任翻译初级研究员一职。直到 1990 年，陶忘机再赴台湾，一待就是三年。其间，他在台北的新闻局担任外籍顾问，负责撰稿、编辑和翻译等工作。1993 年，陶忘机获得华盛顿大学圣路易斯分校汉语与比较文学博士学位，随后成了美国蒙特雷国际研究学院的老师。

陶忘机与中国的不解之缘还在于他的台湾太太——黄瑛姿（Yingtsih Balcom）。她是陶忘机学习中文之初的同班同学，陶忘机这个名字便是她给取的，取自李白《下终南山过斛斯山人置酒》中的"陶然共忘机"，姓则源自陶忘机最喜欢的诗人之一"陶渊明"。自二十余岁起，两人已携手走过近四十多个春秋。同样作为翻译家的黄瑛姿，除了照顾陶忘机的生活起居，还是其翻译道路上的得力干将。两位翻译家联手，构成了中国文学英译的黄金组合，高质量的译本充分说明了中西合璧引发的化学反应所起到了催化的作用。

（二）缘起诗歌

陶忘机与中国的情缘始于诗歌，发展于诗歌，却没有尽头。诗歌英译，得先懂诗，然后才能译诗。自从接触到中国诗歌，陶忘机便一发不可收拾地爱上了中国文学。早在 1982 年，陶忘机翻译了洛夫的诗五首，次年发表在《笔会季刊》（The Chinese Pen）上。陶忘机彼时学习中文不过三年，译诗水平如此之高，一如陶忘机所言，自己好像在这方面十分有天赋。第一次看到自己的名字出现在出版物上，年轻的陶忘机很是兴奋，加之季刊的主编殷张兰熙不断鼓励他，他便开始朝职业译者方向发展。三十余载已去，事实证明，他的选择十分正确。

一直以来，陶忘机与《译丛》《笔会季刊》等中国几大诗刊都有合作。陶忘机坦言，他选择诗歌的原因有二："一是自己偏爱诗歌，译诗的过程也是享受的过程；二是因为诗歌的文本简洁，初次尝试翻译的年轻人容易上手。"①陶忘机在接受"无国界文字"的访谈时也曾表示，"诗歌语言简练，译者容易抓住重点，而译者可以记下整首诗，随时构思，摆弄文字、句法、结构和隐含的文字游戏。相比小说和文章，诗歌不需要花过多的时间，上下班的路上就可以思考如何翻译"②。

就译诗而言，陶忘机绝对是一个高效且高产的译者。1983 年陶忘机首次发表诗歌译作至今，除 1984 年以外，年年都有译作产出，译诗数目高达七百首左右，合作的诗人数不胜数，洛夫、痖弦、向阳、白萩、吴晟等著名诗人均在其列。除发表在诗刊上的这七百余首诗歌译作外，陶忘机翻译出版的诗集也不在少数。

1993 年，美国蒙特雷道朗出版社（Taoran Press）出版了《石室之死亡》（*Death of a Stone Cell*）的英译本。洛夫对于陶忘机来说是一种特别的存在。陶忘机的博士学位论文研究的就是洛夫与台湾现代诗歌。他认为洛夫是当之无愧的"诗魔"，阅读洛夫的诗作，就像是走过了中国文学的奇幻之旅。《石室之死亡》是洛夫的代表作，诗思发端于金门炮战的硝烟中，作者历时五年终完成此作，作品的主题涵盖了生命、死亡、爱与战争。陶忘机认为"这首长诗是 20 世纪 60 年代台湾最杰出的现代主义诗歌之一，洛夫试图展现和改变现有的状况，利用诗歌客观化自己，从而超越以往的现实状况。他讲述的不仅仅是自己的故事，而是中国那一代作家的故事"③。

同年，道朗出版社出版了台湾诗人向阳的诗集《四季》（*The Four*

① 李涛：《抒情中国文学的现代美国之旅：汉学家视角》，上海：复旦大学出版社，2015 年，第 338 页。

② John Balcom："Translator Relay"，*Words Without Borders*，2013 - 03 - 28，http://www. wordswithoutboder. org/dispatches/article/the-translator-relay-john-balcom.

③ John Balcom："To the Heart of Exile：The Poetic Odyssey of Luo Fu"，*New Perspectives on Modern Chinese Poetry*. New York：Paragon，2007，p. 72.

Seasons)。向阳与陶忘机相识于 20 世纪 80 年代初。那时,陶忘机写信征求向阳同意后,翻译了向阳的十行诗,发表在诗刊上。1986 年,向阳发表了人生中十分重要的一部诗集——《四季》,全书共春、夏、秋、冬四卷,收录二十四首诗,冠之以二十四节气之名。1991 年,陶忘机与向阳再次取得联系,准备将《四季》整本译成英文。为使译文更加准确,陶忘机与向阳在台北见了面,细化诗歌理解上的问题。1992 年春天,他翻译的《四季:春》六首便刊登在《笔会季刊》的春季号上,《夏》《秋》《冬》随《笔会季刊》连载出版。1993 年,陶忘机在取得比较文学博士学位前夕,申请了"中书外译计划"经费,将这些译诗集为一册,交由美国加州的道朗出版社出版。

1996 年,道朗出版社陆续出版了陶忘机翻译的两部诗集,分别是吴晟诗集《吾乡》(My Village)和《黑与白:林亨泰诗选》(Black and White:Selected Poems,1942 - 1990)。2007 年,继《石室之死亡》之后,美国西风出版社(Zephyr Press)出版了洛夫另一部长诗——《漂木》(Driftwood)的英译本。全诗三千行,气势磅礴,结构缜密,诗人通过"漂木""鲑""浮瓶""废墟"等意象充分诠释了自己这一生的艺术探寻、人生经历以及哲学观念。2014 年,《草根:向阳诗选》(Grass Roots)英译本在美国出版。一晃二十年,陶忘机再次编译老友向阳的诗作,封面采用向阳的第一张版画《老家》,内页更是收录了诗人的九张木刻版画,可见陶忘机对于朋友也是原作者的尊重和用心。2016 年,美国西风出版社出版了诗人痖弦的代表作《深渊》(Abyss),帮助痖弦独因这一部诗集享誉海内外。2020 年,陶忘机再度携手吴晟,发表了《吾乡:吴晟诗选》(My Village:Selected Poems 1972—2014)英译本。

(三)缘续诗外

陶忘机爱诗,毋庸置疑,但陶忘机与中国情缘并不局限于诗。纵观陶忘机的卅载译路,诗歌、小说、回忆录、佛家文本缺一不可,一首首诗歌,一篇篇文章,一本本译作,皆是译者夜以继日地用心雕刻。

2001年,哥伦比亚大学出版社出版了李乔的小说《寒夜》(*Wintry Night*)的英文版,这是陶忘机参与翻译的第一本小说。当时,《寒夜》属于台湾文学英译计划的书目之一,牛津大学的刘陶陶教授恰好为台大合作计划来到台湾,读后,便将此书带回英国翻译。交稿后,哥伦比亚大学出版社邀请陶忘机对译文进行了一次全盘美式语言的调整处理,使得此书的语言更加灵动。

接下来的几年中,美国加州的国际佛光会(Hacienda Heights,BLIA)陆续出版了四部①星云大师的著作,皆由陶忘机一人执笔翻译。陶忘机与佛家结缘始于他的一个学生,这个学生曾经是位僧尼,一次偶然的机会,学生问他是否有兴趣为佛教组织翻译一些佛教文集。此前未接触过佛教文本的陶忘机自然有兴趣做一番尝试。陶忘机博学多识,对佛教文本有所体悟,译本令对方十分满意,自此双方顺利展开合作。2011年,国际佛光会再次邀约陶忘机,《多秋之后:中国佛教文学选集》(*After Many Autumns*:*A Collection of Chinese Buddhist Literature*)于是付梓。

2003年是陶忘机的多产之年,其中张系国的《城》(三部曲)(*The City Trilogy*)反响最为热烈。这部小说包括《五玉碟》《龙城飞将》和《一羽毛》三部分。这是第一部译成英语的中国科幻小说,极具开创性,也是陶忘机最早个人翻译并出版的小说之一。《城》这部作品从《五玉碟》发表到《一羽毛》付梓,历时近十年。与美国其他科幻小说不同,张系国在这部作品中烙上了明显的中国印记,书里可见中国传统

---

① 这四部著作分别是《从教学守道谈到禅宗的特色》(*Teaching*,*Learning*,*and Upholding the Way in Chan Buddhism*,2001)、《论佛教民主自由平等的真义》(*On Buddhist Democracy*,*Freedom*,*and Equality*,2002)、《六波罗蜜自他两利之评析》(*Of Benefit to Oneself and Others*:*A Critique of the Six Paramitas*,2002)、《人间佛教的蓝图》(*Humanistic Buddhism*:*A Blueprint for Life*,2005)。

小说的影子,只是作者将这一切转换至外星球上,科幻元素与中国特色相互碰撞,擦出了别样的火花。在陶忘机看来,"这本小说与众不同,构思新奇,恰如其分地融合了东西方艺术之美,就好比《星球大战》邂逅了中国武侠小说、奇幻小说和历史演义小说"①,为科幻小说创作打开了一个全新的视角,也给目标读者带来了惊喜。

2005年,陶忘机与妻子黄瑛姿首次推出了合作编译的文集——《台湾作家选集》(*Indigenous Writers of Taiwan: An Anthology of Stories, Essays, & Poems*)。不同于其他译作,这本文集中的故事、文章、诗歌均来自台湾作家。起先,编辑从一堆一米多高的书、杂志和报纸中挑选出最具代表性的作品,之后再由陶忘机主笔翻译,黄瑛姿负责校对。夫妻两人珠联璧合,作品成功地进入了英语读者的视野。美国得克萨斯大学教授张诵圣(Sung-sheng Yvonne Chang)表示,"这些作品在民族志学和美学方面都极具价值,它们延续了旧世界的经验模式和表达方式,用最真实、最独特的语言改变了我们感知和欣赏文学的方式"②。

2009年,哥伦比亚大学出版社出版了曹乃谦的代表作《到黑夜想你没办法》(*There's Nothing I Can Do When I Think of You Late at Night*)的英文版。曹乃谦于20世纪90年代初期和中期连续在《北京文学》《山西文学》等刊物上发表了以"温家窑风景"为题的系列乡土小说。由于当时作者名气不大,该系列小说并未引起太多关注。后来,

---

① Zhang Xiguo, John Balcom (translated by): *The City Trilogy*. New York: Columbia University Press, 2003, p. vii.

② 原文: These writings are valuable in both the ethnographical and the aesthetic sense: holding on to some experiential patterns and expressive modes from the "old world," they speak to us in genuine and distinctive voices that reorient the very ways we perceive and appreciate literature.

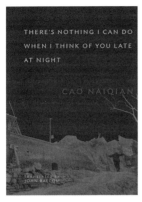

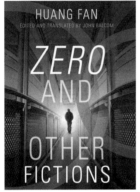

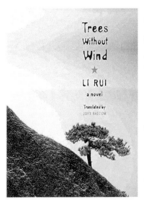

诺贝尔文学奖终身评委、瑞典汉学家马悦然（Goran Malmqvist）发现了他和他的作品，并将该系列小说推荐给好友陶忘机，陶忘机读后深深地"爱上"了这么一位远在山西的作家，并决定将其译成英文。曾经有学者问过陶忘机为何选择翻译曹乃谦的作品，陶忘机表示，"如果每个人一生都有一本书等着的话，曹乃谦的《到黑夜想你没办法》就是我的那一本。这书是第一本哭着喊着要被译出的作品，不把此书译出我无法安生。"①

2011 年，台湾作家黄凡的作品集《零及其他小说》（*Zero and Other Fictions*）英文版问世。热爱阅读的陶忘机早在 1982 年就已读过《零及其他小说》，黄凡的别出心裁、黑色幽默与批判精神深深地吸引了他。当时黄凡在台湾十分出名，但海外知道他的读者却寥寥无几，直到王德威主持的"台湾现代华语文学"英译计划邀请陶忘机担任黄凡作品的译者，黄凡才算是真正地进入英语世界。这部作品还荣获了 2012 年度"科幻奇幻翻译大奖"（Science Fiction & Fantasy Awards）。

2012 年，勤于笔耕的陶忘机翻译了另一位山西作家李锐的代表作——《无风之树》（*Trees Without Wind*）。陶忘机当时刚读完这部作品，就迫不及待地想要把它译成英文，便立刻与李锐取得了联系。拿到此书的翻译权后，陶

---

① 李涛：《抒情中国文学的现代美国之旅：汉学家视角》，上海：复旦大学出版社，2015 年，第 334 页。

忘机很是兴奋。他认为"这本书是中国近 30 年来最优秀的小说之一。李锐的语言洗练,构思巧妙,他能够将乡土元素与极端现代主义的形式和技巧完美地融合在一起,这是他与众不同的地方"①。

2013 年,企鹅出版集团推出了陶忘机编译的《中国短篇小说集》(*Short Stories in Chinese*)。企鹅推行的平行双语文本有口皆碑,陶忘机选取的文本极具特色,且在书中给出了大量注解。从销量来看,本小说集得到了广大西方读者的认可。两年后,陶忘机与黄瑛姿合作翻译的《奇莱山的记忆:一位年轻诗人的成长经历》(*Memories of Mount Qilai: The Education of a Young Poet*)出版。这本书是诗人杨牧的自传式散文,跨越了杨牧的童年、少年和成年时期。杨牧运用其细腻的笔触将"内心的抽象概念与其对外在世界的详细描述紧密结合,创造出了紧凑、充满典故、富有表现力的散文"②,陶忘机如是说,无怪乎他在致谢中表示翻译此书极富挑战。

2018 年,陶忘机翻译出版了好友齐邦媛的回忆录《巨河流》(*The Great Flowing River*)。此前中文版《巨河流》出版后,齐邦媛收到了数千封来自读者的信,许多读者表示,在世界各地流离,许多第二代、第三代已经不懂中文,希望她能够推出英文版。作为齐邦媛的好友,陶忘机欣然担任了这部作品的译者。齐邦媛细腻质朴的文字加上陶忘机精湛的译笔,使《巨河流》译本赢得了国外读者的一片好评。

① Linda Morefield: "Interview with John Balcom", *Washington Independent*, March 19, 2013.http://www.washingtonindependentreviewofbooks.com/index.php/features/interview-with-john-balcom.

② John Balcom: Yingtish Balcom: *Memories of Mount Qilai: The Education of a Young Poet*. New York: Columbia University Press, 2015, p. viii.

（四）缘于匠心

译本的成功输出"离不开译者的苦心孤诣和辛勤笔耕,离不开译者在翻译过程中的美学理念和各种思维的综合运用"[①]。文学翻译是塑造艺术的过程,它不是一蹴而就的,离不开译者的坚韧和译者的"工匠精神"。美国翻译家克利福德·兰德斯(Clifford Landers)在《文学翻译指南》中说道,不同人追逐文学翻译的目的不尽相同,但大多数人都是从精神层面出发,认为文学翻译能够给人以美的体验,文学翻译是"爱的劳作"(labor of love)[②]。

陶忘机从事文学翻译已卅载有余,自 1983 年发表第一篇译作以来,从未停下脚步。在接受"无国界文字"专栏"译者接力"(Translator Relay)的采访时,陶忘机提到了自己的愿望,便是能够有更多的时间专注于翻译。陶忘机在校期间,教务繁重,每天需要挤出时间做翻译,就连上下班通勤的时间也不放过,只有寒暑假期间,他才能全身心地投入到翻译工作中。翻译之于他就如水之于鱼,翻译因他更具多样性,他因翻译变得更优秀,两者相辅相成,相得益彰。

好的译者还应是一个好的学者,"翻译的过程,也是研究的过程"[③]。陶忘机在诗歌和翻译研究方面也颇有建树,发表过大量高质量的论文。他在《诗歌》(Concerning Poetry)上发表《台湾现代诗歌:三位诗人》("Modern Chinese Poetry from Taiwan:Three Poets")等文章。此外,他的翻译研究成果颇丰,在《翻译评论》(Translation Review)上发表了数篇论文,在苏珊·巴斯内特(Susan Bassnett)主编

---

① 朱振武:《相似性:文学翻译的审美旨归——从丹·布朗小说的翻译实践看美学理念与翻译思维的互动》,《中国翻译》,2006 年第 2 期,第 27 页。

② Clifford E. Landers:*Literary Translation*:*A Practical Guide*. Shanghai:Shanghai Foreign Language Education Press,2008,preface p. 2.

③ 许钧:《文学翻译的理论与实践:翻译对话录》,南京:译林出版社,2001 年,第 16 页。

的《译者即作者》（*The Translator as Writer*）上发表了论文《中国当代文学译介》（"Translating Contemporary Chinese Literature"），还在《瓦萨非瑞》（*Wasafiri*）上发表了《弥合差异：中国当代文学译介译者之见》（"Bridging the Gap：Translating Contemporary Chinese Literature from a Translator's Perspective"）。在上述两篇论文中，陶忘机结合自身翻译实践，向读者娓娓道来自己的翻译观念、翻译难题与翻译策略。

优秀的工匠对待工作一丝不苟，优秀的工匠同样独具慧眼。陶忘机的翻译文本主要来自三方面：一是自行选择，二是好友介绍，三是王德威主持的哥伦比亚出版社"台湾现代华语文学"英译计划。无论哪一种途径，最终选择权都在陶忘机，好的文本是陶忘机选裁的唯一准则。纽约曾经有一家出版社邀请他翻译一位 80 后作家的作品，但陶忘机认为这位作家的文字太浅白，缺乏文学性，便婉拒了。透过陶忘机曾经翻译过的作品，我们不难发现，他喜欢有独特风格的作者，喜欢简练、富有文学性的语言，喜欢布局巧妙、历史文化底蕴深厚的文本。他认为阅读中国现代文学作品是了解一个国家历史的捷径，他想把出色的中国文学介绍给外国读者，让他们能够通过文本领略异国风骚，了解文本背后的历史和文化。

每一个译者都是独立的个体，有其主观能动性，陶忘机作为一个经验丰富的译者，也有一套自己的翻译理念。他认为翻译的过程就像高级园艺或是引种园艺（advanced or exotic horticulture），翻译一部文学作品就好比园艺师将一株稀有植物从它原本的环境中移走，引种到一个全新的环境，并让它在新的环境中"开花结果"。这期间，园艺师需要做大量的工作，以确保植物能够茂盛而不只是简单地存活下来。东西方无论在语言还是文化上，都相差甚远，且读者一直以来的生活环境、生活体验和教育背景截然不同，由此形成的审美意趣与逻辑思维迥异，因此，中国读者喜闻乐见的作品不一定都能够吸引目标读者。从事中国文学翻译多年的陶忘机深有体会，他认为中国文学译者主要面临着两大问题："一是译本的接受,二是译本的产出"①。译本的接受关键在于文化背景信息和语境信息的传递,译者应把握好作者、译者和读者的三角关系,为读者搭建文化桥梁,增强文本可读性与可接受性。译本的产出在于译者的创造性和技艺,陶忘机认为一定程度上来说,一切都是可译的,只是区别在于意义和风格的可信度。他一直都在追求运用最忠实的语言达到最大化的可读性。译者的创造性是为了摒弃机械地照搬照译,为了进一步的忠实,以达到读者和出版社的期望和要求。

陶忘机一心致力汉学,站在大洋彼岸,传递着中国文化。他主张译者亦学者,从翻译选裁到译本出版,每一步都尽心竭力,为中国文学"走出去"添薪续力,为西方文化多样性添砖加瓦。陶忘机便是这么一位优秀的译者,人如其名,他翻译文学从不为名为利,只是为了自己的满腔热爱,这是他想做且必须要完成的事业。多年来,他一直行走在探索中国文学的康庄大道上,不曾驻足,他是一位名副其实的"译匠"。

在中国的那段时光,陶忘机深入了解了中国文化,也深深地爱上了中国文学。陶忘机在中国文学外译的道路上耕耘了卅载光阴,进行了诗歌、翻译双重研究,做到了诗歌、小说、文集、佛家文本、儿童文学等多类型翻译,获得了汉学家、翻译家、教授多重身份,从二十余岁的兴趣盎然延续至三十余年的满腔热忱,他的名字将烙印在陶然忘机的峥嵘岁月之中。

---

① John Balcom: "Translating Modern Chinese Literature", in Susan Bassnett, Peter Bush, *The Translator as Writer*. New York: Continuum International Publishing Group Ltd., 2006, p. 119.

陶忘机主要汉学著译年表

1993	*Death of a Stone Cell*（《石室之死亡》），Monterey：Taoran Press *The Four Seasons*（《四季》），Monterey：Taoran Press
1996	*My Village*（《吾乡》），Monterey：Taoran Press *Black and White：Selected Poems 1942－1990*（《黑与白：林亨泰诗选》），Monterey：Taoran Press
2001	*Wintry Night*（《寒夜》），New York：Columbia University Press *Teaching. Learning. and Upholding the Way in Chan Buddhism*（《从教学守道谈到禅宗的特色》），Hacienda Heights，BLIA
2002	*Of Benefit to Oneself and Others：A Critique of the Six Perfections*（《六波罗蜜自他两利之评析》），Hacienda Heights，BLIA *The Day I Got Up Early*（《早起的一天》），Taipei：Development Publishing Company
2003	*The City Trilogy*（《城（科幻三部曲）》），New York：Columbia University Press *Humanistic Buddhism：A Blueprint for Life*（《人间佛教的蓝图》），Hacienda Heights，BLIA *A Day Presents Are a Must*（《一个不能没有礼物的日子》），Taipei：Development Publishing Company *The 12 Animals of the Chinese Zodiac*（《十二生肖的故事》），Taipei：Development Publishing Company *Mom，It's Sunny Outdoors*（《妈妈，外面有阳光》），Taipei：Development Publishing Company
2004	*I've Become a Fire-breathing Dragon！*（《我变成一只喷火龙了！》），Taipei：Development Publishing Company

2005	*Taiwan's Indigenous Writers：An Anthology of Stories，Poems，and Essays*（《台湾作家选集》），New York：Columbia University Press
2007	*Driftwood*（《漂木》），Boston：Zephyr Press
2008	*Running Mother and Other Stories*（《奔跑的母亲及其他故事》），New York：Columbia University Press
2009	*There's Nothing I Can Do When I Think of You Late at Night*（《到黑夜想你没办法》），New York：Columbia University Press *The 10 Ox Herding Pictures*（《十牛图》），Hacienda Heights，BLIA
2011	*Dunhuang Dream*（《敦煌遗梦》），New York：Simon& Schuster *Zero and Other Fictions*（《零及其他小说》），New York：Columbia University Press
2012	*Stone Cell：Selected Poems*（《石室:诗选》），Boston：Zephyr Press *Trees Without Wind*（《无风之树》），New York：Columbia University Press
2013	*New Penguin Parallel Text：Short Stories in Chinese*（《中国短篇小说集:新企鹅平行双语文本》），London：Penguin Books
2014	*Grass Roots*（《草根:向阳诗选》），Boston：Zephyr Press
2015	*Memories of Mount Qilaii：The Education of a Young Poet*（《奇莱山的记忆:一位年轻诗人的成长经历》），New York：Columbia University Press
2016	*Abyss*（《深渊》），Boston：Zephyr Press
2018	*The Great Flowing River*（《巨河流》），New York：Columbia University Press
2020	*My Village：Selected Poems 1972－2014*（《吾乡:吴晟诗选》），Brookline MA：Zephyr Press

　　事情都是被逼出来的，人只有被逼上绝路了，才会有办法，没上绝路以前，不是没想到办法，就是想到了也不知道该不该去做。

——余华《许三观卖血记》

　　Necessity is the mother of invention. It's not only when you're at the end of your tether that you finally figure out how to solve a problem. If I wasn't at the end of my tether，I might have figured out a way to get out of this mess，but I wouldn't have known whether I could actually go through with it.

　　—*Chronicle of a Blood Merchant*，trans. by Andrew F. Jones

四 缘起音乐谱汉曲
情终译事正三观
——美国汉学家琼斯译余华

美国汉学家
安德鲁·琼斯
Andrew F. Jones
1969–

他横跨东西方文化,如冉冉升起的明星在广袤的神州大地绽放耀眼光芒;他研究涉猎广泛,如马良神奇的画笔为灿烂的华夏文明抹上浓墨重彩的一笔;他怀揣赤子之心,凭借自身的厚积薄发为源远流长的中华文化走向英语世界增添了一记砝码。

他就是美国著名汉学家安德鲁·琼斯(Andrew F. Jones,1969—)。琼斯于 1997 年获得加州大学伯克利分校博士学位,2012 年曾以访问学者的身份在剑桥大学艺术、社会科学与人文研究中心(University of Cambridge's Centre for Research in the Arts,Social Sciences,and Humanities)交流学习,后来任加州大学伯克利分校东亚语言与文化系教授、东亚研究所中国研究中心主任,主要讲授中国当代通俗文学与大众文化。他所研究的领域涵盖中国流行音乐、影视、传媒科技、现当代小说、儿童文学以及 19 世纪中后期的全球文化史等,发表的文章与出版的书籍都对所在领域产生了深远的影响。琼斯总是兢兢业业,治学严谨,不仅研究成果丰硕、建树颇多,而且佳译不断,如余华的小说《许三观卖血记》(*Chronicle of a Blood Merchant*,2003)和张爱玲的散文集《流言》(*Written on Water*,2005)。他为人随和,处事低调,性格沉稳内敛,凭借其睿智的文风、敏锐的洞察力及独特的方式助力东学西渐的璀璨未来。

（一）音符敲开研究之门

琼斯生于 1969 年 6 月 24 日，1991 年毕业于哈佛大学，1993 年获加州大学伯克利分校硕士学位，1997 年凭论文《中国的流行音乐与殖民现代性（1900—1937）》（*Popular Music and Colonial Modernity in China*，1900 - 1997）获加州大学伯克利分校博士学位。他一鼓作气地完成了学术生涯的起步阶段，也为后续的研究打下了坚实的基础。

弱冠之时，琼斯便对中国流行音乐兴趣颇浓。尽管并未受过专业的音乐学习和训练，但他在 1992 年大学刚毕业一年就出版了有关 20 世纪 80 年代后中国大陆的另类音乐（如流行乐和通俗乐）的著作《犹如尖刀：中国当代流行音乐的意识形态与流派》（*Like a Knife：Ideology and Genre in Contemporary Chinese Popular Music*，1992）（简称《犹如尖刀》）。这部著作主要研究 20 世纪 80 年代的中国通俗音乐工业，

并探讨了崔健促成的摇滚音乐亚文化与当代政治、文化气候的关系。佩吉·杜森贝里（Peggy Duesenberry）对这本书做出了较高的评价："安德鲁·琼斯已成功在中国文化和政治竞技场上为对流行文化感兴趣的读者提供了资料详尽的和深入的本土流行音乐研究。"[1]如上所示，在当时对中国音乐少有研究的情况下，《犹如尖刀》的问世为中国音乐的后续研究起到铺路之功。为了搜集中国流行音乐的相关资料并对歌手、作词者与音乐评论家进行采访。琼斯曾两度来到中国，第

---

① Peggy Duesenberry，"Review of *Like a Knife：Ideology and Genre in Contemporary Chinese Popular Music*"，*Notes*，July，1995，Second Series，Vol. 51，No. 4，p. 1344.原文为"Andrew F. Jones has succeeded in providing the interested reader of popular culture with a well-documented and thoroughly researched study of indigenous popular music in the cultural and，most important，political arenas of mainland."

一次是 1988 年至 1989 年以访问学生的身份，第二次则是在 1990 年的夏季。这本书的出版是琼斯哈佛大学本科毕业的纪念礼，也伴随着琼斯迈入加州大学伯克利分校的大门，再次踏上研究生涯的征途。

如果说《犹如尖刀》是琼斯对音乐研究的开山之作，那么他在博士论文基础上删改而成的《留声中国——摩登音乐文化的形成》①（Yellow Music：Media Culture and Colonial Modernity in the Chinese Jazz Age，2001，简称《留声中国》）的出版可谓渐入佳境。此书重点讨论了黎锦晖与"时代曲"和与之密切相关的都市媒体文化。2001 年是纪念黎锦晖诞生 110 周年，《留声中国》于同年 5 月出版，真是恰逢其时。"在此书中，安德鲁·琼斯从政治、经济、社会、文化及科技等层面的相互影响和互动来阐述中国大众通俗音乐的产生和发展，并不是零星、孤立、偶然发生的，而是与帝国主义同时俱来的跨国间文化流通、都市化、工业化、世俗化、民主化以及传媒技术的普及为一个整体的。"②《留声中国》展现了琼斯独到的眼光。他将中国大众通俗音乐的演化与各层面的因素串联起来。该著作的问世是对琼斯研究成果与研究价值的肯定，也为他的博士学习阶段画上了一个圆满的句号。

从《犹如尖刀》的问世到《留声中国》的出版，在琼斯眼里，中国流行音乐的内涵远远超过歌词与曲调的简单融合。进一步说，流行音乐是研究当下中国社会和文化的一大窗口，而琼斯正是透过这个窗口以韵律十足的视角领略到了汉学之美与汉文化之魅。跳动的音符时刻拨动着琼斯敏感的心弦，不仅为他打开了汉学研究之门，也对他的文学翻译之旅大有裨益。

---

① 该书中文版于 2004 年由台湾商务印书馆出版发行，译名为《留声中国——摩登音乐文化的形成》，译者是宋伟航。

② 宫宏宇：《黎锦晖、留声机、殖民的现代性与音乐史研究的新视野》，《音乐研究》，2003 第 4 期，第 86 页。

（二）佳译搭建文化之桥

自莫言获得诺贝尔文学奖后，中国文学一时吸引了世界的广泛关注，海外的目光再次聚焦东方，中国文学与文化之美熠熠生辉，散发出耀眼的光芒。早在莫言获奖的十余年前，琼斯便以独到的眼光及卓越的文学鉴赏力发现了莫言的作品，并小试牛刀地翻译了莫言的《神嫖》（*Divine Debauchery*，1994）。另外，琼斯还翻译了张承志的短篇小说《狗的雕像》（*Statue of a Dog*，2002），但这两部译作并未引起英语国家的关注。

不过，当琼斯与余华的名字联系在一起时，则碰撞出了别样的异域火花。谈起他俩，倒有一番渊源。琼斯对中国文化研究的痴迷自然而然地使中国成为他亲密无间的好友，这或许是为自己与余华的相遇埋下的伏笔。在与余华见面之前，琼斯就阅读了余华早期的大量作品，并为他那现代派的尖锐犀利、客观抒情与音乐暴力所深深吸引。他感受到余华在朴实无华的文字背后所流露出的敏锐的洞察及对社会几近病态感的针砭，语言简洁明了却又撼动心灵，直指人性深处。余华的作品在当时的琼斯心中具有较高的文学地位。但他们的第一次见面留给琼斯的却是一幅滑稽的景象。那是 20 世纪 90 年代初期在北京的一个夜晚，琼斯在一家改造过的传统庭院旅店中等待余华的到来。随后，他看到瘦得皮包骨的余华顶着一头有点蓬乱的头发进入房门，嘴里还燃着一根香烟。一进屋，余华便四肢着地趴在地上搜索着琼斯丝毫未察觉的细微声响，而后站起来随手拔掉了小型冰箱的插头。这一情景并未令琼斯感到丝毫诧异，只是让他忍俊不禁。此次会面之后，两人便成了朋友。

琼斯在北京时曾无意间看到一部类似"艺术与娱乐"风格的纪录片。这部纪录片简述了余华从一文不名的赤脚医生逆转为现当代文坛饱受赞誉作家的经历，也介绍了他光鲜亮丽的生活与工作。几天后，琼斯与余华一起用餐时，发现余华对纪录片的事只字未提，而自己也不好过问，只是内心替他愤愤不平。纪录片只顾描绘华而不实的表象,却在很大程度上忽视了余华作为一名先锋作家,挥舞着准确有力的文字与周身世界交战的气魄。因此,琼斯后来在给译作《许三观卖血记》写的"编后记"中,用细致入微的文字引导读者看到了一个不一样的余华。当看到琼斯翻译的余华作品出版面世时,我们也就不难理解这其中的缘由了。

1996 年,琼斯翻译的《往事与刑罚》(*The Past and the Punishments*,1996)英译本出版,其中收录了《十八岁出门远行》《古典爱情》《世事如烟》《难逃劫数》《一九八六年》《鲜血梅花》《命中注定》和《一个地主的死》等八篇中短篇小说。其中,《十八岁出门远行》是余华作品中首次具有两个译本的小说。琼斯的英译本(*On the Road at Eighteen*)在 1996 年由哥伦比亚大学出版社出版,而另一个译本译者不详,小说英文名为 *Distant Journey at Eighteen*,于 1999 年由牛津大学出版社出版。琼斯的英译本还被俄亥俄大学和俄克拉荷马州立大学筛选为文学课素材,供学生课堂赏析。作为余华最早被译介到海外的作品,《往事与刑罚》一经出版,就受到好评连连。一位《出版人周刊》(*Publish Weekly*)的撰稿人认为,在许多故事中,作品中的暴力因素会令美国读者感到不适,但他却有如下评论:"在《往事与刑罚》中,残忍暴行一直与精致华美的文章和象征意义的层次并存。"①在余华的"历史—刑罚"小说创作风格的形成期,这部作品确实如明镜般有效又精

---

① 原文为"A *Publishers Weekly* contributor commented that the brutality is "juxtaposed with passages of exquisite grace and layers of symbolic meaning." *Contemporary Authors Online*. 参见 http://go.galegroup.com/ps/retrieve.do? sort = DA-SORT& docType = Biography&tabID = T001&prodId = GPS&searchId = R1&resultListType = RESULT_LIST&searchType = BasicSearchForm&contentSegment = &currentPosition = 2&searchResultsType = SingleTab&inPS = true&userGroupName = wuhan&docId = GALE%7CH1000156676&contentSet = GALE%7CH1000156768。

湛地揭示了那个时代特有的残酷性和严肃性。法蒂玛·吴(Fatima Wu)在英美学界重量级文学评论期刊《当代世界文学》(*World Literature Today*)中提到,这些故事较难读懂,首次阅读时"通常只看到问题与迷惑",唯有坚持看下去的读者"能发现书中的阅读乐趣和奖励。"①余华凭借这八个故事将读者带入了万花筒般的世界,同时也展现出了"新"与"旧"、"罪恶"与"惩罚"之间的对立。琼斯用流畅自如的语言将故事带给英语世界的读者,对中国优秀文学的传播可谓功不可没,同时,也为《许三观卖血记》英文版积蓄了深厚的读者力量,促成了余华日后在英语世界声名鹊起。

余华的《许三观卖血记》英文版出版后便受到英语世界的高度关注,并于 2004 年获得"美国巴恩斯诺新发现图书奖"(The Barnes & Noble Discover Great New Writer Award)。《许三观卖血记》在国内也享有很高的赞誉,它和余华的另一部小说《活着》一起入选百位批评家和文学编辑共同评选的"九十年代最具影响的十部作品"②,成为当代中国有影响力的长篇小说之一。赵婉彤这样评价道:"《许三观卖血记》语言简练充满节奏感,尽管描述普通人日常生活画卷,但情节又极富戏剧性,笑过之后能体会到一种黯然的神伤,看似轻松的口吻展示着沉甸甸的生活。"③琼斯在《许三观卖血记》英译本的"编后记"中也提到了自己对这部作品的看法。他认为,

---

① 原文为"First readings usually present only questions and enigmas. However, If the reader persists, once he enters the author's world, he or she will find much pleasure and reward."Fatima Wu, "The Review of The Past and Punishment", *World Literature Today*, Vol. 72, No.1, 1998, p. 204.

② 赵婉彤:《余华长篇小说〈许三观卖血记〉和〈兄弟〉英译本的译介学研究》,兰州大学硕士学位论文,2011 年,第 4 页。

③ 同上。

道德情怀以及小说素材的音乐层面是不容忽视的。若小说缺乏元素性与戏剧性,余华想传达的如维持生计、艰苦遭遇、卖血钱、血亲关系等主题便毫无意义。琼斯还看到了生活在扭曲的社会与经济错位之中的当代中国人那无力反抗的悲哀以及买卖生命之血的心酸。许三观成为市场化转向中被时代抛弃的象征性人物,是资产阶级破落反转(scruffy reverse)的镜中之像。可见,琼斯对《许三观卖血记》的精神与主题的把握之精准、理解之深刻,这也减少了他在翻译过程中的误读与误译。不过,琼斯表示,将《许三观卖血记》中大量极为口语化的中文翻成让人读着顺口的英文实属不易。皇天不负有心人,在一次次查阅资料并咨询余华本人后,琼斯终成佳译,也为英语读者打开了一扇了解中国现当代文学的窗口。

2003 年由兰登书屋出版的《活着》(*To Live*)和《许三观卖血记》英译本闪亮登场后,余华来到美国。向美国读者介绍与宣传这两部作品,并于某一细雨纷纷的夜晚在加州伯克利市知名的独立书店科迪书店(Cody's Books)朗读《许三观卖血记》一书中的两段文字。一段是余华认为颇有"中国式爱情故事"之感的许三观的求爱过程,另一段则是关于 20 世纪 60 年代大饥荒的一个场景。余华此次先是在艾奥克大学参加国际写作计划,然后四处辗转,进行巡回演讲,最后于加州大学伯克利分校旅居到 2004 年的二三月份才回国。余华旅美期间,琼斯借此机会与他增进了解,互相沟通,大谈中国当代文学与文化。

至于为什么选择余华的作品进行翻译,琼斯说道:"我最初对他写小说之前所写的短篇故事感兴趣。我认为他的小说同别的中国作家的小说非常不同,非常有挑衅力,气势宏大,经常违背写作的传统。"[1]另外,琼斯喜爱音乐,对音乐和声音很敏感,他个人认为,"余华的文字流畅、很有音乐性",并且"同他个人翻译的风格很契合"[2]。琼斯发现了余华在文章中巧妙地运用了音乐中的重复叙述手法,并采用"音乐

---

[1] 参见华盛顿观察之文章《余华著作英译本作者谈余华》,http://www.china.com. cn/chinese/HIAW/458755.htm,2021 年 1 月 22 日。

[2] 同上。

的节奏方式去讲述许三观壮美的人生历程"①,他看到了音乐性在余华的作品中闪光。余华本人在《许三观卖血记》中文版的序言里说过:"这本书其实是一首很长的民歌,它的节奏是回忆的速度,旋律温和地跳跃着,休止符被韵脚隐藏了起来。"②所以,琼斯在翻译余华的作品时总是"尽力追求捕捉他文字中的韵律,让英文读者感受他中文直接流畅的风格"③,译作的备受好评证明他确实做到了这一点。

除了余华,琼斯也翻译了张爱玲的散文集《流言》。张爱玲堪称是现代中国最具传奇色彩的文化名人之一,被学者夏志清视为今日中国最优秀最重要的作家。中文版《流言》于1944年出版,收录了张爱玲的多篇散文佳作。这本书奠定了张爱玲的散文成就与文坛地位,并使她在整个上海滩家喻户晓。《流言》的字里行间无不展现着"战争中个体的生存本真状态"以及张爱玲对于"战乱年代的真实态度"④。陈雍写道:"《流言》中的散文其实都在抒发战乱时小人物的真实生活和心理,抒发历史的沧桑感在个体身上的烙印。"⑤《流言》的文学价值以及对人性的终极关怀使其成为"中国20世纪40年代文坛的一朵奇葩"⑥。可想而知,《流言》英译本出版后确实轰动一时。据美国《世界日报》(*World Journal*)报道,《流言》经琼斯翻译后,由哥伦比亚大学出版社于张爱玲逝世十周年之际出版。译本

---

① 洪治纲:《悲悯的力量——论余华的三部长篇小说及其精神走向》,《当代作家评论》,2004年第6期,第33页。

② 余华:《许三观卖血记》,北京:作家出版社,2014年1月第1版,第2页。

③ 参见华盛顿观察之文章《余华著作英译本作者谈余华》,http://www.china.com.cn/chinese/HIAW/458755.htm,2021年1月22日。

④ 陈雍:《张爱玲的"1944"与〈流言〉》,《柳州师范专科学校学报》,2015年第3期,第21页。

⑤ 同上。

⑥ 同上。

一经发行,席卷华人世界的"张爱玲热"再一次在美国书市发烧。美国媒体对"旧作新魂"的《流言》英译本多有好评,说它是"中国对本雅明'拱廊街计划'的回应"①。可见,《流言》英译本的轰动性与艺术魅力获得的国外认可,离不开琼斯对原文应对自如的绝好把握。至于琼斯的翻译策略,宋仕振以"深度翻译"②和"韵味说"③为视角对《流言》的英译进行了研究。他认为,张爱玲赋予了《流言》显著的文化与时代特色,所以琼斯"采用深度翻译不失为一种理想的翻译策略",而且不同的散文有不同的味道,译者首先要读出其中的味道,然后才能在译文中再现。"'韵味说'侧重于再现原作的风格、神韵,琼斯成功地做到了这一点"④。的确如此,琼斯认为翻译是对原作深度解读的一种方法,只有在解读原作后,才能翻译出好的作品。所以在翻译时,他更多考虑的是作品自身要反映什么,而不是评判作品欠缺了什么。他力求抓住原作本色,从不在翻译时加入个人见解,而是根据原作的特征,采用最贴切的译法与自然流畅的语言传达原作之精华。

琼斯凭借其译作让英语世界的读者从一个崭新的角度看到不一样的中国,认识到中国文学所散发的勃勃生机与文化的独特魅力。

(三)译介助推汉学传播

琼斯身体力行地译介中国现当代具有较高文学价值并且自己也颇感兴趣的作品,对中国文化走向世界贡献了一己之力。多本译作的

---

① 世界华人网:《张爱玲散文集〈流言〉英译本在美出版书市发烧》,详见 http://www.wuca.net/doc-9579.html。

② 根据美国著名的人类学家格尔茨(Clifford Geertz)提出的深度描写,阿皮亚(Kwame Athony Appiah)得到启发并提出了一种在译文中通过添加注释或注解来表现源语中丰富而深厚的文化语境的翻译策略,并称之为深度语境化,或深度翻译。

③ 刘士聪教授在《美文翻译与鉴赏》一书中提出"韵味说",他认为应从语言的声响与节奏、意境与氛围、个性化的语言三个方面来看待散文翻译。

④ 宋仕振:《写在水上的字——张爱玲散文集〈流言〉英译本解析》,《宜春学院学报》,2014 年第 11 期,第 88 页。

出版都暗含着琼斯孜孜不倦的严谨之风及其对中国文学与文化的爱之深与情之切。但他对中国文学英译作品的译介处境也颇为担忧。琼斯在论及中国英译作品在美国的接受度时提到,法国、西班牙和俄罗斯的经典文学作品的英译本比中国文学作品拥有较多的读者,而且中国作品英译本集中开设在中国文学课程中。其实,琼斯在教学的过程中已经感受到文学的地位在学生心中日益下滑的现状,并呈现"两极化"趋势,这跟学生的家庭教育、文学和艺术的熏陶密切相关。但是,他不断地鼓励学生多阅读优秀的文学作品,帮助他们领略中国文学与文化经久不衰的别样情怀。

同时,琼斯也观察到中国文学英译作品在美国市场上的尴尬处境,并指出了中国文学译介受挫的症结所在。他认为,读者不会因涉及国家层面而喜欢上一国的文学与文化,而应该通过有趣的文化现象或优秀的文化与作品吸引读者的眼球,有效地打开美国甚至世界市场,从而激发读者深层次地思考并与中国作家达到心灵上的交流、产生精神上的共鸣,迎来中国文学译介崭新的篇章。

此外,琼斯考虑到,不仅译介的性质与目的影响中国文学与文化传播的效果,出版社对英译作品的推销角度与立场也使中国文化走向世界显得困难重重。中国文学作品不是西方与世界其他地区了解中国的唯一方法与途径。随着互联网科技的发展及信息传递的便利,网络、报纸、杂志等都不失为西方认识中国的有效渠道,所以出版社在推销过程中应注重强调中国英译作品中蕴含的文学价值与艺术魅力,立足作品与文化本身以吸引读者。

琼斯还提到中国文学的英译作品以严肃文学为主,主题较为沉重,大多涉及贫穷、饥饿、革命、黑暗政治等,通俗性与趣味性这两大重要因素在选材过程中往往被忽视。因此,他认为通俗与流行的文学作品贴近大众读者的生活实际,且通俗易懂易被接受,可作为打开美国及世界市场的"敲门砖"。他曾多次在访谈中提及韩寒,认为他的作品趣味性较强,语言流畅且"好玩儿",易与同时代青年读者产生共鸣。英国汉学家白亚仁与琼斯的观点相似,他也认为:"韩寒是一个很特别的作家,善于独立思考,文笔风趣。"①可见,新生代作家与时代接轨,其作品既褪去了历史沉痛的大衣,又反映当下热点与痛点。通俗流行又融合时代特征的优秀作品,不失为打开海外市场的一剂良方。

琼斯对中国文学英译作品在美国市场上的境遇做了深刻的分析,也针对这类难题提出了自己的见解。中国文学应从文学文化本身的立场出发,注重作品的娱乐性、趣味性,精准把握目标语读者的阅读心态,才能助推中国文化"走出去"。

(四) 音译伴随著作等身

琼斯的音乐研究与翻译成就使他从初出茅庐的学子摇身一变成为著作等身的知名学者,而他的研究领域并不限于此。作为一位实至名归的"中国通",琼斯在其他领域取得的成果也不遑多让。值得一提的是他的著作——《发展的童话:进化论及现代中国》(*Developmental Fairy Tales*:*Evolutionary Thinking and Modern Chinese Culture*,2011,简称《发展的童话》)。它研究进化理论在 20 世纪中国的相关刊印、教育以及视觉文化的流行程度和本土化的过程,及其给现代中国的综合发展心理学专家的信念所带来的深远影响。美国汉学家金介甫向高校学生与学术界大力推荐琼斯的这本《发展的童话》,认为琼斯在肯定前人研究成果的同时,给中国发展式思维的求索提供了全新的样例。凭借这部作品,琼斯获得了美国现代语言协会(MLA)2011 年"詹姆斯·拉塞尔·洛威尔奖"(James Russell Lowell Prize)的荣誉提名。当年加州大学伯克利分校共七人获得该奖及荣誉提名,该校雄踞各高校获此殊荣和荣誉提名的榜首,琼斯实属功不可没。正如琼斯的学生王敦在其文章中提到,此次获奖不仅仅是他个人

---

① 于丽丽:《韩寒下月推巨型科普书》,《新京报》,2012 年 10 月 16 日,第 C11 版。

和加州大学伯克利分校的荣耀,而且应该称得上是亚洲研究的总体荣誉。因为在美国人文研究中,除了 1995 年周蕾获奖外,鲜有亚洲研究者能入围此奖。

《亚非世纪》(*The Afro-Asian Century*,2003)是他合作出版的有关东亚文化批评研究的另一著作。他还与徐兰君教授合编了《儿童的发展:现代中国文学及文化中的儿童问题》(*The Discovery of the Child*:*The Problem of the Child in Modern Chinese Literature and Culture*,2011)一书。此外,在古根海姆基金会(Solomon R. Guggenheim Foundation,全称"所罗门·R. 古根海姆基金会")的支持下,他完成了名为《聆听电路:晶体管时代的中国流行音乐》(*Circuit Listening*:*Chinese Popular Music in the Transistor Era*)的著作。琼斯还于 2015 年获得了古根海姆学者奖,这亦是对他研究贡献的支持与肯定。

除了书籍的出版,琼斯也写了有关自己研究领域的一些文章,并由其学生译为中文,发表在各大期刊上,如 2012 年在《中国社会科学报》上发表《晚清语境下的凡尔纳小说》("Jules Verne' Fictions in Late Qing Context"),于 2013 年在《学术研究》上发表《进化论话语对中国现代文学本土叙事的介入》("Introduction in Developmental Fairy Tales:Evolutionary Thinking and Modern Chinese Culture")①,于 2015 年在《文艺理论研究》上发表《历史的小玩意:民国左翼电影与进化论》("Playthings of History")。

从默默无闻、苦心钻研到著作等身、佳译迭出,琼斯凭借自身的厚积薄发在汉学史上留下了鲜明的印记。他用文化乐章所谱写的汉学之歌,时时回荡在汉学研究的高空。琼斯淡泊名利、不骄不躁、勤恳敬业的大家风范以及他时刻情系东西方文化、魂牵华夏文明的满腔热情,使他当之无愧地成为中国文化传播的使者。

---

① 译自安德鲁·琼斯《发展的童话》的"导论"部分,题目为译者与著者商榷后所添加。作者授权译者对原内容进行了缩编处理,并授权缩编后的中文版由《学术研究》首发。

安德鲁·琼斯主要汉学著译年表

1992	*Like a Knife*：*Ideology and Genre in Contemporary Chinese Popular Music*（《犹如尖刀：中国当代流行音乐的意识形态与流派》），Ithaca：East Asia Program，Cornell University（Cornell East Asia Series，57）
1994	*Divine Debauchery*（《神嫖》），New York：Colombia University Press
1996	*The Past and the Punishments*（《往事与刑罚》单行本合集），Honolulu：Hawaii University Press
1998	*1986*（《1986》），Durham：Duke University Press
2001	*Yellow Music*：*Media Culture and Colonial Modernity in the Chinese Jazz Age*（《留声中国——摩登音乐文化的形成》），Durham：Duke University Press
2002	*Statue of a Dog*（《狗的雕像》），New York：Columbia University Press
2003	*Chronicle of a Blood Merchant*（《许三观卖血记》），New York：Anchor Books *The Afro-Asian Century*（《亚非世纪》），Durham：Duke University Press
2005	*Written on Water*（《流言》），New York：Columbia University Press
2011	《儿童的发现：现代中国文学及文化中的儿童问题》（与徐兰君合编），北京：北京大学出版社 *Developmental Fairy Tales*：*Evolutionary Thinking and Modern Chinese Culture*（《发展的童话：进化论及现代中国》），Cambridge：Harvard University Press

2012	《鲁迅及其晚清进化模式的历险小说》,《现代中文学刊》,第 2 期,第 10‒27 页
	《进化论思维、鲁迅与近现代中国——安德鲁·琼斯教授访谈录》(文贵良采访),《现代中文学刊》,第 2 期,第 4‒9 页
	《狼的传人:鲁迅·自然史·叙事形式》,《鲁迅研究月刊》,第 6 期,第 31‒48 页
	《晚清语境下的凡尔纳小说》(王敦、李之华,译),载《中国社会科学报》,2012-09-07,第 B01 版
2013	《进化论话语对中国现代文学本土叙事的介入》("Introduction in Developmental Fairy Tales: Evolutionary Thinking and Modern Chinese Culture",王敦、郑怡人,译),《学术研究》,第 12 期,第 150‒158 页
2015	《历史的小玩意:民国左翼电影与进化论》("Playthings of History"),《文艺理论研究》,第 3 期,第 18‒26 页
2020	*Circuit Listening: Chinese Popular Music in the Transistor Era*(《聆听电路:晶体管时代的中国流行音乐》),Minneapolis: University of Minnesota Press

　　这年的酷夏里，时序乱了纲常了，神经错乱了，有了羊角风，在一天的夜里飘飘落落乱了规矩了，没有王法了，下了大雪了。真是的，时光有病啦，神经错乱啦。

——阎连科《受活》

　　During that year's sweltering summer，time fell out of joint. It became insane，even downright mad. Overnight，everything degenerated into disorder and lawlessness. And then it began to snow. Indeed，time itself fell ill. It went mad.

—*Lenin's Kisses*，trans. by Carlos Rojas

五 心系两国跨双语
鹏展万里飞重洋
——美国汉学家罗鹏译连科余华

美国汉学家
罗 鹏
Carlos Rojas
1970–

罗 鹏（Carlos Rojas，1970— ）出生于 1970 年 6 月 5 日，是美国著名汉学家，中国当代文学重要英译者之一，中国首位卡夫卡文学奖（The Kafka Prize for Literature）获得者阎连科代表作品《受活》的英译者，目前是美国杜克大学（Duke University）中国文化研究、女性研究与影像艺术教授。罗鹏经常往来于美国和中国，操着一口音准调正的汉语普通话，是汉学界、翻译界和创作界比较熟悉的帅哥学者和翻译家。

（一）养精蓄锐整装发

罗鹏于 1995 年毕业于美国康奈尔大学（Cornell University），获得比较文学和东亚文学研究学士学位，2000 年在哥伦比亚大学（Columbia University）获得博士学位，研究中国文学。

早在 1999 年春天到秋天，罗鹏在纽约城市大学（The City University of New York）担任兼职讲师（adjunct lecturer）；自 2000 年到 2001 年以及 2002 年的夏天，他在哥伦比亚大学（Columbia University）担任兼职助理教授（adjunct assistant professor）；2004 年春天，他在耶鲁大学（Yale University）担任客座助理教授（visiting assistant professor）；2007 年到 2008 年，他在中国台北世新大学（Shih

Hsih University）担任客座副教授；2008 年秋天，他在麻省理工学院（Massachusetts Institute of Technology）担任客座助理教授。从 2001年到 2008 年，罗鹏担任佛罗里达大学（University of Florida）中国文学与电影助理教授（assistant professor）；自 2009 年到 2011 年，他担任杜克大学（Duke University）中国文化研究和女性研究助理教授；从2011 年至今，他在杜克大学担任亚洲和中东研究教授一职，研究方向为中国文化研究、女性研究与影像艺术。一直以来，他孜孜不倦地学习和研究中国文学和文化，且声名鹊起，现在已是广为人知的汉学家。

（二）好评有余译《兄弟》

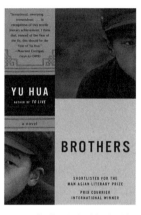

　　经过多年的教学与潜心研究，罗鹏的苦心钻研逐渐结出果实。2009 年，他与夫人周成荫合作翻译的余华的著名小说《兄弟》（Brothers：A Novel）终于面世，由万神殿出版社（Pantheon Books）出版。周成荫曾为杜克大学的访问副教授，主要研究中国现代文学和文化，曾在哈佛大学攻读文学硕士，之后又获得了斯坦福大学比较文学博士学位。此外，她还在巴黎、台北、上海等各地高校访问学习。

　　余华的长篇小说《兄弟》分为上下两部。该小说出版后，国内批评之声不绝于耳，苍狼尖锐地批评这部小说"全篇充斥了粗俗的文字，恶心至极"①，但余华本人坚称这是他最好的小说。与国内批评声音不同的是，罗鹏及其夫人的《兄弟》英译本在美国出版后受到很大关注。《纽约时报》（New York Times）、《纽约书评》（The New York Review of Books）、《华尔街日报》（The Wall Street Journal）、《洛杉矶时报》（Los Angeles Times）和美国国家公共电台（National Public Radio）都争相

---

① 杜士玮、许明芳、何爱英主编：《给余华拔牙——盘点余华的"兄弟"点》，北京：同心出版社，2006 年，第 20 页。

报道。美国国家公共电台评论人科里根（Maureen Corrigan）认为无论从写作基调、历史跨度还是叙事技巧来看，《兄弟》都是一部了不起的小说。《纽约书评》的米什拉（Pankaj Mishra）认为，《兄弟》是一部成功译介的当代中国小说。西方媒体甚至开始发表余华的专栏文章，这是西方主流媒体对中国作家的少有的关注。[①]

也许与原作者近距离地接触和了解更让罗鹏在翻译《兄弟》时有了一定的灵感。在余华到剑桥访问时，罗鹏见到了余华及其家人，令罗鹏感到格外触动的并不是余华高深的文学造诣，而是他对孩子浓浓的父爱。看到自己的孩子能较快地适应新环境，余华感到十分高兴和自豪。余华对其孩子的呵护与小说《兄弟》中父亲保护自己的孩子免受这个疯狂世界的伤害是那么相像。[②] 这一点深深触动了罗鹏，使其在翻译《兄弟》时有了自己真切而独特的感受。

（三）再创佳绩出《受活》

2012 年，罗鹏独立完成了对《受活》（*Lenin's Kisses*）的翻译由格鲁夫出版公司（Grove Press）出版。

2013 年，阎连科获得曼布克国际文学奖。当时他的代表作《为人民服务》和《丁庄梦》已被译成英文。《受活》的中文版在 2004 年一经出版就被在法国比基埃出版社工作的陈丰一眼看中，很快便与阎连科签了法语翻译合同。陈丰看出了这部小说的潜在影响力，但由于《受活》的方言和结构十分复杂，比基埃出版社先后找了两个译者，他们都没有接手，甚至有位翻译家翻译了一部分后，又把作品退了回去。

① 参见季进：《作为世界文学的中国文学》，《中国比较文学》，2014 年第 1 期，第 29 页。
② Yu Hua，*The Brothers：A Novel*，trans. by Eileen Cheng-Yin Chow and Carlos Rojas，London：Random House，2009，title page.

最后,林雅翎女士接手了《受活》的法语翻译工作,这部作品的法语版 *Bons Baisers de Lenine* 才得以面世。由此,我们可以想象到《受活》的难译程度。罗鹏也曾表示:"从翻译的角度看,《受活》提出了一些挑战,包括如何处理大量的方言和其他独特的语言种类。"①而年轻的罗鹏喜欢迎难而上,挑战自我。《受活》的英译本出版后获得了较大成功,先后被评为《纽约客》(*New Yorker*)2012 最佳图书、《麦克林斯》(*Maclean's*)2012 年度最佳书籍之一、《科克斯评论》(*Kirkus Reviews*)2012 年度最佳小说,并获得《纽约时报》2012 编辑选择奖。罗鹏并不是第一个翻译阎连科作品的译者,在他之前,还有《为人民服务》的英译者蓝诗玲以及《丁庄梦》的英译者辛迪·卡特(Cindy Carter),但阎连科给予罗鹏很高赞扬,他曾表示:

> 蓝诗玲是帮我带来英语读者的第一人,是因为她的译本和《为人民服务》的特殊性,让读者注意到中国有个奇怪的作家叫阎连科;而让英语读者进一步接受的,是辛迪·卡特翻译的《丁庄梦》;而在英语中确立一个作家地位的,是罗鹏翻译的《受活》。②

罗鹏翻译的《受活》可谓是获得了读者、原作者以及译界各方面的好评。阎连科也因此被更多的英语读者认识。非常难译的《受活》成功面世,其译文的翻译方法、策略以及理念成为译界以及翻译学习者十分关心和热烈讨论的话题。直译、音译、增译、减译和意译等常用的翻译策略在该译本中都有所体现。那么,罗鹏的译文有何不同之处

① 卡洛斯·罗杰斯、曾军:《从〈受活〉到〈列宁之吻〉》,李晨译,《当代作家评论》,2013 年第 5 期,第 108 页。

② Yu Hua, *The Brothers*: *A Novel*, trans. by Eileen Cheng-Yin Chow and Carlos Rojas, London: Random House, 2009, title page.

呢? 那就是创造新词! ① 面对小说中出现的耙耧山区独有的历史名词和河南方言,罗鹏选择另辟蹊径,通过创造新词来保留中国特色的传统文化元素,尽量保持在原著小说中杂糅在一起的语言的熟悉度和陌生感。而来自各方面的好评证明了这种方法是成功的。

读者可能觉得《受活》英译本的书名 *Lenin's Kisses* 有些眼熟,因为它译自《受活》的法语版名字 *Bons Baisers De Lenine*(《列宁之吻》)。其实,罗鹏的本意并不是要沿用法语版的书名,而且罗鹏最初是反对这个书名的,但出版社考虑到法语版《受活》的良好影响力而坚持使用这个名字。有趣的是,罗鹏本人也慢慢地喜欢上了这个名字。

《受活》的英译本是由英国资深出版公司兰登书屋旗下的查特与温达斯(Chatto & Windus)出版社出版的,译著语言生动鲜活,人物形象丰满立体,读来犹如读原著一般。

(四) 全面开花结硕果

在《兄弟》和《受活》的翻译获得成功之后,罗鹏并没有停住脚步,而是努力向各个方面拓展,并取得了一些优异的成绩。比如在国内做演讲,在重要期刊上发表文章、评论,著书,出席国际学术会议和论坛,来华交流并在高校做系列讲座,翻译中文名著等,正所谓是全面出击。

其实,早在康奈尔大学和哥伦比亚大学读书的时候,罗鹏就已经开始在各大期刊上发表文章和评论,到 2016 年,已发表 50 多篇学术论文和评论,翻译文章十几篇,其中包括阎连科在美国高校的演讲《美国文学这个野孩子》("The Wild Child That Is American Literature"),翻译长篇著作余华的《兄弟》和阎连科的《受活》。同时,他还出版了几部专著,包括《裸视:反思中国的现代性》(*The Naked Gaze: Reflection on Chinese Modernity*,2008)、《长城:文化史》(*The Great Wall: A Cultural History*,2010)和《思乡:文化,传染病以及中

---

① 卡洛斯·罗杰斯、曾军:《从〈受活〉到〈列宁之吻〉》,李晨译,《当代作家评论》,2013 年第 5 期,第 112 页。

国的现代化转型》(*Homesickness*：*Culture，Contagion，and National Transformation in Modern China*，2015)等。罗鹏还与他人合编了《书写台湾：一部新文学史》(*Writing Taiwan*：*A New Literary History*，2007)、《重审中国通俗文化：经典的经典化》(*Rethinking Chinese Popular Culture*：*Cannibalizations of the Canon*，2009)和《牛津中国电影手册》(*The Oxford Handbook of Chinese Cinemas*，2013)。

此外,在一些重大的国际学术会议或国际学术论坛上,人们也总能看到罗鹏的身影。2012年7月9日和10日,罗鹏在北京出席了由中国人民大学文艺思潮研究所与美国哈佛大学东亚系联合主办的"第二届中国当代文学史国际论坛"。北京大学、香港岭南大学、香港城市大学、香港中文大学和复旦大学等著名高校的专家学者齐聚一堂,就小说的相关问题展开了讨论。2014年5月2日,"首届中国当代文学翻译高峰论坛"在沈阳举行,该论坛云集了包括贾平凹、阎连科等作家以及谢天振、陈思和等文学评论家以及来自德国、英国、美国和法国等国家的多名汉学家,讨论中国文化"走出去"的前景。① 担任论坛主持人的中国作家劳马隆重介绍了各国著名的汉学家,在介绍罗鹏时,劳马幽默地形容其个子很高②。的确,罗鹏不仅个子高,而且年轻有为。就是这次研讨会上,应邀参会的朱振武与罗鹏相识,并成为信友。"中国文学传播与接受国际学术研讨会"于2014年9月20日到21日在武汉大学举行,研讨会由武汉大学文学院、马来亚大学马来西亚华人研究中心、武汉大学中国文学传播与接受研究中心、武汉大学"70后"研

---

① 王炳坤、韩松:《中国当代文学翻译高峰论坛在沈举行》,中国作家网,2014年5月5日。参考日期:2020年5月13日,http://www.chinawriter.com.cn/bk/2014-05-05/75750.html.

② 陈众议等:《呼唤伟大的文学作品与杰出的翻译(上)——首届中国当代文学翻译高峰论坛纪要》,《东吴学术》,2015年第2期,第27页。

究团队——中国文学传播与接受研究团队、海外汉学与中国文学研究的新视野团队共同举办,海外汉学及其传播与接受的研究是本次会议的一个重要议题。[①] 此次研讨会备受国内外学者的关注。作为一位有国际影响力的汉学家,罗鹏出席了此次研讨会。近几年来,罗鹏来华交流的次数不断增加,其国际影响力亦逐渐扩大。

此外,罗鹏来中国做了一系列的演讲,使中国学生对他的了解逐渐增加。2014 年 6 月 9 日,应苏州大学海外汉学研究中心和苏州大学唐文治书院的邀请,罗鹏在苏州大学做了题为"'离乡病':疾病语言与政治设想"的学术演讲,报告厅内座无虚席。罗鹏热情洋溢的讲演使师生们听得十分着迷。对于师生们提出的每一个问题,他都热心解答。同年 11 月 3 日晚,受南京财经大学应用数学学院邀请,罗鹏做了题为"中国文学中的离乡病"的精彩演讲,同学们积极参与,罗鹏风趣幽默,讲演十分成功。

（五）成绩斐然前景阔

自 2000 年博士毕业以后,罗鹏继续潜心深造,不断提高自己的学术修养。2003 年到 2004 年,他获得哈佛大学费正清研究中心的王安博士后奖学金(Harvard University, Fairbank Center An-wang Postdoctoral Fellowship)。在校期间,他还获得了很多其他奖项。这段时间前后,罗鹏获得了哥伦比亚大学的多项奖学金或助学金。在随后的学术研究和中国文学英译方面,他取得的成绩就更加引人注意了。

作为一名具有一定国际地位的汉学家,罗鹏获得很多荣誉和奖项,但他从不因已有的成绩而骄傲,而是踏踏实实,一步一个脚印。在接下来的时间里,他还会有更优秀的著作和文章等学术成果呈现给读者。他就像一颗冉冉升起的新星,为汉学界带来一份光亮,注入了新的活力。

---

① 董继兵、谭新红:《2014 中国文学传播与接受国际学术研讨会会议综述》,《中国韵文学刊》,2015 年 1 月,第 29 卷第 1 期,第 118 页。

罗鹏主要汉学著译年表

1998	"Paternities and Expatriatisms：Li Yongping's Zhu Ling manyou Xianjing and the Politics of Rupture"(《父权与流散：李永平的陷阱和破裂的政治》)，*Tamkang Review*，Vol. 29，No. 2，pp. 21-44
1999	"Wang Shuo and the Chinese Image/inary：Visual Simulacra and the Writing of History"(《王朔和中国虚构：视觉模拟与历史写作》)，*Journal of Modern Literature in Chinese*，Vol. 3，No. 1，pp. 23-57
2001	"Wu Jiwen and the Ruins of Representation"(《吴继文和废墟的代表》)，*Modern Literature in Chinese*，Vol. 5，No. 1，pp. 29-64
	"Fables of the Reconstruction：Iconoclasm and Beyond in Recent Taiwan Documentaries"(《重构的寓言：近年台湾纪录片中的偶像破坏及其他》)，in *Icon，Iconoclasm，and Neo-Iconolatry*，New York：Taipei Gallery，pp. 29-32
	"Review of Liu Kang, *Aesthetics and Marxism*"(《评刘康：〈美学和马克思主义〉》)，*Chinese Literature Essays and Review*，Vol. 23，pp. 164-169
2002	"The Great Wall of China and the Bounds of Signification"(《中国长城和意义的界限》)，*Connect：Art，Politics，Theory，Practice*，Vol. 2，No. 2，pp. 49-58
	"Review of Xiaobing Tang, *The Chinese Modern*"(《评唐小兵〈中国现代化〉》)，*Journal of Asian Studies*，Vol. 62，No. 1，pp. 260-261

2006	"Flies' Eyes，Mural Remnants，and Jia Pingwa's Perverse Nostalgia"（《苍蝇的眼睛，壁画的残余以及贾平凹执拗的乡愁》），*Positions：East Asia Cultural Critique*，Vol. 14，No. 3，pp. 749-773
2007	*Writing Taiwan：A New Literary History*（《书写台湾：一部新文学史》，与王德威合编），Durham：Duke University Press（Edited Volume） "Review of Wilt L. Idema"（《伊维德评述》），Wai-yee Li，and Ellen Widmer，eds.，*Journal of Asian History*
2008	*The Naked Gaze：Reflections on Chinese Modernity*（《裸观：中国现代性的反思》），Cambridge：Harvard University. "Review of Sheldon Lu，Chinese Modernity and Global Biopolitics：Studies in Literature and Visual Culture"（《鲁晓鹏评论，中国现代性和全球化生物政治学：文学和视觉文化研究》），*The China Journal*，Vol. 60，pp. 208-211
2009	*Rethinking Chinese Popular Culture：Cannibalizations of the Canon*（《重新思考中国流行文化：对正典的蚕食》，与周成荫合编），New York：Routledge *Brothers*（《兄弟》），New York：Pantheon. "Our Embrace of Vampires Reflects the Needs of an Age"（《对吸血鬼的欣然接受反映了一个时代的需要》），*The Herald-Sun*，2009-11-20，A07 "Obama's 'Majestic' Shot at the Great Wall of China"（《奥巴马在中国长城的庄严留影》），*The Herald-Sun*，2009-11-28，A07
2010	*The Great Wall：A Cultural History*（《长城：文化的历史》），Cambridge：Harvard University Press

第三章　汉学家与中国当代文学的英语传播（中）

2011	"Introduction：'The Germ of Life'"（《介绍：生命的萌芽》）. *Modern Chinese Literature and Culture*，Vol. 23，No. 1，pp. 1-13
	"Of Canons and Cannibalism：A Psycho-immunological Reading of 'Diary of a Madman'"（《正典与食人主义：关于一本女士日记的精神免疫阅读》），*Modern Chinese Literature and Culture*，Vol. 23，No. 1，pp. 47-76
	"Review of Shuang Shen，Cosmopolitan Publics：Anglophone Print Culture in Semi Colonial Shanghai"（《双生评论，国际化的大众：半殖民地上海的英语文化复制》），*Chinese Literature*，*Essays*，*Articles*，*Reviews*，Vol. 33，pp. 198-201
2012	"Humanity at the Interstices of Language and Translation"（语言与翻译间隙的人性），*Chinese Literature Today*，Vol. 2，No. 2，pp. 62-67
2013	*The Oxford Handbook of Chinese Cinemas*（《《牛津中国电影手册》》，与周成荫合编），New York：Oxford University Press
	Lenin's Kisses（《受活》），New York：Grove/Atlantic Press
	"Review of Jing Tsu，*Sound and Script in Chinese Diaspora*"（《评石静远〈中国流散的声音和脚本〉》），*American Historical Review*，Vol. 118，No. 3，pp. 831-832
	"Review of Laikwan Pang，*Creativity and its Discontents*：*China's Creative Industries and Property Rights Offenses*"（《评庞来万〈创造性和不满：中国的创新工业及产权侵犯〉》），*Journal of Asian Studies*，Vol. 72，No. 2，pp. 455-457
2015	*Homesickness*：*Culture*，*Contagion*，*and National Transformation in Modern China*（《乡愁：文化、传染与现代中国的民族转型》）Cambridge：Harvard University Press

	"Review of Song Hwee Lim, *Tsai Ming-Liang and a Cinema of Slowness*"（《评林松辉〈蔡明亮和慢电影〉》），*Journal of Chinese Overseas*，Vol. 11，No. 2，pp. 228-230
	"Footsteps on the Beach：SARS，Viral Knowledge，and Rethinking Political Community，"（《海滩上的足迹：非典，病毒知识，及反思政治社区》）20*th ICLA Congress Proceedings*，No. 222，pp. 247-264
	The Oxford Handbook of Modern Chinese Literatures（《牛津现代中国文学手册》，与 Andrea Bachner 合编），New York：Oxford University Press
	Ghost Protocol：*Development and Displacement in Global China*（《幽灵协议：全球中国的发展与错位》，与 Ralph Litzinger 合编），Durham：Duke University Press
	The Explosion Chronicles（《炸裂志》），New York：Grove/Atlantic Press
	Slow Boat to China and Other Stories（《开向中国的慢船》），New York：Columbia University Press
	Marrow（《耙耧天歌》），Beijing：Penguin Books China
2016	*The Four Books*（《四书》），New York：Grove Press
	"*Dream of the Red Chamber* Internet Fan Fiction and Literary Canonicity，"（《〈红楼梦〉的粉丝小说与文学经典性》），《文艺理论研究》，第 3 期，第 190-200 页
	"Language，Ethnicity，and the Politics of Literary Taxonomy：Ng Kim Chew and Mahua Literature"（《语言，种族，以及文学分类政治：黄锦树和马华文学》），*Publicaitions of the Modern Language Association of America*，Vol. 131，No. 5，pp. 1316-1327

	"Review of Lee Haiyan, *The Stranger and the Chinese Moral Imagination*"（《评李海燕〈陌生人和中国的道德想象〉》），*Harvard Journal of Asian Studies*，Vol. 76，No. 1/2，pp. 253-260
	"'Symptom of an Era'：Dung Kai-Cheung's Histories of Time"（《一个时代的症状：程东凯的时间史》），*Frontiers of Literary Study in China*，Vol. 10，No. 1，pp. 133-149
2017	*The Lantern Bearer*（《带灯》），Beijing：Beijing Mediatime United Publishing Co.，Ltd.
	The Years，Months，Days：Two Novellas（《年月日》），Dublin：Black Cat，New York：Grove Press
2018	*The Day the Sun Died*（《日熄》），New York：Grove Press
2020	*Three Brothers：Memories of My Family*（《我与父辈》），New York：Grove Press

本章结语

　　白亚人译余华，徐穆实译迟子建，陶忘机译洛夫，琼斯译余华和罗鹏译阎连科与余华，他们的成功给我们的启示是深刻的。在当下的多元文化语境下，中国文学的海外传播要实现实质性的跨越与突破，首先要做到下面几点。

　　在汉学家们工作的基础上，我们还要建立以市场为主要导向的文学传播机制，同时与汉学资源相结合，着力培养我们自己的专翻译业人才队伍，建立健全选、编、译、校、用一体的翻译项目管理机制，建立健全文学代理人体系，建立健全职业出版经纪人制度以及建立健全语言服务的政策保障机制。

　　有了汉学家们的助力，我们还要考虑其翻译作品的有效传播问题。中国文学的海外传播不能无视当下数字技术的快速发展以及翻译市场和语言服务行业的急速变化，在译介模式的探索方面，需要兼顾互联网时代的传播特点以及译者翻译模式和读者阅读方式的新变化和新特点，立体地推动中国文学作品的对外译介以及中国文化的海外传播。

　　在不损害原作的情况下，尊重目标读者的接受习惯，同时充分考虑译入语语境文学市场的接受能力。无论是传播机制还是翻译选材，都应该尊重市场机制和目标读者，实施多元并举的立体推进模式，从而实质性地提升中华文化的实际传播力与国际影响力。尽管是走出去，但我们的外译工作还是要以我为中心，为我服务，而不是迷失自己，委曲求全，唯他人的喜好和价值观马首是瞻。事实上，越是没有自信的文学就越是走不出去。

这一章跟踪 1971 年出生的狄星、1978 年出生的米欧敏两位英国汉学家和 1974 年出生的白睿文、1978 年出生的陶建两位美国汉学家,他们碰巧都是 70 后。他们译介的源语作者则多数是 50 后,只有麦家是 60 后。

说到对文学翻译的认知,麦家的话让人印象深刻,不知道的还以为是出自翻译学者之口:"翻译是二度创作,是作品的再生父母,他们既可以把一部二流作品提升为一流作品,也可能把一部经典之作糟蹋掉。"谈到米欧敏,麦家说自己非常幸运,遇到了一位好翻译家,"她是我后来一系列好运的开始"。对文学翻译的两端都有正确认识的人并不算多,这也是对翻译家的最高致敬。

另外,翻译家们的选择并不是像有些人想的那样主要是出于市场的目的,或者是出于名誉的考虑。狄星选择了严歌苓,白睿文选择了王安忆和叶兆言,陶建选择了王小波,米欧敏选择了麦家,这种"结对子"并非偶然,是兴趣使然,是缘分使然,也是汉学家们对传播异域优秀文学文化的满腔热爱和责任担当使然。

第四章 汉学家与中国当代文学的英语传播(下)

君子。

——于丹《于丹〈论语〉心得》

Junzi. (The word Junzi, which appears more often than any other in *The Analects of Confucius*, describes Confucius's ideal person, who any one of us, rich or poor, has the potential to become. To this day, in China, we still use the word as a standard for personal integrity, saying that such and such a person is a real Junzi.)

—*Confucius from the Heart: Ancient Wisdom for Today's World*, trans. by Esther Tlydesley

一 贵州支教看新星
英伦主业重歌苓
——英国汉学家狄星译严歌苓

英国汉学家

狄 星

Esther Tlydesley

1971-

狄星（Esther Tlydesley，1971—　）出生于英国的一个小镇,1993年毕业于剑桥大学文学专业,之后来到中国贵州一个偏远山区的师范专科学校支教,做了四年的志愿者,并在那里结识了现在的中国丈夫——岑启国。[①] 回国后,狄星继续深造,获得了英国利兹大学应用翻译学硕士学位。在此期间,她开始尝试翻译中国文学作品。2004年起,狄星夫妇在爱丁堡大学的文学文化与语言学院(School of Literatures，Languages and Cultures)从事中文和英汉互译的教学活动。此外,狄星还是亚洲文化研究中心的学者。

凭着对中国文学文化的热情,狄星默默担当起了中国文学走出国门的文学使者。她热爱中国文化与文学。从高中开始,她就一直坚持阅读中国的文学文化作品。婚后,在丈夫的帮助下,狄星翻译了《中国的好女人们》(*The Good Women of China：Hidden Voices*,2002)、《于丹〈论语〉心得》(*Confucius from the Heart：Ancient Wisdom for Today's World*,2009)和《小姨多鹤》(*Little Aunt Crane*,2015)等中国文学文化作品,颇受海外读者欢迎。

---

① 狄星低调严谨,很注重个人隐私,并未透露丈夫的中文名,此处为笔者根据狄星的介绍所做的音译。本篇文章中有诸多对狄星的话语的直接引用,均为本文作者通过电子邮件对狄星进行的书面采访文字。特此说明,下文不再一一标注。

（一）求学之路

狄星 18 岁便考取了剑桥大学，满怀憧憬地开始学习文学，曾坦言："学习了一段时间后，我发现学校的教学模式相当老套，课程的难度也逐渐增大，完全不同于以往的学习体验。在这里我并不是个有天赋的学生，所以只能以勤补拙，努力学习每一门功课。虽然可以经常在学校里听到一些著名学者的讲座，但是我发现这些学者对于语言的态度非常冷漠。可能他们认为大学本科的教育不必深刻，所以在对待教育这个问题上并未全力以赴。"狄星在剑桥大学最大的收获是：第一，不管一本书有多么难懂，只要尝试着去阅读，去思考，多提问，多总结，一段时间后，一定会有收获。如果总是垂头丧气地反复念叨"我还没有学过这个"，这对于学习语言和文学来说无济于事，因为语言和文学的学习重在积累和领悟。第二，以上经验对于一个译者来说具有重要的借鉴意义，特别是在中译英的过程中，因为中文作品需要反复阅读和揣摩才能理解其真意，之后才能着手翻译。令狄星遗憾的是她在毕业之后才真正对中文有了感知能力。她在大学毕业时送给自己的毕业礼物，就是"狄星"这个中文名。关于这个中文名字的特殊含义，狄星解释道："'狄'给我的印象是著名的侦探，而'星'则象征着光明，我希望自己不断探索，找到光明。"①她诚恳地说道："中文博大精深，我有很多不了解的内容。而我需要做的就是习惯和接受这一点，不断探究和学习，不断掌握更多的中文知识。"她从爱丁堡大学的学生身上，常常看到自己的影子，所以她经常向学生推荐一些有文化内涵的中文文章，让他们循序渐进地阅读，以提高中文的理解能力和翻译的综合能力，希望他们在本科学习中能够真正地掌握有效的学习方法，吸收所学的知识，从而做到融会贯通。

---

① 此处文字同样来自笔者通过电子邮件对狄星的采访。笔者认为，狄星所说的光明，包含了她翻译之路上的光明和她生活目标上的光明。毫无疑问，现在的她找到了她的光明。

在贵州执教四年后,狄星回到英国。她发现自己对中国和中文的感情更加深厚,于是决定选择与中文相关的专业继续深造。利兹大学距离狄星的父母家很近,且狄星刚刚回国,在经济上并不宽裕,所以她常住父母家。在做决定之前,狄星与和她相识的一位和蔼又友善的老教授伊普·波钦交流过。这位教授认为利兹大学的中文教学很不错,这就更加坚定了她在与中文相关的专业就读。此外,狄星那时也已经发表过一些翻译的文章,认为翻译这个专业很实用,所以她选择了应用翻译学。由此,她开启了在利兹大学为期三年的应用翻译学硕士的学习旅程。这是她与翻译真正亲密接触的开始,也是她潜心汉学的开始。

(二)贵州支教

1993 年,刚刚大学毕业的狄星加入了 VSO[①] 组织,成为众多志愿者中的一员,被分配到贵州的一个偏远地区的师范专科学校教当地的学生英语。狄星坦言她当时去贵州支教有两个动机:第一,大学期间阅读的中国现当代文学作品让她对中国有了一些了解,知道中国西部地区还比较落后,真心想为中国的教育事业尽绵薄之力;第二,抓住去中国的机会,得到一份体面又稳定的工作。[②] 她想真真切切地感知中国文化,所以便要求该组织的领导者将她派往鲜少有外国人的贵州偏远地区,以便实实在在地将自己融入当地人的生活,更真切地体验中国人的日常生活。在贵州四年的执教生涯中,狄星和其他志愿者一样学到了很多,比如会做当地的土菜,手工制作各种日常用具等。在潜

---

① VSO(Voluntary Service Overseas)(英国海外志愿服务社)是一家为在发展中国家志愿工作的人员制定计划的机构。VSO 的志愿者可以帮助贫困地区的人学会生存技能,改善当地的医疗设施,提升教育水平等。很多志愿者在工作的过程中都获得了终生难忘的经历,将自己置身于新的文化中,面对新挑战,做真正有意义的事情,还拓宽了自身的专业知识,学到了专业技能。

② 据狄星讲述,参加 VSO 活动虽然条件艰苦,磨炼意志,但是可以满足基本的物质生活,精神生活会很丰富。在她看来,成为一名教师是光荣的,所以她认为这份工作是稳定又体面的。

移默化中，她也学会了一些地道的贵州话。她与学生相处融洽。课后，她的学生们会经常向她讲述自己家有趣又有料的故事以及当地的民俗风情。狄星回到英国后，经常有曾经的学生去拜访她，由此可见她的人格魅力之高和对中国贫困地区学生的教育贡献。这四年的执教生涯彻底改变了狄星对中国的看法。她斩钉截铁地说："如果忽略了农村和农民，城市不可能存在，我们也不可能全面地了解到中国的真实面貌，而在这一点上毛主席是百分之百正确的。"正是由于狄星在中国贵州的亲身经历，她才更加懂得薛欣然、于丹、严歌苓这些作家的作品中的文化蕴含和人文情怀，她的翻译才会如此地接地气。

（三）中西合璧

狄星和她的丈夫岑启国的相识是源于之前提到的 VSO 志愿者服务活动。他们都是师范专科学校的教师，狄星教英语，岑启国当时教语文，他们一起平静地工作了四年。狄星坦言，他们夫妻俩的相处一直是自然又平淡。教学活动让他们的经济状况有所好转，后来他们决定结婚。她觉得此生最难忘而浪漫的事情就是她和丈夫在贵州举行的传统的中式婚礼。那天，风朗气清，阳光和煦，狄星穿着大红色的嫁衣，丈夫抱着她穿过拥挤的迎亲队伍，踩着一路的鞭炮声到达岑家。家里摆满各种当地特色的食物，热情的乡亲们为他们送上满满的祝福。狄星在婚礼上度过了她人生中最快乐温馨的时刻。她的亲友们看到她结婚的照片都印象深刻，也十分羡慕。中国的结婚礼仪和英国完全不同，比如食品、服装、仪式等。未知的领域总是令人惊奇和向往，狄星就这样亲自向亲友们展示了中国文化的璀璨。

狄星感慨道，丈夫帮助她构建头脑中已有的部分中国形象，她的婆家人也让她真正学到了中国人身上特有的勤劳踏实的良好品质与乐观积极的生活态度。现在，狄星夫妻和他们两个可爱的孩子住在一所小公寓里，过着普通而平淡的生活。由于他们夫妻俩都是语言学者，他们决定把自己的两个孩子培养成为精通中英双语的人才。狄星和丈夫并不满足于只教好自己的孩子。在多年的中文教学过程中，夫妻俩逐步领悟到普通话教学的精髓,打算合编一本《普通话概要》。谈到对此书的理解,狄星说道:"学好中文的前提是了解中国文字,我们希望更多英语世界的人可以了解丰富多彩的中国文化,不断吸取中国文化中的养分。编写此书是一项任重道远的大工程,我们会竭力做好!"

(四)译介之旅

狄星在利兹大学读研期间就开始从事翻译工作。翻译对她来说,就是充实的生活中增添的一抹亮丽色彩,是教学生活之外的另一种惬意享受。到 2022 年 6 月止,狄星已翻译和出版了中国女作家于丹的《〈论语〉心得》、严歌苓的《小姨多鹤》和薛欣然的《中国的好女人们》等作品。狄星对翻译文本的选择有自己的看法,她喜欢翻译不同的文本类型,因为这些作品会反映各类中国文化。她克服重重困难,翻译水平也不断提高。狄星认为,薛欣然在用心讲故事,"她的作品让外国人知道不仅有一个角度的中国,不同的中国人眼里有不同的中国,但是很多不了解中国的人并没有意识到这一点。"狄星认为于丹的作品简洁生动,有深厚的文化底蕴,她将古代名言用自己的方式进行诗意又贴切的解读,而狄星的英译本也尝试运用这种方式去诠释中国古典文化。狄星认为严歌苓洞悉人性的能力很强,常常带领读者走入一个未知又神秘的领地,令人惊喜之余又觉似曾相识。她认为严歌苓作品的语言是智慧幽默和辛辣幽默的结合体,所以翻译的过程艰苦曲折。不过一旦度过那段时期,她便顿觉柳暗花明。狄星觉得自己是幸运的,因为她对翻译文本的选择并未花费过多的时间和精力,而其他翻译家却并非如此。狄星直言不讳地说道:"这三位作家都是聪慧又明澈的人,与她们之间的交流与合作都是水到渠成又轻松自在的经历。"

狄星与薛欣然的结缘来自《中国的好女人们》。[①] 薛欣然对中国

---

① 1998 年,薛欣然开始动笔写《中国的好女人们》,她以第一人称口述实录的形式,记录了 15 个她在中国广播电台工作时接触到的真实的女性故事,展现出过去时代里中国女性的甜酸苦辣,在社会上引起热烈反响。

女性问题投入大量的关注和研究,描绘了在顺从、忍耐和沉默的外表下,中国女性内心所深藏的丰富的感情世界,让世人了解到她们对家庭和社会忍辱负重的牺牲与无怨无悔的爱。《中国的好女人们》这部作品在出版后的半年内,就被翻译成 27 种语言,在 50 多个国家或地区出版,并且被列入 2002 年最好的社会问题书籍之列。此书所呈现的深刻内容与丰富内涵,使狄星读过中文版本后大为惊叹,并下定决心翻译此书,希望通过精确优美的翻译让更多英语世界的读者接触这部精彩的作品。两年磨一剑,2002 年,狄星翻译的《中国的好女人们》英译本正式出版。作品承载着丰富的民族文化内涵,天诛地灭和玉帝等词语对英语国家的读者来说完全是陌生的。这种文化缺省的存在要求译者能够在充分了解两种文化知识的基础上,采取适当的翻译策略。译者需要"重构源语文字中被缺省的文化含义,帮助读者消除阅读中出现的意义空缺,同时将语言中包含的民族文化展示给译文读者,达到文化传递的目的"①。狄星在翻译其中的文化缺省时采取了多种处理方法,总体上体现为归化倾向。例如:

> 原文:母亲也很快被收审,不准回家,我和弟弟被安置在"牛鬼蛇神子女之家"。②

> 译文:...My brother and I were moved to living quarters for children whose parents were in prison.③

此句中,狄星将"牛鬼蛇神之家"译为"living quarters for children whose parents were in prison",虽然没有完全传递出当时的历史背景,但是对于目标语读者来说其意义真空得到了消除,文章的语义连

---

① 缪建维:《从文化缺省的英译看中华文化传播——以〈中国的好女人们〉英译本为例》,《山花》,2013 年第 22 期,第 167 页。

② 薛欣然:《中国的好女人们》,上海:学林出版社,2003 年,第 209 页。

③ Esther Tyldesley, *The Good Women of China*: *Hidden Voices*, London: Vintage U. K. Random House,2002,p. 168.

贯性也得到了保证。所以有评论说：

> 杨宪益夫妇所译《红楼梦》被译界奉为传递中国文化的典范，但在海外却少有人问津。《中国的好女人们》英文版总体采用了"归化"的策略，从文化传递的角度来看虽不宜提倡，但在海外的接受度很高，实现了一些文化渗透。这也从另一方面证实，传递中国文化，如果时机尚未成熟，那走一些"曲线救国"之路也未尝不可。①

外国评论家也对狄星的英译本做了评论：

> 通过薛欣然复述的那些鲜活的事迹、采访的方式、简洁的语言和过去时态设置的障碍，她想创造的某种亲密在翻译的过程中流失了，但是这只是一点小小的批评。发现中国女人生活的价值是欣然的目的，她用复述的故事揭开了长期包裹在中国女人脸上的面纱。②

狄星强调："虽然文学的英译应坚持'异化'原则以保存源语文化的原汁原味，但是翻译过程中还是得灵活处理，以免太过于强调'异化'导致译文晦涩难懂，读者失去阅读兴趣，反倒不利于中国文化的传播。"所以狄星的英译本让外国读者"通过这些中国的好女人们的眼睛，看到中国历史上的一段令人惊奇的时光"。③ 这是狄星早期翻

---

① 缪建维：《从文化缺省的英译看中华文化传播——以〈中国的好女人们〉英译本为例》，《山花》，2013 年第 22 期，第 168 页。

② Katya Cengel, *The Mystified Boat：Postmodern Stories from China*（*Manoa*），Honolulu：University of Hawaii Press，2003，p. 211.

③ Krishna Sivelle, "Book Review：*The Good Women of China* by Xinran", *Women of China*，Vol. 2，2015，p. 46. 原文为："Through the eyes of these women, readers can learn about a fascinating time during China's history".

译的经典作品之一。同年,狄星翻译的《中国的好女人们》也受到美国出版社的青睐,于 2003 年 11 月出版。

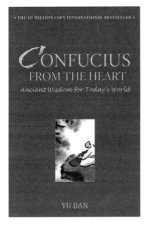

2009 年 5 月,中华书局与英国麦克米伦出版公司(Pan Macmillan Ltd.)全球同步出版发行狄星翻译的《于丹〈论语〉心得》①。为了这个译本,狄星历时两年,多次到北京同于丹和中华书局沟通交流,揣摩体会原文的精髓与神韵,逐字逐句打磨修改,同时译稿经过代理和编辑多次审读修改,得到了英国总部、美国部、和亚太部的一致认可,最终传神精确地翻译出此书。② 早在 2004 年,国家就启动了"中国图书对外推广计划"(China Book International),2009 年又全面推行"中国文化著作翻译出版工程"(Project for Translation and Publication of Chinese Cultural Works),这些举措旨在通过多种渠道,向西方读者传播中国文化的精华。由中华书局发起的对《于丹〈论语〉心得》的翻译行为,正是应了这样一个形势之需,而对译者的选择自然和她自身的专业素质分不开。此书在翻译和推广过程中的巨大成功和狄星的敬业态度是分不开的。"狄星曾经三次飞到中国,拿着译稿和于丹在宾馆里一条一条地核实,最长的一次整整四天没出宾馆,认真到了较真的地步。"③在接受《广

① 据 2010 年英国提交的年度销售报告显示:《于丹〈论语〉心得》英译版在英、欧、美以及亚太地区的精装版已经于上市半年后告罄,共计 23000 册。该书在法国翻译类图书销售排行榜曾连续 12 周上榜,最高第 2 名,最低第 9 名,法语版曾销售 5.4 万册。匈牙利版《于丹〈论语〉心得》被提名为 2009 年匈牙利封面美装奖。无论是版权签约数,还是实际印刷数,《于丹〈论语〉心得》均创造了近年来中文图书的最高纪录。截至 2010 年 7 月,该书海外版权共签约 33 个,涉及 28 个语种、33 个版本。

② 李岩:《〈于丹《论语》心得〉中文版权输出的启示》,中国新闻网,http://www.chinanews.com.cn/cu/news/2009/06-04/1720353.html,2021 年 8 月 30 日。

③ 张贺:《〈于丹《论语》心得〉:10 万英镑预付版税创纪录》,中国新闻网,http://chinanews.com.cn/cul/2017/07-30/2435470.shtml,2021 年 8 月 30 日。

州日报》记者的专访时，于丹也表示，译者传递了原作的态度，朴素而温暖，她自己很满意。狄星以流畅、优美的语言灵活地将《于丹〈论语〉心得》意译成英文。她没有刻板地固守原书的语序、措辞，而是在理解原文内涵的基础上，根据西方人的思维逻辑、知识背景和表达习惯大胆地进行了调整，真正在西方的语境下解读中国经典，将《于丹〈论语〉心得》和中国的古老智慧推向世界，成为传播中国优秀文化的英文普及读物。①

狄星认为自己翻译《于丹〈论语〉心得》是为了向西方传播中国的古典文化，但决不为了一味迎合西方读者而在翻译上舍弃那些原汁原味的东西。因此，在翻译过程中，狄星在极力保留中国文化特色的同时，又想方设法让西方读者易于理解。她对很多词语的处理方法非常值得借鉴：用中国的汉语拼音表示，同时做进一步的解释。例如："阳清之气，阴浊之气"译为"the light，pure Yang essence；the heavy Yin essence."②。将"君子"译为"Junzi"，并且附上解释：

> the word Junzi，which appears more often than any other in The Analects of Confucius，describes Confucius's ideal person，who any one of us，rich or poor，has the potential to become. To this day，in China，we still use the word as a standard for personal integrity，saying that such and such a person is a real Junzi。③

将"小人"译为"the petty"，并且解释为：

---

① 狄星翻译的《于丹〈论语〉心得》英译本自从 2009 年面市以来，受到了中西方读者的热评，也引起了西方主流媒体的关注。在亚马逊网站读者评分一栏中，它获得了四星半推荐（共五星）。

② Esther Tyldesley，*Confucius from the Heart*，Beijing：Zhonghua Book Company，2009，p. 137.

③ Ibid.，p. 149.

people who care too much about gains and losses were sometimes referred to by Confucius as the small men and denounced as petty in other words，small-minded and second-rate people。①

"君子"和"小人"这组词在狄星翻译《于丹〈论语〉心得》之前的大部分版本中,都是翻译成"the gentleman，the superior man"和"the small man，the inferior man",而在狄星对"君子""小人"的翻译中,信息的增补并没有解释"君子"和"小人"的内涵,而是突出强调这些文化词在中国文化中的历史渊源,强调儒家思想对当今社会的影响,拉近了古典与现代的距离,让读者更易理解。

> 《于丹〈论语〉心得》的英译本之所以获得成功,绝不仅是"可读性强"可以概括的。它在很大程度上归功于译者能够较好地围绕修辞形式,满足受众预期,展现中国文化的精华。译者通过因势利导,克服修辞形式对译者施加的限制,让2000 多年前的中国经典超越时空,激发当代受众的兴趣并对其产生影响。②

这只是狄星翻译《于丹〈论语〉心得》获得强烈反响的重要原因之一。"她既是一个站在自己的文化坐标里来审视哲学的人,同时又对中国文化有着深厚的感性理解。"③这才是狄星能够将这部融中国哲学、历史、文化于一体的中国经典成功推向世界舞台的重要原因。

---

① Esther Tyldesley，*Confucius from the Heart*，Beijing：Zhonghua Book Company，2009，p. 151.
② 陈小慰:《〈于丹《论语》心得〉英译本的修辞解读》,《福州大学学报》,2010 年第 6 期,第 81 页。
③ 黄啡红:《于丹文化要比较才有意思》,《北京青年周刊》,2009 年 10 月 29 日,第 04 版。

另一位与狄星结缘的女作家是严歌苓。《小姨多鹤》是严歌苓的代表作,曾荣膺《当代》长篇小说五年最佳奖(2008)和首届"中山杯"华侨文学奖(2009)等多项大奖。"此书的译者狄星用她流畅的翻译将小说的抒情性与特定的时间、地点都精准地把握了,使严歌苓的小说时而抒情却总是震撼人心,具有独特的史诗意味。"①这部具有强烈艺术美感的经典作品在 2015 年被狄星翻译成英文出版。狄星坦言,翻译这本书时,她埋头探索调研,亦步亦趋,生怕破坏了原文的美感。她主要采用异化的翻译策略以保留原小说中浓厚的中国东北气息和那个时代的朴素诚恳。2015 年狄星翻译的《小姨多鹤》英文版面世不久,反响不俗,兰登书屋于2016 年也出版了此书。好的作品总是能经得起时间的检验。狄星的汉学研究之路走得很扎实,但才刚刚启程,但是她在未来定会绽放更加璀璨的光芒。

(五)教学相长

从 2004 年开始,狄星在爱丁堡大学语言文学与文化交流学院(School of Literatures,Languages and Cultures)从事中文与英汉互译的教学工作,她的丈夫岑启国从事中文教学工作。狄星说,对她的教学产生重要影响的是在贵州四年的支教生活。她在那四年里,中文

①　Shirley Whiteside,"Geling Yan,Little Aunt Crane:Survival amid China's Crisis",*Book Review*. http://www.independent.co.uk〉Culture〉Books〉Reviews. 原文为:"Against the backdrop of a China being remade by Chairman Mao,Yan takes a great sweep of history and boils it down to an intensely personal story, while Tyldesley's smooth translation retains the lyricism and keeps the novel rooted in its time and place. At times lyrical and always deeply moving,Yan's grand tale is one to savour."

得到突飞猛进的提升,对中国文化也有了相当的了解。尤其是在与当地的老师交流的过程中和当时的教学工作中,她领悟到了很重要的两点:第一,尝试积累大量的中文词汇,并且经常找机会去使用它们。直到现在,她依然坚持用此方法来记忆汉字,并且活学活用。第二,描述事物和事件时应该用简洁明确的语言,阐释自己的观点时要用令人记忆深刻的方式,比如说,一些浅显易懂的谚语或者幽默的双关语等。狄星认为语言的作用就在于运用、沟通、交流和有效地传播知识与文化。以上经验,狄星都灵活地运用在现在的教学过程中。她认为学习语言都可以遵循一个学习模式和借鉴学习过程中的高效原则。有些学生英语口语的表达能力欠佳,她便教导学生先积累大量的英语单词并尝试在不同的场合去运用。然后,引导他们删繁就简地使用已知的简单有效的词语去描述所感知到的事情,增强连贯的令人深刻又符合逻辑的表达能力。狄星的这种行之有效的学习方法令许多学生茅塞顿开。她常常与学生交流、讨论,她坚信:"三人行,必有我师。"有时候从学生的身上也能学到很多创新性的思维和有趣的生活常识。狄星总是这样孜孜以求,诲人不倦。她认为教学的过程也是她不断提升的学习经历,而这正是教学相长的真正意义吧!

狄星喜欢与很多有思想有才华有智慧的长者进行沟通交流。她说虽然他们都退休了,但这并不妨碍他们传递自己的智慧成果,所以狄星在与他们交流的过程中学到了各种各样的知识,这也是她教学与翻译的灵感来源。狄星开玩笑说,如果在北京,这些知名的学者肯定不会愿意花费时间和她这个"愚笨的"外国人交流。

狄星的教学和翻译工作仍在继续,年轻的她一直都有颗直率又勇敢的心,引导着学生不停地进步,以此驱使着自己不断前行。她在生活中朴实而低调,如天上的星星般,永远无声地存在于天际,只是偶尔绽放光芒。她对中国文化和文学充满着无限的热爱与向往,对翻译与教学工作都充满着热情,所以才会桃李满园,佳译迭出。虽然只是一位新生代汉学家,在译界刚刚崭露头角,在国内的知名度还有限,但凭借双语才华和执着精神,狄星定会在汉学界大放异彩。

狄星主要汉学著译年表

2002	*The Good Women of China：Hidden Voices*（《中国的好女人们》），London：Penguin Random House
2009	*Confucius from the Heart：Ancient Wisdom for Today's World*（《于丹〈论语〉心得》），北京：中华书局
2015	*Little Aunt Crane*（《小姨多鹤》），London：Harvill Secker
2021	社会视角 *Social Perspective：An Intermediate-Advanced Chinese Course：Volume* Ⅰ（《社会视角》第一卷，与 Yi Ning 等人合著），London：Routledge
2022	社会视角 *Social Perspective：An Intermediate-Advanced Chinese Course：Volume* Ⅱ（《社会视角》第二卷，与 Yi Ning 等人合著），London：Routledge

　　我知道黄昏正在转瞬即逝，黑夜从天而降了。我看到广阔的土地袒露着结实的胸膛，那是召唤的姿态，就像女人召唤着她们的儿女，土地召唤着黑夜来临。

——余华《活着》

　　As the black night descended from the heavens, I knew that in the blink of an eye I would witness the death of the sunset. I saw the exposed and firm chest of the vast earth; its pose was one of calling, of beckoning. And just as a mother beckons her children, so the earth beckoned the coming of night.

—*To Live*, trans. by Micheal Berry

二 长恨歌中译安忆
金陵城里研兆言
——美国汉学家白睿文译安忆兆言

美国汉学家

白 睿 文
Michael Berry
1974-

八月的北京,焦热的天气即将退去,这座古老的城市也将迎来一年中最舒服的季节。然而,白 睿 文（Michael Berry,1974— ）并没有太多空闲时间来欣赏这里的景色。2010 年 8月 18 日,"汉学家文学翻译国际研讨会"如期而至,来自美国、英国、法国、德国、西班牙、日本、俄罗斯、意大利、荷兰、乌克兰、韩国和埃及等十几个国家的汉学家相聚北京,共同围绕"中国文学翻译经验与建议"的主题展开深入交流,建言献策。为期两天的会议对参会的每一位汉学家来说都是一次宝贵而美妙的文学之旅,白睿文期待在交流中能碰撞出绚丽的火花。他回想起与中国文学的缘分,内心充满了喜悦和感慨。

（一）漂洋过海,求学异乡

从北京出发,跨过辽阔的太平洋,再翻越纵跨南北数千公里的落基山,一路穿过平原来到美洲大陆腹地,便到了白睿文出生的地方——芝加哥。这段距离,飞机要持续飞行 12 个小时左右。芝加哥位于美国中西部的伊利诺伊州,是美国第三大城市,白睿文就出生于此。自幼生活在芝加哥的白睿文不仅享受着优良的教育资源,也源源不断地吸收新事物和新想法。他干脆利落的行事风格令人印象深刻。

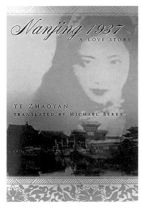

白睿文曾以多重身份出现在公众视野。他早年博士毕业于哥伦比亚大学现代中国文学与电影专业,后任职于加州大学圣巴巴拉分校,为东亚系教授、东亚研究中心主任,曾任台湾金马影展、香港新浪潮和红楼梦奖①评审等职。在学术研究方面,他主要研究当代华语文学、电影、流行文化和翻译学,已经出版的代表著作有《光影言语:当代华语片导演访谈录》(*Speaking in Images*:*Interviews with Contemporary Chinese Filmmakers*,2005)②、《乡关何处:贾樟柯的故乡三部曲》(*Jia Zhangke's Hometown Trilogy*,2009)③以及《痛史:现代中国文学与电影的历史创伤》(*A History of Pain*:*Trauma in Modern Chinese Fiction and Film*,2008)等。中英译作包括余华《活着》(*To Live*:*A Novel*,2003)、王安忆《长恨歌》(*The Song of Everlasting Sorrow*:*A Novel of Shanghai*,2008)、叶兆言《一九三七年的爱情》(*Nanjing 1937*:*A Love Story*,2002)、张大春《我妹妹》与《野孩子》(*Wild Kids*:*Two Novels About Growing Up*,2000)④。成功总

---

① "红楼梦奖",又名世界华文长篇小说奖,由香港浸会大学文学院于2005年创立,设30万港元奖金,以奖励优秀华文作家和出版社。"红楼梦奖"的宗旨是奖励世界各地出版成书的杰出华文长篇小说作品,借以提升华文小说创作水平。此奖两年一评,30万港元的奖金本来是单本中文小说奖金最高的奖项,但2011年被茅盾文学奖超越。

② 此书英文原版于2005年由美国哥伦比亚大学出版社出版,国内在2008年由广西师范大学出版社版权引进出版简体中文版,中文译名为《光影言语:当代华语片导演访谈录》,译者为罗祖珍、刘俊希、赵曼如。

③ 此书英文原版于2009年由英国帕尔格雷夫·麦克米伦出版社出版,国内在2010年由广西师范大学出版社版权引进出版简体中文版,中文译名为《乡关何处:贾樟柯的故乡三部曲》,译者为连城。

④ 英文版在出版时将《我妹妹》和《野孩子》合并成一本书,并冠以书名 *Wild Kids*:*Two Novels About Growing Up*,故此处如此标记。

伴随着汗水,奖杯背后是为之不懈努力并付出的心血。这些成就记载着白睿文的惊鸿巨变。

20世纪七八十年代,随着改革开放政策的逐步实施,中国开始频繁与世界往来。然而,尽管经济上的腾飞和成功让美国对中国市场兴趣大涨,但文化上的交流却显得明显逊色。即便如此,在有限的文化交流机会中,一部分美国人开始对包括中国在内的异域文化产生了浓厚的兴趣,他们强烈地渴望去亲身体验不同于欧美文化的国家和地区的异域文化。白睿文就是其中之一。白睿文说,他18岁的时候才开始迷上阅读,但书读得越多,却感觉自己眼界越狭窄。书中那些充满新奇感的世界强烈地激起了白睿文去亲身体验异域文化的渴望。这当中,有着古老文化传统和众多民族文化的中国,无疑是一个巨大的诱惑。

俗话说,机会总是留给有准备的人的。满怀对中国文学的渴望,白睿文选择去学校的留学办公室碰一碰运气。虽然去欧洲或其他西方国家是更好的选择,但就文化上的根源来讲,这些国家继承的都是古希腊和古罗马留下来的传统。这对痴迷于汉语文学的白睿文来说,显然不具有强大的吸引力。恰逢当时,纽约市立大学传来佳音——正在筹建的赴中国留学的项目即将启动,来自芝加哥的白睿文同样可以报名参加。美中不足的是学校要求三年级的学生才能出国留学,而当时的白睿文还只是一年级。凭借一股执着,白睿文千方百计地说服了负责该项目的老师并获得了参加这次交流项目的机会。欣喜之余,白睿文迅速把一切申请手续办理妥当,又抓紧时间申请了护照,办理了签证。小小的护照和签证宛如一张承载着少年梦想的船票,白睿文迫不及待想带着它驶向大洋彼岸。

万事开头难,为了能够尽早适应到中国以后的学习生活,白睿文开始疯狂阅读一切与中国有关的书籍并积极和中国留学生交流。一来二去,他在学校中国留学生举办的聚会上结交了不少新朋友。转眼间,合作留学项目就要拉开帷幕。1993年8月底,作为合作项目第一批来中国的留学生之一,白睿文登上了飞往南京的航班,开启了这段影响其一生的旅程。

（二）天顾英才，渐近汉学

一个人开始在新的环境下生活，往往面临着两种结果：要么因四面碰壁而慢慢失去进取心，要么因内心的潜能被激发而逐渐做得顺风顺水。天顾英才，白睿文无疑是幸运的。

当时的中国并没有像现在一样，有着高度国际化的生活和学习环境。对于一个来自异国他乡的孩子来说，等待他的除了新奇和向往，还有困难和挑战。作为交流项目中的一员，白睿文很感谢南京大学给他创造了一个优良的汉语学习环境，但是，汉语本身的晦涩难懂和语言结构上的复杂性还是给他的学习增添了不少烦恼。为了打下扎实的汉语基础，白睿文不敢怠慢，也不敢走捷径。他专门买了小学生写字用的"田字本"，每天用近两个小时重复练习学到的汉字。语言的学习并不能完全依靠课堂。况且，白睿文学习汉语是为日后欣赏和研究汉语文学打基础。所以，课堂之外的白睿文为自己安排了一系列的重要活动。他利用课余时间游览南京的风景名胜，并多次游览中山陵和雨花台等人文景点。为了激发潜力并尽可能多地创造机会和中国人聊天，白睿文通常选择一个人前去。或许是命中注定要和中国结缘，白睿文的汉语学习之路虽然艰辛但走得十分顺利。他像一个新生的婴儿一样对这样一个未知的世界充满了好奇，又像一块儿"饥肠辘辘"的海绵，迫不及待地吸收异域文化的滋养。对汉语的热情使先入为主的母语并没有对汉语的学习造成太大的障碍，相反，擅长阅读的他在语言方面表现出来的天赋让学习汉语逐渐成为一种不可或缺的乐趣。用他自己的话来说："头半年进步非常慢，感觉基本的沟通都不行，可是到了后半年，就突然感觉说得比较溜了。"[1]

在中国的学习生活很快就告一段落。1994 年，再次回到生他养他的美国之后，白睿文却为中西方文化，特别是中美之间的文化差异所

---

[1]　温泉：《白睿文：汉语影响力的见证者》，《瞭望》，2014 年第 5 期，第 36 页。

震惊。在离开美国之前,"文化震惊"①这个社会学中的学术词语与他本是不相干的,然而这段时间的异乡生活却让他真切地体会到了不同文化带给人的冲击力,白睿文开始对美国生活感到陌生。在家乡生活了一年以后,白睿文按捺不住心中的向往。1995 年,他又申请了去台湾地区的奖学金,到台湾师范大学的国语教学中心进一步学习中文。与大陆的课堂不同,在台湾地区的汉语课上老师主要讲一些文言文,如《论语》《孟子》《庄子》和《淮南子》等中华经典。这些课程是专门为外国学生开设的,但对于有了一定汉语基础的白睿文来说,已经不足为惧。白睿文迫切希望能听到一些为中国学生开设的课。梦想指引道路,白睿文开始不停地穿梭在台湾大学、东吴大学和辅仁大学之间。不管是哲学还是文学类的课程,通通包揽。课余时间也不例外,他听了大量讲座,特别是柏杨、李敖等知名人士的讲座。辛勤的耕耘过后总会收获甜蜜的果实。在台湾地区的学习历程使白睿文的汉语水平发生了质的飞越。1996 年 3 月,小说《撒谎的信徒》出版,作者张大春在台湾几个书店做演讲。得知消息以后,异常兴奋的白睿文激动得场场不落,笑说当时的自己就像个"粉丝"一样跟着张大春一场接一场地跑。几场下来,白睿文的执着和热情感染了张大春,两人渐渐熟了起来。1999 年,白睿文开始翻译张大春的小说《我妹妹》和《野孩子》,并很快于 2000 年出版。

(三) 机缘巧合,结缘《活着》

说起自己和翻译之间的交情以及自己是如何走上翻译这条道路的,白睿文觉得是偶然也是必然。每每说起,他总是如数家珍。

1996 年的冬天,年仅 22 岁的白睿文大学还没有毕业,中文学习也只持续了 3 年。一次偶然的机会,他踏入了翻译领域。当时,罗格斯大学的张旭东老师正在主编学术杂志《边界之二》(Boundary 2)的一

① 英文为"culture shock",社会学术语,一般用来指某一种文化中的人初次接触到另一种文化模式时所产生的思想上的混乱与心理上的压力。

期关于当代中国文化场域的特刊。刊物的部分文章是中国国内的资深学者的佳作，张老师正寻合适的译者将这些佳作翻译成英文，而一度在汉语学习上热情高涨的白睿文引起了张老师的注意。在他的邀请之下，白睿文开始着手翻译北京大学张颐武教授的一篇短文——《后现代主义和中国 90 年代的小说》。原本是第一次接手这么重要的翻译，翻译经验上的不足再加上论文中大量当时最流行的一些学术新词，时至今日，白睿文还记得第一次遇到"后新时期"（张颐武语）一词时所感到的困惑。虽然在翻译过程中白睿文遇到了应接不暇的问题和挑战，但最终他还是获得了非常宝贵的学习经验，也发现自己开始着迷翻译的各种细节。也就是在这一次翻译过程中，白睿文感觉到自己实实在在地变成了中西文化间的一座桥梁。后来，白睿文的翻译得到了张颐武教授的褒奖。备受鼓舞的内心似乎已经根植了一棵等待成长的小树，它开始四处寻找阳光和雨露。白睿文觉得自己离梦想又近了一步。

同年春天，白睿文开始为毕业以后做打算。当时，现代中国文学的博士班已经接受了他的申请，但距离开班还要等一段时间。眼看着身边的朋友工作都有了着落，白睿文却什么计划也没有。就在这个时候，白睿文做了一个大胆的决定，那就是暑假不找工作，而是开始翻译第一本长篇小说——余华的《活着》。

人生的路很长，可关键处往往只有几步。白睿文万万也没想到，自己接下来的决定会让自己名声大噪。白睿文说，当时他毛遂自荐联系余华先生，并很快得到余华的应许。不过，虽然已经得到余华的同意书，但愿意出书的出版公司却还没有找，更没有什么稿费或其他经济上的来源。无奈之下，白睿文选择搬回老家跟母亲一起住一段时间，一来节省开支，二来有一个安静的环境做翻译。将一本在中国家喻户晓的文学作品翻译到美国去，白睿文心里犯了嘀咕。若翻译得好，自己作为一个传播文化的使者也算是功不可没。可一旦翻译砸了，岂不是活活断送了自己的前程？面对各种闻所未闻的翻译理论，白睿文十分迷茫。当时，本雅明（Walter Benjamin）的著名短文《翻译家的义务》（"The Task of the Translator"）成了他的救命稻草。

白睿文翻译《活着》时的工作状态单纯却充满激情,但每前进一步,他也会遇到新的挑战和发现。白睿文说,最大的收获是关于怎样处理汉语的时态。与汉语表达习惯不同,西方语言有着非常明显的过去时态、现在时态和将来时态,并且这些时态已经被内在化,变成语言本身不可忽略的重要因素。由于汉语的时态多通过上下文和虚词来呈现,刚开始翻译《活着》的时候,白睿文总会在无意中从过去时跳到现在时。在中文表达中,这样很自然地从一种含蓄的现在时到含蓄的过去时通常不会给读者带来理解上的困惑,但在英文以及其他西方语言中,这种时态的跳跃会对读者产生一个非常大的挑战。种种原因所致,《活着》的英文初稿怎么读都觉得不自然。读了若干遍以后,白睿文发现,文字的不顺主要还是因为时态的不一致。久而久之,白睿文便学会无论原文的含蓄时态是否经常改变,译文还是需要用一个固定的时态。这是当时翻译《活着》的收获之一。①

翻译余华的《活着》以及张大春的《我妹妹》和《野孩子》给白睿文带来的是两种不同的收获。在白睿文看来,翻译《我妹妹》和《野孩子》是一个与翻译《活着》完全不一样的经历。张大春的这两部小说都是当代成长题材,语言比较年轻活泼,充满黑色幽默,又不断地流露台北70后青少年常用的脏话、俚语和政治笑话。对一名译者来讲,最具有挑战性的可能就是如何翻译出幽默的味道。

举一个简单的例子。很多年轻朋友们都爱看美剧,但经常会出现这样的情景,那些令剧中人物笑得前仰后合的台词,我们听到却反响平平,即便是看了字幕也是模棱两可。这是因为每一个民族的幽默感不一样,你可以把一个笑话翻译得非常漂亮,语法修辞都很贴切,但是它就是一点都不好笑。这不能怪翻译有误,而是因为幽默感不一样。

在翻译张大春小说的过程中,白睿文一直试图达到一种效果——把源语读者和目标语读者的感情同步起来,译文的读者应有同样或至少接近同样的感受。除了题材上的不同,《我妹妹》和《野孩子》的另一

---

① 白睿文:《美国人不看翻译小说是文化失衡》,《新京报》,2012 年 8 月 25 日,C04版。

个特色便是语言的混杂性。余华在《活着》中从头到尾都运用一种比较纯粹的现代白话，而张大春则喜欢玩弄文字，大量地借用英语、日语和方言（包括客家话、闽南话等）。读到大学才开始接触汉语的白睿文心里很明白，语言的混杂性在阅读原著的时候通常会被轻易忽视掉，然而一旦开始翻译，所有的问题便都出来了。同样，将原著中语言的复杂性体现在译文中也是对原作的忠实。如何在译文的语言中保持这种混杂性，白睿文很是头痛。如果一律译成英文，它会变得单一，那么怎样处理原文出现的英文单词来保持它的异国情调？除此之外，小说中频繁出现的一些原始材料也给翻译带了不少阻力。由于这些原始材料过于难找，白睿文会时不时地怀疑本书引用的"原文"或一些提到的名词是作家瞎编的。这些问题困扰了白睿文很长时间，在亲自询问了张大春之后，他发现这些所谓的"胡编乱造"其实都是有根据的，可作家自己也早已忘记何时何地看过这些资料。材料虽然难找却都有正式的英文名称，无法从中文随便再翻译到英文，而身为一个有责任心的译者，万万不可随心所"译"，只能老老实实地找。为此，白睿文专程去了纽约一个最大的圣公会教堂，又去了好几家图书馆，查了无数各种各样的专业词典，充分利用了当时还不太发达的国际网络。功夫不负有心人，白睿文的"寻宝"最终成功。白睿文不止一次说过，有时候翻译家需要当一个冒险家去耐心地寻找。

在完成《活着》的翻译以后，白睿文联系了十几家出版社，但均遭拒绝。在白睿文看来，美国的出版公司不愿意出版中国作品，并不是美国读者不爱阅读翻译小说，而是一种文化失衡。美国读者或多或少对翻译小说有偏见，再加上出版工业和媒体不去推荐，不去提供渠道，读者自然就不会看。多年来，翻译作品在美国的文学市场占有非常小的比例，总数每年只有百分之三左右。美国的大多数商业出版公司好像都已经认可这种"美国人不看翻译小说"的现实。"几代下来，这种文学上的排外主义就根深蒂固，非常离谱。"①白睿文还拿自身举例。

---

① 白睿文：《美国人不看翻译小说是文化失衡》，《新京报》，2012 年 8 月 25 日，C04 版。

他表示，自己在阅读启蒙期并不会注意阅读的书是不是译作，甚至完全忽视译者的姓名和身份。每一次参加文学翻译研讨会，白睿文都会利用机会和国内外的汉学家讨论心得，尽管每一位汉学家对中国文学都有各自独特的寻求路径和解决方式。在和他们的谈论中，"你会慢慢觉得，语言真的仅仅是一层外壳，真正发生作用的，是人与人内在的沟通和精神上的对接。"①如此看来，在文学层面的交流和沟通上，不读翻译小说的确是一大损失。

好事多磨！2002 年，当年拒绝白睿文的世界最大英语商业图书出版社集团兰登书屋的一位主编主动联系了白睿文，想要出版《活着》的英译本。小说出版后，有些美国高中甚至把它作为教材使用。之后，白睿文的名字开始铺天盖地地出现在各种媒体上，知道他的人也越来越多。

事情的突然转折让白睿文惊喜不已，但实际上，中国文学开始在美国崭露头角并非偶然。早在 2000 年，生活在美国的白睿文就感觉到身边说中国话的人、有关中国的内容的书慢慢多了起来，华裔美国作家哈金（Ha Jin）写中国生活的长篇小说《等待》（*Waiting：A Novel*，2000）甚至打入了美国主流文学市场。一批中国文学开始通过电影的方式被国外文学爱好者熟知。1994 年 9 月 30 日，电影《活着》登陆美国荧屏，先后又在法国、德国、英国、瑞典等国家上映，广受好评。1994 年到 1995 年，该片在第 47 届戛纳国际电影节荣获不同奖项并获评第 52 届美国电影全球奖最佳外语片、全美国影评人协会最佳外语片和洛杉矶影评人协会最佳外语片。2001 年，李安执导的电影《卧虎藏龙》获得第 73 届奥斯卡最佳外语片奖之后，好莱坞对中国电影的投资更为大胆。科班出身的白睿文对这种情形感到欣喜。作为知名的华语电影研究者，他创作了《光影言语：当代华语导演访谈录》，并由广西师

① 白睿文：《美国人不看翻译小说是文化失衡》，《新京报》，2012 年 8 月 25 日，C04 版。

范大学出版社引进出版。该书不仅是采访稿,更称得上是一种接近口述史的"谈影录",保存了当代中国电影导演的第一手资料,记录了华语电影的历程。

不仅如此,白睿文感到美国媒体对中国的报道也越来越多,去美国的华人也越来越多。他说:"10 年前,我搬到圣巴巴拉的时候,几乎见不到中国游客。但是从五六年前开始,旅游大巴拉来了成批的中国游客。现在,汉语比我刚入行时热得多。有学生要去中国,再也不会迎来奇怪的眼神。"①白睿文认为,汉语热一方面是好事,但又有些遗憾,因为很多人学会中文是为了赚大钱,而不是出于真正的兴趣,这反而失去了一些纯真,这个变化"太快、太极端"。

(四) 趣浓志坚,译《长恨歌》

说起文学翻译的所感所得,除了要像冒险家一样善于发现,也要像科学家一样细心,像艺术家一样专注。由于博士学位论文涉及 1937 年发生的南京大屠杀,白睿文很早就开始阅读许多与那段历史浩劫有关的小说资料。从阿垅②的《南京血祭》到周而复的《南京的沦陷》又从孙宅魏巍的《南京大屠杀》到叶兆言的《一九三七年的爱情》。他认为,叶兆言的小说中书写的南京大屠杀与历史小说中呈现的完全不一样。后来经过作家本人的同意,白睿文花了将近一年的时间来翻译叶兆言的小说。③因为小说是民国题材,而且涉及许多民国的名流(包括梅兰芳、宋庆龄、唐生智、胡适等等),这次翻译跟过往的翻译经验大不相同。

也许就是这种创新和不断寻找的精神带着白睿文去尝试翻译王

---

① 温泉:《白睿文:汉语影响力的见证者》,《瞭望》,2014 年第 5 期,第 36 页。
② 阿垅,中国文艺理论家、诗人。"七月诗派"骨干成员之一。国民党中央军校第十期毕业生,1939 年到延安,在抗日军政大学学习。
③ 白睿文:《美国人不看翻译小说是文化失衡》,《新京报》,C04 版,2012 年 8 月 25 日。

安忆的代表作《长恨歌》。说到《长恨歌》，这部
作品曾是白睿文文学翻译的第一选择，因为文
本带来的高度挑战，他还花了将近半年的时间
来考虑和做翻译实验。整个翻译的过程异常
辛苦，白睿文除了每天要花费大量的脑力思考
小说的翻译，还要处理博士学位论文研究和
《光影言语：当代华语片导演的访谈录》一书的
写作。后来陈毓贤（Susan Chan Egan）女士也
一同加入了这项翻译工作，虽然翻译过程无比漫长且艰难，但通过两
人的不懈努力，《长恨歌》的英译本最终荣获了 2009 年现代语言协会
最佳翻译奖荣誉提名。

　　一位接触汉语不过几年的美国人竟可以将经典中国小说翻译得
精益求精，白睿文在文学翻译上表现出来的才气实在让人折服。"《一
九三七年的爱情》的英译本曾引起轰动，《野孩子》则登上了《纽约时
报》和英国《经济学人》的书评版，这足以印证他的翻译水准。"[1]在接
受新京报的采访中，白睿文直言不讳。刚开始学习汉语的时候，去中
国留学是个非常新奇少见甚至很多人觉得"奇怪"的选择，美国的亲戚
和朋友都带着怀疑和不理解的眼神来审问一二。自成名以后的二十
多年，他也总会被人问到自己为什么要学习中文，又为何要去中国留
学。在白睿文看来，这两个问题本身就互为问题和答案——要学习中
文，最好的选择就是去中国留学；而要去中国留学并学有所成，则必然
要好好学习中文。白睿文说，自己从小并没有学习外语的天分。为了
完成学校的要求去学法语和西班牙语，结果是一塌糊涂，可偏偏对中
文情有独钟。自小居住在一个白人为主的郊区小镇，每天听到的语言
除了英语就是英语。眼看自己都已经十八岁了，却从未离开过美国。
白睿文仿佛听到一个声音在心底怒吼：一生只会讲英语是一件非常惭
愧的事情，为了自己和将来的孩子，一定要走出美国，学习外语。

①　吴赟:《上海书写的海外叙述——〈长恨歌〉英译本的传播和接受》,《社会科学》,
　　2012 年第 9 期,第 186 页。

随着中国经济的腾飞，学习汉语以后到中国去做生意已经成了常见的动向，然而白睿文却不这么想。早在大学一年级的时候，"一天一本书"的大计划还在进行中，他突然开始意识到自己的视野是如此狭小，所看到的东西都很片面。为了开阔视野，白睿文下定决心要出国留学，学习外语。除此之外，白睿文还提到了对自己影响深远的哥哥。白睿文在读高中的时候，比他年长四岁的哥哥赴日本留学。哥哥的这种经历给了他巨大的动力，并影响了他的决定。白睿文曾试想，等将来做了父亲，他一定要让孩子在一个多语言的环境中长大。①

在白睿文看来，对于中国文化，美国最大的问题不是误解和偏见，而是根本不了解。当然，这样的事情不单单是中国，美国人几乎对整个世界都缺乏好奇心。而在这一点上，中国的眼界比他自己的同胞更开阔，尤其中国青年，他们的视野十分宽广，对世界也更加了解。对比之下，美国人在视野上的闭塞，常常让白睿文深感遗憾。他认为，在如今美国经济形势下滑的情况下，美国人尤其应该更多地了解和借鉴其他国家的经验，这样才能摆脱困境，不断发展。白睿文表示，能将丰富的中国文化尽可能准确地展现给美国的民众，尤其是年轻人。在课堂上，他常常劝导美国学生应该有更加开放的视野和心态，多向中国青年学习，去体验不一样的文化和生活。

白睿文有两个孩子，一个儿子，一个女儿。为了给孩子创造一个良好的语言学习环境，在儿子一岁半之前，他和儿子讲话只用中文。在白睿文的家里摆放着各种中文儿歌书目和音像制品："小白兔，白又白……""小老鼠，上灯台……"都是孩子熟悉的儿歌。白睿文希望自己的孩子长大以后能够看到更加广阔的世界。白睿文是一个热爱生活、家庭观念很强的人，在新媒体被广泛应用的今天，他开通了自己的微博来和书迷朋友分享生活的快乐，注册了豆瓣小站和大家交流文学翻译。在他看来，如今的汉语热必将长久地持续下去，而他钟爱至今的汉语文学也将逐渐被世界范围内的文学爱好者认识。

对当今中国来说，中国文学"走出去"早已不是一个遥不可及的梦

① 白睿文：《为什么去中国留学》，《新京报》，2013 年 11 月 15 日。

想。我们的作家、翻译家、出版家以及来自世界各国的汉学家已经走在了踏实前行与及时总结的道路上。为中国文学"走出去"默默贡献力量的人深知这份劳作的必要与艰辛,但他们依然愿意付出自己的心血来让更多的中国的作家作品为世界所知。合抱之木生于毫末,九层之台起于垒土。中国文学走出去要吸引更多像白睿文一样的国际力量,同时,我们也该向那些热爱中国文学,并为中国文学走出国门默默贡献力量的汉学家们表达敬意和谢意。

白睿文主要汉学著译年表

2000	*Wild Kids：Two Novels About Growing Up*（《野孩子》），New York：Columbia University Press
2002	*Nanjing 1937：A Love Story*（《一九三七年的爱情》），New York：Columbia University Press
2003	*To Live*（《活着》），New York：Anchor-Random House
2005	*Speaking in Images：Interviews with Contemporary Chinese Filmmakers*（《光影言语：当代华语片导演访谈录》），New York：Columbia University Press
2008	*The Song of Everlasting Sorrow：A Novel of Shanghai*（《长恨歌》，与陈毓贤合译），New York：Columbia University *A History of Pain：Trauma in Modern Chinese Fiction and Film*（《痛史：现代中国文学与电影的历史创伤》），New York：Columbia University Press
2009	*Jia Zhangke's Hometown Trilogy*（《乡关何处：贾樟柯的故乡三部曲》），London：Palgrave Macmillan
2015	《煮海时光：侯孝贤的光影记忆》，桂林：广西师范大学出版社
2016	《重返现代：白先勇、〈现代文学〉与现代主义》，台北：麦田出版社 *Divided Lenses：Screen Memories of War in East Asia*（《分裂的镜头：东亚战争中的光影记忆》），Hawaii：University of Hawaii Press
2017	*Remains of Life*（《余生》），New York：Columbia University Press
2020	《雾社事件：台湾历史与文化读本》，台北：麦田出版社
2021	《电影的口音：贾樟柯谈贾樟柯》，桂林：广西师范大学出版社

跑一项不喜欢的业务，腿都跑细了，总挨人白眼，那感觉就是热脸贴到了冷屁股。

——徐则臣《耶路撒冷：时间简史》

I had a job I didn't like，and it was running me ragged. People were always scowling at me，and I felt like a sucker for being so enthusiastic.

——*A Brief History of Time*，trans. by Eric Abrahamsen

三 溟海苍茫谁作友
重山迢递我为媒
——美国汉学家陶建译王小波

美国汉学家
陶建
Eric Abrahamsen
1978-

陶建（Eric Abrahamsen，1978— ）生于美国西雅图，曾就读于西雅图华盛顿州立大学，2001 年来到中央民族大学做交换生，在北京一待就是十多年。这些年里，他不仅和中国文学有了千丝万缕的联系，还与一位中国姑娘喜结良缘。2007 年，他创建了非营利性网站"纸托邦"，这里汇聚了中国当代文学翻译作品和中国作家作品信息，可以免费阅读最新的中国文学佳作英译版。网站创立至今，已十数载。其间，陶建翻译了大量的中国现当代文学作品，涉及作家有王小波、苏童、毕飞宇、阿乙、盛可以和徐则臣等人，作家阿乙曾为陶建做了一张海报："漂亮得不像实力派。"这位"实力派"除了做翻译，还在推动中国当代文学"走出去"的路上付出了不懈努力。

（一）结缘中国：事业爱情双临门

最初与中国结缘，是在 1989 年，年仅 11 岁的他随家人一同到北京旅游，以香港为起点，经过广州，最后抵达北京。天安门广场和故宫的宏伟令他印象深刻，万里长城的壮丽磅礴令他难以忘怀。现在，如

按：陶建致力于中国文学的海外传播，沟通中国文学界与海外出版界，并设立网站，筚路蓝缕之功甚巨。故云。

他山之石——汉学家与中国现当代文学的英语传播

果你点开纸托邦里陶建的资料,映入眼帘的就是他当年在天安门前的留影。自那时起,这个东方国度就在陶建心里埋下了种子。2000年左右,正在泰国的他决定再次拜访中国。他由陆路穿过老挝,来到云南,然后一路向北,抵达西藏和甘肃。当时他语言不通,计划不周,遍历艰难险阻。但正是这个瑰丽险峻的国家,令他心生向往:一定要成功驾驭中文,然后再次来到中国。

他的愿望很快就实现了。2001年,陶建来到中国,之前他一直在美国华盛顿州立大学学习国际事务。这门专业需要他专门研究一个国家或地区,恰好他一直以来都对中国文化感兴趣,便毫不犹豫地选择了中国。不曾想到,这样的一个决定竟然改变了他此后十来年的人生轨迹,使他不仅在中国文坛小有成就,还与一位中国姑娘喜结良缘。

来中国前,陶建在美国突击了两个月汉语,还请老师给他起了个中文名字。来到中国后,他自我感觉良好,甚至还觉得颇具语言天赋,直到他用中文和别人交流,才发现他听不懂别人的话,别人也听不懂他的话。一年的交换学习结束后,他没有回美国的迫切理由,再加上他想继续深入了解中国文化,便留在了北京。在最初三年里,学习中文对他来说很难,好在他聪明好学,又有语言环境的熏陶,慢慢便有了突破。进入中央民族大学后,他结识了同校同学陈冬梅。在他眼里陈冬梅不是传统的中国女人。陈冬梅在新中国成长,做事有自己的风格,性格直爽,为人真诚,能说一口流利的英语,陶建被她吸引了。这段恋情也成了陶建学习中文的催化剂,在妻子陈冬梅的帮助下,他的汉语读写很快就已俱佳。

决定留在中国后,陶建开始接触另一个自己喜欢的领域——中国文学。对于其他外国人来说,能够用中文交流就算达到目的。但陶建却不满足于此,他想通过阅读中国小说深入了解这个国家。于是,当时还是他女朋友的陈冬梅给他推荐了王小波的作品《我的精神家园》。读罢,他就有了翻译它的冲动,觉得这本书出奇地好,作家也极其有才,尽管这位作家已经离开了,但他的作品却依然鲜活。这本书至今都是他最爱的中国文学作品,王小波也一直是他最喜爱的作家。

（二）永葆初心：对中国当代文学译介的热爱

陶建与翻译结缘大抵从此开始。王小波上过山下过乡，在海外留过学，西方的批判思维影响了他，讲道理，他的崇尚科学，作品很适合西方人的口味。《沉默的大多数》是他的一部杂文选集，讲述了中国文化状态与知识分子的命运。读了这部选集的第一篇杂文《沉默的大多数》后，陶建便萌生了翻译的想法。在接受采访时，他说道：

> 因为那时候我中文也没那么好，学了五年不到，比较早。我觉得王小波的声音本来就特别像一个美国作者的声音。逻辑、反讽、幽默感，这些东西其实特别像西方作者的声音。这个对我来说，比较容易接受。而且一下子找到一个相对应的英文声音，有一个做翻译的冲动，没有什么理由，就是有这个冲动，喜欢它，就自然而然把它变成英文。①

于是，接下来的每个周末和夜晚，他陆陆续续翻译了好几篇王小波的文章，然后想办法出版。陶建自此开始了自己的译介之路。

从中央民族大学毕业后，陶建在《城市漫步·北京》杂志②做了两年编辑。这两年里，工作压力很大。他经常要去采访国内的专家、学者，提前电话沟通时常常会遇到听不明白的字眼，这着实磨炼了他的汉语。辞去编辑一职后，他开始了自由撰稿人的生涯，在著名文学论坛"读书生活"上格外活跃。

2006年，他翻译了第一篇中国文学作品——王小波的《沉默的大

---

① 参见《一个美国人想把中国文学推介到英语世界，他做了唯一一个相关网站》，http://www.sohu.com/a/157628631_139533，2021年7月16日。

② 《城市漫步》是由五洲传播出版社主办的英文系列杂志，主要内容涵盖自然、社会、民俗领域的基本知识，文化、娱乐市场的最新动态，音乐、文学、艺术、电影、戏剧等方面的鉴赏和评价，商务活动的指南，以及居住、旅游等实用资料。

多数》（"The Silent Majority"，2008）。"王小波的灵在于幽默感和脱离感，比较悲惨的事，有时候说得比较幽默，有的时候他又可以举重若轻。你知道他写的东西其实非常悲惨，但是他给你写的东西好像是没事儿似的。"[1]王小波的文字引起了陶建的共鸣，一个学国际关系专业的美国人自此开始转行翻译中国文学。2009 年，他翻译的王小波的杂文著作《我的精神家园》（*My Spiritual Homeland*）获得当年的美国文学翻译奖（The PEN Translation Fund）。2012 年，陶建翻译的王晓方的长篇小说《公务员笔记》（*The Civil Servant's Notebook*）由企鹅出版社出版。2015 年 8 月，他获得了第九届"中华图书特殊贡献奖青年成就奖"。他翻译的徐则臣的《跑步穿过中

关村》（*Running through Beijing*，2014）获得了美国国家艺术基金（America's National Endowment for the Arts，NEA）的赞助。作家虹影曾点评陶建："不仅帅，个儿也是汉学界最高的，文也是最犀利的，译文也是有目共睹的美！"[2]

当代汉学家的中国文学英译策略，是翻译界一直努力探讨的问题。实际上，比较来看，越是当代的汉学家，其翻译策略越是倾向于忠实原文，从内容到形式，从韵律到节奏，从意向到典故，都尽其所能传递源语也就是中国文学的陌生化效果。几十年前或者半个多世纪前的汉学家，其翻译策略多是在归化和异化之间游移，有的时候归化多一些，有的时候异化明显些，但总体来说都在努力寻求归化和异化的有机平衡。当然，这与汉学家们的文化认同以及不同时期中国文化在国际上的影响有密切关系。陶建也是如此。

---

① 孟依依、周建平：《纸托邦和艾瑞克的精神家园》，《南方人物周刊》，2018 年第 19 期，第 60 页。

② 陈雪莲、汪奥娜：《"纸托邦"创始人：中国文学淡泊名利才能更好地走向世界》，《国际先驱导报》，2015 年 10 月 21 日。

在翻译策略和方法上，陶建多采用归化和意译。他认为这样处理能使西方读者更好地理解和接受，但同时他也会注意汉语的语言和文化特色，争取完整地传递原文蕴含的思想和审美特质。例如，徐则臣的短篇小说《轮子是圆的》（*Wheels Are Round*，2012）里有这样一句："……你以为你是谁啊。"①陶建译为了"Are you local government or something?"②直译既不符合英语国家说话习惯，也无法让读者接受到原文内涵，于是他将陈述句改为疑问句，译出原文隐藏信息。有时他又在形式和内容上都忠实原文。在蒋一谈的短篇小说《中国故事》（*China Story*，2011）里，结尾时那只鹩哥重复了几十次"中国故事"，陶建翻译时保留了原文的句式，因为这种单调的重复揭示了故事深刻的悲剧主题。这样的例子还有很多，陶建凭借其深厚的中文功底，吃透了文本，对于中国读者一眼就能看透的句子，他挖出了其中的隐含信息，分毫不差地呈现给西方读者。

对于译者的要求，陶建认为在文学翻译领域，首要要求就是热爱，先天天分不足，后期勤奋可补。纸托邦的译者队伍包括著名汉学家韩斌、杜博妮和蓝诗玲③等，还有一些译者在大学教授翻译，学术功底深厚。同时，纸托邦对所有的译者都是开放的，欢迎他们随时投递优秀译作。在他看来，一部优秀的汉语作品的英译本也应该同样优秀，否则英语读者读完后就只觉得完成了阅读任务，并没有从中感受到任何乐趣。翻译家本身也应该是一个作家，要用自己的口吻去翻译，翻译

---

① 本句完整原文为："我们当时根本不知道'野马'有价了，想的就是他妈的凭什么，咱们明亮哥每天撅着屁股干到半夜，一个个螺丝拧上去，说拿走就拿走，你以为你是谁啊。"（徐则臣：《六耳猕猴》，天津：百花文艺出版社，2019 年，第 164 页。）

② 本句完整译文为：At the time we had no idea that a price had been offered for Stallion，we were just pissed at how he'd been treated："Our Xian Mingliang grubbed in the trash each night，putting it together screw by screw and you were just going to take it away?" we wanted to say to the guy. "Are you local government or something?"（Translated by Eric Abrahamsen，and originally printed in *Shi Cheng*：*Tales from Urban China*，Manchester：Comma Press，2012.）

③ 关于韩斌、杜博妮和蓝诗玲，请参看本书的相关章节。

出自己风格,文学翻译就是一个再创造的过程,这一点陶建与中国著名翻译家谢天振的观点不谋而合。在翻译过程中,陶建认为最大的困难就是方言的翻译。他的处理方式是直接问身边的中国人,如果他们也不知道,那就会去问作者。

在翻译选材上,陶建最初是通过自己的阅读,看网上的书评,后来多通过朋友的推荐,尤其是作家推荐的作家。比如他翻译的鲁羊老师的第一部作品《在北京奔跑》(*Running Around Beijing*,2009),就是作家韩东推荐的。但他也有自己的判断,即根据自己的喜好和口味,选择具有高度文学价值的作品来翻译。有些作家他也喜欢,但不会去翻译,因为他在英语中找不到对应的声音。翻译选材包括后续编辑上,他几乎不考虑政治因素,只关心有关文学的问题。

阅读作品时,陶建不是特别喜欢看类型文学,偶尔会看侦探或者科幻类,喜欢纯文学,最喜欢的作家依然是王小波。谈到西方人喜欢什么样的作品,陶建说西方文学写作有一个特点——"Keep it short; less is more."①,即尽量写短一点,这样文章的效果更强,而许多中国作家却好像是奔着长篇去写。纯文学读者肯定不会反感长篇,但普通读者就不一定了。同时,中国读者喜欢能够勾起自己喜怒哀乐的文章,而在西方,作者努力勾起读者的情感却是一个避讳。陶建还举了一个例子,张艺谋的《金陵十三钗》之所以不受美国人的喜欢,就是因为美国人觉得,你是同情妓女还是同情学生,这里面道德的东西应该由他们自己作出判断。②

目前作品被译介到海外的中国作家基本都是 20 世纪 70 年代前出生的,但国外读者已经读惯了中国农村题材的作品,想读一些现代城市生活的。陶建觉得中国有些作品还是十分适合西方读者的口味,尤其是 20 世纪 80 年代的作家,比如徐则臣、阿乙、颜歌、格非、曹寇和迪安等。他认为他们的思想更加国际化,也比老一辈擅长使用信息网

① 陈雪莲、汪奥娜:《"纸托邦"创始人:中国文学淡泊名利才能更好地走向世界》,《国际先驱导报》,2015 年 10 月 21 日。

② 同上。

络,作品体裁丰富多样。但是国内媒体往往忽视这群人,陶建觉得这也算好事,至少能够让他们全身心投入写作。

陶建认为最大的困难就是西方出版方不了解中国文学,他们不知道从哪里开始做起,也没有出版中国文学作品的基础,在出版方面显得十分谨慎。他们在选择作品时会以市场为导向,一贯不青睐翻译文学,认为读者接受度低,没有市场①。其次就是中国自身的原因。多年前中国就开展了"走出去"政策,旨在将中国文化的方方面面推向世界。这么多年过去了,资金投入了不少,但效果不堪理想。虽然该项政策给以英语为母语的中国文学英译者提供了翻译的机会,但缺少激励政策。

(三) 纸托邦:中国文学英译的路灯

2007年4月7日,陶建创办了纸托邦网站,目的是推动中国文学"走出去"。在这里,读者可以读到当代中国作家的最新佳作,可以畅谈中国文学,商议如何翻译和出版。这里还汇集了成千上万条作家及其作品和译者的信息。陶建自己也会在上面发布一些自己对翻译出版的看法、近期活动和新书信息等。现在,该网站呈现出中国文学资料库、翻译出版非营利组织和出版方的多面形态。

在被称作"纸托邦"以前,它有好几个曾用名:"翻艺""纸国""纸上共和国",直到2015年,才确定了现在这个名字,陶建说这是他妻子的主意。与乌托邦仅有一字之差的纸托邦成了文学界的乌托邦。在这里,除了委托他人翻译的作品,所有东西都是免费的:放在网站上的译作由作者免费提供版权,译者免费翻译,读者免费阅读。它完全不做推广,流量多为用户自发搜索。网站页面也十分简洁,除了必要的索引没有任何其他装饰,白纸黑字,蕴含着丰富多彩的精神力量,归还给读者最纯粹的阅读体验。

他山之石——汉学家与中国现当代文学的英语传播

---

① 参见"Interview: Eric Abrahamsen and Paper Republic", https://writingchinese. leeds. ac. uk/2015/06/18/interview-eric-abrahamsen-and-paper-republic/,2021年9月19日。

纸托邦自建立以来,为了充分利用网站的资源和多一点收入,开展过大大小小的项目和活动,历经坎坷。2008 年,纸托邦举办了首次文学翻译与创意写作培训班。中外学者对半分成两组,葛浩文是外国译者组的小组长。也是在这里,陶建认识了来自英国的汉学家和翻译家韩斌。现在,韩斌已经是纸托邦的核心成员。

2011 年,《人民文学》杂志社副主编李敬泽联系到陶建,邀请他加入到杂志英文版的创建中来。通过与李敬泽的谈话,陶建发现他们都想做一些高质量的中国文学,英译到海外。自此,"纸托邦"与《人民文学》合作,推出《人民文学》英文版《路灯》(*Pathlight*)杂志,陶建担任编辑总监。《路灯》上的作品包括小说、散文和诗歌等,好的长篇均为节译,多选取年轻作者的作品,尽可能表现中国当代文学艺术特色以及能反映中国当代社会现实和精神面貌①。陶建曾想通过美国亚马逊等网站来售卖《路灯》电子杂志,但是这一美好的想法很快便受到了现实打击:没有宣传经费,没有广告支持,一本来自中国的电子英文杂志简直步履维艰。

2015 年 6 月 18 日起,纸托邦又发起一场名为"Read Paper Republic"的短读项目,每周免费发布一篇英译的中国短篇小说、散文或诗歌。短读项目第一年总共发表了 53 篇作品,参与的译者有 20 多个。② 他们翻译的作品包括王安忆的《黑弄堂》(*Dark Alley*, 2016)、贾平凹的《倒流河》(*Backflow River*, 2016)、沈从文的《夫妇》(*The Young Couple*, 2015)、刘慈欣的《思想者》(*The Thinker*, 2011)、严歌苓的《妈阁是座城:赔钱货》(*Disappointing Returns*, 2016)、鲁敏的《1980 年的第二胎》(*A Secondary Pregnancy*, 2015)、王小波的《舅舅情人》(*Mister Lover*, 2015)和阿乙的《您好》(*Who's Speaking Please?*, 2015),等等。这种在线发表的形式在内容选择和发表时间上都更为灵活,与定期出版的《路灯》形成有效的互补。由于阅读免费,作品也

---

① 王祥兵:《中国文学的英译与传播——〈人民文学〉英文版 *Pathlight* 编辑总监艾瑞克笔访录》,《东方翻译》,2014 年第 2 期,第 34 页。
② 数据由笔者在纸托邦网站上统计得出。

都是作者免费提供,译者免费翻译,在没有任何资助的情况下,该项目竟然奇迹般地维持了一年,但最后还是抱憾终止。不过在2018年,短读项目的第一辑成功出版。

2016年,纸托邦买下六本中文书的版权,分别是梁鸿的《中国在梁庄》、王小波的《万寿寺》和《我的精神家园》(这两本由陶建翻译)、阿来的《空山》、王小妮的《1966年》和阿乙的一个短篇集《模范青年》。买下版权后,纸托邦会找译者来翻译,然后寻找海外出版社合作出版。2018年,纸托邦获得了《西方世界杂志》(*Occidental World Magazine*)和《洛杉矶书评》(*Los Angeles Review of Books*)杂志的资助和支持,在短读项目成功的基础上,开始进入非小说文学领域。2019年,纸托邦还获得了贾平凹文化艺术研究院的赞助。

自创建以来,纸托邦一直由陶建一个人打理,日均浏览量不过三四百,从来没有大火过,可以用"无组织无纪律"来形容,成员多为自发加入的汉英文学翻译爱好者。直到2015年,陶建的妻子陈冬梅和朋友闵婕的相继加入,才使得这个网站在北京拥有了一个像样的办公室和三人工作团体,但因为各种原因只存在了一年左右。2017年,纸托邦成了英国非营利组织,明确了它的非营利性质。现在,纸托邦有六名核心成员:陶建(纸托邦译者、出版顾问、纸托邦创始人)、陈冬梅(纸托邦出版商)、韩斌(纸托邦译者、教育家)、戴夫·海瑟姆(Dave Haysom,纸托邦译者、编辑、北京通讯记者)、埃米莉·琼斯儿(Emily Jones,纸托邦译者、品牌与市场顾问)和姚丽蓉(纸托邦译者、北京通讯记者)。

渐渐地,陶建发现,如果想让中国文学作品英译本在国外出版,他们就必须分出一部分精力参与出版过程,说服出版商,联系代理商,等等。于是,2015年,陶建与妻子陈冬梅创办了一个新的网站"煤山图书"(Coal Hill Books),专注于中国的出版公司、接受国外出版商的咨询和发现好的文学作品并拿下版权。现在,纸托邦上的一些项目已经由"煤山图书"接手,《路灯》杂志目前就则由"煤山图书"经营。尽管创始人相同,但"煤山图书"与"纸托邦"是独立存在的。纸托邦是一个非营利性组织,它的使命是让更多的人对中国文学感兴趣,管理者是一群无偿的志愿者。而"煤山图书"是一家出版咨询公司,为世界各地和中国的出版商提供服务。

现在,陶建的工作就是沟通国内外的文学界和出版界,比较系统地去译介中国文学。以《路灯》为例,每一期杂志都由纸托邦和《人民文学》的编辑合作完成。纸托邦为杂志选好话题,有时是一个主题,比如"神话和历史",有时是某个文学事件,比如 2015 年美国国际图书展览会(Book Expo America)①,纸托邦会列出与之相关的作品,再将这份短名单删减为最终成刊的内容。《人民文学》的编辑会与多语种的杂志编辑进行类似的工序:英文版的《路灯》、法文版的《希望文学》(*Promesses Litteraires*)、意大利文版的《字》(*Caratteri*)和德语版的《光的轨迹》(*Leuchtspur*),每一版都有各自的外语编辑。

(四)胡同里:抚琴饮酒话家常

刚来中国的时候,陶建常常流连于北京的大街小巷。如果你问他在这做什么,他也许不会感兴趣,但如果你说这些胡同拆了多可惜,那他可能就会拉住你和你聊一会。北京的夜晚,烤串配啤酒可以算是市井街头的标配。作家们私下聚会时就爱摆上这么一桌,陶建也不例外。教他学会喝白酒的是徐星。刚来中国时,陶建就与他相识了,两个大男人经常在徐星家里喝威士忌,二锅头,聊得最多的是欧洲古典文学。结识的作家变多后,陶建便会参与到各种聚会中。陶建乐于观察他们说话的样子,如何选择词句和控制声调,甚至可以为阅读作品提供另一个视角:格非是教授,说话特别有逻辑性,知识背景特别深,一说话就是长篇大论;阿乙就在那里自嘲,听起来话说得不利索但是脑子一直在运转……②。谈到在北京的那些

---

① 美国国际图书展览会:1900 年由美国书商协会创办,距今已经有一个多世纪的历史,是全美重要的年度书展,同时也是全球重要的版权、图书贸易盛会之一。

② 孟依依、周建平:《纸托邦和艾瑞克的精神家园》,《南方人物周刊》,2018 年第 19 期,第 63 页。

日子,陶建说总有钱买啤酒和羊肉串,日子不用愁!白天,他与字典和电脑做伴,晚上就会出去与作家们饮酒论文。就这样,觥筹交错之间,热爱文学的赤子之心互相碰撞。浓浓的烟火气里,一群人互诉衷肠。

陶建不仅在翻译上有所造诣,还会弹古琴和古筝。弦音流转令他如痴如醉,筝鸣后的千年文化也令他向往不已。领他入门的依旧是他的妻子陈冬梅。冬梅认为弹琴不仅可以活跃大脑,还能够帮助他了解中国文化,琴瑟和鸣,莫不静好。陶建来到中国的第五年就与相恋四年的陈冬梅步入了婚姻的殿堂。他不仅在作家圈里人缘如鱼得水,在与中国家人相处上也颇有心得。美国人处事方式比较直接,中国人就比较含蓄。他不仅能欣赏中国人之间的"体贴",也赞成美国人之间的互不干扰。

陶建及其妻子已经回到了美国。为什么在中国生活了十来年之后再次选择回到美国?他曾经在一个访谈中给出了答案:

> 其实我一直知道,就算我在中国,我也是个美国人。我跟中国人交流没有问题,但我能强烈地感觉到,这不是我的环境,它跟语言有密切的关系。我们自我表现的主要渠道就是语言;没有语言,你就不知道自己是谁。你不让我说英语,我真的不知道自己是谁。时间长了,我就知道我必须回去一趟,开始用自己的语言写作,不再做翻译了,不再去模仿别人。我应该承认,我自己也有我自己的声音,我要去找它。①

作家鲁羊也支持他这一决定。鲁羊认为陶建在中国待了十来年,是时候回到英语世界了,这对继续英译中国文学作品也有好处,比仍留在中国学习歇后语要强。所有人都以为陶建回到美国后会写一些关于中国的东西,他却给出了否定的回答,除了中国社会瞬息万变的

---

① 许诗焱、Eric Abrahamsen、鲁羊:《文学译介与作品转世——关于小说译介与创作的对话》,《小说评论》,2017 年第 5 期,第 117 页。

原因外，他认为关键的一点是他抓不住中国的内核，尽管在中国待了这么多年，能抓住核心的人，非土生土长的中国人莫属。而他作为美国人，能抓住的是英语世界的核。虽已回到美国，但他的译介之旅仍在继续，他一砖一瓦砌起的中国文学外译的桥梁，沟通着国内外的读者和译者，为中国文学外译做出了切实有力的贡献。

中国文学就是这样讲述的，从最初由传教士们的讲述，到后来外国外来华交官们的讲述，到后来汉学家们的讲述，再到后来中国外语学者们的讲述，到后来的"熊猫丛书"的讲述和"中华学术外译"的讲述，都取得了一些成绩，但各阶段的传播效果并不尽如人意。回想起来，汉学家们的讲述在目标语读者中的接受效果相对来说是比较好的，尤其是夫妻档汉学家们，他们的中国文学外译往往有着出人预料的效果。陶建和陈冬梅夫妇是如此，宇文所安和田晓菲夫妇是如此，葛浩文和林丽君夫妇是如此，罗鹏和周成荫夫妇是如此，赤松和顾莲璋夫妇、史景迁和金安平夫妇、金介甫和康楚楚夫妇、陶忘机和黄瑛姿夫妇、卜立德和孔慧怡夫妇、霍布恩和郭莹夫妇、狄星和岑启国夫妇也都是如此。当然，这些都是以目标语汉学家为主、以华人配偶尤其是女性配偶为辅的译介行为。另一类组合则是像杨宪益和戴乃迭夫妇，即以中国学者为主、以外国配偶为辅，他们译介的《红楼梦》等众多作品一样取得了世界的认可，在对原文的理解和忠实上做得则更好。可惜这样的搭档太少了。沙博理和凤子夫妇则属于第三种搭档，即汉学家加入了中国籍，并娶了中国媳妇。他们的译介也受到普遍欢迎。当然，除了婚姻搭档，中外学者的通力配合这种跨国搭档特别是在近年的中华学术外译中也已经取得了非常好的效果。他们都是中国文学走出去的"路灯"。

相信未来中国文学外译的路上，会有无数的"路灯"指引我们前行。

陶建主要汉学著译年表

2008	"The Silent Majority"(《沉默的大多数》), *Asia Literary Review*
2009	*Running Around Beijing*(《在北京奔跑》), San Francisco：Two Lines Press
2010	"Wang Village and the World"(《地球上的王家庄》), *Chinese Arts and Letters*，Vol. 1，No. 1，pp. 6-10
2011	*The Civil Servant's Notebook*（《公务员笔记》），London：Penguin Press "China Story"(《中国故事》), *Pathlight* "Watermelon Boats"(《西瓜船》), *Asia Literary Review*
2012	"A Brief History of Time"(《时间简史》), in *Chutzpah！New Voices from China*，Norman：University of Oklahoma Press，pp. 3-12 *Wheels Are Round*(《轮子是圆的》), Manchester：Comma Press
2013	*Running Through Zhongguancu*(《跑步穿过中关村》), San Francisco：Two Lines Press "The Deluge"(《大雨如注》), *Pathlight：New Chinese Writing*(*Summer*)，No. 12，pp. 18-33
2015	"Visiting Dai on a Snowy Evening"(《雪夜访戴》), *Pathlight*，May，2015 "Rain and Snow"(《下雨下雪》), *Pathlight：New Chinese Writing*(*Spring*)，No. 11，pp. 164-173

　　鸟在树上做巢，蛛在门前张网，路在乱草中迷失，曲径通了幽，家禽上了天，假山变成了真山，花园变成了野地，后院变成了迷宫。如果说容家大院曾经是一部构思精巧、气势恢宏、笔走华丽的散文作品，形散意不散，那么至今只能算是一部潦草的手稿，除了少处有些工于天成的神来之笔外，大部分还有待精心修改，因为太乱杂了。把个无名无分的野女人窝在这里，倒是找到了理想之所。

——麦家《解密》

Birds build their nests in the trees，spiders spun their webs in front of the doors，the paths between buildings became lost in the weeds as they wound their way into the darkness，the pet birds flew off into the sky，the artificial mountain became a real one，the flower garden became a wilderness and the rear courtyards turned into a maze. If you say that in the past the Rong family mansion had been like a beautiful，elegant and brightly coloured painting，you could say that now，although the traces of the original pigment still remained，the lines of the earlier sketches had reappeared，blurring the purity of the finished work. If you wanted to hide an anonymous and mysterious woman with an unsatisfactory background，you could not have found a better place.

—Decoded，trans. by Olivia Milburn

四 解密小说有高手
谍战文学见佳人
——英国汉学家米欧敏译麦家

英国汉学家
米欧敏
Olivia Milburn
1978-

麦家被誉为"中国的谍战之父"。他的经典谍战小说《解密》（*Decoded*）的英译本于 2014 年 3 月 18 日在美国、英国等 21 个英语国家上市，第一天就获得了中国作家作品在海外销售的最好成绩。在接受《北京周报》独家专访时，麦家表示，好的翻译是他的作品能成功进入国际市场的重要原因。他说："翻译是二度创作，是作品的再生父母，他们既可以把一部二流作品提升为一流作品，也可能把一部经典之作糟蹋掉。"①麦家说自己非常幸运，遇到了一位好翻译，并且说，"她是我后来一系列好运的开始。"②麦家口中的"好翻译"就是英国汉学家、翻译家米欧敏（Olivia Milburn，1978—　）。2014 年，米欧敏与曼彻斯特大学的汉语研究助教克里斯托弗·佩恩合作翻译了英译本《解密》。米欧敏毕业于牛津大学，拥有古汉语博士学位。对于《解密》的英译本，企鹅出版集团打出宣传语："2014 年最出人意料的悬念作品"，"中国最重要的文学现象登陆西方"。全球媒体对之集体追捧，美国的《纽约时报》《华尔街日报》《纽约客》杂志，英国的

---

① 埃里克·戴利：《麦家：翻译是作品的再生父母》，北京周报中文网，2014 年 3 月 27 日。http://beijingreview. com. cn/2009news/renwu/2014-03/27/content＿610091.htm.

② 同上。

BBC 电台、《卫报》《泰晤士报》《经济学人》《独立报》等 40 多家西方主流媒体都给予了极高的评价——一部每个人都应该读的中国小说。①从研究中国先秦历史到翻译中国文学作品，米欧敏的转型是成功的；从瞧不上文学翻译，到一举推红麦家作品，她是不一样的"中国通"。

（一）不一样的生活经历

米欧敏是地道的英国人，但她从小跟着父母在中东长大，父亲是阿拉伯语和土耳其语教授，母亲是波斯语教授。生活在多语种家庭氛围中，米欧敏精通七国语言。在 1994 年入读英国牛津大学中国语言文学专业（Chinese Language and Literature）之前，她已掌握了六门语言——阿拉伯语、丹麦语、葡萄牙语、土耳其语、波斯语、英语。大学选专业时，她问父亲，"世上最难学的语言是什么?"父亲回答，"是中文"。于是，她选择了学习中文。从此，米欧敏与中文结下了不解之缘，而这一学就是八年。1998 年，她获得牛津大学中国语言文学学士学位；1999 年，获剑桥大学中国语言文学硕士学位；2003 年，取得伦敦大学亚非研究学院（School of Oriental and African Studies，University of London）中国古代历史与中国文学博士学位。麦家说："她研究的中文连我都看不懂。"②毕业后，她应聘到韩国首尔大学用英语教授中文。虽然米欧敏学了多年中文，对古老的中国有较深的了解，但她从未亲自到过中国大陆，只在写博士论文期间，为了查阅资料到过中国台湾地区。

少年时，米欧敏读到大卫·霍克思和闵福德翁婿合译的《红楼梦》，一下子迷恋上了中国文学，她被既陌生又抓人眼球的复杂情节和多层角色深深吸引，从此开始阅读手头上一切有关中国的东西。米欧敏的爷爷是第二次世界大战时期英国破译纳粹德国情报密码的破译

---

① 陈香、闻亦：《谍战风刮进欧美：破译中国文学走出去的"麦家现象"》，《中华读书报》，2014 年 05 月 21 日，第 6 版。

② 埃里克·戴利：《麦家：翻译是作品的再生父母》，北京周报中文网，2014 年 3 月 27 日。http://beijingreview.com.cn/2009news/renwu/2014-03/27/content_610091.htm.

员,曾在英国布雷奇利庄园做过解密工作,这在一定程度上培养了米欧敏对密码破译的兴趣。

米欧敏起初有点儿瞧不起文学翻译,但在机缘巧合之下,她改变了看法。2010年上海世博会期间,她专程从首尔飞到上海,参观了世博会。返程时,飞机晚点三个多小时,她在机场无所事事,于是逛进书店,买了两本书——《解密》和《暗算》——都是麦家的成名之作。当时的米欧敏对中国当代文学几乎一无所知,更别提麦家这样一位谍战小说家了。书封关于密码破译专家的介绍引起了她的兴趣,也许是为了给爷爷看看中国小说里的破译家都是什么样的,她决定翻译给爷爷看,自娱自乐地翻译了8万字。她最先翻译的是《暗算》的第三章《陈二湖的影子》,小说中的陈二湖就是位破译家。后来她的剑桥大学同学、翻译了鲁迅和张爱玲的汉学家蓝诗玲看了后,觉得《解密》写得非常好,顺手转给英国著名的企鹅出版集团的编辑,果然引起了对方的浓厚兴趣。随后,企鹅出版集团一边跟麦家签出版合同,一边跟米欧敏签翻译合同,准备尽快推出《解密》英译版。

(二) 不一样的学术生涯

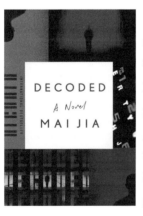

读史使人明智。米欧敏自身就是一个活生生的例子。米欧敏的第一部译作《解密》英译版很受欢迎,但不可思议的是,不同于葛浩文、陈安娜和蓝诗玲等翻译家,米欧敏的学术研究重点是中国古代历史。但又不同于埋头考古、发掘历史文物的史学家们,她追随的是当代文学的潮流,且应对自如。大学期间,米欧敏研究的是先秦时期的历史文本,重点是吴国和越国的文化,堪称先秦历史的"中国通"。2005至2008年,米欧敏在伦敦大学亚非学院做讲师,2008年受聘于韩国首尔大学,用英文教授汉语。米欧敏热爱中国文化,关注中国的发展。

她发表了大量研究古代中国的著述,如:在《汉学研究》(*Chinese*

Studies）2006 年第 2 期上,米欧敏曾发表过文章《名有五:周代命名习惯新探》。该文以古代与命名方式相关的故事来探究周代命名习惯,提出了解当时人名选择的新方法。根据她的研究,周代社会的命名习惯主要分为两种,第一,梦见一个名字(梦者大概都是母亲),或者卜筮一个名字(令卜者都是父亲);第二,以纪念国家大事或者父母亲生活里的大事来选择名字。

在《汉学研究》2011 年第 4 期上,米欧敏发表了文章《孔子之狗:中国古代典籍文献对於蓄犬意涵的探讨》。在中国周代社会里,狗有许多角色,譬如说食品、祭品、贡品、赛犬、猎狗、贵族家庭的宠物。在周代社会里,狗代表贵族家庭的特权。从战国时代开始,很多古代哲学家批评养狗(或者其他宠物)的主人,因为这关系到统治精英浪费和奢侈的生活方式。所以提倡节俭的哲学家,譬如说墨家,完全禁止养狗。其他的哲学家,尤其是关心治国之道的,也不允许宠物的存在。因为如果君王过多地关注宠物,他很可能无法专心治理朝政。米欧敏认为,在这个争论里,儒家的立论是独特的。儒家文献认为养狗是合乎道德的,但是主人必须分清狗与人类的贱贵,还有,所有与宠物有关的开支必须反映主人的社会地位并合乎礼。

2010 年出版的《越绝书译注》(*The Glory of Yue*：*An Annotated Translation of the Yuejue Shu*,2010)一书,以春秋末年至战国初期吴越争霸的历史事实为主干,对这一历史时期吴越地区的政治、经济、军事、天文、地理、历法和语言等多有涉及。其中有些记述为此书所独详,在现存其他典籍文献中找不到;有些记述,也见于其他典籍文献,两者彼此引证,为学者所重视。该译注的问世,为英语读者了解古代中国那段历史提供了便捷之径。米欧敏不失为古代中国文化的一个功臣。华盛顿大学于 2015 年 4 月 1 日出版了米欧敏的作品《中国早期和中古期的都市化研究:地名词典中的苏州城》(*Urbanization*

in Early and Medieval China：Gazetteers for the City of Suzhou），其中她对中国先秦时期的城市、城市化概念的研究对今天的城市化发展有借鉴意义。她对古代中国的命名方式、古代帝王等的研究，不仅为中国的史学家提供了新的视角，还传播了中国历史文化。她是古代中国史在海外的"代言人"。

（三）不一样的文学翻译观

米欧敏虽然以研治中国历史出身，但她对文学也有独特的眼光和敏锐的洞察力。在中国作家问鼎诺贝尔文学奖人数少的问题上，米欧敏认为一部好的文学作品自有它的魅力所在，不需要任何奖项来证明它的优秀。诺贝尔文学奖并不是一个评判作品好坏的唯一标准。

研究中国古代历史多年，她对中国文化的了解可谓大都了然于胸，因此，翻译麦家的作品之于她不是难事。她在一次《中国日报》的访谈中说："许多优秀的中国文学作品翻译成英语并不受欢迎，真的很遗憾。有些作品对基本的语言表达和文化知识要求很高，做好翻译就很难，就算有译作，也难登大雅之堂。"①有些人评论说，汉语很微妙、很复杂，外国人很难真正理解。对此，米欧敏极力否决，她认为，几个世纪以来，有许多非华裔人精通汉语，对汉语的学习可谓炉火纯青。翻译不能受限于地域，好的翻译家不仅是一个双语言人，还是一个双文化人。不仅操汉语的中国人可以将汉语翻译成英语，还要给操英语的别国人留有将汉语作品翻译成英语的空间。同时，她反对将中国的经典作品翻译成英文缩写本，她觉得这很可怕。在她看来，有全译本的译作配一本缩写本是另外一回事，单单出版缩写本译作让人震惊，如果出版商认为翻译原文中的历史性细节会给英语读者带来理解上的困难，那么他们就应该安排翻译其他类型的作品。

---

① Chris Davis，"Unlocking China's Literary Gems through Translation"，*China Daily USA*，11th，Jun.，2014. http://usa.chinadaily.com.cn/opinion/2014-06/11/content_17577454.htm.

初涉文学翻译领域,她是怎么做到令人满意的呢？考虑到目标语读者的接受性和译文的可读性,她采取的是"忠实性再创造"的翻译策略。译文在结构和故事情节的发展上尽量贴合原文,同时,为了符合西方人的思维习惯,有时把译文创造性地重新分段,如在《解密》译本中,译文将原文开头的第一段分成两段,分别对容家两个主要人物进行了介绍,层次清晰,逻辑性强。对于一些汉语意象词、成语、俗语和歇后语,译文则采取"形意兼得"的归化法,如:"以后就喊他**大头虫**好了,反正肯定不会是**一条龙**的。①"译文对应的是"In the future we can call him ***Duckling***, though it is hardly likely that he is going to grow into a ***swan***.②"原文中一些抽象表达,译文采取"抽象变具体"的改写法,采用直白化的表达,如把"荣金珍为什么**表现如此差劲**……(160)"翻译成"...seemed to be so ***work-shy***(146)";把"……说珍弟是为我们国家制造原子弹的功勋,说得**有鼻子有眼**的。(141)"翻译成"...a rumor that Zhendi had played a key role in our nuclear weapons programme. They ***made a good story of it***.(128)"。译文还采取了"删繁就简"的删除法删除一些难懂或敏感词,如把"日本鬼子"译成"*Japanese*"。原文中的"希望小学""闻书先生""打入冷宫"等之类的词,译者采取了"无中生有"的直译加注法,减少目标语读者阅读路上的"拦路虎",体现了译者的主体意识。

米欧敏的译文准确生动,文字里透着一种古典美和异国气质。她的译作可谓是"不鸣则已,一鸣惊人"。于她来说,是不经意之举;于麦家来说,是"上天给了我块馅饼"③;但于中国文学来说,是突破口,是希望之光。

---

① 麦家:《解密》,杭州:浙江文艺出版社,2009 年,第 21 页。后文有关《解密》的引文均出自此书,随文标注页码,不再一一注出。

② Olivia Milburn, *Decoded*, London:Penguin Group,2014, p. 26. 后文有关 *Decoded* 的引文均出自此书,随文标注页码,不再一一注出。

③ 田朝晖:《麦家:"现实生活面前的'笨'帮了我"》,《新华每日电讯报》,2014 年 4 月 4 日,第 15 版。

（四）不一样的人生追求

米欧敏小时候曾在八个国家生活过，家人也是四散在全球不同的地方，家人团聚对于米欧敏来说，就如组织一场国际学术会议一样难。这种生活经历练就了她遇事沉着冷静和宠辱不惊的性格。

她是一个"中国通"，非常喜欢中国。可以说，中国是米欧敏的"初恋"，也是她一生的挚爱，同时，她也喜欢在韩国的生活，未来几年，她还会待在韩国。在家里，她喜欢做四川红烧肉。走在韩国街道上，她还会用英语和汉语问路，当地人觉得很惊讶。作为一名汉语老师，她努力践行自己的学术道路，有一套自己的教学方法，很受学生欢迎。

2014年7月，米欧敏受邀参加外语教学与研究出版社和英国文学翻译中心联合主办的"中英文学翻译与创意写作培训班（英译中方向）"。她行事低调，不愿张扬，也不愿高姿态，虽然"捧红"了中国的麦家，却也只是默默做自己的事，很少在网上抛头露面，争抢功劳。她给自己定位为一名老师，却不止做了一名普通老师应该做的事。

独特的生活经历、不一样的学术生涯和不一样的文学翻译观以及朴实的人生追求造就了不一样的汉学家、翻译家米欧敏。一次偶然，米欧敏在无意之中捧出了中国的麦家，让"麦家现象"深入人心，为中国文学走出去做了贡献。她是中国的贵人，让中国文学尝到了"馅饼"，使中国文学走出去初露端倪；她是中国文学的伯乐，识出"千里马"，让海外体验了一把"千里马"的魅力；她是中国文学界的媒人，"慧眼点鸳鸯"，译介优秀的中国文学作品到英语国家，也让海外读者尝一尝"馅饼"的味道。而事实上，所有偶然的背后都隐藏着些许必然。若不是米欧敏多元文化背景的成长经历、研习中国历史的教育背景和对翻译所持的严谨态度，古老而又"年轻"的中国文学就少了一朵异域解语花，我们也少了一座大洋彼岸的桥梁。

米欧敏主要汉学著译年表

2004	"Kingship and Inheritance in the State of Wu: Fraternal Succession in Spring and Autumn Period China（771－475 BC）"（《吴国的王位及继承：中国春秋时期（公元前 771—公元前 475）的兄弟继位》），*T'oung Pao*，Vol. 90. No. 4，pp. 195-214
2006	《名有五：周代命名习惯新探》，《汉学研究》，第 24 卷，第 2 期：第 397－423 页
2007	"The Book of the Young Master of Accountancy: An Ancient Chinese Economics Text"（《会计师入门书籍：中国古代经济学文本》），*Journal of the Economic & Social History of the Orient*，Vol. 50，No. 1，pp. 19-40
2008	"The Weapons of Kings: A New Perspective on Southern Sword Legends in Early China（《君王的武器：中国早期南方剑传说的新视角》）"，*Journal of the American Oritental Society*，Vol. 128，No. 3，pp. 423-437
2010	"Gender，Sexuality，and Power in Early China: The Changing Biographies of Lord Ling of Wei and Lady Nanzi"（《中国早期的性别、性与权力：卫灵公及其夫人 南子的传记变迁》），NAN NV-Men，*Women and Gender in Early and Imperial China*，Vol. 12，No. 1，pp. 1-29 "*The Broken Trap*: Reading and Interpreting *Shijing Mao* 104 during the Imperial Era"（《〈敝笱〉：解读帝王时代的〈毛诗〉104》），*Chinese Literature*: *Essays*，*Articles*，*Reviews*，Vol. 32，pp. 53-72 *The Glory of Yue*: *An Annotated Translation of the Yuejue shu*（《吴越之魅：〈越绝书〉译注》），Leiden：E. J. Brill

2011	《孔子之狗：中国古代典籍文献对於蓄犬意涵的探讨》，《汉学研究》，第 29 卷，第 4 期，第 289–315 页
	"Gai Lu：A Translation and Commentary on a Yin-Yang Military Text Excavated from Tomb M247, Zhangjiashan"（《盖庐：翻译与评论出土自张家山二四七墓的阴阳兵书》），*Early China*，Vol. 33，pp. 101-140
2012	"Imperial Writings：Rereading the Autobiography of Aisin Gioro Puyi"（《皇室之作：重读爱新觉罗·溥仪自传》），*Sungkyung Journal of East Asian Studies*，Vol. 12，No. 2，pp. 101-122
2013	*Cherishing Antiquity：The Cultural Construction of an Ancient Chinese Kingdom*（《凭吊苏吴：古代吴国的文化建构》），Cambridge，MA：Harvard University Asia Center
	"The Wicked Queen：Portraying Lady Bao Si in Imperial Era Literature"（《罪恶王后：帝王时代文学中的女性褒姒》），*Korea Journal of Chinese Language and Literature*，Vol. 55，pp. 95-120
	"The Silent Beauty：Changing Portrayals of Xi Shi, from Zhiguai and Poetry to Ming Fiction and Drama"（《无声美女：从志怪小说、诗歌到明小说与戏剧中的西施形象演变》），*Asia Major*（Third Series），Vol. 26，No. 1，pp. 23-53
2014	*Decoded*（《解密》），London：Penguin；London：Allan Lane；New York：Farrar, Straus and Giroux
	"Envisaging the Empire：Administrative Nomenclature and the Bureaucratic Worldview in Early Imperial China"（《帝国透视：中国早期帝王时代的行政区划和官僚世界观》），OMNES：*The Journal of Multicultural Society*，Vol. 6，No. 1，pp. 76-113

	"Bodily Transformations: Responses to Intersex Individuals in Pre-Imperial and Imperial-Era China"（《身体转化：中国前帝王时代和帝王时代对两性个体的看法》），NAN NV-Men, *Women and Gender in Early and Imperial China*, Vol. 16, No. 2, pp. 1-28
	"Strange Stories of Judge Shi: Imagining a Manchu Investigator in Early Qing China"（《施公奇闻：关于一位清初满族调查官的想象》），*Ming Qing Studies*, Vol. 1, pp. 98-119
2015	*Urbanization in Early and Medieval China: Gazetteers for the City of Suzhou*（《中国早期和中古时期的都市化研究：地名词典中的苏州城》），Seattle: University of Washington Press
	In the Dark（《暗算》），London: Penguin
2016	*The Spring and Autumn Annals of Master Yan*（《晏子春秋》），Leiden: E. J. Brill
	"From Hero to Ancestor, God, and Ghost: The Posthumous Career of Han Shizhong"（《从英雄到祖先、神和幽灵：韩世忠的死后生涯》），*Archiv Orientalni*, Vol. 84, No. 1, pp. 189-211
	"*The Xinian*: An Ancient Historical Text from the Qinghua University Collection of Bamboo Books（《〈系年〉：清华藏简中的古代史书》）"，*Early China*, Vol. 39, pp. 53-109
	"Rhapsodies on Midiexiang: Jian'an Period Reflections on an Exotic Plant from Rome（《迷迭香狂想曲：建安时期对一种外来罗马植物的思考》）"，*Early Medieval China*, No. 22, pp. 26-44
	"Aromas, Scents, and Spices: Olfactory Culture in China Before the Arrival of Buddhism（《香味与香料：佛教传入以前中国的嗅觉文化》）"，*Journal of the American Oriental Society*, Vol. 136, pp. 441-464

"Palace Women in the Former Han Dynasty（202 BCE - CE 23）：
Gender and Administrational History in the Early Imperial Era"
（《前汉时期（公元前 202—公元 23 年）的宫廷女性：早期帝王时代
的性别与管理史》），NAN NV—Men，*Women and Gender in
Early and Imperial China*，Vol. 18，No. 2，pp. 195-223

本章结语

　　以往对中国文学外译的研究多集中于对中国单个作家作品的外译研究，但重心在译作，不在汉学家及其译介策略及问题。一个主要问题是，这种研究多集中在几个热点作家作品上，而宏观研究和现象研究的成果基本处于阙如状态。

　　比如，对莫言作品英译研究的论文有几百篇，对鲁迅作品英译研究的文章共有一百多篇，对贾平凹作品的英译研究论文共有五十多篇，对老舍作品的英译研究论文共有五十篇，对姜戎的小说《狼图腾》的英译研究的论文有五十多篇。在这些论文中，仅有三篇对中国文学英译研究情况做了评述。有的学者梳理了近些年来众多专家学者对中国文学英译的研究状况，有的学者分析了中国现当代文学作品的英译研究状况，探讨如何将中国优秀的现当代作品向外译介，有的学者介绍了中国文学英译期刊的情况。学者们主要围绕中国文学英译的现状、挑战与机遇以及"谁来译""译什么""如何译"等问题展开研究，而对中国现当代小说在英语世界的传播效果和接受度研究较少，对汉学家们在我国文学外译方面的活动和贡献也缺乏梳理、评述和总结。另外，对汉学家的成长背景、汉学经历、翻译动机、翻译历程、翻译态度、文化立场、翻译作品的总体情况、副文本情况、宏观和微观的翻译策略及存在的问题的探讨则更是少之又少。

　　研究这些汉学家们的翻译活动，为我们的文学走出去指明了方向和路径。中国与其他国家特别是西方国家文化差异巨大，思维方式迥异，意识形态不同，人生信仰有别，我们在译介时光是自说自话当然是难以被接受的。要想让外国人也就是目标语读者认可、接受、喜欢、吸收我国的文学文化，我们就要对他们的思维方式、认知模式、接受语境和阅读习惯等问题进行深入细致的实质性研究，以便采用相应的译介策略。而这些汉学家们对中国文学的成功英译就是鲜活的例子。

结语

中国文学英译的困顿与出路

　　讨论了这么多汉学家的中国文学英译历程,不讨论我们自己的英语学者的中国文学英译显得有点说不过去。同时,比对着看汉学家们的英译,我们就更容易看出各种究竟,就更能看出我们需要保持的优势和需要改进的地方。一百多年来,中国学者在向外译介中国文学、传播中国文化的崎岖道路上不断攀爬探索,虽挫败连连,但却越挫越勇,留下了许多宝贵的经验和教训。中国学者的文学英译有其自身的文化价值与美学价值,有着汉学家的中国文学英译所不能比拟的作用和意义。与霍克思的译本相比,杨宪益和戴乃迭翻译的《红楼梦》在英语世界遭受冷遇,并不是因为杨译本质量不佳,而是因为其采用的以忠实文本为圭臬的翻译策略在当时来说有些超前,而现在则已经具备了接受这样翻译的国际语境;老舍将其小说《离婚》的英译者伊文·金告上法庭,并收回版权自行翻译,只因其译者在发挥其译者主体性时失去了底线,歪曲了中国文学;麦家的长篇小说《解密》在英语世界的成功提醒中国的英语学者,重视和讲求文本移译策略的同时,还要强调译本的宣传推介等市场营销工作。及时总结中国学者文学外译的经验和教训对中国文学文化走向世界并融入其中具有重要现实意义。

　　自19世纪后半叶以来,我国的翻译工作者把西方文学名著大都翻译成了中文,而在中国文学外译方面,尤其是中译英方面,我国英语学者虽然也做了许多尝试和努力,但不论从数量来说,还是在影响方面来说，都与目标相去甚远。我国的文学英译在晚清就已经开始。新中国成立以来，政府多次组织实施中国文学英译的工程，但效果并不理想，有的工作还离目标相去甚远。近年来我国对外文化交流和传播严重入超，文化赤字巨大，图书进出口贸易逆差大约为 10∶1，面对欧美的逆差则达 100∶1"①。我国"图书的外译、发行渠道、接受状况等都不尽如人意"②的事实表明，中国文学在目标语语境中还处于传而不通或通而不受的尴尬局面，还没有真正进入英语世界，其在欧美世界的边缘化地位尚未根本改变。其中既包括翻译本身存在的问题，也有翻译之外的因素，有成功的经验，也有失败的教训。

（一）英译文学百年，何以挫败连连

我国学者文学英译的开端要追溯到清末民初时期的国学大师辜鸿铭。自 1861 年起，辜鸿铭用 25 年时间翻译出版了《论语》《大学》和《中庸》等十部中国经典著作，他翻译中国文学的原因之一是不满于当时来华的传教士对中国文学的英译。其英译不乏文学的成分。最早从事中国文学英译活动的并不是中国的英语学者，而是来华的传教士。理雅各（James Legge，1815－1897）是其中的代表。这些传教士翻译中国文学的主要动机并不是向其所在国家介绍中国的文明与智慧，而是为其宗教活动服务。因此，传教士们往往用基督教哲学诠释中国经典；同时他们与彼时的一些汉学家们一样，汉学水平毕竟有限，经常误解和误译，而曲解现象也十分常见，这使学贯中西的儒家学人辜鸿铭十分愤慨。辜鸿铭于 1883 年 10 月 31 日在英文报纸《华北日报》（*North China Daily News*）上发表了题为《中国学》（"Chinese Scholarship"）的文章，公开批评理雅各缺乏对孔子及其教义的完整理解和把握，认为其代表译作《中国经典》（*The Chinese Classics*）系列只

---

① 参见沈亚军：《如何消解"文化赤字"》，《光明日报》，2007 年 1 月 24 日，第 5 版。
② 谢天振、陆杏：《译介学与中国文化在当代的传播——访上海外国语大学谢天振教授》，《国际汉学》，2015 年第 2 期，第 16 页。

是应时之需,数量虽多,但却差强人意。辜鸿铭甚至认为,理雅各歪曲了儒学经典的原意,导致西方人对中国文明产生了种种偏见。有鉴于此,辜鸿铭本着向英语世界传播中华优秀传统文化的目的,开始翻译儒家经典。1898 年,他完成了《论语》的英译,成为第一个独立完整地英译中国儒家经典著作的中国人,打破了一直以来中国儒家经典著作由西方传教士译介的局面。随后,辜鸿铭又将《大学》和《中庸》翻译成英语。这些工作在西方产生了重要影响,使彼时的西方人得以了解真实的中国文化,感受深层的中华民族智慧。辜鸿铭还用英文创作,积极向西方介绍和宣扬中国文化。我国外语学者的文学外译活动就此拉开了序幕。

甲午战争之后,国人更加强烈地向国外特别是西方学习,鲁迅和郭沫若学医,胡适学农,郁达夫学习经济,可以说是代表了清末民初再到"五四"运动之后知识分子救国图强的实用选择。当时的翻译首先是自然科学,然后是社会科学,甲午战争之后才较多地进行文学翻译。梁启超最早提倡翻译文学,他在 1897 年发表的《论译书》一文中说,"处今日之天下,则必以译书为强国第一义"。据阿英的《晚清戏曲小说目》统计,从 1875 年的光绪元年到 1911 年的辛亥革命的 40 年里,出版的翻译小说就达 600 多部。1899 年,林纾与王昌寿合作翻译的《巴黎茶花女遗事》的正式出版,标志着我国翻译文学的新纪元。林纾与人合作翻译了 11 个国家 98 个作家的近 170 部作品,对中国现代文学产生了难以估量的影响,周作人、鲁迅、郭沫若、庐隐、钱锺书等人都曾谈到林纾译作对他们的深刻影响。

实际上,当时和后来,与"经世致用"思想同时并存的当然还有"遣情娱乐"思想,梁启超在分析小说具有"支配人道"的"熏""浸""刺"和"提"四种艺术感染力量的同时,还提了到小说具有"浅而易解""乐而多趣"的艺术特点。当时那些起到很强的启蒙作用的英、法国家的科幻小说、侦探小说和言情小说的大量翻译、出版和广泛阅读是一个很好的证明,只是这一声音远没有前者响亮,以至于几近淹没了。实际上,在任何时候,这都是文学翻译发生的一个非常重要的原因。随着国情的变化,以梁启超为代表的知识分子们愈加认识到了文学翻译的积极意义。1902 年 11 月，梁启超在所刊的《论小说与群治之关系》中，提出了"今日欲改良群治，必自小说界革命始"的口号，这是"小说界革命"的开始。梁启超强调了小说对于社会改革和社会进步的积极作用，把经世致用的思想演绎到了极致。译家们已经绝不满足于将一种语言的文学转换成另一种语言的文学，他们对原作的选择、移译中的增、删、改等各个方面都表现出明显的为当时社会改良服务的思想。当时文学翻译的标准也与之差可匹配。严复提出的"信、达、雅"的翻译标准对后来的翻译活动特别是文学翻译有着深远影响，但在当时影响更大的要算梁启超主张的"豪杰译"那种对原作做"伤筋动骨"的"大手术"的翻译理念。林纾、苏曼殊、周桂笙、吴檮、陈景韩、包天笑，甚至鲁迅的初期翻译，都是或一定程度上是"豪杰译"的产物。

这段时间翻译文学的一个新倾向是着力于西方现实主义文学的翻译，特别是与中国国情相近的作品，从抗战时期到解放战争时期，再到新中国成立初期，大体情况都是如此。傅雷翻译的巴尔扎克的小说，朱生豪翻译的莎士比亚的戏剧，李健吾翻译的莫里哀的戏剧集等到现在都有着很大的影响。1949 年以后的一段时间里，我国的文学翻译活动主要向苏俄文学倾斜，虽然也取得了不俗的成就，但总体来说各方面表现都比较单一。这一辈翻译家们有着崇高的职业操守，他们始终秉持着虚怀若谷、刻意求工、恪尽职守和锱铢必较的精神，与近些年不时出现的粗制滥造、抄袭剽窃和瞎编乱凑的现象形成对照。

进入 20 世纪 20 年代后，国内学者对中国文学的译介活动逐渐增多，有的学者是出于个人兴趣，而有的学者则已具有了强烈的向西方传播中国思想文化的意识和担当。潘子延（Pan Tze Yen，英文名 Z. Q. Parker）于 1925 年将《三国演义》第 42 回到 50 回的故事翻译为《三国志：赤壁鏖兵》（*The Story of Science and Arts*），全文共 4 篇，分别发表在上海艺术与技术有限公司出版的《中国科学美术集志》（*China Journal of Science and Arts*）第三卷第 5、6、7、8 号上，这 4 篇译文由上海商务印书馆于 1926 年出了单行本。另外，潘子延还于 1933 年翻译了《聊斋志异》的单篇《马介甫》（"A Crow Wife"），发表在《中国科学与美术集》1933 年第 18 期上。林疑今（1913—1992）的主要成就集中在英译汉方面，但他与葛德纯合译的《老残游记》(*Tramp Doctor's Travelogue*，1939)还是广为人知。在向英语世界译介中国文学和传播中国文化方面，萧乾(1910—1999)无疑是一大功臣。自 1931 年 6 月 1 日起，萧乾利用课余时间同美国青年冒险家威廉·安澜(William Allen)创办了英文刊物《中国简报》(*China in Brief*)，这是我国最早向西方世界介绍中国现代文学的刊物之一。萧乾担任这份报纸的文艺版主编。他将鲁迅、郭沫若和茅盾等中国现代文学家的部分作品翻译成英文，刊登在《中国简报》上，旨在向关注中国文化发展的英语世界介绍现代中国文艺界的情势。1931 年 7 月 29 日，已经办了 8 期的《中国简报》因经费不足而夭折。但萧乾并没有停下译介中国文学的脚步，而是通过新的渠道继续向英语世界介绍中国文学。1932 年，萧乾将《王昭君》(郭沫若著)、《艺术家》(熊佛西著)以及《湖上的悲剧》(田汉著)等剧本译成英文，发表在《辅仁学报》(*Furen Magazine*)上。1933 年，萧乾又参与到美国记者埃德加·斯诺(Edgar Snow，1905—1972)的现代中国短篇小说选——《活的中国》(*Living China*)的编译工作中，郭沫若、茅盾和巴金等 14 位作家的 17 篇短篇小说①由萧乾译成英文，作为《活的中国——现代中国短篇小说选》(*Living China*: *Modern Chinese Short Stories*)的第二部分，于 1936 年由伦敦乔治·G. 哈拉普有限公司出版。该书的第一部分包括了由我国现代剧作家、翻译家姚莘农(1905—1991)英译的鲁迅的六篇小说《药》《一件小事》《孔乙己》《祝福》《风筝》《离婚》和杂文《论"他妈的！"》。此外，于 1935 年创刊的《天下月刊》(*T'ien Hsia Monthly*)为中国现代文学的外译提供了另一个重要的园地。鲁迅、沈从文、邵洵美以及王际真等通过 56 期《天下月刊》将 13 首诗歌、21 篇短篇小说、2 篇中篇小说以及 2

---

① 《活的中国——现代中国短篇小说选》所包括的 14 位作者的 17 篇短篇小说分别是：郭沫若：《十字架》，茅盾：《自杀》《泥泞》，巴金：《狗》，郁达夫：《紫藤与莺萝》，丁玲：《水》《消息》，柔石：《为奴隶的母亲》，沈从文：《柏子》，林语堂：《狗肉将军》，田军：《第三枝枪》《在"大连号"轮船上》，张天翼：《移行》，沙汀：《法律外的航线》，孙席珍：《阿娥》，萧乾：《皈依》，杨刚：《日记拾遗》。

部戏剧①介绍到英语世界。

20世纪50年代，刚刚成立的新中国十分注重对外宣传，因此，《毛泽东选集》以及《毛主席语录》等译介工作得到了重视。钱锺书与《毛泽东选集》的译介有着很深的渊源。从1950年7月到1954年2月，钱锺书将全部精力投入到《毛泽东选集》的英译中，完成了对《毛泽东选集》前三卷的翻译，并对第四卷做了润色，得到了英国出版界的好评。而作为毛泽东的重要作品，《毛泽东诗词》也得到了译介。1959年4月，英文版《毛泽东诗词》（19首）由外文出版社出版。从1960年到1966年，钱锺书参与到《毛泽东诗词》的修订和重译工作中，经过反复润色修改，英文版《毛泽东诗词》（39首）于1976年4月出版。叶君健、钱锺书和赵朴初等先后参加翻译、注释和定稿工作。此外，英文版《中国文学》（*Chinese Literature*）杂志于1951年创刊，这是当时唯一对外译介中国当代文学的官方英文刊物，全面系统地向世界译介中国文学文化。中国革命战争、革命历史题材等红色经典作品是《中国文学》在中华人民共和国成立十七年间刊登的主要文学作品，如反映国内革命战争的小说《红旗谱》《小城春秋》和《三家巷》等，反映抗日战争的小说《新儿女英雄传》《青春之歌》和《风云初记》等，反映解放战争题材的小说《保卫延安》《林海雪原》和《红岩》等，反映抗美援朝战争的小说《三千里江山》《上甘岭》和《我的战友邱少云》等都在译介之列。

改革开放以后，《中国文学》由年刊改为季刊，随后改为双月刊，最后改为月刊，从而加快了中国文学外译的速度。1981年，《中国文学》

---

① 其中，13首诗分别是：邵洵美的《蛇》《声音》和《昨日的园子》，闻一多的《死水》，卞之琳的《还乡》和《一个和尚》，戴望舒的《我底记忆》和《秋蝇》，李广田的《旅途》和《流星》，梁宗岱的《回忆》，徐志摩的《偶然》；21篇短篇小说分别是：凌叔华的《无聊》《疯了的诗人》和《写信》，俞平伯的《花匠》，谢文炳的《匹夫》，冰心的《第一次宴会》，萧红的《手》，鲁迅的《怀旧》《孤独者》和《伤逝》，叶绍钧的《遗腹子》，杨振声的《报复》，沈从文的《萧萧》和《乡城》，老舍的《人同此心》和《且说屋里》，姚雪垠的《差半车麦秸》，吴岩的《离去》，王思玷的《偏枯》，鲁彦的《重逢》，田涛的《山窝里》；2篇中篇小说分别是：沈从文的《边城》，巴金的《星》；2部戏剧分别是：曹禺的《雷雨》，姚莘农的独幕剧《出发之前》。

杂志社主持的"熊猫丛书"问世。1995 年,我国政府推出了声势浩大的"大中华文库"。进入 21 世纪以来,国务院新闻办公室与新闻出版总署于 2004 年启动了"中国图书对外推广计划",中国作家协会于 2006 年推出了"中国当代文学百部精品译介工程",中宣部于 2014 年组织实施了"中国当代作品翻译工程",而自 2010 年设立的"国家社科基金中华学术外译"项目到 2021 年年底已经走过 11 个年头,资助了几百项有关中国文学英译的项目。我国著名翻译家许渊冲以三美三化三之论为指导,让更多优秀的中国诗词为英语读者所了解,并于 2014 年获得国际译联"北极光"杰出文学翻译奖,2015 年被评为"传播中华文化年度人物"。热衷于中国古典文学英译的汪榕培把中国典籍介绍到英语世界,其花费 20 年心血英译的《汤显祖戏剧全集》也于 2015 年亮相纽约书展,引起很大关注。

中国文学英译已走过一百六十多年的历程,几代外语学者为此做出了不懈努力,但还远未达到预期目的。究其原因,首先是我国译者对目标语读者的接受能力不够了解,因而在翻译策略的选择上不够灵活;其次是个别外国译者为迎合目标语读者的喜好而随意改译原著,扭曲了中国文学,不利于其原汁原味地走出去;另外,翻译之外的宣传推广及发行等问题也没有得到足够的重视。"2012 年,美国翻译出版的中文图书仅有 16 部[①],从 2010 年到 2014 年,全国版权输出品种与引进品种比例分别为 0.34∶1、0.47∶1、0.52∶1、0.58∶1 和 0.62∶1,虽然比值在逐年增大,但是版权输出品种仍然明显少于引进品种,形成很大的逆差。而在已经完成译介的中国文学作品中,许多英译本尚未真正走出国门,被英语读者接受。其中,"熊猫丛书"中的不少译本就是典型例子。

---

① 刘敏:《中国文学走出去的障碍》,新华网 http://news.xinhuanet.com/politics/2013-09/11/c_125365236.htm,2021 年 3 月 15 日。

（二）杨译"红楼"遇冷，只因未到时间

中国英语学者对中国文学向外推介的工作是值得肯定和赞赏的，但在不同历史时期，其作用和意义也存在较大差异性。以"熊猫丛书"为例，这是中国政府倾力打造的中国文学对外译介工程之一，自 1981 年到 2007 年底，共出版图书 200 余种，其中，英文版图书 149 种，法文版图书 66 种，日文版图书 2 种，德文版图书 1 种，以及中、英、法、日四文对照版 1 种，发行到 150 多个国家，"反映了国人将中国文学推向世界并被国外读者所熟知和欣赏的雄心壮志"①。古华、高晓声和陆文夫等中国作家通过丛书为一些英语读者所认识。然而，整套丛书中只有少量被国外出版社看中并买走版权，更多的则是在我国的驻外机构里"沉睡"。造成这一局面的原因有很多，其一就是丛书所采用的过于直译的翻译策略在当时还不能被英语读者接受。丛书主要译者之一的杨宪益坚持"信"是翻译时必须遵循的基本原则，并认为译者应该"尽量避免对原文做出改动，也不做过多的解释"②。除杨宪益之外，参与"熊猫丛书"翻译工作的其他人也坚持严格的直译。丛书的另一位译者，即杨宪益的夫人戴乃迭道出了其中的原委。她在为霍克思英译的《红楼梦》撰写书评时发现其中的一些翻译很灵活，值得借鉴。正如戴乃迭坦言，"我觉得西方读者需要这样的帮助"③，然而，"当我建议采取同样的方法时，却遭到了中国同事的否定"④。根据大多数译者的意愿，丛书整体采用直译的方法，不做充分的解释和灵活的处理，

① Robert E. Hegel："The Panda Books Translation Series"，*Chinese Literature：Essays，Articles，Reviews*，Vol. 6，No. 1/2，1984，p. 182.

② 杨宪益：《我与英译本〈红楼梦〉》，选自郑鲁南：《一本书和一个世界》（第二集），北京：昆仑出版社，2008 年，第 4 页。

③ Gladys Yang："(United Review) *The Story of the Stone*"，*Bulletin of the School of Oriental and African Studies*，*University of London*，Vol. 43，No. 3，1980，p. 622。

④ Ibid.

这使得有些译文对目标语读者来说难免显得刻板，"读起来不顺畅，甚至有些滑稽可笑"①，连英国汉学家蓝诗玲也认为"大多数译文虽然质量不错，但是很难再现原著所蕴含的智慧，尤其是对话，既僵硬又不地道"②。由此看来，丛书译介效果不佳的一个原因是译者过高估计了当时语境下的目标语读者对中国文化的了解程度，因而认为直译的方法不仅可以忠实地传达原著内容，而且还能被目标语读者接受。

《红楼梦》的英译就是个典型的案例。《红楼梦》已经正式出版的英文全译本至少有 11 种，其中最令人称道的两个版本分别是英国汉学家大卫·霍克思与其学生和女婿约翰·闵福德的合译本和杨宪益与其夫人戴乃迭的合译本（以下分别简称霍译本和杨译本），其中杨译本入选"熊猫丛书"系列丛书。这两个在中国国内备受好评的英译本在国外的接受情况却有很大的不同。英美学术圈对霍译本的认同程度大大超过杨译本，霍译本的馆藏量及亚马逊购书网读者评分也明显高于杨译本。杨译本大多数放在高校图书馆，仅为一些东亚研究者和翻译研究者所查阅和参考；而霍译本则更多的大众读者所接受。造成杨译本和霍译本在英语世界接受情况不同的原因引人深思。杨译本偏于直译，更加忠实于原著，而霍译本侧重意译，这一点学界早已达成共识。杨宪益认为："翻译的时候，不能做过多的解释。译者应尽量忠实于原文的形象，既不要夸张，也不要夹带任何别的东西。过分强调创造性则是不对的，因为这样一来，就不是在翻译，而是在改写文章了。"③戴乃迭在 1980 年接受澳大利亚《半球》（*Hemisphere*）杂志主编访谈时也曾开诚布公地表示："（我们的翻译）读者不爱看，因为我们偏

---

① W. J. F. Jenner："Insuperable Barriers? Some Thoughts on the Reception of Chinese Writing in English Translation"，in Howard Goldblatt（ed.），*Worlds Apart*：*Recent Chinese Writing and Its Audiences*. New York：M. E. Sharp，1990，p. 190.

② Julia Lovel："Great Leap Forward"，*The Guardian*，June. 10，2005.

③ 杨宪益：《略谈我从事翻译工作的体会》，载郑鲁南编：《一本书和一个世界（第二集）》，北京：昆仑出版社，2008 年，第 4 页。

于直译。"①明清时期的闭关锁国政策割断了中国与外界的联系,使中国与外界的沟通与交流少之又少,直到1978年实行改革开放政策以来,中国与外界的联系才逐渐增强,世界对中国的了解才逐渐加深。然而,20世纪80年代的中国实行对外开放的时间还比较短,世界对中国的了解还远远不够,因此,杨宪益和戴乃迭等中国英语学者采取直译的翻译策略在当时有些超前,难以为英语读者所理解和接受也就不难理解了。随着综合国力不断增强,中国在国际舞台上的地位越来越高,其影响力也日益扩大,与世界的交流也日益加强,世界对中国的了解也越来越深入,因此,忠实于原著的直译也越来越容易被英语读者接受。葛浩文对莫言、姜戎和刘震云等中国作家的忠实翻译在英语世界得到顺利接受就是一个很好的证明。

莫言获得诺贝尔文学奖后,其作品的主要英文译者葛浩文被越来越多的人熟知,被誉为中国现当代文学在英语世界的"首席翻译家"。有人认为葛浩文对中国文学的英译是"连改带译",甚至是"改写",因为葛浩文对原文做过删减或调整。但事实上,葛浩文对中国文学的英译不论在内容上还是形式上都是非常忠实原文的②。他本人也说自己在英译中国文学时"倾向于直译"③,以"更多地保留源语文化特色"④。在翻译《丰乳肥臀》时,"对带有浓厚地方文化特色的俚语、典故和歇后语基本上都采取了异化手法,虽时有归化,但比例不占多数。译者此举的目的显然是为了尽可能保留异域语言特色和作品的格

① 肯尼思·亨德森:《土耳其挂毯的反面》,载王佐良:《翻译:思考与试笔》,1989年,第84页。

② 参见朱振武、杨世祥:《文化"走出去"语境下中国文学英译的误读与重构——以莫言小说〈师傅越来越幽默〉的英译为例》,《中国翻译》,2015年第1期,第77-80页;以及朱振武、覃爱蓉:《借帆出海:也说葛浩文的"误译"》,《外国语文》,2014年第6期,第110-114页。

③ 李文静:《中国文学英译的合作、协商与文化传播——汉英翻译家葛浩文与林丽君访谈录》,《中国翻译》,2012年第1期,第58页。

④ 同上。

调"①。葛浩文正是本着"忠实"的基本原则将更多的中国文学翻译成了英文，并受到英语读者的喜爱。

20 世纪七八十年代，《红楼梦》中的"碗""锅""米"被霍克思分别用英语饮食文化中的"dish"（餐碟）、"saucepan"（长柄锅）和"bread"（面包）所替代，他所采用的归化的翻译策略给英语读者一种熟悉感，因此，霍译本受到了当时英语读者的欢迎。而在今天或不久的将来，随着英语读者对中国文化了解的不断加深，杨宪益在 20 世纪 70 年代末所采取的将"碗""锅""米"分别译作"bowl""pan""rice"的非常忠实于原文的"直译法"，也会被英语读者理解和接受。做到对中华特色文化的保真和再现不仅会让读者欣赏到中国文学作品的特色韵味和异国情调，令其耳目一新，也更有利于中国文学文化真正走出去，进而丰富世界文化。

（三）《离婚》止于"离婚"，英译要有底线

杨宪益翻译的《红楼梦》在彼时的英语世界遇冷的事实时刻提醒中国文学的外译工作者，文学外译要考虑接受端的社会语境和目标语读者的接受能力。译者不仅需要把文本翻译成好的英文，还要考虑翻译成英文之后的作品如何才能在英语世界传播，被英语读者接受。从某种程度上讲，文学翻译是再创造，译者不仅需要在读懂、领会原著的精神要旨之后相对等值地再现原著的内容，还要发挥文化自觉和翻译自觉，充分考虑到英语读者的阅读习惯和审美情趣等现实问题，进而积极做出合情合理的改变，使译本具有可读性，明白易懂，且在特定时代的目标语读者的能力接受范围之内，以赢得读者的顺利接受乃至积极参与。

"熊猫丛书"的总体效果虽然不容乐观，但也不乏成功的例子。戴静英译陈建功的短篇小说《找乐》就是其中的一个。1984 年前后，时任

---

① 朱振武：《他乡的归划与异化》，《外国文艺》，2015 年第 4 期，第 13 页。

哥伦比亚研究员的李驼选编一本《中国当代小说选》，委托当时在北京大学法律系做访问学者的戴静来翻译。戴静在翻译之前便考虑到当时的目标语读者对译本的接受能力，认为许多对中国读者不成问题的语句，却可能成为外国人阅读的障碍，因此，要调整原著中的一些说法，使读者容易理解。于是，戴静把《找乐》中所有读者可能不理解的地方找出来并做了标记，随后，陈建功把所有做标记的地方都重新写了一遍，比如，他把北京的"天桥"改成了"天桥是上个世纪初在北京南城形成的一片广场"等。李欧梵曾给予高度评价，称其"从没有见过有人把中国小说译得这么漂亮"①。《找乐》英译本受到读者欢迎，这与译者充分考虑读者的接受能力的做法密不可分，其翻译自觉及创造性的发挥对当今中国文学文化走出去不无启示意义。

　　然而，译者在发挥其创造性时也要注意对限度的把握。诚如茅盾所说："翻译的过程，是把译者和原作者合二为一，好像原作者用另一国文字写自己的作品。这样的翻译既需要译者发挥工作上的创造性，而又要完全忠实于原作的意图"②。译者创造性的发挥要以忠实于原著为前提。考虑读者的阅读习惯而做出的创造性的变通有利于读者对译本的理解与接受，但为了迎合读者的口味而随意增删、篡改原文则是不足取的，是对原著及其作者的不忠实乃至不尊重。美国翻译家伊文·金(Evan King，1906—1968)对老舍的小说《离婚》的改译所引起的轩然大波提醒我们译者的创造性发挥是有严格限度的。

　　老舍的《骆驼祥子》就是伊文·金翻译的，并成为1945年8月畅销作品。因此，得知伊文·金准备翻译《离婚》时，老舍很放心，认为是"老将出马"③。但是看了《离婚》译稿后，老舍非常生气，因为译者对自己心爱的作品肆意改译。《离婚》所反映的是20世纪30年代中国社会小职员或中产阶级的悲剧。主人公向往充满爱情的婚姻生活，但

---

① 吴越：《如何叫醒沉睡的熊猫？》，《文汇报》，2009 年 11 月 23 日，第 1 版。
② 《翻译通讯》编辑部：《翻译研究论文集(1949—1983)》，北京：外语教学与研究出版社，1984 年，第 10 页。
③ 李越：《老舍作品英译研究》，北京：知识产权出版社，2013 年，第 181 页。

是由于受生活所迫,最终没能挣脱枷锁,在残酷的现实面前低了头。伊文·金则认为《离婚》中所表现的悲剧美以及人物性格特点不符合美国读者的阅读期待,恣意删改编译,还声称:"如不修改,原著一文不值。"①老舍怒不可遏,将伊文·金告上法庭。法庭最终裁定:"伊文·金失败。原出版社尊重原作者老舍的主张,拒绝出版伊文·金的译本。"②于是,老舍便与旅美华人郭静秋(Helena Kuo,1911—1999)合作翻译了《离婚》,取名 *The Quest for Love of Lao Lee*。而伊文·金竟然自己成立了一家出版公司,坚持出版他的《离婚》译本。③ 这两个译本均于 1948 年出版。老舍的做法是对源语文本的尊重,也是对文学外译的底线的坚守,更表达了一种文化自信。作者希望美国读者真正了解中国的老百姓及中国文化的艺术旨趣,显示出一定程度的爱国情操。正如老舍所说,"我们应该了解我们自己也是世界人,我们也是世界的一环。"④郭译本也考虑到了美国读者对译本的接受问题而做了一些变通,如将汉语中表示货币单位"块"⑤译作"dollar"⑥,而不是"*yuan*";将"皇上"译作"president",而不是"emperor"或"His Majesty"等。此外,为了简洁易懂,方便读者阅读,郭译本也删减了部分段落和章节,如第一章第六部分的最后三段以及第二章的第三和第

---

① 舒悦:《老舍致美国友人书简四十七封》,《十月》,1988 年第 4 期,第 210 页。

② 赵家璧:《老舍和我》,《新文学史料》,1986 年第 2 期,第 98 页。

③ 当年老舍曾再三阻止伊文·金的《离婚》英译本出版。输了官司后,伊文·金强行出版了他的译本,但这个译本基本上已经销声匿迹。整个 UC 系统的各图书馆都没有收存,全美 WorldCat 目录里只有亚利桑那州大学有,还标明是收藏,不外借。但《骆驼祥子》的英译本还是很容易找得到,也有些评论。而老舍和郭静秋的 1948 年版的《离婚》英译本还偶见书市。

④ 长海:《老舍的〈旅美观感〉》,《中国现代文学研究丛书》,1983 年第 1 期,第 272 页。

⑤ 老舍:《离婚》,北京:中国国际广播出版社,2013 年,第 90 页。关于《离婚》的引文均出自该作品。

⑥ Lau Shaw:*The Quest for Love of Lao Lee*,trans. by Helena Kuo,New York:Reynal & Hitchcock,1948,p. 95. 关于 *The Quest for Love of Lao Lee* 的引文均出自该作品。

四节等。但是，郭译本的删减都是以忠实地传达原著内容为前提的，既考虑了目标语读者的接受性，又传达了原著的真正内涵，很好地把握了限度。

译者创造性的发挥当然要受到主观和客观因素的影响与制约。主观因素包括译者对原作的理解和解读能力以及译者运用双语的能力。客观因素包括原作、时代背景以及目标语读者的阅读理解和欣赏习惯等。翻译家是戴着枷锁跳舞，不能罔顾源语，歪曲原文，单一地迎合读者，正如迟子建在2016年8月15日举行的第四次汉学家文学翻译国际研讨会上所说的，"我们最希望看到的是，翻译的权利在纯粹的文学这里，这需要判断艺术的独立眼光和标准，需要不惧世俗的勇气和信念"①。伊文·金为了迎合目标语读者的喜好而任意改动原著，歪曲原著的意蕴和意旨，使中国的现实主义作品成了美国的浪漫主义文学。老舍的所作所为捍卫了中国文学文化，也提醒译者：文学翻译中的"创造性叛逆"要有严格的限定，不能为投其所好而曲意逢迎。正如孙致礼所言，"译者要以忠实于原作为己任，切不可随意违背作者的意图，改变原作的内容和风格"②。

伊文·金的《离婚》英译本之所以引发原作者勃然大怒并将其告上法庭，是因为译者没有把握好限度，过犹不及。因此，中国文学英译应有底线，为迎合目标语读者的喜好，在未经原作者同意的情况下对原著进行随意的删减和改写，违背了翻译最基本的"信"的原则，是对原著和原作者的背叛，更无法让英语读者阅读到原汁原味的中国文学，也不利于中国文化走出去。

伊文·金事件也提醒我们，中国文学文化外译需要精通中西语言文化且有着良好担当的翻译家，而像林语堂这样"两脚踏东西文化，一心评宇宙文章"的学者在彼时是可遇不可求的。当然，现在这样的人才还是能找到几个的，但也是少之又少。正如陈平原所说，"在现代作

---

① 王杨：《中国当代文学的新变赋予翻译更多可能》，《文艺报》，2016年8月22日，第1版。

② 孙致礼：《翻译：理论与实践探索》，南京：译林出版社，1999年，第18页。

家中,大概没有人比林语堂更西洋化,也没有人比林语堂更东方化"①。来自东方文化的林语堂从小对中国的文学及以道家思想和儒家伦理为代表的哲学思想有浓厚的兴趣,而从 1936 年之后长达 30 年的海外旅居生活经历也让他深入了解了西方文化,为双语创作和翻译奠定了深厚基础。林语堂对待中国文化的态度经历了由早期的否定和批判到 20 世纪 30 年代的公正看待,再到 1936 年移居美国之后更多思考其长处的转变。他不仅将中国文学翻译成英语,还用英文创作,双管齐下,向西方介绍中国文学文化。林语堂独特的翻译思想集中体现在《论翻译》一文中,在他提出的翻译三原则"忠实、通顺与美"中,"忠实"是第一位的,但同时他也强调绝对的忠实是不存在的。在他看来,"忠实"还有第二层含义,即"传神"。在此基础上,他又从语言学和心理学的角度出发,丰富和发展了茅盾和郭沫若的翻译思想,提出"句译法",主张将句子作为翻译的基本单位,这对后来的翻译实践有很大的启示作用。他采用通俗的方法和策略将深奥难懂的中国儒道经典介绍到西方世界,得到西方广泛认可和好评,让西方得以了解真正的中国文化及其精神。当然,除了翻译本身的因素,翻译之外的宣传推广也不容忽视。

(四)《解密》成功揭秘,外译更要外宣

译作本身的质量无疑是中国文学"走出去"的重要因素,而政治因素和市场因素也同样不容忽视。随着文化商品化程度的不断加深,市场因素对于文学作品传播的影响也越来越大。要想使中国文学更快地走向英语世界,宣传是非常重要的环节,对现有的和潜在的市场与消费群体要有足够的调研和引导。麦家的《解密》能在海外迅速走红,与出版公司以及相关媒体等各方面对原作者及译作的大力宣传密不可分。

①　陈平原:《在东西文化的碰撞中》,杭州:浙江文艺出版社,1987 年,第 69 页。

在《解密》英译本出版前后,出版社及作者麦家已经做足了宣传,吸引了读者的眼球。《解密》是麦家的第一部长篇小说,初版于 2002 年。2014 年 3 月 18 日,时隔 12 年之后,其英文版由英国企鹅出版集团(Penguin UK)和美国法勒·斯特劳斯·吉罗出版公司(Farrar Straus and Giroux)联合出版,在英、美等 35 个英语国家同步上市,出版不久就取得了很好的销售业绩,得到读者和评论界的一致好评。在美国亚马逊世界文学的榜单上,这部作品曾位列第十,被英国老牌杂志《经济学人》评选为年度优秀图书之一,成为迄今唯一一部入选企鹅经典文库的中国当代文学作品。麦家成为第一个入选"企鹅经典"的中国当代作家。中国作家的海外出版版税通常为 7% 或 8%,而麦家的海外出版版税则高达 15%。《解密》英译本之所以能获得如此大的成功,出版社及作者不遗余力地宣传是一个重要的因素。

根据欧美市场运行的惯例,新书在上市前,一般都会提前制作样书,通过各大媒体及书评人进行样书的宣传和推广,一般为 3 到 4 个月,重要的图书则会提前 6 个月,而英国企鹅出版集团和法勒·斯特劳斯·吉罗出版公司将《解密》的样书宣传整整提前了 8 个月。这家出版公司刚刚签下《解密》的美国版权,就在 2013 年 9 月派出一支专门的摄制团队从纽约飞到杭州,用时一个星期,耗资数十万美元为麦家和《解密》量身定制了一个预告片。2014 年 2 月,美国《纽约时报》也派出文字和摄影记者到杭州对麦家进行专访。美国《书单》《华尔街日报》和英国《泰晤士文学增刊》等都刊文对《解密》英译本高度赞扬。出版社和媒体的大力宣传吸引了众多读者的关注,吊足了读者的胃口,所以在出版当天,《解密》英译本便"创下了中国作家在英语世界销售的最佳成绩"①。小说正式出版之后,西方主流媒体的宣传有增无减,作者麦家更是亲自登场,现身说法。《解密》的海外成功对中国文学"走出去"有着重要的启示意义。

由此,我们会联想到我国政府斥巨资组织的汉英对照"大中华文

---

① 张淑卿:《鲁迅、莫言与麦家:中国文学海外传播启示录》,《学术交流》,2015 年第 3 期,第 206 页。

库"出版工程。1995 年,由新闻出版总署推出、多家出版社共同参与出版的"大中华文库"可以说是最令学界关注的对外翻译工程。这套书在国内引起了高度重视。季羡林、汪榕培等学者撰文,给予充分的肯定。但这套书中"绝大多数已经出版的选题都局限在国内的发行圈内"①,并没有真正达到向国外译介中国文化的目的。1999 年,"大中华文库"第一部《孙子兵法·孙膑兵法(汉英对照)》由外文出版社出版,译者林戊荪于 2011 年荣获"翻译文化终身成就奖",这是中国翻译协会设立的表彰翻译家个人的最高荣誉,充分肯定了林戊荪先生在传播中华文化和文化交流方面做出的杰出贡献。王宏印、鲍世修等国内学者发表书评高度赞扬林译本《孙子兵法》,认为林译本有三个优势:"首先,体例全面;其次,兼顾了哲学层面和军事科学层面;最后,行文风格果断、潇洒、符合兵法行文特点"②,是国人自己翻译的英文本中"最具代表性、最有影响力的一本"③。可见,林译本《孙子兵法》在国内得到了充分的认可。然而,林译本在国外的影响却不容乐观。对 EBSCO、JSTOR、Cambridge Journals online 等数据库进行检索后,我们可以看到 5 篇《孙子兵法》英译本书评,但检索不到评价林译本的文章。有学者对亚马逊网中国典籍英译本的阅读情况做了统计,"从读者参与评分人数最多的前 10 本中国典籍英译本来看,《孙子兵法》有两个译本上榜,分别是克里尔瑞翻译的 *The Art of War*(Pocket Edition)和闵福德翻译的 *The Art of War*"④,亚马逊网上的"大中华文库"林译本《孙子兵法·孙膑兵法(汉英对照)》,也没有任何读者评价。由此可见,《孙子兵法》虽然完成了译介,但是并没有真正到达目

① 谢天振:《中国文学走出去:问题与实质》,《中国比较文学》,2014 年第 1 期,第 2 页。
② 王宏印:《译品双璧,译事典范——林戊荪先生典籍英译探究侧记》,《中国翻译》,2011 年第 6 期,第 8 页。
③ 鲍世修:《形神兼备 功力不凡——读林戊荪译〈孙子兵法〉》,《中国翻译》,1996 年第 3 期,第 31 页。
④ 陈梅、文军:《中国典籍英译国外阅读市场研究及启示——亚马逊(Amazon)图书网上中国典籍英译本的调查》,《外语教学》,2011 年第 4 期,第 98 页。

标读者手中,遑论接受和理解了。这样的例子还有很多。如何改变这种自娱自乐的困境,推动中国文学"走出去",这是一个值得深思的问题,除译作本身的质量之外,宣传不力显然影响着译作的海外传播和接受。

首先,发表在国外重要学术期刊或报纸等媒体上的书评有利于扩大译本的知名度和影响力。国内的读者能够通过新闻、报纸等了解到"大中华文库"这套丛书,能够通过知名学者关于某一译本的书评加深对其的认识,从而增强阅读的兴趣。但这套丛书在英语世界的宣传力度远远不够。其次,国际性的书展也是一种很好的宣传方式,如法兰克福书展、伦敦书展、北京国际图书博览会等。近些年来,中国出版界在这些书展中频频亮相,受到了广泛关注,越来越多的国外读者通过书展加深了对中国文学的了解。当然,将图书作为赠礼的意义也不同凡响。比如 2006 年,胡锦涛主席向耶鲁大学赠送了"大中华文库"(汉英对照);2009 年,温家宝总理也向西班牙塞万提斯学院赠送了这套书;2014 年,习近平主席向斯里兰卡政府的赠书中就包括这套书的100 种。国家领导人在如此正式、隆重的场合将这套书作为礼物"送出",意义重大。此外,原作者在译本发行地区为读者讲述作品诞生的背景、写作过程中的趣事,并与读者就作品的主题意义等问题进行面对面的交流也有助于增进读者对作品的了解,也有利于读者更加深入地理解作品。

一直以来,我们都在以纯文学的思维研究"译什么""怎么译"和"谁来译"等问题,但我们往往忽略了译作完成后的宣传等后续工作的重要性。一些国人英译的中国文学作品在国外接受效果不理想,很大程度上并不是因为翻译质量不佳,而是宣传不到位。《狼图腾》之所以在国外长期热销,与国内出版社的大力宣传、强力推销密不可分。莫言作品在国外之所以有较大的影响力,除了作品自身的魅力和高水准的翻译之外,宣传也是一个重要因素。与中国文学相比,西方文学的商品化程度更深,西方文学作品受市场因素的影响更大,那么,中国文学英译作品要想走向英语读者,"不能仅是就事论事,还应该拓展思路,从其他渠道入手"①,重视市场因素,培养市场思维,将宣传放在重要的位置,也许会收到事半功倍的效果。

　　清末民初以来,我国的几代外语学者都曾致力于向世界译介中国文学,历经坎坷,几多周折,做出了巨大贡献,也为今天的翻译工作者留下宝贵的经验。作为翻译家,他们在忠实于原著的基础上,要考虑到特定时期英语读者的阅读习惯和审美情趣,充分发挥创造性,使译文具有较强的可读性,也要注意对创造性限度的把握,尽量完整地再现原著的意旨,不能为单一地迎合读者而过分删改原文,不能违背原著的精神意旨,还要有足够的文化自觉和文化自信,而不是削足适履,卑躬屈膝地唯洋是举,唯人是瞻。实际证明,译者越是忠实原文,目标语读者就越能感受到中国文学作品的魅力。我们还要认识到,除了翻译本身之外,翻译完成之后的宣传与销售同样需引起重视。中华文化博大精深,中国文学璀璨夺目,这是世界文化遗产的重要组成部分,对之忠实地移译,有效地宣传,让世界人民都了解中国文学文化,这是十分必要的,也是我国外语学者的责任和使命。可见,以我为中心,与汉学家紧密联手,充分发挥目标语翻译家的优势和作用,对中国文学文化的国家传播具有非常重要的意义。

---

① 朱振武:《中国文学走出去的多元透视专栏·主持人语》,《山东外语教学》,2015年第 6 期,第 57 页。

附录

一 莫言为什么能获诺奖？

真正的原因并不是人们通常认为的那样

今天的中国获得了世界越来越多的关注，同时中国也在更深入地走向世界。在中国文化走出去的过程中，翻译承担了重要的桥梁作用。那么，什么才是好的译本？一味迎合西方口味就能成功走出去吗？上海师范大学朱振武教授认为，我们的文学文化要走出去，就要翻译成英语等外语，但不是要一味地迎合西方，特别是不要一味地满足英语世界的表达和思维方式。其实国外读者，特别是西方世界，已经越来越多地希望看到原汁原味的中国元素。现在已经到了说我们自己的话，打造自己的话语体系的时候了。以下是他在北京大学第十届中国翻译职业交流大会上的演讲。本文原载于《解放日报·思想者专栏》，2018 年 12 月 23 日，第 11 版。

许多人知道我，是因为我翻译了丹·布朗的《达·芬奇密码》等一系列文化悬疑小说。但实际上我不光是做文学翻译，还是一个教授，一个搞研究的人。我做研究和做翻译与许多人不一样的地方就在于，我始终是立足本土，打造自己的话语体系。我们今天讲的话语体系建构问题，实际上也是一个文化自信的问题。

这些年来，特别是改革开放以来，我们的翻译事业有了长足的进步，不论是译介活动、翻译研究还是翻译教学，成绩都相当显著。但我们也同时发现这样的情况，那就是一味地外译中，却殊少中译外；一心做国外学者的翻译研究和教学，却较少对国内翻译名家的翻译实践做学理上的梳理和诠解；一心研究如何重视国外特别是西方的文学文化，如何在译进时要忠实外来文本，如何在译出时要尽量考虑目标语读者的接受习惯和思维方式，却较少注意到我们翻译活动的重心早已出了问题，很大程度上已经失去了自我，失去了文化自信和文化自觉。

"美利坚""大不列颠"，
这样的翻译带有仰视意味

记得在几年前，我写过系列文章来探讨文化自信的问题。我认为，文化自信不是要和国外的文化体系对着干，而是我们也要有自己的东西。然而现实中，我们在学习西方文化的时候，有的时候过于膜拜了。

比方说过去的人，把"America"翻译成"美利坚"，我们知道这都是美化翻译，这种翻译包含了译者的文化认同，是一种膜拜式的仰视的翻译，意思是说这个国家美啊，船坚炮利。实际上，真正按照发音翻译的话，这个词应该翻译成"额卖利加"。同样，"Great Britain"按照音义结合的翻译方法，译成"大布里顿"就可以了，但却被译成"大不列颠"。这种译法的初衷恐怕就是让人们知道，这个国家真是太伟大了，永远不能颠覆。可见，人们在翻译时是把一些文化意象和文化认同都融进去了。至于"Middle East"，我们翻译成"中东"当然没有错，但是我们使用"中东"这个词就有问题了。什么叫"中东"呢？它明明在我们的西边，怎么能把它说成"中东"？中东在欧洲的眼里是东部，离他们又不算远，当然是中东了。而对于我们而言，那显然是西边，在我们古人眼里那是西域。而"远东"（Far East）是西方国家开始向东方扩张时对亚洲最东部地区的通称，他们以欧洲为中心，把东南欧、非洲东北称为"近东"，把西亚附近称为"中东"，把更远的东方称为"远东"。"远东"这个概念一般包括中国及今天的东亚（包括俄罗斯的东部）、东南亚和南亚，即阿富汗、哈萨克斯坦以东，澳大利亚以北，太平洋以西，北冰洋以南的地区。所以我们在使用"近东""中东"和"远东"等基于西方人视角的词时，明显缺少对这些词内涵的深究，缺少了一种话语自觉，也缺少一种自我建构。再如，我们把"Christmas"翻译成"圣诞节"

问题也很大。"Christmas"没有"圣"（saint）的意思，为什么要翻成"圣诞节"？如果是基督徒，把这个词翻译成"圣"，勉强说得过去。但对我们普通人来说，就没有什么原因翻译成"圣诞节"。过去，许多人将它翻译成"耶诞节"，我倒觉得是可以接受的。

类似以西方为立足点进行的翻译还有很多，不仅仅是词语的翻译，还包括翻译活动和翻译理论。不少译者抱着欧洲文化中心论的思想，对自己的文化缺乏自知之明和自信之心，对本国的文化有自卑心理，甚至羞于将自己国家的文学文化作品译出，羞于将本国文化介绍出去。这与我们一百多年前梁启超等先辈们的"豪杰译"比起来可就差得远了。

梁启超等众多现代文化的先行者和翻译家们在彼时都有着强烈的文化自觉和翻译自觉。1898 年，梁启超在《译印政治小说序》中说："特采外国名儒撰述，而有关于中国时局者，次第译之。"随着国情的变化，以梁启超为代表的知识分子们愈加认识到了文学文化翻译的积极意义。1902 年 11 月，《新小说》杂志在日本横滨创刊。梁启超在所刊的《论小说与群治之关系》中，提出了"欲改良群治，必自小说界革命始，欲新民，必自新小说始"的口号，这是"小说界革命"的开始。梁启超强调了小说对于社会改革和社会进步的积极作用，把经世致用的思想演绎到了极致。译家们绝不满足于将一种语言的文学转换成另一种语言的文学。鲁迅、瞿秋白、茅盾、巴金、郭沫若等就都是从"感时忧国"改造社会的目的出发而从事文学翻译的。但这些先辈们从事翻译活动的共同特点是从自己的民族利益出发，都有着强烈的文化自觉，而这种自觉正是我们当下的翻译活动中所缺失的。

中国的文化典籍不仅承载着中国的思想、文化，更承载着中国的文艺、美学、价值观和世界观。文化典籍的翻译要忠实于传递原文的文本信息，还要尽可能地再现原文本的诗学特征和美学传统。以短小精悍、朗朗上口的《三字经》为例，对这样的经典文本进行翻译，形式和内容的双重忠实才说得上是好的译本。《三字经》每行三个字，每一首四行，而且是韵体，翻译的时候在内容和形式上完全与之对应有一定困难，这也是《三字经》几百年的译介历程中的最大问题。实际上早在明朝万历年间,利玛窦就翻译过《三字经》,后来俄国人、英美人、法国人相继移译。这些译者大都把《三字经》的题目译作"每行三个词的经典(书)",但并没有哪个译者严守这个"每行三个词"规则去翻,导致书名和内容严重脱节。另外,西方传教士和外交家译的只是一种口水话式的解释,在内容和形式上都远离了原文,在深层的忠实上则差得更远,并没有做到简明扼要,保留原作的神韵、气质和风貌。至于一百多年前翟里斯的《三字经》译本则更是以解释说明为主,基本上不能叫翻译。当然,一百多年前的翻译活动,在当时的语境下,那样的翻译也是有其合理内涵的。可见,我们不能指望汉学家们完成我们真正满意的经典翻译,在充分发挥国外翻译力量的同时,我们还要培养有文化担当、有翻译自觉的自己的翻译人才和团队才行。

中国人讲一点带中国味的英语,
那不是很正常吗?

我们的英语老师经常批评我们的学生,说他们太 Chinglish——Chinese English,也就是中式英语,动辄发音不对,语调不对,要不然就是单复数不对、时态不对、搭配不对,总之你就是不对。在我看来,我们的孩子们英语学不好讲不好,主要是因为老师没教好。英语不会讲是因为老师总是打断他。大家想一想,中国人不讲 Chinese English,讲什么呢?我们中国人讲一点带中国味的英语,那不是很正常吗?你讲得再地道,英语世界还缺一个讲地道英语的人吗?他们真正缺的是什么?缺的是不仅会讲英语,而且有中国文化文学功底、有中国元素和在这方面有积淀的人。而在我们的翻译界恰恰也缺少这样的人。我想特别指出一点,有些人经常批评中国学生或学者,希望他们要用英语思维。问题是,我们为什么要 think in English(用英语思维)?我们需要用英文写文章的话,肯定是用中文想,用英语写,要不然就没有意义了。为什么?因为英语世界的人是想看到我们的东西,其中包括我们的思维,不一致的地方恰恰是需要沟通交流的。

我们经常抱怨西方的许多汉学家在中国经典外译中的不忠实和

不准确,殊不知他们正是出于他们自己的文化自信自觉和他们的社会所需才那么做的,而我们却过多地从字面意思和机械对等诸方面去做简单的技术评判。译文越是忠实原文,我们就越能看出作品自身具有的魅力所在。当然,中国文化走出去绝不是一朝一夕、一厢情愿或一蹴而就的事情,我们要承认和接受一个循序渐进的过程,在逐渐积累中推动中国文学文化真正走向世界。

在一百多年前,像翟里斯那样对《三字经》的解释性的翻译在当时是必要的也是适当的,而现在,像赵彦春这样的中国教授逐字逐句对应着"硬译""直译",真正的"豪杰译"在当下也是必要和适合的。

对比一下,我们一眼就能看出,翟里斯的译本不论在内容上还是在形式上,抑或在音节上和音韵上,都远离了原文,而中国学者的翻译显然在几方面都满足了要求,稍微有点中式英语更凸显了中国文化的特殊魅力和美学特色。由此不难看出,中国文学"走出去",首先要考虑的是让优秀的文学作品优先走出去,但绝不是有些人认为的那样要改头换面,要曲意逢迎,要削足适履,要委曲求全,要适合西方人的价值观等等。中国文化走出去绝不是卑躬屈膝地仰人鼻息,绝不是唯西人外人之马首是瞻。我们首先要推出那些有文化自觉和创作自觉的优秀的民族文学作品。

莫言作品走向世界是
因为"随意增、改、删"的翻译?

那么现在该如何做呢? 今天越来越多的人特别希望原汁原味地了解中国,这就是许多汉学家这些年做的工作中的一个部分。汉学家们的翻译理念一百多年来始终在变化,一个趋势就是越来越忠实原文,越来越多地保留陌生化效果。

许多人说到莫言获诺贝尔文学奖会列举不少原因。比如,有人说莫言的作品是学习了马尔克斯的《百年孤独》、威廉·福克纳的《喧哗与骚动》等。我认为,这个并不成立。莫言是很爱读书的一个人,他的确学习了很多东西。但是我在福克纳的研究方面也算是一个专家,如果说莫言模仿了福克纳的哪一个东西,我一眼就看得出来。应该说,莫言很好地学习了中国传统文学的精华,也学习了西方一些文学中的合理要素。还有人说,莫言获奖的一个重要的原因是因为葛浩文翻译得好。这点没错,但是很多学者认为葛浩文是随意增、改、删的典范。增、改、删到什么程度?我们有一个著名作家说葛浩文把莫言的《丰乳肥臀》翻开,看完第一章之后合上,就开始写了。我做过一百多万字葛浩文翻译的对比,吃惊地发现,他更多的是非常忠实原文,甚至忠实到了逐字逐句这样一种程度。当然,有删有减,这是很正常的。

说葛浩文随意增、改、删莫言的作品,这话主要是源于葛浩文给莫言的一封信。葛浩文在信中说,莫言先生,您的《丰乳肥臀》有的词我想删掉,有的要改一下,个别地方可能要采取增译的办法,您看行不行?莫言说,这和我没关系,你想怎么翻就怎么翻。结果,大家就把这个当作葛浩文随意增、改、删莫言作品的铁证。但是事实是,大家应该反过来看,由于葛浩文是个非常严谨的翻译家,他稍要增、改、删都要征求原作者的同意,而这说明什么?说明葛浩文非常严谨,轻易不增、改、删。

我们一定要充分认识到,要真正将中国文学文化推向世界,就必须统筹安排、整合和优化翻译资源,同时要改变概念,认清译入和译出的本质差异,形成翻译自觉。的确,无论是作家还是翻译家,只有拥有良好的文化自觉和社会担当,才能够使中国文学文化走得更远,并为学界带来更大价值的学术贡献。当然,中国文学"走出去",要求译者不仅要具有扎实的双语能力,还要具备深厚的文化基础和勇敢的社会担当。莫言向他的同乡蒲松龄的《聊斋志异》等中国文学经典学习的东西,远超过其向欧美的前辈和同行们学习的东西。莫言的作品植根于家乡土壤,立足于中国传统文化,当然同时也较好地做到了兼收并蓄,这是其作品走向世界的深层原因,也应该是我们考虑选择源语文本的重要因素。因此中国文学文化要想走出去,译介什么和怎么译介应该同时考量才行。

中国作家要立足本土，
但酒香也怕巷子深

　　这些年来，特别是改革开放以来，中国作家，尤其是站在对外联络的码头边上的上海作家，积极主动大胆地向国外特别是西方作家学习，并将所学大胆地应用到创作实践中，不乏立足本土、反映社会深层问题、关怀人的心灵深处的好作品。但在国际上的声音还比较小，呈现出"集体低调"的现象。原因何在？批评界以西方理论为准绳和评判标准的话语导向肯定是个原因，但还有一个因素，那就是我们作家自己这些年来的话语惯性和自卑情结。

　　就像武林高手不说自己出自哪门哪派，就不容易被武林接受一样，作家们似乎也有这样的心理。莫言写了很多小说之后，到了美国，还要到诺贝尔文学奖得主福克纳的坟上烧上一炷香，说"你是我的老师"。这一方面说明福克纳对莫言的影响，另一方面也说明莫言的认门心理。可见，师出有门有派的心理对中国作家来说是多么严重。其实，从莫言的受教育情况来看，他肯定是先进入创作界，然后才较多地接触了福克纳等外国作家作品。而从他的阅读情况来分析，莫言阅读的中国文学作品的数量远远超过外国文学作品数量。

　　"酒香不怕巷子深"，这话在全球化的今天肯定落伍了。莫言的作品如果还养在深闺，没有《红高粱》电影的强力推介，没有十几种外译本，没有媒体的深层报道，"酒"再香也还是储藏在高密东北乡的地窖里。

　　像莫言这样的"酒"，放眼全国恐怕不在少数。中国文学这些年向外走的工作做了一些，但误区也很大。一些作家还抱着刻意满足西方读者的单一口味的目的去书写，这显然是缘木求鱼，忘记西方读者同我们一样有着一定的审美追求。有的作家甚至抱着冲刺诺贝尔奖去写，就更是显得天真了些，他们连诺贝尔奖的评判标准和百年来评奖标准的嬗变都还没弄清楚。

　　十几年前《三体》连载的时候，谁也想不到这部作品会在世界引起这么大的轰动，更想不到其英译本受到那么多西方读者青睐，还获得雨果、银河、克拉克等多种大奖。译作本身的质量无疑是中国文学"走出去"的重要因素，而市场因素显然不容忽视，酒香也怕巷子深啊！随着文化商品化程度的不断加深，市场因素对于文学作品的传播影响也越来越大。要想使中国文学更快地走向英语世界乃至世界各地，恰当的宣传和正确的推介确实是非常重要的因素和环节。

麦家的《解密》英译版能在海外迅速走红，与出版公司以及相关媒体等各方面对原作者及译作的大力宣传密不可分。在《解密》英译本出版前后，出版社及作家麦家对其做足了宣传，其英文版由英国企鹅出版集团和美国法勒·斯特劳斯·吉罗出版公司联合出版，在英、美等三十五个英语国家同步上市，出版不久就取得了很好的销售业绩，得到读者和评论界的一致好评。在美国亚马逊世界文学的榜单上，这部作品曾位列第十，被英国老牌杂志《经济学人》评选为年度优秀图书之一，成为迄今唯一入选企鹅经典文库的中国当代文学作品。麦家也成为第一个入选"企鹅经典"的中国当代作家。

总之，我们的文学文化要走出去，就要翻译成英语等外语，但不是要一味地迎合西方，特别是不要一味地满足英语世界的表达和思维方式。其实国外读者，特别是西方世界，已经越来越多地希望看到原汁原味的中国元素。现在已经到了说我们自己的话，打造自己的话语体系的时候了。我们要以自己的文化发展需求和国家交流为中心，从自身出发，用作品讲好中国故事。简而言之，我们要做自己文学文化的主人，自觉自信自如自在地向外译介，平等地与世界各国各地区的文学文化进行交流，促进人类命运共同体的早日形成。

二 拿出"最好的中国"

—— 朱振武访谈闵福德

2016 年 11 月,澳大利亚国立大学中国研究名誉教授闵福德因将中国的经典《易经》从中文翻译至英文获澳大利亚国家级"卓越翻译奖"(Medal for Excellence in Translation)。该奖专门奖励在翻译领域有突出贡献的学者,表彰译者及其翻译工作在澳大利亚文化和学术话语中所起的重要作用。专家委员会认为,闵德福的译本"是一个对中国早期经籍具有决定意义的译本。这也是作为文化中介的译者—学者的一个突出例证,既是学识力量的一种体现,也是杰出的文学收获。闵德福在翻译中用富有思想性的、尊重原著的、灵活的方式挑战了他的工作,将一个意义重大的新译本贡献给了世界文学"①。就在同年 3 月,闵福德教授应朱振武教授邀请来到上海大学和上海师范大学讲学。从澳大利亚来华之前,朱教授就和其约好了这次访谈。访谈于两场讲座结束之后在上海师范大学外宾楼进行。在访谈过程中,朱振武教授问题独到,幽默风趣,闵福德教授谦和可亲,妙语连珠,两人相谈甚欢。

---

① 引自国际汉学研究:《恭贺闵福德教授获 2016"卓越翻译奖"》,http://www.sinologystudy.com/news.Asp? id=529&fenlei=19,2016 年 10 月 26 日。原文为 "Bids fair to become the definitive translation of this primary Chinese classic. An imposing example of the translator-scholar as cultural intermediary, it is both a tour de force of scholarship and a distinguished literary achievement. Minford adopts a thoughtful, original, flexible approach to the challenges of his task as translator, offering a significantly new interpretation of a piece of major world literature."

现将长达两小时的访谈记录整理并发表，以飨读者。原文发表于《东方翻译》2016 年第 4 期，第 50－56 页，这里是访谈原稿，刊登时有少许改动。

朱振武：闵福德教授您好，欢迎来到上海！十分感谢您在上海大学和上海师范大学为我们带来的两场精彩讲座。我之前看过您的不少作品，由书及人，对身为作者的您也产生了极大的兴趣，相信不少读者也是这样。尤为津津乐道的自然是您与汉语之间的不解之缘，不知您能否和大家分享一下其中的故事？

闵福德：我于 1946 年出生于英国伯明翰。父亲是一名外交官，因此我在世界上很多国家都生活过。小时候，我就读于温彻斯特公学，学习拉丁语、希腊语和古典文学，之后考取了牛津大学中文系。当时选择中文是因为我在牛津大学时偶然将一枚大头针扔在了入学简介的"中文"两个字上，因此，我相信我与中文之间的缘分是早已注定的。从牛津大学毕业后，我就结婚了。我结婚时年纪还很小，只有 22 岁。我觉得当时自己有些蒙昧，一和心爱的人坠入爱河就决定马上结婚。随后就有了两个孩子。五年后，也就是 1973 年，我的妻子在我们去非洲旅游时去世了。她当时只有 25 岁，就这样英年早逝撇下了我和两个孩子。我成了一位没有工作的单亲爸爸，并开始自己照顾孩子们，这样的情形一直持续了好几年。

朱振武：如您所说，学习汉语只是个偶然，不是您选择了汉语，而是汉语选中了您。想必随着研究的深入，您也在博大精深的汉语中发掘出了一个全新的世界吧。记得您在上海大学的讲座上，特意介绍了霍克思教授的生活、翻译及理念。那我们是否可以解读为：霍克思教授对您的影响极其之大，甚至在一定程度上改变了您的生命轨迹呢？

闵福德:我是霍克思教授唯一的学生。他真的是一名非常优秀的译者,总是能给予他人鼓舞,而对我来说他更是一个特殊的存在,亦师亦友。作为译者,他成功的关键,同时也是影响他一生的重要元素,就是让自己活得有趣。翻译于他而言就是一种乐趣,因此他十分享受翻译,并从中获得了无穷的快乐。霍克思是一位非常有创造性的译者,喜爱在翻译中"化境"。化境是一种比喻,指的是创造性地再创作,他在翻译《红楼梦》时就采用了化境的方法。我20岁时在香港修学,寄宿在一个中国家庭。那家的一位老太太告诉我,如果你想把中文学精并了解中国人,就必须要读一本书。言毕,她写下"红楼梦"三个字。当时我学习中文还不久,虽然会写"红"字,但"楼"和"梦"写起来还是很费劲。可我最终却被这本书的魅力给俘获了。回到牛津大学后,我和讲师们提出想要研究《红楼梦》。他们觉得我是在异想天开,并不想对我给予帮助,同时告诫我不要自不量力,一旦陷入其中就无法自拔,甚至会改变我正常的命运轨迹。然而这些并没有让我放弃,后来我告诉了霍克思教授我想要翻译整部《红楼梦》的执念。我知道当时我只是个初出茅庐的学生,这实在是有些口出狂言,但霍克思却像有重大发现般看着我说:"那我们一起翻译如何?我刚刚受邀为企鹅经典文库翻译《红楼梦》,不如你来翻译后四十回。"于是,宿命般地,我们开始合力翻译起这部作品。

朱振武:《红楼梦》前八十回由曹雪芹所作,而后四十回一般认为作者是高鹗。就像高鹗续写曹公的《红楼梦》,您追随着霍克思,这是否也可以理解为一种缘分?我很想知道你们在翻译时是如何合作的,又是如何保证两个人的译作风格一致的呢?

闵福德:我于1970年从牛津大学毕业,1977年去往澳大利亚。其间,我一直住在牛津大学校园外。那几年,我每周都会去一次霍克思家,在他的书房里向他诚心求教。他会和我一起阅读、翻译一些文章,并就翻译进行讨论。他会给我看他的译文并给我一份译文的复印件,让我反复推敲学习他的翻译。我是他的学徒,一生都追随着他。因此，我在学习翻译时基本上就是在模仿他的译作。他的要求很高，所以我必须努力使我的《红楼梦》译文和他的译作风格保持一致。一开始，我总是模仿不成功，我把翻译的前三章寄给出版社后都被退回了。出版社写信给我，信中评论十分消极刺耳，大致意思是：你的译作不合格，因为翻译风格和霍克思的不同。因此，为了和霍克思的翻译风格保持一致，我必须加倍努力。1980 年，他完成前八十回的翻译后写信给我说："约翰，我现在真是怅然若失，我能帮你翻译后四十回吗？"我回信道："恕难从命，大卫，这是属于我翻译的部分，不能给您。"有一天早晨我们坐在一间小办公室里时，他对我说："我们一起看看你的翻译吧？"于是，我俩将译文翻至第八十六回的第一页。霍克思浏览之后，告诉我有些地方翻得不妥，问我为什么不这样翻，或者为什么不那样翻。于是，他修改了一整个上午，直到最后心满意足。我看过后说："大卫，这又回到了我原来的版本啊。"他回答道："天哪，还真是。"从那以后我们再也没有这样折腾过了。到了那种境界后，我和他的思想已经合二为一，我的一生就此改变了。晚年时，霍克思又将所有的译文重读了一遍，我还清晰地记得他那时坐的位置。他坐在那里对我说："约翰，我认为我俩的译作结合得天衣无缝。"听完他的话，我内心的喜悦不言而喻。经历了多年的磨合之后，我俩的翻译风格终于在真正意义上达到了和谐。

朱振武：读者在读完《红楼梦》英译本后，几乎察觉不出是两个人的译作，因为译文在措词和风格上太过一致，真是令人叹为观止。更令人感慨的是，作为先译者，霍克思教授也对您的译文感到很满意。除了和霍克思教授合译《红楼梦》，您还独立翻译了《聊斋志异》《易经》和《鹿鼎记》等其他著作，您在翻译上的造诣着实让后辈们仰慕。听说您目前正在翻译《道德经》，可以说说您为什么选择翻译这部特殊的作品吗？

闵福德：《道德经》是我在牛津大学学习中文时的课本之一。我从那时起就一直很喜欢这部书。从牛津大学毕业多年后，企鹅出版社写信告知我，他们想出版一部新的《道德经》英译本，问我是否可以为他们推荐一位译者。那时我就想，也许我可以将霍克思推荐给他们，因为那时候他已经退休了，空闲时间较多。因此我找到霍克思，问他是否有意愿翻译《道德经》。但由于各种原因，霍克思没有同意。于是，我给出版社写信，告诉他们我自己很喜欢《道德经》，也许我可以尝试着翻译这部著作，出版社欣然同意了。这就是我翻译《道德经》的原因。其实，从《易经》到《道德经》是个再自然不过的选择，它们都包含了道家思想的精髓。

朱振武：《道德经》作为中国古典文学宝库的一颗璀璨明珠，对中国古代政治、经济、哲学、文学、艺术、军事乃至中国人的民族性格和精神都产生了极大的影响。18世纪，《道德经》的拉丁文译本问世以后，这部奇书就被不断译成各种语言，老子的思想得以传播到国外，对世界文明产生了巨大影响。据统计，《道德经》的西译文本有600多种，其中英译本就有200多种。有些译本还取得了一些成就，如美国汉学家罗慕士的译本就广受好评；英国传教士理雅各、英国汉学家亚瑟·韦利的译本也较权威。《道德经》之前已经有这么多译本，您是如何让自己的译本在众多版本中脱颖而出的呢？

闵福德：我的《道德经》译本在风格上有点类似于我翻译的《易经》，它就像是《易经》英译本的续本。我想用同样的风格去翻译《道德经》，希望这部书能够对人们有所帮助，希望读者们能从中体会到"kind"这个词。对我来说，"kind"可能是英语中最好的一个词语，它和"generous"有些相似。我希望读者们能够在我的翻译中感受到"kind"和"generous"，感受到快乐。我不在乎在学术上能取得多高的成就，因为我想做一名"逍遥译者"，从心所欲。我不想被任何杂事困扰，只想专心致志翻译自己喜爱的书。我希望人们每天清晨能够读一页我翻译的《道德经》，并从中感受到愉悦，也希望人们在阅读这部书之后，能善待自己和身边的朋友。

朱振武:翻译中国古典文学作品难度不小,您几乎每次翻译一部中国文学巨著都要花费数十年时间。比如您翻译《鹿鼎记》用了 10年,《易经》用了 12 年,《聊斋志异》用了 14 年。您曾经说过:"译者在翻译时经常遇到很多障碍,有时也会感觉不知所措。"我认为在翻译古典文学作品时更是如此。所以,我想您在翻译《道德经》的过程中肯定遇到了不少困难,不过天道酬勤,斩尽荆棘之后相信必是坦途。

闵福德:翻译这部书非常困难,甚至比翻译《易经》还难。因为这部书内容深奥,言辞优美,书中的语句读起来就像诗歌一般。若对句中的画面进行联想,甚至能把这些语句当作歌词吟唱出来。因此,我在翻译时也试图让我的译文带有音乐美,能被读者吟唱。只有这样,翻译这部书才不算浪费时间。为了做到这一点,我在提升母语水平上下了不少功夫。可以想象一下,《道德经》中的语句都极富节奏和音律,人们清晨起床阅读一页后,内心便趋于平和。我希望读者在阅读时有这样一种体验:如同在碧波微漾的海边款款而行,与大自然亲密接触,逐渐融为一体。那一刻,人们内心趋于极致的平和,任何紧张和压力都消失无踪了。这就是我翻译这部书想要达到的目的。

朱振武:期待您的《道德经》英译本,相信这部译作定能如您所说,能让读者的内心平静下来,与周围人、事和谐共处。那么,您在翻译完《道德经》之后,是否还有其他翻译计划?

闵福德:我不打算再翻译类似的任何书籍了,因为翻译此类巨作耗时很长,很辛苦,而现在我想过更为"逍遥"的生活。但我仍会坚持翻译,接下来可能会翻译一些篇幅较短的小说。我之前翻译过《孙子兵法》(*The Art of War*),因此接下来我想出一部书,名为《中国的爱情艺术》(*Chinese Art of Love*)。这部书篇幅不会太长,其中包含的是有关中国人对爱情看法的诗歌和散文。这一定会是部很有意思、很受读者欢迎的书。

朱振武：人们在读书时必须带有一定的批判思维，要懂得"取其精华，去其糟粕"。阅读的过程实际上就是思考的过程，如果阅读只是读了文字但没有进行思考，那么就失去了它的意义。因为书中的观点也不一定都是正确的，通过批判性阅读，读者能够养成独立性和批判性思维，不容易被书中错误的观点影响。虽然您不是很喜欢《孙子兵法》这部书，但记得您曾经说过，《孙子兵法》是一本"生活之书"。那么，在您看来这部书有何价值呢？

闵福德：我在这本书的序言中提到过，《孙子兵法》就像是一部生活指南手册，中国有许多类似的书籍。例如：有些书籍教你养生，有些书籍用于处理人际关系，还有些书籍用于解决环境问题。而《孙子兵法》是一部从宏观和微观两种角度揭示自然、人类以及人际关系的书籍。从这个方面来说，这部书于人们而言价值非凡。有时候，人们不懂得从宏观角度看待事物，而《孙子兵法》却始终强调这一点。它教我们在匆忙做出决定或行动之前，学会纵观全局，不拘泥于事物的细节，专注其本质。当然，这部书着重讲述的是战争以及对战争的评点。但书中的许多内容都可在人们日常交流或产生冲突时得到应用。因此，这部书在某种程度上还是具有一定价值的。

朱振武：我知道您翻译的很多作品都是别人推荐的，像刚刚提到的《孙子兵法》、还有《鹿鼎记》以及您去年刚刚完成的《易经》等。那么，如果您自己选择作品进行翻译，会遵循什么原则呢？例如，葛浩文曾经说过他在选择要翻译的书时，会看一些国外的书评。

闵福德：我对葛浩文十分熟悉，但我们是完全不同的两个人。他翻译速度极其之快，甚至可以在同一时间段翻译五部书，因此他的译作数不胜数。除此之外，他身边还有许多年轻的助理协助他翻译。但我在翻译时速度很慢，译完后还要反复修改。我觉得选择优秀作品进行翻译是件挺困难的事情，有时候我也会犯错误。就拿《鹿鼎记》来说，刚开始译这部书时，我非常兴奋。而在译完整部书后，我心想，金庸写《鹿鼎记》只花了几年时间,我为什么要花如此长时间去翻译它?其实一直到现在,我也不知道自己到底应该翻译什么,什么才是最好的作品。别人偶尔会推荐一些作品给我,有时我会接受他们的提议,但大多时候都会婉拒。有时候,我会突然对某部作品产生极大的兴趣,那么我与这部作品以及书的作者冥冥之中一定有着某种"缘分"。在这种情况下,我会选择翻译这部作品。但说实话,要选出一部真正优秀的作品确实有一定困难。

朱振武:我们刚刚谈的是您如何翻译作品,那么出版社呢,他们是怎样在众多中国文学作品中进行选择的呢?比如《聊斋志异》和王小波的作品,他们会如何抉择?

闵福德:不同出版社的标准不一样。我认识很多不同的出版社,其中有一些很不错,他们知道如何选择高质量作品;我也知道一些三流出版社,他们在选择作品时总是听从一些不好的建议。但优秀的出版社有时也会犯错,企鹅出版社在选择作品时就曾犯过非常严重的错误。当年,他们在我不知情的情况下,斥巨资(约 50 万英镑)购买了三流书的版权并对其进行翻译。同理,他们若花巨款买下王小波作品的版权并出版其译作,销量一定不会太好。企鹅出版社是世界上最大的出版社,在纽约和伦敦都有很大的分社。伦敦分社相比纽约分社要明智得多,因为他们翻译的大多是优秀的文学作品。但在纽约,他们总是在选书时犯错,这是因为他们总考虑经济利益。当然,任何人站在出版社的角度考虑都会想着多挣一些钱。如果能出版好书,那无可厚非;但如果出版的都是劣质作品,销量必然不高。读者们都很聪明,他们想要买的是优秀的文学作品,而不是一些粗制滥造的书籍。好的出版社会注重作品的质量,因此也一定知道如何在《聊斋志异》和王小波的作品中进行抉择,但三流出版社却不懂。

朱振武:看来不管是对您还是对出版社而言,要选择真正优秀的作品并没有想象中那么简单。您在中国文学翻译的道路上已然行走了五十个年头,可以说翻译已经融入了您的生活,成了不可分割的一部分。那么,我们好奇的是,到底是什么动力支持着您在翻译的道路上坚持走了那么久呢?

闵福德:实际上,我最初的梦想是成为一名音乐家——具体来说是一名钢琴家——但这个愿望一直没有实现。不过这也算不上是遗憾,因为除了弹钢琴,我也很喜爱翻译。我在做翻译时非常享受,能够从中感受到无穷的快乐。翻译虽然辛苦,但当我完全沉浸在其中时,反而甘之如饴。其实并没有什么"动力"支持着我一直前行在翻译的道路上,因为它对我来说是很自然的事情。就像有人擅长赚钱,有人擅长种菜,有人擅长唱歌,有人擅长建房子。对我而言,翻译是最自然不过的事情,这是我应该做的。我不知道原因是什么,也许这就是我的命运。

朱振武:中国文学典籍外译的译者身份一般有两种:第一种是汉学家,第二种是中国译者,且以后者居多。您可能读过一些中国译者的译作,不知道您对中国译者和他们的译文评价如何?

闵福德:我认识中国一位很有名的翻译家——杨宪益。他经常和妻子戴乃迭合作翻译,就像是翻译组合。戴乃迭经常帮他校对,因此他总是能翻出很高水平的译文。在我看来,他们这样的夫妻组合翻译模式非常值得借鉴。我和他们夫妻二人关系都不错,他们善良可爱,文学造诣也都非常高。但是说实话,许多中国译者的译文质量都不是很高。

朱振武:相对于外国译者,中国译者在中国典籍外译时有时很难用合适的表达将原文内容传达给西方读者。遗憾的是,在中国典籍外译的译者中,汉学家还是占少数。近些年,由于中国经济的蓬勃发展,对翻译人才的需求也越来越多,因此国内很多高校都开设了 MTI(翻译硕士)专业。您在中国教授过这个专业,能否说说您对它的看法?

闵福德：我在天津和香港的一些大学都教过翻译。在我看来，最好的教学方式就是鼓励学生们多阅读、多练笔。我反对任何翻译理论，因为学习太多翻译理论是在浪费时间。在 MTI 教学中，理论的唯一作用就是让这个专业看起来更加学术化，但实际上我们更需要做的是通过大量阅读和练习提高语言的表达能力。我在香港中文大学教授 MTI 时经常负责组织翻译研讨会，研讨会对 MTI 的学生来说非常重要，因为参会之后每个学生都要参与一个长期的翻译项目，并认真负责该项目。我自己会接管大约八个学生，每周都会与他们见面，这是我的教学模式。在我看来，这样的教学可以让学生们实实在在做翻译、做翻译案例研究，而不是空谈翻译理论。我很反感翻译理论，非常反对。除此之外，我还鼓励学生们广泛阅读各类书籍。很多人都认为阅读是在浪费时间，这样想就大错特错了，因为阅读对译者来说至关重要。我希望学生们能尽可能读更多书籍，中文和英文书都要有所涉猎。例如，大家可以读《红楼梦》，因为这部著作是世界文学宝库中一流的珍品。若想学习《红楼梦》的翻译，可以去读霍克思的译本，并利用汉英对照版进行学习，因为霍克思翻译的语言非常优美。学生们应该安安静静坐在图书馆或宿舍看书，而不是花太多时间在乘地铁和逛商场上。

朱振武：感谢您为我们的 MTI 教学提出的建议。我记得在上海的两次讲座中，您多次提到"化境"这个词。您能否具体给我们讲讲"化境"在翻译中的含义？

闵福德：昨天在上海大学的讲座上，我提到了"化境"这个词，这个词其实是一种比喻。在中国，某种青铜器被称作"鼎"，化境就像是制作鼎的过程：首先你要将金属熔化，然后再重铸它。这意味着你要先将金属熔化成另外一种状态，再把它铸成新的形状。于我而言，这是对翻译的最好比喻，因为在翻译中我们要懂得重组。译者翻译时就像是在履行合同，例如：来上海前我和香港某高校签订了合同，答应在该校教授一个月课程。签署合同之后，你就务必要去做一些事情，因为这是你的义务。在翻译书时,你和原书作者就像签订了合约,要履行合约中的职责。这就是严复提出的"信",在翻译时要忠实于原文,不能凭空捏造。另外,我认为严复翻译标准中的"达"也是翻译的关键。对我来说,化境和"达"也有很紧密的关系,你要把自己从合同的束缚中解放出来,在做到"信"的同时,也要让译文通顺易懂——虽然这有一定的难度。我教了很多年翻译,很清楚学生在翻译时的感受。我很想为学生,尤其是年轻人提供一些对他们翻译有帮助的建议,因为这对他们来说非常重要。

朱振武:虽然您说您在翻译时没有运用什么理论,但是在翻译实践中一定会有一些有效的翻译方法和策略,您是否能够分享一些给我们的年轻译者,帮助提升他们的译作水平?

闵福德:我经常对学生说的一件事就是,当晨曦微露,你准备坐下来翻译时,要做的第一件事不是翻译,而是先腾出一些时间,沉下心来读一些好文章。我通常会读一些优美的英文小说、诗歌和散文,就像打开了水龙头一般,许许多多优美的句子不断在我脑海中流淌。要记住,翻译只是写作的一部分,我们首先要提高的是自己的写作能力。学习外语虽是必不可少的,但更需谨记的是,最终你是要用母语来进行翻译。因此,翻译家首先要让自己成为一名作家。那意味着要阅读大量书籍,阅读时还需带有批判思维,这样才能保证自己在阅读中吸收新知识。大量的阅读和笔记也促使我的翻译不断达到"化境"。我在阅读之后,会将书籍放置一旁,深吸一口气,慢慢吸收书中的内容,这点是从霍克思那里学会的。以前家中有个小厨师,一次她在煮饭时说,锅炉总是发出"咕嘟咕嘟咕嘟"的响声,它是在排空气呢。同理,你读过的文章也会在沉进大脑后发酵、转化,最终重新浮出大脑。若保持着这样的状态,让它在你的精神"丹田"中转化,最终就能转变成新的东西,这也意味着你的翻译成功了。和别人订立契约并非轻而易举,就像我和曹雪芹订立了契约,我和《易经》中的"神"订立了契约。一旦契约订立之后,你就不仅要吸收,还要将其释放出来。这有点像消化和吸收，也就是我所说的"化境"。这就是我的翻译方式。

朱振武：感谢您给我们分享如此精彩的翻译心得。相信在您的指点下，大家对翻译会有更深的理解。随着全球化的发展，当今国内也有越来越多的人开始关心翻译事业。除了中国飞速的经济发展使得翻译人才的需求增多，中国作家莫言于 2012 年获得诺贝尔文学奖也使得人们更关注中国文学作品的外译。中国人都因莫言获奖感到无比自豪，由此对翻译的关注度也日益提高，中国文学"走出去"从此又能开启一个新的篇章。

闵福德：我认识莫言，也认识他的译者葛浩文。我在香港公开大学任教的时候，学校就推荐授予莫言荣誉博士学位。虽然中国人获得了诺贝尔文学奖，但我并不在乎谁获得了这个奖项，因为这意义不大。莫言是山东人，单纯朴实。他的作品篇幅虽然都很长，但他遇到了个好"译者"，将他的作品进行了缩译。葛浩文翻译莫言作品耗时很短，因为他工作效率高，这一点在很大程度上促使莫言获得了诺贝尔奖。开个玩笑，也许莫言获得诺贝尔文学奖的另一个重要原因是评委会觉得是时候为中国人颁发这个奖项了。在我看来，其实沈从文是个非常优秀的作家，他如果在世的话，或许这个奖项可以颁发给他。不幸的是，中国当今社会越来越缺少优秀的作家。说实话，我不希望人们太关注诺贝尔奖，这仅仅只是一个奖项而已。谁真正关心这个奖项呢？至少我不关心。但在中国，太多人将其看作一种证明。人们不应过于关注这个问题，而应更多关注中国的社会和文化，并不断提升自身的文化修养。

朱振武：虽然中国有很多文学著作已经被翻译成英文在国外出版，但是西方读者可能还是很难挑选到优秀的中国文学译作，您是否能为大家介绍一些能够获得较好译本的途径？

闵福德：先说说我自己的经验吧，我在挑选中国文学作品进行阅读之前，会先列出一个优秀中国文学译作清单。问题是国外有太多水平低下的译作，人们在书店阅读这些作品时，读完第一页就不再想翻到第二页了。但实际上国外还是有一些优秀译作的，国外读者们若想了解优秀的中国文学，可以去买企鹅出版社出版的中国文学译作。比如它出版的《浮生六记》，这本书的译文语句非常优美；还有《西游记》的缩译本，翻译得也很不错；另外，一些唐代以后的诗歌也有很优秀的英译本。企鹅出版社出版了很多优秀的英译中国文学作品，最近还打算出版新的鲁迅小说英译本。但实际上，要想出版一部优秀的中国文学作品并没那么轻而易举，需要耗费大量时间。很少人能在短时间内将外国文学作品翻译成十分优秀的译作，因此鼓励译者提高翻译速度是不正确的。我个人更喜欢古典文学，因为我认为它们代表了"最好的中国"，具有永恒的价值。如果能选择一流文学作品进行翻译，为什么要翻译二流作品呢？其实，还有太多优秀的中国文学作品等待着我们去发掘和翻译。

朱振武：古典文学是现代文学的发展基础。"古典"在拉丁文中是"第一流"的意思。文学的发展，指的是在继承中创新。中国古典文学是华夏民族的精神瑰宝，当代文学要想发展和有所突破，都要植根于古典文学的土壤。您刚才提到，古典文学代表了"最好的中国"。那么，您能和我们具体谈谈什么才是"最好的中国"吗？它和中国古典文学有什么联系呢？

闵福德："最好的中国"是我的座右铭，如今我想要做的事情就是将"最好的中国"展现给整个世界。我想先和你聊聊这个座右铭的来源，这个概念是我母亲首次提出来的，但她和中国没有任何关系。为什么她会说出这句话呢？因为"China"除了指"中国"，还有"瓷器"的意思。母亲在家中的碗柜里放置了一套最好的瓷碗，如果有特殊的客人来到家中，她就会说："我认为我们应该把最好的瓷器（the best china）拿出来。"这样客人就会感觉自己受到了特殊的款待，因为他们使用的是最好的瓷碗。我喜欢用"最好的中国"这几个字来形容中国文化中最好的东西，比如文学、艺术、音乐、戏剧、美丽的山川河海和友善的中国人民。除此之外，老百姓的善良本性、生活习俗以及中国美食都属于"最好的中国"范畴。然而，虽然中国有着大量的文化瑰宝，中国政府也不断尝试着将中国文化推向世界，但很多时候人们并没有真正理解这几个字的含义。

朱振武：说到中国文学作品的外译，您可以说是译著等身，对中国文学"走出去"贡献很大。您翻译的作品大多是中国古典文学著作，那么我想知道，您是如何看待中国古典文学对于当下世界的意义呢？

闵福德：于我而言，中国文学不仅属于中国，也属于世界，属于整个人类社会。能够学习中文、翻译中国文学作品是我人生中一大幸事，因为世界上优秀的中国文学译作稀缺，还有很多反映了"最好的中国"的文学作品等待着人们去翻译。幸运的是，我在一生的翻译旅程中收获了很多快乐，在这个过程中，也学会了理解生活、理解自己。除此之外，优秀的文学作品还能使我们成为更加有趣的人，让我们的生活更加多姿多彩，所以我很享受翻译这些作品的过程。我人生的大半时光都是与文学一起度过的，而它恰巧就是中国文学，因此并不是因为它属于中国我才喜欢。我不关心我喜欢的文化属于哪个国家，中国、日本或是非洲国家都一样，我只是想和全世界人民一起分享美好的东西而已。就拿《红楼梦》来说，虽然它是由中文写成的，但它是世界经典，是属于全人类的财产。我不喜欢有人说我是在推崇中国文化，因为我不是在为中国工作，只是在为传播美好的事物而努力。就像现在，有了《红楼梦》英译本，英语世界的人们就能够通过这部书在一定程度上了解中国人的想法，了解贾宝玉和林黛玉之间的感情，了解一种全新的生活方式。

朱振武：感谢您为中国文学"走出去"所作的努力。与中国文学一次偶然的相遇，就让您在中国文学的道路上走了几十个年头。作为一位研究汉学并从事翻译五十载的优秀学者，您用您的毕生心血为汉学的传播做出了重要的贡献。您最后能为希望毕生致力于文学翻译的年轻译者提一些建议吗？

闵福德：我的建议是尽可能多地阅读，大量练习翻译。若想做好文学翻译，这是最重要的两件事情。译者应该大胆地去吸收文学作品中的精华，然后将其再创作出来。在这个过程中难免会遇到各种困难，因此在做翻译之前我们要努力增加自己的阅读量，让大量优美的词句在脑海中自由流淌。但要注意的是：一定要选择优秀的作者和作品，最好是中国古典文学作品——例如《红楼梦》。在古代，中国有着不计其数的优秀文学作品，我鼓励大家去阅读这些作品。除了阅读之外，我们还要经常练习翻译，要对翻译有足够的热情和耐心。在翻译文学作品时，要有持之以恒的精神和长远的眼光，不要把截止日期定在明天或者下周，也许我们可以试着制订一个长达十年的计划。这做起来的确有难度，因为除了翻译文学作品之外，我们还要赚钱谋生——对此我特别能感同身受。但若想将作品翻译好，我们必须要有长期的规划，并在这期间不断修改译文。我们要将翻译文学作品作为整个人生规划中的一部分，并在翻译的过程中不断提升自身修养。

朱振武：谢谢您对我们的年轻译者提出的建议，也谢谢您五十年来为中国文学"走出去"做出的重要贡献。从您身上，我看到了您对翻译与文学的坚持与热爱。相信越来越多的年轻人在您的影响下，会对文学翻译有一个新的认识，也会努力提升自身的学养。相信未来会有更多像您一样的翻译家和汉学家，向世界展示"最好的中国"！再次衷心感谢您！

三 让"影子部队"登上
世界文学舞台的前台
——朱振武对话谢天振

2017年8月21日,第12届上海书展期间,华东理工大学出版社邀请上海外国语大学谢天振教授和上海师范大学朱振武教授,在上海展览中心围绕《汉学家的中国文学英译历程》一书的新书发布,举行了一场题为"名家对话:中华文化走出去,汉学家的功与'过'"的精彩对话活动。该活动吸引了来自上海、杭州、郑州、苏州、南京、宜昌等来自全国各地的百余名现场读者。在对话中,谢天振教授借用一部外国老电影的片名,把国外汉学家翻译家比喻为在作家和诗人这支"光辉灿烂的战斗部队"背后辛勤劳作,并为中国文学文化走向世界作出巨大贡献的"影子部队",并从这个意义上肯定了为国外汉学家翻译家树碑立传的《汉学家的中国文学英译历程》一书。以下为现场对话的主要内容。原文刊登于《东方翻译》2017年第5期,第4-9页,这里为访谈的原稿,刊登时有少许改动。

朱振武(以下简称"朱"):关于中国文学"走出去",应该说我们的谢天振教授是最有话可说的,他在十几年前就开始指导他的博士生从事有关中国文学外译的个案研究,他本人更是发表了一系列关于中国文学、文化外译的论著,在国内外学术界产生了很大的影响。现在就请谢老师给大家说几句。

谢天振(以下简称"谢"):谢谢!谢谢各位读者来到今天的现场。

今天现场的听众席里，有我50年前大学里的同届老同学，有我40年前在上海一所中学里一起任教的老同事。老同学和老同事的到来，使我回忆起许多往事。我突然想起当年看过的一部电影，不知道你们还记不记得，片名叫《影子部队》(L'armée des Ombres)。那好像是一部法国影片。整个故事情节我已经忘记了，但是在影片的开头有一段独白，为这段独白配音的是上海著名的配音演员邱岳峰。那段话讲得非常精彩，其中有一句话给我的印象特别深刻。他说："如果说男人是一支光辉灿烂的战斗部队的话，那么女人呢？女人就是一支黯淡无光的影子部队。"其实这部电影是赞扬女性的，为女性说话的。现在回想起来，20世纪60年代正是国际上女权运动崛起的年代，影片想要说明的是，正是这么一支默默无闻的由女人组成的"影子部队"，造就了那支光辉灿烂的男人的战斗部队。

我为什么会有这个联想呢？因为我是从事外国文学和翻译研究的，我发现在世界文学这个大舞台上，绝大多数读者看到的往往就是那支由作家、诗人组成的光辉灿烂的"战斗部队"，却很少看到、甚至从没有看到在这支光辉灿烂的"战斗部队"的背后，还有一支默默无闻、辛勤工作的"影子部队"，那就是世界各国的翻译家；对中国文学、文化的外译来说，还有国外的汉学家。正是由于他们的辛勤劳动，中国文学、文化才走出了国门，走向了世界。反过来说也一样：我们大家从小都是读着安徒生童话、格林童话长大的，但是请问在座的各位读者，我们能说出几个安徒生童话的译者、格林童话的译者？我们都听说过《荷马史诗》、但丁的《神曲》，但是请问《荷马史诗》《神曲》的译者是谁？恐怕我们大多数人都不一定记得。我们记住了但丁，但是却很少有人注意到耗尽一生心血、从意大利语原文翻译《神曲》的翻译家田德望。

正是在这个意义上，我认为振武教授带着他的团队做了件非常好的事情，也就是他们写的这本书。这本书让英语世界的汉学家、翻译家组成的这支"影子部队"站到了世界文学大舞台上的前台，它让我们看到了在光辉灿烂的"战斗部队"背后那支对于中国文学走进英语世界功不可没的"影子部队"。正因如此，今天我要在这里为朱振武教授他们编写的这本书喝彩！为我们的出版社喝彩！谢谢！

朱：谢老师的这番话，让我们的汉学家翻译家这支"影子部队"从后台站到前台来了。然而这些汉学家们的背后还有一支"影子部队"呢，那支"影子部队"的队长就是我。谢老师刚才的这个比喻真是非常恰当、非常形象。

这里我想对我们这张海报上的标题做一下说明。海报上写的是"汉学家的功与过"，实际上我们所说的这个"过"是有引号的，针对的是国内学术界、翻译界对国外汉学家翻译的中国文化典籍和文学作品发表的议论。在我们看来，国外的汉学家翻译家为中国文学文化"走出去"做出了很大的贡献，立下了汗马功劳，他们的翻译中有些错译、漏译，是百密一疏或瑕不掩瑜，说是"过"就有点过了。有必要指出的是，国内学术界、翻译界对国外汉学家翻译家的工作却存在着一些误解，有些误解甚至对我们今天中国文学、文化的"走出去"产生了不利的影响。有关这方面问题，不妨让我们再听一听谢老师的意见。

谢：我先讲一个比较有趣的故事。大家知道莫言在获奖以后，瑞典政府给了他 14 个签证名额，也就是说有 14 个人可以陪他去瑞典领取这个万众瞩目的诺贝尔文学奖。莫言是怎么分配这 14 个名额的呢？他把 3 个名额给了他的妻子、女儿和他在高密的一位朋友，因为他的作品中的故事发生地都在高密。两个名额给了复旦大学的陈思和教授夫妇，因为陈教授给莫言作品的高度评价对莫言获得诺贝尔文学奖起到了很大的作用。然后余下的 9 个名额他全部给了他的作品在世界各国的翻译家。这就说明莫言很清楚，如果没有这些外国翻译家，他不可能走到世界文学舞台的中心，也不可能登上世界文坛的高峰。从这个小故事，我们可以看到莫言对翻译家的重视，以及对翻译家的贡献的感激之情。这些翻译家里面就包括朱振武教授在书中提到的美国汉学家葛浩文教授夫妇。

朱：说到葛浩文教授，国内很多人对于他对莫言的翻译还是有较多误解的。不少人认为葛浩文在翻译莫言作品时有较多的"随意增改删"，实际上在我看来，葛浩文在翻译时是十分忠实莫言作品原文的。

所谓的"随意增改删",大约包括以下几个意思吧:一是说葛浩文胡译乱译;二是说莫言获奖主要是靠翻译,然而这里不乏酸葡萄的心理。好不容易有一个中国籍作家获得了诺贝尔文学奖,我们还说这主要是靠瞎译。实际上葛浩文是很忠实于原文的,只不过这个忠实不是机械地忠实,不是字句之间简单的对应。所以在北京开两代会的时候,我跟莫言就聊到了这个问题。我跟莫言说,关于您获奖,在坊间有三种说法。莫言说愿闻其详,他饶有兴趣地听我讲。于是我就非常认真地讲了传言所说的三个原因。许多批评家都认为他学习了福克纳的意识流手法、马尔克斯《百年孤独》的魔幻现实主义。他到底学没学呢?当然是学习了。但是它最主要的东西还是学习了中国老祖宗的传统,比如蒲松龄的《聊斋志异》。我接着给他举了很多例子。莫言承认这一点,他的确从《聊斋志异》等中国经典文学作品中吸收了很多营养。

第二,他也确实学习了福克纳和马尔克斯等西方作家的作品,但却从没有拷贝、模仿、抄袭或搬弄他们的东西。比如他的作品《蛙》就学习了福克纳的《我弥留之际》,但只是形式上学习了。莫言自己也承认这一点。

第三,莫言的作品获奖,翻译立下的汗马功劳是不可否认的,然而翻译越是忠实于原文,就越说明了他的作品具有文化自觉和创作自觉,有自己独特的个性。所以当我说完这番话之后,莫言就拿起笔,拿起纸,把他的电话号码写给了我,并签上了他自己的大名。他之所以这么做,当然是因为他认可我说的这番话。

关于中国文学、文化"走出去",存在着一个时间差和语言差的问题。这方面的问题,请我们最权威的专家谢老师给大家讲一讲。

谢:最近几年来,从中央到地方,大家都比较关注一个问题,就是我们的中国文学、文化怎样才能"走出去"。我对这个问题有一个观点,我觉得我们大多数人,包括我们的一些领导干部,还包括学界和翻译界的一些人,以为只要把一部作品翻译成了外文,这部作品就是"走出去"了。这显然是一个极大的误解。真正的"走出去"应该是指一部作品翻译成外文后，能够真正到达外国读者的手中，成为他们真正喜欢的读物，并在他们的语言环境中得到传播、产生影响、取得成功。在我看来，这才算是真正的"走出去"。从这个意义上看，其实我们现在有很多作品尽管也都翻译成了外文，但没有做到这一点。新中国成立以后，我们出版过一份英文版和法文版的杂志，叫作《中国文学》，分别为月刊和季刊。20世纪80年代起，还推出过一套专门介绍中国文学的外文版"熊猫丛书"，都已经出版了一两百种了。眼下还有一套翻译成多种外文的丛书，叫做"大中华文库"，也正做得红红火火，把一些中国文化典籍、文学名著翻译成英文、法文、俄文，等等。然而这些书有没有真正"走出去"呢？调查和研究的结果似乎并不那么尽如人意。

问题出在哪儿呢？正如振武教授刚刚提到的，我在前几年提出来两个概念，一个叫语言差，一个叫时间差。所谓的语言差，就是我们中国人学习英语、法语等西方语言要比那些西方人学习中文来得容易。所以在我们国家可以发现一大批精通外文的学者，甚至读者，但是在欧美国家却不容易找到这么一大批精通中文甚至中国文化的学者，更不用说广大的读者了。我们可以看到，有些外国学者对某一部中国文学作品如《诗品》的研究很深，但是他们却缺少对整个中国文化的把握。你跟他们谈他们专业之外的领域，比如谈王国维，或者谈一些中国当代作家，他们往往所知甚少，甚至一无所知。究其原因，就是所谓的"语言差"。"语言差"决定了在西方国家能够从事中国文学、文化翻译工作的学者和翻译家数量不会很多，这也使得中国文学、文化要"走出去"显得不那么便捷。也因此，针对这样一个实际情况，我们要想让中国文学、文化切实有效地"走出去"的话，那就必须制定出一个务实的文化策略。

朱：谢老师对这个问题有非常深刻的认识。他一直强调，翻译并不是字与字、词与词、句与句、段与段之间的简单对应，但我们不少人往往把翻译看作这样一个简单的行为。

关于翻译的本质问题，我认为从事翻译活动的人首先要有一个正确的情怀，同时还要有一个正确的认同，这两点是前提。比如我们之前的翻译家,在他们的翻译实践中就一定程度上存在着对西方的顶礼膜拜,比如说"大不列颠",似乎透露了大英帝国是永远不能颠覆的。他们在翻译过程中把这种文化认同放进去了。再比如"美利坚",似乎传递了一种这个国家非常美丽、船坚炮利的印象。此外像"远东""近东""中东"等概念,更是如此。再如"圣诞节",假如你是基督徒,这个翻译是可以接受的,但是如果是我们平常人,这个词翻译成"耶诞节"比较合适,因为这样比较中性,没有一种文化的特别偏向。在翻译过程中许多意象、音韵和典故是翻译不出来的,一般的译者也看不出来。正如刚才谢老师所指出的,我们中国文化走不出去,有时候问题出在对翻译的认知上,以为只要做到了字对字、句对句字面上的对应和忠实,翻译就大功告成了。事实是不是如此呢? 让我们再来听一听谢老师对翻译本质的分析。

谢:谈到翻译,我们大多数人都以为自己对翻译很了解,但实际上我发现许多人对于翻译、尤其是对翻译的本质其实并不真正了解,这也就是为什么在中国文学、文化"走出去"这个问题上,我们的学界和翻译界会有许多认识误区。事实上,迄今为止,中国文学和文化在国外的传播与接受并不是很成功。如果我们大家有机会到国外去,到美国、俄罗斯、欧洲,我们可以到当地的书店去看一下,几乎找不到多少中国文学和文化的译本。反过来,在我们国家的大多数书店当中,却有差不多一半的图书都是翻译作品。

这就有一个问题需要引起我们的反思:为什么我们中国文学、文化走不出去呢? 这个问题牵涉很多因素,但其中一个因素肯定是跟我们对翻译的认识有关,我们以为,只要把作品翻译成另一种语言文字,我们的翻译就成功了。事实并非如此。如果你翻译出来的东西没有人看,你的翻译仍然是不成功的。正是从这个意义上,我们说严复的翻译、林纾的翻译,他们的翻译是成功的,因为他们翻译出来的东西当年赢得了广大的读者。然而众所周知,他们的翻译当中有大量的删节和改变,按照今天的翻译标准,我们恐怕不会认同他们的翻译吧。

所以这些年来,我一直强调翻译的本质是跨文化交际,成功的翻译就是能够促使操着不同语言、有着不同文化背景的那些人与人之间、民族与民族之间、国家与国家之间实现真正切实有效的交际，促成他们的相互认识、相互了解。

前几年我曾经在清华大学和葛浩文一起做讲座，我当时就说，我们大家对葛浩文的翻译要有一个正确的认识。葛浩文的翻译对莫言的原作是有一些删节，有的甚至连结尾都改动了。但他的改动是得到莫言允许的，其目的是使英语读者能够更好地理解、接受，甚至喜欢上莫言的作品。

还有一次我跟葛浩文一起吃饭，他提到出版社此前找他翻译《狼图腾》。他对我说："谢老师，《狼图腾》这么厚的一本书，我是不可能把它全部照译的。如果我全部翻出来，出版社不会愿意出，读者也不会愿意看。"美国的读者，包括许多西方国家的读者，没有那么多的耐心去读完这么厚的一本书。他们的书大多都比较薄，只有两百多页，三四百页就算多的了。所以他说，如果他翻译这本书的话，肯定是要删节的。由此我们可以发现，葛浩文的翻译很重视读者的审美趣味和阅读习惯。

莫言得奖以后，大家对葛浩文的翻译有一些指责。我当时有些担心葛浩文可能会被这些指责压垮，所以还专门写了一篇文章在报纸上支持葛浩文。我希望他不要受到影响，能够按照他的方式、方法和策略，继续做下去。

朱：谢老师对翻译的本质分析丝丝入扣。葛浩文的翻译是一个非常好的样板。他首先考虑的是：作品有没有人读？翻译完之后，这个作品有没有读者？这才是硬道理。

我曾经把我跟莫言的一次对话写成一篇散文，叫做《莫言的电话号码》。莫言看到这篇文章之后给我发了一封邮件，说："振武教授，您对葛浩文翻译莫言作品有理有据的分析是十分有说服力的。"他对我的分析十分认可，并表示了感谢。我并没有恭维莫言的意思，我只是把大量的比对研究之后得出的结论如实说出来而已。然而大多数翻译者只在乎翻译的对等和对错等形而下的问题，却很少考虑翻译的接受与传播。如果说翻译过来的作品没有错误，但却没有人读，我们能说这是一个好译本吗？当然不是。读者接受是硬道理。所以说这是一个值得我们重视的问题。

比如，微信群中有几位老师在讨论 An apple a day keeps doctors away 这句话的翻译。有人的翻译是："一日一苹果，永不生病"；另一个人的翻译是："一天只玩一个苹果，啥博士学位也拿不到"；还有一位的翻译是："一天到晚玩苹果，拿不到博士学位的"。几位朋友讨论完后要我翻译一下，我的译文是："一天一苹果，疾病远离我；天天玩苹果，博士远离我"。之前的几个译文，我们看不到原文语言的节奏和韵律。由此可见，并不是懂得外语就能做翻译，更不是外语好就能做好翻译的。特别是文学作品中的意蕴、典故、形式、修辞、节奏、韵律、语气等诸多问题，不是一般语言学习者或使用者所能够轻易驾驭和转换的。

再举两个稍微深一点的例子：While one person hesitates because he feels inferior, the other is busy making mistakes and becoming superior. 这个句子是有尾韵的，它的节奏也非常好。但我们来看一下一位英语教师的翻译："当一个人觉得他的能力不够，犹豫不决的时候，另一个人已经在忙于犯错误，集聚足够的能力。"这段译文貌似忠实于原文，其实还是没有真正理解原文的意思，也没看出原文的修辞，而且不符合汉语的标准。但是有人会说，至少这样翻没错。我给出的翻译是："你因自信缺陷而优柔寡断，人家虽错误连连，却已能力非凡。"或者可以归化成："要想成功在前，何惧错误连连。"

我们再来看一个例子：None are so old as those who have outlived enthusiasm. 有的人翻译成："谁都不会比失去热情的人更加苍老。"我的翻译是："世间老态千万种，最老是人无激情"，或者干脆通俗地译成："世间老人千千万，没有激情最完蛋。"

可见，翻译并不像有些人想象得那么简单、容易。就此而言，我们对汉学家翻译家们的理解和敬重也是不够的。正如我刚才所说，我们对汉学家翻译家的工作还存在着不少的误解。这方面谢老师有话要说。

谢：是的，我们国内学术界在讨论中国文学、文化"走出去"这个问题时,确实还存在着不少认识误区。譬如有些人就认为,我们提出在把中国文学、文化翻译成英语时,要照顾西方读者的审美趣味和阅读习惯,这是对西方的曲意奉迎,是丧失了自己的国格、人格和骨气。这种认识在我们国内翻译界甚至学术界还很有市场。还有人提出,我们在对外翻译中国文化的时候,要掌握我们的话语权。这些看法似是而非,我觉得里面存在一个认识误区。这些学者混淆了两个概念,一个是"文化外译",一个是"对外宣传"。我们在对外宣传时当然是要掌握话语权的,譬如我们宣传我们党的"十八大"、宣传我们国家的政策时,肯定是要以我为主,强调我们的话语权的。但是文化外译并不是这样,文化外译是要促进国外读者对我们国家文化的喜爱,引起他们对中华文化的兴趣,然后加深对我们国家、我们民族的了解和认识。

我有一个老同学,在美国加州大学做系主任,他发现不少美国学生在选择语言专业时多选择日语而不选汉语。他觉得奇怪,就问他们为何这样选择。那些孩子告诉他,因为他们从小就看日本的动漫长大,进而也对日本的文化产生兴趣,所以就选择学日语。这个例子很说明问题,日本的动漫算不上是日本文化的精髓吧? 但是它却培养了美国孩子对日本文化的兴趣和感情。而我们国内学界和翻译界在做中国文化外译时,动辄要强调首先要把能代表中国传统文化精髓的作品翻译出去,什么四书五经啊,四大名著啊等等。然而你们想一想,我们国内自己有多少人在读四书五经啊? 你还要逼外国人去读? 我觉得我们要首先培养他们对中国文化的一种兴趣、一种爱好、一种感情,这才是最重要的。

与此同时,我们一定要重视国外汉学家翻译家的作用,因为他们最懂得他们的读者需要什么,喜欢什么。我想我今天之所以愿意来参加这个活动,就是因为我们今天在这里要推荐的这本书,是有价值、有意义的。振武教授也好,出版社也好,在这方面做了一件功德无量的事情。这也是我愿意来为他们喝彩、站台的原因。

朱:谢老师说得真是太好了。翻译的确并不只是一个简单的语言文字转换的问题,更不是说我外语好、我英语好就可以做翻译了。所以并不是谁都可以做翻译的。记得上海大学叶志明副校长有一次批评外语学院说："你们知道翻译是干什么用的吗？你翻译的目的不就是为了让英语世界的人了解上海大学外国语学院吗？但你连'三个代表'都只会照着字面死译，那你翻的其他东西人家怎么能看得懂？"著名学者董乃斌曾对要翻译他的书的人说："我书里引用到的一些例子，不能照着翻的，如果这样翻的话就把它翻死了。"他们看上去外行，实际上倒是说到了翻译的实质。因此我们可以说，有些专家学者和领导的翻译认知水平可能比我们某些英语教授还要高。这些汉学家给我们做出的贡献，首先就在于他们翻译出来的东西，目标语读者愿意读，而且能够顺畅地读。而我们一些外语教授翻译出来的书，目标语读者不愿看，也看不下去。

我在纽约大学访学时，著名汉学家罗慕士就跟我说，作为一个中国人，不要把母语译成外语。他说他作为一个英语使用者，绝不会把母语译成外语。他的汉语很好，把《三国演义》和《道德经》等中国文学文化典籍翻译成了英语，却从不反过来做。美国著名翻译家兰德斯也是如此，他特别强调应当把外语译入母语，认为把母语译成外语往往是费力不讨好的事，是失败之举。当然这里仅就文学翻译而言。译者需要对这两种工作语言的相关知识都了然于胸，流畅的母语表达和扎实深厚的外语基础是必备条件，但对母语的熟谙显然是重中之重。不同于只有一个或有限的几个答案的数学题目，文学翻译作为文学的一个分支，是一门艺术，而不是一门科学，因为其本质是主观的。

多年前，我在美国发现，我们中国学者翻译成英文的书一本只卖到一美元，这在美国就等于白送，但还是没有人买，让人十分痛心。为什么呢？这是因为我们翻译东西的理念有问题，方式有问题，策略有问题，当然选材也有问题。我们很多人还没弄清什么叫翻译和为什么要翻译！就像刚才谢老师所说，什么是翻译的本质？翻译的目的是什么？目标读者是谁？国内很多人都没有弄明白。但是汉学家却很清楚。所以我用刚刚出版的《汉学家的中国文学英译历程》这本书向汉学家们表示敬意。

（以下为两位现场观众的提问和谢天振教授的回答。）

听众一：我想问一下谢老师，是不是说汉学家对我们中国文化的理解要比我们自己理解得更好呢？

谢：不是的，这个问题不能这样说，并不是说他们理解得比我们好。正如本次活动的标题所言，"汉学家的功与'过'"，其实所谓的"过"无非是指有些汉学家把某个问题给理解错了、翻译错了。汉学家对中国文学文化的理解，与我们中国的专家学者相比当然是有差距的。但是，他们对他们译本的读者的了解要比我们好，他们知道他们的读者希望看什么样的书。

这个问题也可以反过来说：我们国内读者阅读的外国文学作品，是由国外的汉学家翻译过来的呢，还是由我们国内自己的翻译家翻译过来的呢？当然是我们本国的翻译家，因为我们的翻译家知道本国的读者喜欢看什么，喜欢什么样的文字风格。我们这一代人就爱读傅雷的作品，因为傅雷翻译出来的东西看起来很舒服，是很地道的中文，是一种享受。一个国外的汉学家对于原文的理解也许会比傅雷好，但是他翻译出来的中文却让我们感觉到有点别扭，缺那么点味道。因此在考虑中国文学、文化"走出去"这个问题时，我们要尽量发挥国外汉学家翻译家的作用。朱教授带着他的团队推出这本书，也就是希望引起国内读者对国外汉学家翻译家的关注和重视，同时也是对他们所作的贡献的一种认可。

听众二：谢老师，您好！我知道您是比较文学界的一位大咖，很荣幸今天能向您提问。我想问的是，现今在翻译界，中国人把外文翻译成中文，外国人把中文翻译成外文，这种分工是一种惯例吗？

谢：这个问题问得好。实际上在国际上，译者通常都是把外语译成自己的母语的，很少有把母语译成外语的。但是在牵涉到中国文学和文化的翻译时，却冒出来一个问题，那就是在国外并没有那么多懂中文、了解中国文学文化的汉学家、翻译家。如果我们死板地恪守国际翻译界的成规，那么多的中国文学作品、文化典籍要到何年何月才有可能都翻译出去呀？我们强调要发挥国外汉学家翻译的作用，并不意味着国内的汉译外翻译家们就无所作为了。我们要说的是,希望我们国内的翻译家,也包括国内的出版社,要关注、重视译入语读者的阅读习惯和特殊需要,要改变之前一些不切合实际的做法。我们国内的翻译家可以和国外的汉学家翻译家合作呀,我们国内的专家学者、出版社也可以和国外的翻译家、出版社联手呀,因为国外的翻译家、出版社比我们更了解他们的市场需求。如果我们能够切切实实这样做的话,那么我们中国的文学、文化一定能够更快、更好、更切实有效地"走出去",走向全世界。

四 鲁迅文学奖翻译奖空缺引发的思考：

值得玩味的空缺

第五届鲁迅文学奖评选工作已于 2010 年 11 月 9 日在浙江绍兴落下帷幕，但其中翻译奖一项却付之阙如，引发了相关领域的官方与草根的不大不小的争鸣。细细思量，其中还真是存在着一些值得玩味的问题。

文学翻译标准不应简单化

说来也怪，其他奖项均钵满盆满，收获丰盛，唯独翻译文学奖全部空缺，几个语种的参赛者全都铩羽而归。换言之，散文、诗歌、小说、杂文、文学评论及报告文学等各个门类都不乏优秀之作，且每类都能水到渠成、顺顺利利地评出各自的五种优秀之作，只有文学翻译一项各个语类都不合格，都能发现"多处误译错译之处"，评委们本着"宁缺毋滥"的原则大胆而且决绝地予以空缺。

其中到底说明了什么问题？翻译，这里当然指的是文学翻译，是个最容易引起争议和诟病的工作，尽管文学翻译工作者们大都不敢放肆，总是小心翼翼地戴着枷锁跳舞，但还是不可能尽如人意。毋庸讳言，对于文学作品，大家的解读和理解往往因人而异，很难达成共识，更遑论在此基础上用各自的表达方式和各自心目中的"信、达、雅"的标准把它翻译成另一种语言了。因此，我们可以说，文学翻译很难有

按：载《文学自由谈》2011 年第 1 期。对文学翻译，我们要看其在文学文化上的贡献。对汉学家的中国文学外译，我们更不能用统一的标准或尺码去衡量，绝不能苛责。

这种简单意义上的标准。当然,至于错译漏译或乱译那另当别论,评委们提出这样指疵自是无可厚非。

但何谓误译错译,这似乎是很容易判断的事情,其实历来就没有真正的标准,严复的"信、达、雅"是标准吗?但对它的理解历来就是众说纷纭;奈达等西方人说的"对等"和"等值"等理论是标准吗?不是,也不可能是。且不说西方的翻译理论家们也是众说纷纭,单说这些建立在西方某几种语言基础上的翻译理论能用来评判外译中吗?当然,翻译标准总还是该有的,但肯定不是以单一的对与错的简单化的标准来看文学翻译。试想,一个三流的外国文学作品,就是因为它的翻译没有"错"或"讹"就可以评上鲁迅文学奖吗?再试想,一个一流的甚至有着重大影响的文学作品,翻译成汉语后默默无闻,产生不了任何有益影响,读者们不认同不接受,原作和原作者甚至就是由于这样的翻译夭折于异国他乡,难道就是因为没有"错"或"讹"就可以评上鲁迅文学奖吗?

文学翻译有其特殊性,当然,最好没有"错"或"讹"。但我们想问:没有"错"或"讹"的文学翻译有没有?文学翻译工作者要做的事情有多多,其中的意境、典故、语气、氛围、修辞以及各种文化意象的转换等等诸方面,连他们自己也未必都清楚,因为他们根本就无暇去做这样的统计,他们首要任务肯定是对一部作品进行整体的宏观的把握,如果光是追求或仅限于思考少数"错"或"讹"这个层面,那么实在是有些拣了芝麻丢了西瓜。

评奖标准应该考虑参赛作品
在文学文化上的贡献

鲁迅文学奖翻译奖的主旨就在于"鼓励优秀外国文学作品的翻译,推动社会主义文学事业的繁荣与发展而设立的",现在看来非但没有鼓励,恰恰还有相反的作用,冷了许多优秀翻译工作者的心。因此,我们说,文学翻译标准不应太过简单化,不能光是追求形而下的简单的技术的层面和单一的意义的对等,而应更多地从其影响和对文学文化方面的贡献层面上来进行评判。

皇皇巨著,往往几十万字甚至上百万字,出现几处乃至多处瑕疵是不是就绝对不允许了呢?细细想来这不是情理之中的事吗?真正以这种标准来衡量的话,鲁迅自己也拿不到鲁迅文学奖,因为他的"硬译"之法某种程度上说都是"误译";我们公认的翻译大师傅雷也拿不到,因为他在一本书中的"误译"也不少,每次再版校订时,他自己都能发现很多错译误译之处。杨绛更拿不到,因为她用"点烦"之法"漏译"了十几万字。梁启超那批人的翻译就越发没希望了,他们那随心所欲的"豪杰译"让眼下的一些仁人志士们看见还不给骂死!的确,我们完全忽略了某些文学翻译在特定情况的发生及其在特定历史时期的特殊贡献,忽略了这些翻译家们在外国文学文化的介绍、引进和在我国文学文化的繁荣和促进方面做出的巨大贡献!

联想到如出一辙的国内的几家翻译竞赛,广告词上大书特书这样几个字:一等奖在没有合格作品的情况下空缺,于是评选结果好几次都证实了这句广告词的先见之明。未卜先知,我们真的有些折服了。既然一等奖可以空缺,那么二等奖、三等奖不都可以空缺吗?今后完全可以打出这样的广告词:以上各类奖项在没有合格作品的情况下全部空缺!省得还得劳神费事去组织颁奖等事宜了,更用不着拿出那笔"可观的"奖金或者相当于那么多人民币的奖品了。生活中不是没有美,而是缺少发现美的眼睛,这话人们还在说。多少人抱怨世上缺少伯乐之才,频频发出"世有伯乐然后有千里马,千里马常有而伯乐不常有"的慨叹!鲁迅文学翻译奖项阙如之后,人们情不自禁地又发出这样的慨叹。

"评奖规则"有待修改和完善

鲁迅文学奖在"奖项设置"一栏说:鲁迅文学奖每两年评选一次。将选出该评奖年度里某一文学体裁中思想性艺术性俱佳的作品。目前包括以下各奖项:全国优秀中篇小说奖;全国优秀短篇小说奖;全国优秀报告文学奖;全国优秀诗歌奖;全国优秀散文、杂文奖;全国优秀文学理论、文学评论奖；全国优秀文学翻译奖。但在接下来的"评奖范围""评选标准""评奖程序"里面均没有提及翻译奖。"评奖机构"一项说"各奖项评奖委员会委员由中国作家协会聘请文学界有影响的作家、理论家、评论家和文学组织工作者担任"，根本没有提到要聘请翻译评委，当然具体评奖操作的时候还是聘请了资深的翻译家和翻译工作者。细则里面对翻译文学奖的参赛作品也没提出具体要求，对原作也没有任何文字上的限制，如对原作的质量和影响等的要求，更没提到要求附加原文一事，与其他奖项相比，显得考虑不周或重视程度不足。可见鲁迅文学奖的"评讲规则"需要修改和完善，当然主要是添加有关翻译奖相关事宜的稍微详尽些的说明。

文学翻译工作者的地位和待遇遭遇尴尬

翻译工作者的地位本来就已经很低了，稿费之低自不待言，和以前不能比，和其他国家更不能比，内地（大陆）的和香港（台湾）的没法比，这是地球人都知道的事实。有些出版社出版的译著封面上连译者的名字都不出现，有的尽量淡化译者，原作者的名字比译者的名字大出好几倍，译者的名字恨不得印成八号字，唯恐读者发现，好像特别不好意思提到译者似的。有的出版社的翻译合同甚至都不同意译者对自己的译著持有著作权。翻译图书的书目上时常也是看不到译者的名字，许多报纸和杂志上刊登的外国文学畅销书排行榜上也经常有意无意地"省略"了译者的"小名"，而转载或连载外国文学作品更是往往就没有译者什么事了。这种不利于文化传播，忽略、轻视甚至无视译者的艰辛劳动、合法权益和重要贡献的种种做法在当今尊重知识产权、在这个法律健全的理性时代以及和谐社会里还不该"痛改前非"吗？

五 文学翻译的良心与操守

从丹·布朗的小说谈起

记得最初在评论丹·布朗的小说时,我曾感慨:丹·布朗的小说创作短时间内就在世界各地取得了极大的成功,其原因自然是多方面的,但深层原因却主要在于文本中对传统文化的颠覆性阐释,对宗教与科学之间的关系的重新梳理,对当下人们内心焦虑的形象传递及其融雅入俗、雅俗同体的美学营构。这些要素满足了不同层面读者的审美诉求,激起了人们心灵深处的情感共鸣,引发了人们对既定的历史、对传承已久的经典文化和膜拜多年的宗教与科学的重新理解和审视。可以说,丹·布朗的几部作品在很大程度上既迎合了人们重构文化的宗旨,也顺应了商业社会中雅俗文学合流的趋势,这是丹·布朗获得前所未有成功的重要原因。某种程度上可以说,丹·布朗的作品让人们对小说这一久已低靡的文学样式刮目相看,使小说在各种新的文艺样式和媒体手段的混杂、挤压乃至颠覆的狂潮中又巩固了自己的一席之地。这样的作品我们应该尽力原汁原味地译介给中国读者,这也是我近些年执着于丹·布朗小说的翻译的主要原因。

丹·布朗到目前为止共出版了五部长篇小说,原版出版的先后顺序是《数字城堡》《天使与魔鬼》《骗局》《达·芬奇密码》《失落的秘符》。中国大陆引进的先后顺序则是《达·芬奇密码》《数字城堡》《天使与魔

按:载《解放日报》"思想者专栏"(2012 年 4 月 23 日)。真正的翻译家都有自己的良心和操守,都有对作家、作品和读者的充分尊重,不可能不负责任地胡译乱译。本书所收的汉学家们也是如此。

鬼》《骗局》《失落的秘符》。我们大都知道，许多在国外走红的作品译介到中国后并不走红，虽然原因很多，但一个重要因素就是翻译问题，有的译本并不能简单地说翻译错了，而是不适合中国读者阅读。能在大陆畅销，能让汉语读者喜爱，能让他们一气呵成地读完，翻译自然是一个重要因素。

读过丹·布朗小说的人都知道，系统专业的知识是其主要特色之一。《达·芬奇密码》的读者就无不为作者广博的知识所折服。其实，《骗局》亦不例外。小说涵盖了海洋学、冰川学、古生物学、天文学、地质学、天体物理学、气象学以及航天科学和军事科学等领域的专门知识，同时还涉及美国国家航空航天局、美国全国勘测局、美国太空署北极科研基地、三角洲特种部队等多个美国政府高度秘密机构。因此，翻译这样的书，还要考虑和处理很多文学因素之外的东西。

我曾笑侃，译好一部"密码"，掉了多少头发；译罢一部"城堡"，少睡多少好觉；译就一部"破解"，累得差点儿吐血；译好一部"魔鬼"，平添多少皱纹。虽然是笑话，但个中苦涩与艰辛是不言自明的。丹·布朗的小说涉及学科广泛是人所共知的。他创作每部小说之前首先要进行大量的实地研究，以及图书材料和专业知识特别是高新科技信息的"取证"工作，曾就小说中有关的各方面知识请教过大批的专家学者和专业工作人员，术语之多、之专、之新、之难都是文学翻译中比较少见的。《达·芬奇密码》出版之后，丹·布朗还进行了多处修改。这些都给翻译工作带来了很大困难。陆谷孙先生在《英汉大辞典》的前言中引用的 18 世纪英国诗人 Alexander Pope 的那句英雄体偶句说得好：To err is human; to forgive, divine.（凡人多舛误，唯神能见宥。）我曾戏谑地跟一家出版社的老总说："一将功成万骨枯，一书译罢满头秃。"完成一部作品的翻译很难，但让译作在目标语读者中喜闻乐见则更难。在审美意象、思维和视角上与原作保持相似性，为读者奉上既符合汉语读者阅读习惯又忠实原作内容和风格的译文，则是难上加难。

真正搞翻译的人都清楚，文学翻译是最难的。因为其中涉及太多的东西，意象、修辞、典故、思想情感、语气语调等很多方面，对译者的要求很高。说得稍微专业些,译本在一个全新的语境中得以畅行自然离不开译者的苦心孤诣和辛勤笔耕,离不开译者在翻译过程中的美学理念和各种思维的综合运用。从丹·布朗作品的翻译实践来看,将美学理念与审美思维有机结合起来,并将之运用到文学翻译实践当中去,从而在最大限度地使译入语文本接近源语文本,极力提高二者的相似性,是文学翻译者所应追求的目标之一。文学翻译是艺术化的翻译,是译者对原作的思想内容与艺术风格的审美把握。在阅读原文的过程中,译者通过语言认知与美感体验的双重活动认识和理解原文,并在大脑中形成一个"格式塔意象",再用译入语实现对源语文本的"意象再造",从而实现文学艺术的成功再现和审美体验的有效传达。文学翻译不是词句的形式对应,而是语言信息与美感因素的整体吸纳与再造。文学语言既有指义性,又有审美性,其美学特质——形象性、情感性和音乐性,是与整个文学的艺术特点相适应的。长期以来,受华夏文化传统思维和审美心理的影响,汉语形成了独特的艺术魅力:以意统形,概括灵活,言简意丰,音韵和谐。这些特点相互融合,体现在汉语的各个层面上,深深融入国人的审美情趣之中。译者如果能把原作者的思想感情、语气语调乃至节奏韵律都淋漓尽致地表现出来,原文的美感才能得到完美的体现,也才能真正赢得读者的认可。

举个简单的例子,《天使与魔鬼》里面有个词是"Hassassin",是作者自己造的词,我见景生情,触类旁通,创造了"黑煞星"这一新的形象。"Hassassin"与"黑煞星"在发音上几乎完全吻合,"黑煞"同时又让读者联想到"心黑手狠""凶神恶煞"等一些意指,也很容易让人联想到麻醉剂的性能之烈,"黑煞星"这一形象则能让人联想到杀手的阴冷、狠毒与恐怖,确有音义兼得之妙。翻译的灵感来自译者全身心的投入,如此方可偶尔得其妙处。主、客观因素相结合,使译者的情感汇聚到一个最佳点,其智慧得以充分发挥,激情达到顶点,从而产生灵感,获得一种新的感悟、形象和概念。因此,译家需要协调原作的语言风格和阅读的审美视角,做到既能进入原作的审美视角和原作者所臆造的想象空间,又能充分考虑到译入语读者的接受视角,通过建立格式塔意象,进行文化整合,从而找到相应的表述方式。由于语言的表层意义和所指意义、形式和内容之间会有一定的区别，因此我们在忠实字面意义的同时要视语境而定，决不能机械照搬，决不能丢失主信息。美感体验源于审美距离，译者在仔细确定审美视角之后要充分考虑意义的空间距离，对其进行灵活的调配，使阅读空间获得敏感性，这样审美的效果才能在译文里得到更好的传递。从丹·布朗系列作品的翻译中，我们越发感到这一重要性。作为审美表现之一，文学翻译特别需要意识的主动控制与思维的积极参与，因而需要美学意识与各种翻译思维的互动。因此说，文学作品的美学功能和文学语言的特性对文学翻译提出了更高的要求，我们必须把文学翻译置于更广阔的语境中，把翻译的视角和距离等美学和思维问题都充分考虑在内，极力提高目标语文本与源语文本的相似性，从而在更高层次上实现文学翻译的审美旨归。

翻译的"技"与"术"

真正的翻译家似乎都不大有兴趣研究翻译理论或探讨翻译技巧，有的也多为"丛残小语"，难登"大雅"，或不成气候，形不成"门""派"。我国的翻译家，鲁迅以降，到傅雷、朱生豪等，大都如此。

应该说，目前我国翻译界的确有不少滥竽充数和鱼目混珠的现象。比如有人说他一天正常工作之外还能翻译好几万字，还有人号称能翻译多种甚至十几种语言的作品，对此我只能是望洋兴叹，自叹弗如。就连傅雷这样的大翻译家，汉语和法语修养那么好，而且是职业翻译家，他一天也只不过翻译2000多字。我们这些后学，先不说学术素养、双语能力和文化修养远不及傅雷先生，就单说打字吧，几个钟头几万字，连专业打字员都很难做到，更别提对原文的揣摩和研磨并转换成在几个方面与原文都保持一致的道地的汉语了。当然，若是从网上拉下来"改译"或是照着从前的译本"重译"的所谓"经典重译"当然不应在我们的考量之内。有些人"翻译"的速度的确奇快无比，一星期就能"翻译"一部或几部长篇小说，有的把港台的繁体字本改成简体字本,速度也是惊人,但这样的人往往有个共同特点,就是从不"翻译"没有译本的书。至于能翻译多种外语,这样的人在我们国家极少,能读懂几种语言的人还是有一些的,但离翻译文学作品的程度往往还有距离。至于说能翻译十几种外语的文学作品,可以毫不犹豫地说,我们国家是绝对没有的。之所以会出现这种现象,出版人也难辞其咎。曾有一个出版社的老总让我审一部译作,我看完之后跟他说这部"译作"和原文没什么关系,那个老总非常吃惊,说这个译者的英文水平很高,大学英语六级都过关了。很多搞出版的人以为,懂几个单词会查字典就可以搞翻译了,还有的人总是轻描淡写地说"随便找个人翻译翻译算了",根本不知道翻译的重要性,不知道文学翻译是怎么回事儿。我曾在上海翻译家协会大会上编过这样几句话,叫作译事八型:"译者的选择:随意型;译者的权益:轻视型;译品的选择:盲目型;译品的质量:粗糙型;编辑的工作:马虎型;时间的限制:紧逼型;后期的制作:隐秘型;作品的宣传:羞涩型。"当然,情况是在向好的方面发展。前两年的世界翻译大会的筹备会上,我曾提出这么个倡议:对前辈持敬重之情,对后辈有奖掖之举,对同辈无相轻之意。共同努力,扬清激浊,繁荣文化事业,提高翻译水平,营造译界的和谐。

我在大学教书,因此免不了要研读谈翻译的书。谈翻译的书,特别是谈文学翻译的书一般有两大类:一类是纯粹探讨翻译理论的书,搞翻译的人大都不看,看也看不下去;一类是单纯探讨翻译技巧的书,这些书往往都是不怎么做翻译的人"研究"出来的,不是隔靴搔痒,也多是纸上谈兵,所谓的实用指南并不能用到实际中去。因此,一般初学翻译的人看过之后容易堕入五里雾中,而搞翻译的人更较少去关注这些书。真正的翻译家似乎都不大有兴趣研究翻译理论或探讨翻译技巧,有的也多为"丛残小语",难登"大雅",或不成气候,形不成"门""派"。我国的翻译家,鲁迅以降,到朱生豪、傅雷等,大都如此。近年来译家们更是鲜有翻译"专著",国外翻译界大体也是这样一种情况。因此,看到美国著名翻译家克利福德·E.兰德斯的《文学翻译实用指南》一书,不由得眼前一亮。仔细阅读这部翻译著作,我们能深深体会到,这是一部几乎没有什么"专业"术语的文学翻译著作,纯粹是写翻译感想和切身体验，而且循循善诱，娓娓道来，方方面面，考虑周详。作者是想和初学翻译的人谈谈心，和有一定翻译经验的人交交心，而不是所谓的"鸳鸯绣取从君看，不把金针度与人"。兰德斯就是要把他的"金针""度与人"，就是要揭开把翻译理论与实践隔开来的那层薄薄的窗纱。

作为文学的一个分支，文学翻译是一门艺术，而不是一门科学，因为其本质是主观的。我在给研究生开设的翻译课上曾总结过"译事十戒"（一戒言词晦涩，诘屈聱牙；二戒死译硬译，语句欧化；三戒望文生译，不求甚解；四戒颠倒句意，不看重心；五戒前后不一，一名多译；六戒无凭无据，不查辞书；七戒格式混乱，不合规矩；八戒草率成文，不加润色；九戒抄袭拷贝，惹祸上身；十戒应付差事，不负责任）和译事十法（一曰贴：紧贴原作；二曰换：切换自如；三曰化：回归本土；四曰粘：前后呵护；五曰减：删减冗赘；六曰添：增字添词；七曰合：合并散句；八曰断：切断长句；九曰注：注疑释典；十曰诠：力求晓畅）。但这些东西不可能穷尽文学翻译中的各种事项，更不能把它们作为行动中的指南或诀窍。事实上，文学翻译对译者的主观能动性和天赋等各方面的要求都是非常高的。

文学翻译需要"译商"

"好的译文是原作者的汉语写作"，傅雷先生这句话说得再好不过了。我们在翻译过程中，自然要把原文文化背景吃透、挖深，然后在内容、形式、风格、意境、修辞手法等多方面进行比较忠实的移译，如此成功的转换方能成就好的译文。

记得在纽约大学访学时，美国著名汉学家罗慕士（Moss Roberts）先生就谆谆告诫我，作为一个中国人，不要把中国文学翻译成外语；而作为一个美国人，他也不会把美国文学翻译成汉语。他认为，这都是费力不讨好的事儿。这话虽然说得可能有点儿绝对或过火，但却是我们建国后几次大规模的中国文学外译都不能算是非常成功的原因之一。罗慕士的汉语很好,但他把《三国演义》和《道德经》等中国文学文化典籍翻译成英语,却从不反过来做。兰德斯也是如此,他给出的指南针对的是源语译成目标语,特别强调把源语译成母语,认为把母语译成外语往往是费力不讨好的事,是失败之举。当然作者这里仅就文学翻译而言。但是,像《红楼梦》等作品的译者杨宪益及其夫人戴乃迭那样中西合作的方式,看来还是非常可行的。当然,这需要译者对这两种工作语言的相关知识都了然于胸,流畅的母语表达和扎实深厚的源语基础是必备条件,但对母语的熟谙显然是重中之重。

前面说到,翻译有多种,如商业翻译、金融翻译、技术翻译、科学翻译、广告翻译等等,而只有文学翻译对人要求最高,使人一直处于创造性的想象之中,也只有文学翻译才能使译者获得更多美的体验。当然文学翻译也有为名、为利或为消遣的,但大多数从事文学翻译的人都是从精神层面出发,追求的是一种精神的旨趣和审美的理想。文学翻译有其独特品格,使之与其他翻译区别开来。

文学翻译除了需要译者对源语和目标语均应精通而外,还要对两种语言的文学、文化包括民族思维方式等方面的知识都十分熟稔。比如,在技术翻译中,只要将具体资料和信息如实翻译过来就万事大吉了,风格等问题基本可以忽略不计。技术翻译好比运送轿车的集装箱,只要轿车安然无恙地抵达,其先后顺序等问题是无关紧要的。而文学翻译则不然,轿车的顺序,也就是风格是至关重要的,有灵活生动极具可读性的译文,也有矫揉造作、僵硬古板、剥离了源语中的艺术和灵魂的蹩脚的译文。因此,说文学翻译要求最高,这可以说是没有什么争议的。文学翻译是昙花一现的艺术,其生命也就是三四十年或者四五十年,嗣后便在某种程度上失去了其鲜活力以及与读者的交流能力。它需要与时俱进,因为不同时代的读者需要不同的译文。很多文学作品都要不时地重译,以保持其作为文化和时代的终结的功能,不同时代的译者都应有自己的声音,而且优秀译著的生命力可能会超过原作。正如兰德斯所说:"希腊人只有一个荷马,我们则有很多。"

文学翻译该怎样起步,其实个中道理再简单不过了:动手。拿游泳做比,要想学会游泳,当然要跳到水里。选材也很重要,"粪土之墙不可圬也"，劣材成不了精品，好的作品加上好的译品才会产生好的印品，当然译者也要持之以恒，坚持不懈。译者既要有丰厚的语言文化功底，也要具备奉献精神和使命感。昂贵的相机造就不出摄影师，一架架的词典也成就不了翻译家。做翻译，特别是文学翻译，要求有较高的"译商"。所谓"译商"是指对外语能够准确把握和自如转换。翻译的标准众说纷纭，但还是要看翻译的目的和原文文本，翻译没有单一的标准，任何固定的标准都难免以偏概全。应该说现在中国人的外语水平总体提高很快，相应地，翻译水平也有所提高。真正好的译文应是目标语读者所喜闻乐见的。"好的译文是原作者的汉语写作"，傅雷先生的这句话说得再好不过了。我们在翻译过程中，自然要把原文文化背景吃透、挖深，然后在内容、形式、风格、意境、修辞手法等多方面进行比较忠实的移译，如此成功的转换方能成就好的译文。

有的人想从翻译理论入手做文学翻译，这可能是同行们最不认可的事了。其实，翻译理论和翻译实践是两回事。"懂翻译理论才能翻译"就如同"懂汽车引擎系统点火理论才能驾车"一样，都是可笑的，有些理论还会使译者不知所措，无所适从。我们强调忠实源语，但对那种过于拘泥于原文的"愚忠"则应给予抨击，一味"愚忠"的做法是简单地从原文出发，其实并没有真正读懂原文。任何句子都有其特定语域，不能只见树木不见森林。孤立处理、机械对等实在是文学翻译的大忌。认为熟谙语法、词汇且有词汇量就足以做一个称职的文学译者了，那是天真至极，对文化的深刻理解才是关键，因为文化构成、改变和制约着语言。兰德斯曾指出，双语者已是相当不易，而从双语者到双语文化者还差得远，因为真正的双语文化者以奇特的方式认知符号、象征乃至禁忌，甚至在潜意识情况下随意使用，而且可以分享集体无意识。这样的要求和门槛实在是太高了。

六 汉学家姓名中英文对照表
（按生年先后排序）

1. 美国汉学家威廉·莱尔 　　William A. Lyell，1930—2005
2. 英国汉学家卜立德 　　David E. Pollard，1937—
3. 美国汉学家葛浩文 　　Howard Goldblatt，1939—
4. 加拿大汉学家杜迈可 　　Michael S. Duke，1940—
5. 澳大利亚汉学家杜博妮 　　Bonnie S. McDougall，1941—
6. 美国汉学家金介甫 　　Jeffrey C. Kinkley，1948—
7. 英国汉学家韩斌 　　Nicky Harman，1950—
8. 美国汉学家梅丹理 　　Denis Mair，1951—
9. 英国汉学家白亚仁 　　Allan H. Barr，1954—
10. 美国汉学家徐穆实 　　Bruce Humes，1955—
11. 美国汉学家邓腾克 　　Kirk A. Denton，1955—
12. 美国汉学家陶忘机 　　John Balcom，1956—
13. 美国汉学家金凯筠 　　Karen S. Kinsbury，1961—
14. 美国汉学家安德鲁·琼斯 　　Andrew F. Jones，1969—
15. 美国汉学家罗鹏 　　Carlos Rojas，1970—
16. 英国汉学家狄星 　　Esther Tlydesley，1971—
17. 美国汉学家白睿文 　　Michael Berry，1974—
18. 英国汉学家蓝诗玲 　　Julia Lovell，1975—
19. 美国汉学家雷勤风 　　Christopher G. Rea，1977—
20. 英国汉学家米欧敏 　　Olivia Milburn，1978—
21. 美国汉学家陶建 　　Eric Abrahamsen，1978—

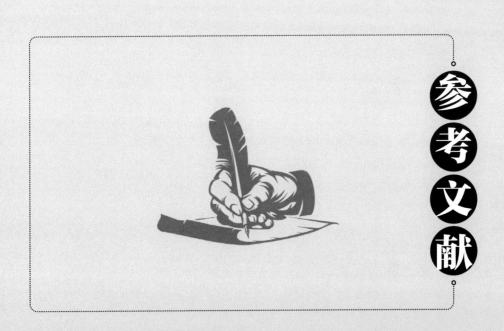

参考文献

一、著作类

中文著作

1. 安乐哲：《北美汉学家辞典》，北京：人民文学出版社，2001 年。

2. 白睿文：《光影言语：当代华语片导演访谈录》，罗祖珍译，桂林：广西师范大学出版社，2008 年。

3. 白睿文：《乡关何处：贾樟柯的故乡三部曲》，连城译，桂林：广西师范大学出版社，2010 年。

4. 卜立德：《一个中国人的文学观》，上海：复旦大学出版社，2001 年。

5. 陈平原：《在东西文化的碰撞中》，杭州：浙江文艺出版社，1987 年。

6. 迟子建：《额尔古纳河右岸》，北京：人民文学出版社，2010 年。

7. 《翻译通讯》编辑部（编）《翻译研究论文集（1949—1983）》，北京：外语教学与研究出版社，1984 年。

8. 傅光明：《解读萧乾》，北京：大众文艺出版社，2001 年。

9. 葛浩文：《弄斧集》，台北：学英文化公司，1984 年。

10. 葛浩文：《萧红传》，上海：复旦大学出版社，2011 年。

11. 胡允恒：《悟与创——〈译海求珠〉》，北京：生活・读书・新知三联书店，2013 年。

12. 金介甫：《沈从文传》，北京：国际文化出版公司，2005 年。

13. 金圣华、黄国彬（主编）《困难见巧：名家翻译经验谈》，北京：中国对外翻译出版公司，1998 年。

14. 金圣华：《译家之言——桥畔译谈新编》，北京：外语教学与研究出版社，2014 年。

15. 孔庆茂：《钱锺书传》，南京：江苏文艺出版社，1992 年。

16. 老舍：《离婚》，北京：中国国际广播出版社，2013 年。

17. 李涛：《抒情中国文学的现代美国之旅：汉学家视角》，上海：复旦大学出版社，2015 年。

他山之石——汉学家与中国现当代文学的英语传播

18. 李天明：《难以直说的苦衷：鲁迅〈野草〉探秘》，北京：人民文学出版社，2000年。

19. 李越：《老舍作品英译研究》，北京：知识产权出版社，2013年。

20. 刘洪涛：《从国别文学走向世界文学》，上海：复旦大学出版社，2014年。

21. 刘华文：《汉诗英译的主体审美论》，上海：上海译文出版社，2005年。

22. 刘江凯：《认同与"延异"—— 中国当代文学的海外接受》，北京：北京大学出版社，2012年。

23. 刘宓庆、章艳：《翻译美学理论》，北京：外国教学与研究出版社，2011年。

24. 刘宓庆：《翻译美学导论》，北京：中国对外翻译出版公司，2005年。

25. 刘绍铭、梁秉钧、许子东（编）《再读张爱玲》，济南：山东画报出版社，2004年。

26. 刘绍铭：《到底是张爱玲》，上海：上海书店出版社，2007年。

27. 鲁迅：《鲁迅全集》（第二卷），北京：人民文学出版社，1981年。

28. 鲁迅：《鲁迅全集》（第七卷），北京：人民文学出版社，2005年。

29. 鲁迅：《鲁迅全集》，北京：九州出版社，2019年。

30. 鲁迅：《鲁迅小说全集》，武汉：长江文艺出版社，2009年。

31. 鲁迅：《热风》，北京：人民文学出版社，1978年。

32. 麻争旗：《译学与跨文化传播：对翻译的根本反思》，上海：上海交通大学出版社，2011年。

33. 麦家：《解密》，杭州：浙江文艺出版社，2009年。

34. 倪宝平、丁素红（编著）《现代汉语实用修辞学》，天津：南开大学出版社，2014年。

35. 钱理群、温儒敏、吴福辉、王超冰：《中国现代文学三十年》，北京：北京大学出版社，2012年。

36. 钱锺书：《管锥编》（第一册），北京：中华书局，1979年。

37. 钱锺书：《钱锺书集·写在人生边上》，北京：生活·读书·新知三联出版社，2001年。

38. 钱锺书：《钱锺书集·七缀集》，北京：生活·读书·新知三联书店，2011年。

39. 曲阜年鉴编纂委员会：《曲阜年鉴1994—1995》，济南：齐鲁书社，1994年。

40. 任天石：《中国现代文学史学发展史》，南京：江苏文艺出版社，2002年。

41. 孙致礼：《翻译：理论与实践探索》，南京：译林出版社，1999 年。

42. 王国维：《宋元戏曲史》，上海：商务印书馆，1929 年。

43. 王佐良：《翻译：思考与试笔》，北京：外语教学与研究出版社，1989 年。

44. 魏源：《魏源集》，北京：中华书局，2009 年。

45. 夏志清：《谈文艺忆师友》，上海：上海书店出版社，2007 年。

46. 夏志清：《中国现代小说史》，上海：复旦大学出版社，2005 年。

47. 谢天振：《比较文学与翻译研究》，上海：复旦大学出版社，2011 年。

48. 谢天振：《译介学》，上海：上海外语教育出版社，1999 年。

49. 许钧：《文学翻译的理论与实践：翻译对话录》，南京：译林出版社，2001 年。

50. 许渊冲：《汉英对照唐诗三百首》，北京：高等教育出版社，2000 年。

51. 薛欣然：《中国的好女人们》，上海：学林出版社，2003 年。

52. 阎连科：《受活》，天津：天津人民出版社，2012 年。

53. 杨绛：《杨绛作品集》（卷 II），北京：中国社会科学出版社，1993 年。

54. 杨泽：《阅读张爱玲》，桂林：广西师范大学出版社，2003 年。

55. 叶朗：《中国美学史大纲》，上海：上海人民出版社，1985 年。

56. 余华：《许三观卖血记》，北京：作家出版社，2014 年。

57. 张德林：《现代小说美学》，长沙：湖南文艺出版社，1987 年。

58. 张经浩、陈可培：《名家名论名译》，上海：复旦大学出版社，2005 年。

59. 张应俞：《骗经》，桂林：广西师范大学出版社，2008 年。

60. 郑鲁南（主编）《一本书和一个世界》，北京：昆仑出版社，2008 年。

61. 中国社会科学院历史研究所清史研究室（编）《清史论丛（2010 年号）》，北京：中国国际广播出版社，2010 年。

62. 中国作家协会外联部编《翻译家的对话 II》，北京：作家出版社，2012 年。

63. 周令飞（主编）《鲁迅社会影响调查报告》，北京：人民日报出版社，2011 年。

64. 朱振武：《在心理美学的平面上——威廉·福克纳小说创作论》，上海：学林出版社，2016 年。

65. 朱振武等：《汉学家的中国文学英译历程》，上海：华东理工大学出版社，2017 年。

英文著作

1. Abrahamsen，Eric. *Beijing Insight Step by Step*. Basingstoke：Geocenter International Ltd，2008.

2. Wang，Anyi. *The Song of Everlasting Sorrow：A Novel of Shanghai*. Berry，Michael，trans. New York：Columbia University Press，2008.

3. Balcom，John & Balcom，Yingtish. *Memories of Mount Qilai：The Education of a Young Poet*. New York：Columbia University Press，2015.

4. Bassnett，Susan & Bush，Peter，eds. *The Translator as Writer*. New York：Continuum International Publishing Group Ltd，2006.

5. Berry，Michael. *A History of Pain：Trauma in Modern Chinese Fiction and Film*. New York：Columbia University Press，2008.

6. Berry，Michael. *Jia Zhangke's Hometown Trilogy*. London：British Film Institute，2009.

7. Berry，Michael. *Speaking in Images：Interviews with Contemporary Chinese Filmmakers*. New York：Columbia University Press，2005.

8. Cengel，Katya. *The Mystified Boat：Postmodern Stories from China*. Honolulu：University of Hawaii Press，2013.

9. Shen，Congwen. *Border Town*. Kinkley，J. C，trans. New York：Harper Perennial，2005.

10. Yu，Dan. *Confucius from the Heart：Ancient Wisdom for Today's World*. Beijing：Zhonghua Book Company，2009.

11. Duke，Micheal S. *Blooming and Contending：Chinese Literature in the Post-Mao Era*. Bloomington：Indiana University Press，1985.

12. Duke，Micheal S. *Lu You*. Boston：Twayne Publishers，1977.

13. Duke，Micheal S. *Worlds of Modern Chinese Fiction*. Armonk：M. E. Sharpe，1991.

14. Yan，Geling. *The Flowers of War*. Harman，Nicky，trans. London：Chaottoand Windus，2012.

15. Giles，Herbert. *Chinese Sketches*. London：Trubner & Co.，Ludgate

Hill，1876.

16. Giles，Herbert. *Quips from a Chinese Jest-book*. Shanghai：Kelly and Walsh，1925.

17. Goldblatt，Howard. *Hsiao Hung*. Boston：Twayne Publishers，1976.

18. Goldblatt，Howard. *Worlds Apart*：*Recent Chinese Writing and Its Audiences*. New York：M. E. Sharp，1990.

19. Han，Han. *This Generation*：*Dispatches from China's Most Popular Literary Star*. Barr，Allan H，trans. New York：Simon & Schuster，2012.

20. Xiao，Hong. *The Dyer's Daughter*：*Selected Stories of Xiao Hong*. Goldblatt，Howard，trans. Hong Kong：The Chinese University of Hong Kong Press，1985.

21. Hsia，C. T. & Lau，Joseph，eds. *Modern Chinese Stories and Novellas*，1919-1949. New York：Columbia University Press，1981.

22. Yu，Hua. *Boy in the Twilight*：*Stories of the Hidden China*. Barr，Allan H，trans. New York：Pantheon Books，2014.

23. Yu，Hua. *China in Ten Words*. Barr，Allan H，trans. New York：Pantheon Books，2012.

24. Yu，Hua. *Cries in the Drizzle*. Barr，Allan H，trans. New York：Anchor Books，2007.

25. Yu，Hua. *The Brothers*：*A Novel*. Chow，Eileen Cheng-Yin and Rojas，Carlos，trans. London：Random House，2009.

26. Yu，Hua. *The Seventh Day*. Barr，Allan H，trans. New York：Pantheon Books，2015.

27. Yu，Hua. *To Live*：*A Novel*. Berry，Michael，trans. New York：Anchor-Random House，2003.

28. Mai，Jia. *Decoded*. Milburn，Olivia，trans. London：Penguin Group，2014.

29. Kinkley，Jeffrey C. *After Mao*：*Chinese Literature and Society* 1978-1981. Cambridge：Harvard University Press，1985.

30. Denton，Kirk. *Modern Literary Thought*：*Writings on Literature* 1893-1945. Stanford：Stanford University Press，1996.

他山之石——汉学家与中国现当代文学的英语传播

31. Denton, Kirk. *The Columbia Companion to Modern Chinese Literature*. New York: Columbia University Press, 2016.

32. Denton, Kirk. *The Problematic of Self in Modern Chinese Literature: Hu Feng and Lu Ling*. Stanford: Stanford University Press, 1998.

33. Chan, Koonchung. *The Fat Years*. Duke, Micheal S, trans. New York: Doubleday Broadway, 2011.

34. Landers, E. Clifford. *Literary Translation: A Practical Guide*. Shanghai: Shanghai Foreign Language Education Press, 2008.

35. Lefevere, Andre. *Translation History Culture—A Sourcebook*. Shanghai: Shanghai Foreign Language Education Press, 2005.

36. Yan, Lianke. *Lenin's Kisses*. Rojas, Carlos, trans. London: Random House, 2012.

37. Liu, James J. Y. *The Poetry of Li Shang-yin: Ninth-century Baroque Chinese Poet*. Chicago: The University of Chicago Press, 1969.

38. Lovell, Julia. *The Politics of Cultural Capital: China's Quest for a Nobel Prize in Literature*. Honolulu: University of Hawaii Press, 2006.

39. Lovell, Julia. *The Real Story of Ah-Q and Other Tales of China: The Complete Fiction of Lu Xun*. London: Penguin Group, 2009.

40. Lupke, Christopher, ed. *New Perspectives on Modern Chinese Poetry*. London: Palgrave Macmillan, 2007.

41. McDougall, Bonnie. *Translation Zones in Modern China: Authoritarian Command Versus Gift Exchange*. Amherst: Cambria Press, 2011.

42. Milburn, Olivia. *The Glory of Yue: An Annotated Translation of the Yuejue shu*. Leiden: Brill Academic Pub, 2010.

43. Pollard, David. E. *The Chinese Essay*. Hong Kong: Renditions Book, 1999.

44. Xinran. *The Good Women of China: Hidden Voices*. Tyldesley, Esther, trans. London: Vintage U.K. Random House, 2002.

45. Rea, Christopher and Rusk, Bruce. *The Book of Swindles: Selection from a Late Ming Collection*. New York: Columbia University Press, 2017.

46. Rea，Christopher，ed. *Human，Beasts，and Ghosts*：*Stories and Essays by Qian Zhongshu*. New York：Columbia University Press，2011.

47. Rea，Christopher. *The Age of Irreverence*：*A New History of Laughter in China*. Berkeley：University of California Press，2015.

48. Su，Tong. *Raise the Red Lantern*：*Three Novellas*. Duke，Micheal S，trans. New York：Harper Perennial，1993.

49. Wang，Mason Y. H，ed. *Perspectives in Contemporary Chinese Literature*. Baton Rouge：Louisiana State University Press，1983.

50. Wildmer，Ellen and Wang，David Der-Eei，eds. *From May Fourth to June Fourth*：*Fiction and Film in Twentieth-Century China*. Cambridge：Harvard University Press，1993.

51. Zhang，Xiguo. *The City Trilogy*. Balcom，John，trans. New York：Columbia University Press，2003

52. Lu，Xun. *Diary of a Madman and Other Stories*. Lyell，William A，trans. Honolulu：University of Hawaii Press，1990.

53. Lu，Xun. *The Complete Stories of Lu Xun*. Xianyi，Yang & Gladys，Yang，trans. Bloomington：Indiana University Press，1981.

54. Ye，Zhaoyan. *Nanjing* 1937：*A Love Story*. Berry，Michael，trans. New York：Anchor-Random House，2004.

55. Chi，Zijian. *Last Quarter of the Moon*. Humes，Bruce，trans. London：Harvill Secker，2013.

二、期刊类

中文期刊

1. 白睿文：《中国的眼界比我们更开阔》，《海外华文教育动态》，2014 第 1 期，第 117 - 118 页。

2. 白亚仁：《谢肇淛〈虞初志序〉及其小说集〈塵馀〉》，《文献》，1995 年第 3 期，第 32 - 44 页。

3. 白亚仁:《新见〈六十家小说〉佚文》,《文献》,1998 年第 1 期,第 285 - 287 页。

4. 白亚仁:《新见袁宏道佚文〈涉江诗序〉》,《文献》,1992 年第 1 期,第 38 - 42 页。

5. 鲍世修:《形神兼备功力不凡——读林戊荪译〈孙子兵法〉》,《中国翻译》,1996 年第 3 期,第 31 - 34 页。

6. 鲍晓英:《中国文化"走出去"之译介模式探索——中国外文局副局长兼总编辑黄友义访谈录》,《中国翻译》,2013 年第 5 期,第 62 - 65 页。

7. 北岛:《在中国这幅画的留白处》,《财经》,2006 年第 15 期,第 122 - 123 页。

8. 卜立德:《〈呐喊〉的骨干体系》,《鲁迅研究月刊》,1992 年第 8 期,第 21 - 25 页。

9. 卜立德:《鲁迅的两篇早期翻译》,《鲁迅研究月刊》,1993 年第 1 期,第 27 - 34 页。

10. 蔡瑞珍:《文学场中鲁迅小说在美国的译介与研究》,《中国翻译》,2015 年第 2 期,第 37 - 41 页。

11. 曹文刚:《论中国现当代文学的对外译介与传播》,《湖北第二师范学院学报》,2015 年第 3 期,第 118 - 120 页。

12. 陈吉荣:《论中国现当代文学的历史真实性理论:澳大利亚的视角》,《当代文坛》,2010 年第 6 期,第 150 - 154 页。

13. 陈梅、文军:《中国典籍英译国外阅读市场研究及启示——亚马逊(Amazon)图书网上中国典籍英译本的调查》,《外语教学》,2011 年第 4 期,第 96 - 100 页。

14. 陈奇敏:《从文学翻译的快乐原则看〈归园田居(其一)〉英译》,《湖北社会科学》,2010 年第 2 期,第 133 - 136 页。

15. 陈小慰:《〈于丹论语心得〉英译本的修辞解读》,《福州大学学报》(哲学社会科学版),2010 年第 6 期,第 78 - 83 页。

16. 陈毅平:《改写与细节——对"'达旨'与细节"一文的补充》,《中国翻译》,2013 年第 4 期,第 68 - 69 页。

17. 陈雍:《张爱玲的"1944"与〈流言〉》,《柳州师范专科学校学报》,2015 年第 3 期,第 20 - 22 页。

18. 陈众议、倪若诚、陈思和、贾平凹等:《呼唤伟大的文学作品与杰出的翻译

（上）——首届中国当代文学翻译高峰论坛纪要》，《东吴学术》，2015年第2期，第26－49页。

19. 邓显奕：《翻译功能论与〈阿Q正传〉莱尔英译本》，《柳州师范专科学校学报》，2008年第1期，第66－70页。

20. 邓郁：《麦家的豪华世界行》，《壹读》，2014年第16期，第84－92页。

21. 董继兵、谭新红：《2014中国文学传播与接受国际学术研讨会会议综述》，《中国韵文学刊》，2015年第1期，第116－119页。

22. 杜玲：《论萧红"越轨的笔致"》，《中国现代文学研究丛刊》，1997年第4期，第78－88页。

23. 凡平：《天涯知己——略论金介甫之沈从文研究的典范意义》，《东方艺术》，2007第1期，第84－85页。

24. 高方、阎连科：《精神共鸣与译者的"自由"——阎连科谈文学与翻译》，《外国语》，2014年第3期，第18－26页。

25. 宫宏宇：《黎锦晖、留声机、殖民的现代性与音东史研究的新视野》，《音乐研究》，2003年第4期，第85－88页。

26. 古大勇：《沈从文"被发现"与"美国汉学"——以夏志清和金介甫的沈从文研究为中心》，《民族文学研究》，2012年第3期，第87－94页。

27. 顾均：《怀旧的三个英译本》，《鲁迅研究月刊》，2014年第3期，第34－36页。

28. 顾均：《英语世界鲁迅译介研究三题》，《中外文化与文论》，2013年第3期，第24－35页。

29. 顾瑞雪：《科举文献整理与研究：第八届科举制与科举学国际学术研讨会在武汉大学召开》，《文学遗产》，2012年第1期，第159页。

30. 郭建：《文化语境对翻译的影响》，《语文学刊》（教育版），2007年第2期，第107－108页。

31. 郭恋东：《基于英文学术期刊的中国现当代文学与文化研究——以 *Modern Chinese Literature and Culture* 的18个特刊为例》，《当代作家评论》，2017年第6期，第185－198页。

32. 韩子满：《文化失衡与文学翻译》，《中国翻译》，2000年第2期，第39－43页。

33. 洪治纲：《悲悯的力量——论余华的三部长篇小说及其精神走向》，《当代作家评论》,2004 年第 6 期,第 20 - 37 页。

34. 侯德云:《萧红为什么这样红》,《鸭绿江》,2015 年第 12 期,第 95 - 100 页。

35. 花亮:《传播学视阈下中国文学"走出去"译介模式研究》,《南通大学学报》(社会科学版),2015 年第 6 期,第 70 - 76 页。

36. 黄友义:《汉学家和中国文学的翻译——中外文化沟通的桥梁》,《中国翻译》,2010 年第 6 期,第 16 - 17 页。

37. 季进:《无限弥散与增益的文学史空间》,《南方文坛》,2017 年第 5 期,第 39 - 42 页。

38. 季进:《作为世界文学的中国文学——以当代文学的英译与传播为例》,《中国比较文学》,2014 年第 1 期,第 27 - 36 页。

39. 蒋一之:《文艺对政治的反向作用——从英语世界胡风研究谈起》,《安徽文学》,2013 年第 11 期,第 151 - 153 页。

40. 金介甫:《永远的"希腊小庙"——英译〈边城〉序》,安刚强译,《吉首大学学报》(社会科学版),2010 年第 7 期,第 1 - 3 页。

41. 金介甫:《〈沈从文小说集——有缺陷的天堂〉序》,余凤高译,《海南师院学报》,1995 第 1 期,第 90 - 93 页。

42. 金介甫:《沈从文:20 年代的"京漂族"》,符家钦译,《中外书摘》,2006 年第 4 期,第 13 - 17 页。

43. 金介甫:《中国文学(一九四九———一九九九)的英译本出版情况述评(续)》,查明建译,《当代作家评论》,2006 年第 4 期,第 137 - 152 页。

44. 金介甫:《中国文学(一九四九———一九九九)的英译本出版情况述评》,查明建译,《当代作家评论》,2006 年第 3 期,第 67 - 76 页。

45. 卡洛斯·罗杰斯、曾军:《从〈受活〉到〈列宁之吻〉》,李晨译,《当代作家评论》,2013 年第 5 期,第 107 - 112 页。

46. 寇志明:《"因为鲁迅的书还是好卖":关于鲁迅小说的英文翻译》,《鲁迅研究月刊》,2013 年第 2 期,第 38 - 50 页。

47. 寇志明:《鲁迅:"译"与"释"》,黄乔生译,《鲁迅研究月刊》,2002 年第 1 期,第 37 - 48 页。

48. 雷金庆:《澳大利亚中国文学研究 50 年》,刘霓摘译,《国外社会科学》,2004 年第 4 期,第 52 - 56 页。

49. 雷勤风:《钱锺书的早期创作》,《文艺争鸣》,2010 年第 21 期,第 82 -

87页。

50. 李文静：《中国文学英译的合作、协商与文化传播——汉英翻译家葛浩文与林丽君访谈录》，《中国翻译》，2012年第1期，第57-60页。

51. 李悦娥：《话语中的重复结构探析》，《外语与外语教学》，2000年第11期，第5-7页。

52. 梁丽芳：《加拿大汉学：从古典到现当代海外华人文学》，《华文文学》，2013年第3期，第64-74页。

53. 林少华：《审美忠实：不可叛逆的文学翻译之重》，《英语世界》，2012年第2期，第4-6页。

54. 刘江凯：《本土性、民族性的世界写作——莫言的海外传播与接受》，《当代作家评论》，2011年第4期，第20-33页。

55. 吕晓菲、戴桂玉：《迟子建作品生态思想的跨文化传播——〈额尔古纳河右岸〉英译本述评》，《中国翻译》，2015年第4期，第83-87页。

56. 绿杨：《艾瑞克的中美文化"切换"》，《国际人才交流》，2008年第10期，第22-24页。

57. 马栋予：《文学史实与研究视野并重——评〈哥伦比亚现代华语文学手册〉》，《现代中文学刊》，2018年第6期，第110-116页。

58. 马会娟：《英语世界中国现当代文学翻译：现状与问题》，《中国翻译》，2013年第1期，第64-69页。

59. 马宁：《从图里翻译规范理论看〈于丹论语心得〉英译本》，《语言·文学》，2011年第12期，第78-81页。

60. 梅丹理、张媛：《〈易经〉研究与吉狄马加诗歌翻译——美国翻译家梅丹理先生访谈录》，《燕山大学学报》（哲学社会科学版），2014年第1期，第72-77页。

61. 孟依依、周建平：《纸托邦和艾瑞克的精神家园》，《南方人物周刊》，2018年第19期，第60-65页。

62. 缪建维：《从文化缺省的英译看中华文化传播——以〈中国的好女人们〉英译本为例》，《美的历程》，2013年第22期，第167-168页。

63. 欧阳昱：《澳大利亚出版的中国文学英译作品》，《四川大学学报》，2008年第4期，第112-120页。

64. 潘晶：《蓝诗玲：认识这个国家的愤怒与羞耻》，《看历史》，2012年3月，第

8－9页。

65．乔艳：《论贾平凹作品的国外译介与传播——兼论陕西文学"走出去"的现状与问题》，《小说评论》，2014年第1期，第75－83页。

66．覃江华、刘军平：《杜博妮的翻译人生与翻译思想——兼论西方当代中国文学的译者和读者》，《东方翻译》，2011年第2期，第49－58页。

67．覃江华：《英国汉学家蓝诗玲翻译观论》，《长沙理工大学学报》（社会科学版），2010年第5期，第117－121页。

68．覃江华：《中国当代文学英译的首部理论专著——〈当代中国翻译地带：威权命令与礼物交换〉评介》，《外国语》，2013年第1期，第88－91页。

69．宋仕振：《写在水上的字——张爱玲散文集〈流言〉英译本解析》，《宜春学院学报》，2014年第11期，第85－89页。

70．孙敬鑫：《蓝诗玲：英国新生代汉学家》，《对外传播》，2012年第6期，第61页。

71．孙艺风：《翻译与跨文化交际策略》，《中国翻译》，2012年第1期，第16－23页。

72．万之：《聚散离合，都已成流水落花——追记〈今天〉海外复刊初期的几次编委会议》，《今天》，2013年第100期，第3－14页。

73．汪政：《智性的写作——韩东的小说方式》，《文艺争鸣》，1994年第6期，第18－23页。

74．王桂妹、罗靓：《北美汉学家Kirk Denton（邓腾克）访谈录》，《武汉大学学报》（人文科学版），2011年第6期，第5－10页。

75．王宏印：《译品双璧，译事典范——林戊荪先生典籍英译探究侧记》，《中国翻译》，2011年第6期，第7－11页。

76．王建开：《借用与类比：中国文学英译和对外传播的策略》，《外文研究》，2013年第1期，第91－97页。

77．王立、王琳：《第二届国际聊斋学讨论会综述》，《福州大学学报》，2001年第4期，第119－120页。

78．王立第、张立云：《重复——在汉英翻译中的处理》，《中国翻译》，2002年第5期，第15－18页。

79．王瑞：《贾平凹小说译入译出风格的语料库考察》，《中国外语》，2015年第4期，第97－105页。

80. 王瑞：《贾平凹作品英译及其研究：现状与对策》，《外语教学》，2014 年第 5 期，第 93 - 102 页。

81. 王祥兵：《海外民间翻译力量与中国当代文学的国际传播——以民间网络翻译组织 Paper Republic 为例》，《中国翻译》，2015 年第 5 期，第 46 - 52 页。

82. 王祥兵：《中国文学的英译与传播——〈人民文学〉英文版 Pathlight 编辑总监艾瑞克笔访录》，《东方翻译》，2014 年第 2 期，第 33 - 37 页。

83. 王逊佳：《文学评论与经典重构——西方书评人眼中的鲁迅小说英译本》，《东岳论丛》，2019 年第 10 期，第 149 - 156 页。

84. 王义杰、孙秀双：《未尽的跋涉——萧红小说的语言探索》，《山花》，2010 年第 12 期，第 118 - 119 页。

85. 王志勤、谢天振：《中国文学文化走出去：问题与反思》，《学术月刊》，2013 年第 2 期，第 21 - 27 页。

86. 温泉：《白睿文：汉语影响力的见证者》，《瞭望新闻周刊》，2014 年 2 月 10 日，第 5 - 6 期。

87. 文军：《〈金陵十三钗〉英译本评论研究》，《外语教育研究》，2014 年第 3 期，第 44 - 50 页。

88. 吴赟：《〈浮躁〉英译之后的沉寂——贾平凹小说在英语世界的译介研究》，《小说评论》，2013 年第 3 期，第 72 - 78 页。

89. 吴赟：《上海书写的海外叙述——〈长恨歌〉英译本的传播与接受》，《社会科学》，2012 年第 9 期，第 185 - 192 页。

90. 吴赟：《英语视域下的中国女性文化建构与认同——中国新时期女性小说的译介研究》，《中国翻译》，2015 年第 4 期，第 38 - 44 页。

91. 萧高彦：《"文化政治"的魅力与贫困——评〈全球化时代的文化认同：西方普遍主义话语的历史批判〉》，《社会科学论坛》（学术评论卷），2007 年第 4 期，第 71 - 90 页。

92. 谢天振、陆杏：《译介学与中国文化在当代的传播——访上海外国语大学谢天振教授》，《国际汉学》，2015 年第 2 期，第 16 - 18 页。

93. 谢天振：《中国文学走出去：问题与实质》，《中国比较文学》，2014 年第 1 期，第 1 - 10 页。

94. 许伯卿：《"中国韵文学国际学术研讨会"综述》，《南京师范大学文学院学报》,2002 年第 4 期,第 29 - 30 页。

95. 许钧:《翻译研究与翻译文化观》,《南京大学学报》,2002 年第 3 期,第 219 - 226 页。

96. 许钧:《尊重、交流与沟通——多元文化语境下的翻译》,《中国比较文学》,2001 年第 3 期,第 80 - 90 页。

97. 许诗焱、Eric Abrahamsen、鲁羊:《文学译介与作品转世——关于小说译介与创作的对话》,《小说评论》,2017 年第 5 期,第 116 - 123 页。

98. 严力:《谈谈美国诗人梅丹理》,《诗歌月刊》,2017 年第 1 期,第 48 - 49 页。

99. 严苡丹、韩宁:《基于语料库的译者风格研究——以鲁迅小说两个英译本为例》,《外语教学》,2015 年第 2 期,第 109 - 113 页。

100. 杨牧之:《让世界了解中国——〈大中华文库〉总序》,《海内与海外》,2007 年第 6 期,第 53 - 55 页。

101. 杨早:《"文化英雄"背后的经验理性——重读〈我的精神家园〉》,《当代文坛》,2009 年第 5 期,第 37 - 39 页。

102. 姚斌、潘铮铮:《"国外汉学危机"——与澳大利亚汉学家寇志明的对话》,《国际汉学》,2015 年第 4 期,第 11 - 15 页。

103. 一艮:《首届国际聊斋学讨论会综述》,《文史哲》,1992 年第 1 期,第 95 - 97 页。

104. 袁锦翔:《关于文学翻译和意境的札记》,《外语教学与研究》,1992 年第 1 期,第 68 - 70 页。

105. 张淑卿:《鲁迅、莫言与麦家:中国文学海外传播启示录》,《学术交流》,2015 年第 3 期,第 203 - 208 页。

106. 张晓帆:《国际化、多元化、本土性视域下的中国现代诗歌研究——美国英文学术期刊〈中国现代文学与文化〉及其中国现代诗歌研究》,《科教导刊》,2013 年第 8 期,第 161 - 165 页。

107. 张燕清:《贾平凹作品语言的地方特色及翻译研究》,《海外英语》,2015 年第 21 期,第 9 - 10 页。

108. 长海:《老舍的〈旅美观感〉》,《中国现代文学研究丛刊》,1983 年第 1 期,第 271 - 272 页。

109. 赵家璧:《老舍和我》,《新文学史料》,1986 年第 2 期,第 116 - 137 页。

110. 朱振武、覃爱蓉:《借帆出海:也说葛浩文的"误译"》,《外国语文》,2014

年第 6 期,第 110 - 115 页。

111. 朱振武、唐春蕾:《走出国门的鲁迅与中国文学走出国门——蓝诗玲翻译策略的当下启示》,《外国语文》,2015 年第 5 期,第 108 - 115 页。

112. 朱振武、杨雷鹏:《白睿文的翻译美学与文化担当——以〈活着〉的英译为例》,《外国语文》,2016 年第 3 期,第 89 - 94 页。

113. 朱振武、杨世祥:《文化"走出去"语境下中国文学英译的误读与重构》,《中国翻译》,2015 年第 1 期,第 77 - 80 页。

114. 朱振武、袁俊卿:《中国文学英译研究现状透析》,《当代外语研究》,2015 年第 1 期,第 53 - 58+78 页。

115. 朱振武:《他乡的归化与异化》,《外国文艺》,2015 年第 4 期,第 5 - 16 页。

116. 朱振武:《相似性:文学翻译的审美旨归——从丹·布朗小说的翻译实践看美学理念与翻译思维的互动》,《中国翻译》,2006 年第 2 期,第 27 - 32 页。

117. 朱振武:《中国文学走出去的多元透视专栏》,《山东外语教学》,2015 年第 6 期,第 56 - 58 页。

118. 朱振武:《中国学者文学英译的困顿与出路》,《广东社会科学》,2019 年第 1 期,第 151 - 159 页。

英文期刊

1. Aart, Greta and Harman, Nicky. "Translation as Self-Expression: Nicky Harman". *Cerise Press*, 2012, 9(3), pp. 1-5.

2. Brandauer, Frederick P. "Regionalism and Modernism in the Life and Works of Shen Congwen". *Modern China*, 1989, 15(2), pp. 215-236.

3. Denton, Kirk A. "Lu Ling's Literary Art: Myth and Symbol in Hungry Guo Su'e". *Modern Chinese Literature*, 1986, 2(2), pp. 197-209.

4. Denton, Kirk A. "Review of *Diary of a Madman and Other Stories*". *Chinese Literature: Essays, Articles, Reviews*, 1993, 15(1), pp. 174-176.

5. Duesenberry, Peggy. "Review of *Like a Knife*: Ideology and Genre in

Contemporary Chinese Popular Music". *Notes*, 1995, 52（2）, pp. 1344-1345.

6. Duke, Michael. "Review of *Paths in Dreams: Selected Prose and Poetry* of Ho Ch'i-fang". *Journal of Asian Studies*, 1984, 44(1), pp. 184-185.

7. Fatima, Wu. "The Review of *The Past and Punishment* ". *World Literature Today*, 1998, 72(1), p. 204.

8. Hao, Li. "Translation of Contemporary Chinese Literature in the English-speaking World: An Interview with Nicky Harman". *The Aalitra Review*, 2012, 0(4), pp. 18-25.

9. Hegel, Robert E. "The Panda Books Translation Series". *Chinese Literature: Essays, Articles, Reviews（CLEAR）*, 1984, 6（1/2）, pp. 179-182.

10. Hilary, Chung. "Review of *Lu Xun, Diary of a Madman and Other Stories*". *Bulletin of the School of Oriental and African Studies*, 1992, 55 (1), pp. 169-170.

11. Hsun Lu. "Impromptu Reflections No. 38: On Conceitedness and Inheritance". Denton, Kirk A, trans. *Republican China*, 1990, 16(1), pp. 89-97.

12. Kowallis, Jon. "Interpreting Lu Xun". *Chinese Literature: Essays, Articles, Reviews*, 1996, 18(1), pp. 153-164.

13. Kowallis, Jon. "Review of *Diary of a Madman and Other Stories*". *The China Quarterly*, 1994, 137(1), pp. 283-284.

14. Lingenfelter, Andrea and Abrahamsen, Eric. "Translating the Paper Republic: A Conversation with Eric Abrahamsen". *World Literature Today*, 2014, 88(3-4), pp. 61-65.

15. McDougall, Bonnie. "Literary Translation: The Pleasure Principle". *Chinese Translators Journal*, 2007, 185(3), pp. 22-26.

16. Sivelle, Krishna. "Book Review: *The Good Women of China* by Xin Ran". *Women of China*, 2015, 264(2), pp. 46-47.

17. Yang, Gladys. "Reviewed Works: *The Story of the Stone*. by David Hawkes, Cao Xueqin". *Bulletin of the School of Oriental and African*

参
考
文
献

Studies，1980，43（3），pp. 621-622.

18. Zhang, Longxi. "Review of Rea trans. *Humans，Beasts，Ghosts*". *Chinese Literature*：*Essays，Articles，Reviews*，2013，35（1），pp. 224-227.

三、报纸类

中文报纸

1. 白亚仁：《文化差异与翻译策略》，《文艺报》，2014 年 8 月 20 日，第 007 版。

2. 陈香、闻亦：《谍战风刮进欧美：破译中国文学走出去的"麦家现象"》，《中华读书报》，2014 年 5 月 21 日，第 6 版。

3. 高方：《苏童："中国文学有着宿命般的边缘性"》，《中华读书报》，2013 年 5 月 3 日，第 5 版。

4. 何明星：《中国文学国际影响力》，《人民日报》（海外版），2014 年 12 月 2 日，第 7 版。

5. 黄里：《白亚仁：翻译中国文学作品是我的乐趣》，《四川日报》，2013 年 1 月 18 日，第 16 版。

6. 康慨：《从额尔古纳河右岸到大洋彼岸》，《中华读书报》，2013 年 1 月 23 日，第 04 版。

7. 康慨：《图书欲出翻译先进》，《人民日报》（海外版），2014 年 7 月 4 日，第 11 版。

8. 李朝全：《中国当代文学对外译介成就概述》，《文学报》，2007 年 11 月 6 日，第 3 版。

9. 李舫：《有一个故事，值得静静叙说——如何增强当代汉语写作的国际传播力和影响力》，《人民日报》，2010 年 11 月 19 日，第 17 版。

10. 李岩：《于丹：文化要比较才有意思》，《北京青年周刊》，2009 年 10 月 29 日，第 04 版。

11. 李梓新：《专访英国翻译家朱丽亚·拉佛尔：把鲁迅和张爱玲带进"企鹅经典"》，《外滩画报》，2009 年 12 月 17 日，第 D8 版。

12. 梅丹理:《慈月宫陈夫人赞》,《华语诗刊》,2015 年 8 月 28 日,第 1 版。

13. 倪宁宁:《梅丹理:中国有个诗江湖》,《现代快报》,2007 年 6 月 10 日,第 A23 版。

14. 潘媛媛:《美国汉学家在乐山讲述自己的中国文学旅程》,《三江都市报》,2014 年 1 月 13 日,第 A3 版。

15. 沈亚军:《如何消解"文化赤字"》,《光明日报》,2007 年 1 月 24 日,第 5 版。

16. 田朝晖:《麦家:"现实生活面前的'笨'帮了我"》,《新华每日电讯报》,2014 年 4 月 4 日,第 15 版。

17. 王杨:《中国当代文学的新变赋予翻译更多可能》,《文艺报》,2016 年 8 月 22 日,第 1 版。

18. 吴越:《如何叫醒沉睡的熊猫?》,《文汇报》,2009 年 11 月 23 日,第 1 版。

19. 杨帆:《美国诗人梅丹理:翻译这些诗歌是心灵洗礼》,《华西都市报》,2011 年 4 月 21 日,第 3 版。

20. 姚佳琪:《2017 年列文森奖得主、加拿大英属哥伦比亚大学副教授雷勤风:用幽默理解中国》,《文汇报》,2017 年 3 月,第 5 版。

21. 于丽丽:《白亚仁:接触一个"非虚构"的中国》,《新京报》,2012 年 8 月 25 日,第 C04‐C05 版。

22. 于丽丽:《韩寒下月推巨型科普书》,《新京报》,2012 年 10 月 16 日,第 C11 版。

23. 钟琳:《孙一圣:小说为我带来的是艰难的救赎》,《南方日报》,2013 年 1 月 13 日,第 3 版。

24. 朱振武:《文学翻译的良心与操守》,《解放日报》,2012 年 4 月 22 日,第 08 版。

英文报纸

1. Ervin, Andrew. "Fiction Chronicle". *The New York Times*, February 18, 2007.

2. Housham, Jane. "The Last Quarter of the Moon by Chi Zijian‐Review". *The Guardian*, January 10, 2014.

3. Lovell，Julia. "Great Leap Forward". *The Guardian*，June 11，2005.

4. Li，Nan. "Connection Minds Through Literature". *Beijing Review*，January 7，2016.

5. Morefield，Linda. "Interview with John Balcom". *Washington Independent*，March 19，2013.

6. Semmel，K. E. "Translator's Cut：Eric Abrahamsen（China）". *SFWP Quarterly*，October 2，2015.

7. Upchurch，Michael. "Two from the Archives：Chinese Noir，Austriannihilism". *The Seattle Times*，December 29，2006.

8. Wasserstorm，Jeffrey. "China's Orwell". *Time*，December 7，2009.

四、学位论文类

1. 鲍晓英：《中国文学"走出去"译介模式研究——以莫言英译作品美国译介为例》，上海外国语大学博士学位论文，2014 年。

2. 崔艳秋：《八十年代以来中国现当代小说在美国的译介与传播》，吉林大学博士学位论文，2014 年。

3. 耿强：《文学译介与中国文学"走向世界"——"熊猫丛书"英译中国文学研究》，上海外国语大学博士学位论文，2010 年。

4. 韩巍：《平行原则下的唐诗英译研究》，上海外国语大学博士学位论文，2013 年。

5. 郝莉：《中国现当代女性作家作品英译史研究：性别视角》，山东大学博士学位论文，2013 年。

6. 廖建生：《反叛与回归——论韩东小说创作》，江西师范大学硕士学位论文，2008 年。

7. 孙祥伟：《严歌苓、虹影历史叙事之比较》，暨南大学硕士学位论文，2005 年。

8. 王春：《李文俊文学翻译研究》，上海外国语大学博士学位论文，2014 年。

9. 王惠惠：《社会符号学视角下〈于丹论语心得〉英译本研究》，首都师范大学硕士学位论文,2014 年。

10. 杨士琦:《信息论视角下零位信息的翻译——以韩东小说〈扎根〉英译本中文革特色词语的英译为例》,中央民族大学硕士学位论文,2012 年。

11. 张佳妮:《明代万历年间社会经济对文言小说的影响研究》,中南大学硕士学位论文,2011 年。

12. 赵婉彤:《余华长篇小说〈许三观卖血记〉和〈兄弟〉英译本的译介学研究》,兰州大学硕士学位论文,2011 年。

13. 郑晔:《国家机构赞助下中国文学的对外译介——以英文版〈中国文学〉(1951—2000)为个案》,上海外国语大学博士学位论文,2012 年。

五、电子、网上文献

中文类

1. 埃里克·戴利:《麦家:翻译是作品的再生父母》,北京周报网,2014 年 3 月 27 日。http://www.beijingreview.com.cn/2009news/renwu/2014-03/27/content_610091.htm.

2. 白睿文:《美国人不看翻译小说是文化失衡》,新京报网,2012 年 8 月 25 日。http://www.bjnews.com.cn/book/2012/08/25/218811.html.

3. 白睿文:《暑假不找工作,我去翻译余华的〈活着〉》,新浪读书,2010 年 8 月 14 日。http://book.sina.com.cn/news/c/2010-08-14/1152271802.shtml.

4. 白睿文:《为什么去中国留学》,新京报网,2013 年 11 月 15 日。http://www.bjnews.com.cn/ent/2013/11/15/292805.html.

5. 白睿文:《中国人的眼界比我们更开阔》,人民网,2013 年 12 月 19 日。http://opinion.people.com.cn/n/2013/1219/c1003-23883443.html.

6. 白亚仁:《外国翻译家擅自修改中国作家的作品,我并不赞成》,中国作家网,2010 年 8 月 12 日。http://www.chinawriter.com.cn/2010/2010-08-12/88718.html.

7. 卜昌伟:《白睿文讲述中国导演从影之道》,京华网,2008 年 11 月 1 日。http://epaper.jinghua.cn/html/2008-11/01/content_359701.htm.

8. 韩粉琴：《借蒲学东风 扬高邮美名》，今日高邮，2005 年 10 月 7 日。http://www.gytoday.cn/tb/20051007-1667.shtml.

9. 李天靖：《事物是他们自己的象征——美国诗人、翻译家 Denis Mair（梅丹理）访谈》，诗歌报，2005 年 5 月 19 日。http://www.shigebao.com/html/articles/14/649.html.

10. 李岩：《从〈于丹论语心得〉中文版权输出谈起》，中国新闻网，2009 年 6 月 4 日。https://www.chinanews.com.cn/cul/news/2009/06-04/1720353.shtml.

11. 李媛：《金介甫："国外沈从文研究第一人"》，凤凰网，2013 年 2 月 23 日。http://culture.ifeng.com/gundong/detail_2013_02/23/22408661_0.shtml.

12. 梅丹理：《坤德颂》，中国诗歌网，2018 年 1 月 24 日。http://www.zgshige.com/c/2018-01-24/5247731.shtml.

13. 牛莉：《诗人梅丹理成为中国诗歌网第一位美国注册诗人》，中国诗歌网，2018 年 1 月 24 日。https://www.zgshige.com/c/2018-01-24/5248873.shtml?ivk_sa=1024320u.

14. 饶曙光：《〈黄土地〉为第五代导演赢得国际声誉》，人民网，2014 年 9 月 18 日。http://culture.people.com.cn/n/2014/0918/c87423-25684505.html.

15. 王炳坤、韩松：《中国当代文学翻译高峰论坛在沈举行》，中国作家网，2014 年 5 月 5 日。http://www.chinawriter.com.cn/bk/2014-05-05/75750.html.

16. 叶百卉：《海外汉学家白亚仁做客我校》，浙江外国语学院官网，2015 年 4 月 8 日。http://gjc.zisu.edu.cn/info/1007/1003.htm.

17. 张贺：《〈于丹论语心得〉:10 万英镑付费版税创记录》，凤凰网，2010 年 7 月 30 日。http://culture.ifeng.com/whrd/detail_2010_07/30/1859724_0.shtml.

18. 张弘：《许子东：一个越界者的炼成》，凤凰网，2011 年 12 月 25 日。https://news.ifeng.com/c/7fb6uwuVbtU.

19. 张丽芳：《华裔作家学会办"文学月会"》，明报新闻网，2017 年 11 月 20 日。http://www.mingshengbao.com/van/article.php?aid=530619.

20. 郑蕴章：《张爱玲散文集〈流言〉英译本在美出版,书市发烧》，中国新闻网，

2005 年 11 月 10 日。https://www.chinanews.com.cn/news/2005/2005-11-10/8/649677.shtml.

21. 周静:《张爱玲小说译者金凯筠:我对翻译题材的选择》,中国翻译研究院,2015 年 12 月 20 日。http://www.china.org.cn/chinese/catl/2015-12/20/content_37359643.htm.

英文类

1. Balcom,John. "The Translator Relay: John Balcom". March 28,2013. http://www.wordswithoutborders.org/dispatches/article/the-translator-relay-john-balcom.

2. Barraza,Emily. "Autobiography: Allan Hepburn Barr". April 29,2015. https://my.pomona.edu/ICS/Academics/Academics_Homepage.

3. Basu,Chitralekha. "The Slim Years". July 15,2011. http://www.chinadaily.com.cn/cndy/2011-07/15/content_12907491.htm.

4. Davis,Chris. "Unlocking China's literary gems through translation". June 11,2014. http://usa.chinadaily.com.cn/opinion/2014-06/11/content_17577454.htm.

5. Falconer,Kelly. "Independent spirits". January 18,2013. https://www.ft.com/content/bb835fdc-5f0a-11e2-8250-00144feab49a.

6. Gunn,Edward Mansified. "Review of *The Golumbian Companion to Modern Chinese Literature*". July 10,2016. https://u.osu.edu/mclc/book-reviews/gunn2/.

7. Haggas,Carol. "Boy in the Twilight: Stories of the Hidden China". January 15,2014. https://www.booklistonline.com/Boy-in-the-Twilight-Stories-of-the-Hidden-China-Allan-H-Barr/pid=6327781.

8. Jia,Mei & Guang,Yang. "Uncovering the China Story". December 31,2010. http://www.chinadaily.com.cn/china/2012-11/19/content_15939833.htm.

9. Johnson,Ian. "Interview with Chris Rea". November 16,2016. https://

u.osu.edu/mclc/2016/11/16/interview-with-chris-rea/.

10. Kim，Boram. "Professor Olivia Milburn：At Home in the World". October 17，2008. https：//en.snu.ac.kr/snunow/snu_media/news？md ＝v&bbsidx＝71737.

11. Li，Nan. "Connecting Minds Through Literature". January 7，2016. http：//www. bjreview. com/Lifestyle/201605/t20160527 _ 800057972. html.

12. McBride，Rob. "China's Yan Lianke：The Four Books in Man Booker Race". May 15，2016. https：//www.aljazeera.com/features/2016/5/15/ chinas-yan-lianke-the-four-books-in-man-booker-race.

13. Morefiela，Linda. "Interview with John Balcom". March 19，2013. http：//www. washingtonindependentreviewofbooks. com/index. php/ features/interview-with-john-balcom.

14. Rea，Christopher. "Translating Qian Zhongshu's Work". January 1， 2011. https：//www.youtube.com/watch？v＝c8wawbJ-NjA.

15. Slobodian，Clarie. "The Best China Books of the Last Century". February 6，2015. https：//www. timeoutshanghai. com/feature/25162/ The-best-Chinese-books-of-the-last-century.html.

16. Whiteside，Shirley. "Geling Yan，Little Aunt Crane：Survival amid China's Crisis". November 29，2015. https：//www.independent.co.uk/ arts-entertainment/books/reviews/geling-yan-little-aunt-crane-survival- amid-china-s-crisis-book-review-a6751601.html.

索引

本书参与人员

威廉·莱尔	谢泽鹏
卜立德	赵堃
葛浩文	朱砂
杜迈可	王颖
杜博妮	郑成业　李晨
金介甫	张朋飞
韩斌	刘文杰
梅丹理	徐立勋
白亚仁	罗丹
徐穆实	黄天白
邓腾克	贡建初
陶忘机	朱文婷(小)
金凯筠	张怡文
安德鲁·琼斯	吴丽妹
罗鹏	张惠英
狄星	王媛
白睿文	杨雷鹏
蓝诗玲	唐春蕾
雷勤风	朱伟芳
米欧敏	代晨
陶建	朱文婷(大)

审　　校：钱屏匀　黎智林

协助审校：贾继南　陈平　李丹　朱伟芳

　　　　　李子涵　万中山　陈雅洁